Mansfield Park

Jane Austen

PÉ da letra

Mansfield Park

Jane Austen

Tradução
Erika Patrícia Moreira
João Pedro Nodari

Revisão
Ana Carolina Morais

PÉ da letra

Dados Internacionais de Catalogação na Publicação (CIP)
Angélica Ilacqua CRB-8/7057

Austen, Jane, 1775-1817

Mansfield Park / Jane Austen ; tradução de Erika Patrícia Moreira. -- Brasil : Pé da Letra, 2021.
448 p. ; 16 x 23 cm

ISBN 978-65-5888-285-5
Título original: Mansfield Park

1. Ficção inglesa I. Título II. Moreira, Erika Patricia III. Nodari, João Pedro

21-2510 CDD 823

Índices para catálogo sistemático:
1. Ficção inglesa

Diretor
James Misse

Coordenação Editorial
James Misse

Direção de Arte
Luciano F. Marcon

Diagramação
Luciano F. Marcon

Tradução
Erika Patrícia Moreira
João Pedro Nodari

Revisão
Ana Carolina Morais

Contato
atendimento@editorapedaletra.com.br

1ª edição em 2021
www.editorapedaletra.com.br

SUMÁRIO

CAPÍTULO 1 7
CAPÍTULO 2 15
CAPÍTULO 3 25
CAPÍTULO 4 35
CAPÍTULO 5 45
CAPÍTULO 6 53
CAPÍTULO 7 63
CAPÍTULO 8 75
CAPÍTULO 9 83
CAPÍTULO 10 95
CAPÍTULO 11 105
CAPÍTULO 12 113
CAPÍTULO 13 119
CAPÍTULO 14 127
CAPÍTULO 15 135
CAPÍTULO 16 145
CAPÍTULO 17 151
CAPÍTULO 18 157
CAPÍTULO 19 165
CAPÍTULO 20 177
CAPÍTULO 21 185
CAPÍTULO 22 193
CAPÍTULO 23 203
CAPÍTULO 24 215

CAPÍTULO 25 223
CAPÍTULO 26 237
CAPÍTULO 27 245
CAPÍTULO 28 255
CAPÍTULO 29 265
CAPÍTULO 30 273
CAPÍTULO 31 281
CAPÍTULO 32 291
CAPÍTULO 33 307
CAPÍTULO 34 315
CAPÍTULO 35 325
CAPÍTULO 36 335
CAPÍTULO 37 345
CAPÍTULO 38 353
CAPÍTULO 39 365
CAPÍTULO 40 371
CAPÍTULO 41 377
CAPÍTULO 42 385
CAPÍTULO 43 391
CAPÍTULO 44 397
CAPÍTULO 45 405
CAPÍTULO 46 413
CAPÍTULO 47 423
CAPÍTULO 48 435
SOBRE A AUTORA 447

CAPÍTULO 1

Cerca de trinta anos atrás, Srta. Maria Ward, de Huntingdon, com apenas sete mil libras, teve a sorte de conquistar Sir Thomas Bertram, de Mansfield Park, no condado de Northampton, e assim ser levada ao posto de dama de um nobre, com todos os confortos e possibilidades de uma bela casa e uma grande renda. Todo a Huntingdon clamou na grandiosidade do casamento, e seu tio advogado garantiu para ele mesmo, pelo menos três mil libras. Ela tinha duas irmãs que seriam beneficiadas por sua elevação de status. Muitos de seus conhecidos pensavam que tanto a Srta. Ward quanto a Srta. Frances eram quase tão bonitas quanto a Srta. Maria, e não hesitavam em prever que se casariam de modo igualmente vantajoso. Mas certamente não há tantos homens de grande fortuna no mundo quanto mulheres bonitas para merecê-los. A senhorita Ward, ao cabo de meia dúzia de anos, viu-se obrigada a noivar com o reverendo senhor Norris, amigo de seu cunhado, com quase nenhuma fortuna particular, e a senhorita Frances teve sorte ainda pior. No entanto, a união da senhorita Ward, quando chegou o momento de fato, não foi desprezível. Felizmente o senhor Thomas estava disposto a dar a seu amigo uma renda que o desse condições de viver em Mansfield, e o Sr. e a Sra. Norris começaram sua vida de felicidade conjugal com pouco menos de mil libras por ano. Mas Srta. Frances casou-se, comumente falando, para desobedecer a sua família, e unindo-se a um tenente de fuzileiros navais, sem educação, fortuna ou conexões, fez isso muito bem. Ela dificilmente poderia ter feito uma escolha mais desagradável. Sir Thomas Bertram tinha, tanto por princípio quanto orgulho, o desejo de fazer o certo, e um desejo de ver que tudo isso estivesse ligado a ele em situações de respeitabilidade, ele teria ficado contente em se manifestar em benefício da irmã de Lady Bertram, mas a profissão do marido não lhe era útil em nenhum aspecto e antes que tivesse tempo para usar qualquer outro método de ajudá-los, um absoluto rompimento entre as irmãs havia ocorrido. Esse era o resultado natural da conduta de cada parte, e o que um casamento muito imprudente quase sempre produz. Para se salvar de protestos inúteis, Sra. Price nunca escreveu para sua família sobre o assunto até realmente se casar. Senhora Bertram, que era uma mulher de sentimentos muito tranquilos e temperamento habilmente fácil e indolente, teria se contentado notavelmente em desistir de sua irmã e não pensar mais no assunto, mas senhora Norris tinha um espírito diligente, que não poderia se satisfazer até escrever uma longa e raivosa carta para Fanny, para apontar a loucura de sua conduta, e ameaçá-la com todas as suas possíveis consequências maléficas. Sra. Price, por sua vez, estava magoada e com raiva, e uma resposta, que incluía cada irmã em sua amargura, e fazia reflexões muito desrespeitosas sobre o orgulho de senhor Thomas que a Sra. Norris não conseguia ficar para si mesma, colocou um fim a todas as relações entre elas por um período considerável.

Suas casas eram tão distantes, e os círculos em que se moviam tão distintos, que quase impossibilitavam os meios de saber da existência uma da outra durante os onze anos seguintes. Para o senhor Thomas era curioso como nas circunstâncias em que a encontravam a Sra. Norris confidenciava ocasionalmente, e com uma expressão raivosa, que Fanny havia tido outro filho. Ao final de onze anos, entretanto, a senhora Price não podia mais se dar ao luxo de nutrir orgulho ou ressentimento, ou perder uma conexão que possivelmente poderia ajudá-la. Uma grande e ainda crescente família, um marido incapacitado para o trabalho, mas não igualmente para a companhia de amigos e boa bebida, e uma renda muito pequena para suprir suas necessidades, deixou-a ansiosa para reconquistar os amigos que havia sacrificado tão descuidadamente, e endereçou a Lady Bertram uma carta que falava de tanta contrição e desânimo, de tamanha superfluidade de filhos, e tamanha falta de quase tudo, que não poderia deixar de dispor todos eles para uma reconciliação. Ela estava se preparando para seu nono parto, e depois de lamentar a circunstância, e implorar-lhes auxílio como patronos da criança esperada, ela não conseguia esconder o quão importante poderiam ser para a futura manutenção dos oito já existentes. Seu filho mais velho era um menino de dez anos, um sujeito de espírito bom e que ansiava conhecer o mundo, mas o que ela poderia fazer? Havia alguma chance de ele ser útil ao senhor Thomas em sua propriedade das Índias Ocidentais? Nenhuma posição estaria abaixo dele, ou o que o senhor Thomas pensava de Woolwich? Ou como um menino poderia ser enviado para o Oriente?

A carta não foi improdutiva e restabeleceu a paz e a bondade e o senhor Thomas enviou conselhos amigáveis e profissões favoráveis para o filho dela, Lady Bertram despachou dinheiro e roupas de criança, e a Sra. Norris escreveu as cartas.

Tais foram os efeitos imediatos, mas, decorridos doze meses o resultado foi muito importante para a Sra. Price. A Sra. Norris mencionava muitas vezes para o outro casal observando que não conseguia tirar da cabeça a pobre irmã e sua família, e que, por mais que todos tenham feito por ela, ela parecia querer fazer mais, e por fim ela não pôde deixar de admitir que era seu desejo que a pobre Sra. Price pudesse ser poupada dos custos e despesas de um de seus numerosos filhos. E se tivessem entre eles sua filha mais velha para cuidar, uma menina agora com nove anos, de uma idade que requer mais atenção do que sua pobre mãe poderia dar?

Os problemas e as despesas não seriam nada para eles, comparado com a benevolência da ação. – Lady Bertram concordou com ela instantaneamente.

– Acho que não podemos fazer melhor – disse ela. – Vamos mandar buscar a criança.

O senhor Thomas não poderia dar um consentimento tão instantâneo e irrestrito. Ele debateu e hesitou, era uma atitude séria, educar uma menina deveria ser provido de forma adequada, ou haveria crueldade em vez de gentileza ao tirá-la dos cuidados de sua família.

Ele pensou em seus quatro filhos, nos dois meninos, em primos apaixonados um pelo outro, etc. Mas assim que deliberadamente começou a declarar suas objeções, a Sra. Norris o interrompeu com uma resposta para todas elas, declaradas ou não.

– Meu caro senhor Thomas, eu o compreendo perfeitamente e faço justiça a generosidade e delicadeza de suas noções, que, de fato, são bastante idênticas com a sua conduta geral; concordo inteiramente com você no principal, como o acordo de se fazer tudo o que puder para fornecer a uma criança de que se é responsável. Mas estou certa de que eu seria a última pessoa no mundo em negar minha modesta contribuição em uma ocasião como esta. Não tendo filhos meus, de quem deveria cuidar a não ser dos filhos de minhas irmãs? Tenho certeza que o Sr. Norris é muito justo, mas você sabe que sou uma mulher de poucas palavras e profissões. Não tenhamos medo de uma boa ação diante de uma insignificância. Dê educação a menina e apresente-a adequadamente ao mundo, e certamente, ela terá os meios de se estabelecer bem, sem dar despesas adicionais para ninguém. Uma sobrinha nossa, senhor Thomas, ouso dizer, uma de suas sobrinhas, não cresceria nesse lugar sem inúmeras vantagens. Não digo que ela seria tão bonita quanto suas primas. E ouso dizer que não será, mas ela seria introduzida na sociedade deste país sob circunstâncias muito favoráveis, e com grande probabilidade, conseguiria uma condição respeitável. Você está pensando em seus filhos, mas não percebe que, de todas as coisas na terra, essa é a menos provável de acontecer, criados como seriam, sempre juntos como irmãos e irmãs. É moralmente impossível. Eu nunca soube de nada semelhante. É, de fato, a única maneira segura de se prevenir contra a conexão. Suponha que ela seja uma menina bonita e vista por Tom ou Edmund pela primeira vez daqui a sete anos, aí sim atrevo-me a dizer que poderíamos prever algum mal. A própria ideia dela ter sofrido por crescer à distância de todos nós em pobreza e abandono seria suficiente para fazer com que qualquer um dos meninos queridos e temperamentais se apaixonasse por ela. Mas criá-los juntos a partir de agora, e suponha que ela tenha a beleza de um anjo, fará com que ela nunca seja para eles mais do que uma irmã.

– Há muita verdade no que você diz – respondeu senhor Thomas –, e longe de mim lançar qualquer obstáculo fantasioso no caminho de um plano que seria tão consistente com as situações relativas de cada um. Eu apenas pretendia observar que esse não é um assunto simples, e para que seja realmente útil para a Sra. Price, e credível a nós mesmos, devemos proteger a criança, ou nos considerarmos comprometidos em protegê-la e garantir, conforme as circunstâncias possam surgir, as providências requeridas por uma dama de respeito, caso nenhuma outra instituição possa fazê-lo, como você afirma com tanta confiança.

– Compreendo-o perfeitamente – exclamou a Sra. Norris. – O senhor é muito generoso e atencioso, e tenho certeza de que nunca iremos discordar neste ponto. Estou sempre pronta a fazer tudo pelo bem daqueles que amo, e, embora eu nunca pudesse sentir por essa criança um centésimo do que eu sinto pelos seus amáveis filhos, nem considerá-la, sob qualquer aspecto, um dos meus, me odiaria se eu fosse capaz de negligenciá-la. Ela não é filha de uma irmã? Suportaria eu vê-la passar necessidade tendo um pedaço de pão para dar a ela? Meu caro senhor Thomas, apesar de todos os meus defeitos, tenho um coração caloroso, e pobre como sou, preferiria negar as necessidades da vida do que ter um gesto mesquinho. Então, se você não é contra, vou escrever para a minha pobre irmã amanhã, e faço a proposta, e, assim que as coisas forem resolvidas, vou me comprometer a levar a criança para Mansfield, e o senhor não deve preocupar-se com isso. Meus próprios problemas, como o senhor sabe, nunca levo em consideração. Vou mandar Nanny para Londres de propósito, e ela pode pernoitar na casa do seleiro que é de seu primo, e a criança será designada a encontrá-la lá. Eles podem facilmente levá-la de Portsmouth para a cidade de carruagem, sob os cuidados de qualquer pessoa digna de crédito que pode estar indo. Ouso dizer que sempre há a esposa de algum comerciante respeitável ou outro em ascensão.

Senhor Thomas, com exceção à objeção relativa ao primo de Nanny, não fez nenhuma outra imposição e assim um encontro mais respeitável, embora menos econômico foi devidamente acordado, tudo foi considerado como resolvido, celebrando os prazeres de um propósito tão benevolente. A sensação gratificante, para se fazer justiça, não foi a mesma nos dois casos, pois enquanto Sir Thomas estava completamente decidido a ser o real e verdadeiro protetor da criança em questão, a Sra. Norris não tinha a menor intenção em provê-la, ou assumir quaisquer despesas relacionadas à sua manutenção. No que se referia a caminhar, falar e alcançar o planejado, ela era extremamente benevolente e ninguém sabia melhor do que ela ditar liberalidades aos outros, mas seu amor pelo dinheiro era tão grande quanto seu gosto por propor diretrizes, portanto, sabia como salvaguardar o próprio dinheiro e gastar o dos seus amigos. Tendo casado com uma renda mais estreita do que estava acostumada a vislumbrar, ela percebeu, desde o início, a necessidade de estabelecer uma linha de economia severa. E o que no início era uma questão de prudência, logo se transformou em uma questão de escolha, como fruto de um zelo indispensável, visto que não havia crianças para cuidar. Se houvesse uma família para sustentar, Sra. Norris não poderia nunca economizar o seu dinheiro, mas não tendo esse tipo de cuidado, não havia nada para impedir sua frugalidade, ou diminuir o conforto de fazer um acréscimo anual para uma renda que eles nunca tiveram. Sob o pretexto da caridade, contrabalançado por nenhum afeto real por sua irmã, era impossível para ela almejar mais do que o crédito de projetar e organizar uma tarefa de caridade tão dispendiosa; embora talvez ela mal soubesse disso, e no caminho de volta para o presbitério, após esta conversa, tinha a feliz crença de ser a irmã e tia mais generosa do mundo.

Quando o assunto foi trazido novamente, seus pontos de vista foram expostos mais completamente, e, em resposta à calma indagação de Lady Bertram sobre "Para quem a criança vem primeiro, irmã, para você ou para nós?"

Sir Thomas ouviu surpreso que seria totalmente fora de questão para a Sra. Norris ter qualquer responsabilidade sobre isso. Se ele estava considerando-a como uma adição particularmente bem-vinda ao presbitério, como uma desejável companheira de uma tia que não tinha filhos, estava totalmente enganado. A Sra. Norris lamentou dizer que a menina ficar com eles, pelo menos como as coisas estavam até então, estava completamente fora de questão. O estado de saúde do pobre Sr. Norris tornava isso uma impossibilidade: ele não podia mais suportar o barulho de uma criança da mesma maneira que não poderia voar, se, de fato, ele algum dia se recuperasse de suas queixas, seria uma questão diferente. Ela ficaria feliz em receber a criança e não pensaria na situação como uma inconveniência, mas agora, o pobre Sr. Norris assumiu cada momento de seu tempo, e a simples menção de tal coisa dessa natureza o perturbaria.

– Então é melhor ela ficar conosco – disse Lady Bertram, com a máxima compostura.

Após uma breve pausa, Sir Thomas acrescentou com dignidade:

– Sim, que seu lar seja esta casa. Faremos o possível para cumprir nosso dever com ela, e ela terá, pelo menos, a vantagem de ter a companhia de pessoas de sua própria idade, e de uma tutora regular.

– É verdade – exclamou a Sra. Norris –, são considerações muito importantes e será a mesma coisa para a Srta. Lee se ela tiver três meninas para ensinar, ou apenas duas, não pode haver diferença. Eu só desejaria poder ser mais útil, mas você sabe faço tudo que estiver ao meu alcance. Não sou do tipo que compartilha seus próprios problemas, e Nanny deve buscá-la, mesmo que me traga inconveniência ter minha principal ajudante ausente por três dias. Eu suponho, irmã, que você vai colocar a criança no pequeno sótão branco, perto dos antigos berçários. Será o melhor lugar para ela, perto da Srta. Lee, e não muito longe das meninas, e perto das empregadas, que podem ajudá-la, vesti-la, e a cuidar da roupa dela, porque eu suponho que você não ache justo esperar que Ellis cuide dela tão bem como das outras. Na verdade, não vejo outra possibilidade de acomodação para ela.

Lady Bertram não fez nenhuma oposição.

– Espero que ela se mostre uma menina bem-disposta – continuou a Sra. Norris – e tenha consciência de sua sorte incomum em ter tais amigos.

– Se o comportamento dela for realmente ruim – disse Sir Thomas –, não deveremos, para o bem de nossos próprios filhos, mantê-la na família; mas não há razão para esperar um mal tão grande. Provavelmente veremos a atitude que desejaremos mudar, e devemos nos preparar para a ignorância grosseira, opiniões mesquinhas e vulgaridade de maneiras, mas essas não são falhas incuráveis nem, acredito, poderão ser perigosas para quem conviver com ela. Se as minhas filhas fossem mais jovens do que ela, eu deveria considerar a introdução de tal companhia como uma questão muito séria, mas como não é assim, espero que não haja nada a temer para as meninas.

– Isso é exatamente o que eu penso – exclamou a Sra. Norris – e o que estava dizendo para meu marido esta manhã. Apenas estar com os primos, já constitui uma educação para a criança, e mesmo se a senhorita Lee não lhe ensinasse nada, ela aprenderia a ser boa e inteligente com eles.

– Espero que ela não provoque meu pobre pug – disse Lady Bertram –, só agora consegui que Julia o deixasse em paz.

– Haverá alguma dificuldade em nosso caminho, Sra. Norris –

observou o senhor Thomas –, quanto à distinção adequada a ser feita entre as meninas conforme ficarem mais velhas, de que forma preservar na mente de minhas filhas a consciência de quem elas são, sem menosprezar a prima. E de que maneira fazê-la lembrar de que ela não é uma Srta. Bertram sem magoar o seu espírito sem necessidade. Gostaria muito que fossem amigas, e em hipótese alguma, autorizaria nas minhas meninas o menor grau de arrogância na relação entre elas, mas ainda assim, elas não podem ser iguais. Sua posição, fortuna, direitos e expectativas sempre serão diferentes. É um ponto de grande delicadeza, e você deve nos auxiliar em nossas empreitadas para escolher a linha certa de conduta.

Sra. Norris estava totalmente a seu serviço, e embora ela concordasse perfeitamente com ele quanto a ser a coisa mais difícil, encorajou-o a ter esperança que entre elas seria facilmente administrado.

A Sra. Norris não escreveu para sua irmã em vão e a Sra. Price pareceu bastante surpresa com a escolha de uma menina, quando tinha tantos meninos estimáveis, mas aceitou a oferta com muita gratidão, garantindo-lhes que sua filha era uma menina muito bem-intencionada e bem-humorada, e confiando que eles nunca teriam motivo para mandá-la embora. Falou sobre ela como algo delicado e frágil, mas foi otimista na esperança de ser materialmente melhor para ela a mudança de ares.

Pobre mulher! ela provavelmente pensava que a mudança de ares poderia ser melhor para a maioria de seus filhos.

CAPÍTULO 2

A menina realizou sua longa jornada em segurança, e em Northampton foi recebida pela Sra. Norris, que assim se regalou com o crédito de ser a primeira a recebê-la, e na importância de conduzi-la aos seus bondosos parentes.

Fanny Price tinha na época apenas dez anos, e embora não houvesse nada muito cativante em sua primeira aparição, pelo menos não havia nada que provocasse aversão em seus parentes. Ela era pequena para a sua idade, sem brilho de tez, nem qualquer outra beleza marcante, extremamente tímida e envergonhada, se encolhia para não chamar atenção. Mas seu ar, embora estranho, não era vulgar e sua voz era doce, e quando falava seu semblante era bonito. Senhor Thomas e Lady Bertram a receberam muito gentilmente, e Sir Thomas, vendo o quanto ela precisava de incentivo, tentou ser bastante conciliador, mas ele teve que trabalhar contra a sua seriedade e Lady Bertram, sem se preocupar tanto, ou falar uma palavra onde ele falava dez, com a mera ajuda de um sorriso bem-humorado, tornou-se imediatamente o caráter mais agradável dos dois. Os jovens estavam todos em casa e desempenharam sua parte na apresentação muito bem, com muito bom humor, e sem constrangimento, pelo menos da parte dos rapazes, que, aos dezessete e dezesseis anos, e altos para sua idade, tinham toda a grandeza dos homens aos olhos de sua pequena prima.

As duas meninas estavam mais inseguras por serem mais jovens e em razão do respeito ao pai, que se dirigiu a elas na ocasião de modo particularmente imprudente. Mas elas estavam bastante acostumadas com companhias e elogios para sentirem algo parecido a timidez natural, e sua confiança aumentava à medida que a da prima diminuía. Elas logo foram capazes de fazer um exame completo de seu rosto e seu vestido com fácil indiferença.

Eles eram uma família extraordinariamente privilegiada, filhos e filhas muito bonitos, e todos bem crescidos e desenvolvidos para a idade, o que produziu uma diferença notável entre os primos, condição essa em razão do meio que foram criados, e ninguém imaginaria que as meninas tivessem quase a mesma idade. Na verdade, a diferença era de apenas dois anos entre a mais nova e Fanny. Julia Bertram tinha apenas doze anos e Maria era um ano mais velha. A pequena visitante, entretanto, estava infeliz. Com medo de todos, com vergonha dela mesma, e com saudades da casa que havia deixado, não sabia como encará-los e mal conseguia falar para ser ouvida, ou conter o pranto. A Sra. Norris havia falado com ela, ao longo de todo o caminho de Northampton, sobre seu maravilhoso destino, e o extraordinário grau de gratidão e bom comportamento que deveria demonstrar, e sentiu-se mais triste com a ideia de que seria insensível caso não se sentisse feliz. O cansaço, também, de uma viagem tão longa, logo se tornou uma desumanidade inútil. As condescendências bem-intencionadas do Senhor Thomas e todos os prognósticos oficiosos da Sra. Norris para que ela fosse uma boa menina foram em vão. Em vão Lady Bertram sorriu e a fez sentar-se no sofá com ela e o pug, e em vão foi ainda a visão de uma torta de framboesa para dar-lhe conforto. Ela mal conseguia engolir dois pedaços antes que as lágrimas a interrompessem, e o sono parecia ser seu amigo mais provável, e assim foi levada para findar suas tristezas na cama.

– Este não é um começo muito promissor – disse a Sra. Norris, quando Fanny saiu do aposento. – Depois de tudo o que disse a ela enquanto viajávamos, pensei que ela iria se comportar melhor. Disse-lhe o quanto depende dela se sair bem desde o início. Gostaria que não houvesse mau humor em seu temperamento, pois sua pobre mãe tinha um mau humor excessivo, mas devemos fazer concessões para esta criança, e não sei se o fato de estar triste por deixar sua casa pode ser realmente usado contra ela, pois, com todos os seus defeitos, era a casa dela, e ainda não consegue entender o quanto mudou para melhor. Por outro lado, tudo exige moderação.

Demorou mais tempo, porém, do que a Sra. Norris estava inclinada a permitir, para conciliar Fanny com a novidade de Mansfield Park, e a separação de todos a quem ela estava acostumada. Os sentimentos dela eram muito intensos e muito pouco compreendidos para serem devidamente considerados. Ninguém pretendia ser cruel, mas ninguém se desviou do caminho para garantir o seu conforto.

O feriado concedido às Srtas. Bertram no dia seguinte, com o propósito de proporcionar lazer para se familiarizar e entreter sua jovem prima, produziu pouca união. Elas não puderam deixar de considerá-la singela ao descobrirem que possuía apenas duas faixas na cintura e de que nunca havia estudado francês. E quando a perceberam pouco impressionada com o dueto que sabiam tocar com maestria, elas não podiam fazer mais do que dar-lhe generosamente de presente alguns de seus brinquedos menos valiosos, e deixá-la sozinha, enquanto ambas se transferiam para o melhor divertimento das férias naquele momento: fazer flores artificiais ou colecionar papel dourado.

Fanny, fosse próxima de seus primos, fosse na sala de aula, na sala de estar, ou arbustos, estava igualmente abandonada, encontrando algo a temer em cada pessoa e lugar. Abatia-se com o silêncio de Lady Bertram, amedrontada com a expressão austera de Sir Thomas, e bastante dominada pelas advertências da Sra. Norris. Seus primos mais velhos a mortificavam com reflexões sobre o seu tamanho, e ao notarem sua timidez a envergonhavam ainda mais. A senhorita Lee a questionava sobre a sua pouca instrução, e as criadas zombavam de suas roupas. E quando a estes sofrimentos adicionava-se a lembrança dos irmãos e irmãs entre os quais ela sempre foi considerada importante companheira de brincadeiras, instrutora e enfermeira, o desânimo que afundava seu pequeno coração só aumentava.

A grandiosidade da casa causava-lhe admiração, mas não a consolava. Os quartos eram grandes demais para que ela se movimentasse com facilidade. O que quer que tocasse temia se machucar ou quebrar, e vivia com medo de uma coisa ou outra. Frequentemente se deslocava para o seu próprio quarto para chorar, enquanto seus tios falavam, na sala de visitas, sobre sua falta de reconhecimento à evidente sorte que tivera, a menina terminava as tristezas de cada dia chorando até dormir. Uma semana passou desta forma, sem causar nenhuma suspeita foi por sua maneira silenciosa e passiva, quando ela foi encontrada uma manhã por seu primo Edmund, o mais jovem dos filhos, sentada chorando na escadaria que levava ao sótão.

– Querida priminha – disse ele, com a gentileza característica de sua natureza afável –, qual é o problema?

E sentado ao lado dela, estava decidido a fazê-la superar a vergonha por tê-la surpreendido, além de persuadi-la a falar abertamente. Estava doente? Ou alguém estava zangado com ela? Brigou com Maria e Julia? Estava intrigada com alguma coisa em sua lição que ele poderia explicar? Ele, em suma, queria ajudá-la.

Durante um longo tempo a resposta não foi além de:

– Não, não, de modo algum, não, obrigada.

Mas ele ainda perseverou, e assim que mencionou o lar materno, os soluços dela aumentaram mostrando-lhe onde estava a queixa. Ele tentou consolá-la.

– Você está triste por ter deixado a mamãe, minha querida e pequenina Fanny – disse ele –, o que demonstra que é uma menina muito amorosa. Mas você deve se lembrar que está com parentes e amigos, que todos te amam e desejam te fazer feliz. Vamos passear no parque, e você deve me contar tudo sobre os seus irmãos e irmãs.

Ao prosseguir no assunto, ele descobriu que, embora todos os irmão e irmãs fossem igualmente queridos, havia um entre eles, um que estava mais presente em seus pensamentos do que o resto. Era William quem ela mencionava com mais frequência e era ele quem mais ansiava rever. William, o mais velho, um ano mais velho que ela, seu amigo e companheiro constante, seu defensor com a sua mãe (de quem ele era o querido) em todas as aflições. William não gostara que ela fosse embora, ele disse a ela que sentiria muito a sua falta.

– Mas William vai escrever para você, atrevo-me a dizer.

– Sim, ele prometeu que o faria, mas pediu que eu escrevesse primeiro

– E quando você vai fazer isso?

Ela respondeu hesitante que não sabia, pois não tinha nenhum papel de carta.

– Se essa for toda a sua dificuldade, vou fornecer-lhe papel e todos os outros materiais, e você pode escrever sua carta quando quiser. Você ficaria feliz em escrever para William?

– Sim, muito.

– Então que isso seja feito agora. Venha comigo à sala de desjejum; lá encontraremos o que for necessário, e teremos o aposento inteiramente para nós.

– Mas, primo, não vamos postar a carta?

– Sim, se depender de mim deverá ser remetida junto com as outras cartas e, como seu tio vai pagar pelo selo, não vai custar nada a William.

– Meu tio! – repetiu Fanny, com um olhar assustado.

– Sim, quando você tiver escrito a carta, vou levá-la ao meu pai para que a envie.

Fanny avaliou ser esta uma iniciativa corajosa, mas não ofereceu resistência alguma, então foram juntos para o salão de café matinal. Edmund preparou o papel para ela, desenhando linhas com extrema dedicação e com a maior exatidão, o que seu irmão certamente perceberia. Ele continuou com ela o tempo todo em que escreveu, para ajudá-la com a sua caneta-tinteiro ou sua ortografia, conforme um ou outro eram solicitados. Adicionou a esta atenção, que ela apreciou enormemente, ternura em relação a seu irmão, o que a encantou mais do que tudo. Ele expressou de próprio punho sua afeição pelo primo William, enviando-lhe meio guinéu sob o timbre do papel. Os sentimentos de Fanny na ocasião eram tais que ela acreditava ser incapaz de expressá-los, mas seu semblante e algumas simples palavras transmitiam totalmente toda a sua gratidão e alegria, e seu primo começou a avaliá-la com mais interesse. Ele conversou mais com ela, e, de tudo o que ela disse, foi convencido de que ela tinha um coração afetuoso e um forte desejo de fazer o certo; e ele podia perceber que ela tinha direito a atenção pela grande sensibilidade de sua situação, e de sua grande timidez.

Desconhecia o fato de lhe ter causado qualquer dor, mas agora sentia que ela precisava de mais cuidado, e com essa visão se esforçou, em primeiro lugar, para diminuir seu medo de todos, e deu-lhe especialmente muitos bons conselhos quanto a brincar com Maria e Julia, e ser o mais alegre possível.

A partir desse dia, Fanny se sentiu mais confortável. Ela sentiu que tinha um amigo, e a gentileza de seu primo Edmund deu-lhe um ânimo maior com os demais. O lugar ficou menos estranho, e as pessoas menos terríveis, e se houvesse alguém entre eles a quem ela não pudesse deixar de temer, começou ao menos a familiarizar-se com seu modo de ser e a identificar meios de adaptar-se a eles. As pequenas rusticidades e estranhezas que a princípio fez incursões dolorosas na tranquilidade de todos, e dela própria, desapareceram. E ela não tinha mais medo em defrontar-se com o seu tio, e nem a voz de sua tia Norris a deixava em sobressalto. Para as primas era uma companhia ocasionalmente aceitável, embora fosse indigna, devido à sua idade e força inferior, de ser uma companheira constante. Por vezes seus gostos e estratagemas eram de tal natureza que uma terceira pessoa tornava-se bastante útil, especialmente quando esta revelava possuir temperamento amável e obediente. Quando a tia as questionava a respeito das faltas da menina, ou Edmund ressaltava a bondade dela, diziam: "Fanny tem um bom coração." Edmund era sempre gentil, porém não havia nada pior para aguentar para Tom do que aquele tipo de alegria que um jovem de dezessete anos considera adequado para uma criança de dez. Ele era cheio de vigor e começava a se beneficiar com todas as liberalidades a que tem direito o filho mais velho, e acreditava ter nascido somente para consumir e ter prazer. Sua bondade com a sua prima era condizente com a sua situação e suas vantagens. Fez para ela alguns presentes muito bonitos, e ria dela.

À medida que sua aparência e seu humor melhoravam, Sir Thomas e a Sra. Norris, com grande satisfação, se parabenizavam pela ação benevolente. E logo viram que, embora estivesse longe de ser inteligente, ela demonstrava uma disposição dócil, e a princípio, não dava indícios de que lhes causaria problemas. A crítica sobre suas habilidades não partira apenas deles. Fanny tinha as habilidades de ler, costurar e escrever, ainda assim não lhe haviam ensinado nada mais que isso. Na opinião das primas, era desinformada em relação a vários aspectos que lhes eram, havia muito, familiares. Eles a achavam prodigiosamente estúpida, e nas primeiras duas ou três semanas traziam continuamente algum novo relatório para a sala de estar: "Querida mamãe, pense só, minha prima não conhece o mapa da Europa", ou "minha prima não sabe dizer quais são os principais rios da Rússia", ou, "ela nunca ouviu falar sobre a Ásia Menor", ou "ela não conhece a diferença entre aquarela e pastel! Que estranho! já ouviu algo tão estúpido?"

– Minha querida – respondia a atenciosa tia –, é muito ruim, mas não espere que todos sejam tão ágeis e rápidos no aprendizado como você.

– Mas, tia, ela é realmente muito ignorante! Você sabe, nós perguntamos a ela na noite anterior, para que lado ela iria para chegar à Irlanda, e ela respondeu que deveria cruzar a Ilha de Wight. Não consegue pensar em nada a não ser na ilha de Wight, que ela denomina de: a ilha, como se não houvesse outra no mundo. Tenho certeza de que teria vergonha de mim mesma, se não soubesse sobre esses assuntos quando era ainda mais nova. Não consigo recordar de quando eu não possuía informações sobre as quais, ainda hoje, ela desconhece. Faz tanto tempo, tia, que costumávamos repetir em ordem cronológica os nomes dos reis da Inglaterra, com as datas de sua ascensão ao trono e os principais eventos do seu reinado!

– Sim – acrescentou a irmã –, e os nomes dos imperadores romanos desde Severus, e também conhecíamos bastante sobre mitologia pagã, sobre todos os metais, semimetais, planetas e filósofos ilustres.

– É bem verdade, minhas queridas, mas vocês foram abençoados com boa memória, e sua pobre prima provavelmente não tem nenhuma. Há uma vasta diferença de memorização entre vocês, bem como em tudo o mais, e, portanto, devem levar a sua prima em consideração e ter piedade de suas deficiências. E lembrem-se disso, se vocês são tão avançadas e inteligentes, devem ser igualmente modestas, pois, independente do que já sabem, há muito mais para aprender.

– Sim, eu sei, até fazer dezessete. Mas preciso lhe contar algo mais a respeito de Fanny, tão estranho quanto embaraçoso. Você sabia que ela não quer aprender música ou desenho?

– Com certeza, minha querida, isso é muito estúpido mesmo, e mostra uma grande falta de talento e ambição. Mas, considerando todas as coisas, não sei se não é bom que seja assim, pois, uma vez que graças a mim, seu papai e sua mamãe tão generosamente se dispuseram a criá-la junto de vocês. É desnecessário que ela demonstre tantas aptidões quanto as suas; ao contrário, é bastante razoável que haja diferença.

Tais foram os conselhos pelos quais a Sra. Norris ajudou a formar a mente de suas sobrinhas, e era incrível que, a despeito de tanta informação e talentos promissores, as meninas se mostrassem tão inadequadas na aquisição do autoconhecimento, da generosidade e da humildade. Elas haviam aprendido admiravelmente tudo o que não se referia aos princípios da moral. Sir Thomas não sabia dessas deficiências, pois, embora fosse um pai verdadeiramente preocupado, não era aparentemente afetuoso, e a reserva de suas maneiras as reprimia quando estavam perto dele.

Lady Bertram dispensava pouca atenção à educação das filhas, pois não dispunha de tempo para tais cuidados. Ela era uma mulher bem vestida que passava seus dias sentada em um sofá, fazendo um longo pedaço de bordado, de pouca utilidade e nenhuma beleza, pensando mais em seu pug do que nos seus filhos, mas muito indulgente em relação as últimas conquanto isso não gerasse para ela qualquer inconveniência. Era guiada em tudo o que fosse importante por Sir Thomas, e em preocupações menores por sua irmã. Se ela tivesse dedicado maior tempo ao serviço de suas meninas, provavelmente teria suposto que a irmã fosse considerada desnecessária, pois estavam sob os cuidados de uma governanta, com mestres adequados, e não precisariam de mais nada. Quanto ao fato de Fanny ser ignorante em relação ao aprendizado, simplesmente acrescentaria que era um infortúnio, mas algumas pessoas eram estúpidas, portanto, Fanny precisaria se esforçar mais. Ela não sabia o que mais deveria ser feito, e, exceto por ser tão tola, ela deve acrescentar que não viu nenhum mal na pobrezinha, e a achando muito útil e rápida para transmitir mensagens e buscar o que ela queria.

Fanny, com todas as suas limitações, ignorância e timidez, morava em Mansfield Park, e aprendera a transferir o vínculo com a sua antiga casa. Dessa maneira cresceu lá entre os primos sem ser infeliz. Não havia maldade em Maria ou Julia, embora Fanny muitas vezes ficava mortificada com o tratamento que lhe dispensavam, ela era tão humilde em suas próprias reivindicações que não se sentia prejudicada por isso.

Desde a época em que ela entrou para a família, Lady Bertram, em consequência de sua saúde um pouco precária e muita indolência, desistiu de frequentar a casa da cidade, que ela costumava ocupar a cada primavera, e permanecia totalmente no campo, deixando a Sir Thomas o compromisso de comparecer ao Parlamento e ignorando qualquer desconforto que sua ausência pudesse criar. No campo, as Srtas. Bertram continuaram a exercitar a mente e a praticar duetos, ficaram mais altas e femininas e seu pai as viu se tornando em pessoa, maneira, e realizações, tudo que pudesse satisfazer seus anseios. Seu filho mais velho era descuidado e extravagante, e já havia dado a ele muito mal-estar, mas seus outros filhos só lhe davam alegria. Enquanto mantinham o sobrenome Bertram, sentia que suas filhas davam a ele um novo alento, e confiava que, ao renunciarem a este nome, se estenderia em alianças respeitáveis. O caráter de Edmund, seu forte bom senso e retidão de espírito, sugeria justiça, honra e felicidade para si mesmo e todos os seus relacionamentos. Ele deveria preparar-se para o sacerdócio. Em meio aos cuidados e complacência que seus próprios filhos sugeriam, Sir Thomas não se esqueceu de fazer o que pudesse pelos filhos da Sra. Price. Ele fazia generosas contribuições para a educação e o futuro dos sobrinhos, e os direcionaria tão logo ficassem mais velhos. Fanny, entretanto quase totalmente separada de sua família, sensibilizava-se e sentia verdadeira satisfação em ouvir sobre qualquer gentileza para com eles, ou com qualquer notícia promissora relacionada a sua condição ou conduta. Apenas uma vez, no curso de muitos anos, teve a felicidade de encontrar-se com William. Nunca mais vira os demais e ninguém cogitava que ela pudesse querer encontrá-los de novo, nem mesmo para uma visita, nem ninguém parecia querer vê-la. Mas William determinado a ser marinheiro, logo após a sua remoção, foi convidado a passar uma semana com sua irmã em Northamptonshire antes de embarcar para o mar. Pode-se imaginar a afeição ao se reencontrarem, o delicioso deleite por estarem juntos, as horas de alegria e felicidade, os momentos de seriedade e as esperanças compartilhadas e o estado de espírito do menino até o fim, e a tristeza e desespero da menina quando ele partiu. Felizmente, a visita ocorreu durante as férias de Natal, quando ela poderia consolar-se com o primo Edmund. Ele disse a ela coisas encantadoras que William deveria fazer, e ser no futuro, em razão de sua profissão, como a fez gradualmente admitir que a separação poderia ter algum propósito. A amizade de Edmund nunca a decepcionava. Sua mudança de Eton para Oxford não alterou em nada suas disposições amáveis, e apenas ofereceu oportunidades mais frequentes de comprová-las. Sem qualquer intenção de fazer mais do que os demais, ou qualquer receio de fazê-lo em excesso, era sempre verdadeiro em relação aos interesses dela, cuidando dos seus sentimentos, tentando fazer com que suas boas qualidades fossem compreendidas e que dominasse a insegurança que a impossibilitava de ser mais espontânea e dando-lhe conselhos, consolo e encorajamento. Como era mantida a distância pelos demais, seu apoio isoladamente não conseguia fazer com que se desse a conhecer, porém a atenção que a ela dispensava era de grande importância, assistindo-a para que aprimorasse seu conhecimento e ampliasse sua satisfação. Ele sabia que ela era inteligente, perspicaz, e possuía bom senso e gosto pela leitura, que, devidamente dirigido, já representava uma boa educação. A Srta. Lee ensinou-lhe francês, e ouvia sua leitura diária de história; mas ele que recomendava os livros que encantavam suas horas de lazer, ele estimulava o seu discernimento e corrigia suas opiniões. Tornou a leitura útil, ao conversar com ela sobre o que havia lido, e aumentou seu interesse por meio de elogios criteriosos. Em contribuição a tudo isso ela o amava mais do que qualquer pessoa no mundo, exceto William. Seu coração estava dividido entre os dois.

CAPÍTULO 3

O primeiro acontecimento importante na família foi a morte do Sr. Norris, que aconteceu quando Fanny tinha cerca de quinze anos, e necessariamente introduziu alterações e novidades. A Sra. Norris, ao sair da residência paroquial do presbitério, mudou-se primeiro para Park, e posteriormente para uma pequena casa de campo do Sir Thomas e para consolar-se pela perda do marido, considerou que poderia passar muito bem sem ele, e tendo sua renda reduzida havia a necessidade de economia mais rígida.

A residência paroquial ficaria em nome de Edmund. Se o tio tivesse morrido poucos anos antes, esta teria sido devidamente entregue a algum amigo até que ele estivesse com idade suficiente para assumi-la. Mas as extravagâncias de Tom, antes desse evento, foram tão grandes a ponto de ser necessário o irmão mais novo ajudar a pagar pelos prazeres do mais velho. Embora houvesse outra residência da família destinada a Edmund, o que ajudava a aliviar a consciência de Sir Thomas, ainda assim ele considerava este um ato de injustiça. E tentou incutir no seu filho mais velho a mesma convicção, na esperança de produzir um efeito melhor do que qualquer coisa que ele ainda pudesse dizer ou fazer.

– Eu me envergonho por você, Tom – disse ele, em sua maneira mais digna. – Me envergonho pelo que sou impulsionado a fazer, e acredito que poderei ter pena de seus sentimentos como irmão na devida ocasião. Você roubou de Edmund dez, vinte, trinta anos, e talvez para o resto de sua vida, de mais da metade da renda que deveria ser dele. Doravante, pode estar em meu poder, ou no seu, espero que esteja, assegurar a ele um destino melhor, e não se deve esquecer que nada que pudermos fazer por ele será em demasia. Pois não se equivale ao que está sendo obrigado a renunciar agora devido à urgência de suas dívidas.

Tom ouviu com alguma vergonha e tristeza, mas escapando tão rápido quanto possível, poderia logo refletir com alegre egoísmo que primeiro: ele não tinha metade da dívida de alguns de seus amigos, segundo: o pai tinha feito um discurso cansativo a respeito do assunto e, em terceiro lugar: que o futuro beneficiário da paróquia, independente de quem fosse, deveria provavelmente morrer em breve.

Com a morte do Sr. Norris, o beneficiário tornou-se Dr. Grant, que veio consequentemente residir em Mansfield. Era um homem saudável e vigoroso de quarenta e cinco anos, o que parecia suscetível de desapontar os cálculos do Sr. Bertram. Mas não, ele era um tipo de sujeito apoplético, de pescoço curto, e, preocupado com a paróquia, em pouco tempo não aguentaria. A esposa era 15 anos mais jovem do que ele, e não tinham filhos. Entraram para a comunidade com a usual boa reputação de serem pessoas muito respeitáveis e agradáveis.

Chegou o momento em que Sir Thomas esperava que sua cunhada pedisse sua sobrinha de volta, a mudança na situação da Sra. Norris e a idade de Fanny, pareciam impedir qualquer objeção ao fato de não continuarem vivendo juntas, mas para dar à situação mais elegibilidade, como as suas próprias circunstâncias não estavam tão favoráveis quanto antes, em função de recentes perdas nos empreendimentos nas Índias Ocidentais e, ainda, com as extravagâncias do filho mais velho, não era para ele algo indesejável ser dispensado dos gastos com seu sustento e a obrigação com seu futuro.

Na plenitude de sua crença que era a decisão correta, ele mencionou essa possibilidade para a sua esposa; e a primeira vez que o assunto foi falado, Fanny estava presente, e ela calmamente disse para ela:

– Então, Fanny, você vai nos deixar e morar com a minha irmã. O que acha disso?

Fanny ficou muito surpresa para fazer mais do que repetir as palavras de sua tia,

– Eu vou deixá-los?

– Sim, minha querida; por que você deveria estar surpresa? Já faz cinco anos que está conosco, e minha irmã sempre quis levá-la quando o Sr. Norris morresse. Mas você deve vir nos visitar sempre que puder.

A notícia era tão desagradável para Fanny quanto inesperada. Ela nunca havia recebido nenhum gesto de carinho da tia Norris e não podia amá-la.

– Fico muito triste por deixá-los – disse ela com a voz trêmula.

– Sim, ouso dizer que ficará, e isso é bastante natural. Suponho que ninguém tenha sido tão bem tratado quanto você desde que veio para esta casa.

– Espero não ser ingrata, tia – disse Fanny modestamente.

– Não, minha querida, claro que não. Sempre achei você uma menina muito boa.

– E eu nunca irei morar aqui novamente?

– Nunca, minha querida, mas tenha certeza que terá um lar confortável. Fará muito pouca diferença para você, esteja você em uma casa ou na outra.

Fanny deixou o aposento com o coração pesaroso. Ela não achava que a diferença seria tão pequena e não poderia pensar em viver com a tia com qualquer sentimento de satisfação. Logo que encontrou Edmund, revelou-lhe a sua angústia.

– Primo – disse ela –, algo que me deixa triste vai acontecer, e embora você muitas vezes tenha me persuadido a me reconciliar com as coisas que desde o início eu não gostava, não vai conseguir fazer agora. Estou indo viver com a tia Norris.

– É verdade?

– Sim, tia Bertram me contou há pouco. E já está decidido. Eu deixarei Mansfield Park e irei para a White House, acredito que tão logo ela mude para lá.

– Bem, Fanny, e se o plano não fosse desagradável para você, eu deveria chamá-lo de excelente.

– Ah, primo!

– Tem todo o resto a seu favor. Minha tia está se comportando como uma pessoa sensível ao desejar ficar com você. Ela escolheu uma amiga e uma companhia exatamente onde deveria, e estou satisfeito que seu amor por dinheiro não interfira. Você será para ela o que deve ser. Espero que essa situação que não a aflija muito, Fanny.

– Realmente me aflige e não posso me conformar. Amo esta casa e tudo que há nela e não vou conseguir amar nada lá. Você sabe como me sinto desconfortável quando estou ao lado dela.

– Não posso dizer nada a respeito do comportamento dela com você quando era criança, mas era praticamente o mesmo conosco. Ela nunca soube ser agradável com crianças. Mas agora você está em idade em que será tratada melhor. Acho que ela está se comportando melhor já, e quando você for a sua única companhia, será importante para ela.

– Eu nunca serei importante para ninguém.

– E o que irá impedi-la?

– Tudo, a minha situação, tolice e timidez.

– Em relação a tolice e timidez, minha querida Fanny, acredite em mim, você não tem nem mesmo uma sombra das duas coisas, a não ser o uso inapropriado destas palavras. Não há nenhuma razão no mundo que justifique que não será importante onde estiver. Você tem bom senso e um temperamento doce, e tenho certeza que tem um coração agradecido, que nunca poderia receber gentileza sem desejar retribuir. Não conheço qualificações melhores para uma amiga e companheira.

– Você é muito gentil – disse Fanny, corando com o elogio. – Como posso agradecê-lo, por pensar tão bem a meu respeito? Ah, primo! Se devo mesmo ir embora, sempre me lembrarei de sua bondade, até o último instante de minha vida.

– Na verdade, Fanny espero ser lembrado a tal distância como a da White House. Você fala como se fosse estar distante duzentas milhas em vez de estar indo somente para o outro lado do parque. Você estará conosco tanto como antes. As duas famílias vão se encontrar todos os dias do ano. A única diferença será que, morando com a sua tia, você receberá a devida educação, como deve ser. Aqui há muitas pessoas atrás das quais você pode se esconder, mas com ela você será forçada a falar por si mesma.

– Ah! Não diga isso.

– Devo dizer e com prazer. A Sra. Norris está mais preparada do que a minha mãe para cuidar de você agora. Ela tem um temperamento que a permite ajudar qualquer um por quem venha a se interessar, e ela fará com que você faça justiça às suas qualidades.

Fanny suspirou e disse:

– Não consigo ver as coisas como você, mas devo acreditar que está certo e fico grata por tentar me reconciliar com o que deve ser feito. Se eu pudesse supor que minha tia realmente tem interesse em cuidar de mim, seria um prazer me sentir importante para qualquer um. Aqui, eu sei, não sou importante, mas amo tanto esse lugar.

– O lugar, Fanny, é aquilo que se faz dele. Embora você não vá estar mais na casa, terá o mesmo controle sobre o parque e os jardins como antes. Mesmo o seu pacato coraçãozinho não precisa se assustar com tal mudança. Você poderá fazer as mesmas caminhadas, frequentar a mesma biblioteca, ver as mesmas pessoas e passear com os mesmos cavalos.

– É verdade. Sim, o querido e velho pônei cinza! Ah, primo, quando me lembro como temia cavalgar, e o pavor que sentia quando me falavam do bem que me faria. Oh! como tremia quando o tio abria seus lábios para falar qualquer coisa sobre cavalos, e então penso como me persuadiu a vencer os meus medos, e me convenceu de que iria apreciá-los depois de um tempo, o quão certo você provou estar, estou inclinada a acreditar que será capaz de profetizar da mesma maneira.

– Estou bastante convencido de que ficar com a Sra. Norris será tão positivo para a sua consciência como andar a cavalo o foi para a sua saúde; sobretudo, para a sua felicidade.

Assim terminou seu discurso, que mesmo podendo ser útil para Fanny, ela poderia muito bem ter sido poupada, pois a Sra. Norris não tinha a menor intenção de levá-la. Isso nunca havia lhe ocorrido, e era algo que deveria ser cuidadosamente evitado. Para prevenir que isso acontecesse, ela se fixou na menor habitação, que poderia ser classificada como distinta entre as demais do povoado de Mansfield, a White House era grande o suficiente para acomodá-la e aos seus empregados, com um quarto adicional para algum hóspede, e decidiu que, embora os quartos adicionais no presbitério nunca tivessem sido desejados, agora havia uma necessidade imperativa para a eventualidade de hospedar alguém. Nem todas as suas precauções, no entanto, poderiam salvá-la de ser suspeita do contrário. Mas a importância que ela dava agora a um quarto adicional levou Sir Thomas a acreditar que ela o queria reservar para Fanny. Lady Bertram logo trouxe o assunto a uma certeza observando descuidadamente a Sra. Norris.

– Irmã, acredito que não precisaremos mais manter a Srta. Lee quando Fanny for morar com você.

A senhora Norris mostrou-se surpresa.

– Viver comigo, querida Lady Bertram! O que você quer dizer?

– Ela não vai morar com você? Achei que já tivesse combinado com Sir Thomas.

– Eu! Nunca. Nunca disse uma sílaba sobre isso a Sir Thomas, nem ele a mim. Fanny morar comigo! Esta é a última coisa no mundo que eu pensaria, ou qualquer um que realmente conhecesse a nós duas. Meu Deus! O que eu poderia fazer com Fanny? Eu! Uma mulher indefesa, uma viúva desamparada, despreparada para qualquer situação e com o espírito abatido... o que eu poderia fazer com uma menina neste ponto da vida, uma garota de 15 anos! Na idade que precisam de mais atenção e cuidado, e alegrias! Claro que Sir Thomas não poderia seriamente esperar uma coisa dessas! Sir Thomas é muito meu amigo. Ninguém que me deseja bem, tenho certeza, iria propor uma coisa dessas. Como é que o senhor Thomas falou com você sobre isso?

– Realmente não sei. Acredito que ele tenha considerado ser o melhor.

– Mas o que ele disse? Não poderia ter dito que gostaria que eu ficasse com Fanny. Tenho certeza que em seu coração ele não poderia desejar que eu fizesse isso.

– Não, ele somente disse que pensava ser possível, e achei o mesmo. Nós dois pensamos que seria um conforto para você. Mas se você não gosta da ideia, não há mais nada a ser dito. Ela não é um estorvo aqui.

– Querida irmã! Se você considerar o meu infeliz estado, como ela pode me servir de consolo? Aqui estou eu, uma pobre viúva desolada, privada do melhor dos maridos, minha saúde está comprometida pelos cuidados e dedicação a ele, e meu ânimo ainda pior, toda a minha paz neste mundo foi destruída, dificilmente com o suficiente para me manter na posição de uma dama, e possibilitar que viva de forma a não desonrar a memória do meu querido marido. Qual possível conforto eu poderia ter em assumir uma responsabilidade tão grande quanto Fanny? Se eu pudesse escolher para o meu próprio bem, não faria algo tão injusto com a pobre menina. Ela está em boas mãos e com certeza estará bem. Devo lutar com minhas tristezas e dificuldades como posso.

– Então não vai se importar em morar sozinha?

– Querida Lady Bertram! Para o que mais estou apta do que para a solidão? Lady Bertram, eu não reclamo. Sei que não posso viver como antes, mas devo reduzir as minhas despesas no que for possível e aprender a administrar melhor os meus recursos. Tenho sido uma dona de casa extravagante, mas não terei vergonha de praticar a economia a partir de agora. Minha situação mudou tanto quanto minha renda. Esperava-se muito do pobre Sr. Norris como um clérigo, mas o mesmo não pode ser esperado de mim. Não se sabe quanto foi consumido em nossa cozinha por visitantes e frequentadores estranhos. Na White House, as coisas devem ser mais bem cuidadas. Preciso viver com a minha renda ou ficarei miserável. Teria grande satisfação em guardar um pouco ao fim de cada ano.

– Ouso dizer que conseguirá. Você sempre consegue, não é?

– Meu objetivo, Lady Bertram, é ser útil para toda a minha família. É para o bem de seus filhos que desejo enriquecer. Não tenho mais ninguém para cuidar, mas ficaria muito feliz em pensar que poderia deixar uma ninharia digna deles.

– Você é muito generosa, mas não se preocupe com eles, certamente ficarão bem assistidos. Sir Thomas se certificará disso.

– Ora, você sabe que os bens do Sir Thomas serão bastante reduzidos se o negócio em Antígua não for bem-sucedido.

– Oh! Isso logo será resolvido. Sir Thomas tem escrito sobre isso, eu sei.

– Bem, Lady Bertram – disse a Sra. Norris preparando-se para partir –, só posso dizer que a minha única intenção é poder ser útil para a sua família, e se Sir Thomas falar novamente sobre a possibilidade de receber Fanny, poderá dizer que a minha saúde e o meu estado de ânimo não permitem; além disso, eu realmente não poderia lhe oferecer uma acomodação, pois devo manter um quarto vago para uma amiga.

Lady Bertram repetiu o suficiente desta conversa para o marido para convencê-lo de quanto havia se equivocado com os pontos de vista da cunhada; e estava a partir daquele momento perfeitamente segura de todas as expectativas, ou da menor alusão a esse respeito. Ele não poderia deixar de se admirar com a recusa dela em fazer algo pela sobrinha, depois de ter demonstrado tão solicitamente querer adotá-la. Mas, como ela teve o cuidado de fazê-lo entender, assim como Lady Bertram, que tudo o que ela possuía estava destinado à sua família, rapidamente mostrou-se satisfeito com tamanha distinção. Ao mesmo tempo em que era uma vantagem e uma deferência para eles, permitiria que cuidasse melhor de Fanny.

Fanny logo descobriu como haviam sido desnecessários seus temores de uma remoção, e sua felicidade espontânea deu a Edmund algum consolo por sua decepção, pois acreditava que a mudança seria muito importante para ela. A Sra. Norris se acomodou na White House, os Grant chegaram ao presbitério, e conforme esses eventos transcorreram, tudo em Mansfield permaneceu por um tempo como de costume.

Os Grant demonstraram disposição para serem amigáveis e sociáveis, e deram grande satisfação a todos com a sua chegada. Eles tinham suas falhas, e a Sra. Norris logo as descobriu. O médico apreciava muitíssimo uma boa refeição e jantava bem todas as noites. A Sra. Grant, em vez de satisfazê-lo modestamente, fazia refeições tão caras quanto as de Mansfield Park e quase nunca era vista cuidando de suas tarefas. A Sra. Norris não podia falar destas queixas, nem da quantidade de manteiga e ovos que eram regularmente consumidos na casa. Ninguém admirava a fartura e a hospitalidade mais do que ela mesma e ninguém odiava mais os feitos lamentáveis. No seu tempo de presbitério, ela acreditava, nunca faltou conforto de qualquer tipo, e nunca hospedou ninguém de caráter duvidoso. Uma dama num presbitério no campo parecia algo fora do comum. Sua despensa, ela pensou, poderia ter sido um lugar bom o suficiente para a Sra. Grant. E por mais que perguntasse, não conseguiria descobrir se a Sra. Grant tinha mais do que cinco mil libras.

Lady Bertram ouvia sem muito interesse esse tipo de injúria.

Ela não compreendia sobre finanças, mas sentia-se ofendida com o fato de a Sra. Grant ser tão bem estabelecida na vida mesmo sendo destituída de beleza, e expressava a sua indignação a esse respeito com tanta frequência, embora não tão difusamente, quanto a Sra. Norris criticava os aspectos financeiros. Essas questões mal haviam sido levantadas um ano antes quando outro evento de tamanha importância ocorreu na família, reivindicando o seu lugar nos pensamentos e na conversa das senhoras. Sir Thomas achou melhor ir pessoalmente para a Antígua, para resolver melhor os seus assuntos, e levou seu filho mais velho com ele, na esperança de separá-lo das más influencias. Eles deixaram a Inglaterra com a possibilidade de permanecerem fora quase doze meses.

A necessidade da viagem por motivações financeiras e a esperança em relação ao filho fez com que Sir Thomas se resignasse com a necessidade de se separar do restante da família; sobretudo de deixar as filhas sob a responsabilidade de outras pessoas justamente no momento mais interessante das suas vidas. Ele não conseguia acreditar que a senhora Bertram fosse suprir seu lugar igualmente com elas, ou melhor, realizar a sua função. Mas com os cuidados da Sra. Norris e a aprovação de Edmund, ele se sentia suficientemente confiante para partir sem receios. Lady Bertram não gostou nada que o marido a deixasse; mas não estava preocupada com a segurança e conforto dele, ela era uma daquelas pessoas que acham que nada pode ser perigoso, ou difícil, ou fatigante para ninguém, exceto para elas mesmas.

As Srtas. Bertram, poderiam ser dignas de piedade nessa ocasião, mas não pelo sofrimento, e sim pela falta dele. O pai não era objeto de amor para elas; ele nunca pareceu ser amigo nos seus momentos de felicidade, e sua ausência foi infelizmente muito bem-vinda. Com isso estavam libertas de todas as restrições e, sem que visassem uma gratificação que provavelmente teria sido proibida por Sir Thomas, elas se sentiram imediatamente donas do próprio nariz, com a possibilidade de realizarem todas as indulgências que estivessem ao alcance. O alívio de Fanny e seu sentimento a esse respeito era quase semelhante ao das primas, mas uma natureza mais afetuosa sugeria que estava sendo ingrata, e ela realmente sofreu por não conseguir sofrer. Senhor Thomas, fez muito por ela e seus irmãos, e estava partindo com a possibilidade de talvez não retornar! Ela estava vendo-o partir sem uma lágrima! Era uma vergonha tamanha insensibilidade. Na última manhã, ele lhe disse esperar que ela pudesse ver William novamente no curso do inverno seguinte e a havia encarregado de escrever, convidando-o a Mansfield tão logo o esquadrão a que ele pertencia estivesse na Inglaterra. Isso foi tão atencioso e gentil! E se ele apenas tivesse sorrido para ela, e a chamou de: minha querida Fanny, enquanto ele dizia isso, todas as expressões severas ou indiferentes poderiam ter sido esquecidas.

– Se William vier a Mansfield, espero que possa convencê-lo de que os muitos anos que se passaram desde que você partiu não foram de todo desperdiçados, embora, eu temo, ele deve encontrar sua irmã aos dezesseis, em alguns aspectos, muito parecida com a irmã aos dez.

Ela chorou amargamente por essa ponderação logo que seu tio se foi; e as primas, ao vê-la de olhos vermelhos, consideraram-na hipócrita.

CAPÍTULO 4

Ultimamente, Tom Bertram passava tão pouco tempo em casa que mal podiam sentir falta dele. Lady Bertram logo ficou surpresa ao descobrir como eles estavam muito bem, mesmo com a ausência do pai, e de como Edmund podia suprir o lugar dele nos negócios, conversando com o encarregado, escrevendo ao advogado, supervisionando os empregados e, igualmente, salvando-a de todo o cansaço e esforço, exceto na redação das suas próprias correspondências. As primeiras informações sobre a chegada segura dos viajantes a Antígua, após uma viagem favorável foi recebida; embora não antes para evitar que a Sra. Norris tivesse cedido a medos terríveis, e tentando fazer Edmund participar deles sempre que podia encontrá-lo sozinho.

E, como fiava-se em ser a primeira pessoa a tomar conhecimento de qualquer catástrofe fatal, ela já tinha providenciado um modo de contar as notícias para os demais. Quando o senhor Thomas assegurou de que ambos estavam vivos e bem foi necessário acalmar sua agitação e discursos e preparar discursos afetuosos por um bom tempo.

O inverno chegou e passou sem muitas novidades e tudo continuou perfeitamente bem. A Sra. Norris promovia divertimentos para suas sobrinhas, auxiliando-as em sua toilette, exibindo as habilidades delas e ajudando-as a identificar o futuro marido. Havia tanto a fazer, além de todos os seus próprios cuidados domésticos, alguma interferência nos de sua irmã, e alguma conferida nos desperdícios da Sra. Grant, o que a deixavam com muito pouco tempo para se ocupar com os temores em relação aos ausentes.

As Srtas. Bertram estavam agora inteiramente estabelecidas entre as belas jovens da região. E conforme uniam beleza e boa educação a um jeito natural, cuidadosamente moldado pela civilidade e condescendência, tinham a seu favor benevolência e admiração. A vaidade estava em tão boa ordem que pareciam estar completamente livres dela, e não demonstravam traços de superioridade. Os elogios a esse comportamento, assegurado e disseminado pela tia, ajudava a fortalecer nelas a crença de que não tinham falhas. Lady Bertram não saia com as suas filhas. Ela era completamente indolente até mesmo para aceitar a gratificação de uma mãe em testemunhar seu sucesso e prazer às custas de qualquer problema pessoal. Essa tarefa foi transferida para sua irmã, que não desejava nada melhor do que um posto de tal representação honrosa, e saboreou muito bem a possibilidade que lhe permitiu se misturar na sociedade sem que precisasse ter despesas.

Fanny não compartilhava das festividades da estação, mas apreciava declaradamente ser útil como companhia para a tia quando os demais membros da família se ausentavam; e como a Srta. Lee tinha deixado Mansfield, ela naturalmente se tornou essencial para Lady Bertram nas noites de baile ou festa. Ela conversava com ela, ouviu-a, lia para ela, e a tranquilidade dessas tardes, sua perfeita segurança nesses encontros sem qualquer traço de indelicadeza, era indescritivelmente bem-vinda para um espírito que conhecia com frequência os sobressaltos causados por alarme ou embaraços. Quanto as alegrias de suas primas, ela adorava ouvir o relato delas, especialmente dos bailes, e queria saber com quem Edmund havia dançado. Mas pensava de forma bastante submissa sobre sua própria situação para imaginar que algum dia poderia ser convidada a participar, então ouvia sem qualquer ansiedade. De qualquer maneira, foi um inverno confortável para ela; pois embora não trouxesse William para a Inglaterra, a esperança infalível de sua chegada era muito valiosa.

A primavera seguinte a privou de seu estimado amigo, o velho pônei cinza; e por algum tempo ela correu o risco de sentir a perda tanto em sua saúde quanto em sua afeição, pois a despeito da conhecida importância de cavalgar, nada fez com que voltasse a andar a cavalo, porque – como foi observado por suas tias – ela poderia montar qualquer um dos cavalos de suas primas quando elas não os quisessem. Mas como as Srtas. Bertram desejavam andar a cavalo todos os dias, e não pretendiam sacrificar os seus desejos, este dia nunca chegou. Elas faziam os passeios nas belas manhãs de abril e maio, enquanto Fanny permanecia em casa durante todo o dia com uma das tias, ou caminhava além de suas forças em companhia da outra. Para Lady Bertram qualquer exercício era considerado desnecessário para todos, pois era desagradável para ela. E a Sra. Norris, que caminhava o dia inteiro, acreditava que todos deveriam fazer o mesmo. Edmund estava ausente nesse período, e por essa razão o mal não foi remediado anteriormente. Quando ele retornou e percebeu como Fanny estava sendo tratada, e todos os efeitos negativos para a saúde dela, só havia uma decisão a ser tomada.

– Fanny precisa ter o próprio cavalo.

Esta foi a sua declaração resoluta, a qual se opunha a qualquer argumento que pudesse ser instado pela passividade da mãe, ou pela economia da tia, que lhe diminuísse a importância. A Sra. Norris não podia deixar de acreditar que poderiam achar algo entre os cavalos que pertenciam a Park e que seria perfeitamente adequado, ou que poderiam emprestar um cavalo do encarregado, ou ainda que o Dr. Grant pudesse ocasionalmente emprestar o pônei que usava para ir ao correio. Ela não podia deixar de considerar isso absolutamente desnecessário, e até mesmo impróprio, que Fanny tivesse um cavalo destinado regularmente para ela, da mesma maneira que as primas. Ela tinha certeza que Sir Thomas nunca havia tido esta intenção, e sentia-se na obrigação de dizer que fazer tal compra na ausência dele e aumentar as despesas de seu estábulo, numa época em que grande parte de sua renda estava incerta, parecia-lhe muito injustificável.

– Fanny precisa ter um cavalo – era a única resposta de Edmund.

A Sra. Norris não conseguia ver sob a mesma luz, mas Lady Bertram, sim. Ela concordava inteiramente com o seu filho quanto à necessidade dela de ter um cavalo, e somente implorou que não houvesse pressa, pois queria que ele aguardasse o retorno de Sir Thomas e, então, ele mesmo poderia resolver o assunto. Onde estaria o mal em esperar apenas até setembro?

Embora Edmund estivesse muito mais descontente com sua tia do que com sua mãe, que estava demonstrando menor consideração por sua sobrinha, ele não pôde deixar de prestar maior atenção ao que ela tinha dito. E com o tempo encontrou um método de proceder que evitaria o risco de seu pai pensar que ele tinha feito muito e, ao mesmo tempo, obter para Fanny os meios imediatos para se exercitar, já que ele não conseguia aceitar que ela não os tivesse. Ele pessoalmente tinha três cavalos, mas nenhum deles era adequado para uma mulher. Dois deles eram caçadores, e o terceiro, um cavalo útil para estrada. Assim resolveu trocar este terceiro, por um que sua prima pudesse montar. Ele sabia onde poderia encontrá-lo, e tendo resolvido a questão, o negócio foi rapidamente concluído. A nova égua demonstrou ser um tesouro e com muito pouco trabalho ela estava apta para levar adiante o seu propósito. Fanny, então, se tornou sua única dona. Ela não tinha imaginado antes que qualquer coisa poderia se adequar a ela como o seu antigo pônei cinza; mas seu deleite com a égua comprada por Edmund foi muito além de qualquer outro prazer que havia sentido. Sobretudo, tamanha consideração e gentileza aumentava ainda mais sua satisfação, que estava além do que qualquer palavra poderia expressar. Ela considerava seu primo como um exemplo de tudo que é bom e grandioso, possuindo um valor que ninguém exceto ela mesma poderia apreciar devidamente, ele era digno de toda a sua gratidão, e nenhum sentimento seria suficiente para demonstrá-lo. Os sentimentos dela em relação a ele eram uma combinação de tudo o que era respeitável, agradecido, íntimo e afetuoso.

Como o cavalo continuou em nome, e de fato, propriedade de Edmund, Sra. Norris podia tolerar que fosse para uso de Fanny. E se Lady Bertram tivesse pensado outra vez em objetar, ele poderia ter se desculpado por não ter aguardado o retorno de Sir Thomas em setembro, pois quando setembro chegou, Sir Thomas continuava no exterior, e sem qualquer perspectiva de terminar os negócios por lá. Circunstâncias desfavoráveis surgiram de repente, em um momento em que ele estava começando a transformar todos os seus pensamentos para a Inglaterra, e a grande incerteza que envolvia a situação como um todo determinou que enviasse o filho de volta para casa enquanto ele pessoalmente cuidaria dos preparativos finais. Tom chegou em segurança, trazendo um excelente relato da saúde de seu pai. Essas notícias eram inúteis, de acordo com a opinião da Sra. Norris; para ela, a decisão de Sir Thomas em enviar o filho de volta lhe parecia fruto do cuidado de um pai, que permanecia ele mesmo exposto a tantos males. Ela tinha pressentimentos horríveis, e à medida que as longas noites de outono chegaram, era assim terrivelmente assombrada por essas ideias, e na triste solidão de seu chalé, se viu obrigada a refugiar-se diariamente na sala de jantar do Park. O retorno dos compromissos de inverno, no entanto, não deixou de ter os seus efeitos. E ao longo de seu progresso, sua mente tornou-se tão agradavelmente ocupada em supervisionar a fortuna de sua sobrinha mais velha, que seus nervos se acalmaram.

"Se o pobre Sir Thomas tivesse o infortúnio de nunca retornar, seria particularmente consolador ver sua querida Maria bem casada." Ela pensava sobre isso frequentemente e sempre quando estavam na companhia de homens de fortuna, e particularmente durante a apresentação de um jovem que recentemente tinha adquirido uma das maiores e melhores propriedades do país.

O Sr. Rushworth ficou desde o início cativado pela beleza da Srta. Bertram e, estando inclinado ao casamento, logo se sentiu enamorado. Ele era um jovem corpulento, com não mais do que bom senso; mas como lá não era nada desagradável em sua figura ou endereço, a jovem estava bem satisfeita com a sua conquista. Estando agora com vinte e um anos, Maria Bertram começava a pensar no matrimônio como um dever, e o casamento com o Sr. Rushworth lhe traria o prazer de uma renda maior do que a de seu pai. A união garantiria a ela a casa na cidade, que agora era um objeto primordial, tornou-se, pela mesma regra de obrigação moral, um dever se casar com o Sr. Rushworth, caso estivesse em seu alcance. A Sra. Norris foi muito zelosa em promover a união em todas as suas colocações e artifícios, procurando estimular a vontade de ambos. Entre outros meios utilizados, buscando estabelecer mais intimidade com a mãe do cavalheiro, que até o momento, vivia com ele. Chegou a forçar Lady Bertram a percorrer dezesseis quilômetros de uma estrada tediosa para fazer uma visita matinal. Em pouco tempo, a Sra. Rushworth e a Sra. Norris chegaram a um bom entendimento; a primeira demonstrou-se bastante desejosa que o filho se casasse, e declarou que entre todas as jovens que havia conhecido, a Srta. Bertram lhe parecia, por suas qualidades amáveis e talentos, a mais apta para fazê-lo feliz. A Sra. Norris aceitou o elogio e admirou o discernimento de caráter que poderia tão bem distingui-la pela virtude. Maria era de fato o orgulho e a alegria de todos, perfeita e sem defeitos, o que podemos chamar de um verdadeiro anjo. Certamente era tão cercada de admiradores que deveria ser difícil escolher, mas a Sra. Norris, mesmo em pouco tempo, acreditava que o Sr. Rushworth era precisamente o jovem que a merecia e que iria conquistá-la.

Depois de dançarem juntos em um número adequado de bailes, os jovens fizeram jus a essas opiniões e um compromisso foi iniciado, com a devida referência ao ausente Sir Thomas, para a satisfação das respectivas famílias e dos demais, que nas semanas que transcorreram perceberam a conveniência do casamento entre o Sr. Rushworth e a Srta. Bertram. Passaram-se alguns meses até que o consentimento de Sir Thomas chegasse. Nesse ínterim, como ninguém tinha dúvidas sobre a aceitação dele com essa união, as relações entre as duas famílias foram levadas adiante, e não havia nada sigiloso nos comentários da Sra. Norris, onde quer que fosse, de que o casamento era uma questão que não devesse ainda ser mencionada.

Edmund era o único na família que podia ver uma falha nessa negociação. E nenhuma representação de sua tia poderia induzi-lo a ver no Sr. Rushworth um companheiro desejável. Para ele, a irmã deveria ser o melhor juiz para determinar a própria felicidade, mas não estava satisfeito com o fato de que a felicidade dela estivesse centrada em uma grande quantia de dinheiro. E diante do Sr. Rushworth não poderia se abster de muitas vezes dizer a si mesmo que: "Se este homem não tivesse doze mil libras por ano, ele seria um sujeito muito estúpido."

Sir Thomas, no entanto, estava muito feliz com a perspectiva de uma união inquestionavelmente vantajosa, e sobre a qual ele só ouvia comentários extremamente positivos e agradáveis. Era uma ligação de grande qualidade, no mesmo condado, e com os mesmos interesses. E sua concordância foi comunicada o mais rapidamente possível. A única condição era que o casamento não deveria ocorrer durante sua ausência. Ele escreveu em abril e disse que tinha fortes esperanças, para a sua grande satisfação, de que deixaria Antígua antes do fim do verão.

Esses foram os acontecimentos que transcorreram no mês de julho, e Fanny tinha acabado de completar dezoito anos, quando a sociedade local recebeu os irmãos da Sra. Grant, o Sr. e a Srta. Crawford, os filhos de sua mãe com um segundo casamento. Eram jovens e ricos. O filho tinha uma bela propriedade em Norfolk, e a filha, vinte mil libras. Quando crianças, a irmã tinha sido sempre muito atenciosa e amável com eles, mas, como seu casamento foi seguido da morte de sua mãe, eles ficaram sob os cuidados de um irmão do pai, o qual a Sra. Grant desconhecia. Na casa de seu tio, eles encontraram um lar amorosos e acolhedor. O almirante e a Sra. Crawford, embora não concordassem em nada mais, estavam unidos na afeição pelas crianças, ou pelo menos não disputavam mais as suas afeições, já que cada um tinha o seu favorito, a quem demonstravam preferência em relação ao outro. O almirante ficou encantado com o menino, e a Sra. Crawford, com a menina. E, agora, a morte da senhora obrigava sua protegida, após alguns meses de incerteza na casa do tio, a encontrar um novo lar. O almirante Crawford era um homem de conduta imoral, que optou, ao invés de cuidar de sua sobrinha, trazer sua amante sob seu próprio teto e com isso, a Sra. Grant sentia-se na obrigação de auxiliar a irmã. Essa medida era muito bem-vinda por um lado, e oportuna por outro. A Sra. Grant, tendo já realizado os seus afazeres como uma senhora residente no campo e sem filhos, e mais do que preenchido a sua sala de estar com belos móveis e uma coleção de plantas e de aves, estava muito desejosa de mudanças em casa. A chegada, portanto, de uma irmã que ela sempre amou, e que esperava manter por perto enquanto permanecesse solteira, era altamente agradável, e sua principal ansiedade era que Mansfield não satisfizesse os hábitos de uma jovem que estava mais acostumada com Londres.

A Srta. Crawford não estava inteiramente livre de tais preocupações embora estas tenham surgido principalmente em relação ao estilo de vida da irmã e ao tipo de sociedade em que estava inserida. E foi depois que ela tentou em vão persuadir o irmão a se estabelecer com ela em sua própria casa de campo, que ela resolveu aventurar-se entre outros familiares. A qualquer referência a uma estada permanente, ou à limitação da sociedade, Henry Crawford tinha, infelizmente, profunda aversão. Ele não podia acomodar a irmã em tal circunstância. Mas a acompanhou com grande solicitude até Northamptonshire e dispôs-se a buscá-la em pouco tempo caso ela se sentisse cansada do lugar. O encontro foi muito satisfatório de ambos os lados. Srta. Crawford encontrou uma irmã sem rigor ou rusticidade, um cunhado que lhe parecia um cavalheiro, e uma casa confortável e bem equipada, e a Sra. Grant recebeu aos dois a quem esperava amar mais do que nunca, dois jovens de aparência muito atraente. Mary Crawford era incrivelmente bonita, Henry, embora não fosse bonito, tinha ar e semblante muito distintos. As maneiras de ambos eram animadas e agradáveis, e a Sra. Grant imediatamente deu-lhes crédito por tudo o mais. Ela estava encantada com os dois, mas Mary era o seu maior objeto de afeição, e como nunca havia tido a possibilidade de regozijar-se com a própria beleza, apreciava a possibilidade de sentir-se honrada com a da irmã. Ela não havia aguardado a sua chegada para começar a pensar em um cavalheiro adequado para ela, e tinha escolhido Tom Bertram; o filho mais velho de uma Baronesa não estava em condição superior à de uma menina com vinte mil libras e toda a elegância e virtude que a Sra. Grant previu. E sendo uma mulher de coração caloroso e sem reservas, não havia passado três horas desde a chegada de Mary em sua casa disse a ela o que havia planejado.

A Srta. Crawford estava satisfeita em saber que uma família de tal importância estivesse próxima a eles, não tendo ficado nem um pouco descontente com o cuidado demonstrado pela irmã, ou pela escolha que ela tinha feito. O matrimônio era seu objetivo, desde que ela pudesse casar-se bem, e tendo visto o Sr. Bertram na cidade, ela sabia que não faria objeção à sua pessoa ou à sua condição. Embora ela tenha tratado isso como uma brincadeira, entretanto, não se esqueceu de pensar a sério no assunto. O plano logo foi revelado para Henry.

– E agora – acrescentou a Sra. Grant –, pensei em algo para torná-lo quase perfeito. Eu adoraria poder acomodar a ambos no campo, e sendo assim, Henry, você deverá se casar com a Srta. Bertram mais nova, uma menina com bom coração, bela, bem-humorada e virtuosa, e que vai fazê-lo muito feliz.

Henry fez uma pequena reverência e agradeceu-lhe.

– Minha querida irmã – disse Maria –, se você puder persuadi-lo a fazer algo desse tipo, será um prazer para mim encontrar-me aliada de alguém tão inteligente, e só lamentarei que você não tenha meia dúzia de filhas que possa casar. Se conseguir persuadir Henry a se casar, você deve ter o endereço de alguma francesa. Tudo o que as habilidades inglesas podem tentar, já foi tentado. Tenho três amigas que fariam tudo ao seu alcance para estar com ele, e os esforços que elas, suas mães – mulheres muito inteligentes –, minha querida tia e eu pessoalmente tentamos para trazê-lo à razão, persuadi-lo ou enganá-lo para que se casasse, mas é inconcebível! Ele é o flerte mais horrível que se pode imaginar. Se as suas Srtas. Bertram não querem ter seus corações partidos, deixe-as evitar Henry.

– Minha querida irmã, não acredito que isso seja verdade!

– Não, estou certa de que é muito bondosa. Você é até mais gentil do que Mary. Você compreende as dúvidas da juventude e da inexperiência. Tenho um temperamento cauteloso, e sem vontade de arriscar minha felicidade com pressa. Ninguém pensa mais em matrimônio do que eu. Considero a bênção de uma esposa, conforme descrito nas discretas linhas do poeta, o último presente do Paraíso.

– Veja só, Sra. Grant, como ele é irônico, e apenas olhe para o sorriso dele. Garanto que é detestável, as aulas do almirante o mimaram bastante.

– Eu presto muito pouca atenção – disse a Sra. Grant – no que um jovem pondera sobre o casamento. Se proclamarem uma aversão ao fato, acredito que é porque ainda não encontraram a pessoa certa.

O Dr. Grant sorrindo parabenizou Srta. Crawford por não sentir aversão ao matrimônio.

– Ah, sim! Não tenho nenhuma vergonha disso. Gostaria que todos se casassem, caso pudessem fazer isso adequadamente, não gosto que as pessoas se lancem despreocupadamente, mas todos deveriam se casar tão logo consigam fazê-lo, em nome de sua própria felicidade.

CAPÍTULO 5

Os jovens se mostraram satisfeitos desde o início. De cada lado havia muito a atrair, e seu encontro logo prometeu uma intimidade, até onde permitiam as boas maneiras. A beleza da Srta. Crawford não incomodava às Srtas. Bertram. Elas próprias eram bonitas demais para não gostar de outra mulher por ser também, e ficavam quase tão encantadas quanto seus irmãos com seus olhos negros vivos, tez castanha clara e beleza em geral. Se ela fosse alta e mais bem desenvolvida, poderia ter sido diferente: mas como não era, não poderia haver comparação; era uma menina doce e bonita, enquanto as irmãs eram as melhores jovens do país.

Seu irmão não era bonito; mas ainda era um cavalheiro, com um porte agradável. O segundo encontro provou que ele não era tão comum assim: ele era comum, com certeza, mas tinha um lindo semblante, e seus dentes eram tão bons, e ele era tão bem feito, que logo se esquecia que ele era comum; e depois de um terceiro encontro, depois de jantar em companhia com ele no Parsonage, ele não podia mais ser chamado de comum por ninguém. Ele era, de fato, o rapaz mais agradável que as irmãs já haviam conhecido, e elas estavam igualmente encantadas com ele. O noivado da Srta. Bertram tornava-o por direito propriedade de Julia, e Julia estava plenamente ciente; e antes que ele completasse uma semana em Mansfield, ela estava pronta para se apaixonar por ele.

As noções de Maria sobre o assunto eram mais confusas e indistintas. Ela não queria ver ou entender. Não poderia haver mal nenhum em ela gostar de um homem agradável – todos conheciam sua situação –, o Sr. Crawford deveria cuidar de si mesmo. Sr. Crawford não pretendia estar em perigo! as Senhoritas Bertram valiam a pena agradar e estavam dispostas a receber agrados. No início, ele só queria fazer com que gostassem dele. Ele não queria que morressem de amor; mas com bom senso e temperamento, deveriam fazer o que julgassem melhor. Ele se permitia grande avanço nesse campo.

– Gosto muito das Srtas. Bertram, irmã – disse ele logo depois de tê-las levado à carruagem após uma visita para jantar –; são meninas muito interessantes e agradáveis.

– Realmente são, e fico feliz em ouvir isso de você. Mas você gosta mais da Julia.

– Certamente, é verdade!

– Gosta mesmo? Porque a Srta. Bertram é normalmente considerada a mais bonita de todas.

– É, acredito que sim. Ela se destaca em cada traço e prefiro o semblante, mas gosto mais da Julia. A Srta. Bertram é certamente a mais bonita, mas sempre irei preferir a Julia, porque essa é a ordem.

– Eu não falarei mais nada, Henry, mas sei que você vai gostar mais dela no fim.

– Mas não estou dizendo que eu a prefiro em primeiro lugar?

– Além do mais, a Srta. Bertram está comprometida. Lembre-se disso, meu querido irmão. Ela está noiva.

– Sim, e é verdade que quando uma mulher fica noiva ela se torna mais agradável do que uma que não está noiva. Ela está satisfeita consigo. Suas preocupações terminaram e ela sente que pode exercer todo o seu poder de agradar sem gerar suspeitas. Tudo está seguro com uma mulher noiva, nenhum mal lhe pode ser feito.

– E por falar nisso, o Sr. Rushworth é um ótimo partido para ela.

– Mas a Srta. Bertram não dá a mínima para ele.

– Essa é a sua opinião. Eu penso diferente. Estou certa de que a Srta. Bertram está muito apaixonada pelo Sr. Rushworth. Pude ver em seus olhos sempre que mencionavam o nome dele. Tenho muita admiração e respeito pela Srta. Bertram para suspeitar de que ela poderia entregar a sua mão sem entregar também o seu coração.

– Mary, como iremos domá-lo?

– Acredito que devemos deixá-lo sozinho; falar não ajuda. Ele será derrotado.

– Mas eu preferiria que ele não fosse derrotado, não quero que seja enganado. Eu prefiro que seja justo.

– Ah! Querida. Deixe que ele tenha suas chances e seja convencido. Será a mesma coisa. Uma hora ou outra, todos somos derrotados.

– Nem sempre quando o assunto é casamento, Mary.

– Principalmente quando o assunto é casamento. Com todo o respeito aos casados, minha querida Sra. Grant, não existe uma pessoa em cem, que não o tenha feito antes de se casar. Pense comigo, é verdade; de todas as negociações, é nesta que as pessoas esperam mais umas das outras, e em que são pouco verdadeiras com elas mesmas.

– Ah! Você teve uma visão destorcida sobre o matrimônio em Hill Street.

– Minha tia certamente quase não tinha motivos para ser feliz no casamento, mas, no entanto, falando com base em minhas próprias análises, é uma decisão que envolve manobras. Conheço muitos que se casaram com a expectativa e a confiança de que teriam alguma vantagem, ou realização, ou, ainda, que encontrariam qualidades na outra pessoa, mas que se decepcionaram, e foram obrigados a se submeter a uma situação contrária! O que é isso, senão ser derrotado?

– Pobre criança, há muitas suposições em seu pensamento. Me desculpe, mas não consigo acreditar nisso; você vê somente metade da situação, o lado negativo. Existirão obstáculos e desapontamentos em qualquer lugar, e sempre corremos o risco de criar expectativas. Mas se um dos planos para a felicidade não der certo, a natureza humana volta-se para outro. Se o primeiro cálculo estiver equivocado, faremos um segundo cálculo que esteja correto. Nós encontraremos abrigo em algum lugar, e aqueles com mentes perversas, que fazem muito de pequenas situações, são ainda mais convencidos e enganados do que os próprios envolvidos.

– Belíssimo, irmã! Admiro o seu espírito de equipe. Quando eu for uma esposa, pretendo ser tão forte quanto você é, e espero que as minhas amigas também sejam. Iria me poupar muita dor de cabeça.

– Você é tão terrível quanto seu irmão, Mary. Mas nós vamos dar um jeito nisso. Mansfield vai curá-los. Fiquem conosco e nós os curaremos.

Os Crawford, sem vontade de serem curados, estavam muito dispostos a ficar. Mary estava satisfeita com o presbitério como um lar atual, e Henry igualmente pronto para prolongar sua visita. Ele tinha vindo com a intenção de passar apenas alguns dias com eles; mas Mansfield prometia muito, e não havia nada para chamá-lo em outro lugar. Era um prazer para a Sra. Grant manter os dois com ela, e o Dr. Grant estava extremamente satisfeito com isso: uma jovem bonita e falante como Srta. Crawford é sempre uma companhia agradável para um homem indolente que fica em casa; e o fato de Sr. Crawford ser seu convidado era uma desculpa para beber todos os dias.

A admiração da Srta. Bertram pelo Sr. Crawford era mais arrebatadora do que qualquer coisa que os hábitos de Srta. Crawford a fizessem sentir. Ela reconheceu, no entanto, que os senhores Bertram eram rapazes muito bons, que dois desses rapazes raramente eram vistos juntos, mesmo em Londres, e que suas maneiras, especialmente as do mais velho, eram muito boas. Ele estivera muito em Londres e tinha mais vivacidade e bravura do que Edmund, e deveria, portanto, ser preferido; e, de fato, ele ser o mais velho era outra reivindicação forte. Ela teve um pressentimento precoce de que deveria gostar mais do mais velho. Sabia que era este o seu destino.

Tom Bertram parecia agradável. De qualquer maneira, ele era o tipo de jovem de quem geralmente gostava, sua gentileza era do tipo que mais frequentemente se achava agradável do que alguns dotes de cunho superior, pois ele tinha modos fáceis, espírito forte, um grande conhecimento e muito a dizer; Mansfield Park, e o título de Baronesa, não fariam mal a tudo isso. Srta. Crawford logo sentiu que ele e sua situação poderia ser adequado para ela.

Olhou em volta com a devida consideração e encontrou quase tudo a seu favor: um parque, um parque de verdade, com oito quilômetros de extensão, uma casa espaçosa e moderna, tão bem localizada e bem protegida que merece estar em qualquer coleção de gravuras de nobres do reino, e precisando apenas ser completamente remobiliada – irmãs agradáveis, uma mãe tranquila e um homem agradável.

Poderia funcionar muito bem; ela acreditava que deveria aceitá-lo; e começou a se interessar um pouco pelo cavalo que iria correr nas corridas.

Essas corridas demandaram atenção, embora fosse o início de seu relacionamento; e como parecia que a família não esperava, de acordo com suas atividades habituais, que ele voltasse por muitas semanas, isso seria um teste precoce de sua paixão. Muito foi dito de sua parte para induzi-la a comparecer às corridas, e esquemas foram feitos para uma grande festa para eles, mas isso só ficou no campo da especulação.

E Fanny, o que ela estava fazendo e pensando durante todo esse tempo? E qual era sua opinião sobre os recém-chegados? Poucas jovens de dezoito anos poderiam ser menos convidadas a expressar sua opinião do que Fanny. De maneira discreta, muito pouco atendida, ela prestou sua homenagem de admiração à beleza de Srta. Crawford; mas como ela ainda considerava o Sr. Crawford muito comum, apesar de seus dois primos terem repetidamente provado o contrário, ela nunca o mencionou.

– Estou começando a entender a todos, exceto a Srta. Price – disse Srta. Crowfor numa caminhada com os senhores Bertram. – Digam, ela foi ou não apresentada à sociedade? Estou um tanto confusa. Ela jantou no presbitério com vocês, o que faz parecer que sim, mas ela fala tão pouco que é difícil supor que ela de fato tenha sido.

– Entendo o que diz, mas não tenho respostas no momento para essa pergunta – disse Edmund, a quem este apontamento se dirigia principalmente. – Minha prima tem a idade e o temperamento de uma mulher, mas o seu comportamento distante está além do meu entendimento.

– E, de maneira geral, é fácil de ser constatado. A diferença é enorme. Tanto o comportamento, como a aparência, são de maneira geral, diferentes. Até então, eu não me equivoquei a respeito de outras meninas. Aquela que não foi apresentada tem sempre o mesmo estilo de roupa e chapéu, por exemplo; demonstra um ar bastante recatado e fala muito pouco. Ela pode sorrir, mas eu lhe asseguro, se o fizer em excesso não é considerado adequada pelos outros. As mulheres devem ser quietas e pouco mostrar. A mudança de modos ao sermos apresentadas à sociedade é muito repentina. Às vezes elas alternam em tão pouco tempo de reservadas e quietas para o oposto! Não desejamos ver uma jovem de dezoito ou dezenove anos tão disposta a experimentar novidades, ainda mais quando mal pudemos ouvi-la falar um ano antes. Sr. Bertram, ouso afirmar que você ocasionalmente presenciou estas mudanças.

– Presenciei, mas não é justa essa conversa. Vejo aonde quer chegar. Você está nos testando.

– Não, de forma alguma. Srta. Anderson! Não sei quem ou o que quer dizer. Mas posso testá-lo com grande entusiasmo, se você me disser o assunto.

– Você se saiu muito bem, mas não posso permitir que me conduza dessa maneira. Você devia estar pensando na Srta. Anderson ao descrever uma jovem mudada, pois descreveu-a de forma muito precisa para ser um equívoco. Foi exatamente assim que aconteceu. Os Anderson de Baker Street. Nós estávamos falando deles justamente outro dia. Edmund, você me ouviu mencionar Charles Anderson. A circunstância foi precisamente a que esta dama descreveu. Quando Anderson me apresentou à sua família, aproximadamente dois anos atrás, a irmã era muito quieta, e não consegui fazer com que ela conversasse comigo. Sentei por uma hora em uma manhã esperando por Anderson, somente com ela e uma menina pequena, ou duas, no aposento. A governanta estava doente ou tinha ido embora, e a mãe entrava e saía com frequência por conta de assuntos de negócios, e eu mal podia fazer com que a jovem falasse uma palavra ou olhasse para mim, nem mesmo uma resposta cordial. Ela retorcia os lábios, e virava-se contra mim com arrogância! Eu a reencontrei depois de um ano; na época, ela já tinha sido apresentada. Encontrei-a na Sra. Holford, e não a reconheci. Ela veio até mim, me tratou como se fosse um conhecido, olhou fixamente para os meus olhos, conversou e riu até o ponto de me deixar desconcertado. Senti que era a piada do aposento. A Srta. Crawford, evidentemente, ouviu a história.

– É uma história muito bonita, e mais verdadeira do que o crédito que podemos dar à Srta. Anderson. É uma falha recorrente. É certo que as mães ainda não sabem a maneira correta de cuidar de suas filhas. Não sei exatamente onde está o equívoco e não pretendo dizer qual é o caminho correto, mas posso dizer que estão quase sempre erradas.

– Aqueles que estão demonstrando ao mundo qual deve ser o comportamento feminino – disse o Sr. Bertram de forma galanteadora –, estão se esforçando para que seja feito de maneira correta.

– É simples – disse o menos cortês Edmund. – Essas meninas não são educadas da maneira correta. São dadas a elas noções erradas desde o início. Estão sempre sendo motivadas pela vaidade, e não existe modéstia em seu comportamento antes de aparecem em público nem depois.

– Não sei – respondeu a Srta. Crawford, hesitante.

– Sim, eu não posso concordar com você nesse ponto. É certamente o aspecto mais difícil desse empreendimento. É muito pior ter meninas que não tenham sido apresentadas agindo com o mesmo ar e a mesma liberdade das que já o fizeram, fato que já presenciei. Isto é pior do que qualquer outra situação!

– Sim, isso é de fato muito embaraçador – disse o Sr. Bertram. – Deixa qualquer um confuso, sem saber o que fazer. O vestuário e a modéstia que tão bem descreveu indica como se deve agir. No ano passado me envolvi em uma terrível situação por conta disso. Em setembro passado, logo após retornar das Índias Ocidentais, fui até Ramsgate por uma semana com um amigo, Sneyd; já devo ter lhe falado de Sneyd, Edmund. O pai, a mãe e as irmãs estavam lá, e eu não conhecia ninguém. Quando chegamos a Albion Place estavam todos fora e fomos ao seu encontro no píer. A Sra. e as duas Srtas. Sneyd estavam na companhia de outras amigas. Eu fiz a reverência, e como a Sra. Sneyd estava cercada por homens, me aproximei de uma de suas filhas, caminhei a seu lado até chegarmos em sua casa e me comportei da maneira mais agradável possível. A jovem dama estava perfeitamente à vontade, pronta para ouvir e para falar. Eu não poderia suspeitar que eu estivesse fazendo algo de errado. Elas estavam todas muito parecidas, bem-vestidas, com véus e guarda-sóis como as outras meninas, mas posteriormente percebi que estava dando atenção para a mais nova, que não tinha sido formalmente apresentada à sociedade, e tinha ofendido de tal maneira a mais velha. A Srta. Augusta não deve ter sido alvo de atenção por pelo menos mais seis meses e a Sra. Sneyd, acredito, nunca me perdoou.

– Que situação desagradável. Pobre Srta. Sneyd! Embora eu não tenha irmã mais nova, sinto muito por ela. Ser negligenciada antes do tempo deve ser vexatório, mas a culpa é inteira da mãe. A Srta. Augusta deveria estar na companhia de sua governanta. Essas falhas sempre causam tais problemas. Mas agora peço que me esclareçam a respeito da Srta. Price. Ela frequenta bailes? Sai para jantar, além de vir à casa da minha irmã?

– Não – respondeu Edmund. – Acredito que ela nunca foi a bailes. Minha mãe raramente sai de casa, e não costuma jantar com mais ninguém, com exceção da Sra. Grant, e Fanny permanece em casa com ela.

– Ah! Então é evidente. A Srta. Price não foi apresentada à sociedade.

CAPÍTULO 6

O Sr. Bertram partiu, e Srta. Crawford estava preparada para enfrentar uma grande ausência e para sentir sua falta nas reuniões que agora estavam se tornando quase diárias entre as famílias. Depois de todos jantarem juntos em Park logo após sua partida, ela retomou o lugar escolhido perto do fundo da mesa, esperando sentir uma diferença melancólica na mudança de senhores. Seria um negócio muito monótono. Em comparação com seu irmão, Edmund nada teria a dizer. A sopa seria enviada da maneira mais desanimada, o vinho bebido sem sorrisos ou bagatelas agradáveis e a carne de veado cortada sem fornecer uma anedota agradável de qualquer acontecimento anterior, ou uma única história divertida. Ela devia tentar se divertir com o que estava acontecendo no lado superior da mesa e em observar o Sr. Rushworth, que agora aparecia em Mansfield pela primeira vez desde a chegada dos Crawford.

Ele estivera visitando um amigo no condado vizinho, e esse amigo teve recentemente suas terras reformadas por um empreiteiro. O Sr. Rushworth retornou com a cabeça ocupada pelo assunto e muito ansioso para melhorar sua própria posição no mesmo caminho; embora não dissesse muito sobre o propósito, não podia falar de outra coisa. O assunto já havia sido tratado na sala de estar e foi revivido na sala de jantar. A atenção e a opinião da senhorita Bertram eram evidentemente seu objetivo principal, embora seu comportamento mostrasse um ar de superioridade e certa indiferença, e a menção de Sotherton Court e as ideias associadas a ela deram-lhe um sentimento de complacência, que a impediu de ser muito indelicada.

– Como eu gostaria que vocês visitassem Compton – disse ele –, nunca vi lugar tão diferente e mais completo durante toda a minha vida! O parque é agora uma das coisas mais bonitas da região. É surpreendente a maneira que se pode ver a casa. Disse quando voltei a Sotherton ontem que parecia uma velha e sombria prisão.

– Ah! Que vergonhoso! – replicou a Sra. Norris. – Uma prisão! Sothern Court é um dos lugares mais nobres do mundo todo.

– Precisa de modernização, minha senhora, acima de tudo. Nunca em toda a minha vida vi um lugar que precisasse tanto de melhorias. E está tão abandonado que não sei o que poderia ser feito.

– Não é de se estranhar que o Sr. Rushworth pense dessa maneira agora – disse a Sra. Grant para a Sra. Norris, com um sorriso. – Mas se depender dele, Sotherton terá todas as benfeitorias que o seu coração desejar.

– Tentarei fazer algo a respeito disso – disse o Sr. Rushworth –, mas não sei exatamente o que será. Espero ter alguém para me ajudar.

– O seu ajudante, no caso – disse a Srta. Bertram calmamente –, seria o Sr. Repton, imagino.

– Exatamente quem eu tinha imaginado. Ele foi tão bem-sucedido com o Smith, que acho que devo contratá-lo o quanto antes. Ele cobra cinco guinéus por dia.

– Bem, mesmo que fossem dez – disse a Sra. Norris. – Estou certa de que você não precisa se preocupar quanto a isso. As despesas não devem servir de impedimento. Se eu fosse você, não me preocuparia e faria tudo no melhor estilo, o mais bonito possível. Um lugar como Sotherton Court merece tudo o que o dinheiro e o bom gosto podem fazer. Você tem bastante espaço e terrenos. Por mim, se eu tivesse terras do tamanho de uma quinta parte de Sotherton, estaria sempre plantando, pois naturalmente gosto muito do lugar. Seria ridículo tentar fazer algo onde estou agora, com meu meio acre; é quase burlesco. Mas, se tivesse mais espaço, teria um prazer incomum em realizar melhorias e plantar. Nós fizemos o mesmo no presbitério e o transformamos em um lugar bem diferente de quando o compramos. É possível que vocês, os mais jovens, não lembrem muito a respeito disso. Mas se Sir Thomas estivesse aqui, ele poderia relatar todas as mudanças e melhorias que fizemos. Muito mais teria sido feito se não fossem as condições de saúde do pobre Sr. Norris. Ele mal conseguia levantar da cama para poder aproveitar o seu tempo, e isso me deixava abatida e desanimada para pôr em prática muitos dos planos que eu e Sir Thomas costumávamos fazer. Se não fosse por isso, teríamos feito o jardim suspenso e a plantação para isolar o pátio da igreja, assim como o Dr. Grant o fez. Nós estávamos sempre fazendo alguma melhoria. Foi somente na primavera, doze meses antes da morte do Sr. Norris, que plantamos o damasco contra a parede, e ele agora cresceu e atingiu tamanha perfeição, caro senhor – disse ela, nesse momento voltando-se ao Dr. Grant.

– Sem dúvida, a árvore tem prosperado bem, senhora – respondeu o Dr. Grant. – O solo é muito bom e nunca passo por ali sem lamentar o fato de ter tão poucas frutas, e de que isso torna injustificável o trabalho de colhê-las.

– Senhor, Park está em um terreno alagado. Dr. Grant, nós o compramos assim. Foi um presente de Sir Thomas, mas eu vi o valor e sei que custou 7 xelins, e foi cobrado o preço justo de um brejo.

– Foi-lhe imposto então, minha senhora – retorquiu o Dr. Grant –; estas batatas têm o mesmo sabor de um damasco crescido em um brejo, assim como as frutas daquela árvore. Na melhor das hipóteses, é uma fruta insípida, mas um bom damasco é comível, embora nenhum do meu jardim o seja.

– A verdade, minha senhora – disse a Sra. Grant, fingindo cochichar para a Sra. Norris, que estava no lado oposto da mesa –, é que o Dr. Grant mal poderia dizer qual é o gosto natural de um damasco, pois ele praticamente nunca experimentou um. É uma fruta muito valiosa e que requer pouco trabalho, e a nossa é notadamente grande e saborosa; a nossa cozinheira consegue aproveitar todas as frutas em tortas e conservas.

A Sra. Norris, que tinha começado a ficar ruborizada, foi acalmada, e por um pequeno período, outros assuntos sobre as melhorias em Sotherton tomaram o espaço.

O Dr. Grant e a Sra. Norris estavam sempre se desentendendo; conheceram-se em meio a turbulências, e os seus hábitos eram completamente diferentes.

Após um breve intervalo, o Sr. Rushworth recomeçou.

– A propriedade de Smith é muito bonita, chama a atenção, e foi por uma quantia pequena que Repton a assumiu. Acho que contratarei Repton.

– Sr. Rushworth – disse Lady Bertram –, em seu lugar eu plantaria árvores. As pessoas gostam de caminhar pelas árvores quando o tempo está bom.

O Sr. Rushworth ansiou por demonstrar seu consentimento à senhoria, e tentou dizer algo cortês, mas entre submeter-se ao gosto dela, que coincidia com o dele, e agradar as demais senhoritas presentes, insinuando que existia apenas uma única pessoa a quem gostaria de satisfazer, sentiu-se constrangido, e Edmund tomou a iniciativa de pôr fim ao assunto com um convite para beberem vinho. No entanto, o Sr. Rushworth, usualmente pouco falante, ainda tinha o que dizer sobre o assunto de tão grande interesse para ele mesmo.

– Smith tem apenas um pouco mais de cem acres de terra, o que é insuficiente, o que surpreendeu ainda mais terem sido feitas tantas modificações na propriedade. Agora, em Sotherton, nós temos aproximadamente setecentos, então acredito que se tanto pode ser feito em Compton, não precisamos ficar desesperados. Duas ou três belas e antigas árvores foram cortadas, pois estavam muito próximas à casa, e isso ampliou incrivelmente a perspectiva, o que me leva a pensar que Repton, ou qualquer outro que esteja empenhado no projeto, certamente retiraria a alameda em Sotherton; a alameda que liga o lado oeste ao cume do morro, como sabe – disse dirigindo-se, em particular, para a Srta. Bertram.

Mas a Srta. Bertram pensou ser apropriado responder:

– A alameda! Eu não lembro. Conheço bem pouco de Sotherton.

Fanny, que estava sentada ao lado de Edmund, exatamente na frente da Srta. Crawford, e ouvia a conversa atentamente, disse em voz baixa para ele:

– Cortar uma alameda! Que coisa! Não o faz lembrar de Cowper? As alamedas destruídas, como lamento o seu destino imerecido.

– Temo que os dias da alameda estejam no fim, Fanny – respondeu ele sorrindo.

– Eu gostaria de conhecer Sotherton antes que as árvores fossem cortadas para ver o local em seu atual estado; mas não acredito que conseguirei.

– Você nunca foi lá? Infelizmente a distância é grande para ser percorrida a cavalo. Eu desejaria que pudéssemos planejar uma visita.

– Ah! Mas não tem problema. Quando tiver a oportunidade, você poderá me dizer quais foram as modificações realizadas.

– Pelo que me lembro – disse a Sra. Crawford –, Sotherton é um local antigo, e um lugar de certa elegância. Qual é o estilo de construção?

– A casa foi construída no período de Elizabeth; é uma construção ampla, regular e de tijolos, pesada, mas com uma aparência digna, e possui belos e confortáveis aposentos. Não está bem localizada. Foi construída em um dos lugares mais baixos da região, e neste aspecto é desfavorável para a realização de melhorias. Mas as madeiras são de boa qualidade e há um córrego. Ouso dizer que poderá ser feito um bom negócio. O Sr. Rushworth está certo, eu acredito, em dar-lhe uma cara nova, tenho certeza de que ficará muito bom.

A Srta. Crawford ouviu e disse a si mesma: ele é um homem esforçado.

– Não tenho intenções de palpitar e influenciar o Sr. Rushworth – continuou Edmund –, mas, se tivesse uma propriedade para reformar, não a deixaria nas mãos de empreiteiros. Eu optaria por coisas simples, e faria as melhorias de maneira progressiva. Seria mais fácil conformar-me com meus próprios erros do que com os dele.

– Você certamente saberia o que fazer, mas não se pode dizer o mesmo de mim. Não tenho visão ou simplicidade para essas questões, tão somente como aparecem diante de mim. Tendo uma casa no campo, devo me sentir grato por qualquer Sr. Repton que assuma sua reforma e me entregue o máximo de beleza que meu dinheiro puder pagar. E não olharei para a casa até que esteja pronta.

– Para mim seria adorável ver o progresso da reforma – disse Fanny.

– Ah, você foi criada desta maneira. Não fez parte da minha formação e tudo o que aprendi foi que acompanhar essas reformas é uma tarefa cansativas, e as melhorias feitas por mim, um dos maiores incômodos. Há três anos, o almirante, meu honrado tio, comprou um chalé em Twickenham para nossas temporadas de verão. A minha tia e eu íamos para lá extasiados, e mesmo sendo excessivamente bonito, logo percebemos que era necessária uma nova reforma, e ao longo de três meses só houve sujeira e confusão, sem um único lugar para pisarmos, ou um lugar apropriado para nos sentarmos. Gostaria de ter tudo o que fosse possível no campo: arbustos, jardins com flores e inúmeros bancos; mas tem que ser feito sem a minha interferência. Henry é diferente, ele adora participar.

Edmund lamentou ouvir Srta. Crawford, a quem ele estava muito disposto a admirar, falar tão abertamente de seu tio. Não combinava com seu senso de propriedade, e ele foi silenciado, até ser induzido por mais sorrisos e vivacidade para deixar o assunto de lado por enquanto.

– Sr. Bertram – disse ela –, tenho novidades a respeito da minha harpa. Estou certa de que está segura em Northampton, e já deve estar lá há uns dez dias, por conta das garantias solenes de que temos recebido afirmando o contrário.

Edmund expressou o seu contentamento.

– A verdade é que fomos direto ao ponto nos questionamentos; enviamos um serviçal e fomos nós mesmos, e isso não fica a mais de cem quilômetros de Londres. Mas nesta manhã nós tivemos notícias confiáveis; foi visto por um fazendeiro, e ele contou para o moleiro, e este para o açougueiro, e o cunhado do açougueiro comentou na loja.

– Estou muito satisfeito por ter tido notícias sobre o destino da harpa, independentemente dos meios; e espero que não haja mais atrasos.

– Devo recebê-la amanhã; mas como acha que deve ser transportada? Não será por trem ou carroça. Infelizmente, nada disso poderia ser alugado no vilarejo. Seria melhor ter solicitado um carregador.

– Você teria dificuldade agora para alugar um cavalo e uma carroça em meio à já avançada colheita de feno.

– Fiquei surpresa com o trabalho que isso gerou! Querer um cavalo e uma carroça no campo parecia impossível, então pedi a minha empregada que solicitasse ambos diretamente a alguém; e assim como não posso olhar pela minha janela sem ver um jardim cultivado, ou caminhar por uma área de arbustos sem passar por outra, achei que bastasse solicitar para conseguir, mas me surpreendi ao descobrir que não era tão fácil. Imagine a minha surpresa ao descobrir que pedia algo inusitado e impossível, tendo ofendido todos os fazendeiros e trabalhadores da paróquia. No caso do meirinho do Dr. Grant, creio que devo ficar longe do seu caminho, e até mesmo do meu cunhado, que em geral é muito amável, mas que me olhou de forma bastante ameaçadora quando lhe disse o que queria.

– Você não poderia imaginar que fosse precisar disso algum dia, mas quando aconteceu, percebeu a importância do fato. Arrendar uma carroça em qualquer momento não é tão fácil como imagina. Os nossos fazendeiros não têm o hábito de abrir mão delas. Mas durante a colheita está fora de cogitação abrir mão de um único cavalo sequer.

– Eu devo compreender todos os seus hábitos com o tempo. Mas tendo em vista a máxima de Londres de que tudo pode ser obtido com dinheiro, a princípio fiquei um pouco constrangida com os inflexíveis costumes do campo. No entanto, deverei receber minha harpa aqui amanhã. Henry, que é muito generoso, ofereceu-se a ir pegá-la com sua carruagem. Não será transportada de forma honrosa?

Edmund falava da harpa como seu instrumento favorito e esperava logo poder ouvi-la. Fanny nunca tinha ouvido harpa e ansiava muito por isso.

– Ficarei muito feliz em tocar para vocês dois – disse Srta. Crawford –, pelo menos o tempo que vocês quiserem ouvir: provavelmente muito mais tempo, porque eu amo muito música e, onde o gosto natural é igual, a música está sempre em melhor situação, pois ela está satisfeita de várias maneiras. Agora, senhor Bertram, se você escrever a seu irmão, rogo-lhe que diga a ele que minha harpa chegou: ele ouviu muito sobre o meu sofrimento a respeito disso. E você pode dizer, se quiser, que prepararei meus ares mais queixosos contra seu retorno, em compaixão aos seus sentimentos, pois sei que seu cavalo vai perder.

– Se eu escrever, direi o que você quiser; mas, no momento, não prevejo nenhuma ocasião para escrever.

– Não, atrevo-me a dizer, nem se ele se ausentasse por um ano, você escreveria, nem ele para você, se pudesse ser evitado. A ocasião nunca seria prevista. Que criaturas estranhas são os irmãos! Não escrevem um para o outro a não ser sobre a necessidade mais urgente do mundo; e quando obrigados a pegar na pena para dizer que tal cavalo está doente, ou tal relação morta, é feito com o menor número possível de palavras. Um estilo entre vocês. Eu o conheço perfeitamente. Henry, que em todos os outros aspectos é exatamente o que um irmão deveria ser, que me ama, me consulta, confia em mim e vai falar comigo por horas juntos, nunca mandou uma carta com mais de uma página e, muitas vezes, nada mais é do que: "Querida Mary, acabei de chegar. Está tudo certo como sempre. Atenciosamente." Esse é o verdadeiro estilo viril; essa é uma carta completa de um irmão.

– Quando estão distantes de toda a família – disse Fanny, corando por causa de William – eles podem escrever cartas longas.

– A senhorita Price tem um irmão no mar – disse Edmund – cuja excelência como correspondente a faz pensar que você é severa demais conosco.

– No mar, não é? A serviço do rei, é claro?

Fanny preferia que Edmund contasse a história, mas seu silêncio decidido a obrigou a relatar a situação do irmão: sua voz era animada ao falar de sua profissão e das estações estrangeiras em que estivera; mas ela não podia mencionar o número de anos que ele esteve ausente sem lágrimas em seus olhos. Srta. Crawford civilmente desejou-lhe uma promoção antecipada.

– Você sabe alguma coisa sobre o capitão do meu primo? – disse Edmund – Capitão Marshall? Você tem grandes conhecidos na Marinha, eu concluo?

– Entre almirantes, grandes o suficiente; mas – com ar de grandeza – sabemos muito pouco sobre as patentes inferiores. Os pré-capitães podem ser homens muito bons, mas não nos pertencem. De vários almirantes, eu poderia falar muito sobre eles e suas bandeiras, e a gradação de seus salários, e suas brigas e ciúmes. Mas, em geral, posso garantir que todos foram ignorados e todos muito mal usados. Certamente, minha estadia na casa do meu tio trouxe-me a conhecer um círculo de almirantes. De contras e vices eu vi o suficiente. Agora, não fique suspeitando de um trocadilho, eu imploro.

Edmund novamente ficou sério e apenas respondeu:

– É uma profissão nobre.

– Sim, a profissão é ótima em duas circunstâncias: se faz fortuna e há discrição para gastá-la; mas, em suma, não é minha profissão favorita. Nunca me pareceu tão amável assim.

Edmund voltou a falar sobre harpa e ficou novamente muito feliz com a perspectiva de ouvi-la tocar.

O tema do melhoramento dos solos, entretanto, ainda estava sendo considerado entre os outros; e a Sra. Grant não pôde deixar de se dirigir ao irmão, embora isso estivesse chamando a atenção da Srta. Julia Bertram.

– Meu querido Henry, você tem algo a dizer? Você mesmo tem sido um empreiteiro, e pelo que ouvi de Everingham, pode rivalizar com qualquer lugar na Inglaterra. Suas belezas naturais, tenho a certeza, são grandes. Everingham, como costumava ser, era perfeita na minha avaliação: uma queda tão feliz do solo, e tal madeira! O que eu não daria para vê-la novamente?

– Nada poderia ser tão gratificante para mim quanto ouvir sua opinião sobre isso – foi a resposta –, mas temo que haja alguma decepção: você não a consideraria igual às suas lembranças. Em extensão, é um mero nada; você ficaria surpreso com sua insignificância; e, quanto a melhorias, havia muito pouco para fazer; muito pouco, gostaria de ter me ocupado lá por muito mais tempo.

– Você gosta desse tipo de coisa? – disse Julia.

– Excessivamente; mas com as vantagens naturais do terreno, que indicava, mesmo para um olho muito jovem, o pouco que restava a ser feito, e minhas próprias resoluções consequentes, não precisou mais de três meses para Everingham ser tudo isso que é agora. Meu plano foi traçado em Westminster, um pouco alterado, talvez, em Cambridge, e aos meus vinte e um anos foi executado. Estou inclinado a invejar o Sr. Rushworth por ter tanta felicidade ainda diante dele. Tinho sido um devorador de mim mesmo.

– Quem logo vê, logo resolve e logo age – disse Julia. – Você nunca vai ficar sem um emprego. Em vez de invejar o Sr. Rushworth, você deveria ajudá-lo com sua opinião.

A Sra. Grant, ouvindo a última parte deste discurso, aplicou-a calorosamente, persuadida de que nenhum julgamento poderia ser igual ao de seu irmão; e como a Srta. Bertram captou a ideia da mesma forma, e deu-lhe todo o seu apoio, declarando que, em sua opinião, era infinitamente melhor consultar amigos e conselheiros desinteressados do que imediatamente jogar o negócio nas mãos de um profissional, o Sr. Rushworth estava pronto para solicitar o favor da ajuda do Sr. Crawford; e o Sr. Crawford, depois de depreciar adequadamente suas próprias habilidades, estava totalmente à sua disposição de qualquer maneira que pudesse ser útil. O Sr. Rushworth então começou a propor ao Sr. Crawford que lhe desse a honra de vir para Sotherton e dormir lá; quando a Sra. Norris, como se lesse na mente das duas sobrinhas a pequena aprovação de um plano que deveria levar o Sr. Crawford embora, interpôs com uma emenda.

– Não pode haver dúvida da disposição do Sr. Crawford; mas por que mais de nós não iríamos? Por que não deveríamos fazer uma festinha? Aqui estão muitos que estariam interessados em suas melhorias, meu caro Sr. Rushworth, e que gostariam de ouvir a opinião do Sr. Crawford no local, e isso pode ser de alguma utilidade para você com suas opiniões; de minha parte, há muito desejo esperar novamente por sua boa mãe; nada além de não ter meus próprios cavalos poderia ter me tornado tão negligente, mas agora eu poderia ir e sentar-me por algumas horas com a Sra. Rushworth, enquanto o resto de vocês caminham e acertam as coisas, então poderíamos todos voltar para um jantar tardio aqui, ou jantar no Sotherton, exatamente como seria mais agradável para sua mãe, e ter um agradável passeio de carruagem para casa ao luar. Ouso dizer que o Sr. Crawford levaria minhas duas sobrinhas e eu em sua carruagem, e Edmund pode ir a cavalo. Você sabe, irmã, Fanny ficaria em casa com você.

Lady Bertram não fez objeções; e todos os envolvidos expressaram sua pronta concordância, com exceção de Edmund, que ouviu tudo e nada disse.

CAPÍTULO 7

– Bem, Fanny, e o que você pensa da Srta. Crawford agora? – disse Edmund no dia seguinte, depois de pensar um pouco sobre o assunto. – Da mesma maneira que pensava ontem?

– Muito bem, muito mesmo. Gosto de ouvi-la falar. Ela me diverte; e é tão extremamente bonita, que tenho grande prazer em olhar para ela.

– É o semblante dela que é tão atraente. Ela tem um maravilhoso jogo de feições! Mas não havia nada em sua conversa que lhe parecesse, Fanny, como se não estivesse certo?

– Oh sim! Ela não deveria ter falado de seu tio como ela fez. Fiquei bastante surpresa. Um tio com quem ela vive há tantos anos, e que, quaisquer que sejam seus defeitos, gosta tanto de seu irmão, tratando-o, dizem, quase que como um filho. Eu não poderia ter acreditado! Achei que você fosse ser atingido. Foi muito errado; muito indecoroso. E muito ingrato, eu acho.

– Ingrato é uma palavra forte. Não sei se o tio dela tem qualquer direito a sua gratidão; sua esposa certamente tinha; e é o calor de seu respeito pela memória de sua tia que a mantém aqui. Ela é estranhamente envolvida por sentimentos calorosos e espíritos animados. Deve ser difícil fazer justiça à afeição dela por Sra. Crawford, sem jogar uma sombra sobre o almirante. Não pretendo saber quem foi mais culpado em suas discordâncias, embora a conduta atual do almirante possa inclinar ao lado de sua esposa; mas é natural e amável que a senhorita Crawford absolvesse totalmente sua tia. Não censuro suas opiniões; mas certamente é impróprio torná-las públicas.

– Você não acha – disse Fanny, depois de um pouco de consideração – que essa impropriedade é um reflexo dela mesma sobre a

Sra. Crawford, já que sua sobrinha foi inteiramente criada por ela? Ela não deve ter dado noções corretas a respeito do almirante.

– Essa é uma observação justa. Sim, devemos supor que os defeitos da sobrinha tenham sido os da tia; e isso torna mais compreensível as desvantagens que ela sofreu. Mas acho que sua casa atual deve lhe fazer bem. As maneiras da Sra. Grant são exatamente o que deveriam ser. Ela fala de seu irmão com uma afeição muito agradável.

– Sim, exceto no que diz respeito a ele escrever cartas tão curtas. Ela quase me fez rir; mas não posso avaliar tanto o amor ou a bondade de um irmão que não se dará ao trabalho de escrever algo que valha a pena ler para suas irmãs, quando estão separados. Tenho certeza de que William nunca teria me tratado assim, em nenhuma circunstância. E que direito ela tinha de supor que você não escreveria longas cartas quando estivesse ausente?

– O direito de uma mente viva, Fanny, aproveitar o que quer que possa contribuir para a sua própria diversão ou a dos outros; perfeitamente permitido, quando não for afetado por mau humor ou aspereza; e não há sombra qualquer no semblante ou na maneira da Srta. Crawford: nada afiado, ou alto ou grosseiro. Ela é perfeitamente feminina, exceto nos casos de que estamos falando. Nesse caso, ela não pode ser justificada. Fico feliz que você tenha visto tudo como eu.

Tendo influenciado seu pensamento e ganhado seu afeto, ele teve uma boa chance de ela pensar como ele; embora nesse período, e sobre esse assunto, começasse agora a haver algum perigo de divergência, pois ele estava em uma linha de admiração por Srta. Crawford, o que poderia levá-lo aonde Fanny não poderia seguir. As atrações da Srta. Crawford não diminuíram. A harpa chegou e aumentou sua beleza, sagacidade e bom humor; pois ela tocava com a maior gentileza, com uma expressão e gosto que eram peculiarmente adequados, e havia algo inteligente a ser dito no final de cada som. Edmund ia ao presbitério todos os dias, para se deliciar com seu instrumento favorito. Todas as manhãs conseguia um convite para a próxima; pois a senhorita estava sempre disposta a ter um ouvinte, e logo tudo estava em ordem.

Uma jovem, bonita, alegre, com uma harpa tão elegante quanto ela, e ambas colocadas perto de uma janela, abrindo em um pequeno gramado, rodeado de arbustos na rica folhagem de verão, era o suficiente para roubar o coração de qualquer homem. A estação, a cena, o ar eram todos favoráveis à ternura e ao sentimento. A Sra. Grant e sua moldura de tambor tinham seu uso: estava tudo em harmonia; e como tudo fica diferente quando o amor está no ar, até mesmo a bandeja de sanduíche, e o Dr. Grant fazendo as honras de prepará-la, eram dignos de nota. Sem estudar o negócio, porém, ou saber do que se tratava, Edmund estava começando, ao final de uma semana de tais relações, a se apaixonar muito; e para o crédito da senhorita pode-se acrescentar que, sem ele ser um homem do mundo ou um irmão mais velho, sem nenhuma das artes da bajulação ou das brincadeiras de conversa fiada, ele começou a se tornar agradável para ela. Ela sentia que era assim, embora não tivesse previsto e dificilmente pudesse entender; pois ele não era agradável por nenhuma regra comum: ele não falava bobagens, não gastava elogios, suas opiniões eram inflexíveis, suas atenções tranquilas e simples. Havia um encanto, talvez, em sua sinceridade, sua firmeza, sua integridade, que Srta. Crawford se permitia sentir, embora não se permitisse pensar a respeito. Ela gostava de tê-lo por perto, e isso era o suficiente.

Fanny não se surpreendia com o fato de Edmund estar no presbitério todas as manhãs; ela teria ficado feliz lá também, poderia ter entrado sem ser convidada e despercebida, para ouvir a harpa; tampouco ela se perguntava se, quando o passeio noturno terminasse e as duas famílias se separassem novamente, ele achasse certo acompanhar a Sra. Grant e sua irmã em sua casa, enquanto o Sr. Crawford se dedicava às damas do Park; mas ela achou essa uma troca muito ruim; e se Edmund não estivesse ali para misturar o vinho e a água para ela, ela preferia ficar sem. Ficou um pouco surpresa que ele pudesse passar tantas horas com Srta. Crawford, e não ver mais o tipo de falha que ele já havia observado, e da qual ela quase sempre era lembrada por algo da mesma natureza sempre que estava em sua companhia; mas assim foi. Edmund gostava de falar com ela sobre Srta. Crawford, mas parecia pensar que o almirante fora poupado; e ela hesitou em apontar suas próprias observações para ele, para que não parecesse maldade.

A primeira dor real que Srta. Crawford causou a Fanny foi a consequência de uma vontade para aprender a montar, que a primeira adquiriu, logo depois de se estabelecer em Mansfield, do exemplo das jovens do Park. Edmund encorajou o desejo e ofertou sua própria égua silenciosa para o propósito de suas primeiras tentativas, como a mais adequada para um iniciante que qualquer estábulo poderia fornecer. Nenhuma dor, entretanto, foi projetada por ele para sua prima nesta oferta: ela não perderia um dia de exercícios com isso. A égua só deveria ser levada para o presbitério meia hora antes do início da cavalgada; e Fanny, ao ser proposta pela primeira vez, longe de se sentir menosprezada, foi quase tomada pela gratidão por ele estar pedindo que ela continuasse sua atividade.

Srta. Crawford fez seu primeiro ensaio com grande crédito para si mesma e sem nenhum inconveniente para Fanny. Edmund, que havia desmontado a égua e comandado tudo, voltou com ela em excelente tempo, antes que Fanny ou o velho cocheiro, que sempre a acompanhava quando ela cavalgava sem os primos, estivessem prontos para partir. O julgamento do segundo dia não foi tão inocente. O prazer de cavalgar da Srta. Crawford era tal que ela não sabia como parar. Ativa, destemida e forte, embora bastante pequena, ela parecia formada para uma amazona; e para o puro e genuíno prazer do exercício, algo foi provavelmente acrescentado no atendimento e nas instruções de Edmund, e algo mais na convicção de ultrapassar em muito seu sexo em geral com seu progresso precoce, e por tudo isso, demonstrou-se relutante em desmontar. Fanny estava pronta e esperando. Sra. Norris estava começando a repreendê-la por ainda não ter voltado para casa, e ainda nenhum cavalo foi anunciado, nenhum Edmund apareceu. Para evitar sua tia e procurá-lo, ela saiu.

As casas, embora estivessem a menos de meia milha uma da outra, não davam vista uma para a outra; mas, caminhando cinquenta metros a partir da porta do corredor, ela poderia olhar para o parque abaixo e obter uma visão do presbitério e todos os seus domínios, subindo suavemente para além da estrada da aldeia; e no prado do Dr. Grant ela imediatamente viu o Edmund e Srta. Crawford, ambos montados e cavalgando lado a lado, Dr. e Sra. Grant, e Sr. Crawford, com dois ou três cavalariços, em pé e olhando. Pareceu-lhe uma festa feliz, todos interessados em uma coisa só. Alegres, sem dúvida, pois o som da alegria subia até mesmo para ela. Era um som que não a deixava alegre; ela se perguntou se Edmund a havia esquecido e sentiu uma pontada do peito. Ela não conseguia desviar os olhos da campina; ela não pôde deixar de observar tudo o que se passou. Primeiro, Srta. Crawford e seu companheiro percorreram o circuito do campo, que não era pequeno, a passos rápidos; então, por sugestão dela, eles subiram em um galope; e pela natureza tímida de Fanny era muito surpreendente ver como ela montava bem. Depois de alguns minutos, eles pararam completamente. Edmund estava perto dela; estava falando com ela; estava evidentemente dirigindo seu controle sobre o freio; ele segurou a mão dela; ela viu, ou a imaginação forneceu o que o olho não conseguia alcançar. Ela não deveria se surpreender com tudo isso; o que poderia ser mais natural do que Edmund tornar-se útil e provar sua bondade por alguém? Ela não podia deixar de pensar, de fato, que Sr. Crawford poderia muito bem tê-lo poupado do trabalho; que teria sido particularmente apropriado e principalmente para um irmão fazê-lo ele mesmo; mas Sr. Crawford, com toda a sua alardeada bondade e toda a sua qualidade de cocheiro, provavelmente nada sabia do assunto e não tinha nenhuma bondade ativa em comparação com Edmund. Ela começou a achar que era bastante difícil para a égua ter um dever tão duplo; se ela fosse esquecida, a pobre égua deveria ser lembrada.

Seus sentimentos por um e pelo outro logo foram um pouco tranquilizados ao ver a festa na campina se dispersar, e Srta. Crawford ainda a cavalo, mas acompanhada por Edmund a pé, passar por um portão para a estrada e, assim, para o Park, e ir em direção ao local onde ela estava.

Ela então começou a ter medo de parecer rude e impaciente; e caminhou ao encontro deles mostrando grande satisfação para evitar a suspeita.

– Minha querida Srta. Price – disse Srta. Crawford, assim que pôde ouvi-la –, vim pedir minhas próprias desculpas por tê-la deixado esperando; mas não tenho nada no mundo a dizer por mim mesma. Sabia que já era tarde e que eu estava me comportando de forma extremamente mal. Portanto, por favor, me perdoe. O egoísmo sempre deve ser perdoado, sabe, porque não há esperanças para a cura.

A resposta de Fanny foi extremamente cortês, e Edmund acrescentou sua convicção de que ela não podia ter pressa.

– Pois há mais do que tempo para minha prima cavalgar duas

vezes mais longe do que ela jamais foi – disse ele – e você tem promovido seu conforto ao impedi-la de partir meia hora antes: as nuvens estão surgindo agora, e ela não sofrerá com o calor como teria sofrido então. Gostaria que você não se cansasse de tanto exercício. Gostaria que você tivesse se poupado desta caminhada para casa.

– Nenhuma parte disso me cansa mais do que descer deste cavalo, garanto-lhe – disse ela, ao saltar com a ajuda dele. – Sou muito forte. Nada nunca me cansa a não ser fazer o que não gosto. Srta. Price, eu dou passagem a você com uma péssima elegância; mas eu sinceramente espero que você tenha uma viagem agradável, e que eu possa ter apenas boas notícias deste querido, encantador e lindo animal.

O velho cocheiro, que os esperava com o seu próprio cavalo, juntou-se a eles, Fanny foi montada no dela e partiram para outra parte do parque; seus sentimentos de desconforto não diminuíram ao ver, quando ela olhou para trás, que os outros estavam descendo a colina juntos para a aldeia; nem o ajudante dela lhe fez muito bem com seus comentários sobre a grande astúcia de Srta. Crawford como amazona, que ele observava com um interesse quase igual ao dela.

– É um prazer ver uma senhora com um coração tão bom para cavalgar! – disse ele. – Nunca vi ninguém montar melhor em um cavalo. Ela não parecia ter um pensamento de medo. Muito diferente de você, senhorita, quando você começou, seis anos atrás. Deus me defenda! Como você tremeu quando Sir Thomas colocou você em um cavalo pela primeira vez!

Na sala, Srta. Crawford também foi celebrada. Seu mérito em ser dotada de força e coragem pela Natureza foi totalmente apreciado pela Srta. Bertram; seu prazer em cavalgar era como o deles; sua excelência inicial era igual à deles, e eles tinham grande prazer em elogiá-la.

– Eu tinha certeza que ela cavalgaria bem – disse Julia –, ela tem talento para isso. Sua figura é tão elegante quanto a de seu irmão.

– Sim – acrescentou Maria – e seu espírito é igualmente bom, e ela tem a mesma energia de caráter. Não posso deixar de pensar que a boa equitação tem muito a ver com a mente.

Quando se separaram à noite, Edmund perguntou a Fanny se ela pretendia cavalgar no dia seguinte.

– Não, eu não sei. Não se você quiser a égua – foi sua resposta.

– Eu não a quero de jeito nenhum para mim – disse ele –, mas da próxima vez que você se sentir inclinada a ficar em casa, acho que Srta. Crawford ficaria feliz em tê-la por mais tempo; em resumo, uma manhã inteira. Ela tem um grande desejo de chegar até os limites de Mansfield. A Sra. Grant tem dito a ela de suas belas vistas, e não tenho nenhuma dúvida de que ela esteja apta a chegar lá. Mas pode ser em qualquer manhã, ela não gostaria de interferir em seus planos. Ela cavalga apenas por prazer; você por saúde.

– Não cavalgarei amanhã, certamente – disse Fanny. – Tenho saído com frequência ultimamente e prefiro ficar em casa. Você sabe que agora estou forte o suficiente para caminhar.

Edmund parecia satisfeito, o que devia ser o conforto de Fanny, e a cavalgada para os limites de Mansfield aconteceu na manhã seguinte: a festa incluía todos os jovens menos ela, e foi muito divertida na época, e duplamente divertida novamente na discussão da noite. Um esquema bem-sucedido desse tipo geralmente traz outro; e o fato de ter ido aos limites de Mansfield fez com que todos eles fossem para outro lugar no dia seguinte.

Havia muitos outros pontos de vista a serem apresentados; e embora o tempo estivesse quente, havia caminhos sombreados onde quer que eles quisessem ir. Um grupo de jovens sempre conhece uma pista sombreada. Quatro belas manhãs foram passadas sucessivamente dessa maneira, mostrando aos Crawford o campo e fazendo as honras de seus melhores locais. Tudo era alegria e bom-humor, o calor fornecia apenas inconveniência para a conversa prazerosa. Até que a felicidade de um deles fora extremamente nublada. A de Srta. Bertram. Edmund e Julia foram convidados a jantar no Parsonage, e ela foi excluída. Foi planejado e feito pela Sra. Grant, que justificou com perfeito bom humor que não a convidou pois o senhor Rushworth estava sendo aguardado em Park naquele dia. Como senhor Rushworth não apareceu, sua tristeza aumentou e ela nem mesmo teve o alívio de demonstrar seu poder sobre ele; ela só conseguiu demonstrar o mau-humor para sua mãe, tia e prima, e lançar uma grande tristeza sobre o jantar e sobremesa.

Entre dez e onze, Edmund e Julia entraram na sala de estar, revigorados com o ar noturno, resplandecente e alegre, exatamente o contrário do que encontraram nas três senhoras sentadas ali, pois Maria mal tirava os olhos do livro e Lady Bertram estava meio adormecida; e até a Sra. Norris, desconcertada com o mau humor da sobrinha, e tendo feito uma ou duas perguntas sobre o jantar, que não foram respondidas imediatamente, parecia quase decidida a não dizer mais nada. Por alguns minutos, o irmão e a irmã ficaram ansiosos demais em seus elogios à noite e em suas observações sobre as estrelas para pensar além de si mesmos; mas quando veio a primeira pausa, Edmund, olhando em volta, disse:

– Mas onde está Fanny? Ela foi para a cama?

– Não, que eu saiba – respondeu a Sra. Norris. – Ela estava aqui um momento atrás.

A voz gentil dela soou do outro lado do aposento, que era bastante amplo; disse a eles que estava no sofá, e a Sra. Norris a censurou.

– Este é um truque muito tolo, Fanny, desperdiçando o seu tempo no sofá. Por que não se senta aqui e se ocupa como nós? Se você não tem nenhum trabalho para realizar, pode fazer uma cesta para os pobres. Tem bastante algodão, que foi comprado na semana passada e ainda nem foi tocado. Estou certa de que quase machuquei as costas organizando-o. Você deve aprender a pensar em outras pessoas. Acredite em mim, é revoltante ter uma jovem sempre refestelada no sofá.

Antes que a tia terminasse de falar, Fanny já tinha retornado ao seu lugar à mesa e recomeçado o trabalho.

Julia, que estava com um excelente humor, plena dos prazeres do dia, exclamou, fazendo justiça:

– Devo dizer, senhora, que Fanny fica tão pouco no sofá quanto qualquer outra pessoa nesta casa.

– Fanny – disse Edmund, após olhar atentamente para ela –, estou certo de que você está com dor de cabeça.

Ela não poderia negar, mas disse que não era uma dor muito forte.

– Mal posso acreditar em você – respondeu ele. – Conheço muito bem a sua aparência. Há quanto tempo está se sentindo assim?

– Desde um pouco antes do jantar. Não é nada, somente o calor.

– Você saiu no calor? Saiu! Pode ter certeza de que o fez – disse a Sra. Norris.

– Você preferiria que ela permanecesse aqui dentro com um dia tão bonito como hoje? Não estivemos todos fora? Até mesmo nossa mãe saiu por mais de uma hora.

– Sim, certamente, Edmund – respondeu a mãe, que foi despertada pelos comentários sarcásticos da Sra. Norris sobre Fanny. – Eu saí por uma hora. Fiquei sentada por quinze minutos no jardim enquanto Fanny cortava as rosas, e foi muito agradável, posso assegurá-lo, mas muito quente. Tinha bastante sombra no caramanchão, mas confesso que tive receio do retorno para casa.

– Fanny cortou rosas, então?

– Sim, e receio que serão as últimas do ano. Pobre criatura! Ela sentiu muito calor, mas as rosas estavam tão crescidas que não pudemos esperar.

– Certamente ninguém a ajudou – disse a Sra. Norris ao retomar a conversa com uma voz amena –, mas me pergunto se a dor de cabeça dela não foi justamente deste episódio, irmã. Não há nada mais propício a uma dor de cabeça do que permanecer debaixo do sol. Mas ouso afirmar que amanhã já se sentirá melhor. Suponho que deva dar-lhe vinagre aromático, eu sempre esqueço de encher o meu vidro.

– Ela tem – disse Lady Bertram. – Ela o tem desde que voltou da sua casa pela segunda vez.

– O quê! – exclamou Edmund. – Ela não só cortou rosas como caminhou pelo parque duas vezes no calor até a sua casa? Não é de admirar que esteja com dor de cabeça!

A Sra. Norris estava conversando com Julia e não escutou.

– Temi que pudesse ser muito esforço para ela – disse Lady Bertram –, mas quando as rosas foram reunidas, a sua tia desejou tê-las também, e, como sabe, precisaram ser levadas imediatamente para casa.

– Mas havia tantas rosas para fazê-la percorrer o trajeto duas vezes?

– Não, mas deveriam ser colocadas no quarto de hóspedes para poder secar e, infelizmente, Fanny se esqueceu de trancar a porta e trazer a chave de volta, então precisou voltar.

Edmund levantou-se e disse, andando pelo aposento:

– E ninguém mais poderia ter feito este trabalho a não ser Fanny? Ouça, senhora, foi uma situação muito mal conduzida.

– Estou certa de que eu não encontraria melhor forma de conduzir a situação – exclamou a Sra. Norris, incapaz de ignorar a conversa –, a não ser que eu tivesse ido pessoalmente; mas não posso estar em dois lugares ao mesmo tempo. Estava conversando com o Sr. Green sobre a mulher que traz leite para a sua mãe, a pedido dela. Tinha prometido ao John Groom escrever para a Sra. Jefferies a respeito do filho, e o pobre rapaz estava esperando por mim havia meia hora. Acredito que ninguém poderá jamais me acusar de me poupar de qualquer situação, mas realmente não posso fazer tudo ao mesmo tempo. E o fato de Fanny ter ido até a minha casa em meu lugar, que não é mais do que meio quilômetro, não posso acreditar que tenha sido um pedido desmedido. Quantas vezes percorri este caminho três vezes ao dia, cedo e tarde, independentemente do tempo, e não digo nada a respeito.

– Eu desejaria que Fanny tivesse a metade da sua força, senhora.

– Se Fanny fizesse os exercícios com mais frequência, ela não teria ficado abatida tão rapidamente. Ela não tem andado a cavalo regularmente e estou convencida de que quando não o faz, deve caminhar. Se estivesse andando a cavalo, eu não teria pedido a ela. Achei que faria bem após curvar-se para colher as rosas, pois não há nada tão reconfortante como uma caminhada após uma atividade tão cansativa, e mesmo o sol estando forte, não estava tão quente. Aqui entre nós, Edmund – disse, voltando-se para a mãe dele –, o que lhe causou o mal-estar foi colher as rosas e caminhar pelo jardim.

– Receio que sim – disse a cândida Lady Bertram, que escutava a conversa –, tenho receio de que a dor de cabeça tenha começado nesse momento, já que o calor era forte o suficiente para matar qualquer um. É mais do que eu poderia aguentar.

Edmund não disse mais nada a nenhuma das duas; mas indo em silêncio para outra mesa, na qual ainda permanecia a bandeja do jantar, trouxe um copo de madeira para Fanny e obrigou-a a beber a maior parte. Ela desejava ser capaz de recusar; mas as lágrimas, que uma variedade de sentimentos criava, tornavam mais fácil engolir do que falar.

Por mais aborrecido que estivesse com a mãe e a tia, Edmund estava ainda mais zangado consigo mesmo. Seu próprio esquecimento dela era pior do que qualquer coisa que elas tivessem feito. Nada disso teria acontecido se ela tivesse sido devidamente considerada; mas elas haviam ficado quatro dias juntas, sem qualquer escolha de companhia ou exercício, e sem qualquer desculpa para evitar tudo o que suas tias irracionais pudessem exigir. Ficou envergonhado de pensar que durante quatro dias juntas ela não tivera o poder de cavalgar e decidiu muito seriamente, por mais relutante que ele estivesse em impedir um prazer de Srta. Crawford, que isso nunca mais acontecesse.

Fanny foi para a cama com o coração tão cheio como na primeira noite da sua chegada ao Park. O estado de espírito dela provavelmente tinha contribuído para sua indisposição; pois ela vinha se sentindo negligenciada e lutava contra o descontentamento e a inveja há alguns dias. Quando se recostou no sofá, para o qual se retirou para não ser vista, a dor de sua mente estava muito além da de sua cabeça; e a mudança repentina que a bondade de Edmund ocasionou, fez com que ela mal soubesse como se sustentar.

CAPÍTULO 8

Os passeios de Fanny recomeçaram no dia seguinte; e como era uma manhã agradável e a temperatura estava menos quente que nos dias anteriores, Edmund acreditava que em breve os danos causados na saúde e bem estar da garota, seriam vencidos. Enquanto ela estava fora, chegou o Sr. Rushworth, acompanhando sua mãe, que veio demonstrar sua cordialidade, principalmente para incentivar a execução do plano para visitar Sotherton, iniciado quinze dias antes, e que, ainda não havia sido realizado por causa de sua subsequente ausência de casa. A Sra. Norris e suas sobrinhas ficaram muito contentes com o renascimento do plano, e decidiram que pegariam a primeira manhã, assim que garantissem que o Sr. Crawford não tivesse compromisso. As senhoritas não esqueceram essa estipulação, embora a Sra. Norris tivesse respondido de bom grado, elas não iriam autorizar tamanha liberdade nem correriam o risco. Então finalmente, por sugestão da Srta. Bertram, perceberam que o mais adequado seria que o Sr. Rushworth fosse diretamente ao presbitério, visitar o Sr. Crawford e perguntar se quarta-feira lhe convinha ou não.

Antes de sua volta, a Sra. Grant e a Srta. Crawford entraram. Tendo saído havia algum tempo e tomando um caminho diferente para a casa, não haviam o encontrado. Entretanto, foram dadas esperanças de que o Sr. Rushworth encontraria o Sr. Crawford lá. O esquema Sotherton foi mencionado, é claro. Era quase impossível, de fato, que se falasse de qualquer outra coisa, pois Sra. Norris estava muito animada com isso, e a Sra. Rushworth, uma mulher bem-intencionada, civilizada, falante e pomposa, que não pensava em nada importante, mas no que se referia às suas próprias preocupações e às de seu filho, ainda não havia desistido de pressionar Lady Bertram a fazer parte do grupo. Lady Bertram recusava constantemente, mas sua maneira plácida de recusa não convencia Sra. Rushworth, até que, com facilidade para se expressar e ditas palavras com um tom mais alto, Sra. Norris colocou um fim à insistência.

– O cansaço seria demasiado para minha irmã, realmente seria demais, garanto-lhe, minha querida Sra. Rushworth. Dezesseis milhas até lá e outras dezesseis para voltar, você sabe. Você deve desculpar minha irmã nesta ocasião, e aceitar nossas duas adoráveis meninas e a mim sem ela. Sotherton é o único lugar que poderia dar a ela o desejo de ir tão longe, mas de qualquer modo não será possível. Ela terá a companhia de Fanny Price, como sabe, então tudo ficará bem. Quanto a Edmund, como ele não está aqui para falar por si mesmo, eu responderei por ele e digo que está muito feliz em se juntar ao grupo. Ele poderá ir a cavalo.

A Sra. Rushworth sendo obrigada a ceder à permanência de Lady Bertram em casa, só poderia lamentar.

– A perda da companhia de sua senhoria será um grande inconveniente, e eu ficaria extremamente contente se a jovem Srta. Price pudesse vir também, já que nunca esteve em Sotherton. Seria uma pena ela não poder conhecer o lugar.

– Você é muito gentil, a gentileza em pessoa, minha cara senhora -exclamou Sra. Norris –, mas quanto a Fanny, ela terá muitas oportunidades de visitar Sotherton. Ela tem bastante tempo pela frente, e sua partida agora está totalmente fora de questão. Lady Bertram não poderia abrir mão de sua companhia.

– Ah, não! Não posso ficar sem Fanny.

Sra. Rushworth pôs-se a organizar a viagem com a convicção de que todos deviam estar desejosos para visitar Sotherton, e incluiu Srta. Crawford no convite. A Sra. Grant, que não se deu ao trabalho de visitar a Sra. Rushworth desde sua chegada na vizinhança, civilmente recusou por conta própria, contentava-se em garantir qualquer tipo de divertimento para sua irmã. Mary, devidamente pressionada e persuadida, não demorou em aceitar sua parte na civilidade. O Sr. Rushworth voltou do presbitério com sucesso; e Edmund apareceu bem a tempo de saber o que havia sido combinado para quarta-feira, em seguida acompanhou a Sra. Rushworth até sua carruagem e caminhou até a metade do caminho com as outras duas senhoras até a casa delas.

Ao voltar para a sala de café da manhã, encontrou Sra. Norris tentando decidir se a presença da Srta. Crawford no grupo era desejável ou não, ou se a carruagem de seu irmão não estaria cheia com a presença dela. As senhoritas Bertram riram da ideia, garantindo-lhe que a carruagem comportaria quatro pessoas perfeitamente bem, além do assento do cocheiro, no qual uma poderia ir com ele.

– Mas por quê? – perguntou Edmund. – Por qual motivo a carruagem de Crawford é a única que podemos usar? A carruagem de minha mãe não serve para nada? Não pude entender, quando o esquema foi mencionado pela primeira vez outro dia, por que a visita não poderia ser feita na carruagem da família.

– O quê? – gritou Julia. – Nós três estaremos desconfortáveis, quando podemos ter mais assentos em uma carruagem? Não, meu caro Edmund, isso não é viável.

– Além disso – disse Maria –, eu sei que o Sr. Crawford deseja nos levar. Depois do que aconteceu, ele reivindicaria isso como uma promessa.

– E, meu caro Edmund – acrescentou a Sra. Norris –, levar duas carruagens quando precisamos apenas de uma é uma perca de trabalho. Entre nós, o cocheiro não gosta muito das estradas até Sotherton. Ele sempre reclama amargamente das ruas estreitas arranhando sua carruagem, e você sabe que ninguém gostaria que o caro Sir Thomas, quando chegasse em casa, encontrasse todo o verniz riscado.

– Essa não seria uma razão muito bonita para usar o do Sr. Crawford – disse Maria –, mas a verdade é que Wilcox é um velho estúpido e não sabe dirigir. Garanto que não encontraremos inconvenientes com estradas estreitas na quarta-feira.

– Não há dificuldade, suponho, nada de desagradável – disse Edmund – em ir no acento do cocheiro.

– Desagradável? – exclamou Maria. – Nossa! Acredito que geralmente seria considerado o assento favorito. Não há comparação quanto à visão do campo. Provavelmente Srta. Crawford escolherá este lugar para se sentar.

– Não pode haver objeção, então, para que Fanny possa ir, nem haver dúvida de que terá espaço para ela.

– Fanny! – repetiu Sra. Norris. – Meu caro Edmund, não há pretensão de que ela vá conosco. Ela ficará com a tia. Eu disse isso à Sra. Rushworth. Ela não é esperada.

– Você não pode ter nenhum motivo, eu imagino, senhora – disse ele, dirigindo-se à mãe –, para desejar que Fanny não vá conosco, a não ser por seus próprios motivos. Estou certo de que, do contrário, você não gostaria de mantê-la em casa, não é mesmo?

– Com certeza não, mas não posso ficar sem ela.

– Você pode, se eu ficar em casa com você, como pretendo fazer.

Houve um clamor geral com isso.

– Sim – continuou ele –, não há necessidade de eu ir, e pretendo ficar em casa. Fanny tem um grande desejo de ver Sotherton. Sei que ela deseja muito. Ela não tem frequentemente uma gratificação desse tipo, e tenho certeza, senhora, você ficaria feliz em dar a ela este presente, concorda?

– Ah, sim! Muito feliz, se sua tia não tiver nenhuma objeção.

A Sra. Norris estava pronta com a única objeção que poderia permanecer: eles garantiram à Sra. Rushworth que Fanny não poderia ir, consequentemente, sua presença não poderia ser facilmente explicada.

– Isso me parece muito estranho! – continuou Sra. Norris. – Seria algo pouco cerimonioso, próximo do desrespeito pela Sra. Rushworth, cujos modos apresentam um padrão de boa educação e atenção. Esse tratamento não estaria a sua altura.

Sra. Norris não sentia afeição por Fanny e não desejava obter o seu prazer em momento algum, mas sua oposição a Edmund agora surgia mais da parcialidade de seu próprio esquema, acima de qualquer outro motivo. Ela sentiu que havia organizado tudo extremamente bem e que qualquer alteração seria para pior. Então Edmund respondeu, quando ela lhe deu a oportunidade de se expressar, que não havia motivos pra se preocupar com a Sra. Rushworth. Enquanto caminhava com ela pelo corredor, aproveitou para mencionar que a Srta. Price provavelmente faria parte da viagem, e em resposta recebeu diretamente um convite bastante satisfatório para sua prima.

Sra. Norris muito aborrecida para lhe dar uma boa resposta, apenas disse:

– Muito bem, muito bem, como quiser, resolva do seu jeito, tenho certeza de que não me importo com isso.

– Parece muito estranho – disse Maria – que você fique em casa no lugar de Fanny.

– Tenho certeza de que ela deve estar muito grata a você – acrescentou Julia, saindo apressadamente da sala enquanto falava, com a consciência de que ela mesma deveria se oferecer para ficar em casa.

– Fanny ficará tão grata quanto a ocasião exigir – foi a única resposta de Edmund, e o assunto foi esquecido.

A gratidão de Fanny, ao ouvir o plano, foi, na verdade, muito maior do que sua alegria. Ela agradeceu a bondade de Edmund com um sentimento que ele, sem saber de sua afeição, não poderia nem se quer imaginar. Mas o fato de ele renunciar a viagem por causa dela causou-lhe dor, e até sua satisfação em ver Sotherton não seria nada sem ele.

O encontro seguinte das duas famílias em Mansfield produziu outra alteração no plano, que foi admitida com aprovação geral. A Sra. Grant se ofereceu como companheira durante o dia para Lady Bertram no lugar de seu filho, e o Dr. Grant deveria se juntar a elas no jantar. Lady Bertram ficou muito satisfeita com isso, e as jovens estavam de bom humor novamente. Até Edmund ficou muito grato com a solução, que lhe deu novamente a oportunidade de fazer parte da viagem. A Sra. Norris achou o plano excelente, e tinha pensado em uma solução parecida, mas quando estava prestes a propor, Sra. Grant falou primeiro.

Quarta-feira fez um lindo dia e logo depois do café da manhã a carruagem chegou, o Sr. Crawford levando sua irmã, e como todos estavam prontos, não havia nada a fazer a não ser a Sra. Grant descer e os outros tomarem seus lugares. O assento mais importante e invejado, o posto de honra, não foi ocupado. Para a felicidade de quem seria? Enquanto cada uma das Srtas. Bertram meditava sobre a melhor forma de garanti-lo, dando a entender que se tratava de um favor aos demais, a questão foi resolvida com a declaração da Sra. Grant, quando ela desceu da carruagem.

– Como vocês são cinco, será melhor que alguém se sente com Henry, e como você dizia ultimamente que gostaria de aprender dirigir, Julia, acho que esta será uma boa oportunidade para uma lição.

Feliz Julia! Maria infeliz! A primeira se acomodou rapidamente, já a segunda sentou-se com tristeza e mortificação. A carruagem partiu em meio aos bons votos das duas senhoras e aos latidos do pug nos braços de sua dona.

A estrada tinha uma visão agradável. Fanny, cujas viagens nunca foram extensas, logo em um local além de seu conhecimento, ficou muito feliz em observar tudo o que era novo e admirar toda aquela beleza.

Ela não era frequentemente convidada para participar da conversa dos outros, nem desejava isso. Seus próprios pensamentos e reflexões eram habitualmente seus melhores companheiros. Ao observar a aparência do lugar, as estradas, a diferença de solo, o estado da colheita, as cabanas, o gado e as crianças, ela encontrou uma diversão que só poderia ser aumentada se Edmund comentasse as suas próprias observações. Esse era o único ponto de semelhança entre ela e a senhorita que estava sentada ao seu lado. Exceto no valor que davam para Edmund, Srta. Crawford era muito diferente dela. Ela não tinha nada da delicadeza de gosto, de espírito e de sentimento de Fanny. Ela olhava a natureza inanimada, com pouca concentração, sua atenção estava voltada para homens e mulheres, com quem dividia seus talentos. Ao olhar para trás procurava por Edmund, quando ele se distanciava na estrada e ao subir uma colina considerável, eles se uniam e um: aí está você, partia no mesmo momento de ambos.

Durante os primeiros onze quilômetros, a Srta. Bertram teve muito pouco conforto. Sua perspectiva sempre terminava com o Sr. Crawford e a irmã sentados lado a lado, conversando alegremente. Ver apenas seu perfil expressivo quando ele se virava com um sorriso para Julia, ou ouvir a risada dela, era uma fonte perpétua de irritação, que somente seu senso de decoro conseguia disfarçar. Quando Julia olhava para trás com um semblante de deleite, e sempre que falava com eles, era no mais alto astral. Ela dizia que sua vista do campo era encantadora, e gostaria que todos pudessem ver entre outros comentários; mas sua única oferta de troca foi dirigida à Srta. Crawford, quando alcançaram a colina, e não foi mais convidativa do que um mero:

– Aqui está uma bela paisagem do campo. Gostaria que você estivesse no meu lugar, mas ouso dizer você não irá aceitar, mas faço questão.

A Srta. Crawford mal conseguiu responder, pois logo voltaram à velocidade normal.

Quando chegaram as proximidades de Sotherton, as coisas melhoraram para Srta. Bertram, que apresentava duas preocupações: Rushworth e Crawford. Na vizinhança de Sotherton, o primeiro tinha um efeito considerável. Os bens do Sr. Rushworth também seriam dela. Ela não conseguia conter o entusiasmo em dizer à Srta. Crawford que aqueles bosques pertenciam a Sotherton, ou, ainda, ao comentar descuidadamente que ela acreditava que agora cada lado da estrada era propriedade de Sr. Rushworth. E o prazer aumentava conforme se aproximavam da mansão, uma antiga residência senhorial da família, com todos os seus direitos de Court-Leet e de Court-Baron.

– Agora não teremos mais estradas ruins, Srta. Crawford; nossas dificuldades acabaram. O resto do caminho será mais agradável. Desde que o Sr. Rushworth herdou a propriedade se pôs a cuidar dela. Aqui começa a aldeia. Aqueles chalés são realmente uma desgraça. A torre da igreja é considerada extraordinariamente bonita. Fico feliz que a igreja não esteja tão perto da Great House, como costuma acontecer em lugares antigos. O aborrecimento devido aos sinos deve ser terrível. Ali está o presbitério, uma casa bem organizada, e pelo que ouvi dizer o clérigo e sua esposa são pessoas muito decentes. Essas são casas de caridade, construídas por alguns membros da família. À direita está a casa do mordomo; ele é um homem muito respeitável. Agora vamos para a pousada, mas ainda temos quase um quilômetro atravessando o parque. Não é feio, sabe, neste final; há uma madeira nobre, mas a situação da casa é péssima. Descemos até ela por meia milha, e é uma pena, pois não seria um lugar feio se tivesse uma abordagem melhor.

Srta. Crawford não demorou a admirar; ela adivinhou muito bem os sentimentos da Srta. Bertram e fez questão de promover sua alegria ao máximo. Sra. Norris era toda prazer e volubilidade; e até Fanny tinha algo a dizer em admiração e poderia ser ouvida com complacência. Seus olhos observavam avidamente tudo o que estava ao seu alcance; depois de se esforçar para ter uma visão da casa, e observar que era uma espécie de edifício que ela não conseguia olhar, mas com respeito acrescentou:

– Agora, onde fica a avenida? A leste, eu percebo. A avenida, portanto, deve estar atrás dela. O Sr. Rushworth falou da frente oeste.

– Sim, é exatamente atrás da casa; começa a uma pequena distância e sobe por meia milha até a extremidade do terreno. Você pode ver algo dele aqui, algo das árvores mais distantes. É inteiramente carvalho.

A senhorita Bertram agora podia falar com decidida informação sobre o que nada sabia quando o senhor Rushworth lhe pedira a opinião; seu ânimo estava tão feliz quanto a vaidade e o orgulho podiam fornecer, quando subiram os espaçosos degraus de pedra antes da entrada principal.

CAPÍTULO 9

O Sr. Rushworth estava à porta para receber sua bela dama; e todo o grupo foi recebido por ele com a devida atenção. Na sala, foram recebidos com igual cordialidade pela mãe, e a Srta. Bertram teve com cada um deles todas as distinções que poderia desejar. Terminada a chegada, o primeiro passo era comer, as portas foram abertas para deixá-los entrar por uma ou duas salas intermediárias na sala de jantar, onde um banquete foi preparado com abundância e elegância. Muito foi dito e muito foi comido, e tudo correu bem. O objetivo particular do dia foi então considerado. Como o Sr. Crawford gostaria, de que maneira ele escolheria, para fazer um levantamento do terreno? O Sr. Rushworth mencionou sua carruagem. Sr. Crawford sugeriu que era mais desejável alguma carruagem que pudesse transportar mais de duas pessoas.

– Privar-se da vantagem de outros olhos e outros julgamentos pode ser um mal além da perda do presente prazer.

A Sra. Rushworth propôs que a carruagem fosse ocupada também e essa sugestão foi bem recebida. As jovens não sorriam nem falavam. Sua proposta seguinte, de mostrar a casa para aqueles que não estavam lá antes, era mais aceitável, pois a Srta. Bertram estava bastante curiosa com o seu tamanho e todos ficaram contentes por estar fazendo alguma coisa.

Todo o grupo se levantou de acordo e, sob a orientação da Sra. Rushworth, foram mostrados os vários aposentos, todos elevados e muito grandes, e amplamente mobiliados no gosto de cinquenta anos atrás, com pisos brilhantes, mogno sólido, rico damasco, mármore, douramento e entalhe, cada um com uma beleza única. Havia abundância de fotos, mas a maior parte eram retratos de família, da qual restara ninguém além da Sra. Rushworth, que se esforçara muito para aprender tudo o que uma governanta poderia ensinar, e agora estava muito qualificada para mostrar a casa. Na ocasião, ela se dirigia principalmente a Srta. Crawford e Fanny, mas não havia comparação na disposição de sua atenção; pois Srta. Crawford, que já tinha visto dezenas de grandes casas e não se importava com nenhuma delas, mostrava apenas uma aparência de ouvir atenciosamente, enquanto Fanny, para quem tudo era quase tão interessante quanto novo, ouvia com seriedade e concentração a tudo o que a Sra. Rushworth poderia relatar da família em tempos anteriores, sua ascensão e grandiosidade, visitas régias e esforços leais, encantada por conectar qualquer coisa com a história já conhecida, ou aquecer sua imaginação com cenas do passado.

A situação da casa impossibilitava apreciar a paisagem através de qualquer um dos cômodos, e enquanto Fanny e alguns dos outros atendiam a Sra. Rushworth, Henry Crawford parecia sério e balançava a cabeça para as janelas. Todos os cômodos da fachada oeste davam para o jardim no início da avenida, logo após altas cercas e portões de ferro.

Visitaram muitos quartos dos quais não se poderia supor ser de qualquer outra utilidade além de contribuir para o "imposto sobre janela" e dar mais trabalho para os empregados.

– Agora – disse a Sra. Rushworth –, chegaremos à capela, que deveríamos entrar apropriadamente por cima para podermos ter uma visão mais ampla, mas como estamos entre amigos, os levarei por esta via, se me permitirem.

Eles entraram. A imaginação de Fanny a preparou para algo mais grandioso do que uma mera sala espaçosa e retangular, equipada para fins de devoção: nada mais impressionante ou mais solene do que a profusão de mogno e as almofadas de veludo carmesim aparecendo sobre a saliência da galeria da família.

– Estou desapontada – disse ela em voz baixa para Edmund. – Esta não é a minha ideia de capela. Não há nada de tão diferente e grandioso. Não existem corredores, arcos, inscrições ou estandartes. Sem estandartes, primo, para serem "soprados pelo vento da noite no Paraíso". Nenhum sinal de que um "monarca escocês dorme abaixo".

– Você deve se lembrar, Fanny, de que esta construção não é tão antiga se quando comparada às velhas capelas e monastérios, que são mais confinados. Era exclusivamente para uso particular de determinada família. Imagino que eles foram enterrados na paróquia. Lá você deve encontrar estandartes e pelos brasões.

– Foi besteira da minha parte pensar todas estas coisas, mas estou desapontada.

A Sra. Rushworth começou a explicação:

– Esta capela foi construída, como podem perceber, no período de James II. Antes desse período os bancos eram somente de lambril, e existem razões para crer que os forros e almofadas do púlpito e do banco destinado à família eram feitos somente de tecido roxo, mas não temos certeza. É uma bela capela e antigamente era usada constantemente, tanto durante as manhãs quanto nas tardes. As preces eram sempre lidas pelo capelão da casa, e foram ouvidas por muitas gerações, mas o falecido Sr. Rushworth pôs fim a esse costume.

– Cada geração contribui com melhorias – disse a Srta. Crawford com um sorriso para Edmund.

A Sra. Rushworth repetiu a lição ao Sr. Crawford; Edmund e Fanny.

– É triste – exclamou Fanny – não darem seguimento aos costumes. Era uma rica herança dos tempos passados. Há algo de muito característico em uma capela e num capelão de uma casa nobre, com a ideia que temos sobre como uma família deva ser! A família inteira reunida regularmente com o propósito de rezar, é muito bonito!

– Realmente, muito bonito! – disse a Srta. Crawford, rindo. – Deve fazer muito bem às famílias forçar os pobres criados e lacaios a deixarem o trabalho e o prazer para recitarem as suas preces aqui duas vezes ao dia, enquanto eles mesmos estão criando desculpas para não participarem.

– Esta não é exatamente a ideia da Fanny sobre reunião familiar – disse Edmund. – Se o senhor e a senhora não participam, só pode haver mais danos do que benefícios nesse costume.

– De qualquer forma, as pessoas devem decidir sobre tais assuntos. Cada um deve seguir o seu próprio caminho; escolher o seu tempo e a maneira que exercerão a sua fé. A obrigação do comparecimento, a formalidade e os constrangimentos, a extensão do tempo, tudo isso é algo terrível e ninguém gosta; se as boas pessoas que costumavam se ajoelhar e bocejar nas missas pudessem prever que viria o tempo em que homens e mulheres poderiam permanecer mais dez minutos na cama quando acordassem com dor de cabeça sem o risco da desaprovação por terem faltado à missa, eles teriam pulado com inveja e alegria. Podem imaginar a relutância com que as antigas mulheres desta casa de Rushworth iam à capela? A jovem Sra. Eleanors e a Sra. Bridgets, com aparência piedosa e devota, mas cujas cabeças estavam repletas de sentimentos conflitantes, em especial, se o capelão não fosse digno de se dar atenção? Nesses tempos eu suponho que os capelães fossem inferiores aos de hoje.

Por alguns momentos, ela ficou sem resposta. Fanny enrubesceu e olhou para Edmund, mas estava zangada demais para falar; e ele precisava de um pouco de recolhimento antes de poder dizer:

– Sua mente não consegue se concentrar e ser séria nem mesmo se tratando de assuntos tão importantes. Você nos deu um esboço divertido, e a natureza humana não pode negar que é assim. Todos nós devemos sentir ocasionalmente a dificuldade de controlar os nossos pensamentos como gostaríamos, mas supondo ser algo frequente, ou seja, uma fraqueza que teria se tornado hábito em função da negligência, o que poderia ser esperado das devoções íntimas dessas pessoas? Você acredita que as pessoas que sofrem e que procuram se consolar em uma capela ficariam melhores se estivessem em um armário fechado?

– Sim, possivelmente. Elas teriam pelo menos duas chances a seu favor. Haveria menos distração e não ficariam reclusas por tanto tempo.

– A mente que não luta contra ela mesma sob uma circunstância identificaria objetos para distrair-se em outra, é o que penso. A influência do lugar e o exemplo podem suscitar sentimentos melhores. A maior extensão do ritual, no entanto, admito que às vezes possa ser muito a exigir da consciência. Não se desejaria que fosse assim, mas eu não saí de Oxford há tempo suficiente para esquecer o que são as preces em capelas.

Enquanto essa conversa acontecia, o resto da festa se espalhava pela capela, Julia chamou a atenção do Sr. Crawford sobre sua irmã, dizendo:

– Olhe para o Sr. Rushworth e Maria, parados lado a lado, exatamente como se a cerimônia fosse ser realizada. Eles não parecem preparados para isso?

O Sr. Crawford sorriu em aquiescência e, avançando para Maria, disse, com uma voz que só ela conseguiria ouvir:

– Não gosto de ver a Srta. Bertram tão perto do altar.

Instintivamente a senhorita deu um ou dois passos, mas se recuperou em um momento, fingiu rir, e perguntou a ele, em um tom não muito mais alto, se ele não gostaria de entregá-la ao noivo.

– Receio que isso seria muito estranho – respondeu com segurança.

Julia, juntando-se a eles no momento, continuou a piada.

– Dou minha palavra, é realmente uma pena que não possa ocorrer agora; se tivéssemos apenas uma licença adequada, pois aqui estamos nós, e nada no mundo poderia ser mais confortável e agradável.

E ela falava e ria disso com tão pouca cautela a ponto de captar a atenção do Sr. Rushworth e sua mãe, e expor sua irmã às galanterias sussurradas de seu amante, enquanto a Sra. Rushworth falava com sorrisos e dignidade adequados de ser um acontecimento muito feliz para ela, independente do momento que viesse a ocorrer.

– Se Edmund já estivesse ordenado! – exclamou Julia, e correu para onde estava anteriormente, junto da Srta. Crawford e de Fanny. – Meu querido Edmund, se tivesse sido ordenado, poderia pessoalmente conduzir a cerimônia. Que infortúnio isso ainda não ter acontecido! O Sr. Rushworth e Maria estão preparados.

O semblante de Srta. Crawford, enquanto Julia falava, poderia ter divertido um observador desinteressado. Ela parecia quase horrorizada com a nova ideia que estava recebendo. Fanny tinha pena dela. "Como ela ficou angustiada com o que acabou de dizer", passou por sua mente.

– Ordenado! – disse Srta. Crawford. – O que, você vai ser um clérigo?

– Sim, vou receber ordenamento logo após o retorno de meu pai, provavelmente no Natal.

Srta. Crawford, recuperando o ânimo e recuperando a aparência, respondeu apenas:

– Se soubesse disso antes, teria falado do clero com mais respeito – e mudou de assunto.

A capela foi logo depois deixada ao silêncio e imobilidade que nela reinava, com poucas interrupções, ao longo do ano. A Srta. Bertram, descontente com a irmã, foi à frente, e todos pareciam sentir que já estavam ali há tempo suficiente.

A parte inferior da casa havia sido agora inteiramente mostrada, e a Sra. Rushworth, nunca se cansando da causa, teria procedido em direção à escadaria principal, e os conduzido por todos os cômodos acima, se seu filho não tivesse interferido com a dúvida de se haveria tempo suficiente.

Sra. Rushworth submeteu-se; e a questão de percorrer o terreno, com quem e como, provavelmente seria mais agitada, e a Sra. Norris estava começando a organizar por qual junção de carruagens e cavalos poderia ser melhor feita, quando os jovens, encontrando-se com uma porta externa, tentadoramente aberta em um lance de escadas que levava imediatamente a relva e arbustos, e todos os doces prazeres dos campos, como por um impulso, um desejo de ar e liberdade, saíram.

– Vamos por este caminho – disse a Sra. Rushworth, educadamente entendendo a sugestão e seguindo-os. – Aqui está o maior número de nossas plantas e aqui estão os curiosos faisões.

– Me pergunto – disse o Sr. Crawford, olhando em volta – se não podemos encontrar algo aqui para nos entreter antes de prosseguirmos? Vejo paredes com grande potencial. Sr. Rushworth, devemos convocar um conselho para este gramado?

– James – disse a Sra. Rushworth ao filho –, acredito que a floresta será uma novidade para todo o grupo. A senhorita Bertram nunca viu a floresta.

Nenhuma objeção foi feita, mas por algum tempo parecia não haver inclinação para mover-se em qualquer direção. Todos foram atraídos inicialmente pelas plantas ou faisões, e todos se dispersaram em feliz independência. O Sr. Crawford foi o primeiro a avançar para examinar as capacidades daquela extremidade da casa. O gramado, delimitado em cada lado por um muro alto, era um bom local para encontrar defeitos. Sr. Crawford foi logo seguido por Srta. Bertram e Sr. Rushworth; e quando, depois de algum tempo, os outros começaram a se formar em grupos, esses três foram encontrados enquanto debatiam no terraço por Edmund, Srta. Crawford e Fanny, que pareciam se unir naturalmente, e que, após uma curta participação nas difíceis soluções, os deixaram e seguiram em frente.

Os três restantes, Sra. Rushworth, Sra. Norris e Julia, ainda estavam muito atrás; pois Julia, cuja feliz estrela já não prevalecia, foi obrigada a ficar ao lado da Sra. Rushworth, e conter seus pés impacientes ao passo lento daquela senhora, enquanto sua tia, tendo ficado com a governanta, que saía para alimentar os faisões, estava se demorando em fofocar com ela. A pobre Julia, a única entre nove que não estava toleravelmente satisfeita com sua sorte, estava agora em estado de completa penitência e tão diferente da Julia da carruagem quanto se poderia imaginar. A polidez que ela fora educada para praticar como um dever tornava impossível para ela escapar; ao passo que a falta daquela espécie superior de autodomínio, aquela justa consideração pelos outros, aquele conhecimento de seu próprio coração, aquele princípio de direito, que não havia formado nenhuma parte essencial de sua educação, a tornava extremamente infeliz.

– Está insuportavelmente quente – disse Srta. Crawford, quando deram uma volta no terraço e se dirigiram uma segunda vez para a porta do meio que dava para o bosque. – Será que algum de nós se opõe a ficar confortável? Aqui está um belo bosquezinho, se pudermos apenas entrar nele. Que felicidade se a porta não estivesse trancada! Mas é claro que está; pois nesses grandes lugares os jardineiros são as únicas pessoas que podem ir aonde quiserem.

A porta, no entanto, não estava trancada, e todos concordaram em passar alegremente por ela e deixar para trás o brilho absoluto do sol. Um lance considerável de degraus os levou ao bosque, que tinha uma extensão de cerca de dois acres, embora principalmente de lariço e louro e faia cortados, e embora disposto com muita regularidade, era escuro e sombrio se comparado com o gramado e o terraço. Todos sentiram o refrigério disso e, por algum tempo, só puderam caminhar e admirar. Por fim, após uma breve pausa, Srta. Crawford começou com:

– Então, o senhor vai ser clérigo, Sr. Bertram. Isso é uma grande surpresa para mim.

– Por que isso deveria surpreendê-la? Você deve supor que tenho alguma profissão e pode perceber que não sou advogado, nem soldado, nem marinheiro.

– É verdade; mas, em resumo, não me ocorreu. E você sabe que em geral há um tio ou avô para deixar uma fortuna para o segundo filho.

– Uma prática muito louvável – disse Edmund –, mas não totalmente universal. Sou uma das exceções e, sendo um, devo fazer algo por mim mesmo.

– Mas por que você vai ser um clérigo? Pensei que era sempre o destino do mais jovem, quando outros escolhiam por ele.

– Você acha que a igreja nunca é uma escolha, então?

– Nunca é uma palavra obscura. Mas sim, no nunca de conversa, o que significa não muito frequentemente, eu acho. Pois o que deve ser feito na igreja? Os homens gostam de se distinguir, e em qualquer uma das outras profissões a distinção pode ser obtida, mas não na igreja. Um clérigo não é nada.

– O nada da conversa tem suas gradações, espero, assim como o nunca. Um clérigo não pode ser distinto no estado ou na moda. Ele não deve liderar turbas, ou definir a alta sociedade no vestuário. Mas não posso chamar de nada aquela situação que tem a seu cargo tudo o que é de primeira importância para a humanidade, individual ou coletivamente considerada, temporal e eternamente, que tem a tutela da religião e da moral, e consequentemente dos costumes que resultam de sua influência. Ninguém aqui pode chamar o clérigo de nada. Se o homem que o mantém é assim, é por negligência de seu dever, por renunciar a sua justa importância, e saindo de seu lugar para parecer o que ele não deveria aparecer.

– Você atribui maior valor ao clérigo do que aquele que costumo ouvir, ou do que posso compreender perfeitamente. Não se vê muito dessa influência e importância na sociedade, e como pode ser adquirida onde eles são tão raramente vistos? Como podem dois sermões por semana, mesmo supondo que valham a pena ouvi-los, supondo que o pregador tenha o bom senso de preferir o de Blair ao seu, fazer tudo o que você fala? Governar a conduta e moldar os modos de uma grande congregação para o resto da semana? Quase não se vê um clérigo saindo de seu púlpito.

– Você está falando de Londres, eu estou falando da nação em geral.

– A metrópole, eu imagino, é uma boa amostra do resto.

– Não, eu espero, na mesma proporção que em todo o reino. Não procuramos nas grandes cidades a nossa moralidade. Não é lá que pessoas respeitáveis de qualquer denominação podem fazer o melhor; e certamente não é ali que a influência do clero pode ser mais sentida. Um bom pregador é seguido e admirado; mas não é na boa pregação apenas que um bom clérigo será útil em sua paróquia e sua vizinhança, onde a paróquia e a vizinhança são de um tamanho capaz de conhecer seu caráter privado e observar sua conduta geral, o que em Londres raramente pode ser o caso. Os clérigos estão perdidos lá na multidão de seus paroquianos. Eles são conhecidos em grande parte apenas como pregadores. E no que diz respeito a sua influência e maneiras públicas, Srta. Crawford não deve me entender mal, ou supor que eu quero chamá-los de árbitros dos bons costumes, os reguladores de refinamento e cortesia ou os mestres das cerimônias da vida. As maneiras que eu falo podem ser chamadas de conduta , talvez, o resultado de bons princípios; o efeito, em resumo, daquelas doutrinas que é seu dever ensinar e recomendar; e serão, creio eu, encontrados em toda parte, ou não são o que deveriam ser, assim como no resto da nação.

– Certamente – disse Fanny, com gentil seriedade.

– Pronto – exclamou Srta. Crawford –, você já convenceu a Srta. Price.

– Eu gostaria de poder convencer a Srta. Crawford também.

– Acho que você nunca vai conseguir – disse ela, com um sorriso malicioso. – Estou tão surpresa agora quanto no início quando descobri que será ordenado. Você realmente está apto para algo melhor. Vamos, mude de ideia. Não é tarde demais. Vá para a lei.

– Vá para a lei! Com a mesma facilidade que me disseram para vir para este bosque.

– Agora você vai dizer algo contra a lei, mas eu o impedirei; lembre-se, eu o impedirei.

– Você não precisa se apressar quando o objetivo é apenas impedir que eu diga verdades, pois não há a menor sagacidade em minha natureza. Sou um ser muito direto e simples, e posso errar nas fronteiras de uma réplica por meia hora sem me tocar disso.

Um silêncio geral se seguiu. Cada um estava pensativo. Fanny fez a primeira interrupção dizendo:

– Eu me pergunto se eu deveria estar cansada apenas de andar neste bosque doce; mas da próxima vez que encontrarmos um lugar adequado, se não for desagradável para vocês, eu ficaria feliz em sentar por um pouco.

– Minha querida Fanny – exclamou Edmund, puxando-lhe imediatamente o braço –, como fui descuidado! Espero que não esteja muito cansada. Talvez – voltando-se para Srta. Crawford –, minha outra companheira me daria a honra de se apoiar em mim.

– Obrigada, mas não estou nem um pouco cansada.

Ela aceitou, no entanto, enquanto falava, e a satisfação de tê-la fazendo isso, de sentir essa ligação pela primeira vez, fez com que ele se esquecesse um pouco de Fanny.

– Você mal me toca – disse ele. – Você mal me deixa ser útil. Que diferença entre o peso do braço de uma mulher e o de um homem! Em Oxford, estou muito acostumado a ter um homem apoiado em mim por toda a extensão de uma rua, e você é apenas uma mosca em comparação.

– Eu realmente não estou cansada, o que quase me assusta; porque devemos ter caminhado pelo menos um quilômetro neste bosque. Você não acha que caminhamos?

– Não caminhamos tanto – foi sua resposta vigorosa; pois ele ainda não estava tão apaixonado a ponto de medir a distância, ou contar o tempo, com tanta imprecisão.

– Oh! Você não considera o quanto andamos à toa. Nós tomamos um curso tão serpentino, e a própria floresta deve ter meia milha de comprimento em linha reta, pois ainda não vimos o fim dela desde que deixamos a primeira estrada.

– Mas, se você se lembra, antes de deixarmos a primeira estrada, viemos diretamente até o final dele. Olhamos por toda a vista e a vimos fechada por portões de ferro, e não poderia ter mais do que duzentos metros de extensão.

– Oh! Não entendi muito bem seus cálculos, mas tenho certeza de que é uma floresta muito longa, e que temos entrado e saído desde que entramos nela; e, portanto, quando digo que caminhamos um quilômetro, falo deste circuito.

– Estamos exatamente há quinze minutos aqui – disse Edmund, tirando o relógio do bolso. – Você acha que estamos caminhando a seis quilômetros por hora?

– Oh! Não me ataque com seu relógio. Um relógio é sempre muito rápido ou muito lento. Eu não posso ser comandada por um relógio.

Alguns passos adiante os trouxeram no final da mesma caminhada de que eles estavam falando; e, recuado, bem protegido, e de frente para o parque, estava um banco de tamanho confortável, no qual todos se sentaram.

– Receio que você esteja muito cansada, Fanny – disse Edmund, observando-a. – Por que não disse antes? Este será um dia ruim para você se ficar cansada. Todo tipo de exercício a cansa tão cedo, Srta. Crawford, exceto cavalgar.

– Que abominável da sua parte, então, me deixar ocupar o cavalo dela como fiz na semana passada! Tenho vergonha de você e de mim mesma, mas isso nunca mais acontecerá.

– Sua atenção e consideração me tornam mais sensível a minha própria negligência. O interesse de Fanny parece em mãos mais seguras com você do que comigo.

– O fato de ela estar cansada agora, porém, não me surpreende; pois não há nada no curso de nossas funções tão fatigante quanto o que estivemos fazendo esta manhã: ver uma grande casa, vagando de um cômodo para outro, sobrecarregando os olhos e atenção, ouvir o que não se entende, admirar o que não se preocupa. Geralmente é o maior enfado do mundo, e Srta. Price achou isso, embora ela não soubesse.

– Logo estarei descansada – disse Fanny –, sentar-se à sombra em um belo dia e contemplar a vegetação é o refresco mais perfeito.

Depois de sentar um pouco, Srta. Crawford se levantou novamente.

– Tenho de me movimentar – disse ela –, descansar me cansa.

Devo ir até aquele portão de ferro para apreciar melhor a vista através dele.

Edmund também deixou o assento.

– Agora, Srta. Crawford, se você prestar atenção no caminho, você vai se convencer de que não pode ter um quilômetro de comprimento, ou mesmo meio.

– É uma distância imensa – disse ela. – Vejo isso com um olhar.

Ele ainda tentou convencê-la, mas em vão. Ela não iria calcular, ela não iria comparar. Ela apenas sorria e afirmava. O maior grau de consistência racional não poderia ter sido mais envolvente, e eles conversaram com satisfação mútua. Por fim, ficou combinado que eles deveriam se esforçar para determinar as dimensões da floresta caminhando um pouco mais por ela. Eles iriam para uma das extremidades, seguindo linha em que estavam então e talvez virassem um pouco em alguma outra direção, se parecesse provável que isso iria ajudá-los a estar de volta em alguns minutos. Fanny disse que estava descansada e que também queria ir, mas isso não aconteceu. Edmund instou-a a ficar onde estava com uma seriedade a que ela não pôde resistir, e ela foi deixada no banco pensando no cuidado do primo, mas com grande pesar por não ser mais forte. Ela os observou até que dobraram a esquina e ouviu até que todo som deles cessasse.

CAPÍTULO 10

Passaram-se quinze, vinte minutos, e Fanny ainda pensava em Edmund, em Srta. Crawford e em si mesma, sem interrupção de ninguém. Ela começou a se surpreender por ter ficado tanto tempo, e sentiu um desejo ansioso de ouvir seus passos e suas vozes novamente. Ela finalmente ouviu vozes e pés se aproximando; mas acabara de se convencer de que não eram aqueles que ela queria, quando a Srta. Bertram, o Sr. Rushworth e o Sr. Crawford saíram do mesmo caminho que ela mesma havia trilhado e estavam diante dela.

– Senhorita Price sozinha!

E:

– Minha querida Fanny, como pode isso?

Foram as primeiras saudações. Ela contou sua história.

– Pobre Fanny – exclamou a prima –, como você foi maltratada por eles! Era melhor você ter ficado conosco.

Em seguida, sentando-se com um cavalheiro de cada lado, ela retomou a conversa que os envolvia antes, e discutiu a possibilidade de melhorias com muita animação. Nada foi consertado; mas Henry Crawford estava cheio de ideias e projetos e, de um modo geral, tudo o que ele propôs foi imediatamente aprovado, primeiro por ela e depois pelo Sr. Rushworth, cujo principal negócio parecia ser ouvir os outros, e que dificilmente pensaria em seus próprios pensamentos além do desejo de que tivessem visto a casa de seu amigo Smith.

Depois de alguns minutos assim despendidos, a Srta. Bertram, observando o portão de ferro, expressou o desejo de passar por ele para o parque, para que suas visões e seus planos fossem mais abrangentes. Era exatamente o que todos os outros desejavam, era o melhor, era a única maneira de proceder com alguma vantagem, segunda a opinião de Henry Crawford. Ele viu imediatamente uma colina a menos de um quilômetro de distância, o que lhes daria exatamente a visão necessária da casa. Portanto, eles deveriam ir para aquela colina, e através desse portão; mas o portão estava trancado. O Sr. Rushworth se lamentou por não ter trazido a chave. Estava determinado a nunca mais voltar ali sem a chave; mas ainda assim, isso não removeu o mal presente. Eles não podiam passar; e como a inclinação da Srta. Bertram para fazê-lo, de forma alguma diminuiu, acabou com o Sr. Rushworth declarando abertamente que iria buscar a chave. Ele partiu de acordo.

– Sim, não há nada mais para fazer. Mas falando, sinceramente, este lugar não está pior do que esperava?

– Não. Pelo contrário. Acho que está melhor, maior, mais completo em seu estilo, mesmo que não seja o melhor. Para dizer a verdade – falou baixando o tom de voz –, acho que nunca poderia ver Sotherton com tanto prazer quanto estou vendo-a agora. Em outro verão dificilmente poderá estar melhor.

Após um momento de constrangimento, a dama respondeu:

– Por ser um homem do mundo você deveria conseguir ver com os olhos do mundo. Se outras pessoas acharam que Sotherton melhorou, estou certa de que também assim achará.

– Receio que não sou tanto um homem do mundo quanto deveria em alguns aspectos. Os meus sentimentos não são tão evanescentes, ou a minha lembrança do passado não está sob fácil domínio, como costuma acontecer com os homens do mundo.

Essa afirmação foi seguida de breve silêncio. Em seguida, a Srta. Bertram disse:

– Você parecia estar apreciando a viagem para cá esta manhã. Fiquei feliz por vê-lo tão entretido. Você e a Julia riram ao longo de todo o trajeto.

– É verdade? Sim, acredito que seja verdade, mas não me lembro de nada. Ah! Acho que estava relatando para ela algumas histórias ridículas sobre um velho cavalariço irlandês do meu tio. Sua irmã adora rir.

– Você acha que ela tem um coração mais leve do que o meu.

– Mais facilmente entretido – respondeu ele. – Consequentemente, você sabe – disse sorrindo –, a companhia dela é melhor. Eu não conseguiria divertir você com anedotas de irlandeses ao longo de uma viagem de dezesseis quilômetros.

– Naturalmente, eu acredito que sou tão vivaz quanto Julia, mas tenho mais preocupações agora.

– Certamente você as tem, e existem situações nas quais espíritos muito alegres podem denotar insensibilidade. Suas expectativas, no entanto, são muito boas para justificar falta de vivacidade. Você tem um ótimo cenário adiante.

– Você quer dizer literalmente ou de maneira figurada? Literalmente, eu presumo. Sim, certamente o sol está brilhando e o bosque é muito agradável. Mas infelizmente este portão de ferro me dá uma sensação de limitação e dificuldade. Eu não consigo sair, como disse o passarinho.

Enquanto falava com expressividade, ela caminhou até o portão. Ele a seguiu.

– O Sr. Rushworth está demorando muito para buscar essa chave.

– E para o mundo vejo que você não conseguiria sair sem a chave, a autoridade e a proteção do Sr. Rushworth, ou então acho que passaria com certa dificuldade pela beirada, bem aqui, com a minha ajuda. Acho que isso pode ser feito, se você desejar ter mais liberdade, e se acreditar que não é proibido.

– Proibido! Que absurdo! Certamente posso sair por este lado e o farei. O Sr. Rushworth chegará a qualquer momento, você sabe, então não devemos nos distanciar.

– E a Srta. Price será bondosa e o avisará que estaremos próximos daquele morro, do carvalho naquele elevado.

Fanny, acreditando não ser correto, tentou convencê-los a não ir:

– Você vai se machucar, Srta. Bertram. Você certamente se machucará nestes pregos e poderá rasgar o vestido, correndo o risco de escorregar. É melhor não ir.

A prima estava segura no outro lado enquanto essas palavras eram ditas e, sorrindo com todo o bom humor do sucesso, ela disse:

– Obrigada, minha querida Fanny, mas eu e meu vestido estamos vivos e bem; então, adeus!

Fanny foi novamente deixada em sua solidão, e sem muitos sentimentos agradáveis, pois sentia pena de quase tudo o que tinha visto e ouvido, surpresa com a Srta. Bertram e zangada com o Sr. Crawford. Seguindo uma rota tortuosa e, como lhe parecia, uma direção muito pouco razoável para a colina, eles logo estavam além de seus olhos; e por mais alguns minutos ela permaneceu sem ver ou ouvir nenhum companheiro. Ela parecia ter a floresta só para ela. Ela quase pensava que Edmund e Srta. Crawford a tivessem abandonado, mas era impossível para Edmund esquecê-la completamente.

Ela foi novamente despertada de meditações desagradáveis por passos repentinos: alguém estava descendo a passos rápidos o caminho principal. Ela esperava o Sr. Rushworth, mas foi Julia, que, calorosamente, sem fôlego e com uma expressão de decepção, gritou ao vê-la:

– Olá! Onde estão os outros? Achei que Maria e o Sr. Crawford estivessem com você.

Fanny explicou o que tinha acontecido.

– Devo confessar, um belíssimo truque! Eu não consigo vê-los em lugar algum – disse ao olhar para o parque. – Mas eles não podem estar muito longe, e acho que farei como Maria, mesmo sem ajuda.

– Mas, Julia, o Sr. Rushworth vai chegar a qualquer momento com a chave. Espere.

– Certamente não irei esperar. Já tive o suficiente da família esta manhã. E já consegui escapar de sua terrível mãe. Tamanho castigo que precisei enfrentar, enquanto você estava sentada aqui tão tranquila e feliz! Talvez, se você estivesse em meu lugar não houvesse problema algum; mas você sempre consegue manter-se fora desses apuros.

Era uma reflexão muito injusta, mas Fanny podia permitir e deixar passar: Julia estava irritada e seu temperamento era imprudente; mas ela sentiu que não iria durar e, portanto, sem dar tanta importância, apenas perguntou se ela não tinha visto o Sr. Rushworth.

– Sim, sim, nós o vimos. Ele estava correndo como se estivesse em uma questão de vida ou morte, e poderia apenas poupar tempo para nos contar sua missão, e onde todos vocês estavam.

– É uma pena que ele tenha tantos problemas por nada.

– Isso é preocupação de dona Maria. Não sou obrigada a me punir por seus pecados. A mãe eu não pude evitar, enquanto minha tia cansativa estava fofocando com a governanta, mas do filho eu posso fugir.

E ela imediatamente passou pela cerca e se afastou, sem dar atenção à última pergunta de Fanny sobre se ela tinha visto alguma coisa de Srta. Crawford e Edmund. O tipo de pavor que Fanny sentia ao ver o Sr. Rushworth a impedia de pensar tanto na ausência deles, como poderia ter pensado. Ela sentiu que ele estava sendo muito maltratado e ficou bastante infeliz por ter de comunicar o que tinha acontecido. Ele se juntou a ela cinco minutos após a saída de Julia; e embora ela tenha contado a história da melhor maneira, ele ficou evidentemente mortificado e descontente em grau incomum. A princípio, ele quase não disse nada, sua aparência apenas expressava sua extrema surpresa e irritação, e ele caminhou até o portão e ficou lá, sem parecer saber o que fazer.

– Eles queriam que eu ficasse, minha prima Maria me incumbiu de dizer que você os encontraria naquela colina ou por ali.

– Não acredito que irei mais longe – disse ele taciturnamente. – Não vejo nada deles. Quando eu chegar à colina, eles podem ter ido para outro lugar. Já andei o suficiente.

E ele se sentou com o semblante mais sombrio de Fanny.

– Lamento muito – disse ela –, é muito azar. – E ela ansiava por ser capaz de dizer algo mais sobre o propósito.

Após um intervalo de silêncio.

– Acho que eles poderiam muito bem ter aguardado por mim – disse ele.

– A senhorita Bertram achou que você a seguiria.

– Eu não deveria ter que segui-la se ela tivesse ficado aqui.

Isso não podia ser negado e Fanny ficou em silêncio. Depois de outra pausa, ele continuou:

– Por favor, Srta. Price, você é uma admiradora tão grande desse Sr. Crawford como algumas pessoas são? De minha parte, não consigo ver nada nele.

– Eu não o acho nada bonito.

– Bonito! Ninguém pode chamar um homem tão pequeno de bonito. Ele não tem um metro e setenta e cinco. Não me surpreenderia se ele não tivesse mais de um metro e setenta. Acho que ele é um sujeito feio. Em minha opinião, esses Crawford não somam em nada. Nós nos saímos muito bem sem eles.

Um pequeno suspiro escapou de Fanny aqui, e ela não sabia como contradizê-lo.

– Se eu tivesse feito alguma dificuldade em pegar a chave, poderia haver alguma desculpa, mas fui no momento em que ela disse que queria.

– Nada poderia ser mais amável do que suas maneiras, tenho certeza, e ouso dizer que você andou o mais rápido que pôde; mas ainda assim é uma certa distância, você sabe, deste ponto até a casa, e quando as pessoas estão esperando, julgam mal o tempo e cada meio minuto parecem cinco.

Ele se levantou, caminhou até o portão novamente, e disse:

– Gostaria de estar com a chave na hora.

Fanny pensou ter discernido em sua posição ali uma indicação de ceder, o que a encorajou a outra tentativa, e ela disse, portanto:

– É uma pena que você não deva se juntar a eles. Eles esperavam ter uma visão melhor da casa daquela parte do parque, e estarei pensando em como ela pode ser melhorada; e nada desse tipo, você sabe, pode ser resolvido sem você.

Ela se viu mais bem-sucedida em mandar embora do que em manter um companheiro. Assim, foi bem sucedida com Sr. Rushworth.

– Bem – disse ele –, se você realmente acha que é melhor eu ir, terá sido uma tolice trazer a chave para nada.

E caminhando, ele saiu sem mais cerimônia.

Os pensamentos de Fanny estavam agora todos absorvidos pelos dois que a haviam deixado há tanto tempo e, ficando bastante impaciente, ela resolveu ir em busca deles. Seguiu os passos ao longo da última estrada, e acabava de entrar em outra, quando a voz e a risada de Srta. Crawford mais uma vez lhe chamaram a atenção; o som se aproximou e mais alguns passos a levaram até eles. Eles tinham acabado de retornar ao bosque por um portão lateral destrancado; eles o ultrapassaram tão logo a deixaram e percorreram uma área que levava à alameda que Fanny tinha esperado conhecer durante toda a manhã, e ficaram sentados embaixo de uma de suas árvores. Essa foi a história que contaram. Era evidente que tinham passado aqueles minutos agradavelmente e não se deram conta do tempo que permaneceram ausentes. O melhor consolo de Fanny era se assegurar de que Edmund preocupava-se com o seu bem-estar e que ele certamente teria voltado para buscá-la caso ela já não estivesse mais cansada. Mas isso não era suficiente para apaziguar a dor de ter sido deixada para trás por uma hora quando tinham dito que se ausentariam por alguns minutos; ou ainda, para afastar a curiosidade sobre o que teriam conversado durante todo aquele tempo. O resultado foi o seu desapontamento e tristeza por todos concordarem em preparar o retorno para a casa.

Ao chegar ao pé da escada para o terraço, viram que a Sra. Rushworth e a Sra. Norris estavam no topo, prontas para o bosque, ao final de uma hora e meia após terem saído de casa. A Sra. Norris estava muito bem entretida para se mover mais rápido. Quaisquer que fossem os acidentes cruzados para interceptar os prazeres de suas sobrinhas, ela havia encontrado uma manhã de completo prazer; pois a governanta, depois de muitas cortesias no assunto dos faisões, levou-a à leiteria, contou-lhe tudo sobre suas vacas e deu-lhe a receita de um famoso cream cheese. Desde que Julia as deixou, elas foram recebidas pelo jardineiro, com quem tiveram uma conversa muito satisfatória, pois ela o ajudou quanto à doença de seu neto, o convenceu de que era uma febre e prometeu-lhe um encanto para isso. Ele, em troca, mostrara a ela todos os seus viveiros de plantas escolhidos, e na verdade a presenteara com um curioso espécime do brejo.

Depois do reencontro, seguiram juntos para casa e passaram o tempo como podiam, nos sofás, conversando e lendo revistas até o retorno de todos os demais para o jantar. Já era tarde quando as duas Srtas. Bertram e os dois cavalheiros chegaram. O passeio não parecia ter sido de todo agradável ou produtivo em relação à proposta do encontro. De acordo com os relatos de cada um, passaram o dia procurando um ao outro. Para Fanny, o objetivo principal era a tentativa de reestabelecer a harmonia para que pudessem debater a reforma da casa. Ela sentiu, ao olhar para Julia e para o Sr. Rushworth, que não era a única insatisfeita entre eles; havia tristeza no semblante de todos. Já o Sr. Crawford e a Srta. Bertram estavam felizes, e ela achou que durante o jantar ele tomou para si a tarefa de dirimir quaisquer ressentimentos e restaurar o bom humor.

O jantar foi logo seguido por chá e café, uma viagem de dezesseis quilômetros para casa não permitia perda de tempo; e desde o momento em que se sentaram à mesa, foi uma rápida sucessão de nada muito interessante até que a carruagem chegou à porta, e a Sra. Norris obteve alguns ovos de faisões e um cream cheese da governanta, fez muitos discursos para a Sra. Rushworth, e estava pronta para liderar o caminho de volta.

No mesmo momento, o Sr. Crawford, aproximando-se de Julia, disse:

– Espero não perder minha companheira, a menos que ela tenha medo do ar noturno em uma cadeira tão exposta.

O pedido não havia sido previsto, mas foi recebido com muita gentileza, e o dia de Julia provavelmente terminaria quase tão bem quanto começou. Srta. Bertram tinha decidido algo diferente e ficou um pouco desapontada; mas sua convicção de ser realmente a preferida confortou-a a respeito disso e permitiu-lhe receber as atenções de despedida do Sr. Rushworth como deveria.

– Bem, Fanny, este foi um belo dia para você, ouso afirmar! – falou a Sra. Norris enquanto a carruagem percorria o parque. – Nada mais do que diversão do início ao fim! Estou certa de que deve estar muito agradecida à sua tia Bertram e a mim por planejar a sua vinda. Você teve um dia muito bom de divertimento.

Maria estava insatisfeita o suficiente, e disse de maneira objetiva:

– Eu acho que você se saiu muito bem, senhora. O seu colo parece repleto de coisas boas, e entre nós há uma cesta que está batendo no meu cotovelo impiedosamente.

– Minha querida, é apenas uma bela e pequena planta que aquele jardineiro bondoso me fez trazer. Mas se a está incomodando, eu a colocarei imediatamente no meu colo. Fanny, você deve levar este embrulho para mim, e tome muito cuidado, não o deixe cair. É semelhante ao queijo delicioso que tivemos no jantar. Nada poderia satisfazer tanto aquela Sra. Whitaker quanto eu trazer estes queijos.

Recusei o quanto pude, até que as lágrimas quase brotaram em seus olhos; e eu sabia que seria do agrado de minha irmã. Aquela Sra. Whitaker é um tesouro! Ela ficou visivelmente chocada quando perguntei se era permitido ter vinho na segunda mesa, e ela dispensou duas empregadas por usarem vestidos brancos. Tome cuidado com o queijo, Fanny. Agora posso tomar conta do outro embrulho e da cesta.

– O que mais conseguiu? – disse Maria, parcialmente satisfeita com a cortesia de Sotherton.

– Obter, minha querida? Nada demais, a não ser quatro dos belos ovos do faisão, os quais a Sra. Whitaker praticamente forçou que eu trouxesse; ela não aceitaria uma recusa. Ela disse que seria um bom divertimento ter algumas criaturas vivas dessa natureza, já que moro sozinha. E acredito que será. Vou pedir para a empregada que trabalha na queijaria para colocá-los debaixo da primeira galinha disponível e, se tudo der certo, eu os levarei para a minha casa e pegarei emprestado um viveiro. Será uma grande diversão nas minhas horas solitárias. Se eu tiver sorte, sua mãe também terá alguns.

Era uma noite linda, amena e tranquila, e a viagem foi tão agradável quanto a serenidade da natureza pôde torná-la, mas quando a Sra. Norris parou de falar, foi um passeio totalmente silencioso. Seus espíritos estavam em geral exaustos; e determinar se o dia proporcionou mais prazer ou dor ocupava a meditação de quase todos.

CAPÍTULO 11

O dia em Sotherton, mesmo com todas as suas imperfeições, proporcionou às Srtas. Bertram sentimentos muito mais agradáveis do que aqueles derivados das cartas de Antígua, que logo chegaram a Mansfield. Era muito mais agradável pensar em Henry Crawford do que em seu pai; e pensar em seu pai na Inglaterra novamente por um certo período, o que essas cartas as obrigavam a fazer, era um exercício muito indesejável.

Novembro era o terrível mês marcado para seu retorno. Sir Thomas escreveu sobre isso com tanta decisão quanto a experiência e a ansiedade podiam autorizar. Seus negócios estavam quase concluídos, a ponto de justificá-lo em propor a sua passagem no pacote de setembro e, consequentemente, ele esperava ansioso para estar com sua amada família novamente no início de novembro.

Maria era mais digna de pena do que Julia; pois para ela o pai trazia um marido, e a volta de um amigo desejoso de sua felicidade, de quem ela havia escolhido que a felicidade dependesse. Era uma perspectiva sombria, e tudo o que ela podia fazer era jogar uma névoa sobre e torcer para que, quando a névoa se dissipasse, ela visse outra coisa. Dificilmente seria no início de novembro, geralmente havia atrasos, uma passagem ruim ou algo assim; algo que acontece quando todos fecham os olhos, ou perdem o conforto da compreensão enquanto raciocinam. Provavelmente seria no meio de novembro, pelo menos faltavam três meses para o meio de novembro e três meses correspondem a treze semanas. Muito poderia acontecer em treze semanas.

Sir Thomas teria ficado profundamente mortificado se pudesse desconfiar da metade do que suas filhas sentiam sobre o assunto de seu retorno, e dificilmente teria encontrado consolo em saber do interesse que isso despertava ao peito de outra jovem. Srta. Crawford, ao subir com o irmão para passar a noite em Mansfield Park, ouviu as boas novas; e embora parecesse não ter nenhuma preocupação com o caso além da polidez, e ter desabafado todos os seus sentimentos em uma congratulação silenciosa, ouviu-o com uma atenção não tão facilmente satisfeita. Sra. Norris deu os detalhes das cartas e o assunto foi retirado; mas depois do chá, enquanto Srta. Crawford estava parada em uma janela aberta com Edmund e Fanny observando uma cena do crepúsculo, enquanto a Srta. Bertram, Sr. Rushworth e Henry Crawford estavam todos ocupados ao piano, ela de repente retomou o assunto, virando-se para o grupo e dizendo:

– Como o Sr. Rushworth parece feliz! Ele está pensando em novembro.

Edmund também olhou em volta para o Sr. Rushworth, mas não tinha nada a dizer.

– O retorno de seu pai será um evento muito interessante.

– Será, de fato, após tal ausência; uma ausência não apenas longa, mas incluindo tantos perigos.

– Será o precursor também de outros eventos interessantes: o casamento de sua irmã e sua ordenação.

– Sim.

– Não fique ofendido – disse ela, rindo –, mas me fez lembrar de alguns dos velhos heróis pagãos, que, depois de realizar grandes façanhas em uma terra estrangeira, ofereceram sacrifícios aos deuses em seu retorno seguro.

– Não há sacrifício no caso – respondeu Edmund, com um sorriso sério, e olhando para o piano novamente –, é inteiramente obra dela.

– Oh, sim, eu sei que é. Eu estava apenas brincando. Ela não fez mais do que qualquer jovem faria; e eu não tenho dúvidas de que ela está extremamente feliz. Meu outro sacrifício, é claro, você não entende.

– Asseguro-lhe que minha ordenação é tão voluntária quanto o casamento de Maria.

– É uma sorte que sua inclinação e a conveniência de seu pai estejam tão bem de acordo. Há uma vida muito boa guardada para você, eu entendo.

– E que você supõe ter influenciado minha escolha.

– Mas tenho certeza de que não – exclamou Fanny.

– Obrigado por sua boa palavra, Fanny, mas é mais do que eu gostaria de me afirmar. Ao contrário, o fato de saber que havia tal disposição para mim provavelmente me tendenciou. Não posso pensar que seja um erro. Não havia nenhuma aversão natural a ser superada, e não vejo razão para um homem tornar um clérigo pior por saber que ele terá uma competência cedo na vida. Eu estava em mãos seguras. Espero não ter sido influenciado por um caminho errado, e tenho certeza de que meu pai era muito escrupuloso para permitir isso. Não tenho dúvidas de que fui influenciado, mas acho que foi sem culpa.

– É a mesma coisa – disse Fanny, após uma breve pausa –, que o filho de um almirante ir para a marinha, ou o filho de um general ir para o exército, e ninguém vê nada de errado nisso. Ninguém se pergunta se eles deveriam preferir a linha onde seus amigos podem servi-los melhor, ou suspeita que eles sejam menos sinceros do que parecem.

– Não, minha cara senhorita Price, e por boas razões. A profissão, seja da marinha ou do exército, é sua própria justificativa. Tem tudo a seu favor: heroísmo, perigo, agitação, moda. Soldados e marinheiros são sempre aceitáveis na sociedade. Ninguém pode se perguntar porque um homem é soldado ou marinheiro.

– Mas as motivações que levam um homem a se ordenar com a certeza do sucesso são certamente suspeitas, é o que pensa? – disse Edmund. – Aos seu ver, para poder se justificar, ele deve escolher mesmo estando incerto quanto às vantagens financeiras que terá.

– O quê? Ordenar-se sem os meios necessários? Não, isto certamente é loucura, completa besteira!

– Devo perguntar-lhe como a igreja poderia se manter se um homem não deve ordenar-se com ou sem rendimentos? Não, pois certamente você não teria uma resposta. Mas devo defender qualquer vantagem que possa ter o clérigo, de acordo com o seu próprio argumento. Já que ele não pode ser influenciado pelos sentimentos que você tem em tão alta conta, como a tentação e a recompensa que os marinheiros e soldados têm em suas profissões, já que o heroísmo, a excitação e o estilo estão fora de questão, ele deve estar menos sujeito à suspeita de não ser sincero ou de não acalentar boas intenções.

– Ah! Não há dúvida de que esteja sendo muito sincero ao preferir uma renda certa em vez de trabalhar, caso não tenha a intenção de fazer outra coisa de sua vida a não ser comer, beber e engordar. Sr. Bertram, certamente é uma indolência. Indolência e apego ao sossego. Um desejo pela ambição saudável, pelo prazer da boa companhia ou a inclinação para se dar ao trabalho de ser agradável, é que fazem os homens serem clérigos. Um clérigo não tem mais nada a fazer do que ser desleixado e egoísta; ler jornal, ver as condições do tempo e discutir com a sua esposa. O auxiliar faz todo o trabalho e a meta da sua vida é jantar.

– Não há dúvidas que existam clérigos assim, mas acho que não são tão comuns a ponto de se justificar a generalização do caráter de todos. Suspeito que essa censura generalizada, não seja um julgamento seu, mas sim uma influência de pessoas preconceituosas cujas opiniões você se habituou a ouvir. É impossível que a sua própria observação tenha sido suficiente para ter-lhe dado tanto conhecimento sobre o assunto. Você deve ter tido pouco contato com clérigos para criticá-los de maneira tão conclusiva. Você repete o que foi dito na mesa do seu tio.

– Eu falo sobre o que me parece ser a opinião geral. E a opinião da maioria é geralmente a correta. Embora não tenha conhecido muito sobre a vida doméstica dos clérigos, parece que ela deixa margem a dúvida pela insuficiência de informações.

– Quando qualquer grupo de homens com qualquer formação, ou como queira chamar, é criticado indiscriminadamente, deve haver uma insuficiência de informações, ou de alguma outra coisa – disse ele sorrindo. – O seu tio e os almirantes irmãos dele talvez conhecessem muito pouco sobre os clérigos, além dos capelães a quem, para o bem ou para o mal, sempre desejavam que fossem embora.

– Pobre William! Ele foi recebido com muita gentileza pelo capelão de Antuérpia – disse Fanny carinhosamente, em função de seus próprios sentimentos, e não da conversa.

– Eu não tenho o hábito de reproduzir as opiniões do meu tio – disse a Srta. Crawford –, e já que me pressiona tanto, devo observar que estou em condições de dizer como é a vida dos clérigos, considerando que neste exato momento sou hóspede na casa do meu cunhado, Dr. Grant. E embora o Dr. Grant seja muito atencioso e amável, um verdadeiro cavalheiro, e também um grande estudioso e inteligente, pregue belos sermões e seja muito honrado, vejo-o como um bon vivant egoísta e indolente, que precisa ter o seu paladar sempre consultado e que não move um dedo pela conveniência de qualquer um. E, ainda, se o cozinheiro comete algum equívoco, fica mal-humorado com a sua excelente esposa. Para ser sincera, Henry e eu saímos de casa esta noite por causa da decepção dele com um ganso mal cozido. A minha pobre irmã foi obrigada a ficar e a aturar a situação.

– Eu não questiono a sua desaprovação, juro. É um defeito de temperamento, transformado em algo pior por um péssimo hábito de autoindulgência. E presenciar o sofrimento da sua irmã deve ser excessivamente doloroso. Fanny, não temos interferência nessas questões, e não podemos tentar defender o Dr. Grant.

– Não – respondeu Fanny –, mas não podemos desistir inteiramente da profissão por isso, porque independentemente de qualquer uma que o Dr. Grant escolhesse, ele não teria um bom temperamento. E como tanto no Exército quanto na Marinha ele teria mais pessoas sob o seu comando do que agora, penso que um número maior de pessoas teria ficado mais infelizes com ele como marinheiro ou soldado do que como clérigo. Além do mais, não posso mais do que supor que, qualquer outra atividade que pudéssemos desejar para o Dr. Grant, haveria o risco de ser ainda pior em uma profissão mais ativa e mundana, na qual ele teria menos tempo e obrigações, e possivelmente menos conhecimento sobre si mesmo, pelo menos não com frequência, e esse conhecimento lhe escaparia mais do que agora. Um homem sensível como o Dr. Grant não pode ter uma rotina semanal de ensinar aos demais as suas obrigações, não pode ir à igreja duas vezes no mesmo domingo e pregar bons sermões, como ele o faz, sem que seja bom em seu ofício. Isso deve fazê-lo refletir, e não tenho dúvida de que ele amiúde se restringe mais do que se tivesse atividade diferente da de clérigo.

– Nós não podemos provar o contrário para termos certeza, mas eu lhe desejo um destino melhor, Srta. Price, do que ser a mulher de um homem cuja amabilidade depende de seus sermões. Pois, embora possa pregar com bom humor todos os domingos, será terrível ter que ouvi-lo reclamar do ganso da manhã de segunda até a noite de sábado.

– Eu acho que o homem que poderia discutir com Fanny – disse Edmund afetuosamente – deve estar além do alcance de qualquer sermão.

Fanny se voltou mais para dentro da janela; e Srta. Crawford só teve tempo de dizer, de maneira agradável:

– Imagino que Srta. Price esteja mais acostumada a merecer elogios do que a ouvi-los.

Quando, sendo convidada pelas Srtas. Bertram para se juntar à alegria, ela dirigiu-se ao piano, deixando Edmund cuidando dela em êxtase de admiração por todas as suas muitas virtudes, desde seus modos prestativos até seus passos leves e graciosos.

– Lá se vai o bom humor, tenho certeza – disse ele. – Lá se vai um temperamento que nunca geraria dor! Como ela caminha! E com que facilidade ela se apega à inclinação dos outros! Juntando-se a eles no momento em que ela é solicitada. Que pena – acrescentou ele, após um instante de reflexão –, que ela esteja em tais mãos!

Fanny concordou e teve o prazer de vê-lo continuar à janela com ela, apesar da alegria esperada; e de ter seus olhos logo voltados, como os dela, para a cena externa, onde tudo o que era solene, relaxante e adorável aparecia no brilho de uma noite sem nuvens e no contraste da sombra profunda da floresta. Fanny expressou seus sentimentos.

– Aqui está a harmonia! – disse ela. – Aqui está o repouso! Aqui está o que pode deixar para trás toda pintura e toda música, e o que a poesia só pode tentar descrever! Aqui está o que pode tranquilizar todos os cuidados e elevar o coração ao êxtase! Quando olho para uma noite como esta, sinto como se não pudesse haver maldade nem tristeza no mundo; e certamente haveria menos de ambos se a sublimidade da Natureza fosse mais atendida e as pessoas fossem mais levadas para fora de si mesmas ao contemplar tal cena.

– Gosto de ouvir o seu entusiasmo, Fanny. É uma noite adorável, e eles são muito dignos de pena por não terem sido ensinados a sentir, em algum grau, como você; que não tiveram, pelo menos, um gosto para a Natureza no início da vida. Eles perdem muito.

– Você me ensinou a pensar e sentir assim sobre o assunto, primo.

– Eu tive uma aluna muito aplicada. Ali está Arcturus aparecendo muito brilhante.

– Sim, e o Urso. Eu gostaria de poder ver Cassiopeia.

– Precisamos ir para o jardim para isso. Você teria medo?

– Nem um pouco. Já faz um bom tempo que não observamos estrelas.

– Vamos ficar até que tenham terminado, Fanny – disse ele, dando as costas para a janela. A música evoluía, e, mortificada, ela observou-o caminhar em direção a eles, movendo-se vagarosamente, e quando a música terminou, ele continuou próximo aos cantores, entre os que pediam entusiasmadamente para ouvi-la novamente.

Fanny suspirou sozinha na janela até ser repreendida pelas ameaças de Sra. Norris de que ela poderia pegar um resfriado.

CAPÍTULO 12

Sir Thomas retornaria em novembro, mas o filho mais velho tinha assuntos que o chamavam mais cedo para casa. A aproximação de setembro trouxe notícias do Sr. Bertram, primeiro em uma carta ao couteiro e depois em uma carta para Edmund; e no final de agosto ele próprio chegou, para ser alegre, agradável e galante novamente conforme a ocasião servia, ou Srta. Crawford exigia; para falar de cavalos e Weymouth, e festas e amigos, aos quais ela poderia ter ouvido seis semanas antes com algum interesse, e ao todo dar-lhe a mais completa convicção, pelo poder de comparação real, de que ela preferia seu irmão mais novo.

Foi muito vexatório, e ela lamentou profundamente por isso; mas assim foi; e tão longe de querer se casar com o mais velho, ela nem mesmo queria atraí-lo além do que as reivindicações mais simples de beleza consciente exigiam; com sua prolongada ausência de Mansfield, sem nada além do prazer em vista e sua própria vontade de consultar, era perfeitamente claro que ele não se importava com ela; e a indiferença dele era tão mais do que igualada pela dela, que se ele agora desse um passo à frente do dono do Mansfield Park, substituindo Sir Thomas, o que ele faria no tempo certo, ela não acreditaria que pudesse aceitá-lo.

A temporada e os deveres que trouxeram o Sr. Bertram de volta a Mansfield levaram o Sr. Crawford para Norfolk. Everingham não poderia passar sem ele no início de setembro. Ele passou quinze dias – quinze dias de tamanha estupidez para com a senhorita Bertram que deveria ter colocado os dois em guarda, e fez até mesmo Julia admitir, em seu ciúme de sua irmã, a absoluta necessidade de desconfiar de suas atenções e desejar que ele não voltasse; e quinze dias de lazer suficiente, nos intervalos de tiro e sono, para ter convencido o cavalheiro de que deveria ficar mais tempo longe, se tivesse habituado a examinar seus próprios motivos e a refletir sobre qual era a indulgência para qual sua vaidade ociosa estava tendendo; mas, irrefletido e egoísta por causa da prosperidade e do mau exemplo, ele não olharia além do momento presente. As irmãs, bonitas, inteligentes e encorajadoras, divertiam sua mente saciada; e não encontrando nada em Norfolk que se igualasse aos prazeres sociais de Mansfield, ele alegremente retornou a ela na data marcada, e foi recebido lá com a mesma alegria por aqueles que, mais tarde, ele nos pregaria.

Maria, com apenas o Sr. Rushworth para atendê-la, e condenada aos repetidos detalhes de seu dia de esportes, bons ou ruins, sua ostentação de seus cães, seu ciúme de seus vizinhos, suas dúvidas sobre suas qualificações e seu zelo pelos caçadores, assuntos que não encontraram seu caminho para os sentimentos femininos sem algum talento de um lado ou algum apego do outro, sentia terrivelmente a falta de Sr. Crawford; e Julia, descomprometida, tinha todo o direito de sentir muito mais sua falta. Cada irmã se considerava a favorita. Julia poderia ter justificativa para fazê-lo pelas dicas da Sra. Grant, inclinada a creditar o que ela desejava, e Maria pelas dicas do próprio Sr. Crawford. Tudo voltou ao mesmo lugar de antes de sua ausência; suas maneiras eram para elas tão animadas e agradáveis que não perdia terreno com nenhuma das duas, e apenas evitava a consistência, a firmeza, a solicitude e o calor que poderiam despertar a atenção geral.

Fanny foi a única do grupo que encontrou nele algo de que não gostou; mas, desde o dia em Sotherton, ela nunca mais pôde ver o Sr. Crawford com alguma das irmãs sem observação ou censura; e se sua confiança em seu próprio julgamento fosse igual ao seu exercício em todos os outros aspectos, se ela tivesse certeza de que estava vendo com clareza e julgando com franqueza, provavelmente teria feito algumas comunicações importantes a seu confidente habitual. Do jeito que estava, no entanto, ela apenas arriscou uma dica, e a dica se perdeu.

– Estou bastante surpresa – disse ela – que o Sr. Crawford voltasse tão cedo, depois de estar aqui há tanto tempo, sete semanas inteiras; pois eu tinha entendido que ele gostava tanto de mudar, que pensei que algo certamente ocorreria, quando ele tivesse partido, para levá-lo a outro lugar. Ele está acostumado a lugares muito mais alegres do que Mansfield.

– É seu crédito – foi a resposta de Edmund – e ouso dizer que traz alegria a sua irmã. Ela não gosta de seus hábitos instáveis.

– Que favorito ele é entre minhas primas!

– Sim, suas maneiras com as mulheres são as que devem agradar. A Sra. Grant, eu acredito, suspeita que ele tenha uma preferência por Julia; nunca vi muitos sintomas disso, mas gostaria que fosse assim. Ele não tem defeitos, exceto os que um relacionamento sério removeria.

– Se a Srta. Bertram não estivesse noiva – disse Fanny cautelosamente –, eu poderia, às vezes, até pensar que ele a admira mais do que a Julia.

– É por isso, talvez, que acredito que ele prefira a Julia mais do que você pode supor, Fanny. Pois acredito que aconteça com frequência que um homem, antes de decidir-se por alguém, vai dar mais atenção à irmã ou à amiga íntima da mulher da qual ele gosta, mais do que pensar na própria mulher. Crawford seria sensato o suficiente em não permanecer aqui se estivesse correndo qualquer risco em relação a Maria, e não temo nem um pouco por ela, depois de tantas provas que tem dado de que os seus sentimentos não são muito fortes.

Fanny supôs que ela devia estar enganada e pretendia pensar de forma diferente no futuro; mas com tudo que aquela submissão a Edmund poderia fazer, e toda a ajuda dos olhares e sugestões coincidentes que ela ocasionalmente notava em alguns dos outros, e que pareciam dizer que Julia era a escolha do Sr. Crawford, ela nem sempre sabia o que pensar. Ela estava a par, uma noite, das esperanças de sua tia Norris sobre o assunto, bem como de seus sentimentos, e os sentimentos da Sra. Rushworth, em um ponto de alguma semelhança, e não pôde deixar de se perguntar enquanto ouvia. Ficaria mais feliz ainda caso não tivesse sido obrigada a ouvir, pois foi enquanto todos os outros jovens estavam dançando, e ela estava sentada, de má vontade, entre os acompanhantes perto do fogo, ansiando pela reentrada de seu primo mais velho, de quem então dependiam todas as suas esperanças de um parceiro. Era o primeiro baile de Fanny, embora sem a preparação ou esplendor de muitos primeiros bailes de uma jovem, sendo o pensamento apenas da tarde, construído sobre a aquisição tardia de um violinista no salão dos criados, e a possibilidade de formar cinco pares com a ajuda da Sra. Grant e um novo amigo íntimo do Sr. Bertram que acabara de chegar para uma visita. No entanto, fora uma festa muito feliz para Fanny ao longo de quatro danças, e ela estava muito triste por perder ainda um quarto de hora. Enquanto esperava e desejava, olhando ora para os dançarinos e ora para a porta, este diálogo entre as duas senhoras acima mencionadas.

– Eu acho, senhora – disse a Sra. Norris, com os olhos voltados para o Sr. Rushworth e Maria, que eram parceiros pela segunda vez –, que veremos alguns rostos felizes novamente agora.

– Sim, senhora, de fato – respondeu a outra, com um sorriso majestoso – haverá alguma satisfação em olhar agora, e acho que foi uma pena que eles tivessem sido obrigados a se separar. Jovens na situação deles deveriam ser dispensados desse tipo de formalidade. Eu me pergunto se meu filho não propôs isso.

– Ouso dizer que sim, senhora. O Sr. Rushworth nunca é negligente. Mas a querida Maria tem um senso de decoro tão estrito, tanto daquela verdadeira delicadeza que raramente se encontra hoje em dia, Sra. Rushworth. Aquele desejo de evitar particularidades! Querida senhora, olhe só para o rosto dela neste momento; que diferença do que era nas duas últimas danças!

Srta. Bertram parecia realmente feliz, seus olhos brilhavam de prazer e ela falava com grande animação, pois Julia e seu parceiro, Sr. Crawford, estavam perto dela; eles estavam todos agrupados. Como ela estava antes, Fanny não conseguia se lembrar, pois ela mesma dançava com Edmund e não havia pensado nela.

Sra. Norris continuou:

– É muito encantador, senhora, ver jovens tão devidamente felizes, tão bem vestidos e adequados! Não posso deixar de pensar no deleite do querido Sir Thomas. E o que me diz, senhora, existe a possibilidade de um novo casal? O Sr. Rushworth deu um bom exemplo, e essas coisas são muito contagiosas.

A Sra. Rushworth, que não viu nada além de seu filho, ficou completamente perdida.

– O casal acima, senhora. Você não vê nenhum sintoma ali?

– Oh, querida! Srta. Julia e Sr. Crawford. Sim, de fato, um par muito bonito. Qual é a renda dele?

– Quatro mil por ano.

– Muito bem. Quem não tem mais deve ficar satisfeito com o que tem. Quatro mil por ano é uma bela renda, e ele parece um jovem muito refinado e estável, então espero que a Srta. Julia seja muito feliz.

– Ainda não está decidido, senhora. Só falamos disso entre amigos. Mas não tenho dúvidas de que será. Ele está se tornando extremamente meticuloso em suas atenções.

Fanny não podia ouvir mais. Ouvir e imaginar estavam suspensos por algum tempo, já que o Sr. Bertram tinha voltado para o salão, e sentia que teria a grande honra de ser convidada por ele. Ele veio até o pequeno círculo em que estavam, mas em vez de convidá-la para dançar puxou uma cadeira e sentou-se ao seu lado. Conversou sobre o estado de saúde de um cavalo doente e sobre a opinião do cavalariço, com quem havia estado minutos antes. Fanny compreendeu que não poderia ser diferente, e na sua modéstia natural imediatamente sentiu que a sua expectativa era despropositada. Depois de lhe contar sobre o cavalo, ele pegou um jornal que estava sob a mesa e, passando os olhos sobre ele, falou em um tom lânguido:

– Se você quiser dançar, Fanny, eu irei com você.

E, delicadamente, ela declinou da oferta, dizendo que não desejava dançar.

– Fico satisfeito – disse ele mais animadamente, recolocando o jornal sob a mesa. – Estou morto de cansaço. Eu me pergunto como estas pessoas podem aguentar por tanto tempo. Eles devem estar todos apaixonados para encontrar tamanha diversão nesta tolice, e imagino que estejam. Se você olhar para eles, perceberá que muitos dos casais estão apaixonados, com exceção do Yates e da Sra. Grant; e, cá entre nós, ela, pobre mulher, deve almejar um amante como todos os demais. Ela deve ter uma vida desesperadamente enfadonha com o doutor.

Ao dizer isso, olhou com uma expressão ardilosa na direção do Dr. Grant, sentado numa cadeira próxima. Mas mudou instantaneamente de expressão e de assunto, já que Fanny, a despeito de tudo, não pôde se conter e riu.

– Este é um negócio peculiar na América, Dr. Grant! Qual é a sua opinião? Sempre recorro ao senhor quando reflito sobre questões gerais.

– Meu caro Tom – exclamou sua tia logo depois –, como você não está dançando, ouso dizer que não terá nenhuma objeção em se juntar a nós em um jogo, não é mesmo? – Em seguida, deixando seu assento e indo até ele para fazer cumprir a proposta, acrescentou em um sussurro: – Queremos fazer uma mesa para a Sra. Rushworth, você sabe. Sua mãe está muito ansiosa com isso, mas não pode perder tempo. Agora, você, eu e o Dr. Grant bastaremos. Embora joguemos apenas meias-coroas, você sabe, você pode apostar meio-guinéus com ele.

– Eu ficaria muito feliz – respondeu ele em voz alta, e se levantou com entusiasmo –, isso me daria o maior prazer, mas é que neste momento vou dançar. Venha, Fanny – segurando sua mão –, não demore mais, ou o baile acabará.

Fanny foi conduzida de boa vontade, embora fosse impossível para ela sentir muita gratidão pela prima, ou distinguir, como ele certamente fazia, entre o egoísmo de outra pessoa e o seu próprio.

– Um pedido bastante modesto – ele exclamou indignado enquanto se afastavam. – Querer me pregar em uma mesa de jogo pelas próximas duas horas com ela e o Dr. Grant, que estão sempre brigando, e aquela velha, que não sabe mais de uíste do que de álgebra. Gostaria que minha tia estivesse um pouco menos ocupada! E me pedisse de tal maneira também! Sem cerimônia, antes de todos eles, para não me deixar nenhuma possibilidade de recusar. Isso é o que eu particularmente não gosto. Isso me incomoda mais do que tudo, me pedir dessa maneira, sem ser dada uma escolha, e ao mesmo tempo dirigida de tal forma como uma obrigação a ser feita! Se eu não tivesse felizmente pensado em dançar com você, poderia não ter saído disso. É muito ruim. Mas quando minha tia tem uma fantasia na cabeça, nada pode detê-la.

CAPÍTULO 13

O honorável John Yates, este novo amigo, não tinha muito a recomendá-lo além de hábitos de moda e riqueza, e sendo o filho mais novo de um lorde com uma certa independência. Do contrário, Sir Thomas teria provavelmente considerado a sua estadia em Mansfield como algo indesejável. O Sr. Bertram o conheceu em Weymouth, onde passaram dez dias juntos, convivendo com a mesma sociedade. A amizade entre os dois, se é que se pode chamar de amizade, consolidou-se e foi reforçada com o convite feito ao Sr. Yates para visitar Mansfield quando lhe fosse possível, e pela promessa deste em aparecer. Ele veio um pouco antes do esperado, em consequência do fim repentino de uma reunião na casa de um amigo, para onde ele havia seguido após deixar Weymouth. Ele veio sob as asas do desapontamento e com o espírito cheio de encenações, já que esta havia sido uma festa teatral, e a peça que ensaiava iria ser apresentada em dois dias, quando subitamente faleceu um dos amigos mais próximos da família. Esse acontecimento pôs fim ao projeto e dispersou os atores. Estava tão próximo da felicidade, da fama e das boas críticas dos palcos exclusivos de Ecclesford, berço de Right Hon. Lorde Ravenshaw, em Cornwall, teria certamente imortalizado essa peça por pelo menos doze meses! Estar tão próximo e perder tudo era um prejuízo doloroso, e o Sr. Yates não conseguia falar sobre outro assunto. Ecclesford e o teatro, com os seus arranjos, vestimentas, ensaios e brincadeiras faziam parte das suas ininterruptas conversas, e vangloriar-se do passado era o seu único consolo.

Felizmente para ele, o amor pelo teatro era geral, existia um forte desejo para atuar entre os jovens, e por isso era difícil entediar os seus ouvintes. Desde a primeira seleção dos atores até o epílogo, era tudo fascinante, e poucos não desejaram fazer parte daquela causa.

A peça era Lovers' Vows, e o Sr. Yates faria o papel de Conde Cassel.

– Um insignificante papel – disse ele – e nenhum pouco condizente com meu talento, certamente eu não aceitaria novamente, mas estava determinado a não criar obstáculos. Lorde Ravenshaw e o duque se apropriaram dos únicos dois personagens que valiam a pena interpretar antes de eu chegar a Ecclesford e embora o senhor Ravenshaw tenha se oferecido para renunciar o seu para mim, era impossível aceitar a oferta, você sabe. Lamentei por ele ter se equivocado quanto aos seus talentos, pois ele não era em nada semelhante ao Barão! Um homem baixo, com uma voz débil, sempre rouca após dez minutos! Provavelmente teria prejudicado o papel consideravelmente, mas estava decidido a não oferecer nenhuma dificuldade. Sir Henry achou que o duque não se assemelhava a Frederick, mas isso era porque Sir Henry almejava o papel para si, visto que era o mais adequado entre os dois. Eu me surpreendi ao ver Sir Henry tão determinado. Felizmente, a força do personagem não dependia dele. A nossa Agatha estava inigualável, e o duque foi considerado por muitos como grandioso. No geral, tudo teria ocorrido muito bem.

Era um caso difícil, mediante a minha palavra, e é triste que tenha se encerrado dessa forma, foram as amáveis respostas dos simpáticos ouvintes.

– Não vale a pena lamentar, mas é certo que a pobre velha viúva não poderia ter morrido em um pior momento, e por isso é impossível não desejar que a notícia tivesse sido suprimida pelos três dias que necessitávamos. Eram somente três dias. Ela era somente uma avó, e estando a tantos quilômetros de distância, não haveria grandes prejuízos. Isso foi sugerido, eu sei, mas Lorde Ravenshaw, que eu considero um dos homens mais corretos da Inglaterra, ignorou a proposta com veemência.

– Uma peça posterior em vez de uma comédia – disse Bertram. – Lovers' Vows não chegou ao fim, e Lorde e Lady Ravenshaw abandonaram-na. Bem, a herança pode confortá-lo e, talvez, aqui entre amigos, ele tenha começado a temer por sua reputação e seus pulmões com o Barão, e não lamentou em se retirar. E para compensar, Yates, eu acho que nós devemos trazer um pouco de teatro para Mansfield, e pedir-lhe para ser o nosso diretor.

Esta proposta, embora tenha surgido naquele momento, não terminou naquele momento; pois a inclinação para atuar foi despertada, e em ninguém mais fortemente do que no próprio Sr. Betram que era agora mestre da casa, e estava sempre disposto a transformar qualquer novidade em algo positivo. O pensamento retornou várias vezes.

– Oh! Podemos tentar algo parecido com o teatro e o cenário de Ecclesford.

Cada irmã reafirmou o pedido e Henry Crawford, que entre tantos prazeres ainda não tinha desfrutado o de atuar, mostrou-se bastante animado com aquilo.

– Acredito – disse ele – que poderia ser louco o suficiente neste momento para empreender qualquer personagem que já tenha sido escrito, de Shylock a Ricardo III, e até mesmo um herói cantante em uma farsa, vestido com um casaco escarlate e um chapéu de pena. Sinto que poderia ser qualquer um ou qualquer coisa, é como se pudesse discursar e esbravejar, ou ainda golpear, ou proferir tolices em qualquer tragédia ou comédia na língua inglesa. Vamos fazer algo, mesmo que seja somente a metade de uma peça, um ato, uma cena; o que poderia nos impedir? Não esses semblantes, estou certo – disse ao olhar na direção das Srtas. Bertram. – E quanto ao teatro, o que significa? Nós devemos simplesmente nos entreter. Qualquer cômodo já seria de bom tamanho.

– Nós precisamos de uma cortina – disse Tom Bertram. – Poucos metros de tecido para cortina, e talvez já seja suficiente.

– Ah! sem dúvida é suficiente – exclamou o Sr. Yates. – Somente com um bastidor ou duas saídas, e três ou quatro cenários diferentes, nada mais será necessário. Em nome do simples prazer entre amigos, não devemos precisar de mais nada.

– Acredito que podemos nos satisfazer com menos – disse Maria. – Não deve haver tempo suficiente, e outras dificuldades surgiriam. De preferência, devemos adotar as opiniões do Sr. Crawford e fazer uma representação, e não uma peça. Inúmeras partes de nossas melhores peças ocorrem de forma independente do cenário.

– Não – discordou Edmund, que ouviu com espanto. – Não devemos fazer nada pela metade. Se vamos atuar, devemos fazer uma peça totalmente de acordo com um teatro, com camarote, galeria e plateia e do início ao fim, como uma verdadeira peça, com uma boa artimanha, um epílogo, uma dança, um instrumento de sopro e música entre as cenas. Se não superarmos Ecclesford, não devemos fazer nada.

– Edmund, não seja desagradável – disse Julia. – Ninguém ama mais o teatro do que você, ou já fez tanto para poder assistir a uma peça.

– É verdade, para ver uma boa cena, uma atuação real. Mas eu dificilmente caminharia deste aposento para o próximo para ver uma atuação ruim, daqueles que não estão preparados para tal tarefa; um grupo de cavalheiros e damas que apresentam todas as desvantagens da educação e do decoro para se esforçarem à altura.

Após uma breve pausa, no entanto, o assunto ainda continuou, e foi discutido com um inabalável entusiasmo, que contagiou a todos. Embora nada tenha sido resolvido, além de que Tom Bertram preferia uma comédia, e suas irmãs e Henry Crawford uma tragédia, e que nada no mundo poderia ser mais difícil do que encontrar uma peça que iria agradar a todos, a resolução atuar, independentemente da peça, parecia tão decidida que deixou Edmund bastante desconfortável. Ele estava determinado a impedir que acontecesse, se possível. Embora sua mãe, que também ouviu a conversa que passou a mesa, não tenha evidenciado a menor desaprovação.

A mesma noite deu-lhe a oportunidade de testar as suas forças de persuasão. Maria, Julia, Henry Crawford, e Sr. Yates estavam na sala de bilhar. Tom, retornava para a sala de visitas, onde Edmund estava de pé, pensativo frente ao fogo, enquanto Lady Bertram estava no sofá a uma pequena distância, e Fanny ao lado dela organizando seu trabalho. Disse assim que entrou:

– Esta nossa mesa de bilhar é desprezível e não deve ser usada, creio eu, sob qualquer justificativa! Não posso mais suportá-la e acho, ouso afirmar, que não serei mais tentado a usá-la novamente. Mas um fato apurei com a máxima certeza: este é o cômodo perfeito para o teatro, tem o tamanho e a forma ideais, com as portas no outro lado comunicando uma com a outra, e poderão ser abertas em cinco minutos, simplesmente se movermos a estante do quarto de meu pai. É tudo que poderíamos desejar se pensássemos a respeito. E o quarto do meu pai será um excelente palco, pois parece unir-se propositalmente ao salão de jogos.

– Você não pode estar falando sério, Tom, em querer atuar – disse Edmund em voz baixa, enquanto o irmão se aproximava da lareira.

– Não estou falando sério? Como nunca antes, posso assegurá-lo. O que o surpreende nisso?

– Acho que seria muito equivocado. De forma geral, os teatros privados funcionam sob algumas objeções, mas nesta circunstância, acredito que seria altamente imprudente tentar algo dessa natureza. Demonstraria falta de consideração aos sentimentos do meu pai, ausente, e de certa maneira, perigoso. E acho que, no que se refere a Maria, a situação é muito delicada, se considerarmos todos os aspectos envolvidos.

– Você leva tudo muito a sério! Parece até que vamos atuar três vezes por semana até o retorno de meu pai, e convidar a todos para assistir! Mas não será nada disso. A nossa intenção é unicamente o divertimento, simplesmente uma mudança de ares e um exercício de nossos talentos em algo novo. Nós não desejamos audiência e nem publicidade. Nós podemos ter crédito, eu acho, por escolhermos uma peça perfeitamente comum, e não posso perceber qualquer dano maior ou perigo para qualquer um de nós em usar a elegante escrita de algum respeitável escritor, em vez de dialogar com nossas próprias palavras. Não tenho medo nem escrúpulo. E quanto ao fato de meu pai estar ausente, é de longe um obstáculo, mas sim um motivo. A expectativa com o seu retorno deve ser um período de grande ansiedade para minha mãe, e se podemos ser um instrumento para distrair essa ansiedade e mantê-la entretida pelas próximas semanas, acredito que será um tempo muito bem despendido, e estou certo de que para ele também. É um período de muita ansiedade para ela.

Assim que terminou o assunto, todos olharam para a sua mãe. Lady Bertram, afundada no sofá, a imagem de saúde, riqueza, facilidade, e tranquilidade, tinha acabado de cair em um suave cochilo, enquanto Fanny a estava ajudando a cuidar das poucas dificuldades de seu trabalho.

Edmund sorriu e balançou a cabeça.

– Por Deus! Assim não dá! – gritou Tom, atirando-se em uma cadeira com uma calorosa risada. – Estava enganado, minha querida mãe, em relação a sua ansiedade.

– Qual é o problema? – perguntou a senhora, no pesado tom de quem ainda está despertando. – Eu não estava dormindo.

– Ah querida, não, ninguém suspeita que você... Bem, Edmund – ele continuou, voltando para o sujeito, assim que Lady Bertram voltou a dormir –, nisso eu insisto: nós não causaremos nenhum dano.

– Não posso concordar com você, estou convencido de que meu pai iria desaprovar tudo isso.

– E eu estou convencido do contrário. Ninguém é mais afeiçoado ao talento de jovens pessoas, ou promove-o mais, do que o meu pai, e para qualquer coisa de atuação, declamação ou recitação, eu acho que ele tem sempre um gosto decidido. Eu estou certo de que ele encorajou isso em nós quando éramos meninos. Quantas vezes choramos a morte de Júlio César, e pranteamos o ser ou não ser, neste mesmo quarto, para sua diversão? Estou certo, meu nome era Norval em cada noite de natal na minha vida.

– Antes era tudo muito diferente. Você, com certeza, deve observar as diferenças. Meu pai encorajou-nos, como estudantes, para falar bem, mas ele poderia não desejar seus crescidos filhos atuando em peças. Seu senso de decoro é rigoroso.

– Eu sei de tudo isso – disse Tom, descontente. – Eu sei do meu pai tanto quanto você, e vou tomar cuidado para que suas filhas não façam nada que possa lhe causar angústia. Gerencie suas próprias preocupações, Edmund, e eu vou tomar cuidado do resto da família.

– Se você está resolvido em agir – respondeu o perseverante Edmund. – Devo esperar que vai ser em uma muito pequena e tranquila maneira; e acho que um teatro não deveria ser tentado. Seria tomar liberdades injustificadas na casa de meu pai em sua ausência.

– Para todas essas questões eu serei responsável – disse Tom resoluto. – A casa dele não sofrerá qualquer dano. Tenho o mesmo interesse que você em zelar por ela, mesmo com as mudanças que sugeri há pouco, como mudar de lugar uma estante, destrancar uma porta ou até mesmo usar o salão de jogos sem usar o bilhar por uma semana. Posso supor que você desaprovaria ficarmos mais tempo neste cômodo e menos na sala do café da manhã do que ficávamos antes da partida dele, ou ainda que o piano de minhas irmãs fosse levado para o outro lado do salão, mas seria um total absurdo!

– A inovação, se não for errada como uma inovação, será errada como uma despesa.

– Sim, a despesa de tal um compromisso seria grande! Talvez isso pode custar cerca de vinte libras. Precisamos de algo que nos remeta a um teatro, sem dúvida, mas isso vai ser feito sobre o mais simples plano: um verde de cortina e um pouco de carpintaria, isso é tudo. Como o trabalho de carpintaria pode ser todo feito em casa por Christopher Jackson, seria muito absurdo falar de despesas. Enquanto Jackson estiver empregado, estará tudo certo com Sir Thomas. Não imagine que ninguém nesta casa possa ver ou julgar algo além de si mesmo. Se não gosta, não atue, mas não espere governar todos os outros.

– Não, sobre a minha atuação – disse Edmund –, eu protesto absolutamente contra.

Tom caminhou para fora do quarto enquanto Edmund dizia isso, e este sentou-se para atiçar o fogo na lareira, contrariado.

Fanny, que tinha ouvido tudo, e estava em comunhão com todas as ponderações de Edmund, agora se aventurou em sugerir um consolo.

– É possível que não encontrem nenhuma peça que lhes agrade. O gosto do seu irmão e de suas irmãs parece ser bem diferente.

– Não tenho nenhuma esperança, Fanny. Se eles persistirem com essa ideia, acabarão achando algo. Vou conversar com as minhas irmãs e tentarei dissuadi-las, e isso é tudo que posso fazer.

– Acredito que a minha tia Norris estará do seu lado.

– Ouso dizer que sim, mas ela não tem influência suficiente sobre meu irmão ou minhas irmãs. E, se não puder pessoalmente convencê-los, deixarei que as ações tomem o seu curso sem tentar impedi-los com a ajuda dela. A querela familiar é um dos maiores males, e é melhor fazermos algo sem alarde.

As irmãs, com quem Edmund teve uma oportunidade de falar na próxima manhã, estavam igualmente impacientes com seu conselho, tão inflexíveis em seus argumentos e tão determinadas na causa quanto Tom.

Sua mãe não tinha nenhuma objeção para o plano, e ninguém estava receoso quanto a desaprovação do pai. Não poderia haver nenhum dano em algo que tenha sido feito por tantas respeitáveis famílias, e por tantas mulheres de consideração. Seria muita falta de escrúpulos tentar censurar um plano como aquele, compreendendo apenas irmãos e irmãs e íntimos amigos, e do qual ninguém saberia além deles mesmos. Julia parecia inclinada a admitir que a situação de Maria era delicada e necessitava de atenção especial, mas que não poderia se estender para ela. Ela tinha liberdade e Maria, evidentemente, considerava que o seu noivado a deixava ainda mais livre de qualquer restrição. Com isso, ao contrário de Julia, não precisaria consultar o pai ou a mãe. Edmund tinha pouca esperança, mas ainda insistiu no assunto quando Henry Crawford entrou no quarto, acabando de chegar do presbitério.

– Não queremos mais ajuda em nosso teatro, senhorita Bertram. – disse Henry. – Minha irmã manda lembranças; ela espera poder ser admitida na companhia e ficará feliz em receber qualquer papel que não queiram representar, desde uma velha governanta a uma confidente inofensiva.

Maria deu a Edmund um olhar de relance, que significava: "O que você irá dizer agora? Podemos estar errados quanto a Mary Crawford pensar o mesmo?"

E Edmund, silenciado, foi obrigado a reconhecer que o encanto de atuar pode levar fascínio para a mente de um gênio; e com uma ingenuidade de amor, se acomodou na gentileza do recado, deixando de lado quaisquer outros aspectos.

O esquema avançou. A oposição foi vã, e quanto a Sra. Norris, ele se equivocou em supor que ela iria desejar fazer qualquer objeção. As possíveis dificuldades foram contra-argumentadas em cinco minutos pelo seu sobrinho e sobrinha mais velhos, que tinham bastante influência sobre ela. Como o arranjo traria muito poucas despesas, e nenhuma para ela, e ao prever todos os desconfortos da pressa e agitação e a vantagem imediata de divertir-se, sentiu-se obrigada a deixar sua casa, onde estava morando havia um mês sob as suas próprias custas, e mudar-se para a deles, pois ficaria disponível para ajudá-los. A Sra. Norris, na verdade, estava extremamente encantada com o projeto.

CAPÍTULO 14

Fanny parecia mais perto de estar certa do que Edmund havia suposto. O negócio de encontrar uma peça que atenderia todo mundo provou ser bastante complicado; e o carpinteiro tinha recebido suas ordens e tomado suas medidas, havia sugerido e removido pelo menos dois conjuntos de dificuldades, e tendo feito, surgiu a necessidade de um alargamento do plano e despesas. Foi no trabalho, enquanto a peça ainda estava sendo escolhida. Outros preparativos também estavam em andamento. Um enorme rolo de tecido verde tinha chegado a partir de Northampton, e foi cortado por Madame Nora (que com uma boa gestão, economizou três quartos de tecido), e estava sendo transformado em uma cortina enquanto ainda a decisão da peça estava faltando. Como dois ou três dias tinham se passado daquela maneira, Edmund alimentou a esperança de que nenhuma pudesse ser encontrada.

Existiam, de fato, muitas coisas a serem atendidas, assim como muitas pessoas a serem satisfeitas, mas, acima de tudo, uma necessidade de que a peça deveria ser tanto tragédia quanto comédia, o que fazia parecer remota a possibilidade de tomarem uma decisão.

No lado da tragédia estavam as Srtas. Bertram, Henry Crawford, e Sr. Yates. No lado da comédia, Tom Bertram, não sozinho, porque era evidente o desejo de Mary Crawford, embora educadamente não revelado, mas sua determinação e seu poder pareciam dispensar aliados; e, independente desta grande e irreconciliável diferença, eles queriam uma peça que contivesse muito poucos personagens no todo, mas cada personagem teria um papel principal, e deveria ter três personagens femininos centrais. Todas as melhores peças foram analisadas em vão. Nem Hamlet, nem Macbeth, nem Othello, nem Douglas, nem o Gamester, apresentavam qualquer coisa que poderia satisfazer os trágicos; e The Rivals, The School for Scandal, Wheel of Fortune, Heir at Law, e a long et cetera, foram sucessivamente rejeitadas com objeções ainda mais calorosas. Nenhuma peça poderia ser proposta sem alguém se opor com uma dificuldade:

– Ah! Não, essa não é boa. Não vamos escolher tragédias exageradas.

– Há muitos personagens e nenhum papel é tolerável para uma mulher nesta peça.

– Qualquer coisa menos isso, meu querido Tom. Seria impossível completá-la.

– Não podemos esperar que qualquer um queira este papel.

– Não há nada mais do que palhaçadas do início ao fim.

– Esta pode ser, talvez, mas para as partes menos importantes.

– Se eu devo dar a minha opinião, sempre achei que esta peça a mais insípida da língua inglesa.

– Não pretendo fazer objeções, e ficarei feliz em ser útil, mas acho que não poderíamos escolher uma peça pior.

Fanny observava, não contente, o egoísmo que, mais ou menos disfarçado, parecia governar a todos, e se perguntava como isso iria acabar. Para sua própria satisfação, ela poderia ter desejado que algo pudesse ser encenado, pois ela nunca tinha visto nem a metade de uma peça, mas a correta conduta lhe orientava a ser contra.

– Isso nunca vai dar certo – disse Tom Bertram por fim. – Nós estamos desperdiçando terrivelmente o nosso tempo. Precisamos fazer uma escolha, independentemente do que seja. Não precisamos ser tão perfeccionistas. Um número maior de personagens não deve nos amedrontar. Nós deveremos duplicar nossos papéis. Vamos aquiescer um pouco. Se um papel é insignificante, maior será o nosso crédito em desempenhá-lo bem. A partir deste momento não imporei mais dificuldades; ficarei com qualquer papel que escolherem para mim, contanto que seja cômico. Que seja cômico, essa é a única condição.

A partir de uma extensa lista de sugestões, ele propôs então Heir at Law, com a única dúvida sendo entre o papel de Senhor Duberley ou Dr. Pangloss para si mesmo; e muito sinceramente, mas sem muito sucesso, tentava persuadir os outros que lá estavam algumas boas partes trágicas no restante da Dramatis Persona.

A pausa que seguiu este infrutífero esforço foi terminada pelo mesmo orador, que, tomando um dos muitos volumes de peças que colocaram sobre a mesa, e folheando-a, de repente exclamou:

– Lovers' Vows! E por que Lovers' Vows não deveria nos fazer tão bem quanto aos Ravenshaw? Como não pensamos nisso antes? Agora percebo que se encaixa perfeitamente. O que acham? Aqui existem dois personagens trágicos principais para Yates e Crawford, e, para mim, um mordomo que gosta de rimas, caso ninguém mais o queira, pois é um papel insignificante, mas algo de que não vou desgostar. Como disse antes, estou determinado a dar o melhor de mim em qualquer papel. E os demais podem ser escolhidos por qualquer um. Faltam somente o Conde Cassel e Anhalt.

A sugestão foi de maneira geral, bem recebida. Todo mundo estava cansado de indecisões, e a primeira ideia de todos foi que nada tinha sido proposto antes que fosse tão provável de atender todo mundo. Sr. Yates ficou particularmente satisfeito: ele tinha grande anseio para fazer o Barão de Ecclesford. Tinha invejado Lorde Ravenshaw e sentira-se forçado a expressar suas queixas sozinho em seu quarto. Enfurecer-se com o Barão Wildenhaim era o ápice da sua ambição teatral, e com a vantagem de conhecer a metade das cenas, ele ofereceu com grande presteza os seus serviços para desempenhá-lo. Para fazer-lhe justiça, no entanto, ele resolveu não se apropriar dele, ao lembrar que havia boas falas no papel de Frederick, e professou empenho semelhante para assumir esse papel também. Henry Crawford estava preparado para assumir qualquer um dos dois. O papel que o Sr. Yates não escolhesse iria satisfazê-lo completamente e uma breve troca de elogios se seguiu. A Srta. Bertram, interessou-se por desempenhar Agatha, e observou para o Sr. Yates que altura e peso deveriam ser levados em consideração, e que pelo fato de ser o mais alto, ele parecia ser particularmente adequado para o papel do Barão. Concordaram com ela, e ambos os papéis tendo sido aceitos adequadamente, ela não teve dúvidas de que o papel de Frederick seria desempenhado apropriadamente. Três dos personagens foram já escolhidos, além de Sr. Rushworth, que Maria dizia estar disposto a fazer qualquer um. Julia desejava, assim como sua irmã, desempenhar o papel de Agatha, e passou a adotar uma atitude escrupulosa com a Srta. Crawford.

– Este não é um comportamento adequado em relação aos ausentes – disse ela. – Aqui não existem papéis femininos o suficiente. Amelia e Agatha se adequam para Maria e eu, mas aqui não há nada para sua irmã, Sr. Crawford.

Sr. Crawford desejou que isso não fosse lembrado: ele estava muito certo de que sua irmã não tinha nenhum desejo de atuar, mas que estava disposta a ser útil. Mas Tom Bertram imediatamente se opôs. Considerava que a parte de Amelia deveria ser em todos os aspectos propriedade de Srta. Crawford, se ela aceitasse.

– Cai como uma luva, é natural e compatível com ela – disse ele –, como Agatha faz a uma ou outra das minhas irmãs. Para elas não deve ser nenhum sacrifício, pois é altamente cômico.

Um breve silêncio se seguiu. Cada irmã parecia ansiosa, pois cada uma se sentia a melhor representação de Agatha, e esperavam que os demais expressassem isso.

Henry Crawford, nesse meio tempo, e com aparente descuido, passou a ler o primeiro ato, e logo resolveu o negócio.

– Devo rogar à Srta. Julia Bertram a não comprometer-se com o papel de Agatha, ou será a ruína de toda a minha performance. Você não deve, realmente não deve – disse ele, voltando-se para ela. – Eu não poderia suportar a sua fisionomia vestida em angústia e palidez. As muitas risadas que demos juntos iriam infalivelmente vir à minha mente, e Frederick e sua mochila seriam obrigados a fugir.

Disse aquilo de maneira agradável e cortês, mas a forma como disse não impediu que fossem feridos os sentimentos de Julia. Ela viu um olhar para Maria que a fez se sentir mal: era um esquema, um truque; ela foi menosprezada, Maria foi a preferida. O sorriso de triunfo que Maria estava tentando suprimir mostrava que aquilo foi bem entendido; e antes que Julia pudesse controlar a si mesma o suficiente para falar, seu irmão confirmou a sugestão, por dizer:

– Oh sim! Maria deve ser Agatha. Maria vai ser a melhor Agatha. Embora Julia imagine que ela prefere tragédias, eu não confiaria nisso. Não há nada de tragédia sobre ela. Ela não leva jeito para isso. Seus recursos são não trágicos o suficiente, e ela anda muito rápido, fala muito rápido, e não mantem o seu semblante. Ela vai se dar melhor ao fazer a velha camponesa: a esposa do camponês. A esposa do camponês é uma parte muito bonita, garanto-lhe. A velha senhora alivia a altivez de seu marido com uma boa dose de espírito. Você deve ser a esposa do camponês.

– A mulher do camponês! – exclamou o Sr. Yates. – Do que está falando? Este é o papel mais desprezível e insignificante. Simplesmente comum; não há uma fala interessante em toda a peça. A sua irmã desempenhar esse papel? Essa proposta é um insulto. Em Ecclesford a governanta faria esse papel. Todos nós concordamos que não poderia ser oferecido para mais ninguém. Um pouco mais de justiça, senhor diretor, por favor. Você não merece este cargo se não puder reconhecer um pouco melhor os talentos da sua companhia.

– Em relação a isso, meu amigo, enquanto eu e minha companhia ainda não atuarmos haverá algumas tentativas, mas não tenho a intenção de menosprezar Julia. Nós não podemos ter duas Agathas e precisamos de uma mulher para o camponês. Estou certo que lhe dei o modelo de moderação ao me satisfazer com o velho mordomo. Se o papel é insignificante, ela terá ainda mais crédito por fazer algo de bom com ele. E se ela não for desesperadamente contra qualquer humorismo, vamos deixá-la para os discursos do camponês em vez das falas de sua mulher e adaptar o papel inteiramente. Estou certo de que ele é solene e patético o suficiente, e não fará qualquer diferença na peça. E quanto ao camponês, posso recitar os discursos de sua mulher com todo o meu coração.

– Com toda a sua parcialidade em relação à mulher do camponês – disse Henry Crawford –, será impossível para a sua irmã poder desempenhá-lo, e não devemos forçar a sua boa natureza impondo-lhe esse papel. Nós não devemos permitir que aceite o papel. Não devemos deixá-la à sua própria complacência. Os seus talentos serão bem-vindos em Amelia. Amelia é um papel ainda mais difícil de ser representado do que o de Agatha. Considero Amelia o papel mais difícil de toda a peça, pois requer muita força e bondade, incutindo nela uma grande simplicidade. Já vi boas atrizes fracassarem nesse papel. A simplicidade, certamente, está além do alcance de quase todas as atrizes. Requer uma delicadeza de sentimentos que elas não possuem; requer uma donzela, uma Julia Bertram. Você vai aceitá-lo, não? – perguntou a ela com um olhar ansioso de súplica, e que a apaziguou um pouco. Mas enquanto ela hesitava sobre o que dizer, o irmão mais uma vez se interpôs, alegando que a Srta. Crawford era mais adequada para o papel.

– Não, não, a Julia não deve ser a Amelia. Não é o papel para ela. Ela não gostaria e não o desempenharia bem. Ela é muito alta e robusta. Amelia deve ser uma menina pequena, leve, feminina, uma figura alegre. É perfeito para a Srta. Crawford e somente para ela. Ela se parece com a personagem e estou convencido de que a fará admiravelmente.

Ignorando esse argumento, Henry Crawford continuou a súplica:

– Você deve nos agraciar – disse ele –, certamente deve. Quando estudar a personagem, perceberá que se adequa a você. A tragédia pode ser a sua escolha, mas certamente parecerá que a comédia a escolheu. Você é quem deverá me visitar na prisão com uma cesta repleta de mantimentos. Você refutará de ir me visitar na prisão? Acho que posso vê-la entrando com a sua cesta.

A influência de sua voz foi sentida. Julia vacilou; mas seria ele o único a tentar acalmá-la, e fazer ela esquecer a afronta anterior? Ela desconfiava dele. Sua cortesia era demais. Ele estava, talvez, brincando de maneira traiçoeira com ela. Ela olhou desconfiada para a irmã. O semblante de Maria faria com que ela se decidisse. Caso ela estivesse atormentada e alarmada, poderia pensar no assunto, mas Maria olhava com toda serenidade e satisfação, e Julia bem sabia que Maria não poderia estar feliz se não fosse à sua custa. Com apressada indignação e uma trêmula voz, ela disse a ele:

– Você não parece temeroso de não conseguir manter a sua fisionomia quando eu entrar com a cesta de mantimentos, como poderíamos supor, mas somente como Agatha eu seria tão irresistível!

Ela se calou. Henry Crawford parecia bastante tolo, e como se ele não soubesse o que dizer.

Tom Bertram começou de novo:

– Srta. Crawford deve ser Amelia. Ela vai ser uma excelente Amelia.

– Não se preocupe ao achar que eu desejarei o papel – exclamou Julia com súbita raiva. – Eu não serei Agatha e estou certa de que não farei nada mais. Em relação à Amelia, é, entre todos os demais, o papel pelo qual sinto mais aversão. Eu a detesto. Uma menina odiosa, pequena, atrevida, antinatural e sem vergonha. Sempre protestei contra a comédia, e essa é a comédia em sua pior forma

E dito isso, ela caminhou apressadamente para fora do quarto, deixando embaraçosos sentimentos em alguns deles, mas uma pequena compaixão em qualquer um exceto Fanny, que tinha sido uma tranquila auditora do todo, e que não poderia deixar de pensar naquilo como sendo uma manifestação de ciúme, sentindo muita pena.

Um curto silêncio sucedeu sua saída, mas seu irmão logo voltou para as negociações de Lovers' Vows, e foi ansiosamente olhando ao longo da peça, com a ajuda do Sr. Yates, para acertar o cenário necessário; enquanto Maria e Henry Crawford conversavam em voz baixa, ela começou dizendo:

– Estou certa de que abriria mão do papel para Julia de bom grado, e embora acredite que não a interpretarei bem, estou convencida de que ela o fará ainda pior.

Passado um tempo, a divisão dos personagens foi concluída por Tom Bertram e Sr. Yates, que passaram a verificar o cômodo que seria agora transformado no teatro. Senhorita Bertram resolveu ir até o presbitério com a oferta do papel de Amelia para Srta. Crawford. Fanny ficou sozinha.

O primeiro uso que ela fez de sua solidão foi pegar o volume que tinha sido deixado na mesa, e começar a familiarizar-se com a peça que ela tinha tanto ouvido falar. Sua curiosidade foi despertada, e ela percorreu a peça com uma ânsia que foi suspensa unicamente por intervalos de espanto, pelo fato de ter sido escolhida naquele momento e que poderia ser proposta e aceita em um teatro particular!

Agatha e Amelia pareciam para ela, de maneiras distintas, totalmente impróprias para representação. A situação de uma e a linguagem da outra, lhe pareceram impróprias para serem expressas por qualquer mulher de modéstia, que ela podia dificilmente supor que suas primas poderiam ser conscientes do que elas estavam se engajando. Esperava que elas pudessem se conscientizar tão logo fosse possível pela repreensão que Edmund certamente faria.

CAPÍTULO 15

A Srta. Crawford aceitou o papel prontamente, e logo que a senhorita Bertram retornou do presbitério, o Sr. Rushworth chegou, e um novo papel, consequentemente foi decidido. A ele foram ofertados o Conde Cassel e Anhalt, e a princípio não sabia qual escolher, e pediu para que a Srta. Bertram o ajudasse com a escolha, mas depois lhe explicaram a respeito dos dois e ele compreendeu o estilo diferente dos personagens e quem era quem. Lembrou que uma vez tinha assistido à peça em Londres, e considerado Anhalt um sujeito muito estúpido, logo decidiu-se pelo Conde. A Srta. Bertram aprovou a decisão, pois quanto menos ele tivesse que aprender, melhor. Ela não simpatizava com a ideia de que o Conde e Agatha atuassem juntos, nem conseguiria aguardar com muita paciência enquanto ele lentamente folheava as páginas na esperança de ainda encontrar tal cena. Ela muito gentilmente tomou sua parte nas mãos e diminuiu cada trecho que admitisse ser encurtado, além de apontar a necessidade de que ele precisaria estar muito bem-vestido e escolheu as cores que iria usar. O Sr. Rushworth gostou da ideia de seus adornos, embora fingindo desprezá-los. Estava tão envolvido com a sua própria aparência que não teve tempo de considerar os demais, ou tirar qualquer uma dessas conclusões, ou sentir qualquer desagrado que Maria estava somente em parte preparada para sentir.

Assim, muito foi decidido sem a presença de Edmund, que tinha estado fora a manhã toda, e não sabia nada sobre o assunto, mas quando entrou na sala de estar antes do jantar, o burburinho da discussão estava alto entre Tom, Maria e o Sr. Yates. O Sr. Rushworth levantou e com grande entusiasmo lhe contou as boas notícias.

– Nós temos uma peça – disse ele. – Será Lovers' Vows, e eu vou desempenhar o papel do Conde Cassel. A minha primeira aparição será em uma vestimenta azul e uma capa de cetim rosa. Posteriormente, usarei outra roupa extravagante para a cena da caçada. Não sei se gostarei.

Os olhos de Fanny seguiram Edmund, e seu coração batia por ele enquanto ouvia este discurso, e viu seu olhar, e imaginou quais deveriam ser suas sensações.

– Lovers' Vows! – em um tom de grande espanto, foi sua única resposta ao Sr. Rushworth, e ele se virou para o irmão e irmãs como duvidando que poderia haver qualquer contradição.

– Sim – exclamou o Sr. Yates. – Depois de todas as nossas discussões e dificuldades, não encontramos nada que nos sirva tão bem, nada tão irrepreensível, como Lovers' Vows. O mais espantoso é como não pensamos nisso antes. A minha estupidez foi abominável, pois aqui temos todas as vantagens do que vi em Ecclesford; e é tão útil ter um modelo! Nós selecionamos praticamente todo o elenco.

– Mas o que farão em relação às mulheres? – perguntou Edmund solenemente, olhando para Maria.

Maria ruborizou ao responder:

– Eu irei fazer o personagem que seria de Lady Ravenshaw. – E com um olhar mais ousado continuou: – A Srta. Crawford deve ser Amelia.

– Jamais imaginaria que esse era um tipo de peça que facilmente poderia ser encenada por nós – respondeu Edmund, virando-se para a lareira onde estavam a mãe, a tia e Fanny, e sentou-se com o semblante contrariado.

O Sr. Rushworth disse em seguida:

– Eu tenho três falas e quarenta e dois discursos. Isso é impressionante, não é mesmo? Mas não me agrada a ideia de estar tão bem-vestido, mal irei me reconhecer em uma vestimenta azul e uma capa de cetim rosa.

Edmund não conseguiu responder-lhe. Em poucos minutos o Sr. Bertram foi chamado fora da sala para tirar algumas dúvidas do carpinteiro, sendo acompanhado pelo Sr. Yates e logo em seguida pelo Sr. Rushworth, e rapidamente aproveitou a oportunidade para falar.

– Não posso expressar na frente do Sr. Yates o que penso sobre esta peça, sem com isso refletir em seus amigos em Ecclesford. Mas devo agora saber, minha querida Maria, diga-me, acho que seja extremamente imprópria para representação privada, e espero que você desista. Não posso esperar o contrário quando a tiver lido cuidadosamente. Leia somente o primeiro ato em voz alta para a sua mãe ou para a sua tia, e veja se pode aprová-la. Estou convencido de que não será necessário enviar para a aprovação do seu pai.

– Vemos as coisas de uma maneira muito diferente – exclamou Maria. – Conheço perfeitamente a peça, garanto, e com poucas omissões, que serão feitas, é claro, não vejo nada censurável. Eu não sou a única jovem mulher que a considera perfeitamente adequada para uma representação privada.

– Sinto muito por isso – foi sua resposta –, mas, neste caso, você é a atriz principal e deve dar o exemplo. Se os demais se enganaram, é o seu dever corrigi-los e mostrá-los o que constitui a verdadeira decência. Em todos os aspectos do decoro, a sua conduta deve ser o modelo para os demais.

Esta imagem sobre a sua responsabilidade teve algum efeito, pois ninguém amava mais liderar do que Maria, e com muito bom humor, ela respondeu:

– Sou muito grata a você, Edmund; você tem boas intenções, tenho certeza. Mas ainda assim acho que você vê as coisas com muita intensidade, e eu realmente não posso me comprometer a arengar todos os demais sobre um assunto desse tipo. Acho que este é o maior erro.

– Você acha que eu poderia ter essa ideia na minha cabeça? Não, deixe que a sua conduta seja sua única arenga. Diga isso ao examinar a sua parte, você sente mesmo que é desigual e exige mais esforço e confiança de que dispõe. Diga isso com firmeza, e será o bastante. Todos os que podem distinguir entenderão o seu motivo. A peça será suspensa e a sua dignidade, honrada, como deve ser.

– Não se comporte de maneira imprópria, minha querida – disse Lady Bertram. – Sir Thomas não gostaria. Fanny, toque o sino, preciso do meu jantar. Com certeza, Julia está pronta a essa hora.

– Estou convencido, senhora – disse Edmund, impedindo Fanny –, de que Sir Thomas não gostaria.

– Pronto, minha querida, você ouviu o que Edmund disse?

– Se eu desistir do papel – disse Maria com renovado zelo –, Julia certamente o encenará.

– O quê? – exclamou Edmund. – Mesmo se ela souber as suas razões!

– Oh! Ela pode pensar que com a diferença entre nós, em nossa situação, que ela não precisa ser tão escrupulosa, como julgo que devo ser. Acho que ela iria argumentar a favor. Não, você deve me desculpar, mas não voltarei atrás na minha escolha. Está tudo muito bem resolvido, todos ficariam desapontados, Tom ficaria muito zangado, e se formos tão bonzinhos, nunca teremos nenhuma peça para encenar.

– Eu ia dizer exatamente a mesma coisa – falou a Sra. Norris. – Se todas as peças forem desaprovadas, não sobrará nenhuma e com todos os preparativos feitos, será um dinheiro jogado fora. Estou certa de que isso seria um descrédito para todos nós. Não conheço a peça, mas, como disse Maria, se houver qualquer coisa um pouco inadequada, e é assim com a maioria delas, pode ser facilmente excluída. Não devemos ser rígidos demais, Edmund. E como o Sr. Rushworth também fará parte da peça, não pode haver qualquer mal. Só desejaria que Tom tivesse clareza do que gostaria antes que os carpinteiros começassem o trabalho, pois perderam metade de um dia de trabalho com as portas laterais. Entretanto, com a cortina fizeram um bom trabalho. As empregadas fizeram seu trabalho muito bem, e acho que poderemos enviar de volta algumas dezenas de argolas. Não há motivo para colocá-las tão próximas umas das outras. Eu sou útil, espero, quando se trata de prevenir o desperdício e de dar maior uso aos objetos. Deve sempre haver uma cabeça firme para supervisionar tantos jovens. Esqueci de contar ao Tom algo que aconteceu comigo hoje. Eu estava passeando próximo ao galinheiro, e acabando de sair, encontrei com Dick Jackson indo em direção ao saguão dos empregados com dois pedaços de madeira na mão, levando-os para o pai. Você deve se certificar disso. A mãe teve a chance de enviar um recado ao pai, e então o pai pediu-lhe para levar dois pedaços de madeira, pois estava precisando. Eu sabia o que tudo isso significava, pois a sineta do jantar dos empregados tocou naquele exato momento sobre nossas cabeças; e como odeio essas pessoas usurpadoras, os Jackson são muito invasivos, eu sempre disse: exatamente o tipo de pessoas que pegam tudo o que podem, eu disse diretamente ao menino, um garoto desajeitado de dez anos de idade, você sabe, e que deveria se envergonhar dele mesmo: “Eu levarei as madeiras para o seu pai, Dick, então volte para casa o mais rápido que puder”. O menino olhou bastante apalermado e virou-se sem dizer uma única palavra, pois acredito que eu tenha sido bastante áspera. E ouso dizer que vai ficar curado de saquear a casa por um tempo. Eu odeio tal ganância, e o seu pai é tão bom para a família empregando o pai o ano inteiro!

Ninguém se deu ao trabalho de responder; os outros logo voltaram; e Edmund percebeu que ter se esforçado para convencê-los a adotar a atitude certa deveria ser a sua única satisfação.

Durante o jantar, o clima ficou pesado. A Sra. Norris relatou novamente o seu triunfo com Dick Jackson, mas não falaram muito sobre a peça ou os preparativos, pois a desaprovação de Edmund foi sentida até mesmo pelo irmão, embora o assunto não tenha sido mencionado. Maria, ansiando pelo apoio entusiasmado de Henry Crawford, imaginou que seria melhor não falar sobre o assunto. Sr. Yates, que estava tentando ser agradável com Julia, sentiu que o seu pesar era menos impenetrável do que o desapontamento pela saída dela da peça. Sr. Rushworth, tendo apenas sua fala e seus próprios trajes em seu cabeça, rapidamente esgotou ambos os temas. Os receios em relação à peça foram suspensos somente por uma ou duas horas. Havia muito ainda a ser acertado, e o estado de espíritos da noite deram-lhe coragem renovada. Logo que Tom, Maria e o Sr. Yates se reencontraram na sala de estar, organizaram um comitê em uma mesa separada, com o texto da peça aberto diante deles; quando estavam se aprofundando no assunto tiveram uma interrupção muito bem-vinda com a entrada do Sr. e Srta. Crawford, que, mesmo estando tarde, escuro e o caminho enlameado como estava, não puderam deixar de vir, e foram recebidos com a mais grata alegria.

– Bem, como estão as coisas?

– O que decidiram?

– Oh! Não podemos fazer nada sem vocês.

Seguiram-se às primeiras saudações. Henry Crawford rapidamente sentou-se com os outros três à mesa, enquanto a irmã foi ao encontro de Lady Bertram e, atenciosa, felicitou-a:

– Preciso te parabenizar pela escolha da peça – disse ela –, pois embora a senhora esteja tolerando tudo com uma paciência exemplar, estou certa de que está muito cansada com todo o nosso barulho e problemas. Os atores estão felizes, mas os espectadores devem estar infinitamente mais ansiosos. E eu sinceramente agradeço a senhora e a Sra. Norris também, e a todos os demais que estão com igual disposição. – Em seguida, olhou com ar temeroso e ao mesmo tempo envergonhado na direção de Fanny e Edmund.

Lady Bertram respondeu muito educadamente, mas Edmund não disse nada. O fato de ser unicamente um observador não foi negado. Depois de conversar alguns minutos com o grupo próximo à lareira, a Sra. Crawford retornou para a mesa. Em pé diante deles, demonstrava estar interessada em toda a preparação, até que, como se tivesse sido atingida por uma lembrança, exclamou:

– Amigos, vocês estão trabalhando tranquilamente e se debruçando sobre estes chalés e tavernas e em todos os outros assuntos, mas neste meio tempo eu lhes peço para que me revelem o meu destino. Quem será Anhalt? Entre os cavalheiros, quem será aquele que terei o prazer de namorar?

Por um momento ninguém falou. De repente, todos falaram ao mesmo tempo, para revelar a mesma verdade melancólica de que ainda não havia ninguém para desempenhar o papel de Anhalt.

– O Sr. Rushworth será o Conde Cassell, mas até então ninguém havia escolhido Anhalt.

– Eu tive a chance de escolher – disse o Sr. Rushworth –, mas imaginei que fosse preferir o Conde, mesmo que não aprecie muito o figurino que terei de usar.

– Você escolheu sabiamente! – respondeu a Srta. Crawford com um olhar iluminado. – Anhalt é um papel complicado.

– O Conde tem 42 falas – retorquiu o Sr. Rushworth –, o que não é uma ninharia.

– Não estou nem um pouco surpresa – disse a Srta. Crawford depois de uma breve pausa –, com a necessidade de termos um Anhalt. Amelia não merece mais do que isso. Uma jovem mulher tão desinibida pode afugentar um homem.

– Eu ficaria feliz em assumir o papel se fosse possível – exclamou Tom –, mas infelizmente o mordomo e Anhalt aparecem juntos na mesma cena. No entanto, não vou desistir inteiramente. Tentarei o que for possível, e lerei as suas falas novamente.

– O seu irmão deveria assumir esse papel – disse Yates em voz baixa. – Você não concorda?

– Eu não vou consultá-lo – respondeu Tom de um jeito frio e determinado.

A Srta. Crawford falava sobre outro assunto e, em pouco tempo, juntou-se novamente ao grupo que estava próximo à lareira.

– Eles não me querem por perto – disse ela ao sentar-se. – Eu os confundo e os obrigo a fazer discursos educados. Sr. Edmund Bertram, como você não vai atuar, será um conselheiro neutro e, desta forma, eu peço sua ajuda. O que deveremos fazer em relação a Anhalt? Qual o seu conselho?

– O meu conselho – disse ele calmamente – é que vocês escolham outra peça.

– Não tenho objeções, mesmo que não me desagrade o papel de Amelia, se bem interpretado, isto é, se tudo correr bem; e não pretendo ser inconveniente, mas naquela mesa eles escolheram não ouvir o seu conselho – disse ela olhando adiante –, e certamente não será aceito.

Edmund não disse mais nada.

– Se algum papel pudesse levá-lo a atuar, eu suponho que seria o de Anhalt – observou a jovem maliciosamente depois de breve pausa. – Como sabe, ele é um clérigo.

– Essa circunstância não iria de maneira alguma me tentar – disse ele –, pois eu ficaria infeliz em transformá-lo em um personagem ridículo com a minha péssima atuação. Não deve ser muito difícil deixar Anhalt como uma figura formal e um orador solene. E o homem que pessoalmente opta por essa profissão é, talvez, o último que desejaria interpretá-la em um palco.

A Srta. Crawford ficou quieta, e com certo sentimento de remorso, aproximou consideravelmente a sua cadeira da mesa do chá, dirigindo toda a atenção para a Sra. Norris, que a estava presidindo.

– Fanny – exclamou Tom Bertram da outra mesa, onde a conferência estava sendo conduzida avidamente numa conversa sem fim –, precisamos dos seus serviços.

Fanny levantou-se rapidamente esperando que lhe fosse solicitada alguma tarefa, como de hábito acontecia a despeito de todas as tentativas de Edmund.

– Ora! Não queremos incomodá-la. Nós não precisamos dos seus préstimos agora. Nós a queremos na peça. Você deverá ser a mulher do camponês.

– Eu? – exclamou Fanny, voltando a se sentar com olhar de temor. – Realmente, vocês devem me desculpar. Eu não poderia desempenhar qualquer papel neste mundo. Não, certamente eu não posso.

– Certamente precisará, pois não poderemos desculpá-la. Você não deve ter medo, é um papel insignificante, um mero nada, e não tem mais do que seis falas. E não fará a menor diferença se ninguém ouvir uma só palavra do que disser, então poderá se comportar como um ratinho se quiser, mas precisamos olhar para você.

– Se está com receio desses diálogos – disse o Sr. Rushworth –, o que faria com um papel como o meu? Eu preciso aprender 42.

– Não é que tenha medo de ter que decorá-los – disse Fanny, chocada ao ver-se como a única oradora do aposento naquele momento, e sentir que quase todos os olhares recaíam sobre ela –, mas eu realmente não sei atuar.

– Sim, sim, você sabe o suficiente para nós. Aprenda as suas falas, e nós a ensinaremos todo o resto. Você aparecerá somente em duas cenas, e eu serei o camponês. Eu a irei conduzir e se sairá muito bem, eu garanto.

– Não, Sr. Bertram; você vai me desculpar. Não compreende que é absolutamente impossível para mim. Se eu concordasse, seria simplesmente para desapontá-lo.

– Ora, ora, não seja modesta, você se sairá muito bem; todas as concessões possíveis serão feitas para você. Nós não esperamos perfeição. Você deve achar um vestido marrom, um avental branco e uma touca. Nós faremos algumas rugas em você próximo aos seus olhos, e então será uma perfeita pequena e velha senhora.

– Você deve me desculpar, certamente que sim! – exclamou Fanny, ficando cada vez mais ruborizada pelo excesso de agitação e olhando angustiada para Edmund, que estava carinhosamente observando-a, mas relutante em contrariar o irmão, e lhe deu somente um sorriso encorajador. A sua súplica não teve qualquer efeito sobre Tom; ele limitava-se a repetir o que tinha acabado de dizer. E não se tratava exclusivamente de Tom, já que agora o pedido estava sendo apoiado por Maria e pelo Sr. Crawford, e ainda por Yates, cujo tom de insistência diferia, por ser mais carinhoso e cerimonioso. O pedido de todos ao mesmo tempo era avassalador para Fanny, e antes que ela pudesse respirar, a Sra. Norris completou lançando um sussurro raivoso e audível.

– Estou envergonhada de você, Fanny, por criar tamanha dificuldade para aceitar o pedido dos seus primos em algo tão simples, e eles são tão generosos com você! Aceite o papel de bom grado e permita-nos não ter mais que ouvir sobre esta questão, eu suplico.

– Não insista com ela, senhora – disse Edmund. – Não é justo forçá-la desta maneira. Você ouvia-a dizer que não gosta de atuar. Deixe-a que escolha por ela mesma como os demais. Devemos confiar, da mesma forma, em sua decisão. Não a induza mais.

– Eu não estou forçando-a – respondeu a Sra. Norris rispidamente –, mas a considero uma menina muito obstinada e ingrata caso ela não faça o que as tias e os primos estão pedindo. Certamente muito ingrata, considerando-se o que e quem ela é.

Edmund estava muito enraivecido para falar, mas a Srta. Crawford, olhou atônita para a Sra. Norris, e depois para Fanny, cujas lágrimas estavam começando a aparecer. Em seguida, disse, afiadamente:

– Não gosto da maneira como estou me sentindo; este lugar está muito quente para mim. – E moveu a cadeira para o lugar oposto da mesa, ficando mais próxima de Fanny, e enquanto se acomodava, sussurrou gentilmente para ela: – Não se inquiete, querida Srta. Price; esta é uma noite cheia de inquietações. Todos estão contrariados e fazendo gracejos, mas não devemos nos importunar.

E com grande atenção continuou conversando com ela, esforçando-se para animá-la, mesmo estando ela mesma abatida. Ao olhar para o irmão, ela preveniu novas súplicas por parte da diretoria do teatro, e os bons sentimentos pelos quais ela era quase completamente guiada, rapidamente restabeleciam todos os sentimentos que tinha perdido em relação a Edmund. Fanny não amava a Srta. Crawford, mas sentiu-se muito agradecida pela sua gentileza. Ao prestar atenção ao seu trabalho, ela desejou poder fazê-lo tão bem e implorou pelo mesmo modelo. Ela supôs que Fanny estivesse naturalmente se preparando para a sua apresentação para a sociedade quando sua prima casasse. A Srta. Crawford prosseguiu perguntando a ela se recentemente tinha recebido notícias do irmão, e disse que tinha bastante curiosidade em conhecê-lo e o imaginava um jovem muito bonito, pedindo-lhe para retratá-lo antes que voltasse ao mar da próxima vez. Ela não podia deixar de admitir que era uma lisonja agradável, e ouvia e respondia com mais interesse do que pretendia. A conversa sobre a peça continuou e a conversa entre a Srta. Crawford e Fanny foi interrompida quando Tom Bertram a disse que mesmo estando profundamente arrependido, ele não poderia assumir o papel de Anhalt além do de mordomo. Ele estava muito ansioso tentando tornar isso possível, mas não funcionaria, e ele deveria desistir.

– Mas não haverá qualquer dificuldade em se preencher este papel – acrescentou. – Só precisamos anunciar e depois selecionar. Neste momento eu poderia nomear pelo menos seis jovens rapazes em um raio de dez quilômetros que estão muito animados para ser admitidos em nossa companhia e entre eles, um ou dois não iriam nos envergonhar. Não devo ter receio de confiar em Oliver ou em Charles Maddox. Tom Oliver é um sujeito muito inteligente e Charles Maddox é um cavalheiro, destes encontrados em todo lugar. Cedo pela manhã pegarei o meu cavalo e irei até Stoke e resolverei a questão com um dos dois.

Enquanto ele falava, Maria olhava apreensiva para Edmund, esperando que ele se opusesse a uma ampliação dos planos, rumo tão diferente de todas as contestações iniciais, mas Edmund não disse nada. A Srta. Crawford respondeu calmamente, em seguida:

– Por mim, posso dizer que não tenho nenhuma objeção ao que consideram aceitável. Eu já conheci esses cavalheiros? Ah, sim; o Sr. Charles Maddox jantou na casa de minha irmã um destes dias, não foi Henry? Um rapaz calmo, eu me lembro dele. Convide-o, por favor, pois será menos desagradável do que um total estranho.

Charles Maddox seria o escolhido. Tom estava decidido a ir encontrá-lo pela manhã no dia seguinte. Julia, que mal tinha falado, observou, em tom sarcástico, olhando de relance primeiro para Maria e depois para Edmund:

– A Companhia de Teatro de Mansfield alegrará extremamente toda a vizinhança.

Edmund manteve a calma e demonstrou os seus sentimentos somente pelo ar de seriedade.

– Não estou muito interessada em relação a nossa peça – sussurrou a Srta. Crawford para Fanny após algumas considerações. – Posso dizer ao Sr. Maddox que diminuirei algumas de suas falas e das minhas também, antes de ensaiarmos juntos. Será muito desagradável, e muito diferente do que eu esperava.

CAPÍTULO 16

Não estava nas mãos de Srta. Crawford convencer Fanny a esquecer o que havia acontecido. Quando a noite acabou, ela foi para a cama cheia de pensamentos, seus nervos ainda agitados pelo choque de tal ataque de seu primo Tom, tão público e tão persistente, e seu ânimo afundando sob a cruel reprovação de sua tia. Ser chamada à atenção de tal maneira, ouvir que era apenas o prelúdio de algo tão infinitamente pior, ouvir que ela deveria fazer algo tão difícil quanto atuar; e então ser acusada de obstinação e ingratidão, reforçando com tal alusão à dependência de sua situação. Aqueles acontecimentos foram tão perturbadores que ela não poderia lembrar-se direito dos detalhes, e mesmo agora, que estava sozinha, sentia medo diante da perspectiva da retomada do assunto no dia seguinte. E se ela fosse solicitada novamente com toda a autoridade e urgência características de Tom e Maria? Se Edmund estivesse ausente, o que ela faria? Ela dormiu antes que pudesse responder a essas questões e, mesmo depois de acordar na manhã seguinte, sentia-se perturbada. O pequeno sótão branco, onde continuava a dormir desde que entrara para a família, mostrava-se incapaz de oferecer qualquer resposta; tão logo estava vestida, dirigiu-se para outro cômodo, mais espaçoso e adequado para caminhar enquanto refletia sobre o assunto, do qual, era refém já há algum tempo. Aquele quarto costumava ser a sala de estudos, e foi assim chamado até que as Srtas. Bertram impedirem que fosse nomeado dessa maneira. O cômodo continuava desabitado. Lá a Srta. Lee morou, e lá elas leram e escreveram, conversaram e riram, até três anos atrás, quando ela as deixou. A sala tornou-se então inútil, e por algum tempo ficou bastante deserta, exceto por Fanny, quando ela visitava suas plantas, ou queria um dos livros, que ela ainda ficava contente de manter ali, pela falta de espaço e acomodação do seu quarto. Aos poucos, conforme se acostumava mais o conforto que esse cômodo oferecia, ela o incluiu em suas posses, e passava cada vez mais tempo ali. Como nada se opunha, foi naturalmente se apropriando, até que todos o reconheceram como dela. O quarto da ala leste, assim chamado desde que Maria Bertram tinha dezesseis anos, era então considerado de Fanny, tanto quanto o sótão branco; o tamanho do primeiro justificava o uso do segundo. As Srtas. Bertram, com seus aposentos apropriados à superioridade de suas condições, aprovavam. A Sra. Norris, tendo estipulado que a lareira nunca poderia ser usada por Fanny, tolerou o uso de um quarto que não era mais utilizado, embora os termos com que às vezes se referia à sua indulgência pareciam inferir que aquele era o melhor cômodo de toda a casa.

O aspecto era tão favorável que, mesmo sem lareira, era habitável em muitas manhãs do início da primavera e do final do outono para uma mente tão solícita como a de Fanny; e enquanto houvesse um brilho de sol, ela esperava não ser afastada inteiramente dele, mesmo quando o inverno chegasse. O conforto disso em suas horas de lazer era extremo. Seja qual fosse a situação, encontrava consolo lá. Suas plantas, seus livros – dos quais ela fora colecionadora desde a primeira hora em que recebera um xelim –, sua escrivaninha e suas obras de caridade e engenhosidade estavam todos ao seu alcance; ou se indisposta para o trabalho, se nada além de meditar servisse, ela dificilmente poderia ver um objeto naquela sala que não tivesse uma lembrança interessante ligada a ele. Tudo era amigo, ou levava seus pensamentos para um amigo; e embora às vezes houvesse muito sofrimento para ela, embora seus motivos muitas vezes fossem mal compreendidos, seus sentimentos desconsiderados e sua compreensão subestimada, embora conhecesse as dores da tirania, do ridículo e da negligência, quase todas as recorrências de qualquer um deles levaram a algo consolador: sua tia Bertram havia falado por ela, ou a Srta. Lee a encorajou, ou, o que era ainda mais frequente ou mais querido, Edmund tinha sido seu herói e amigo: apoiou sua causa ou explicou o que ela queria dizer, disse-lhe para não chorar ou deu-lhe alguma prova de afeto que tornava suas lágrimas encantadoras. O todo estava agora tão misturado, tão harmonizado pela distância, que cada aflição anterior tinha seu encanto. O quarto era muito querido para ela, e ela não teria mudado sua mobília para a mais bonita da casa, embora o que era originalmente simples tivesse sofrido todo o mau uso das crianças, e suas maiores elegâncias e ornamentos eram um escabelo desbotado da obra de Julia, muito malfeito para a sala de visitas, três desenhos, aparentemente feitos com raiva, nas três vidraças inferiores de uma janela, onde a Abadia de Tintern mantinha sua posição entre um caverna na Itália e um lago ao luar em Cumberland, uma coleção de perfis de família, considerados indignos de estar em qualquer outro lugar, sobre o consolo da lareira e ao lado deles, e preso contra a parede, um pequeno esboço de um navio enviado há quatro anos do Mediterrâneo por William, com HMS Antwerp na parte inferior, em letras tão altas quanto o mastro principal.

Fanny desceu agora para este ninho de confortos no intuito de experimentar sua influência sobre um espírito agitado e duvidoso, para ver se, ao olhar para o perfil de Edmund, ela conseguiria captar algum de seus conselhos ou, ao dar ar aos seus gerânios, poderia fortalecer sua mente. Mas era mais do que o medo de sua própria perseverança que ela precisava eliminar: ela começara a se sentir indecisa quanto ao que deveria fazer; e enquanto ela caminhava pela sala suas dúvidas aumentavam. Estaria ela certa em ir contra o que havia sido pedido tão avidamente, e que poderia ser essencial para os planos daqueles a quem devia complacência? Não seria má educação, egoísmo e medo de se expor? E seria o receio de Edmund e a desaprovação de Sir Thomas suficientes para justificar a sua negação de todo o resto? Seria tão terrível para ela atuar que estaria inclinada a suspeitar da veracidade e pureza dos seus escrúpulos, e enquanto olhava ao redor, as reivindicações dos primos para que se engajasse foram fortalecidas pelo vislumbre de cada presente que tinha recebido deles. A mesa entre as janelas estava coberta de cestas de agulhas e de caixas de tricô que tinham sido dadas a ela, principalmente por Tom. Ela sentiu-se cada vez mais desnorteada pela dívida produzida por todos aqueles presentes. Uma batida na porta a despertou em meio a essa tentativa de encontrar o caminho para seu dever, e seu gentil: "Entre", foi respondido pelo aparecimento de alguém, diante de quem todas as suas dúvidas seriam colocadas. Seus olhos brilharam ao ver Edmund.

– Posso falar com você, Fanny, por alguns minutos? – disse ele.

– Sim, certamente.

– Preciso de sua opinião.

– Minha opinião?! – ela exclamou, encolhendo-se diante de tal elogio, que a gratificava imensamente.

– Sim, o seu conselho e opinião. Não sei o que fazer. Esse esquema de atuação fica cada vez pior, você vê. Eles escolheram uma peça quase tão ruim quanto poderiam, e agora, para concluir o negócio, vão precisar da ajuda de um jovem pouco conhecido por qualquer um de nós. Este é o fim de toda a privacidade e propriedade de que se falou no início. Não conheço nenhum mal de Charles Maddox, mas a intimidade excessiva que deve brotar de este ser admitido entre nós desta maneira é altamente questionável, mais do que intimidade, a familiaridade. Não consigo pensar nisso com paciência; e me parece um mal de tal magnitude que deve, se possível, ser evitado. Enxerga isso sob a mesma luz?

– Sim, mas o que pode ser feito? Seu irmão é tão determinado.

– Só há uma coisa a ser feita, Fanny. Devo interpretar Anhalt pessoalmente. Sei muito bem que nada mais irá acalmar Tom.

Fanny não conseguiu responder.

– Não é nada do que eu gosto – continuou ele. – Nenhum homem pode gostar de ser levado à aparência de tal inconsistência. Depois de ser conhecido por se opor ao esquema desde o início, é absurdo eu me juntar a eles agora, quando eles estão excedendo seu primeiro plano em todos os aspectos, mas não consigo pensar em nenhuma outra alternativa. Não é, Fanny?

– Não – disse Fanny lentamente –, não imediatamente, mas...

– Mas o quê? Vejo que seu julgamento não está de acordo com o meu. Pense nisso um pouco. Talvez você não esteja tão ciente quanto eu do mal e do desagrado que deve surgir quando um jovem é recebido dessa maneira: domesticado entre nós, autorizado a vir a qualquer hora, e colocado, de repente, em uma situação que deve eliminar todas as restrições. Pense apenas na licença que todo ensaio deve tender a criar. É tudo muito ruim! Coloque-se no lugar de Srta. Crawford, Fanny. Considere o que seria representar Amelia com um estranho. Ela tem o direito de ser sentida, porque ela evidentemente sente por si mesma. Já ouvi o suficiente do que ela disse a você ontem à noite para entender sua falta de vontade de atuar com um estranho, e como ela provavelmente se envolveu no papel com expectativas diferentes, talvez sem considerar o assunto o suficiente para saber o que provavelmente seria, seria mesquinho, seria realmente errado expô-la a isso. Os sentimentos dela devem ser respeitados. Não lhe aflige isso, Fanny? Você hesita.

– Lamento por Srta. Crawford; mas lamento mais vê-la atraída para fazer o que decidiu ser contra, e o que você acha que será desagradável para meu tio. Será um grande triunfo para os outros!

– Eles não terão muitos motivos de triunfo quando virem como atuo de forma infame. Mas, no entanto, triunfo certamente haverá, e devo enfrentá-lo. Mas se eu puder ser o meio de restringir a publicidade do negócio, de limitar a exibição, de concentrar nossa loucura, serei bem recompensado. Como estou agora, não tenho influência, não posso fazer nada: ofendi-os e eles não vão me ouvir; Mas ao deixá-los felizes com esta concessão, não estou sem esperanças de persuadi-los a confinar a atuação dentro de um círculo muito menor do que para o qual estão se preparando neste momento. Meu objetivo é confiná-lo à Sra. Rushworth e aos Grant. Já é uma vitória, não é?

– Sim, será uma grande vitória.

– Mas ainda não tenho sua aprovação. Você pode mencionar alguma outra medida pela qual eu tenha a chance de fazer o mesmo bem?

– Não, não consigo pensar em mais nada.

– Dê-me sua aprovação, então, Fanny. Não me sinto confortável sem ela.

– Oh, primo!

– Se você está contra mim, devo desconfiar de mim mesmo, mas é absolutamente impossível deixar Tom continuar assim, cavalgando pelo país em busca de alguém que possa ser persuadido a atuar, não importa quem, o aparecimento de um cavalheiro seria suficiente. Achei que você entenderia melhor os sentimentos da Srta. Crawford.

– Sem dúvida ela ficará muito contente. Deve ser um grande alívio para ela – disse Fanny, tentando ter maneiras mais cordiais.

– Ela nunca pareceu mais amável do que em seu comportamento com você na noite passada. Isso deu a ela uma reivindicação muito forte de minha boa vontade.

– Ela foi muito gentil, de fato, e estou feliz por tê-la poupado...

Ela não conseguiu terminar a generosa efusão. Sua consciência a deteve no meio, mas Edmund estava satisfeito.

– Devo me pronunciar logo após o café da manhã – disse ele – e tenho certeza de que irei agradar. Agora, querida Fanny, não vou mais interrompê-la. Você quer ler. Mas precisava conversar com você para tomar essa decisão. Dormindo ou acordado, minha cabeça esteve ocupada com esse assunto a noite toda. É um mal, mas certamente estou tornando-o menos do que poderia ser. Se Tom estiver acordado, irei diretamente a ele e resolverei isso, e quando nos encontrarmos no café da manhã estaremos todos de muito bom humor com a perspectiva de agirmos como idiotas juntos com tamanha unanimidade. Suponho que você, enquanto isso, fará uma viagem para a China. O que acontece com Lorde Macartney? – disse ele abrindo um volume sobre a mesa e depois pegando alguns outros. – E aqui estão os Contos de Crabbe e o Idler, à mão para aliviá-la, se você se cansar de seu grande livro. Admiro muito seu pequeno espaço e assim que eu for embora, você esvaziará sua cabeça de todo esse absurdo de atuar e sentará confortavelmente à sua mesa. Mas não fique aqui se estiver frio.

Ele saiu, mas não houve leitura, nem China, ou descanso para Fanny. Ele acabara de lhe comunicar a notícia mais surpreendente e inadmissível, e ela não conseguia pensar em nada. Atuar! Depois de todas as suas objeções – justas e públicas! Depois de tudo o que precisou ouvi-lo dizer e presenciar, e de saber o que ele sentia. Seria possível? Edmund tão inconsistente! Ele não estaria equivocado? Que tristeza! Tudo foi obra da Srta. Crawford. Ela percebeu a influência dela no discurso que ele proferiu, e o fez de propósito. As dúvidas e os receios em relação à sua própria conduta, e que anteriormente a tinham afligido enquanto o ouvia, agora parecia não ter mais importância e não surtiriam qualquer efeito. Essa ansiedade mais profunda envolveu a todos. Os acontecimentos deveriam tomar o seu curso, e ela não se importava com o desfecho. Os primos podiam ficar contrariados, mas não conseguiriam convencê-la. Ela estava fora de alcance, e se fosse levada a ceder, não significaria nada... Agora estava tudo acabado.

CAPÍTULO 17

Foi, de fato, um dia triunfante para o Sr. Bertram e Maria. Essa vitória sobre a discrição de Edmund foi além de suas esperanças e foi muito agradável. Não havia mais nada que os perturbasse em seu querido projeto, e se felicitaram em particular pela fraqueza ciumenta a que atribuíram a mudança, com toda a alegria dos sentimentos gratificados em todos os sentidos. Edmund ainda parecia sério e dizia que não gostava do esquema em geral e desaprovava a peça em particular, seu ponto foi alcançado: ele deveria atuar, e foi levado a isso apenas pela força de inclinações egoístas. Edmund havia descido daquela elevação moral que havia mantido antes, e ambos estavam tanto melhores quanto mais felizes com a descida.

Eles se comportaram muito bem com ele na ocasião, no entanto, não traindo nenhuma exultação além das linhas sobre os cantos da boca, e pareciam pensar que era uma grande saída para desistir da intrusão de Charles Maddox, como se eles tivessem sido forçados a admiti-lo contra sua inclinação. Ter tudo no seu próprio círculo familiar era o que desejavam particularmente. Um estranho entre eles teria sido a destruição de todo o conforto; e quando Edmund, perseguindo essa ideia, deu uma pista de sua esperança quanto à limitação da audiência, eles estavam prontos, na complacência do momento, para prometer qualquer coisa. Todos estavam de bom humor e motivados. A Sra. Norris ofereceu-se para arranjar seu vestido, o Sr. Yates assegurou-lhe que a última cena de Anhalt com o Barão admitia muita ação e ênfase, e o Sr. Rushworth se comprometeu a contar seus discursos.

– Talvez – disse Tom – Fanny esteja mais disposta a nos agradar agora. Talvez você consiga persuadi-la.

– Não, ela está bastante determinada. Ela certamente não vai atuar.

– Oh, muito bem.

E nenhuma outra palavra foi dita; mas Fanny sentiu-se novamente em perigo e sua indiferença ao perigo já estava começando a enfraquecer.

Não houve menos sorrisos no presbitério do que em Park por causa dessa mudança em Edmund; Srta. Crawford estava muito bonita e entrou com uma renovação instantânea de alegria, que era impossível não surtir efeitos sobre ele. Ele certamente estava certo em respeitar tais sentimentos, estava feliz por ter decidido fazer isso. E a manhã se esvaiu em satisfações muito doces, senão muito sólidas.

Disto resultou uma vantagem para Fanny: a pedido sincero de Srta. Crawford, Sra. Grant, com o seu bom humor habitual, concordou em assumir o papel para o qual Fanny era procurada; e isso foi tudo o que aconteceu para alegrar seu coração durante o dia; e mesmo isso, quando transmitido por Edmund, trouxe uma pontada de dor, pois era Srta. Crawford a quem deveria sentir-se agradecida. Ela estava segura; mas paz e segurança não estavam conectadas aqui. Sua mente nunca tinha estado tão longe da paz. Ela achou que pessoalmente tinha agido bem, mas em todos os outros aspectos sentia-se inquieta. Seu coração e sua opinião estavam igualmente contra a decisão de Edmund. Ela não poderia absolver a sua instabilidade, e a felicidade dele fez com que ela se sentisse triste. Ela estava tomada e muito agitada por ciúme. O ar de contentamento da Srta. Crawford parecia um insulto, e os olhares amigáveis em sua direção mal podiam ser retribuídos com tranquilidade. Todos ao seu redor estavam felizes e ocupados, auspiciosos e importantes, cada um tinha seu objeto de interesse, seu papel, sua vestimenta, sua cena favorita e seus parceiros. Todos estavam envolvidos, solicitando auxílio e fazendo comparações, ou divertindo-se com as opiniões divertidas que compartilhavam. Ela, sozinha, estava triste e sentindo-se insignificante, sem ter o que compartilhar. Ela poderia ir ou ficar, poderia participar da agitação ou permanecer na solidão do quarto na ala leste sem que sentissem sua falta. Ela poderia até mesmo pensar que qualquer coisa seria preferível a isso. Com a Sra.

Grant acontecia o oposto, e o seu ótimo estado de espírito recebeu menção honrosa. Sua presença era bem-vinda, pediam-lhe opinião, e todos a aceitavam, ela era louvada. Fanny estava a princípio correndo o risco de invejá-la por ter aceitado o papel, mas a reflexão trouxe sentimentos melhores, demonstrando-a que a Sra. Grant era digna de respeito, o que não ocorreria com ela. E mesmo que tivesse recebido o papel principal, ela não poderia aceitar participar de um projeto que, levando-se em consideração somente o tio, ela deveria condenar por completo.

O coração de Fanny não era absolutamente o único entristecido entre eles, como ela logo começou a reconhecer. Julia também sofria, embora não tão inocentemente.

Henry Crawford havia brincado com seus sentimentos; mas por muito tempo ela havia permitido e até mesmo procurado suas atenções, com um ciúme de sua irmã tão razoável que deveria ter sido sua cura; e agora que a convicção de sua preferência por Maria lhe fora imposta, ela se submeteu a ela sem nenhum alarme pela situação de Maria, ou qualquer tentativa de tranquilidade racional para si mesma. Ou ela se sentava em um silêncio sombrio, envolta em tal gravidade que nada poderia subjugar, nenhuma curiosidade tocava, nenhuma graça divertia. Também não se permitia as atenções do Sr. Yates que falava com uma alegria forçada e ridicularizaria a atuação dos outros.

Por um ou dois dias depois que a afronta foi feita, Henry Crawford se esforçou para eliminá-la com o ataque usual de galanteria e elogio, mas não se importou o suficiente para perseverar contra algumas repulsas; e ficando muito ocupado com seu jogo para ter tempo para mais de um flerte, ele se tornou indiferente à briga, ou melhor, pensou que era um acontecimento de sorte, pois silenciosamente pôs fim ao que poderia dentro de muito tempo ter gerado expectativas, e não só para a Sra. Grant. Ela não gostou de ver Julia excluída da peça e sentada ao lado dela, desconsiderada; mas como não se tratava de um assunto que realmente envolvesse sua felicidade, pois Henry deveria ser o melhor juiz de sua autoria, e como ele a assegurou, com o sorriso mais persuasivo, que nem ele nem Julia haviam pensado seriamente um no outro, ela só poderia renovar sua antiga cautela quanto à irmã mais velha, suplicar-lhe que não arriscasse sua tranquilidade por tanta admiração, e então alegremente tomar sua parte em qualquer coisa que trouxesse alegria aos jovens em geral, e que assim o fizesse particularmente promover o prazer dos dois tão queridos a ela.

– Fico pensando que Julia não está apaixonada por Henry – foi sua observação a Mary.

– Atrevo-me a dizer que sim – respondeu Mary friamente. – Eu imagino que ambas as irmãs estão.

– Ambas! Não, não, não deve ser. Não dê a ele a mínima ideia. Pense no Sr. Rushworth!

– É melhor dizer à Srta. Bertram que acredita que o Sr. Rushworth pode fazer bem a ela. Penso com frequência na propriedade e independência do Sr. Rushworth e as desejaria em outras mãos, mas nunca penso nele. Um homem pode representar o condado com aquela propriedade, e um homem pode escapar à profissão e tornar-se um político.

– Ouso dizer que ele estará no Parlamento em breve. Quando Sir Thomas retornar, acredito que ele vai se candidatar, mas ainda não teve ninguém que o orientasse nesse sentido.

– Sir Thomas realizará grandes feitos quando voltar – disse Mary depois de um intervalo. – Você lembra do Address to Tobacco de Hawkins Browne, em uma imitação do Papa?

> *"Bendita folha! cujos vendavais aromáticos dispensam aos Templários a modéstia, no sentido de Parsons.*
>
> Vou parodiar:
>
> *Bem aventurado guerreiro! cujos olhares ditatoriais dispensam à riqueza das Crianças, no sentido de Rushworth.*
>
> Isso não vai servir, Sra. Grant? Tudo parece depender do retorno de Sir Thomas."

– Você considerará seus julgamentos com relação a ele muito justos e razoáveis quando o vir em meio a sua família, posso assegurar. Não acho que nos saímos tão bem quando ele não está. Ele tem um comportamento adequado ao comando de uma casa como esta, mantendo cada um em seu devido lugar. Lady Bertram parece ainda mais enigmática agora do que quando ele está em casa. E ninguém mais consegue domar a Sra. Norris. Mas, Mary, não acredite que Maria Bertram gosta de Henry. Estou certa de que Julia não gosta, ou ela não teria flertado como fez ontem à noite com o Sr. Yates. E mesmo que ele e Maria sejam amigos, acho que ela gosta muito de Sotherton para hesitar.

– Não acho que o Sr. Rushworth teria muita chance se Henry resolvesse se pronunciar antes de os papéis estarem assinados.

– Se você tem essa suspeita, algo deve ser feito. Tão logo a peça termine, conversaremos seriamente com ele para que não faça nada precipitado. E, se porventura ele tem essa intenção, nós o mandaremos embora por um tempo, mesmo sendo Henry.

Julia sofreu, entretanto, embora a Sra. Grant não o percebesse, e embora isso também tenha escapado à atenção de muitos de sua própria família. Ela amou, ainda amava e tinha todo o sofrimento que um temperamento caloroso e um espírito elevado provavelmente suportariam sob o desapontamento de uma pessoa querida, embora irracional, com um forte senso de maltrato. Seu coração estava dolorido e zangado, e ela era capaz apenas de consolos raivosos. A irmã com quem ela costumava se dar bem agora se tornava sua maior inimiga: elas estavam alienadas uma da outra; e Julia não era superior à esperança de algum fim doloroso para as atenções que ainda continuavam ali, algum castigo para Maria por uma conduta tão vergonhosa para consigo mesma, bem como para com o Sr. Rushworth. Sem nenhuma falha material de temperamento, ou diferença de opinião, para evitar que fossem boas amigas enquanto seus interesses eram os mesmos, as irmãs, sob uma provação como está, não tinham afeto ou princípios suficientes para torná-las misericordiosas ou justas, para dar-lhes honra ou compaixão. Maria sentiu seu triunfo e perseguiu seu propósito, sem se importar com Julia; e Julia nunca poderia ver Maria ser distinguida por Henry Crawford sem confiar que isso criaria ciúme e, por fim, perturbaria a opinião pública.

Fanny viu e teve muita pena disso em Julia; mas não havia comunhão externa entre elas. Julia não se comunicou e Fanny não tomou qualquer liberdade. Elas eram duas sofredoras solitárias, ou conectadas apenas pela consciência de Fanny.

A desatenção dos dois irmãos e da tia para com a confusão de Julia, e sua cegueira para sua verdadeira causa, deveriam ser imputadas à plenitude de suas próprias mentes. Eles estavam totalmente preocupados. Tom estava absorvido pelas preocupações de seu teatro e não via nada que não estivesse imediatamente relacionado a isso. Edmund, entre seu papel teatral e real, entre as afirmações de Srta. Crawford e sua própria conduta, entre o amor e a coerência, era igualmente desatento; e a Sra. Norris estava muito ocupada em arquitetar e dirigir os pequenos assuntos gerais da empreitada, supervisionando seus vários vestidos com expediente econômico, pelo qual ninguém a agradecia, e economizando, com integridade encantada, meia coroa aqui e ali para o ausente senhor Thomas, mas sem tempo para observar ou para zelar pela felicidade de suas filhas.

CAPÍTULO 18

Tudo estava agora em seus trilhos: teatro, atores, atrizes e vestidos, estavam todos quase prontos, mas embora não surgissem outros grandes impedimentos, Fanny descobriu, depois de muitos dias terem passado, que nem tudo era diversão ininterrupta para os envolvidos, e que ela não tinha que testemunhar a continuação de tal unanimidade e deleite que havia sido demais para ela no início. Todo mundo começou a ter seu vexame. Edmund tinha muitos. Inteiramente contra seu julgamento, um pintor da cidade foi contratado para trabalhar, contribuindo para o aumento das despesas. E seu irmão, ao deixar de ser realmente guiado por ele quanto à privacidade da representação, estava dando um convite a cada família que via em seu caminho. O próprio Tom começou a se preocupar com o lento progresso do pintor e a sentir angústias de espera. Ele havia aprendido sua parte, aprendeu todas as falas e aproveitava todas, mesmo as consideradas como insignificantes. Começou a ficar impaciente para atuar e cada dia não empregado na peça tendia a aumentar seu senso de insignificância de todas as suas falas, e torná-lo mais pronto para lamentar alguma outra peça que não foi escolhida.

Fanny, sendo sempre uma ótima ouvinte, e muitas vezes a única ouvinte disponível, ouvia as reclamações e as angústias da maioria deles. Ela sabia que o Sr. Yates era, de modo geral, considerado como um homem que se queixava terrivelmente; que o Sr. Yates estava desapontado com Henry Crawford; que Tom Bertram falava tão rápido que seria ininteligível; que a Sra. Grant estragou tudo ao rir; que Edmund estava de mãos dadas com sua parte, e que era uma miséria ter qualquer coisa a ver com o Sr. Rushworth, que estava querendo um ponto em cada discurso. Ela também sabia que o pobre Sr. Rushworth raramente conseguia que alguém ensaiasse com ele: as reclamações dele também chegavam a ela, assim como as dos demais. Fanny percebeu também que a prima Maria a evitava. Ela quase sempre, e desnecessariamente, após o ensaio da primeira cena entre ela e o Sr. Crawford, apresentava muitas reclamações dele. Longe de estar satisfeita e desfrutando de tudo, Fanny percebeu que todos estavam exigindo algo de que não dispunham, gerando descontentamento para os demais. Ninguém prestava a devida atenção a peça; ninguém se lembrava de que lado entraria; ninguém, exceto o reclamante, observaria e conseguiria propor soluções.

Fanny acreditava derivar tanto prazer inocente da peça quanto qualquer um deles; Henry Crawford atuava bem, e foi um prazer para ela entrar no teatro, e assistir ao ensaio do primeiro ato, apesar dos sentimentos que despertou por alguns discursos de Maria. Maria também atuava bem, muito bem. Após o primeiro ensaio ou dois, Fanny começou a ser seu único público; e às vezes como ajudante, às vezes como espectadora, foi muitas vezes muito útil. Até onde ela podia julgar, o Sr. Crawford era consideravelmente o melhor ator de todos: ele tinha mais confiança do que Edmund, mais julgamento do que Tom, mais talento e gosto do que o Sr. Yates. Ela não gostava dele como homem, mas tinha que admiti-lo como o melhor ator, e neste ponto não havia muitos que se diferenciavam dela. O Sr. Yates, de fato, exclamou contra sua domesticidade e insipidez. Finalmente chegou o dia, quando o Sr. Rushworth voltou para ela com um olhar sombrio, e disse:

– Você acha que há algo de bom em tudo isso? Pela minha vida e alma, não posso admirá-lo. Cá entre nós, ver um homem tão pequeno e de aparência mesquinha, montado como um belo ator, é muito ridículo em minha opinião.

A partir deste momento, sentiu um retorno de seu antigo ciúme, o qual Maria, com esperanças crescentes em relação a Crawford, estava com dificuldades para conter. A chance de o Sr. Rushworth conseguir decorar suas quarenta e duas falas era cada vez menor. Sem saber como proceder adequadamente em relação a isso, ninguém mais tinha qualquer ideia do que estava ocorrendo, a não ser sua mãe. Ela, no entanto, lamentava que o papel dele não tivesse mais destaque, e protelava a ida a Mansfield até que estivessem mais avançados no ensaio, para que compreendesse os atos. Mas os demais não tinham qualquer esperança de que ele compreendesse, além de sua deixa, a primeira frase da sua fala, já que as demais seriam acompanhadas pelo ponto. Fanny, em sua piedade e bondade, se esforçou muito para ensiná-lo a aprender, dando-lhe toda a ajuda e direção, tentando servir como uma memória artificial para ele, e aprendendo ela mesma cada palavra de sua parte, mas sem que ele pudesse fazer o mesmo.

Muitos sentimentos desconfortáveis, ansiosos e apreensivos ela certamente tinha. Mas com todas essas e outras necessidades sobre seu tempo e atenção, ela estava tão longe de se encontrar sem emprego ou utilidade entre eles, quanto sem um companheiro de inquietação; tão longe de não ter nenhuma exigência sobre seu lazer quanto sobre sua compaixão. A tristeza de suas primeiras antecipações foi comprovada como sendo infundada. Ela era ocasionalmente útil a todos; talvez ela estivesse mais contente do que qualquer outro.

Além disso, havia muita costura a ser feita e sua ajuda era necessária. E o fato de a Sra. Norris pensar que ela estava se saindo bem era evidenciado pelo que dizia.

– Venha, Fanny! – ela exclamou. – Estes são bons tempos para você, mas você não deve caminhar de um cômodo a outro observando os demais prolongadamente. Eu a quero aqui. Tenho trabalhado como escrava, mais do que posso suportar. Estou tentando vislumbrar uma maneira de costurar a capa do Sr. Rushworth sem precisar adquirir mais cetim. Agora acho que você deve me ajudar a montá-la. Existem três costuras, e você pode fazê-las em um instante. Não seria difícil para mim se não precisasse cuidar da organização. Você tem mais tempo, posso dizer. Mas se ninguém fizesse mais do que você, não conseguiríamos ir mais rapidamente.

Fanny aceitava os trabalhos silenciosamente, sem tentar qualquer defesa; mas sua tia Bertram, observou em seu olhar:

– Não podemos deixar de nos surpreender, irmã, com o fato de Fanny estar encantada. Tudo é uma grande novidade para ela, como sabe. Você e eu costumávamos apreciar as peças, e ainda aprecio. Tão logo eu consiga ter mais tempo de lazer, pretendo assistir aos ensaios também. Do que se trata a peça, Fanny? Você nunca me contou.

– Oh, irmã! Peço que não pergunte sobre isso agora, pois Fanny não é uma daquelas que podem falar e trabalhar ao mesmo tempo.

Trata-se de Lover's Vows.

– Acredito – disse Fanny à sua tia Bertram – que haverá três atos ensaiados até amanhã à noite, e nisso lhe ocorrerá a oportunidade de ver todos os atores de uma só vez.

– É melhor ficar até a cortina ser pendurada – interpôs a Sra. Norris. – A cortina será pendurada em um dia ou dois; há muito pouco sentido em uma peça sem cortina e acredito que estará muito bem decorada.

Lady Bertram parecia bastante resignada a esperar. Fanny não compartilhava da compostura de sua tia: ela pensava muito no dia seguinte, pois se os três atos fossem ensaiados, Edmund e a Srta. Crawford estariam então atuando juntos pela primeira vez; o terceiro ato traria uma cena entre eles que a interessava mais particularmente, e que ela estava ansiosa e temerosa para ver como se apresentariam. Todo o assunto era amor: um casamento de amor deveria ser descrito pelo cavalheiro, e uma declaração de amor seria feita pela dama.

Ela tinha lido e relido a cena com muitas emoções dolorosas e aguardava ansiosamente sua representação como uma circunstância quase demasiadamente interessante. Ela não acreditava que eles ainda a tivessem ensaiado, mesmo em particular.

O dia seguinte chegou e o plano para a tarde continuava. E, com isso, Fanny estava mais agitada. Ela trabalhava diligentemente sob as coordenadas da tia, mas sua diligência e seu silêncio ocultavam um estado de espírito ausente e ansioso. À tarde ela escapou com o seu trabalho para o cômodo da ala leste, preferindo se isolar dos demais. Considerou desnecessário assistir ao ensaio do primeiro ato, no qual somente Henry Crawford ensaiava. Sentia um desejo imediato de ter algum tempo para si, e evitou encontrar com o Sr. Rushworth. Um vislumbre, enquanto passava pelo corredor, das duas damas que vinham do presbitério não alterou em nada seu desejo de retirar-se. Depois de quinze minutos trabalhando e refletindo no aposento sem qualquer distração, ouviu uma leve batida na porta, seguida da entrada da Srta. Crawford.

– Estou certa? Sim, este é o aposento da ala Leste. Minha querida Srta. Price, peço desculpas, mas fiz meu caminho até aqui para pedir sua ajuda.

Fanny, bastante surpreendida, tentou se mostrar uma boa anfitriã e olhou para a lareira apagada com preocupação.

– Obrigada, mas não sinto frio, estou aquecida. Permita-me ficar aqui um pouco, e faça a gentileza de ouvir meu terceiro ato. Trouxe meu livro, e se você apenas o ensaiasse comigo, eu ficaria muito agradecida! Eu vim aqui hoje com a intenção de ensaiá-lo com Edmund, mas ele não está, e mesmo se estivesse, acho que não conseguiria passar por isso com ele, até ter melhorado e amadurecido um pouco no papel, pois realmente há um ou dois discursos. Você vai me ajudar, não vai?

Fanny foi muito cordial em seu pedido, embora não pudesse dar-lhes uma voz muito firme.

– Alguma vez você já viu a parte a qual me refiro? – continuou a senhorita Crawford, abrindo seu livro. – Aqui está. Não pensei muito nisso no início, mas, veja: aquele discurso e aquele, e aquele. Como posso olhá-lo na cara e dizer tais coisas? Você poderia? Por outro lado, ele é seu primo, o que faz toda a diferença. Você deve ensaiar comigo, para que eu possa imaginar que você é ele e seguir em frente, pouco a pouco. Você parece com ele às vezes.

– Eu pareço? Farei o meu melhor com a maior prontidão, mas devo ler a parte, pois sei dizer muito pouco sobre ela.

– Imagino que não saiba nada. Certamente você deve ficar com o livro. Agora vamos. Nós devemos ter duas cadeiras disponíveis para levarmos para a frente do palco. Aqui, estas cadeiras de aula estão ótimas, não foram feitas para o teatro, ouso afirmar. São muito mais adequadas para pequenas meninas poderem cutucar uma à outra enquanto aprendem a lição. O que a sua governanta e o seu tio falariam ao verem que estão sendo usadas para este propósito? Sir Thomas poderia entrar agora e iria zangar-se, pois estamos ensaiando por toda a casa. Yates está caminhando tempestuosamente pela sala de jantar, pude ouvi-lo ao subir as escadas. Agatha e Frederick, incansáveis, estão envolvidos no teatro. Se eles não estiverem perfeitos, ficarei muito surpresa. Há poucos instantes fui vê-los, e era justamente um daqueles momentos em que tentavam não se abraçar, e o Sr. Rushworth estava comigo. Acho que começou a ficar um pouco estranho, então procurei desviar a sua atenção ao máximo sussurrando-lhe: "Nós teremos uma bela Agatha, existe algo tão maternal na sua voz e no seu semblante." Não fiz bem? Ele rapidamente iluminou-se. Agora para o meu solilóquio.

Ela começou, e Fanny uniu-se a todos os sentimentos que a ideia de representar Edmund foi tão fortemente inspirada, mas com aparência e voz tão feminina a ponto de não ser uma imagem muito boa de um homem. Com tal Anhalt, no entanto, a Srta. Crawford teve coragem suficiente. Elas tinham passado pela metade da cena, quando uma batida na porta trouxe uma pausa, e a entrada de Edmund, no momento seguinte, suspendeu tudo.

Surpresa, consciência e deleite apareceram em cada um dos três neste encontro inesperado, e como Edmund veio pela mesma razão que havia trazido a Srta. Crawford, o prazer e os sentimentos aparentavam ser mais do que momentâneos para eles. Ele também tinha seu livro, e estava procurando Fanny, para pedir-lhe que ensaiasse com ele e o ajudasse a se preparar para a noite, sem saber que a Srta. Crawford estaria na casa; e grande era a alegria e a animação de assim estarem juntos, com a mesma intenção, e de simpatizar em elogios a boa disposição de Fanny.

Ela não conseguia igualá-los. Seu espírito afundou sob o brilho deles, e ela sentiu que em breve não teria importância para eles. Agora eles deveriam ensaiar juntos. Edmund propôs, exortou, tratou, até que a senhorita, muito relutante no início, não pôde mais recusar e Fanny deveria apenas corrigir e observá-los. Certamente ela estava imbuída da sua função de avaliar e criticar, e desejou sinceramente poder pô-la em prática e apontar-lhe todas as falhas que cometiam. Mas ao fazê-lo todos os seus sentimentos se encolheram; ela achou que não poderia, não deveria ousar fazê-lo. Se porventura ela estivesse qualificada para a crítica, a sua consciência a teria refreado para aventurar-se à desaprovação. Ela acreditava estar pessoalmente muito envolvida para ser honesta e segura. Acompanhar a leitura deveria ser o bastante para ela, e, algumas vezes, seria mais do que suficiente, já que não podia concentrar sempre sua atenção no livro. Ao observá-los, ela se esqueceu de si mesma, e, agitada pelo espírito crescente da maneira de Edmund, virava a página e se afastava exatamente como ele queria. Foi imputada a um cansaço muito razoável, e foi agradecida. Finalmente a cena terminou, e Fanny se obrigou a acrescentar seus elogios aos elogios que cada um fez ao outro. Quando novamente sozinha e capaz de pensar no todo, ela estava inclinada a acreditar que o desempenho de ambos teria certamente tanto sentimento que garantiria a sua veracidade e faria com que a exibição fosse bastante dolorosa para ela. Independentemente do que viesse a ocorrer, ela deveria enfrentar esse obstáculo de novo naquele mesmo dia.

O primeiro ensaio dos três primeiros atos certamente aconteceria à noite: a Sra. Grant e os Crawford estavam empenhados em voltar para esse fim o mais rápido possível após o jantar, e todos os interessados aguardavam ansiosos. Na ocasião, parecia haver uma difusão geral de alegria. Tom estava desfrutando de um tal avanço no final; Edmund estava animado com o ensaio da manhã, e pequenos distúrbios pareciam ser suavizados em todos os lugares. Todos estavam alertas e impacientes; as damas se adiantaram logo, os cavalheiros logo as seguiram, e com exceção de Lady Bertram, Sra. Norris e Julia, todos estavam no teatro com uma hora adiantada, e tendo iluminado o teatro, assim como era possível, estavam esperando apenas a chegada da Sra. Grant e dos Crawford para começar.

Não esperaram muito pelos Crawford, mas não havia uma Sra. Grant. Ela não pôde vir. O Dr. Grant, professando uma indisposição, não podia ficar sem sua esposa. De acordo com sua cunhada, essa alegação não merecia tanto crédito.

– O Dr. Grant está doente – disse ela, com solenidade zombeteira. – Ficou doente, pois não comeu nenhum faisão hoje. Sofreu muito, rejeitou seu prato, e está assim desde então.

Aquilo foi uma decepção! A não comparência da Sra. Grant foi realmente triste. Seus modos agradáveis e sua conformidade alegre tinham se tornado muito valiosos entre eles, mas agora ela era absolutamente necessária. Eles não podiam atuar, não podiam ensaiar com qualquer satisfação sem ela. O conforto de toda a noite foi destruído. O que poderia ser feito? Tom, como camponês, estava em desespero. Após uma pausa de perplexidade, alguns olhos começaram a se voltar para Fanny, e uma voz ou duas disseram:

– Se. A Srta. Price fosse tão boa a ponto de ler uma parte.

Ela foi imediatamente rodeada de súplicas; todos a perguntaram; até mesmo Edmund disse:

– Faça, Fanny, se não for muito desagradável para você.

Mas Fanny ainda estava com um pé atrás. Ela não podia suportar a ideia. Porque a Srta. Crawford não poderia fazer isso também? Ou por que ela não tinha preferido ir para seu próprio quarto, pois se sentia mais segura, em vez de assistir ao ensaio? Ela sabia que isso a irritaria. Ela sabia que era seu dever manter-se afastada. Ela foi devidamente castigada.

– Você só precisa ler as falas – insistiu Henry Crawford.

– Acredito que ela saiba todas as falas – acrescentou Maria. – Outro dia, ela sabia mais de vinte lugares aonde a Sra. Grant deveria estar. Fanny, estou certa de que sabe as falas.

Fanny não conseguiu dizer que não, e como todos eles perseveraram, como Edmund repetiu seu desejo, e com um olhar de dependência até mesmo carinhosa de sua boa natureza, ela deveria ceder. Ela daria o seu melhor. Tudo já estava calculado, e ela foi deixada aos tremores de um coração mais palpitante, enquanto os outros se preparavam para começar.

Eles começaram, e estavam muito envolvidos com os sons produzidos por sua própria motivação para perceber ruídos incomuns na outra ala da casa; e já tinham ensaiado uma parte quando a porta do cômodo foi escancarada por Julia, que entrou exclamando com um semblante horrorizado:

– Meu pai chegou! Ele está no salão neste momento.

CAPÍTULO 19

Como pode ser descrita a consternação do grupo? Para o maior número, foi um momento de absoluto horror. Sir Thomas em casa! Todos sentiram uma convicção instantânea. Nenhuma esperança de imposição ou erro foi abrigada em qualquer lugar. A aparência de Julia era uma evidência que tornava o fato incontestável, e após os primeiros começos e exclamações, nem uma palavra foi dita por meio minuto: cada um com um semblante alterado estava olhando para o outro, e cada um estava sentindo um golpe mais indesejado, mais inoportuno, mais terrível! O Sr. Yates poderia considerar isso apenas como uma interrupção vexatória para a noite, e o Sr. Rushworth poderia imaginar uma bênção, mas todos os outros corações estavam afundando sob algum grau de autocondenação ou alarme indefinido, todos os outros corações estavam sugerindo: "O que será de nós? O que deve ser feito agora?". Foi uma pausa terrível; e terríveis para todos os ouvidos foram os barulhos corroborantes de abrir de portas e de passos.

Julia foi a primeira a prosseguir e a falar novamente. O ciúme e a angústia foram suspensos; o egoísmo estava perdido, mas no momento da aparição dela, Frederick ouvia com ar de devoção a narrativa de Agatha. Ela pressionava a mão ao coração dele, e a despeito do choque em suas palavras, ele manteve a compostura e reteve a mão da irmã. Seu coração novamente encheu-se de angústia, e sua pele avermelhou. Ela deixou a sala.

– Eu não preciso ter medo dele.

Sua saída inspirou os outros, e no mesmo momento os dois irmãos deram um passo em frente, sentindo a necessidade de fazer algo. Poucas palavras entre eles era o suficiente. O caso não admitia opiniões divergentes. Deveriam seguir imediatamente para a sala de estar. Maria os acompanhou com a mesma intenção, mas sendo a mais corajosa entre os três. A mesma circunstância que tinha levado Julia a ir embora, servia agora de apoio. O fato de Henry Crawford ter segurado sua mão naquele instante, um momento de tamanha provação e importância, valiam por anos de dúvidas. Ela se precipitou zelosamente com uma séria determinação, e manteve-se da mesma forma quando se deparou com o pai. Eles saíram completamente desnorteados com os inconvenientes perguntas do Sr. Rushworth:

– Devo ir agora? Não é melhor que eu os acompanhe?

Mas antes que chegassem à porta, Henry Crawford passou a responder às perguntas, encorajando-o de todas as maneiras a demonstrar o seu respeito a Sir Thomas sem mais delongas, e o enviou rapidamente atrás dos demais.

Fanny foi deixada com os Crawford e o Sr. Yates. Ela foi bastante negligenciada pelos primos, e como a sua opinião acerca da afeição de Sir Thomas por ela era muito humilde com relação à afeição dele pelos filhos, estava satisfeita por ser deixada para trás, com tempo para se recompor. Sua agitação e apreensão excediam a de todos os outros, em função de seu caráter, que nem mesmo a inocência poderia evitar que sofresse. Ela estava a ponto de desmaiar. Todo o seu temor habitual pelo tio estava retornando, e esse sentimento era acompanhado pela compaixão por ele e por quase todos os membros do grupo envolvidos no teatro. Em especial, sua preocupação com relação a Edmund era indescritível. Ela encontrou um lugar para sentar-se, e com tremor excessivo, enfrentava sentimentos de pavor enquanto os outros três, deram vazão aos seus sentimentos de vexação, lamentando pela chegada prematura e não prevista como um evento pouco auspicioso, e sem qualquer pesar desejaram que a viagem de Sir Thomas tivesse sido duas ou mais vezes mais longa, ou que ele ainda estivesse em Antígua.

Os Crawford debateram o assunto com mais empenho do que o Sr. Yates, pois conheciam melhor a família e podiam analisar de forma mais abrangente o prejuízo que aquilo traria. A ruína da peça era certa para eles, e sentiram que a total destruição do plano era inevitável. O Sr. Yates a considerava somente uma interrupção temporária, que poderia até mesmo sugerir a possibilidade do adiamento do ensaio para após o chá, quando o alvoroço com a chegada de Sir Thomas tivesse terminado, e ele poderia até mesmo gostar de assistir. Os Crawford riram diante daquela ideia, e resolveram que a correta atitude a ser tomada naquele momento seria ir embora silenciosamente, deixando a família a sós, e propuseram ao Sr. Yates acompanhá-los para passar a tarde no presbitério. Mas o Sr. Yates, não tendo despendido muito tempo com aqueles que davam muita importância às exigências parentais ou à privacidade familiar, não podia compreender que qualquer medida dessa natureza fosse necessária e, portanto, lhes agradeceu e disse que preferiria continuar onde estava e demonstrar seu respeito ao cavalheiro que havia chegado. Além disso, ele não achou que seria justo com os demais que eles fugissem.

Fanny estava se recompondo lentamente e sentia que, se permanecesse muito tempo ali, poderia parecer desrespeito. Quando esse assunto ficou resolvido, e tendo ficado encarregada de levar as desculpas do casal de irmãos, viu-os se preparando para partir, quando então ela mesma deixou o aposento para desempenhar o temível dever de falar com o tio. Logo chegou à porta da sala de estar e, após uma pausa para recobrar a coragem, que o outro lado de qualquer porta jamais havia lhe fornecido, desesperadamente girou a fechadura, e as luzes da sala de estar e todos os membros da família estavam diante dela. Assim que entrou, seu nome lhe chamou a atenção. Sir Thomas estava naquele momento olhando em volta e perguntando:

– Mas onde está Fanny? Por que eu não vejo minha pequena Fanny?

Ao vê-la, foi em sua direção com uma gentileza que a admirou; chamando-a de querida Fanny, beijou-a afetuosamente e observou com prazer resoluto como ela tinha crescido! Fanny não sabia o que sentir, ou para onde olhar. Sentia-se bastante constrangida. Ele nunca tinha sido tão gentil em toda a sua vida. Seu jeito parecia ter mudado, a voz parecia mais rápida por conta da agitação, e tudo que era terrível em sua dignidade parecia perdido em meio à ternura. Ele a conduziu para mais próximo da luz e a olhou de novo. Perguntou-lhe em especial como estava a sua saúde e depois se corrigiu, observando que não precisava fazer perguntas, pois a sua aparência falava suficientemente sobre esse aspecto. Um leve rubor apareceu em seu rosto, e ele estava convencido sobre a melhora de seu estado de saúde e beleza. Em seguida, perguntou sobre a família dela, em particular sobre William. Sua gentileza de maneira geral foi tamanha que fez com que ela se repreendesse por amá-lo tão pouco e por pensar que o seu retorno era um infortúnio. Quando teve coragem de levantar os olhos para o rosto dele, percebeu que estava mais magro e queimado, cansado, com um ar de fadiga, com a aparência de quem estivera em um clima quente, e todos os seus sentimentos de afeto ressurgiram, e ela ficou ansiosa ao pensar no aborrecimento que estava prestes a surgir.

Sir Thomas era o centro das atenções. Por sua sugestão, todos estavam próximos à lareira. Ele tinha o direito de ser o mais falante, e exprimia o prazer que sentia por estar novamente em casa, no centro da família, depois da longa separação, o que o tornava comunicativo de maneira pouco usual. Estava disposto a compartilhar muitas informações sobre a viagem e responder a qualquer pergunta, antes mesmo que fossem enunciadas. Os negócios em Antígua tinham prosperado rapidamente nos últimos tempos, e ele veio diretamente de Liverpool, tendo a oportunidade de fazer a viagem de lá em um navio particular, em vez de esperar pelo paquete. Prontamente relatou todos os detalhes de suas atividades, acontecimentos e de suas chegadas e partidas, sentado ao lado de Lady Bertram e olhando com profunda satisfação o rosto de todos os que estavam ao seu redor. No entanto, se interrompeu mais de uma vez para ressaltar a sua felicidade em encontrá-los todos em casa, pois tinha chegado inesperadamente, e viu que estavam tão bem quanto tinha desejado, pois ousara não esperar por isso. O Sr. Rushworth não foi esquecido. Um belo "boas-vindas" e um aperto de mãos carinhoso já o tinham recepcionado, e ele agora havia sido incluído entre os temas mais intimamente ligados a Mansfield. A aparência do Sr. Rushworth era agradável e Sir Thomas demonstrou gosto por ele.

A ninguém mais do círculo ele tinha ouvido com satisfação ininterrupta e completa do que à sua esposa, que estava extremamente feliz ao vê-lo, e cujos sentimentos foram reavivados como não tinha ocorrido nos últimos vinte anos. Ela quase havia se agitado por alguns minutos, e animou-se tão sensivelmente que guardou seu trabalho, moveu o pug para o lado e dedicou toda a sua atenção e cedeu o espaço restante do sofá para o marido. Ela não tinha receio de que qualquer um anuviasse o seu prazer. O seu tempo havia sido irrepreensivelmente gasto durante a ausência dele. Ela tinha trabalhado bastante fazendo tapetes e muitos metros de franjas, e teria respondido livremente por bom comportamento e atividades úteis, como qualquer um dos demais jovens. Era tão prazeroso para ela vê-lo novamente, ouvi-lo falar; ter os seus ouvidos entretidos e toda a sua atenção preenchida pelas narrativas dele. Ela compreendeu como tinha sentido terrivelmente a sua falta e como seria impossível aguentar uma ausência maior.

A Sra. Norris não estava tão feliz quanto a irmã. Não que ela estivesse incomodada pelo temor com a desaprovação de Sir Thomas quando estivesse a par dos acontecimentos atuais da casa. Sua preocupação era tamanha que fez com que escondesse a capa rosa de cetim do Sr. Rushworth tão logo o cunhado entrou. Ela não poderia demonstrar qualquer sinal de alarme, mas estava aborrecida com a forma pela qual ele regressou. Não permitiu que ela tomasse qualquer atitude. Em vez de sair do quarto para vê-lo em primeiro lugar, e espalhar a notícia feliz pela casa, Sir Thomas, com o devido receio pelos nervos de sua esposa e de seus filhos, havia feito do mordomo o seu confidente, e o seguiu imediatamente até a sala de estar. A Sra. Norris sentiu-se então defraudada em uma atribuição, da qual sempre dependeu, fosse para anunciar a sua chegada ou a sua partida. Ela agora tentava movimentar-se sem que houvesse nada para causar qualquer alvoroço e se esforçava para ser importante quando nada era mais relevante do que a tranquilidade e o silêncio. Se Sir Thomas tivesse consentido em que comessem, ela teria se dirigido à empregada com atribuições e insultado os empregados com mais ordens. Mas Sir Thomas resolutamente declinou o jantar. Ele não queria nada, pelo menos até que o chá chegasse. Mesmo assim, a Sra. Norris de tempos em tempos interferia com algo diferente, e no trecho mais interessante, sobre a viagem pela Inglaterra; quando o alarme de um corsário francês estava em seu pico, ela atropelou seu discurso com uma proposta de sopa.

– Ainda a mesma ansiedade pelo conforto de todos, minha querida Sra. Norris – foi sua resposta. – Mas na verdade eu não gostaria de nada além de chá.

– Bem, então, Senhora Bertram, suponho que você peça diretamente pelo chá e apresse um pouco Baddeley; parece que ele está um pouco devagar esta noite.

Ela insistiu neste ponto, e a narrativa de Sir Thomas prosseguiu.

Houve uma pausa. Suas comunicações imediatas estavam exaustas, e parecia suficiente olhar ao redor, hora para um, hora para outro, no amado círculo. Mas a pausa não foi longa, na euforia de seu espírito, Lady Bertram passou a ser falante, e gerou estranhas sensações em seus filhos ao ouvirem ela dizer:

– Como acha que os jovens tem se divertido ultimamente? Sir Thomas, eles estão produzindo uma peça. Todos nós estamos animados com a atuação.

– De fato! E o que estão representando?

– Oh! Eles lhe dirão tudo sobre isso.

– Em breve tudo será dito – exclamou apressadamente Tom, e com despreocupação afetada –, mas não devemos incomodar meu pai com isso agora. Você ouvirá o suficiente amanhã, senhor. Na última semana nós tentamos, para nos ocuparmos e distrairmos minha mãe, ensaiar alguns atos, uma bobagem. Tivemos dias com chuvas incessantes desde que outubro começou; mal pude pegar na arma desde o terceiro dia do mês. Nos três primeiros dias ainda praticamos algum esporte, mas depois desistimos. No primeiro dia fui até Mansfield Wood e Edmund ao bosque para além de Easton, e trouxemos para casa seis faisões, e cada um de nós poderia ter matado seis vezes mais, porém respeitamos os seus faisões, senhor, tanto quanto deve ser. Não acredito que vá encontrar seus bosques menos povoados do que estavam. Nunca vi Mansfield Wood tão cheio de faisões em toda a minha vida como neste ano. Espero que em breve dedique um dia para a caçada, senhor.

Por enquanto, o perigo tinha acabado e os sentimentos doentios de Fanny diminuíram; mas quando o chá foi trazido, e Sir Thomas, levantando-se, disse que não podia mais estar na casa sem pelo menos ver seu querido quarto, e toda a agitação retornou. Ele se retirou antes que qualquer coisa pudesse ser dita para prepará-lo para o que iria encontrar, e uma pausa aflita seguiu ao seu desaparecimento. Edmund foi o primeiro a falar:

– Algo deve ser feito – disse ele.

– É hora de pensar em nossos visitantes – disse Maria, ainda sentindo sua mão pressionada no coração de Henry Crawford, e pouco se importando com qualquer outra coisa.

– Onde você deixou a Srta. Crawford, Fanny?

Fanny contou sobre a partida deles.

– Então o pobre Yates está sozinho – exclamou Tom. – Eu irei buscá-lo. Ele não será um mau assistente quando tudo vier à tona.

Ele foi para o teatro e chegou justamente em tempo de testemunhar o pai encontrando seu amigo. Sir Thomas estava bastante surpreso ao encontrar velas acesas em seu cômodo. Ao olhar ao redor, percebeu outros indícios de que havia sido ocupado recentemente, e certo desalinho nos móveis. A retirada da estante para facilitar o acesso à porta da sala de bilhar o surpreendeu em particular, mas ele não teve muito tempo para se espantar com tudo isso quando ouviu sons vindos da sala de jogos, o que o surpreendeu ainda mais. Alguém falava muito alto, e ele não reconhecia a voz que, mais do que falava, gritava. Ele chegou até a porta, alegrando-se com a possibilidade de comunicar-se imediatamente com alguém e, ao abri-la, encontrou-se em um palco de teatro, diante de um jovem que discursava e parecia na iminência de empurrá-lo para trás. No exato momento em que Yates percebeu a presença de Sir Thomas, e possivelmente dando o melhor início do que jamais tinha feito no curso dos seus ensaios, Tom Bertram entrou pelo outro lado do aposento. E nunca teve tamanha dificuldade em manter a sua expressão. O olhar de gravidade e surpresa de seu pai em sua primeira aparição em um palco e a gradual metamorfose do apaixonado Barão Wildenhaim para o bem-nascido e agradável Sr. Yates, ao curvar-se e desculpar-se com Sir Thomas Bertram, foi uma tamanha cena, uma verdadeira atuação, que ele não poderia ter perdido por nada. Possivelmente seria a última realizada no palco, mas estava certo de que não poderia haver melhor. A casa fecharia com a melhor éclat.

No entanto, havia pouco tempo para qualquer imagem de alegria. Era necessário que ele também desse um passo à frente e ajudasse na introdução, e com muitas sensações incômodas ele deu o melhor de si. Sir Thomas recebeu o Sr. Yates com toda a aparência de cordialidade que se devia ao seu próprio caráter, mas estava realmente muito longe de estar satisfeito com aquela situação. A família e as conexões do Sr. Yates eram suficientemente conhecidas para lhe prestar uma saudação como amigo próximo. Um entre muitos amigos íntimos do seu filho, excessivamente inoportunos. Era necessário se sentir feliz com o retorno e toda a paciência que isso poderia oferecer para evitar a ira de Sir Thomas por encontrar-se aturdido em sua própria casa, fazendo parte de uma exibição ridícula em meio a um teatro absurdo e forçado, em um momento tão desagradável, a conhecer um jovem que desaprovava, e cujo comportamento indiferente e volúvel no curso dos primeiros cinco minutos parecia indicar que estava sentindo-se mais em casa do que ele mesmo.

Tom compreendeu os pensamentos de seu pai, e desejando sinceramente que ele pudesse estar sempre tão bem disposto a expressá-los, mas com uma atitude parcial, começou a ver, mais claramente do que nunca, que poderia haver algum motivo de ofensa, que poderia haver alguma razão para o olhar de seu pai em direção ao teto e ao estuque da sala; e que quando ele perguntou com leve gravidade pelo destino da mesa de bilhar, ele não estava procedendo além de uma curiosidade muito permissível.

Alguns minutos foram suficientes para tais sensações insatisfatórias de cada lado. Depois de Sir Thomas ter se esforçado para proferir algumas palavras de aprovação em resposta a um comentário do Sr. Yates exaltando a felicidade do empreendimento, os três cavalheiros retornaram juntos para a sala de estar. Sir Thomas apresentava uma feição séria, que foi notada por todos.

– Vim do seu teatro – disse ele serenamente enquanto sentava. – Entrei nele de forma deveras inesperada, ao lado do meu próprio quarto, e em todos os aspectos fui pego de surpresa, pois não tinha a menor suspeita de que a representação tinha assumido um caráter tão sério. Parece-me um trabalho bem-feito, no entanto, pelo que pude analisar à luz de velas, devo os créditos ao meu amigo Christopher Jackson.

Em seguida ele mudou de assunto e bebeu o café pacificamente discutindo questões mais tranquilas de natureza doméstica. Mas o Sr. Yates, sem discernimento para compreender o sentido dado por Sir Thomas, ou desconfiança, delicadeza ou discrição suficientes para evitar que mantivesse o discurso enquanto Sir Thomas interagia com os demais com menor interferência, manteve o assunto sobre o teatro, e o atormentou com perguntas e observações. Por fim, o fez ouvir a história completa sobre o seu contratempo em Ecclesford. Sir Thomas ouviu com toda a polidez, mas sentia-se ofendido em suas crenças sobre decoro, confirmando a opinião negativa sobre as ideias do Sr. Yates, desde o início ao fim do relato. Quando este terminou, Sir Thomas não pôde oferecer-lhe outra garantia de sua simpatia a não ser um leve aceno com a cabeça.

– Esta foi, de fato, a origem de nossa atuação – disse Tom, após um momento de reflexão. – Meu amigo Yates trouxe uma infecção de Ecclesford, e ela se espalhou, como essas coisas sempre se espalham, sabe, senhor, mais rápido, provavelmente, por você ter tantas vezes encorajado esse tipo de coisa em nós anteriormente. Foi como pisar novamente em antigos terrenos.

O Sr. Yates apropriou-se do assunto do amigo o mais rápido possível e imediatamente relatou para Sir Thomas o que já tinham feito e o que estavam fazendo naquele momento; a gradual mudança de percepções sobre a peça; a solução bem sucedida das primeiras dificuldades e o promissor estágio atual. Relatou todos os detalhes com tamanho interesse que se tornou não só cego aos movimentos inquietos de seus amigos à mesa como também à mudança dos semblantes, à agitação! Tampouco conseguiu perceber a expressão daquele em cujos olhos se fixava, ou a fronte morena de Sir Thomas contrair-se enquanto olhava com seriedade para as filhas e para Edmund, demorando o olhar em especial sobre o segundo. Este percebeu os sinais de advertência e repreensão, que ele sentiu como se fossem em seu próprio coração, e que foi sentida na mesma intensidade por Fanny, que havia arrastado a cadeira para trás, próximo à lateral do sofá em que se encontrava a tia. Sem que pudessem vê-la, ela percebeu tudo o que estava ocorrendo. Ela nunca esperou presenciar um olhar de tamanha repreensão para Edmund, e sabendo que ele não merecia tal julgamento, era até mesmo algo grave. O olhar de Sir Thomas insinuava: "Edmund, eu dependia do seu bom-senso, o que você fez?". Ela se imaginou curvando-se para o tio e enchendo seu peito com as palavras: "Ah! Não para ele. Olhe desta maneira para todos os demais, mas não para ele!"

O Sr. Yates ainda estava falando:

– Para dizer a verdade, Sir Thomas, estávamos ao meio de um ensaio quando você chegou esta noite. Estávamos passando os três primeiros atos, e nos saíamos bem. Nosso grupo está disperso agora por conta de os Crawford terem ido embora; mas se o senhor nos der uma honra de sua presença amanhã à noite, não irá se arrepender. Nós pedimos sua tolerância, você deve entender... Como jovens artistas, nós lhe pedimos tolerância.

– Minha tolerância será dada, senhor – respondeu Sir Thomas gravemente –, mas sem qualquer outro ensaio. – E, com um sorriso de indulgência, ele acrescentou: – Volto para casa para ser feliz e indulgente. – Depois, voltando-se para qualquer um ou todos os outros, ele disse tranquilamente: – O Sr. e a Srta. Crawford foram mencionados nas minhas últimas cartas de Mansfield. Vocês o consideram pessoas agradáveis?

Tom era o único que estava pronto para dar uma resposta, mas ele tinha nenhuma consideração especial por nenhum dos dois.

– O Sr. Crawford é um homem muito agradável e cavalheiro; sua irmã uma garota doce, bonita, elegante e animada.

O Sr. Rushworth não conseguia mais ficar calado.

– Não digo que ele é exatamente um cavalheiro. Mas você deve dizer ao seu pai que ele não tem mais do que um metro e oitenta, ou então ele vai esperar encontrar um homem bem-apessoado.

Sir Thomas não compreendeu o que queria dizer e olhou com ar de surpresa para o orador.

– Para dizer o que penso – continuou o Sr. Rushworth –, na minha opinião é muito desagradável estar sempre ensaiando. É transformar algo bom em cansativo. Não gosto tanto de atuar como antes. Acho que nos saímos melhor aqui sentados juntos, fazendo nada.

Sir Thomas voltou a olhar para ele e concordou com um sorriso.

– Fico feliz por perceber que seus sentimentos neste assunto são semelhantes aos meus, isso me dá uma satisfação sincera. É perfeitamente natural que eu seja mais cauteloso, perspicaz e tenha os escrúpulos que os meus filhos não têm; assim como são naturais os meus valores a respeito da tranquilidade doméstica, pois um lar que se preserva de prazeres ruidosos deve excedê-los também. Mas, na sua idade, sentir isso é uma circunstância extremamente favorável para si mesmo e para os que estão ligados a você. Estou sensibilizado por ter um aliado de peso.

Sir Thomas gostaria de se expressar com palavras mais bem escolhidas a respeito da opinião do Sr. Rushworth. Ele sabia que não podia esperar que o Sr. Rushworth fosse um gênio, mas um jovem com tamanha sensatez, que excedia a sua eloquência, deveria ser admirado. Para muitos dos presentes, foi impossível não sorrir. O Sr. Rushworth mal sabia o que fazer com tamanha consideração. Mas visivelmente contente com a opinião de Sir Thomas, e dizendo muito pouco, ele fez o que estava ao seu alcance para preservar essa opinião por mais tempo.

CAPÍTULO 20

Na manhã seguinte, a primeira tarefa de Edmund foi encontrar-se a sós com o pai para relatar com precisão tudo sobre o teatro e explicar sua participação no evento. Naquele momento mais calmo, expôs os seus motivos e reconheceu ingenuamente que as suas explicações foram ouvidas com uma benevolência tão parcial que se perguntava se não deveria ter permanecido calado. Ele estava ansioso e se esforçava para não dizer nada indelicado sobre os demais. Havia somente um entre eles cuja conduta poderia mencionar sem a necessidade de defesa ou atenuação.

– Nós todos podemos ser considerados culpados – disse ele –, todos nós, exceto Fanny. Ela foi a única cujo comportamento foi correto desde o início, e que se manteve fiel a ele. Manteve sua posição contrária do início ao fim. Nunca deixou de considerar o que o senhor pensaria a este respeito. Você encontrará em Fanny tudo o que poderia desejar.

Sir Thomas pontuou toda a inconveniência daquele plano para eles, ainda mais naquele momento, tão enfaticamente quanto o filho achava que ele o faria. O seu pesar era forte o suficiente para dispensar o excesso de palavras; apertou as mãos de Edmund para tentar apagar a impressão desagradável e esquecer-se do quanto ele mesmo tinha sido negligenciado, em especial depois que fosse removido da casa qualquer vestígio que remetesse à lembrança do fato e fosse restaurado o seu estado natural. Ele não se queixou com os outros filhos, pois estava mais disposto a acreditar que tinham percebido seu erro do que correr o risco de ter que fazer uma inquirição. A reprovação que demonstrara e a eliminação de qualquer vestígio dos preparativos seriam suficientes. Havia uma pessoa na casa, no entanto, que ele não poderia se contentar em saber o que sentia meramente pela conduta. Ele não conseguiu deixar de insinuar à Sra. Norris que ela deveria ter interferido para evitar o que o julgamento dele certamente não aprovaria. Os jovens tinham sido muito imprudentes em organizar aquele evento, eles deveriam ter avaliado melhor; mas eram jovens e, com exceção de Edmund, ele acreditava que não tinham um caráter rigoroso. Qual não foi a sua surpresa ao saber que ela havia apoiado aquela decisão equivocada, uma forma de diversão duvidosa, como este tipo de entretenimento sugeria. A Sra. Norris estava ligeiramente desconcertada e silenciosa como nunca tinha estado antes em toda a sua vida, pois ela estava envergonhada ao confessar não ter se dado conta da inadequação que era tão evidente para Sir Thomas. Ela não admitiria que a sua intervenção seria insuficiente, e de que teria se pronunciado em vão. A única solução era mudar de assunto o mais rápido possível e conduzir os pensamentos de Sir Thomas para algo mais prazeroso. Ela tinha muito a dizer em sua própria defesa a respeito da atenção geral que dispensava aos interesses e necessidades da família, os esforços e muitos sacrifícios nas saídas apressadas de casa e no abandono de seu próprio lar, as revelações sobre as desconfianças em relação a alguns empregados e as dicas de economia doméstica dadas a Lady Bertram e a Edmund, e tinha propiciado uma grande economia e detectado mais de um empregado incompetente. Mas o seu maior trunfo era Sotherton. Sua glória foi ter possibilitado a conexão com os Rushworth. Ali ela era invencível, e tomava para si todos os créditos de ter feito com que o Sr. Rushworth se encantasse com Maria.

– Se eu não tivesse feito nada – disse ela – e não insistisse em ser apresentada à sua mãe e planejado a primeira visita à residência deles, estou tão certa de que nada teria ocorrido quanto sei que estou aqui sentada. O Sr. Rushworth é um tipo amável e modesto e requer uma grande dose de encorajamento. Haveria um número considerável de garotas para ele se tivéssemos sido negligentes. Mas não deixei pedra sobre pedra, estava disposta a mover o céu e a terra para convencer a minha irmã e, por fim, consegui. Você conhece a distância até Sotherton; estávamos em pleno inverno e as estradas ficaram praticamente intransitáveis, mas mesmo assim consegui persuadi-la

– Sei quão grande, quão justa, sua influência é com Lady Bertram e meus filhos, e isso me deixa ainda mais preocupado.

– Meu querido Sir Thomas, se tivesse visto o estado das estradas naquele dia! Imaginei que nunca teríamos passado, embora naturalmente tivéssemos quatro cavalos. O pobre cocheiro nos auxiliou, em nome de sua grande devoção e gentileza, mesmo mal tendo conseguido sentar na carruagem em função do reumatismo, e para o qual tenho providenciado cuidados médicos, desde Michaelmas. Por fim eu o curei, mas ele esteve muito mal durante todo o inverno, inclusive naquele dia. Não consegui chegar ao quarto dele a tempo de aconselhá-lo a não se aventurar. Ele já estava colocando a peruca. Eu disse a ele: "Cocheiro, é melhor que não vá; a sua Lady e eu estaremos seguras. Você sabe como é Stephen, e Charles tem guiado tanto que estou segura de que não há o que temer.". No entanto, logo percebi que não adiantaria, pois ele estava decidido a ir e, como não gosto nem um pouco de contrariar e ser inoportuna, não disse mais nada; mas o meu coração se compadecia com ele a cada solavanco. Quando chegamos nas estradas tortuosas próximas a Stoke, onde as pedras estavam cobertas com geada e neve, pior do que qualquer coisa que possa imaginar, estava aflita por ele, e pelos pobres cavalos também, se esforçando tanto! Você sabe como sempre me sinto em relação a cavalos. Ao chegarmos ao fim de Sandcroft Hill, o que acha que fiz? Vai rir de mim, mas me levantei e fui a pé. Certamente o fiz. Poderia não os ajudar muito, mas já era alguma coisa. Não podia ser carregada estrada acima à custa daqueles animais tão nobres. Peguei um resfriado terrível, mas não me importei com isso. O meu objetivo foi realizado na visita.

– Espero que sempre tenhamos motivos para considerar ter valido a pena qualquer esforço empreendido em prol desse relacionamento. Não há nada muito impressionante no comportamento do Sr. Rushworth, mas ontem à noite fiquei satisfeito com o que pareceu ser a sua opinião a respeito de um dos temas tratados, ou seja, a sua preferência por uma reunião familiar calma em vez do alvoroço e confusão causados pela peça. Ele me pareceu ser exatamente como se pode esperar.

– Sim, certamente, e quanto mais o conhecer, mais gostará dele. Ele não tem uma personalidade notável, mas tem mil qualidades! E mostra-se tão disposto a admirá-lo que acho engraçado, pois todos acham que sou responsável por isso. "Acredite em mim Sra. Norris", disse-me a Sra. Grant outro dia, "se o Sr. Rushworth fosse seu filho, não poderia ter Sir Thomas em mais alta conta".

Sir Thomas desistiu do ponto de vista, foi abalado por suas evasivas, desarmado por sua bajulação, e foi obrigado a descansar satisfeito com a convicção de que o prazer atual daqueles que amava estava em jogo. Sua gentileza às vezes supera seu julgamento.

Foi uma manhã ocupada para ele. Conversar com qualquer um deles ocupado, mas uma pequena parte dela. Ele precisava reinserir-se na rotina de sua vida em Mansfield, encontrar o mordomo e o administrador, examinar e calcular; e nos intervalos dos negócios caminhou até os estábulos e jardins e as plantações mais próximas. Ativo e metódico, ele não só tinha cumprido com todas essas obrigações antes de sentar-se no lugar de chefe da casa na hora do jantar, como também tinha instruído o carpinteiro a desfazer tudo o que havia sido montado na sala de jogos e dispensado o pintor responsável pelo cenário, e isso havia tempo suficiente para justificar a agradável suposição de que, àquela hora, ele já deveria estar lá. O pintor tinha desaparecido, tendo estragado o chão de uma sala, arruinado todas as esponjas do cocheiro, e fez cinco dos empregados ociosos e insatisfeitos. Sir Thomas estava na esperança de que mais um ou dois dias seriam suficientes para limpar cada lembrança externa do que havia acontecido. Até mesmo a destruição de cada cópia de Lovers' Vows, pois ele estava queimando tudo o que via pela frente.

O Sr. Yates estava começando agora a sentir as intenções de Sir Thomas, embora, como sempre, longe de entender suas motivações. De manhã bem cedo, ele e seu amigo estiveram fora com as suas armas, quando Tom aproveitou a oportunidade para se desculpar e explicar o comportamento do pai. O Sr. Yates entendeu e se lamentou, como era de se esperar. E ter se frustrado pela segunda vez da mesma maneira era uma circunstância de muita má sorte. A sua indignação era tanta que, se não fosse pela gentileza com o amigo e a sua irmã mais nova, acreditava que certamente tentaria convencer o Barão do absurdo de seu comportamento. Ele pensou nisso resolutamente enquanto estava em Mansfield Wood e no caminho para casa. Mas, quando se sentaram em volta da mesma mesa, percebeu algo em Sir Thomas que fez com que considerasse mais sábio deixar que ele conduzisse a situação de sua própria maneira, acreditando ser insensato se opor. Ele conhecera muitos pais desagradáveis antes e com frequência fora atingido por suas inconveniências, mas nunca no curso da sua vida ele tinha encontrado um com semelhante moral ininteligível e tirania infame, como Sir Thomas. Ele não era um homem tolerante, a não ser pelo bem de seus filhos, e ele deveria estar grato à sua bela filha Julia pelo fato de que o Sr. Yates ainda pretendia ficar alguns dias mais sob seu teto.

A noite passou com aparente tranquilidade, embora todos estivessem agitados. A música escolhida por Sir Thomas para que suas filhas tocassem ajudou a ocultar a ausência de uma harmonia real. Maria estava especialmente agitada. Para ela, era da maior relevância que o Sr. Crawford não demorasse se declarar, e ela se angustiava com a perspectiva de passar mais um dia sem que ele avançasse nesse aspecto. Ela aguardara-o ao longo de toda a manhã, e o esperou até a noite. O Sr. Rushworth tinha partido cedo na manhã, levando as boas novas a Sotherton, e ela desejava profundamente um esclarecimento imediato da situação a fim de poupá-lo do trabalho de retornar. Mas ela não viu ninguém do presbitério, tampouco ouviu qualquer notícia além de um amigável bilhete de congratulação da Sra. Grant que perguntava também a respeito de Lady Bertram. Era o primeiro dia em muitas semanas que as famílias estavam completamente separadas. Desde que agosto começara, não havia se passado vinte e quatro horas sem que ficassem juntos de uma maneira ou de outra. Aquele foi um dia triste e angustiante, e o dia seguinte não trouxe novidades. Alguns poucos momentos de lazer foram seguidos de horas de intenso sofrimento. Henry Crawford estava novamente na casa. Ele caminhou até lá com o Dr. Grant, que estava ansioso em prestar seus cumprimentos a Sir Thomas, e ainda bem cedo foram conduzidos rapidamente até a sala de café da manhã, onde grande parte da família estava reunida. Sir Thomas apareceu em seguida e Maria viu com alegria e agitação o homem que amava ser apresentado ao pai. Ela se sentia confusa, e assim continuou ao ouvir Henry Crawford, que estava sentado em uma cadeira entre a dela e a de Tom, perguntar a ele em voz baixa, alguns minutos depois, se havia qualquer intenção em retomar a peça após a feliz interrupção, ao mesmo tempo em que dirigia um olhar cortês para Sir Thomas. Porque, nesse caso, ele deveria retornar a Mansfield tão logo fosse solicitado. Ele estava partindo imediatamente para encontrar o tio em Bath, sem delongas. Mas, se houvesse qualquer possibilidade de levarem adiante Lovers' Vows, ele se manteria comprometido, cancelaria qualquer outro compromisso e combinaria com o tio que deveria se retirar assim que sua presença fosse requisitada. A peça não poderia ficar comprometida pela sua ausência.

– De Bath, Norfolk, Londres, York, qualquer lugar da Inglaterra onde eu estiver – disse ele –, virei, tão logo seja avisado.

Era exatamente nesse momento que Tom deveria falar, e não a irmã. E ele disse então, com desembaraço:

– Sinto que esteja partindo, mas em relação à nossa peça, está inteiramente cancelada. – E olhou significativamente para o pai. – O pintor foi dispensado ontem, e muito pouco perdurará do teatro até amanhã. Eu sabia como isto seria desde o início. É cedo para Bath. Você não encontrará ninguém.

– É a época que o meu tio costuma ir para lá.

– Quando pensa em ir?

– Devo chegar a Banbury hoje.

– Você usa os estábulos de quem em Bath? – foi a pergunta seguinte; e, enquanto esse assunto estava sendo discutido, Maria, a quem não faltava orgulho ou resolução, tentava manter-se razoavelmente tranquila.

Naquele momento, retornou a ela, repetindo o que já havia dito, com apenas um ar mais suave e expressões mais fortes de pesar. Mas de que importavam suas expressões ou seu ar? Ele voluntariamente pretendia ficar longe; pois, exceto o que poderia ser devido a seu tio, seus compromissos eram todos estabelecidos por ele mesmo. Ele poderia falar de necessidade, mas ela conhecia sua independência. A mão que tinha pressionado as suas ao seu coração estava agora, como o coração, inerte e passiva! Seu espírito a suportava, mas a sua agonia mental era severa. Ela não poderia resistir ao que emergiu quando o ouviu dizer o que as suas ações contradiziam, tampouco conseguiria enterrar o tumulto dos seus sentimentos sob as regras da sociedade. Mas as boas maneiras fizeram-na manter-se controlada durante a breve visita, que logo provou-se ser de despedida. Ele partiu, e tocara a sua mão pela última vez ao fazer a mesura de despedida, inclinando-se para ela, que em seguida iria buscar consolo na solidão.

Henry Crawford havia desaparecido, saído de casa, e dentro de duas horas iria para o presbitério, e assim terminou todas como esperanças que havia suscitado em Maria e Julia Bertram.

Julia pôde se regozijar por ele ter partido. Sua presença começava a ser odiosa para ela; e se Maria não o ganhava, ela agora estava fria o suficiente para dispensar qualquer outra vingança. Ela não queria que a exposição fosse criada à deserção. Henry Crawford partiu, ela podia até ter pena de sua irmã.

Com um espírito mais puro, Fanny se regozijou com a novidade. Ela soube durante o jantar e recebeu como uma bênção. Os méritos dele foram honrados em diferentes níveis de sentimento, desde a sinceridade da estima parcial de Edmund ao comentário despreocupado da mãe, que se pronunciava apenas por hábito. A Sra. Norris olhou em volta avaliando que o desejo de que ele se enamorasse de Julia resultou em nada, e até sentiu-se atemorizada com a possibilidade de ter sido negligente na condução para esse desfecho. Mas com tantas obrigações, como seria possível até mesmo manter o passo entre as suas atividades e os seus desejos?

Mais um dia ou dois, e o Sr. Yates foi embora da mesma forma. Em sua partida, Sir Thomas demonstrou seu interesse principal: querendo estar sozinho com sua família, a presença de um estranho ao Sr. Yates deve ter sido incômoda; mas dele, insignificante e confiante, ocioso e caro, foi de todos os modos vexatório. Em si mesmo, ele era cansativo, mas como amigo de Tom e admirador de Julia, ele se tornou defensivo. Sir Thomas tinha sido bastante indiferente à ida ou à permanência do Sr. Crawford, mas seus bons votos de que o Sr. Yates tivesse uma viagem agradável, enquanto caminhava com ele até a porta do salão, foram dados com verdadeira satisfação.

O Sr. Yates ficou para presenciar a remoção de tudo o que pertencia à peça, ele deixou a casa em toda a sobriedade de seu caráter geral; e Sir Thomas esperava, ao vê-lo sair, que estivesse se libertando dos piores aspectos relacionados ao projeto.

A Sra. Norris conseguiu remover de sua vista um artigo que poderia tê-lo afligido. A cortina, sobre a qual ela havia presidido com tanto talento e tanto sucesso, levou para seu chalé, onde por acaso ela estava particularmente à procura de uma.

CAPÍTULO 21

O retorno de Sir Thomas causou uma mudança notável nos hábitos da família, independente de Lover's Vows. Sob seu governo, Mansfield era outro lugar. Alguns membros da comunidade foram embora, e os espíritos de muitos outros entristecidos – tudo era mesmice e tristeza em comparação com o passado –, uma sombria festa familiar raramente animada. Passaram a ter poucas relações com o presbitério. Sir Thomas, afastando-se das intimidades em geral, não estava inclinado, nessa época, a quaisquer compromissos que não fossem em Mansfield. Os Rushworth eram o único acréscimo ao seu círculo doméstico que ele poderia solicitar.

Edmund não imaginava que tais deveriam ser os sentimentos de seu pai, nem poderia se sentir pesaroso com a exclusão dos Grants.

– Mas eles – observou ele para Fanny – têm uma reivindicação. Eles parecem nos pertencer; parecem ser parte de nós mesmos. Gostaria que meu pai fosse mais sensível à grande atenção que dispensaram a minha mãe e irmãs enquanto ele esteve fora. Receio que possam se sentir negligenciados. Mas a verdade é que meu pai mal os conhece. Eles não estavam aqui há doze meses quando ele deixou a Inglaterra. Se os conhecesse melhor, ele valorizaria sua sociedade como ela merece. Porque são, de fato, exatamente o tipo de pessoa de que ele gostaria. Às vezes, sentimos um pouco de falta de animação entre nós: minhas irmãs parecem abatidas, e Tom certamente não está à vontade. Dr. e Sra. Grant nos animaria e faria com que nossas noites passassem com mais alegria até mesmo para meu pai.

– Você acha? – disse Fanny. – Na minha opinião, meu tio não gostaria de nenhum acréscimo. Acho que ele valoriza a própria quietude de que você fala e que o repouso de seu próprio círculo familiar é tudo o que ele deseja. E não me parece que nós estamos mais sérios do que costumávamos ser, quero dizer, antes de meu tio viajar para o exterior. Pelo que me lembro, era sempre a mesma coisa. Nunca havia muito riso em sua presença; ou, se houver alguma diferença, é não mais, penso eu, que tal ausência tende a produzir no início. Mas não posso lembrar que nossas noites anteriormente eram sempre alegres, exceto quando meu tio estava na cidade. Creio que nenhum jovem se diverte quando os seus superiores estão em casa.

– Acredito que você tenha razão, Fanny – foi sua resposta, após uma breve reflexão. – Acho que nossas noites estão mais voltando ao que eram, do que a assumir um novo caráter. A novidade estava em serem animadas. No entanto, que forte a impressão que apenas algumas semanas podem dar! Tenho me sentido como se nunca tivéssemos vivido assim antes.

– Acho que sou mais séria do que as outras pessoas – disse Fanny. – As noites não parecem muito para mim. Adoro ouvir meu tio falar das Índias Ocidentais. Eu poderia ouvi-lo por uma hora. Isso me diverte mais do que muitas outras coisas, mas sou diferente das outras pessoas, ouso dizer.

– Por que você se atreve a dizer isso? – pergunta sorridente. – Você quer ouvir que você é diferente das outras pessoas apenas por ser mais sábia e discreta? Mas quando você, ou qualquer pessoa, recebeu um elogio de mim, Fanny? Vá até meu pai se quiser ser elogiada. Ele irá satisfazê-la. Pergunte a seu tio o que ele pensa, e você ouvirá elogios o suficiente, e embora elas possam ser principalmente sobre sua aparência, você deve tolerar isso e confiar que ele verá sua beleza mental com o tempo.

Essa linguagem era tão nova para Fanny que a deixava bastante embaraçada.

– Seu tio acha você muito bonita, querida Fanny, e esse é o ponto final da questão. Qualquer um, exceto eu, teria feito algo mais a respeito, e qualquer um, exceto você, ficaria ressentido por você não ter sido considerada muito bonita antes, mas a verdade é que seu tio nunca a admirou até agora e agora ele admira. Sua pele está tão melhor! e você ganhou tanta fisionomia! Sua figura, não, Fanny, não se afaste disso, é apenas um tio. Se você não consegue suportar a admiração de um tio, o que será de você? Você deve realmente começar a se endurecer para a ideia de que vale a pena olhar. Você deve tentar não se importar em crescer e se tornar uma mulher bonita.

– Oh! Não fale assim, não fale assim – exclamou Fanny, angustiada por mais sentimentos do que tinha consciência.

Mas vendo que ela estava angustiada, ele encerrou o assunto, e apenas acrescentou mais seriamente:

– Seu tio está disposto a ficar satisfeito com você em todos os aspectos; e eu só gostaria que você falasse mais com ele. Você é uma daquelas que ficam muito caladas no círculo noturno.

– Mas eu falo com ele mais do que antes. Tenho certeza que sim. Você não me ouviu perguntar a ele sobre o comércio de escravos na noite passada?

– Sim, e esperava que a pergunta fosse seguida por outras pessoas. Teria agradado a seu tio ser indagado mais adiante.

– E eu ansiava por fazê-lo, mas houve um silêncio mortal! E enquanto meus primos estavam sentados sem dizer uma palavra, ou parecendo totalmente interessados no assunto, eu não gostei, pensei que ia parecer que eu queria sair às custas deles, mostrando uma curiosidade e prazer em suas informações que ele deve desejar que suas próprias filhas sentissem.

– Srta. Crawford estava muito certa no que disse de você outro dia: que você parecia quase tão temerosa de ser notada e elogiada como as outras mulheres ficavam com o abandono. Estávamos falando de você no presbitério e essas foram as palavras dela. Ela tem grande discernimento. Não conheço ninguém que distinga melhor os personagens. Para uma mulher tão jovem é notável! Ela certamente a entende melhor do que você é entendida pela maior parte daqueles que a conhecem há tanto tempo; e em relação a alguns outros, eu pude perceber, a partir de ocasionais insinuações vivas, as expressões descuidadas do momento, que ela poderia definir muitos como acuradamente, mas a delicadeza não a proibia. Eu me pergunto o que ela pensa de meu pai! Ela deve admirá-lo como um homem de boa aparência, com modos muito cavalheirescos, dignos, consistentes; mas talvez, por tê-lo visto tão raramente, sua reserva pode ser um pouco repulsiva. Eles poderiam estar muito juntos, tenho certeza de que gostarão um do outro. Ele gostaria de sua vivacidade e ela tem talento para valorizar o poder dele. Gostaria que eles se encontrassem com mais frequência! Espero que ela não suponha que haja qualquer antipatia do lado dele.

– Ela deve saber que está muito segura do respeito de todos vocês – disse Fanny, com um meio suspiro – para ter tal apreensão. E o desejo de Sir Thomas, a princípio, de ficar apenas com sua família, é muito natural, que ela não possa discutir nada disso. Depois de um tempo, ouso dizer, nos encontraremos novamente da mesma maneira, levando em conta a diferença da época do ano.

– Este é o primeiro outubro que ela passa no campo desde sua infância. Eu não chamo Tunbridge ou Cheltenham de campo, e novembro é um mês ainda mais sério, e posso ver que a Sra. Grant está muito ansiosa por ela não considerar Mansfield enfadonho à medida que o inverno chegar.

Fanny poderia ter falado muito mais, mas era mais seguro não dizer nada e deixar intocados todos os recursos de Srta. Crawford – suas realizações, seu espírito, sua importância, seus amigos, para que não a traísse em quaisquer observações aparentemente desagradáveis. A opinião amável de Srta. Crawford sobre si mesma merecia pelo menos uma grata tolerância, e ela começou a falar de outra coisa.

– Amanhã, eu acho, meu tio janta em Sotherton, e você e o Sr. Bertram também. Vamos ter um pequeno grupo em casa. Espero que meu tio continue a gostar do Sr. Rushworth.

– Isso é impossível, Fanny. Ele deve gostar menos dele depois da visita de amanhã, pois estaremos cinco horas em sua companhia. Eu temeria a estupidez do dia, se não houvesse um mal muito maior a seguir: a impressão que deve deixar para Sir Thomas. Ele não pode mais se enganar. Lamento por todos eles e daria tudo para que Rushworth e Maria nunca se conhecessem.

No entanto, nesse aspecto, o desapontamento de Sir Thomas era iminente. Nem mesmo toda a boa vontade com o Sr. Rushworth, ou a deferência do Sr. Rushworth a ele, poderiam preveni-lo de discernir, em pouco tempo, sobre uma parcela da verdade, ou seja, que o Sr. Rushworth era um jovem de qualidade inferior, tão ignorante nos negócios quanto culturalmente, e cujas opiniões eram voláteis, sem nem mesmo se dar conta disso tudo. Ele esperara um genro muito diferente, e começando a se preocupar com a condição de Maria, tentou compreender os sentimentos dela. Não era necessário observar muito para perceber que a indiferença era o que de mais positivo havia entre eles. O comportamento dela em relação ao Sr. Rushworth era descuidado e frio. Ela não poderia gostar, e não gostava dele. Sir Thomas resolveu conversar seriamente com ela. Mesmo que a aliança fosse muito proveitosa, e o noivado longo e de conhecimento público, a sua felicidade não deveria ser sacrificada. Era possível que houvesse aceitado o Sr. Rushworth muito rapidamente e, depois de conhecê-lo melhor, estivesse arrependida.

Com solene gentileza, Sir Thomas dirigiu-se a ela: contou-lhe seus temores, indagou sobre seus desejos, rogou-lhe que fosse aberta e sincera e assegurou-lhe que todo inconveniente deveria ser enfrentado e a conexão inteiramente abandonada, se ela se sentisse infeliz. Ele agiria por ela e a libertaria. Maria lutou por um momento enquanto ouvia, e apenas um momento: quando o pai parou, ela foi capaz de dar sua resposta imediatamente, decididamente e sem nenhuma agitação aparente. Ela agradeceu por sua grande atenção, sua bondade paterna, mas ele se enganou ao supor que ela tinha o menor desejo de romper o noivado, ou era sensível a qualquer mudança de opinião ou inclinação. Ela tinha a mais alta estima pelo caráter e disposição do Sr. Rushworth, e não podia duvidar de sua.

Sir Thomas estava satisfeito. Talvez, muito feliz para exortar o assunto mais profundamente do que faria caso se tratasse de outra pessoa. Era uma aliança à qual ele não renunciaria sem pesar; e, por isso, resolveu ponderar. O Sr. Rushworth era jovem o suficiente para progredir. O Sr. Rushworth deveria e iria progredir com a convivência em uma boa sociedade. E, se Maria falava com tanta segurança sobre a sua felicidade com ele, sem preconceitos, ou sem estar cega de amor, ele deveria dar-lhe crédito. Seus sentimentos provavelmente não eram precisos, e ele nunca esperou que assim fossem, mas seu bem-estar não deveria ser comprometido por isso, e se ela pudesse dispensar o desejo de um caráter brilhante no marido, tudo o mais estaria a seu favor. Uma jovem bem-disposta, e que não casaria por amor, era, em geral, mais afeiçoada à sua família. A proximidade de Sotherton com Mansfield tinha grande apelo e, de acordo com todas as probabilidades, constituiria uma provisão contínua de grandes e inocentes prazeres. Estas foram as ponderações de Sir Thomas, feliz de escapar a consequências embaraçosas de um rompimento, dos anseios, das reflexões e das censuras. Estava feliz também por assegurar um casamento que traria a ele mais respeitabilidade e influência, e pelo fato de sua filha estar favorável à decisão.

Para ela, a conferência terminou tão satisfatoriamente quanto para ele. Ela estava em um estado de espírito feliz por ter garantido seu destino além de sua lembrança: por ter se comprometido novamente com Sotherton; estava a salvo da possibilidade de dar a Crawford o triunfo de governar suas ações e destruir suas perspectivas. Retirou-se com uma resolução orgulhosa, determinada apenas a se comportar com mais cautela com o Sr. Rushworth no futuro, para que seu pai não suspeitasse dela novamente.

Se Sir Thomas tivesse se dirigido à filha nos primeiros três ou quatro dias após a saída de Henry Crawford de Mansfield, antes que seus sentimentos estivessem tranquilizados, antes que ela tivesse desistido de todas as esperanças dele, ou absolutamente decidida a suportar seu rival, sua resposta poderia ter sido diferente; mas depois de mais três ou quatro dias, quando não houve retorno, nenhuma carta, nenhuma mensagem, nenhum sintoma de um coração amolecido, nenhuma esperança de vantagem na separação, sua mente ficou fria o suficiente para buscar todo o conforto que o orgulho e a vingança poderiam dar.

Henry Crawford havia destruído a felicidade dela, mas ele não deveria saber que ele havia feito isso; ele não deveria destruir seu crédito, sua aparência, sua prosperidade também. Ele não deveria ter que pensar que ela ansiava pela aposentadoria de Mansfield por ele, rejeitando Sotherton e Londres, independência e esplendor, por causa dele. A independência era mais necessária do que nunca, a falta dela em Mansfield era sentida de forma mais sensata. Ela era cada vez menos capaz de suportar a restrição que seu pai impunha. A liberdade que sua ausência havia concedido tornou-se agora absolutamente necessária. Ela deveria escapar dele e de Mansfield o mais rápido possível, e encontrar consolo na fortuna e nas consequências, na agitação e no mundo, para um espírito ferido. Sua mente estava bastante determinada.

Para tais sentimentos, o atraso, mesmo o atraso de muitos preparativos, teria sido um mal, e o Sr. Rushworth dificilmente poderia estar mais impaciente pelo casamento do que ela. Em todos os preparativos importantes da mente, ela estava completa: sendo preparada para o matrimônio por um ódio ao lar, restrição e tranquilidade; pela infelicidade do afeto desapontado e pelo desprezo pelo homem com quem ela iria se casar. O resto pode esperar. Os preparativos de novas carruagens e móveis poderiam esperar por Londres e a primavera, quando seu próprio gosto poderia ter um julgo mais justo.

Estando os envolvidos todos de acordo a esse respeito, logo pareceu que poucas semanas seriam suficientes para os preparativos que deveriam preceder o casamento.

A Sra. Rushworth mostrava-se pronta para abrir caminho para a jovem afortunada que o querido filho tinha escolhido. No início de novembro, ela, a empregada, o mordomo e a carruagem, com a verdadeira dignidade de uma nobre dama, retiraram-se para Bath. Poderia deleitar-se com os prazeres de Sotherton nas visitas noturnas, divertindo-se, talvez com mais animação do que nunca, nos jogos de carta. E antes de meados do mesmo mês a cerimônia foi realizada, dando a Sotherton uma nova senhora. O casamento foi muito adequado. A noiva vestida elegantemente e as duas damas de honra convenientemente inferiores em beleza; o pai a conduziu ao altar e a mãe permaneceu com o vidro de sais em sua mão, caso se sentisse aflita. A tia tentou chorar, e o cerimonial foi lido de maneira comovente pelo Dr. Grant. Nada pôde ser criticado quando o assunto foi tema das conversas na vizinhança, exceto pela carruagem em que os noivos e Julia se retiraram da igreja, pois tinha sido a mesma que o Sr. Rushworth tinha utilizado doze meses antes. Sob nenhum outro aspecto a etiqueta da cerimônia merecia ser criticada

Tudo chegou ao fim, e eles partiram. Sir Thomas sentiu-se como era esperado de um pai zeloso, e estava experimentando a agitação que a esposa temera sentir, mas da qual tinha escapado felizmente. A Sra. Norris, satisfeita de poder contribuir com as atividades do dia, fazendo companhia à irmã devido ao estado de espírito desta, brindou em nome da saúde do Sr. e da Sra. Rushworth em uma ou duas taças. Estava alegre e encantada, pois tinha sido responsável pela união, e ninguém poderia supor, com o seu triunfo confiante, que tivesse ouvido falar sequer uma vez na vida sobre infelicidade conjugal, ou que poderia ter qualquer conhecimento sobre as inclinações da sobrinha, que tinham vindo à tona debaixo dos seus olhos.

O plano do jovem casal era seguir, depois de alguns dias, para Brighton, e morar lá por algumas semanas. Todos os lugares públicos eram novos para Maria, e Brighton é quase tão alegre no inverno quanto no verão.

Quando a novidade da diversão acabasse, seria hora de conhecer Londres.

Julia deveria ir com eles para Brighton. Desde que a rivalidade entre as irmãs havia cessado, elas gradualmente recuperaram muito de seu antigo bom entendimento; e eram, pelo menos, amigas o suficiente para deixar cada uma extremamente feliz por estar com o outra em tal ocasião.

Algum outro companheiro além do Sr. Rushworth foi a primeira consequência para sua senhora; e Julia estava tão ansiosa por novidades e prazer quanto Maria, embora ela pudesse não ter lutado tanto para obtê-los e pudesse suportar melhor uma situação subordinada.

A partida deles causou outra mudança material em Mansfield, um abismo que levou algum tempo para ser preenchido. O círculo familiar tornou-se fortemente contraído; e embora as Srtas. Bertram ultimamente pouco tenham acrescentado à sua alegria, elas não podiam deixar de passar despercebidas.

Até a mãe sentia falta delas; e quanto mais seu terno primo, que vagava pela casa, e pensava nelas, e sentia por elas, com um grau de pesar afetuoso que elas nunca haviam feito muito por merecer!

CAPÍTULO 22

A importância de Fanny aumentou com a partida das primas. Tornando-se, então, a única jovem na sala de estar, a única ocupante daquela interessante divisão de uma família na qual ela tinha até então mantido um lugar tão humilde que era impossível para ela não ser mais vista, pensada e atendida, do que ela já tinha sido antes; e "Onde está Fanny?" tornou-se uma pergunta comum, mesmo sem ela ser procurada para a conveniência de ninguém.

Seu valor aumentou não apenas em casa, mas também no presbitério. Naquela casa, que ela mal havia entrado duas vezes por ano desde a morte de Sr. Norris, ela foi bem-vinda, uma convidada e na escuridão e melancolia de um dia de novembro, foi uma companhia muito agradável para Mary Crawford. Suas visitas lá, começando por acaso, foram continuadas por solicitação. A Sra. Grant, ansiosa em contribuir para uma mudança no ânimo da irmã, enganava-se em achar que estava fazendo uma gentileza para Fanny, dando-lhe a oportunidade de instruir-se mais com os convites frequentes.

Fanny, tendo sido enviada ao vilarejo em alguma missão por sua tia Norris, foi surpreendida por uma forte chuva perto do presbitério; e sendo vista de uma das janelas tentando encontrar abrigo sob os galhos e folhas remanescentes de um carvalho logo além de suas instalações, foi forçada, embora não sem alguma modesta relutância de sua parte, a entrar. Ela se comportou como uma humilde serva, mas quando o próprio Dr. Grant saiu com um guarda-chuva, não havia nada a fazer a não ser ficar muito envergonhada e entrar na casa o mais rápido possível; e à pobre Srta. Crawford, que tinha acabado de contemplar a chuva sombria em um estado de espírito muito desanimador, suspirando sobre a ruína de todo o seu plano de exercícios para aquela manhã, e de todas as chances de ver uma única criatura além de si nas próximas vinte e quatro horas, o som de um pequeno alvoroço na porta da frente e a visão da Srta. Price ensopada de água no vestíbulo fora encantador. O valor de um evento em um dia chuvoso no campo foi trazido à sua presença com mais força. Ela estava totalmente viva novamente, e entre as mais ativas em ser útil para Fanny, em detectar que ela estava mais molhada do que ela permitiria a princípio, e fornecer-lhe roupas secas. Fanny, depois de ser obrigada a se submeter a toda essa atenção, e a ser assistida e servida por patroas e criadas, sendo obrigada também, ao descer as escadas, a ser fixada em sua sala por uma hora enquanto continuava a chuva. A bênção de algo novo para ver e pensar foi então estendida a Srta. Crawford, e poderia elevar seu ânimo até o período de vestir-se e jantar.

As duas irmãs foram tão amáveis e agradáveis com ela que Fanny poderia ter gostado de sua visita se ela não acreditasse que não estava atrapalhando, e ela poderia ter previsto que o tempo certamente melhoraria no final da hora, e a salvaria da vergonha de ter a carruagem e os cavalos do Dr. Grant levando-a para casa. Quanto à ansiedade por qualquer alarme que sua ausência naquele clima pudesse ocasionar em casa, ela não tinha nada a sofrer; pois como sua saída era conhecida apenas por suas duas tias, ela estava perfeitamente ciente de que nada seria sentido, e que em qualquer cabana que a tia Norris pudesse escolher para estabelecê-la durante a chuva, sua presença em tal cabana seria indubitável para tia Bertram.

Estava começando a ficar mais claro quando Fanny, observando uma harpa na sala, fez algumas perguntas sobre ela, o que logo a levou a um reconhecimento de que ela desejava muito ouvi-la, e a uma confissão, que dificilmente se podia acreditar, dela nunca ter ouvido o instrumento desde que chegara em Mansfield. Para a própria Fanny, parecia uma circunstância muito simples e natural. Ela quase não tinha estado no presbitério desde a chegada do instrumento, e não havia razão para que ela o fizesse, mas Srta. Crawford, lembrando-se de um desejo expresso anteriormente sobre o assunto, preocupou-se com sua própria negligência; "Devo tocar para você agora?" e "O que você quer ouvir?" foram as perguntas que se seguiram imediatamente com a mais rápida espontaneidade.

Ela tocou o instrumento; feliz por ter uma nova ouvinte e uma que parecia tão agradecida, tão maravilhada com a performance, e que se mostrava não destituída de gosto. Ela tocou até que os olhos de Fanny se desviaram para a janela percebendo que o tempo tinha melhorado, o que lhe despertou a vontade de ir embora.

– Mais um quarto de hora – disse Srta. Crawford – e veremos como será. Não fuja na primeira estiagem. Essas nuvens parecem alarmantes.

– Mas já passaram – disse Fanny. – Eu as tenho observado. Esse clima é todo do sul.

– Ao sul ou ao norte, reconheço uma nuvem negra quando a vejo; e você não deve avançar enquanto ela é tão ameaçadora. Além disso, quero tocar algo mais para você, uma música muito bonita, a favorita de seu primo Edmund. Você deve ficar e ouvir o gosto de seu primo.

Fanny achava que devia; embora ela não tivesse esperado por essa frase para pensar em Edmund, tal lembrança a fez particularmente desperta para a ideia dele, e ela o imaginou sentado naquela sala repetidamente, talvez no mesmo lugar onde ela se sentava agora, ouvindo com deleite constante a música favorita, tocada, como lhe parecia, com tom e expressão superiores. Embora ela mesma estivesse satisfeita com aquilo e feliz por gostar de tudo o que ele gostava, estava mais sinceramente impaciente para ir embora com a conclusão do que antes. Sendo isso evidente, foi tão gentilmente convidada pela Srta. Crawford a retornar para ouvi-la tocar que achou necessário aceitar, caso não surgisse nenhuma objeção em casa.

Essa foi a origem do tipo de intimidade que ocorreu entre elas na primeira quinzena após a partida das Srtas. Bertram – uma intimidade resultante principalmente do desejo de Srta. Crawford por algo novo, e que tinha pouca correspondência nos sentimentos de Fanny. Fanny ia a ela a cada dois ou três dias: parecia uma espécie de fascínio. Ela não se sentia confortável em rejeitar o convite, mas ao mesmo tempo era destituída de qualquer sentimento de amor pela Srta. Crawford, além de não pensar como ela; e, agora, estava livre da obrigação de ser encontrada, quando ninguém mais a solicitava. O seu prazer na conversação limitava-se a um entretenimento ocasional, que muitas vezes contrariava suas convicções, quando faziam comentários com tom jocoso sobre pessoas ou assuntos que Fanny desejava que fossem respeitados. No entanto, ela não deixava de ir, e caminhavam juntas por meia hora pelo jardim da Sra. Grant, sob uma temperatura incomumente branda para aquela época do ano.

Às vezes se aventuravam até mesmo a se sentar em um dos bancos agora comparativamente desabrigados, permanecendo lá talvez até que, no meio de alguma terna palavra de Fanny sobre os doces de um outono tão prolongado, elas fossem forçadas, pela onda repentina de uma rajada de frio que sacudia as últimas folhas amarelas ao redor, a pular e caminhar para se aquecer.

– Isso é lindo, muito lindo – disse Fanny, olhando em volta, em um desses dias que estavam juntas. – Cada vez que entro neste matagal, fico mais impressionado com seu crescimento e beleza. Três anos atrás, isso não passava de uma cerca viva rústica ao longo da parte superior do campo, nunca pensada como algo, ou capaz de se tornar qualquer coisa; e agora é convertido em um passeio, seria difícil dizer se é mais valioso como uma conveniência ou um ornamento; e talvez, em mais três anos, possamos estar esquecendo, ou quase esquecendo o que era antes, maravilhosas as operações do tempo e as mudanças da mente humana!

E seguindo a última linha de pensamento, ela logo depois acrescentou:

– Se alguma faculdade de nossa natureza pode ser chamada de mais maravilhosa do que as outras, eu realmente acho que é a memória. Parece algo mais incompreensível nos poderes, nas falhas, as desigualdades de memória, do que em qualquer outra de nossas inteligências. A memória é às vezes tão retentiva, tão útil, tão obediente; em outras, tão confusa e tão fraca; e em outras, novamente, tão tirânica, tão fora de controle! Com certeza, um milagre em todos os sentidos, mas nossos poderes de recordação e de esquecimento parecem peculiarmente impossíveis de se entender.

Srta. Crawford, intocada e desatenta, nada tinha a dizer. Fanny, percebendo isso, trouxe de volta a sua mente o que ela achava que deveria interessar.

– Pode parecer impertinente da minha parte elogiar, mas devo admirar o gosto que a Sra. Grant demonstrou em tudo isso. Há uma simplicidade silenciosa no plano da caminhada!

– Sim – respondeu a Srta. Crawford descuidadamente –, é muito adequada a um lugar como este. Ninguém nesta região pensa em extinções e, aqui entre nós, até chegar a Mansfield, eu não tinha imaginado que um presbitério poderia desejar um jardim ou similar.

– Estou tão contente em ver as sempre-vivas florescerem! – disse Fanny em resposta. – O jardineiro do meu tio sempre diz que o solo aqui é melhor do que o dele, e é o que parece, tendo em vista o crescimento do loureiro e das sempre-vivas de forma geral. As sempre-vivas! Como são belas, agradáveis e maravilhosas! Quando pensamos a respeito, entendemos como é impressionante a variedade da natureza! Em alguns países, sabemos que as árvores que perdem a folhagem é o seu próprio diferencial, o que não faz com que seja menos impressionante o fato de a mesma terra e o mesmo sol nutrirem plantas que se diferem pela primeira regra e lei de sua existência. Você deve achar que estou filosofando, mas quando estou ao ar livre, especialmente quando estou sentada em meio à natureza, fico bastante propensa a entrar neste tipo de estado de espírito. Não podemos fixar os nossos olhos mesmo na produção mais comum sem encontrar alimento para uma ideia divagadora.

– Para falar a verdade – disse a Srta. Crawford –, sou parecida com o famoso Doge da corte de Luís XIV, e posso declarar que não vejo nenhum encantamento nestes arbustos, tampouco em estar entre eles. Se alguém tivesse me dito há um ano que este lugar seria o meu lar, e que eu passaria mês após mês aqui, como tenho feito, certamente eu não teria acreditado! Não estou aqui nem mesmo há cinco meses e, sem dúvida, foram os cinco meses mais calmos que já vivi.

– Muito calmo para você, eu acredito.

– Eu deveria ter pensado assim, mas – e seus olhos brilharam enquanto ela falava – analisando tudo, eu nunca passei um verão tão feliz – continuou, com um ar mais pensativo e voz baixa –, mas não há como dizer a que isso pode levar.

– Sei que estou muito mais reconciliada com uma residência no interior do que jamais pude supor. Posso até mesmo imaginar como deve ser agradável passar metade do ano no campo sob certas circunstâncias; seria muito agradável. Uma casa elegante e com o tamanho adequado, em meio a familiares, com boas relações e com compromissos regulares, comandando a sociedade nos arredores, até mesmo mais do que as famílias com maior fortuna. E poder intercalar esses prazeres com algo não menos interessante do que o tête-à-tête com a pessoa que consideramos a mais agradável do mundo. Não há nada de terrível nesse cenário, não é mesmo, Srta. Price? Não é preciso invejar a Sra. Rushworth com uma residência como aquela.

O coração de Fanny bateu forte e ela se sentiu incapaz de supor ou solicitar algo mais. Srta. Crawford, no entanto, com animação renovada, logo disse:

– Invejar a Sra. Rushworth? – foi tudo o que Fanny tentou dizer.
– Vamos, vamos, seria muito desagradável da nossa parte sermos severas com a Sra. Rushworth, pois estou ansiosa para dever a ela muitas horas alegres, brilhantes e felizes. Espero que todos estejamos em Sotherton mais vezes no próximo ano. O casamento que a senhorita Bertram fez é uma bênção pública, pois os primeiros prazeres da esposa do senhor Rushworth devem encher a casa dela e dar os melhores bailes do país.

Fanny ficou em silêncio e Srta. Crawford voltou a ficar pensativa, até que, de repente, erguendo os olhos ao fim de alguns minutos, exclamou:

– Ah! Aqui está ele.

Não era o Sr. Rushworth, porém, mas Edmund, que então apareceu caminhando na direção delas com a Sra. Grant.

– Minha irmã e o Sr. Bertram. Estou tão feliz que seu primo mais velho se foi, que ele pode ser o Sr. Bertram novamente. Há algo no ar do Sr. Edmund Bertram tão formal, tão lamentável, tão parecido com um irmão mais novo, que eu detesto isso.

– Como pensamos diferente! – exclamou Fanny. – Para mim, o tratamento Sr. Bertram soa tão frio e sem significado, inteiramente sem qualquer traço de vivacidade! É aplicável a um cavalheiro, e nada mais. Mas existe algo de nobre no nome de Edmund. É um nome de heroísmo e reputação; de reis, príncipes e cavalheiros, e parece exalar o espírito de cavalheirismo e afetos calorosos.

– Concordo que o nome seja bonito, e lorde Edmund ou Sir Edmund soam encantadores, mas submeta-o à aniquilação de um Sr., e Sr. Edmund não é nada mais do que Sr. John ou Sr. Thomas. Bem, devemos nos juntar a eles e os desapontarmos em meio à conversa sobre a natureza nesta época do ano, levantando-nos antes que comecem?

Edmund as encontrou com particular prazer. Era a primeira vez que as via juntas desde o início daquela melhor convivência de que ouvira falar com grande satisfação. Uma amizade entre duas pessoas tão queridas para ele era exatamente o que ele poderia ter desejado: e para crédito da compreensão do amante, seja dito, que ele não considerava Fanny como a única, ou mesmo como a maior beneficiada por tal amizade.

– Bem – disse Srta. Crawford – e você não nos repreende por nossa imprudência? Por que você acha que estivemos sentadas, a não ser para conversar sobre isso, e sermos imploradas e suplicadas para nunca mais repetir?

– É possível que eu tivesse repreendido – disse Edmund – se uma das duas estivesse sentada aqui sozinha; mas como agem juntas, posso me omitir.

– Elas não devem estar aqui há muito tempo – disse a Sra. Grant –, pois quando fui buscar meu xale, pude vê-las da janela próxima à escada, e estavam caminhando.

– E realmente – acrescentou Edmund – o dia está tão agradável, que o fato de se sentarem por alguns minutos dificilmente pode ser considerado como algo imprudente. A nossa temperatura não pode ser sempre avaliada pelo calendário. Às vezes podemos ter mais liberdade em novembro do que em maio.

– Vejam só, vocês são os amigos mais decepcionantes de todos! – exclamou a Srta. Crawford. – Não é possível dar-lhes um momento sequer de preocupação. Vocês não sabem o quanto estávamos tristes, tampouco o frio que estávamos sentindo! Mas há muito tempo considero o Sr. Bertram um assunto complicado, em qualquer esforço contra o senso comum, e alguém que jamais atormentaria uma mulher. Desde o início tive poucas esperanças em relação a ele. Mas quanto a você, Sra. Grant, minha própria irmã, eu acho que tinha o direito de deixá-la um pouco preocupada.

– Não se vanglorie, querida Mary. Você não tem a menor chance de me preocupar. Tenho minhas preocupações, mas estão em outros assuntos. E se eu pudesse ter alterado o clima, você teria tido um forte vento soprando do leste na sua direção o tempo todo, pois aqui estão algumas das minhas plantas que o Robert vai deixar de lado, já que à noite a temperatura tem estado amena, e sei que no fim teremos uma mudança repentina no tempo, e uma geada intensa chegará deixando a todos surpresos. Eu devo perder tudo e, o que é pior, o cozinheiro me disse recentemente que o peru, que eu particularmente não desejava servir até domingo, porque sei quanto o Dr. Grant o preferirá no domingo após o cansaço do dia, não passará de amanhã. Estas são de fato queixas e faz com que eu pense que o frio se aproxima.

– As delícias de se cuidar da casa no campo! – disse a Srta. Crawford ironicamente. – Recomende-me para a enfermaria e para o tratador das galinhas.

– Minha querida criança, recomende o Dr. Grant ao decano de Westminster ou St. Paul, e ficarei tão feliz quanto o jardineiro ou o tratador de galinhas. Mas não temos pessoas assim em Mansfield. O que você gostaria que eu fizesse?

– Oh! Você não pode fazer nada além do que já faz. É atormentada com frequência sem perder a paciência.

– Obrigada, mas não há como escapar desses pequenos aborrecimentos, Mary, independentemente do lugar onde se vive. Quando estiver residindo na cidade e eu for visitá-la, ouso afirmar que a encontrarei com as suas próprias preocupações, a despeito do seu jardineiro ou tratador de galinhas, ou talvez justamente por causa deles. O fato de viverem distantes e serem pouco pontuais, os preços exorbitantes que cobram e seus ardis causarão lamentações amargas.

– Pretendo ser rica demais para lamentar ou passar qualquer coisa dessa natureza. Uma bela renda é a melhor receita para a felicidade. Certamente solucionará todos as questões sobre jardins e peru.

– Você pretende ser muito rica? – perguntou Edmund, com um olhar que, para Fanny, pareceu muito interessado.

– Para ter segurança. Você não pretende? Não é o que todos desejam?

– Eu não pretendo ter nada que esteja completamente além de meu alcance. A Srta. Crawford pode escolher o seu nível de riqueza. Ela só precisa determinar quantos milhares deseja ao ano, e não pode haver dúvida de que virão. As minhas intenções se resumem a não ser pobre.

– Com moderação e economia, e restringindo os seus gastos à sua renda, e tudo o mais. Eu o compreendo, e é um plano muito adequado para uma pessoa na etapa de vida em que você se encontra, com meios tão limitados e poucas relações. O que mais você pode querer do que uma condição digna? Você não tem muito tempo a sua frente, e seus amigos não estão em posição de fazer nada por você, ou humilhá-lo com o contraste de suas riquezas e importância.

Ser honesto e pobre, em todos os aspectos; mas eu não devo invejá-lo. Não posso nem mesmo respeitá-lo. Eu respeito muito mais aqueles que são honestos e ricos.

– Seu grau de respeito pela honestidade, rico ou pobre, é exatamente o que não me importa. Eu não pretendo ser pobre. A pobreza não é, de fato, o que determinei para minha vida. A honestidade está em algum lugar em meio às circunstâncias do mundo, e é tudo o que espero não a ver menosprezar.

– Mas eu menosprezo, sim. Devo menosprezar tudo aquilo que se contenta com a obscuridade no lugar da distinção.

– Mas como isso pode elevar-se? Como poderá a minha honestidade ao menos ser elevada a alguma posição de distinção?

Aquela não era uma questão fácil de ser respondida e gerou um profundo suspiro da senhora que acrescentou em seguida:

– Você deveria estar no Parlamento, ou ter ido para o Exército há dez anos.

– Isso não é muito importante agora; quanto ao meu estar no Parlamento, acredito que devo esperar até que haja uma assembleia especial para a representação dos filhos mais novos que têm pouco para viver. Não, Srta. Crawford – acrescentou em um tom mais sério –, há distinções que eu ficaria infeliz se me julgasse sem chance, absolutamente sem chance ou possibilidade de obter, mas são de natureza diferente.

Uma expressão de consciência enquanto ele falava, e o que parecia uma consciência de maneiras da parte de Srta. Crawford, quando ela deu uma resposta risonha, foi um alimento triste para a observação de Fanny; encontrando-se incapaz de atender como deveria a Sra. Grant, por cujo lado ela agora estava seguindo os outros, ela quase decidiu ir para casa imediatamente, e só esperou a coragem de dizê-lo, quando o som do grande relógio em Mansfield Park, o terceiro golpe, fez com que ela sentisse que estivera realmente muito mais tempo ausente do que o normal, e trouxe a auto-indagação anterior se deveria ou não pedir licença naquele momento, e como, para um assunto muito rápido. Com decisão indubitável, ela começou diretamente seu adeus; e Edmund começou, ao mesmo tempo, a se lembrar que sua mãe estivera perguntando por ela e que ele havia descido ao presbitério com o propósito de trazê-la de volta.

A pressa de Fanny aumentou; e sem no mínimo esperar a presença de Edmund, ela teria ido embora sozinha, mas o ritmo geral foi acelerado e todos a acompanharam até a casa, pela qual foi necessário passar. O Dr. Grant estava no vestíbulo e, quando pararam para falar com ele, ela descobriu, pelos modos de Edmund, que ele pretendia ir com ela. Ele também estava se despedindo. Ela não podia deixar de ser grata. No momento da despedida, Edmund foi convidado pelo Dr. Grant para comer seu carneiro com ele no dia seguinte; e Fanny mal teve tempo para uma sensação desagradável na ocasião, quando Sra. Grant, com súbita lembrança, voltou-se para ela e pediu o prazer de sua companhia também. Era uma atenção tão nova, uma circunstância tão perfeitamente nova nos acontecimentos da vida de Fanny, que ela ficou totalmente surpresa e embaraçada, e enquanto gaguejava sua grande obrigação, estava olhando para Edmund em busca de sua opinião e ajuda. Mas Edmund, encantado por ela ter essa felicidade oferecida, e verificando com meio olhar e meia frase, que ela não tinha objeções a não ser por conta de sua tia, não podia imaginar que sua mãe teria qualquer dificuldade em poupá-la, e portanto, deu seu decidido conselho abertamente de que o convite deveria ser aceito. Embora Fanny não se aventurasse, mesmo com seu incentivo, a tal voo de independência audaciosa, logo ficou decidido que, se nada fosse ouvido em contrário, a Sra. Grant poderia esperá-la.

– E você sabe qual será o seu jantar – disse a Sra. Grant, sorrindo –, o peru, e garanto-lhe um muito bom, pois, minha querida – voltando-se para o marido –, a cozinheira insiste para que o peru seja preparado amanhã.

– Muito bem, muito bem – exclamou o Dr. Grant –, tanto melhor, fico feliz em saber que você tem algo tão bom em casa. Mas a Srta. Price e o Sr. Edmund Bertram, ouso dizer, se arriscariam. Nenhum de nós quer ouvir detalhes. Uma reunião amigável, e não um bom jantar, é tudo o que temos em vista. Um peru, ou um ganso, ou uma perna de carneiro, ou o que quer que você e seu cozinheiro escolham para nos preparar.

Os dois primos voltaram para casa juntos, e, exceto na discussão imediata, na qual Edmund falava com a mais calorosa satisfação, como tão particularmente desejável para ela na intimidade que ele viu com tanto prazer estabelecida, foi uma caminhada silenciosa. Por ter encerrado aquele assunto, ficou pensativo e indisposto a qualquer outro.

CAPÍTULO 23

– Mas por que a Sra. Grant deveria convidar a Fanny? – disse Lady Bertram. – Como é que ela pensou em convidar Fanny? Fanny nunca janta lá, sabe, desse jeito. Não posso dispensá-la e tenho certeza de que ela não quer ir. Fanny, você não quer ir, não é?

– Se você fizer tal pergunta a ela – exclamou Edmund, impedindo que sua prima falasse –, Fanny imediatamente dirá não, mas tenho certeza, minha querida mãe, ela gostaria de ir; e não vejo razão para que ela não o faça.

– Não consigo imaginar por que a Sra. Grant pensaria em convidar a ela? Ela nunca o fez antes. Ela costumava convidar a suas irmãs de vez em quando, mas nunca convidava a Fanny.

– Se você não pode ficar sem mim, senhora... – disse Fanny, em um tom abnegado.

– Mas minha mãe terá meu pai com ela a noite toda.

– Para dizer a verdade, estarei sim.

– Suponha que você pergunte a opinião de meu pai, senhora.

– Bem pensado. É o que farei, Edmund. Vou perguntar a Sir Thomas, assim que ele entrar, se posso ficar sem ela.

– Como quiser, senhora, sobre esse assunto; mas eu quis dizer a opinião de meu pai quanto à propriedade de o convite ser aceito ou não; e acho que ele vai considerar isso uma coisa certa pela Sra. Grant, bem como por Fanny, esse sendo o primeiro convite, deve ser aceito.

– Não sei. Vamos perguntar a ele. Mas ele ficará muito surpreso que a Sra. Grant convide a Fanny.

Não havia mais nada a ser dito, ou que pudesse ser dito com algum propósito, até que Sir Thomas estivesse presente; mas o assunto envolvendo, como envolvia, o conforto de sua própria noite para o dia seguinte, estava tão predominante na mente de Lady Bertram, que meia hora depois, quando ele olhou por um minuto em seu caminho para seu camarim , ela o chamou de volta, quando ele quase fechou a porta, com: "Sir Thomas, pare um momento, eu tenho algo para lhe dizer".

Seu tom de langor calmo, pois ela nunca se deu ao trabalho de elevar a voz, sempre foi ouvido e atendido; e Sir Thomas voltou. Sua história começou, e Fanny imediatamente saiu da sala, pois ouvir a si mesma no assunto de qualquer discussão com seu tio era mais do que seus nervos podiam suportar. Ela estava ansiosa, ela sabia – mais ansiosa talvez do que deveria estar –, pois o que significaria a final se ela fosse ou não fosse? Mas se seu tio demorasse muito a considerar e decidir, e com olhares muito graves, e aqueles olhares graves dirigidos a ela, e finalmente decidir contra ela, ela poderia não ser capaz de parecer propriamente submissa e indiferente. Sua causa, entretanto, correu bem. Começava, por parte de Lady Bertram, com:

– Tenho uma coisa para lhe dizer que surpreenderá. A Sra. Grant convidou Fanny para jantar.

– Bem – disse Sir Thomas, como se esperasse mais para realizar a surpresa.

– Edmund quer que ela vá. Mas como posso poupá-la?

– Ela vai chegar tarde – disse Sir Thomas, tirando o relógio do bolso –, mas qual é a sua dificuldade?

Edmund se viu obrigado a falar e preencher as lacunas da história de sua mãe. Ele contou tudo; e ela só precisava acrescentar:

– Tão estranho! Pois a Sra. Grant nunca costumava convidar a ela.

– Mas não é muito natural – observou Edmund – que a Sra. Grant desejasse obter um visitante tão agradável para sua irmã?

– Nada pode ser mais natural – disse Sir Thomas, após uma breve deliberação –, nem, se não houvesse irmã no caso, nada poderia, em minha opinião, ser mais natural. A civilidade da Sra. Grant com a Srta. Price, com a sobrinha de Lady Bertram, nunca poderia querer explicação. A única surpresa que posso sentir é que esta deve ser a primeira vez que ela será convidada. Fanny estava perfeitamente certa em dar apenas uma resposta condicional. Ela parece se sentir como deveria. Mas, ao concluir que ela deve desejar ir, uma vez que todos os jovens gostam de estar juntos, não posso ver nenhuma razão pela qual ela deva ser negada a indulgência.

– Mas posso ficar sem ela, Sir Thomas?

– Na verdade, acho que você pode.

– Ela sempre faz chá, sabe, quando minha irmã não está aqui.

– Sua irmã, talvez, consiga passar o dia conosco, e eu certamente estarei em casa.

– Muito bem, então, Fanny pode ir, Edmund.

As boas notícias logo a seguiram. Edmund bateu em sua porta em seu caminho para o quarto.

– Bem, Fanny, está tudo resolvido com alegria e sem a menor hesitação da parte do seu tio. Ele tinha apenas uma opinião. Você deve ir.

– Obrigada, estou tão feliz – foi a resposta instintiva de Fanny; embora, quando ela se afastou dele e fechou a porta, não pôde deixar de sentir. – E, no entanto, por que eu deveria estar feliz? pois não estou certa de ver ou ouvir algo lá que me faça sofrer?

Apesar dessa convicção, no entanto, ela estava feliz. Por mais simples que parecesse a outros olhos, isso trazia novidade e importância para ela, pois, com exceção do dia em Sotherton, ela quase nunca havia jantado fora; embora agora andasse apenas meia milha, e apenas para três pessoas, ainda era jantar fora, e todos os pequenos interesses de preparação eram divertimentos. Ela não teve simpatia nem ajuda daqueles que deveriam ter penetrado em seus sentimentos e dirigido seu gosto; pois Lady Bertram nunca pensou em ser útil a ninguém, e a Sra. Norris, quando veio na manhã seguinte, em consequência de um telefonema e convite de Sir Thomas, estava de muito mau humor e parecia ter a intenção apenas de diminuir o humor da sobrinha.

– Dou-lhe minha palavra, Fanny, você está com muita sorte em receber tanta atenção e indulgência! Você deveria estar muito grata à Sra. Grant por pensar em você, e a sua tia por deixá-la ir, e você deveria olhar sobre isso como algo extraordinário, pois eu espero que você esteja ciente de que não há nenhuma ocasião real para você ir para uma companhia desta forma, ou mesmo jantar fora; e é o que você não deve esperar ser repetido. Você deve estar imaginando que o convite é um elogio específico para você, mas o elogio é dirigido a seu tio, a sua tia e a mim. A Sra. Grant acha que é uma civilidade nossa prestarmos atenção a você, ou então nunca entrou em sua cabeça, e você pode estar muito certa de que, se sua prima Julia estivesse em casa, você não teria sido convidada a nada.

A Sra. Norris tinha agora tão engenhosamente dispensado toda a parte do favor da Sra. Grant, que Fanny, que se viu esperando falar, só poderia dizer que estava muito grata à tia Bertram por tê-la poupada, e que ela estava se esforçando para colocar o trabalho noturno de sua tia de tal forma que evitasse sua falta.

– Oh! Como se dependesse disso. Sua tia pode ficar muito bem sem você, ou não teria sido permitido que você fosse. Eu estarei aqui, então não precisa se preocupar. Espero que tenha um dia muito agradável e que considere tudo encantador. Mas devo observar que cinco é um dos números mais estranhos para se compor uma mesa e não posso deixar de me surpreender com o fato de uma senhora tão elegante como a Sra. Grant ter ignorado isso! E em torno de sua grande mesa, que domina o cômodo terrivelmente! Se o doutor tivesse aceitado a minha mesa de jantar quando fui embora, como qualquer pessoa em seu juízo perfeito teria aceitado, em vez daquela nova e absurda mesa, literalmente maior do que a mesa daqui, teria sido infinitamente melhor! E ele seria bem mais respeitado, já que as pessoas nunca são respeitadas quando saem dos seus próprios meios. Lembre-se disso, Fanny. Apenas cinco pessoas para sentar-se em torno daquela mesa! No entanto, você terá jantar suficiente para dez pessoas, ouso afirmar.

Sra. Norris recuperou o fôlego e continuou.

– O absurdo e a loucura de as pessoas saírem de seu nível e tentarem aparecer acima de si mesmas, me faz pensar que é certo dar-lhe uma dica, Fanny, agora que você está indo para um evento social sem nenhum de nós: eu imploro que você não se exponha, fale e dê sua opinião como se fosse um de seus primos, como se fosse a querida Sra. Rushworth ou Julia. Isso nunca vai funcionar, acredite em mim. Lembre-se, onde quer que esteja, você deve ser a mais baixa e a última, e embora Srta. Crawford esteja de certa forma em casa no presbitério, você não deve tomar o lugar dela. E quanto a sair à noite, você deve ficar o tempo que Edmund decidir. Ele deve resolver isso.

– Sim, senhora, eu não faria de outra maneira.

– Se chover, o que acho muito provável que aconteça, já que nunca vi tamanha ameaça em um dia úmido, você deverá agir como for possível, e não esperar que a carruagem seja enviada para ir buscá-la. Certamente eu não vou para casa hoje, então a carruagem não precisará sair por minha causa, logo você deverá decidir sobre o que fazer, e tomar as próprias providências.

Sua sobrinha achou isso perfeitamente razoável. Ela avaliou suas próprias reivindicações de conforto tão baixas quanto a Sra. Norris poderia; e quando Sir Thomas logo depois, acabando de abrir a porta, disse:

– Fanny, a que horas você quer que a carruagem passe? – ela sentiu um certo espanto que a impossibilitou de falar.

– Meu caro Sir Thomas! – gritou a Sra. Norris, vermelha de raiva – Fanny pode andar.

– Andar? – repetiu Sir Thomas, em um tom de indignidade, e adentrou a sala. – Minha sobrinha vai andar para um jantar nesta época do ano? Vinte minutos depois das quatro vai servir para você?

– Sim, senhor – foi a humilde resposta de Fanny, dada com sentimentos quase de um criminoso em relação a Sra. Norris; e não suportando permanecer com ela no que poderia parecer um estado de triunfo, ela seguiu seu tio para fora da sala, tendo ficado atrás dele apenas o tempo suficiente para ouvir essas palavras ditas em uma agitação furiosa:

– Bastante desnecessário! Muito gentil! Mas Edmund vai, é verdade, é por conta de Edmund. Observei que ele estava rouco na noite de quinta-feira.

Mas isso não poderia afetar Fanny. Ela sentiu que a carruagem era para ela e só ela: e a consideração de seu tio por ela, vindo imediatamente após tais representações de sua tia, custou-lhe algumas lágrimas de gratidão quando estava sozinha.

O cocheiro levou cerca de um minuto para trazer a carruagem, e outro minuto foi o suficiente para que o cavalheiro descesse; e como a dama, com o receio de se atrasar, se encontrava havia algum tempo sentada na sala de estar, Sir Thomas se despediu vendo-os partir no momento certo, de acordo com o que os seus hábitos de pontualidade exigiam.

– Agora devo olhar para você, Fanny – disse Edmund, com o sorriso amável de um irmão afetuoso – e dizer como gosto de você, e tanto quanto posso julgar por esta luz, você está muito bem. O que está vestindo?

– O vestido novo que meu tio foi tão bom a ponto de me dar no casamento do meu primo. Espero que não seja muito bonito, mas achei que deveria usá-lo o mais rápido que pudesse, e que talvez não tivesse outra oportunidade todo o inverno. Espero que não me ache muito exagerada.

– Uma mulher nunca pode ser muito exagerada enquanto está toda vestida de branco. Não, não vejo exagero em você; nada, exceto o que é perfeitamente adequado. Seu vestido parece muito bonito. Eu gosto destes detalhes brilhantes. Srta. Crawford não tem um vestido parecido?

Ao se aproximarem do presbitério, passaram perto do estábulo e da cocheira.

– Olá! – disse Edmund. – Têm companhia, aqui está outra carruagem! Quem está aí para nos receber? – Em seguida ajustou o espelho lateral para poder distinguir. – É dos Crawford. É a carruagem dos Crawford, tenho certeza! Ali estão dois dos seus empregados levando-a de volta. Ele certamente está aqui. Esta é uma surpresa, Fanny. Ficarei muito feliz em vê-lo

Não era ocasião para Fanny dizer como se sentia diferente, mas a ideia de ter outro para observá-la foi um grande aumento da ansiedade com que ela executou a horrível cerimônia de entrar na sala de estar.

Sr. Crawford certamente estava na sala de estar, tendo chegado apenas a tempo suficiente para estar pronto para o jantar. Os sorrisos e olhares satisfeitos dos três outros que estavam ao seu redor, mostraram quão bem-vinda foi sua repentina resolução de vir até eles por alguns dias ao deixar Bath. Um encontro muito cordial aconteceu entre ele e Edmund, e com exceção de Fanny, o prazer era geral. Mesmo para ela poderia haver alguma vantagem em sua presença, uma vez que cada adição à festa deveria antes transmitir sua indulgência favorita de ser deixada sentar-se em silêncio e sem supervisão. Ela logo percebeu isso sozinha, pois embora ela devesse se submeter, como sua própria correção de espírito direcionou, apesar da opinião de sua tia Norris, a ser a principal dama em companhia, e a todas as pequenas distinções consequentes disso, ela descobriu, enquanto eles estavam à mesa, que prevalecia um fluxo feliz de conversa, da qual ela não era obrigada a tomar parte – havia tanto a ser dito entre o irmão e a irmã sobre Bath, tanto entre os dois jovens sobre caça, tanto sobre política entre Sr. Crawford e o Dr. Grant, e de tudo e todos juntos entre o Sr. Crawford e a Sra. Grant, para deixar-lhe a mais bela perspectiva de ter apenas que ouvir em silêncio e de passar um dia muito agradável. Ela não podia elogiar o cavalheiro recém-chegado, no entanto, com qualquer aparência de interesse, em um esquema para estender sua estadia em Mansfield, e enviar seus caçadores de Norfolk, o que, sugerido pelo Dr. Grant, aconselhado por Edmund, e calorosamente solicitado pelas duas irmãs, logo estava em posse de sua mente, e parecia querer ser encorajado até mesmo por ela a resolver.

Solicitou-se sua opinião sobre a provável continuação do tempo aberto, mas suas respostas foram tão curtas e indiferentes quanto a civilidade permitia. Ela não queria que ele ficasse e preferia muito mais que ele não falasse com ela.

Suas duas primas ausentes, especialmente Maria, estavam muito preocupadas ao vê-lo, mas nenhuma lembrança embaraçosa afetou seu espírito. Lá estava ele novamente no mesmo terreno por onde todos haviam passado, e aparentemente tão disposto a ficar e ser feliz sem as Srtas. Bertram, como se nunca tivesse conhecido Mansfield em nenhum outro estado. Ela os ouviu falar por ele apenas de uma maneira geral, até que todos foram reunidos na sala de estar, quando Edmund, estando envolvido em algum assunto de negócios com o Dr. Grant, que parecia totalmente absorvê-los, e a Sra. Grant ocupada à mesa do chá, ele começou a falar deles com mais particularidade para sua outra irmã. Com um sorriso significativo, que fez Fanny odiá-lo, ele disse:

– Então! Rushworth e sua bela noiva estão em Brighton, eu entendo; homem feliz!

– Sim, eles estão lá há cerca de quinze dias, Srta. Price, não é? E Julia está com eles.

– E o Sr. Yates, presumo, não está longe.

– Sr. Yates! Oh! Não ouvimos nada sobre o Sr. Yates. Não imagino que ele apareça muito nas cartas para Mansfield Park. E você, Srta. Price? Acho que minha amiga Julia sabe que não deve mencionar Sr. Yates a seu pai.

– Pobre Rushworth e suas quarenta e duas falas! – continuou Crawford. – Ninguém jamais poderá esquecê-las. Pobre sujeito! Eu o vejo agora sua labuta e seu desespero. Bem, estou muito enganado se sua adorável Maria algum dia vai querer que ele faça quarenta e dois discursos para ela – acrescentando, com uma seriedade momentânea: – Ela é boa demais para ele, boa demais. – E, em seguida, mudando seu tom novamente para um de cavalheirismo gentil e se dirigindo a Fanny, ele disse: – Você era a melhor amiga do Sr. Rushworth. Sua bondade e paciência nunca podem ser esquecidas, sua infatigável paciência em tentar tornar possível que ele aprendesse a parte dele, tentar dar a ele um cérebro que a natureza negou, misturar uma compreensão para ele a partir da supérflua de sua própria! Ele pode não ter senso suficiente para avaliar sua bondade, mas posso me aventurar a dizer que teve a honra de todo o resto da comunidade.

Fanny corou e não disse nada.

– É como um sonho, um sonho agradável! – ele exclamou, irrompendo novamente, após alguns minutos de reflexão. – Sempre olharei para as nossas encenações com primoroso prazer. Havia tanto interesse, tanta animação, tanto espírito difundido. Todos sentiam. Estávamos todos vivos. Havia emprego, esperança, solicitude, agitação, a cada hora do dia. Sempre alguma objeção, alguma dúvida, alguma ansiedade para ser superada. Eu nunca estive mais feliz.

Com indignação silenciosa, Fanny repetiu para si mesma: "Nunca foi tão feliz! Nunca foi mais feliz ao fazer o que sabemos não ser honrado! Nunca foi tão feliz ao se comportar de maneira indigna e insensível! Ah! Que mente corrompida!"

– Não tivemos sorte, Srta. Price – ele continuou, em um tom

mais baixo, para evitar a possibilidade de ser ouvido por Edmund, e nem um pouco ciente de seus sentimentos –, certamente tivemos muito azar. Mais uma semana, apenas uma outra semana, teria sido o suficiente. Acho que se tivéssemos a disposição dos eventos, se Mansfield Park tivesse o governo dos ventos apenas por uma ou duas semanas, sobre o equinócio, teria havido uma diferença. Não que colocaríamos em risco a segurança dele com um tempo ruim, mas somente um vento contrário e estável, ou um vento calmo. Acho, Srta. Price, que teríamos nos dado ao luxo de uma semana de calmaria no Atlântico naquela ocasião.

Ele parecia determinado a ser respondido, e Fanny, desviando o rosto, disse, com um tom mais firme do que de costume:

– No que me diz respeito, senhor, eu não teria atrasado seu retorno por um dia. Meu tio desaprovou tanto quando chegou, que na minha opinião, tudo já tinha ido longe o suficiente.

Ela nunca tinha falado tanto de uma só vez com ele e tampouco com tamanha raiva com qualquer outra pessoa. Quando terminou, ela tremeu e ficou ruborizada por sua audácia. Ele ficou surpreso, mas após observá-la por um momento, respondeu em um tom mais calmo e grave, como se tomado por uma convicção:

– Acho que você está certa. Foi mais agradável do que prudente. Estávamos ficando muito barulhentos. – E então, mudando a conversa, ele a teria engajado em algum outro assunto, mas as respostas dela eram tão tímidas e relutantes que ele não conseguia avançar em nenhum.

Srta. Crawford, que vinha observando repetidamente o Dr. Grant e Edmund, pensou: "Esses cavalheiros devem ter algum ponto muito interessante para discutir."

– O mais interessante do mundo – respondeu o irmão – como ganhar dinheiro; como transformar uma boa renda em melhor. O Dr. Grant está dando instruções ao Bertram sobre a vida em que ele deve entrar tão cedo. Acho que vai ordenar-se em poucas semanas. Eles estavam conversando sobre isso no refeitório. Fico feliz em saber que Bertram estará tão bem de vida. Ele terá uma renda muito boa para criar patos e marrecos, e viverá sem muitos problemas. Pelo que entendi, ele não terá menos de setecentos por ano. Setecentos por ano é uma coisa boa para um irmão mais novo, e como é claro, ele ainda vai morar em casa, será tudo para seus menus plaisirs. E um sermão no Natal e na Páscoa, suponho, serão a soma total do seu sacrifício.

Sua irmã tentou rir de seus sentimentos, dizendo:

– Nada me diverte mais do que a maneira fácil com que todos acertam a abundância daqueles que têm muito menos do que eles. Você ficará bastante enfadonho, Henry, se seus menus plaisirs fossem limitados a setecentos por ano.

– É possível que sim, mas tudo, como sabe, é inteiramente relativo. A herança patrimonial e o hábito devem resolver o assunto. Bertram está certamente bem para um filho mais novo de um Barão. Quando estiver com vinte e quatro ou vinte e cinco anos, ele terá setecentos mil por ano e nada o que fazer com esse dinheiro.

A Srta. Crawford poderia sugerir a ele o que fazer, mas nada lhe ocorreu naquele momento. Dessa forma, ela se conteve e não disse nada. Tentou parecer calma e despreocupada quando os dois cavalheiros se juntaram a eles logo depois.

– Bertram – disse Henry Crawford –, farei questão de vir a Mansfield para ouvi-lo pregar seu primeiro sermão. Virei com o propósito de encorajar um jovem iniciante. Quando será? Srta. Price, você não se juntará encorajando seu primo? Você não se comprometerá a assistir com seus olhos firmemente fixos nele o tempo todo, como eu farei, para não perder uma palavra, ou apenas olhar para fora apenas para anotar qualquer frase preeminentemente bela? Traremos cadernos e um lápis. Quando será? Você deve pregar em Mansfield, você sabe, para que Sir Thomas e Lady Bertram possam ouvi-lo.

– Vou ficar longe de você, Crawford, enquanto puder – disse Edmund –, pois seria mais provável que você me desconcertasse, e eu deveria lamentar mais vê-lo tentando fazer isso do que qualquer outro homem.

"Ele não vai perceber isso?", pensou Fanny. "Não, ele não percebe nada como deveria."

Estando então o grupo todo reunido, e os principais oradores atraindo a atenção um do outro, ela permaneceu tranquila. Uma mesa de jogo de cartas foi preparada após o chá, na verdade, especialmente para o lazer do Dr. Grant, por sua esposa atenciosa, embora ela tivesse tentado não evidenciar isso, e a Srta. Crawford pegou a harpa; e ela não tinha nada mais a fazer a não ser ouvir. A sua tranquilidade não foi perturbada o resto da noite, exceto quando o Sr. Crawford eventualmente endereçava-lhe uma pergunta ou observação que ela não pudesse evitar responder. A Srta. Crawford estava muito incomodada com o que acabara de ouvir, e indispôs-se para qualquer outra atividade além de música. Com isso, ela se acalmou e entreteve a amiga.

A certeza de que Edmund seria ordenado em breve, veio sobre ela como um golpe que havia sido suspenso, e ainda esperava incerto e à distância, e foi sentido com ressentimento e mortificação. Ela estava muito zangada com ele. Ela havia pensado mais em sua influência. Ela tinha começado a pensar nele; ela sentia que tinha, com grande consideração, com intenções quase decididas; mas ela agora o encontraria com seus próprios sentimentos frios. Estava claro que ele não poderia ter nenhuma visão séria, nenhum apego verdadeiro, colocando-se em uma situação à qual ele devia saber que ela nunca se rebaixaria. Ela aprenderia a se igualar a ele em sua indiferença. Doravante, ela admitiria suas atenções sem qualquer ideia além da diversão imediata. Se ele pudesse comandar seus afetos, os dela não deveriam fazer mal a ela mesma.

CAPÍTULO 24

Na manhã seguinte, Henry Crawford tinha decidido permanecer por mais quinze dias em Mansfield, solicitou a vinda de seus caçadores e escreveu algumas linhas de explicação ao almirante. Ele olhou para a irmã enquanto selava a carta e jogava-a para longe. Ao perceber que os demais membros da família estavam ausentes disse, com um sorriso:

– E como você acha que eu pretendo me divertir, Mary, nos dias que não estiver caçando? Estou muito velho para sair mais de três vezes por semana; mas tenho um plano para os próximos dias, e o que você acha que é?

– Caminhar e cavalgar comigo, com certeza.

– Não exatamente, embora eu fique feliz em fazer as duas coisas, mas isso seria um exercício apenas para o meu corpo e devo cuidar da minha mente. Além disso, isso seria tudo recreação e indulgência, sem a combinação saudável de trabalho, e não gosto de comer o pão da preguiça. Não, o meu plano é fazer Fanny Price se apaixonar por mim.

– Fanny Price! Bobagem! Não, não. Você deveria ficar satisfeito com as duas primas.

– Mas não posso ficar satisfeito sem fazer um pequeno buraco no coração de Fanny Price. Você não parece estar devidamente ciente ao fato de que as qualidades dela merecem admiração. Quando falamos dela na noite passada, nenhum de vocês parecia estar ciente da maravilhosa melhoria que ocorreu em sua aparência nas últimas seis semanas. Você a vê todos os dias e, portanto, não percebe. Mas posso assegurá-la de que ela é uma criatura bastante diferente do que era no outono. Ela era então apenas uma pessoa quieta, modesta, uma garota de aparência simples, mas agora ela está muito bonita. Achava que ela não tinha uma boa aparência, ou uma bela postura; mas naquela pele macia, tão frequentemente tingida com rubor como estava ontem, decididamente há beleza. Do que pude observar dos seus olhos e boca, eu acredito que sejam capazes de expressar o suficiente quando ela tem algo a dizer. E ainda o seu jeito, o seu comportamento, seu semblante, melhorou indiscutivelmente. Ela deve ter crescido cinco centímetros, pelo menos, desde outubro.

– Ora! Ora! Isto é porque não havia mulheres altas com quem você pudesse compará-la, e porque ela comprou um vestido novo, e você nunca a viu tão bem-vestida antes. Ela está da mesma maneira que em outubro, pode acreditar. A verdade é que ela era a única mulher na companhia para você notar, e você sempre precisa ter alguém. Sempre a achei bonita – não muito bonita – mas "bonita o suficiente", como as pessoas dizem; um tipo de beleza que vai aumentando. Seus olhos deveriam ser mais escuros, mas ela tem um sorriso doce. Mas estou certa de que esse nível extraordinário de melhoria pode ser resolvido com uma qualidade melhor de vestido e ninguém mais para você admirar. Portanto, se você começar a flertar com ela, você nunca vai me convencer de que é um elogio à sua beleza, ou que prossegue de qualquer coisa, exceto sua própria ociosidade e tolice.

Seu irmão deu apenas um sorriso a esta acusação, e logo depois disse:

– Eu não sei bem como lidar com a Srta. Fanny. Não consigo entendê-la. Eu não podia definir como estava ontem. Como é o seu caráter? Ela é cerimoniosa? Animada? Pudica? Porque ela se distanciou e olhou de forma tão séria para mim? Mal consegui fazê-la falar. Nunca estive tanto tempo na companhia de uma moça na minha vida, tentando entretê-la, sem sucesso! Nunca conheci uma menina tão séria! Devo tentar mudar isso. Seu olhar dizia: "Eu não vou gostar de você, eu estou determinada a não gostar de você"; e eu digo que ela vai.

– Seu tolo! E então essa é a atração dela, afinal! É isso, ela não gostar de você, que dá a ela uma pele tão macia, e a torna mais alta, e produz todos esses encantos e graças! Não desejo que a faça infeliz; um pouco de amor poderá estimulá-la e lhe fazer algum bem, mas não deixarei que fique muito enamorada, pois ela é uma das criaturas mais adoráveis que já viveram e é muito sensível.

– Pode dizer que serão necessários apenas quinze dias – disse Henry – e se uma quinzena pode matá-la, ela deve ter um temperamento que não poderá salvá-la. Não, eu não lhe farei qualquer mal, querida e pequena alma! Só quero que ela me olhe gentilmente, me ofereça sorrisos e rubores, reserve uma cadeira para mim próxima a ela quando estivermos próximos, e fique animada quando eu estiver conversando com ela. Desejo que ela pense como eu, esteja interessado em todas as minhas posses e prazeres, tente me manter mais em Mansfield, e sinta quando eu for embora que ela nunca será feliz novamente. Eu não quero mais nada.

– É a moderação em pessoa! – disse Mary.

– Eu não posso ter escrúpulos agora.

– Bem, você terá oportunidades suficientes de se esforçar para melhorar a sua imagem, pois estamos quase sempre juntas.

E sem tentar qualquer outra advertência, ela deixou Fanny ao seu destino. Um destino que, se o coração de Fanny não tivesse sido salvaguardado de uma forma que Srta. Crawford não suspeitava, poderia ter sido um pouco mais difícil do que ela merecia. Pois embora sem dúvida fossem jovens damas invencíveis de dezoito anos (ou não se leria sobre elas) nunca serão persuadidas a amar contra sua vontade, a despeito de tudo o que as boas maneiras, a atenção e o galanteio pudessem fazer. Não tenho qualquer razão para acreditar que Fanny fosse uma delas. Ou pensar que com tanto afeto e bom gosto, como os apresentados por ela, poderia ter escapado inteiramente do cortejo (mesmo durante apenas quinze dias) de um homem como Crawford, ainda que tivesse de superar uma opinião negativa a seu respeito, e não tivesse disponibilizado a sua afeição para ninguém mais. Com toda a segurança o amor de outra pessoa e o desprezo por ele poderiam dar a paz de espírito que ele pretendia interromper, suas contínuas atenções continuaram, mas sem ser inoportunas, e adaptando-se cada vez mais à gentileza e delicadeza de seu caráter, obrigou-a a desgostar menos dele do que anteriormente. Ela não tinha esquecido o passado, mas sentiu o poder dele. Ele era divertido e seu comportamento tinha melhorado muito, tão sério e irrepreensivelmente educado que era impossível não responder com civilidade. Poucos dias foram suficientes para isso, e ao fim desses poucos dias, as novas circunstâncias, nas quais ele tendia a tentar agradá-la, ofereciam-lhe tal grau de felicidade que a deixava disposta a mostrar-se satisfeita com todos. William, seu irmão, tão ausente e amado, estava na Inglaterra novamente. Ela mesma tinha uma carta dele, algumas linhas felizes apressadas, escritas quando o navio chegava ao canal e foi enviada para Portsmouth com o primeiro barco que deixou a Antuérpia ancorado em Spithead. Quando Crawford chegou trazendo o jornal, esperando ser o primeiro a dar-lhe as boas-novas, ele a encontrou feliz com a carta, e ouvindo com um semblante iluminado e agradecido um convite que o tio ditava em retorno. Foi apenas um dia antes que Crawford ficou sabendo que ela tinha um irmão, ou tinha de fato se tornado ciente de que ela tinha tal irmão, ou de ele estar em tal navio, mas o interesse suscitado foi de tal forma que determinou o seu retorno à cidade para descobrir informações acerca do período provável do retorno da Antuérpia do Mediterrâneo etc. E a grande sorte de encontrar as notícias sobre os navios no jornal da manhã seguinte parecia uma recompensa por sua inventividade em aproveitar-se disso para agradá-la, e também pela atenção respeitosa do almirante, que acreditava ter o jornal as primeiras informações navais. Ele, no entanto, chegou tarde demais. Todo aquele plano com o qual contava despertar bons sentimentos nela, foram em vão. Mas sua intenção, a gentileza de sua intenção, foi agradecida e reconhecida, muito felizmente e calorosamente, pois ela estava superando a timidez corriqueira no fluxo do seu amor por William. O querido William logo estaria entre eles. Não poderia haver dúvida de sua obtenção de licença imediatamente para vê-los, pois ele ainda era apenas um aspirante; e os pais, por morarem na mesma região, já deviam tê-lo visto, e possivelmente estavam se encontrando com ele todos os dias. Suas férias diretas poderiam com justiça ser imediatamente dadas para ser compartilhadas com a sua irmã, que tinha sido a sua melhor correspondente nos últimos sete anos, e com o tio, que lhe tinha dado todo o apoio para o seu progresso. Logo chegou a resposta que acalmaria os anseios dela, estabelecendo um dia próximo para a sua chegada; ele viria tão logo fosse possível. E mal se passaram dez dias desde que Fanny estivera na agitação de seu primeiro convite para jantar, quando ela se viu em uma agitação de natureza superior, vigiando no corredor, no saguão, nas escadas, pelo primeiro som da carruagem que lhe traria o irmão. Sua chegada ocorreu felizmente enquanto ela aguardava. E não havendo nem cerimônia ou receio de atraso para o encontro, ela o recebeu assim que ele entrou na casa, e os primeiros momentos, de grande intensidade, não foram interrompidos ou testemunhados, a não ser pelos empregados responsáveis pela abertura das portas.

Isso era exatamente o que Sir Thomas e Edmund conspiraram secretamente, e advertiram a Sra. Norris para permanecer onde estava, em vez de se precipitar até o saguão tão logo os sons da chegada tivessem sido ouvidos por todos.

William e Fanny logo apareceram, e Sir Thomas recebeu com prazer o seu protegido, certamente uma pessoa muito diferente daquela que ele ajudou há sete anos. Era um jovem de um semblante aberto, agradável e franco, mas de maneiras respeitosas, como confirmou seu amigo.

Demorou até que Fanny pudesse se recuperar da agitação dos últimos minutos de expectativa e dos primeiros de deleite. Demorou algum tempo até que sua felicidade pudesse ser expressada, antes do desapontamento que acompanha as mudanças, e ela pudesse vê-lo como o William de sempre, e falar com ele, como o seu coração ansiava fazer muitas vezes naquele último ano. No entanto, o momento se insinuou aos poucos, estimulado pelo afeto dele, tão caloroso quanto o dela, sem os entraves do refinamento e da desconfiança.

Ela era o primeiro objeto do amor dele, mas era um amor que seu caráter mais forte e temperamento mais ousado, tornava tão natural para ele expressar quanto sentir. Na manhã seguinte eles estavam caminhando juntos com verdadeiro prazer, e a cada dia renovavam os laços de amizade, que Sir Thomas não podia deixar de observar com complacência, mesmo antes que Edmund chamou-lhe a atenção para isso. A vantagem disso, um fortalecedor do amor, em que até o vínculo conjugal estavam abaixo aos dos fraternais. Filhos da mesma família, do mesmo sangue, com as mesmas primeiras associações e hábitos, haviam vivenciado prazeres que nenhum outro vínculo poderia fornecer. A não ser por uma separação longa e não natural, ou por um divórcio que nenhuma relação subsequente pode justificar, se essas preciosidades de um relacionamento de infância são preservadas, jamais poderão ser inteiramente esquecidas. Em geral é o que ocorre: o amor fraternal para uns é quase tudo, enquanto para outros é pior do que nada. Mas para William e Fanny Price ainda era um sentimento em todo o seu apogeu e frescor, sem feridas causadas por interesses conflitantes, sem esfriar por qualquer afastamento; e que para ambos só crescia sob a influência do tempo e da distância.

Uma afeição tão amável era cada vez mais perceptível para aqueles que tinham um coração capaz de valorizar o que é bom. Henry Crawford estava deveras surpreso como todos os demais. Ele honrava o coração afetuoso e a afeição cega do jovem marinheiro, o que o levou a dizer com as mãos esticadas em direção à cabeça de Fanny:

– Sabe, já estou começando a gostar dessa farda esquisita, embora quando ouvi pela primeira vez que estavam sendo fabricadas na Inglaterra, não pude acreditar. Quando a Sra. Brown e as demais mulheres no comissariado em Gibraltar apareceram com o mesmo uniforme, pensei que estivessem loucas, mas Fanny consegue fazer com que eu mude minhas opiniões.

E viu, com vivaz admiração, o brilho no rosto de Fanny, o brilho de seus olhos, o profundo interesse, a atenção absorvida, enquanto seu irmão estava descrevendo qualquer um dos perigos iminentes, ou cenas terríveis, que um longo período no mar pode ocasionar.

Era uma visão que Henry Crawford tinha capacidade suficiente para apreciar. A atração por Fanny aumentou; a sensibilidade dela deixou sua fisionomia mais bonita e iluminou a sua feição, o que constituiu uma fonte de atração. Ele não tinha mais dúvidas sobre a capacidade do coração dela. Ela tinha sentimento, sentimento genuíno. Seria algo para ser amado em uma menina, para excitar os primeiros ardores de sua mente jovem e pouco inexperiente! Ela o interessou mais do que ele havia previsto. Quinze dias não foi suficiente e a sua estada tornou-se indefinida.

William era convidado com frequência pelo tio a ser o orador. Os seus relatos eram uma fonte de entretenimento para Sir Thomas, mas a motivação principal em solicitá-los era para melhor compreender o jovem; para saber sobre o rapaz por meio de suas histórias. E ele ouvia seus detalhes claros, simples e espirituosos com total satisfação, vendo neles a prova de bons princípios, conhecimento profissional, energia, coragem e alegria, tudo que pudesse indicar características positivas. Apesar da pouca idade, William já tinha vivenciado muitas situações. Ele tinha estado no Mediterrâneo, nas Índias Ocidentais e novamente no Mediterrâneo. Havia sido levado muitas vezes para a costa com a permissão do comandante, e no curso de sete anos conheceu todas as variedades de perigo que o mar e a guerra podiam oferecer. Com tais meios em seu poder ele tinha o direito de ser ouvido; e embora a Sra. Norris pudesse inquietar-se pela sala e perturbar a todos em busca de suas agulhas de linha ou um botão de camisa de segunda mão, em meio aos relatos de seu sobrinho sobre casos de naufrágio ou batalha, todos os demais estavam atentos. Nem mesmo Lady Bertram conseguia ouvir sobre aqueles horrores sem inquietar-se, ou sem levantar os olhos do seu trabalho para dizer:

– Meu Deus! Que desagradável. Eu me pergunto como alguém pode ir para o mar.

Para Henry Crawford os sentimentos eram diferentes. Ele desejava ter ido para o mar, ter realizado e presenciado as mesmas situações. Seu coração estava aquecido, e ele sentiu o maior respeito por um rapaz que, antes dos vinte anos, tinha passado por tantas dificuldades físicas e dado tal provas de espírito. A glória do heroísmo, da utilidade, do empenho e da resistência fez com que seus prazeres egoístas parecessem vergonhosamente contrastantes. Ele desejou ser um William Price, distinguindo-se e trabalhando pela fortuna, com respeito por si próprio e entusiasmo, diferentemente do que ele era! O desejo foi mais intenso do que duradouro. Foi tirado de sua introspecção e de seu lamento com uma pergunta de Edmund sobre seus planos de caçar no dia seguinte. Ele descobriu que era igualmente digno um homem ter fortuna com cavalos e caçadores ao seu comando. Em um aspecto era até melhor, pois isso oferecia-lhe a possibilidade de ser gentil quando desejasse. Com espírito, coragem, e curiosidade em relação a tudo, William expressou uma inclinação para caçar, e Crawford poderia oferecer-lhe um cavalo sem o menor inconveniente para si mesmo, mas com alguns cuidados para evitar que Sir Thomas, que sabia melhor do que seu sobrinho o valor de tal empréstimo, e com receio em relação a Fanny. Ela temia por William, e não se convencia de que ele era igualmente capaz de cavalgar um cavalo inglês de caça bem nutrido, nem mesmo após tudo o que ele dissera sobre as suas habilidades como cavaleiro em diversos países, das partidas e passeios de que tinha participado, dos cavalos difíceis e das mulas que tinha montado, ou das muitas quedas terríveis que evitara. Até que ele voltasse são e salvo, sem acidentes ou desonra, ela poderia mudar de opinião quanto ao risco, ou ficar agradecida ao Sr. Crawford por emprestar o cavalo. Quando provou não ter causado nenhum dano a William, ela pôde admitir ter sido uma gentileza, e até mesmo recompensou o dono com um sorriso quando o animal foi novamente destinado a ele. Com grande cordialidade, e sem oferecer resistência, ficou inteiramente ao seu uso enquanto ele permaneceu em Northamptonshire.

CAPÍTULO 25

A relação das duas famílias nesse período estava tão próxima e restaurada quanto havia estado no outono, fato que nenhum deles poderia supor acontecer novamente. O retorno de Henry Crawford e a chegada de William Price estavam inteiramente relacionados a isso, porém, mais ainda, devia-se à tolerância de Sir Thomas às investidas dos vizinhos em Mansfield. Seu estado de espírito, agora desvencilhado das preocupações que o tinham afetado a princípio, contentava-se em receber os Grant e os seus jovens parentes para visitas. Embora estivesse infinitamente acima de conspirar ou inventar para qualquer um de seus entes queridos acordos matrimoniais vantajosos e até mesmo rejeitasse essa possibilidade, Sir Thomas não pôde deixar de perceber a maneira com que o Sr. Crawford distinguia a sobrinha em relação aos demais, e talvez por esta razão se abstivesse (mesmo inconscientemente) de se opor aos convites.

No entanto, sua prontidão em concordar em jantar no presbitério, quando o convite geral foi finalmente arriscado, após muitos debates e muitos dúvidas se valia a pena aceitar o não, já que Sir Thomas não estava inclinado a aceitar e Lady Bertram, desestimulada, deu-se somente por boa educação e benevolência, não estando em nada relacionada ao Sr. Crawford, que seria apenas mais um em um grupo agradável. Foi no transcorrer dessa primeira visita que ele pensou pela primeira vez que qualquer observador habitual poderia ter percebido que o Sr. Crawford era o admirador de Fanny Price.

O encontro foi percebido por todos como aprazível e composto por uma boa proporção entre os que falavam e os que ouviam, e o jantar em si foi elegante e farto, de acordo com o costume e estilo dos Grant e de todos os demais para que suscitasse qualquer estranheza, à exceção da Sra. Norris. Ela não conseguia se acostumar com a extensa mesa e o número de iguarias servidas e sempre imaginava algum acidente causado pelos empregados que passavam por detrás de sua cadeira. Tinha também a convicção de que entre tantos pratos diferentes era impossível que alguns não estivessem frios. Naquela noite foi descoberto, com a predeterminação da Sra. Grant e de sua irmã, que após terminar a arrumação da mesa haveria tempo suficiente para uma rodada de jogo, e todos foram inteiramente de acordo. Sem muito poder de escolha, como era característico destas situações, optaram por speculation tão rapidamente quanto o whist. Lady Bertram logo viu-se em uma situação crítica, indecisa sobre qual jogo escolher, whist ou speculation. Ela hesitou, mas felizmente, Sir Thomas estava por perto.

– O que devo fazer, Sir Thomas? Whist ou speculation, qual será o mais divertido?

Sir Thomas, depois de pensar um momento, recomendou speculation. Ele era pessoalmente um jogador de whist, e talvez achou que não iria se divertir muito em tê-la como parceira.

– Muito bem – respondeu ela satisfeita. – Então, por favor, que seja speculation, Sra. Grant. Eu não sei nada a respeito, mas Fanny vai me ensinar.

Nesse momento Fanny interveio, porém, alegando também ignorância no jogo. Ela nunca o tinha jogado ou assistido em toda a sua vida. Novamente Lady Bertram teve um momento de indecisão, mas todos lhe asseguraram que não havia nada mais fácil, que era o mais fácil jogo de cartas; e tudo foi decidido quando Henry Crawford pediu gentilmente a ela e a Srta. Price para se sentar entre elas, pois ensinaria a ambas. Sir Thomas, a Sra. Norris, Dr. Grant e a Sra. Grant sentaram-se à mesa do alto estado intelectual e da dignidade, e os seis remanescentes, sob a direção da Srta. Crawford, foram organizados em torno da outra mesa. Foi um bom arranjo para Henry Crawford, que estava próximo de Fanny e com as mãos cheias de trabalho, tendo cartas de duas pessoas para administrar, bem como as suas próprias. Embora fosse impossível para Fanny não sentir-se senhora das regras do jogo em três minutos, ele ainda teria que ensiná-la o espírito do jogo, afiar a sua avareza e endurecer o seu coração, o que, sobretudo em qualquer competição com William, era um trabalho que oferecia alguma dificuldade. E quanto à senhora Bertram, ele deveria continuar no comando de toda a sua fama e fortuna a noite inteira, e se fosse rápido o suficiente para impedi-la de olhar para as suas cartas quando eram distribuídas, deveria orientá-la a fazer o que considerasse melhor até o fim.

Ele estava animado, realizando tudo com tranquilidade alegre e destacando-se em todas as jogadas com soluções rápidas e com destreza bem-humorada, fazendo jus ao jogo. A mesa redonda era um confortável contraste com a outra, sóbria, silenciosa e ordenada.

Por duas vezes, Sir Thomas indagou sobre o divertimento e o sucesso de sua senhora, mas em vão, nenhuma pausa foi longa o suficiente para que tivesse a resposta, e muito pouco sobre o seu estado foi conhecido até ter sido possível à Sra. Grant, no fim da primeira rodada, ir até ela e oferecer os seus cumprimentos.

– Espero que a senhora esteja satisfeita com o jogo.

– Ah, querida, sim. É realmente muito divertido. Um jogo muito estranho. Eu não sei do que se trata. Nunca vejo as minhas cartas e o Sr. Crawford é responsável por todo o resto.

– Bertram – disse Crawford, algum tempo depois, aproveitando a breve pausa no jogo. – Eu não disse a você o que aconteceu comigo ontem na minha cavalgada de volta para casa. Eles estavam caçando juntos, e em meio a uma corrida a alguma distância de Mansfield, quando percebeu que o cavalo tinha perdido uma ferradura, Henry Crawford foi forçado a desistir e encontrar a melhor forma de retornar. Contei-lhe que fiquei perdido após passar por aquela velha casa de fazenda, com as árvores, porque nunca gosto de pedir informações; mas não contei que com a minha sorte usual, pois nunca faço algo errado sem ter algum benefício, eu me veria, no momento certo, no local que tinha curiosidade em conhecer. Eu estava de repente, virando um o campo íngreme e ondulado, no meio de um pequeno vilarejo entre colinas suavemente elevadas, um pequeno riacho a minha frente, uma igreja situada em uma espécie de colina à minha direita e que era incrivelmente grande e bonita para o lugar, e não tinha um cavalheiro ou tampouco a casa de algum cavalheiro para ser vista, exceto uma, que poderia ser presumivelmente o presbitério, a pequena distância da pequena colina e da igreja. Resumindo, eu estava em Thornton Lacey.

– Parece que sim – disse Edmund –, mas em que lado virou depois de passar pela fazenda de Sewell?

– Eu não respondo a essas perguntas irrelevantes e insidiosas, e embora fosse responder tudo o que você pudesse colocar no curso de uma hora, nunca seria capaz de provar que não era Thornton Lacey, pois certamente era.

– Então, você se informou?

– Não, eu nunca procuro por informações. Mas disse a um homem que consertava uma cerca que era Thornton Lacey, e ele concordou.

– Você tem uma bela memória. Eu esqueci que havia lhe contado tanto a respeito do lugar.

Thornton Lacey era o local de sua vida futura residência, como a senhorita Crawford sabia muito bem, e o interesse dela em negociar o servente de William Price aumentou.

– Bem – continuou Edmund –, e o que achou do que viu?

– Certamente, gostei muito. Você é um sujeito de sorte. Haverá trabalho por pelo menos cinco verões antes que o lugar seja habitável.

– Não, não, não está tão ruim assim. O pátio da fazenda deve ser modificado, eu lhe asseguro; mas não tenho conhecimento de nada mais. A casa não está mal de modo algum, e quando esse pátio for removido, a aparência ficará bem melhor. O pátio da fazenda deve ser removido inteiramente e plantado o suficiente para cobrir a oficina do ferreiro. A casa deve ser virada de maneira que fique voltada para o leste, e não para o norte; pelo menos a entrada e os quartos principais devem ficar nesse lado, onde a vista é realmente muito bonita. Estou certo de que isso pode ser feito. E onde hoje é o jardim deve haver um toque de sua personalidade. E você deve fazer um novo jardim nos fundos da casa, o que dará o melhor aspecto do mundo ao local que se inclina para o sul-leste; o solo parece até adequado. Eu andei cinquenta metros subindo a rua, entre a igreja e a casa, a fim de olhar ao redor, e tive uma visão geral. Nada poderia ser mais fácil. Os prados além do local onde será o novo jardim, assim como o jardim atual e que contornam o caminho onde parei até o norte-leste, que é a estrada principal que corta o vilarejo, devem ser aplainados, naturalmente. É um descampado muito bonito, belamente polvilhado de árvores. Pertence aos moradores, acredito. Se não, você deve comprá-lo. Quanto ao córrego, algo precisa ser feito, mas não consegui determinar o quê. Tive duas ou três ideias.

– E eu também tenho duas ou três ideias – disse Edmund. – Uma delas é, que muito pouco do seu plano para Thornton Lacey será colocado em prática. Devo me satisfazer com muito menos ornamento e beleza. Acho que a casa e os arredores podem ficar confortáveis e ter a aparência de uma casa de um cavalheiro sem muita despesa, e isso deve me satisfazer. E espero que possa satisfazer a todos que gostam de mim.

A Srta. Crawford, um pouco desconfiada e ofendida com o tom de voz de Edmund e o olhar enviesado que dirigiu a ela no fim de seu discurso, precipitou a entrega das cartas finais para William Price, assegurando um preço exorbitante a seu valete. Em seguida, ela exclamou:

– Pronto, vou apostar o meu último trunfo como uma mulher de coragem. Eu não nasci para ficar quieta e não fazer nada. Se eu perder o jogo, não será por não lutar por ele.

Ela ganhou o jogo, mas não foi o suficiente para pagar o que ela tinha apostado inicialmente. Novamente as cartas foram distribuídas, e Crawford começou novamente a falar sobre Thornton Lacey.

– Meu plano pode não ser o melhor possível; eu não tive muito tempo para formulá-lo. Mas você deve fazer um bom empreendimento. O lugar merece, e você não ficará satisfeito com muito menos do que a sua potencialidade permite. Com licença, mas a senhora não deve ver as suas cartas. Assim, deixe que elas fiquem à sua frente. O lugar merece uma reforma, Bertram. Você fala em dar um ar de residência de cavalheiros. Isso será feito pela remoção do curral, pois, independente desse terrível incômodo, nunca vi uma casa do tipo que tinha em si mesmo tanto ar de residência de um cavalheiro, tão superior à de um mero presbitério, com despesas que excedem alguns milhares por ano. A casa não tem o formato de uma coleção irregular de quartos, com tantos telhados quanto janelas, comprimidos na vulgaridade compacta de uma casa de fazenda quadrada; as suas paredes são sólidas, ela é espaçosa e tem ares de mansão, onde se pode imaginar ter residido várias gerações de uma família respeitável, por pelos menos dois séculos, que estaria agora gastando em média dois ou três mil ao ano.

A Srta. Crawford ouvia, e Edmund concordou.

– Tem ares de residência de um cavalheiro, sendo assim, não há alternativa a não ser dar-lhe um aspecto mais nobre. Mas é possível fazer muito mais. Deixe-me ver, Mary, senhora Bertram aposta uma dúzia por essa rainha; não, não, uma dúzia é mais do que vale a pena. Lady Bertram não aposte uma dúzia. Ela não fará nada. Continue, continue. Algumas dessas melhorias, como sugeri, eu realmente não espero que você prossiga com meu plano, embora, a propósito, duvide que alguém esteja pensando em um melhor, você pode dar a casa uma aparência superior. Você pode elevá-la a uma casa. De uma mera residência de um cavalheiro poderá se transformar, por meio de melhorias sensatas, na residência de um homem refinado, de bom gosto, comportamento moderno e boas relações. Tudo isso deve ficar estampado nela. E essa casa recebe um ar tal que faz seu dono ser estabelecido como o grande proprietário de terras da paróquia por todas as criaturas viajando pela estrada, principalmente porque não há nenhuma casa de fidalgo nas cercanias para disputar o título. Uma circunstância que, aqui entre nós, valorizará, acima de todos os cálculos, uma casa como aquela, em um lugar privilegiado e independente. Você, Fanny, pensa como eu, espero – disse, abrandando a voz. – Você conhece o lugar?

Fanny deu uma rápida negativa e tentou esconder seu interesse no assunto voltando sua atenção para seu irmão, que estava tentando avidamente barganhar e se impor no jogo. Mas Crawford interveio:

– Não, não, você não deve se desvencilhar da rainha. Você a comprou com muito interesse, e o seu irmão não ofereceu a metade do seu valor. Não, não, senhor, tire as suas mãos, tire-as. Sua irmã não se separa da rainha. Ela está bastante determinada. O jogo será seu – voltando-se para ela novamente –, certamente será seu.

– Fanny preferiria que fosse de William – disse Edmund, sorrindo para ela.

– Pobre Fanny, não lhe é permitido que trapaceie no jogo como gostaria. Sr. Bertram – disse Srta. Crawford, alguns minutos depois –, você sabe que Henry é um grande renovador, e você não pode pensar em fazer algo dessa natureza em Thornton Lacey sem aceitar o seu auxílio. Pense em como foi útil em Sotherton! Somente avalie como mudanças grandiosas foram realizadas por termos ido lá juntos em um dia quente de agosto, percorrido os seus caminhos, e presenciado como se dá o talento. Assim nós fomos e retornarmos, e tudo o que foi feito lá é impossível de ser descrito!

Por um momento os olhos de Fanny voltaram-se para Crawford com uma expressão que exprimia mais do que seriedade, mas repreensão. Ao encontrar os dele, imediatamente desviou o olhar. Embaraçado, ele balançou a cabeça para a irmã e respondeu sorrindo:

– Não posso dizer que muito foi feito em Sotherton; mas era um dia quente, e estávamos todos andando atrás uns dos outros, e perplexos. – Assim que um burburinho geral lhe deu abrigo necessário, ele acrescentou em voz baixa, dirigida exclusivamente a Fanny: – Eu deveria lamentar ter minhas habilidades de planejamento julgadas por aquele dia em Sotherton. Vejo as coisas de maneira muito diferente agora. Não pense em mim como lhe pareci naquela ocasião.

Sotherton era uma palavra que chamava a atenção da Sra. Norris, e estando ela satisfeita após assegurar a cartada da jogada final que a favorecia e ao Sir Thomas, contra as excelentes cartas do Dr. e da Sra. Grant, ela falou com animação em voz alta:

– Sotherton! Sim, esse é um ótimo lugar, de fato, e tivemos um dia encantador lá. William, você está sem sorte, mas da próxima vez que vier, espero que os queridos Sr. e Sra. Rushworth estejam em casa, e estou certa que posso falar em nome de ambos que será gentilmente recebido. Suas primas não têm o hábito de esquecer os parentes, e o Sr. Rushworth é um homem amável. Eles estão em Brighton agora, você sabe, em uma das melhores casas de lá, como lhes é de direito tendo em vista a fortuna do Sr. Rushworth. Não sei exatamente a distância, mas quando retornar a Portsmouth, e se não for muito distante, você pode ir até lá cumprimentá-los; eu aproveitaria para enviar uma pequena encomenda para suas primas.

– Eu ficaria muito feliz, tia, mas Brighton é próximo a Beachey Head; mas se eu pudesse ir tão longe, me honraria ser recebido em um lugar como esse, um aspirante insignificante como eu.

A Sra. Norris estava começando a lhe dar garantias de afabilidade que poderia esperar, quando foi interrompida por Sir Thomas dizendo com autoridade.

– Eu não o aconselho a ir a Brighton, William, pois acredito que em breve haverão oportunidades mais convenientes para esse encontro, e as minhas filhas ficariam felizes em reunir-se com os primos em qualquer lugar. Você verá que o Sr. Rushworth tem uma disposição genuína em considerar todas as relações de nossa família como se fosse de sua própria – disse ele com autoridade.

– Eu preferiria encontrá-lo como secretário particular do Lorde do Tesouro – essa foi a única resposta de William, em uma voz baixa, sem intenção de ser ouvido a distância, então o assunto acabou.

Até aquele momento Sir Thomas não tinha percebido nada censurável no comportamento do Sr. Crawford, mas, quando a mesa de whist se desfez, restando o Dr. Grant e a Sra. Norris para disputarem a última rodada, ele passou a observar o rapaz e percebeu que a sobrinha era o objeto das suas atenções e de declarações.

Henry Crawford mostrava com novo entusiasmo outro esquema para Thornton Lacey, e não sendo capaz de alcançar a atenção de Edmund, estava detalhando para sua vizinha com um olhar de considerável seriedade. O seu plano era alugar ele mesmo a casa no inverno seguinte, possibilitando-o ter sua própria casa nas redondezas. E não seria somente para usá-la durante o período de caçada (como estava contando para ela), embora aquela observação certamente tivesse algum peso. Apesar da grande generosidade demonstrada pelo Dr. Grant, era impossível para ele se acomodar, e aos cavalos, sem gerar qualquer inconveniência. Mas seu apego àquela vizinhança não significava uma forma de lazer, diversão ou estação do ano. Ele havia definido em seu coração ter algo lá que ele poderia visitar a qualquer momento, uma pequena moradia ao seu dispor onde pudesse passar todas as férias do ano e dar continuidade, melhorar e aprimorar a sua amizade e intimidade com a família de Mansfield Park, cuja estima para ele aumentava todos os dias. Sir Thomas não se sentiu ofendido com o que ouviu. Não havia qualquer intenção de desrespeito no que o jovem rapaz dissera, e a reação de Fanny foi adequada e modesta, tranquila e pouco convidativa, e assim não havia razão alguma para censurá-la. Ela falou pouco, consentiu apenas aqui e ali, e não demonstrou nenhuma inclinação de apropriar-se de qualquer parte do elogio para si mesma, ou de fortalecer suas opiniões a respeito de Northamptonshire. Ao perceber quem o estava observando, Henry Crawford dirigiu-se a

Sir Thomas, em um tom mais corriqueiro, mas ainda assim com entusiasmo.

– Quero ser seu vizinho, Sir Thomas, como é possível que tenha me ouvido dizer à Srta. Price. Posso contar com a sua aprovação e que não influencie seu filho a se opor a ter-me como locatário?

Sir Thomas, curvando-se reverentemente, respondeu:

– É a única maneira, senhor, em que eu não gostaria que se estabelecesse como nosso vizinho permanente. Mas espero e acredito que Edmund vai ocupar a sua própria casa em Thornton Lacey. Edmund, falei algo errado?

Edmund, com esse apelo, teve primeiro que ouvir o que estava acontecendo, e entendendo a pergunta, não hesitou ao responder.

– Certamente, senhor, eu não tenho qualquer outra ideia que não seja a residência. Mas, Crawford, embora eu o recuse como locatário, aceito-o como amigo. Considere também sua a casa por todos os invernos, e nós melhoraremos os estábulos de acordo com as suas sugestões, e todas as melhorias e benfeitorias poderão ser realizadas ainda nesta primavera.

– Será uma grande perda para nós – continuou Sir Thomas. – Ele está indo embora, e mesmo que seja apenas oito milhas, ocasionará uma redução indesejável ao nosso círculo familiar; no entanto, eu teria me sentido profundamente mortificado se um dos meus filhos se contentasse com menos do que isso. É perfeitamente natural que você não tenha pensado muito sobre o assunto, Sr. Crawford. Mas uma paróquia tem desejos e reivindicações que podem ser conhecidas apenas por um clérigo que tenha residência constante, e as quais nenhum encarregado é capaz de satisfazer da mesma maneira. Edmund poderá, em poucas palavras, cumprir os deveres de Thornton, isto é, ele poderá ler as orações e pregar, sem desistir de Mansfield Park. Ele até poderá se dirigir todos os domingos para uma casa escolhida e conduzir o seu serviço divino. Ele pode ser o clérigo de Thornton Lacey a cada sete dias, por três ou quatro horas, se isso o satisfizer. Mas não será suficiente para ele, que sabe que a natureza humana requer mais lições do que um sermão semanal pode transmitir, e que se ele não viver entre os seus paroquianos, dando-lhe atenção constante, e se não demonstrar ser amigo, desejando-lhes o melhor, ele estará fazendo muito pouco para o bem deles e para o seu próprio.

O Sr. Crawford curvou-se em aquiescência.

– Repito mais uma vez – acrescentou Sir Thomas – que Thornton Lacey é a única casa na vizinhança na qual não ficarei feliz em ter que esperar para ver ocupada pelo Sr. Crawford.

O Sr. Crawford curvou-se em agradecimento.

– Sir Thomas – disse Henry –, sem dúvida compreende o dever do padre de uma paróquia. Vamos esperar que seu filho prove que ele também sabe.

Qualquer efeito que a pequena arenga de Sir Thomas pudesse realmente produzir no Sr. Crawford, causou algumas sensações estranhas em duas outras suas ouvintes mais atentas, Srta. Crawford e Fanny.

Uma delas, até então sem compreender que Thornton tão brevemente e tão certamente seria a residência de Edmund, ponderava com os olhos baixos sobre como seria não ver Edmund todos os dias, e a outra, tendo anteriormente tolerado as ideias favoráveis do irmão, estava agora surpresa com o poder da descrição feita por ele, e vendo não mais ser possível, em uma imagem que havia criado em relação ao futuro de Thornton, fechar a igreja e acabar com a função de clérigo, vendo a residência somente um local respeitável, elegante e moderno, morada ocasional de um homem independente e rico, pensou em Sir Thomas com severas críticas, vendo nele o destruidor de tudo, e sofreu ainda mais com a benevolência demonstrada por ele e com o fato de não ousar aventurar-se a ressaltar o absurdo de suas ideias. Todo o prazer de sua especulação acabou por aquela hora. Era hora de terminar os jogos de cartas, já que os sermões prevaleceram. Decidiu renovar seu estado de espírito com uma mudança de lugar e de companhia. Alguns estavam irregularmente reunidos em torno da lareira, antes da separação final. William e Fanny eram os que estavam mais distantes. Eles permaneceram juntos na mesa de jogos, agora deserta, conversando tranquilamente sem se preocupar com os demais, até que alguns deles começaram a pensar nos dois. A cadeira de Henry Crawford era a que estava voltada na direção deles, e ele sentou-se observando-os silenciosamente por alguns minutos. E estava ao mesmo tempo sendo observado por Sir Thomas, que conversava em pé com o Dr. Grant.

– Esta é a noite da assembleia – disse William. – Se eu estivesse em Portsmouth, talvez estivesse lá.

– Mas você desejaria estar em Portsmouth, William?

– Não, Fanny; certamente não. Terei o suficiente de Portsmouth, e de festas também, quando não puder estar com você. E também não sei se lá seria bom ir à assembleia, pois possivelmente não teria nenhuma companhia. As moças de Portsmouth torcem o nariz para quem não tem nenhum cargo. Ser um aspirante da Marinha é o mesmo que nada. Um nada, realmente. Você se lembra das meninas dos Gregory; elas se transformaram em belas jovens, mas mal me olham, porque Lucy é cortejada por um tenente.

– Oh! Que vergonha, vergonha! Mas não importa, William. – Suas próprias bochechas estavam com um brilho de indignação enquanto falava. – Não vale a pena se preocupar. Não é um reflexo sobre você, não é nada mais do que o que os maiores almirantes vivenciaram, de uma forma ou de outra, no seu tempo. Você deve pensar nisso, deve compreender que essa é uma das dificuldades que todos os marinheiros compartilham, assim como tempo ruim e vida difícil, com a vantagem de que isso terá um fim, pois chegará o tempo em que nada disso existirá.

– Começo a pensar que nunca serei um almirante, Fanny. Todos são promovidos, menos eu.

– Ah, meu querido William, não fale dessa maneira, não se desanime. Meu tio não diz nada, mas estou certa de que fará tudo que estiver em seu poder para que você seja promovido. Ele sabe tão bem quanto você como isso é importante.

Ela estava sendo observada pelo seu tio muito mais perto deles do que suspeitavam, e acharam melhor mudar de assunto.

– Você gosta de dançar, Fanny?

– Sim, muito, mas fico rapidamente cansada.

– Eu gostaria de ir a um baile com você para vê-la dançar. Não são realizados bailes em Northampton? Eu gostaria de ver você dançar, e eu dançaria com você se quisesse, pois ninguém saberia quem eu sou aqui, e eu gostaria de ser seu parceiro mais uma vez. Lembra quando nós costumávamos pular de um lado a outro várias vezes, quando tocavam sanfona na rua? Do meu jeito, sou um ótimo dançarino, mas ouso afirmar que você é ainda melhor. – Em seguida, virou-se para o tio, que agora estava próximo a eles. – Fanny não é ótima dançarina, senhor?

Fanny, ficou surpresa diante de uma pergunta como aquela e não sabia para que lado olhar, ou como responder. Alguma reprovação grave, ou pelo menos uma expressão mais fria de indiferença, deveria estar a caminho, e afligiria o irmão e a deixaria envergonhada. Mas, ao contrário, a resposta não foi tão impactante.

– Sinto em dizer que não posso responder a esta pergunta. Não vejo Fanny dançar desde que era uma criança. Acredito que nós dois a veremos se comportar como uma jovem dama quando tivermos a oportunidade de observá-la, e talvez tenhamos essa oportunidade em breve.

– Tive o prazer de ver sua irmã dançar, Sr. Price – disse Henry Crawford, inclinando-se para a frente – e me comprometo a responder a cada pergunta que poderá fazer sobre o assunto, para sua inteira satisfação. Mas eu acredito – acrescentou, vendo Fanny aflita – que deverá ser em outro momento. Existe uma pessoa aqui presente que não gosta que falem da Srta. Price.

Era verdade que ele tinha visto Fanny dançar uma única vez, e era igualmente verdade que poderia ter respondido sobre o seu jeito tranquilo de dançar, elegante e em tempo admirável; mas não conseguia realmente se lembrar de quando havia sido, e mal tinha percebido a sua presença antes, sendo assim não recordava nada a respeito.

Ele passou, entretanto, por um admirador de sua dança, e Sir Thomas, de maneira alguma contrafeito, prolongou a conversa sobre dança em geral, e descreveu com tanto interesse os bailes em Antígua, e ouviu, com tanta atenção o relato do sobrinho sobre os diferentes tipos de dança que este tinha observado, que ele não ouviu a sua carruagem ser anunciada, dando-se conta somente pelo alvoroço da Sra. Norris.

– Venha, Fanny, Fanny, onde está você? Nós estamos indo. Não percebe que sua tia está de partida? Rápido, rápido. Não me agrada deixar o bom e velho Wilcox esperando. Você sempre deve se lembrar do cocheiro e dos cavalos. Meu querido Sir Thomas, nós combinamos que a carruagem deverá voltar para buscar você, Edmund e William.

Sir Thomas não pôde discordar, pois tinha sido ele mesmo o responsável pela decisão, previamente comunicada à sua esposa e irmã, mas aquilo parecia ter sido esquecido pela Sra. Norris, que se vangloriava por ter ela mesma cuidado desse arranjo.

O último sentimento de Fanny em relação à visita foi de desapontamento, pois o xale que Edmund calmamente pegava com a empregada para colocar em seus ombros foi capturado pelas mãos rápidas do Sr. Crawford, e ela sentiu-se obrigada a ter gratidão à sua proeminente atenção.

CAPÍTULO 26

O desejo de William em ver Fanny dançar causou mais do que uma impressão momentânea em seu tio. A esperança de uma oportunidade, que Sir Thomas tinha então dado, não foi dada a mais ninguém. Ele permaneceu constantemente inclinado a satisfazer um sentimento tão amável, para agradar a todos que desejam ver Fanny dançar e oferecer um momento agradável aos jovens em geral. Tendo refletido sobre o assunto e tomado sua resolução com independência silenciosa, o resultado disso apareceu na manhã seguinte no café da manhã, quando, depois de relembrar e elogiar o que seu sobrinho havia dito, ele acrescentou:

– Eu não gostaria, William, que você deixasse Northamptonshire sem satisfazer esse desejo. Seria um prazer vê-los dançar. Você falou dos bailes em Northampton. Seus primos ocasionalmente os frequentam; mas eles não seriam totalmente adequados para nós agora. O cansaço seria demais para sua tia. Acredito que não devemos pensar em um baile em Northampton. Uma dança em casa seria mais adequada, e se...

– Ah, meu caro Sir Thomas! – interrompeu a Sra. Norris – Eu sabia o que estava por vir. Eu sabia o que você ia dizer. Se a querida Julia estivesse em casa, ou a querida Sra. Rushworth em Sotherton, para dar um motivo, uma ocasião para tal coisa, você se sentiria tentado a dar um baile para os jovens em Mansfield. Eu sei que você faria. Se eles estivessem em casa para enfeitar o baile, um baile que você teria neste mesmo Natal. Agradeça ao seu tio, William, agradeça ao seu tio!

– Minhas filhas – respondeu Sir Thomas, gravemente interpondo-se – têm seus prazeres em Brighton e espero que sejam muito felizes, mas a dança que penso em dar em Mansfield será para seus primos. Poderíamos estar todos reunidos, nossa satisfação seria, sem dúvida, mais completa, mas a ausência de alguns não impede que os outros se divirtam.

Sra. Norris não tinha outra palavra a dizer. Ela viu decisão em sua aparência, e sua surpresa e irritação exigiram alguns minutos de silêncio para se recompor. Um baile nessa hora! Suas filhas ausentes e ela mesma não consultada! Havia conforto, no entanto, logo à mão. Ela deveria ser a executora de tudo: Lady Bertram, é claro, seria poupada de todos os pensamentos e esforços, e tudo cairia sobre ela. Ela deveria ter que fazer as honras da noite, e essa reflexão rapidamente restaurou tanto seu bom humor quanto permitiu-lhe juntar-se aos outros, antes que sua felicidade e agradecimento fossem expressos.

Edmund, William e Fanny, de maneiras diferentes, pareciam e falavam com tanto prazer sobre o baile prometido quanto Sir Thomas poderia desejar. Os sentimentos de Edmund eram pelos outros dois. Seu pai nunca concedeu um favor ou mostrou uma bondade que o satisfizesse tanto.

Lady Bertram estava perfeitamente quieta e satisfeita, e não tinha objeções a fazer. Sir Thomas contratou por lhe dar muito poucos problemas, e ela assegurou-lhe que não estava com medo do problema; na verdade, ela não podia imaginar que haveria algum.

Sra. Norris estava pronta com suas sugestões quanto aos quartos que ela considerava mais adequados para serem usados, mas lhe pareceu que estava tudo já pré-arranjado. Quando ela teria conjeturado e insinuado sobre o dia, parecia que o dia também estava resolvido. Sir Thomas estava se divertindo em delinear um esboço muito completo do negócio; e assim que ela ouvisse em silêncio, poderia ler sua lista das famílias a serem convidadas, das quais calculava, com toda a folga necessária para a brevidade do aviso, reunir jovens o suficiente para formar doze ou catorze casais: e poderia detalhar as considerações que o induziram a fixar o dia 22 como o dia mais elegível. William era obrigado a estar em Portsmouth no dia 24. O dia 22 seria, portanto, o último dia de sua visita, mas onde os dias eram tão poucos, não seria sensato fixar um dia mais cedo. Sra. Norris se viu obrigada a se contentar em pensar da mesma forma e em ter estado a ponto de propor ela mesma o dia 22, como de longe o melhor dia para esse fim.

O baile agora era uma coisa resolvida e, antes do anoitecer, uma coisa proclamada a todos a quem interessava. Os convites foram enviados, e muitos jovens foram para a cama naquela noite com a cabeça cheia de preocupações felizes, assim como Fanny. Para ela, os pensamentos às vezes iam quase além da felicidade; para os jovens e inexperientes, com poucos meios de escolha e sem confiança no próprio gosto, o modo como deveria ser vestida era um ponto de dolorosa solicitude, e o ornamento quase solitário que ela possuía, uma linda cruz de âmbar que William lhe trouxera da Sicília, era a maior angústia de todas, pois ela não tinha nada além de um pedaço de fita para amarrá-lo. Embora ela o tivesse usado dessa maneira uma vez, seria permitido em tal momento no meio de todos os ricos ornamentos que ela supôs que todas as outras jovens damas apareceriam? E por outro lado, não usá-lo? William também queria comprar para ela uma corrente de ouro, mas a compra estava além de suas possibilidades e, portanto, não usar a cruz poderia lhe afligir. Essas foram considerações suficientes para lhe deixar ansiosa, mesmo sob a perspectiva de um baile oferecido principalmente para sua gratificação.

Enquanto isso, os preparativos continuavam e Lady Bertram continuou sentada no sofá sem nenhum inconveniente da parte dos demais. Recebeu algumas visitas extras da governanta, e sua empregada se apressou em fazer um vestido novo para ela. Sir Thomas deu ordens e a Sra. Norris corria para pô-las em prática. Mas tudo isso não lhe causou problemas e, como ela previra: não havia, de fato, nenhum problema no negócio.

Edmund estava nessa época particularmente cheio de preocupações: sua mente estava profundamente ocupada na consideração de dois eventos importantes agora em mãos, que iriam fixar seu destino na vida: ordenação e matrimônio; eventos de caráter tão sério a ponto de fazer o baile, que seria rapidamente seguido por um deles, parecer de menor importância em seus olhos do que nos de qualquer outra pessoa da casa. No dia 23 ele estava indo para um amigo perto de Peterborough, na mesma situação que ele, e eles deveriam receber a ordenação durante a semana do Natal. Metade de seu destino estaria então determinado, mas a outra metade poderia não ser cortejada tão suavemente. Seus deveres seriam estabelecidos, mas a esposa que deveria compartilhar, animar e recompensar esses deveres ainda poderia ser inatingível. Ele conhecia sua própria mente, mas nem sempre tinha certeza de conhecer a de Srta. Crawford. Havia pontos sobre os quais eles não concordavam, e momentos em que ela não parecia propícia, embora acreditasse em sua afeição, a ponto de estar resolvido (quase resolvido) a chegar a uma decisão em muito pouco tempo, tão logo os diversos assuntos de sua responsabilidade pudessem ser encaminhados. Ele sabia o que tinha a oferecer-lhe, e sentia muita ansiedade e muitas horas de dúvida quanto ao desfecho. Algumas vezes ele tinha convicção quanto à estima dela por ele, ele tinha vários motivos para sentir-se encorajado. Ela parecia perfeita por demonstrar uma relação desinteressada, mas em alguns momentos, a dúvida e o receio dele se misturavam com as esperanças; quando ele lembrava-se de que ela não tinha inclinação para uma vida de privacidade e isolamento, e que expressava preferência pela vida em Londres, perguntava-se o que mais poderia esperar do que uma rejeição resoluta, a não ser que fosse uma aceitação a ser ainda mais censurada, por exigir tantos sacrifícios de sua situação e de seu trabalho, o que sua consciência não deveria permitir.

A solução de todos dependia de uma questão. Ela o amava o suficiente para renunciar ao que acreditava serem pontos essenciais? Ela o amava o suficiente para torná-los não essenciais? E essa pergunta, que ele repetia continuamente para si mesmo, embora mais frequentemente respondesse com um "Sim", às vezes tinha seu "Não".

Srta. Crawford, em breve deixaria Mansfield, e nessa circunstância o "não" e o "sim" alternavam-se. Ele tinha visto os olhos dela brilharem ao falar da carta do querido amigo, que exigia uma longa visita dela a Londres, e da bondade de Henry, em se comprometer a permanecer onde estava até janeiro, para que pudesse levá-la até lá. Ele a ouvira falar do prazer de tal viagem com uma animação que tinha "não" em todos os tons. Mas isso havia ocorrido no primeiro dia de sua decisão, na primeira hora da explosão de tal alegria, quando nada além dos amigos que ela iria visitar estava diante dela. Desde então, ele a ouvira se expressar de maneira diferente, com outros sentimentos, ainda mais contraditórios: ele a ouvira dizer à Sra. Grant que deveria deixá-la com pesar, e que tinha começado a acreditar que nem os amigos ou os prazeres à frente eram dignos dos que deixaria para trás, e que embora ela sentisse que deveria ir, e soubesse que deveria se divertir quando uma vez fora, ela já estava ansiosa para estar em Mansfield novamente. Não houve um "sim" em tudo isso?

Com tais assuntos para ponderar, organizar e reorganizar, Edmund não podia, por sua própria conta, pensar muito na noite que o resto da família esperava com um grau maior de interesse. Independentemente da diversão de seus dois primos, a noite não tinha mais valor para ele do que qualquer outra reunião marcada entre as duas famílias. Em todas as reuniões, havia a esperança de receber mais confirmação do apego de Srta. Crawford; mas o turbilhão de um salão de baile, talvez, não fosse particularmente favorável à excitação ou expressão de sentimentos sérios. Envolvê-la logo nas duas primeiras danças era todo o comando da felicidade individual que sentia em seu poder, e a única preparação para o baile em que poderia entrar, apesar de tudo que se passava ao seu redor sobre o assunto, desde manhã à noite.

Quinta-feira era o dia do baile; e na quarta-feira de manhã Fanny, ainda incapaz de se decidir quanto ao que vestir, optou por pedir o conselho dos mais experientes e dirigir-se à Sra. Grant e sua irmã, cujo reconhecido gosto certamente a deixaria irrepreensível; e como Edmund e William tinham ido para Northampton, e ela tinha motivos para pensar que Sr. Crawford também fora, ela desceu para o presbitério sem muito medo de querer uma oportunidade para uma conversa particular, e a privacidade de tal discussão era a parte mais importante para Fanny, por estar mais do que envergonhada de tal consulta.

Ela encontrou Srta. Crawford a poucos metros do presbitério, estava saindo para visitá-la, e como parecia-lhe que sua amiga, embora obrigada a insistir em voltar atrás, não estava disposta a perder seu caminho, ela explicou seu negócio de uma vez, e observou, que se ela fizesse a gentileza de dar sua opinião, tudo poderia ser discutido tanto fora quanto dentro de casa.

Srta. Crawford pareceu grata com o pedido e, depois de pensar um momento, pediu que Fanny voltasse com ela de uma maneira muito mais cordial do que antes e propôs que subissem para o quarto dela, onde poderiam ter um encontro confortável, sem perturbar o Dr. e Sra. Grant, que estavam na sala de visitas. Era exatamente o plano de Fanny; e com grande gratidão da parte dela por tão pronta e amável atenção, elas seguiram para cima, e logo se aprofundaram no interessante assunto. Srta. Crawford, satisfeita com o apelo, deu-lhe todo o seu bom senso e bom gosto, tornou tudo mais fácil com as suas sugestões e tentou tornar tudo agradável com o seu incentivo. Tudo quanto dizia respeito ao vestido ficou então decidido.

– Mas o que você usará como colar? – disse Srta. Crawford. – Você não deve usar a cruz dada por seu irmão? – E, enquanto falava, desfazia um pequeno embrulho que Fanny havia visto em sua mão quando se encontraram.

Fanny expressou seus desejos e dúvidas sobre este ponto: ela não sabia nem como usar a cruz, nem como se abster de usá-la. Ela foi respondida com uma pequena caixa de bugigangas colocada diante dela e solicitada a escolher entre várias correntes e colares de ouro. Tal era o pacote que Srta. Crawford carregava, e tal o objetivo de sua visita planejada: e da maneira mais gentil, ela agora instava Fanny a levar um para a cruz e guardar para seu bem, dizendo tudo que ela pudesse pensar para evitar os escrúpulos que estavam fazendo Fanny recuar a princípio com uma expressão de horror diante da proposta.

– Você vê que coleção eu tenho – disse ela –, não uso nem metade. Não ofereço objetos novos. Não ofereço nada além de um colar velho. Você deve perdoar minha liberdade e me deixar fazer esta gentileza.

Fanny ainda resistia, e de coração. O presente era muito valioso. Mas Srta. Crawford perseverou e defendeu o caso com tanto fervor sobre William, a cruz, o baile e ela mesma, que finalmente teve sucesso. Fanny viu-se obrigada a ceder, para não ser acusada de orgulho, indiferença ou alguma outra pequenez; e tendo, com modesta relutância dado seu consentimento, passou a fazer a seleção. Ela olhou e olhou, desejando saber o que poderia ser menos valioso, e estava decidida em sua escolha, afinal, imaginando que havia um colar colocado com mais frequência diante de seus olhos do que o resto. Era de ouro, lindamente trabalhado, e embora Fanny tivesse preferido uma corrente mais longa e mais simples, mais adaptada a seus propósitos, ela esperava, ao se fixar nele, escolher o que Srta. Crawford menos desejava manter. Srta. Crawford sorriu sua aprovação e se apressou em completar o presente, colocando o colar em volta dela e fazendo-a ver como ficava bem. Fanny não tinha uma palavra a dizer contra sua conveniência e, exceto o que restava de seus escrúpulos, ficou extremamente satisfeita com uma aquisição tão apropriada.

Ela preferia, talvez, sentir-se agradecida a alguma outra pessoa. Mas esse era um sentimento indigno. Srta. Crawford havia antecipado seus desejos com uma gentileza que provou que ela era uma verdadeira amiga.

– Quando eu usar este colar, sempre pensarei em você – disse ela – e lembrarei de como você foi muito gentil.

– Você deve pensar em outra pessoa também, quando usar esse colar – respondeu Srta. Crawford. – Você deve pensar em Henry, pois foi a escolha dele em primeiro lugar. Ele o deu para mim, e com o colar eu repasso para você todo o dever de lembrar do doador original. É uma lembrança de família. A irmã não deve estar em sua mente, sem que o irmão também esteja.

Fanny, perplexa e confusa, teria devolvido o presente instantaneamente. Aceitar o que tinha sido o presente de outra pessoa, sobretudo de um irmão... impossível! Não poderia ser! E com uma ansiedade e vergonha que divertiram sua amiga, ela recolocou o colar em seu lugar e pareceu determinada a escolher outro, ou a não escolher nenhum. Srta. Crawford achava que nunca tinha visto uma consciência mais bonita.

– Minha querida criança – disse ela, rindo –, do que você tem medo? Você acha que Henry vai reivindicar o colar como meu e imaginar que você não o obteve honestamente? Ou você está imaginando que ele ficaria muito lisonjeado ao ver em volta de sua adorável garganta um ornamento que seu dinheiro comprou três anos atrás, antes que ele soubesse que havia tal garganta no mundo? Ou talvez – disse olhando maliciosamente – você suspeita de uma aliança entre nós, e o que estou fazendo agora é com o seu conhecimento e com o seu desejo?

Com o mais profundo rubor, Fanny protestou contra tal pensamento.

– Bem, então – respondeu Srta. Crawford mais seriamente, mas sem acreditar nela –, para me convencer de que você não suspeita de nenhum truque, e é alheia a elogios como eu sempre achei que fosse, pegue o colar e não diga mais nada sobre. O fato de ser um presente do meu irmão não precisa fazer a menor diferença em sua aceitação, pois garanto que não interfere em minha disposição de me separar dele. Ele está sempre me dando uma coisa ou outra. Tenho inúmeros presentes dele, tanto que é totalmente impossível para mim valorizar ou se lembrar da metade. E quanto a este colar, não creio que o tenha usado seis vezes: é muito bonito, mas nunca penso nisso. E embora pudesse escolher qualquer outro da minha caixa de joias, você se apegou a este, e se posso escolher, prefiro vê-la saindo com este do que com qualquer outro. Não diga mais nada a respeito, eu a suplico. Tal ninharia não vale metade de tantas palavras.

Fanny não ousou fazer mais oposição; e com agradecimentos renovados, mas menos felizes, aceitou o colar, pois havia uma expressão nos olhos de Srta. Crawford com a qual ela não se satisfez. Era impossível para ela ser insensível à mudança de maneiras de Sr. Crawford. Ela tinha visto isso há muito tempo.

Evidentemente, ele tentava agradá-la: era galante, era atencioso, era algo parecido com o que fora para suas primas; queria, ela supôs, roubá-la de sua tranquilidade como as havia enganado; e se ele não tivesse alguma preocupação com este colar – ela não podia se convencer de que ele não tinha, pois Srta. Crawford, complacente como irmã, era descuidada como mulher e amiga.

Refletindo e duvidando, e sentindo que a posse do que ela tanto desejava não trazia muita satisfação, ela agora voltava para casa, com uma mudança ao invés de uma diminuição de cuidados desde que ela trilhou aquele caminho antes.

CAPÍTULO 27

Ao chegar em casa, Fanny subiu imediatamente as escadas para depositar essa aquisição inesperada, esse colar duvidoso, em sua caixa favorita na sala leste, que continha todos os seus pequenos tesouros; mas, ao abrir a porta, qual foi sua surpresa ao encontrar ali seu primo Edmund escrevendo à mesa! Tal visão, nunca tendo ocorrido antes, foi quase tão maravilhosa quanto bem-vinda.

– Fanny – disse ele diretamente, deixando sua cadeira e sua caneta, e encontrando-se com ela com algo em sua mão. – Me desculpe por estar aqui. Vim procurá-la, e depois de esperar um pouco na esperança de sua entrada, estava usando seu tinteiro para explicar minha missão. Você encontrará o início de uma nota para si mesma; mas agora posso falar sobre meu assunto, que é meramente implorar sua aceitação desta pequena ninharia: uma corrente para a cruz de William. Você deveria ter recebido há uma semana, mas houve o atraso de meu irmão não estar na cidade por vários dias mais cedo do que eu esperava; e só agora o recebi em Northampton. Espero que goste da corrente, Fanny. Esforcei-me por consultar a simplicidade de seu gosto, mas, de qualquer forma, sei que será gentil com minhas intenções e considerá-la, como realmente é, um símbolo do amor de um de seus mais velhos amigos.

E assim dizendo, ele se apressou para sair, antes que Fanny, dominada por mil sentimentos de dor e prazer, pudesse tentar falar. Mas estimulada por um desejo soberano, ela então gritou:

– Oh! primo, pare um momento, por favor, pare!

Ele voltou.

– Não posso tentar agradecê-lo – continuou ela, de uma maneira muito agitada –, agradecimento está fora de questão. Sinto muito mais do que posso expressar. Sua bondade em pensar em mim dessa maneira está além...

– Se isso é tudo que você tem a dizer, Fanny – sorrindo e se virando novamente.

– Não, não, não é. Quero consultá-lo.

Quase inconscientemente, ela havia desfeito o pacote que ele acabara de colocar em sua mão e, vendo diante dela, em toda a gentileza da embalagem de joalheiro, uma corrente de ouro lisa, perfeitamente simples e limpa, ela não pôde evitar explodir novamente:

– Oh, isso é realmente lindo! Isso é exatamente o que eu desejava! Este é o único ornamento que já tive o desejo de possuir. Vai se adequar exatamente à minha cruz. Devem ser usados juntos. Chegou em um momento muito oportuno. Oh, primo, você não sabe o quão oportuno é.

– Minha querida Fanny, você sente essas coisas demais. Fico muito feliz que você goste da corrente, e desta estar aqui a tempo para amanhã, mas seus agradecimentos vão muito além da ocasião. Acredite em mim, não tenho nenhum prazer no mundo superior ao de contribuir para o seu. Não, posso dizer com segurança, não tenho um prazer tão completo, tão puro...

Diante de tais expressões de afeto, Fanny poderia ter vivido uma hora sem dizer outra palavra; mas Edmund, depois de esperar um momento, obrigou-a a desviar sua mente de seu voo celestial, dizendo:

– Mas sobre o que você quer me consultar?

Era sobre o colar, que ela agora ansiava sinceramente por devolver e esperava obter a aprovação dele para o que ela fazia. Ela contou a história de sua recente visita, e agora seu êxtase bem poderia ter acabado, pois Edmund ficou tão impressionado com a circunstância, tão encantado com o que Srta. Crawford havia feito, tão satisfeito por tal coincidência de conduta entre eles, que Fanny não pôde deixar de admitir o poder superior daquele prazer para ele, embora tivesse agido de maneira involuntária. Demorou algum tempo até que ela conseguisse chamar a atenção dele para seu plano, ou qualquer resposta a seu pedido de sua opinião: ele estava em um devaneio de reflexão afetuosa, proferindo apenas de vez em quando algumas meias frases de elogio, mas quando ele acordou e entendeu, ficou muito decidido em se opor ao que ela desejava.

– Devolver o colar? Não, minha querida Fanny, de forma alguma. Seria mortificá-la severamente. Dificilmente pode haver uma sensação mais desagradável do que ter algo devolvido em nossas mãos que demos com razoável esperança de contribuir para o conforto de um amigo. Por que ela perderia um prazer que ela demonstrou tanto merecer?

– Se tivesse sido dado a mim em primeira instância – disse Fanny –, eu não teria pensado em devolvê-lo; mas sendo o presente de seu irmão, não é justo supor que ela preferiria não se desfazer dele por não ser mais necessário.

– Ela não deve supor que não seja desejado, não aceitável, pelo menos: e ter sido originalmente um presente de seu irmão não faz diferença; pois como ela não foi impedida de oferecer, nem você de aceitar por causa disso, não deve impedir você de mantê-lo. Sem dúvida, é mais bonito do que o meu e mais adequado para um salão de baile.

– Não, não é mais bonito, nem um pouco mais bonito, e, para meu propósito, não é nem mesmo adequado. A corrente vai combinar com a cruz de William além de qualquer comparação melhor do que o colar.

– Por uma noite, Fanny, por apenas uma noite, se for um sacrifício; estou certo de que você irá, pensando bem, fazer esse sacrifício em vez de causar dor a alguém que tem sido tão cuidadosa com seu conforto. A atenção de Srta. Crawford para com você não fora mais do que você merece, sou a última pessoa a pensar que poderia ser, mas foi a atenção de sempre; e devolvê-lo pode criar um ar de ingratidão, embora eu saiba que nunca seria esse o significado, não está em sua natureza, tenho certeza. Use o colar, como você está comprometida a fazer, amanhã à noite, e deixe a corrente guardada para outras ocasiões. Este é o meu conselho. Eu não colocaria qualquer sombra entre a intimidade das duas, que tenho observado com grande apreciação, e em cujas personalidades há tanta semelhança, como generosidade sincera e delicadeza natural, para se fazer qualquer mudança, principalmente nessa situação. Isso não é obstáculo suficiente para uma verdadeira amizade, e eu não gostaria de ver esse relacionamento esfriar – disse ele, com a voz um pouco abatida

– entre os dois objetos mais queridos que tenho na terra.

Ele se foi enquanto falava; e Fanny ficou para se tranquilizar tanto quanto podia. Ela era uma de suas duas mais queridas – isso deveria sustentá-la. Mas a outra era a primeira! Ela nunca o tinha ouvido falar tão abertamente antes e embora isso não dissesse mais do que ela havia percebido, foi uma punhalada, pois falava de suas próprias convicções e pontos de vista. Eles estavam decididos. Ele se casaria com Srta. Crawford. Foi uma facada, apesar de todas as expectativas; e ela foi obrigada a repetir continuamente, que ela era uma de suas duas queridas, antes que as palavras lhe dessem qualquer sensação. Se ela acreditasse que Srta. Crawford o merecia, seria diferente, oh, quão diferente seria, quão mais tolerável! Mas ele foi enganado por ela: deu-lhe méritos que ela não tinha; seus defeitos eram o que sempre foram, mas ele não os via mais. Até derramar muitas lágrimas por causa dessa decepção, Fanny não conseguiu controlar sua agitação, e o abatimento que se seguiu só poderia ser aliviado pela influência de orações fervorosas por sua felicidade.

Era sua intenção, como sentia ser seu dever, tentar superar tudo o que era excessivo, tudo que beirava o egoísmo, em seu afeto por Edmund. Chamar ou imaginar uma perda, uma decepção, seria uma presunção para a qual ela não tinha palavras fortes o suficiente para satisfazer sua própria humildade. Pensar nele da mesma maneira que Srta. Crawford tinha legitimidade para pensar seria uma loucura. Para ela, ele não poderia ser nada em nenhuma circunstância, nada mais querido do que um amigo. Por que tal ideia ocorreu a ela o suficiente para ser reprovada e proibida? Não deveria ter tocado nos limites de sua imaginação. Ela se esforçaria para ser racional e merecer o direito de julgar o caráter de Srta. Crawford, e o privilégio de verdadeira solicitude por ele por um intelecto são e um coração honesto.

Ela tinha todo o heroísmo dos princípios e estava determinada a cumprir seu dever, mas tendo também muitos dos sentimentos da juventude e da natureza, que não se admire muito se, depois de tomar todas essas boas resoluções do lado do autogoverno, ela agarrou o pedaço de papel no qual Edmund havia começado a escrever para ela, como um tesouro além de todas as suas esperanças, e lendo com a mais terna emoção estas palavras:

"Minha querida Fanny, você deve me fazer o favor de aceitá-la"

Guardou-a com a corrente, como a parte mais querida do presente. Era a única coisa que se aproximava de uma carta que ela já recebera dele, ela poderia nunca receber outra. Era impossível que ela recebesse outra tão perfeitamente gratificante na ocasião e no estilo. Duas linhas mais apreciadas nunca caíram da pena do autor mais ilustre – nunca mais abençoou completamente as pesquisas do biógrafo mais apaixonado. O entusiasmo do amor de uma mulher vai além do biógrafo. Para ela, a própria letra, independentemente de qualquer coisa que possa transmitir, é uma bem-aventurança. Nunca foram feitos por qualquer outro ser humano tais caracteres como a caligrafia mais comum de Edmund! Este espécime, escrito às pressas como foi, não tinha uma falha; havia uma felicidade no fluxo das primeiras quatro palavras, no arranjo de: "Minha querida Fanny", que ela poderia ter olhado para sempre.

Tendo regulado seus pensamentos e confortado seus sentimentos com essa feliz mistura de razão e fraqueza, ela foi capaz de descer e retomar seus trabalhos habituais perto de sua tia Bertram, e pagar-lhe as observâncias usuais sem qualquer falta aparente de ânimo.

Quinta-feira, predestinada à esperança e alegria, veio e abriu com mais gentileza para Fanny do que dias obstinados e incontroláveis muitas vezes se voluntariam, pois logo após o café da manhã, um bilhete muito amigável foi trazido de Sr. Crawford para William, declarando que ele se viu obrigado a ir a Londres no dia seguinte e, onde permaneceria por algum tempo, ele não poderia deixar de procurar uma companhia. Sendo assim, esperava que se William decidisse deixar Mansfield meio dia antes do previsto, poderia aceitar um lugar em sua carruagem. O Sr. Crawford intencionava estar na cidade para jantar com o tio no horário habitual, e William estava convidado a jantar com ele na casa do almirante. A proposta era muito aprazível para William, que apreciou a ideia de viajar conduzido por quatro cavalos e na companhia de um amigo bem-humorado. E desejando oferecer uma resposta com prontidão, argumentou em nome de toda a felicidade e dignidade que a sua imaginação pôde sugerir. Fanny, por motivo diferente, estava excessivamente satisfeita, pois de acordo com o plano original William deveria viajar pela costa de Northampton na noite seguinte, o que o impediria de desfrutar um momento de descanso antes de seguir para Portsmouth. Embora estivesse ciente de que essa proposta a roubaria muitas horas de sua companhia, ela estava feliz em saber que William seria poupado do cansaço daquela jornada, para poder se importar com qualquer outra coisa. Sir Thomas concordou por outra razão. O fato de seu sobrinho ser apresentado ao almirante Crawford poderia ser oportuno. Ele acreditava que o almirante teria interesse em ajudá-lo. De maneira geral, o convite foi bem recebido por todo mundo. O estado de espírito de Fanny alimentou-se disso durante quase toda a manhã, em decorrência da felicidade em saber que o responsável pelo bilhete também iria embora.

Quanto ao baile, tão próximo, ela tinha muitas agitações e medos para ter metade da alegria que costuma anteceder tais eventos, como deveriam estar sentindo as muitas jovens ansiosas pelo mesmo evento em situações mais à vontade, mas em circunstâncias de menos novidade, menos interesse, menos gratificação peculiar, do que seria atribuído a ela. A Srta. Price, conhecida apenas pelo nome por metade das pessoas convidadas, deveria fazer sua primeira aparição e deveria ser considerada a rainha da noite. Quem poderia ser mais feliz do que a Srta. Price? Mas a Srta. Price não havia sido criada para ser apresentada à sociedade. Se tivesse percebido o que significava aquele baile, teria aumentado consideravelmente o seu desconforto, pelos medos que já acalentava em conduzir-se equivocadamente ou de ser observada. Dançar sem ser observada em demasia ou sem se cansar em excesso, ter disposição e parceiros por pelo menos metade da noite, dançar um pouco com Edmund e não em demasia com o Sr. Crawford, ver William se divertir e manter-se distante da tia Norris eram as suas maiores ambições e a sua maior possibilidade de felicidade. Como essas eram as suas maiores esperanças, não podiam sempre prevalecer. No curso da longa manhã, despendida principalmente com as duas tias, ela estava com frequência sob a influência de visões menos animadoras. William, determinado a fazer desse último dia um momento de grande prazer, saiu para caçar. Edmund, como ela tinha muitas razões para acreditar, estava no presbitério; e assim foi deixada sozinha para tolerar as preocupações da Sra. Norris, que estava contrariada pelo fato de a empregada decidir pessoalmente sobre o jantar; e Fanny não podia evitá-la, mas a empregada, sim. Fanny estava exaurida e com pensamentos negativos sobre o baile. Quando dispensada para ver o vestido, dirigiu-se com tanta languidez para o próprio quarto e sentiu-se tão incapaz de ser feliz como se não tivesse tido permissão para compartilhá-la.

Enquanto subia lentamente as escadas, pensava no dia anterior. Fazia mais ou menos a mesma hora em que ela voltara do presbitério e encontrara Edmund na sala do leste. "Suponha que eu fosse encontrá-lo lá novamente!", disse ela para si mesma, em uma indulgência afetuosa de fantasia.

– Fanny – disse uma voz perto dela.

Sobressaltada e olhando para cima, ela viu, do outro lado do saguão que ela tinha acabado de chegar, o próprio Edmund, parado no topo de uma outra escadaria. Ele veio em sua direção.

– Você parece cansada, Fanny. Andou muito longe?

– Não, não andei muito, de verdade.

– Então você teve fadigas dentro de casa, o que é pior. Era melhor você ter saído.

Fanny, não gostando de reclamar, achou mais fácil não responder; e embora ele olhasse para ela com sua bondade usual, ela acreditou que ele logo havia deixado de pensar em seu semblante. Ele não parecia animado: algo não relacionado com ela provavelmente estava errado. Eles subiram as escadas juntos, seus quartos sendo no mesmo andar.

– Eu venho do Dr. Grant – disse Edmund. – Você pode adivinhar minha missão lá, Fanny.

E ele parecia tão consciente que Fanny só conseguia pensar em uma coisa, que a deixava doente demais para falar.

– Eu queria chamar Srta. Crawford para ser meu par nas duas primeiras danças – foi a explicação que se seguiu, e trouxe Fanny à vida novamente, permitindo-lhe, como ela descobriu que deveria falar, proferir algo como uma indagação quanto ao resultado. – Sim – ele respondeu –, ela se comprometeu comigo; mas – continuou com um sorriso que não parecia fácil – ela disse que será a última vez que ela dançará comigo. Ela não está falando sério. Eu acho... espero... tenho certeza de que ela não está falando sério, mas preferia não ter ouvido isso. Ela nunca dançou com um clérigo, diz ela, e nunca vai. Para o meu próprio bem, eu desejaria que não fosse nenhum baile. Quero dizer, não nesta semana, neste dia em especial. Amanhã vou embora.

Fanny lutou para falar e disse:

– Lamento muito que tenha ocorrido algo que o afligisse. Este deveria ser um dia de prazer. Meu tio disse isso.

– Ah, sim, sim! E será um dia de alegria. Tudo vai acabar bem. Só fico chateado por um momento. Na verdade, não é que eu ache a data inapropriada para o baile, mas o que significa um baile? Mas, Fanny. – Parando-a, pegando sua mão e falando baixo e sério. – Você sabe o que tudo isso significa. Você vê como é, e poderia me dizer, talvez melhor do que eu poderia dizer, como e por que eu estou aborrecido. Deixe-me falar um pouco com você. Você é uma ouvinte gentil. Fiquei magoado com os modos dela esta manhã e não posso tirar nada de bom disso. Sei que sua disposição é tão doce e irrepreensível quanto a sua, mas a influência de seus antigos companheiros a faz parecer, dada à sua conversa, às suas opiniões professas, às vezes um toque de maldade. Ela não pensa o mal, mas o fala, fala em brincadeira, e embora eu saiba disso, isso me entristece a alma.

– O efeito da educação – disse Fanny gentilmente.

Edmund não pôde deixar de concordar com isso.

– Sim, aquele tio e aquela tia! Eles feriram a melhor mente; porque às vezes, Fanny, reconheço para você, parece mais do que uma maneira: parece que a própria mente estava contaminada.

Fanny imaginou que isso fosse um apelo ao seu julgamento e, portanto, após um momento de consideração, disse:

– Se você só me quiser como ouvinte, primo, serei tão útil quanto puder; mas não estou qualificada para uma conselheira. Não me peça conselhos. Não sou competente.

– Você tem razão, Fanny, em protestar contra tal ofício, mas não precisa ter medo. É um assunto sobre o qual eu nunca deveria pedir conselho; é o tipo de assunto sobre o qual é melhor nunca ser perguntado; e poucos perguntam, mas quando querem ser influenciados contra sua consciência. Eu só quero conversar com você.

– Mais uma coisa, e me desculpe a liberdade. Tome cuidado como você fala comigo. Não me diga nada agora, de que você possa se arrepender daqui por diante. Pode chegar a hora...

Suas bochechas coraram enquanto ela falava.

– Querida Fanny! – exclamou Edmund, pressionando a mão dela contra os lábios com quase tanto calor quanto se fosse a de Srta. Crawford. – Você é sempre tão atenciosa. Mas não precisa se preocupar; esse dia nunca chegará. Nenhum momento a que se refere jamais chegará. Começo a pensar que é muito improvável, as chances diminuem cada vez mais. E mesmo que chegue, não haverá nada a ser lembrado por mim ou por você de que devemos ter medo, pois eu jamais sentirei vergonha dos meus próprios escrúpulos. E se eu não os tiver mais, será por mudanças que somente elevarão o caráter dela pela recordação das falhas cometidas. Você é o único ser neste mundo a quem eu compartilharia o que acabei de dizer. Mas você sempre soube a minha opinião sobre ela, e pode ser a minha testemunha, Fanny de que nunca fui cego. Quantas vezes nós conversamos sobre as pequenas falhas dela! Você não precisa temer. Praticamente desisti de todas as intenções mais sérias em relação a ela, mas eu certamente seria um tolo se, aconteça o que acontecer, não tivesse a mais sincera gratidão por sua gentileza e simpatia.

Ele disse o suficiente para abalar a experiência de dezoito anos de Fanny. Ele disse o suficiente para deixar Fanny mais feliz do que havia estado recentemente e, com um olhar mais animado, ela respondeu:

– Sim, primo, estou convencida de que você seria incapaz de qualquer outra coisa, embora talvez alguns não o sejam. Não posso ter medo de ouvir qualquer coisa que você queira dizer. Não se limite. Diga o que quiser.

Eles estavam agora no segundo andar, e o aparecimento de uma criada impedia qualquer conversa posterior. Para o conforto atual de Fanny, concluiu-se, talvez, no momento mais feliz: se ele tivesse conseguido falar mais cinco minutos, não há como dizer que ele não poderia ter falado sobre todos os defeitos de Srta. Crawford e seu próprio desânimo. Mas, como aconteceu, eles se separaram com olhares de afeição agradecida e com algumas sensações muito preciosas para ela. Ela não sentiu nada parecido por muitas horas.

Desde que a primeira alegria com o bilhete do Sr. Crawford para William havia passado, ela estava em um estado absolutamente oposto; não havia conforto por perto, nenhuma esperança dentro dela. Agora tudo estava lhe sorrindo. A boa sorte de William voltou à sua mente e parecia de maior valor do que no início. O baile também – uma noite de prazer diante dela! Agora era uma animação real, e ela começou a se vestir para isso com muito da vibração feliz que pertence a um baile. Tudo correu bem: ela não desgostava da própria aparência, e quando voltou aos colares, sua boa sorte parecia completa, pois, se fosse provado, aquele que Srta. Crawford lhe dera não encaixaria de forma alguma com a cruz. Ela tinha, para agradar a Edmund, decidido a usá-lo; mas era grande demais para o propósito.

O dele, portanto, deveria ser usado, e com encantamento ela uniu o cordão à cruz, lembranças das duas pessoas a quem mais amava, e cujos símbolos de amor foram feitos um para o outro, em todos os aspectos, reais e imaginários. Ao colocá-los em torno do pescoço, sentiu o quanto representavam William e Edmund e, sem qualquer esforço, decidiu usar o colar da Srta. Crawford também. Ela sentiu que era o certo a fazer. A Srta. Crawford tinha uma reivindicação, e para não a decepcionar depois de tamanha bondade, ela poderia fazer justiça e ao mesmo tempo sentir-se feliz consigo mesma. O colar realmente ficou muito bem; e Fanny finalmente deixou seu quarto, confortavelmente satisfeita consigo mesma e com tudo ao seu redor.

Sua tia Bertram havia se lembrado dela nessa ocasião com um grau incomum de vigília. Realmente lhe ocorrera, espontaneamente, que Fanny, preparando-se para um baile, ficaria contente com uma ajuda melhor do que a da criada superior e, quando se vestiu, mandou sua própria criada para ajudá-la; tarde demais, é claro, para ter alguma utilidade.

A Sra. Chapman tinha acabado de chegar ao andar do sótão, quando a Srta. Price saiu de seu quarto completamente vestida, e apenas as cortesias foram necessárias, mas Fanny sentia a atenção da tia quase tanto quanto Lady Bertram ou a Sra. Chapman podiam se sentir sozinhas.

CAPÍTULO 28

O tio e as duas tias estavam na sala quando Fanny desceu. Para o primeiro, ela era um objeto interessante, e ele viu com prazer a elegância geral de sua aparência e seu aspecto extraordinariamente bonito. O capricho e a correção de seu vestido era tudo o que ele se permitia elogiar em sua presença, mas quando ela deixou o quarto novamente, ele falou de sua beleza com um elogio muito decidido.

– Sim – disse Lady Bertram –, ela parece muito bem. Mandei Chapman procurá-la.

– Olhe bem! Oh, sim! – exclamou a Sra. Norris. – Ela tem boas razões para parecer bem com todas as suas vantagens: criada nesta família como ela foi, com todos os exemplos das maneiras de seus primos. Pense apenas, meu caro Sir Thomas, que extraordinárias vantagens que você e eu oferecemos a ela. O próprio vestido que você tem notado é seu próprio presente generoso para ela quando a querida Sra. Rushworth se casou. O que ela teria sido se não a tivéssemos pegado pela mão?

Sir Thomas não disse mais nada, mas, quando se sentaram à mesa, os olhos dos dois jovens asseguraram-lhe que o assunto poderia ser novamente tocado delicadamente, quando as damas se retirassem, com mais sucesso. Fanny viu que ela foi aprovada; e a consciência de parecer bem a fazia parecer ainda melhor. Ela era feliz por uma variedade de motivos, e logo ficou ainda mais feliz; pois, ao seguir suas tias para fora da sala, Edmund, que estava segurando a porta aberta, disse, quando ela passou por ele:

– Você deve dançar comigo, Fanny; você deve reservar duas danças para mim; quaisquer duas que você desejar, exceto a primeira.

Ela não tinha mais nada a desejar. Ela quase nunca tinha estado em um estado tão próximo de alto astral em sua vida. A alegria de seus primos no dia de um baile não era mais surpreendente para ela; ela sentia que era realmente muito charmoso, e estava realmente praticando seus passos na sala de estar, contanto que ela pudesse estar a salvo da observação de sua tia Norris, que estava inteiramente ocupada a princípio em arranjar e diminuir o fogo que o mordomo havia preparado.

Os trinta minutos que se seguiram poderiam ter sido passados languidamente sob qualquer outra circunstância, mas a felicidade de Fanny prevalecia. Ela não conseguia deixar de pensar na conversa com Edmund, e ignorava a inquietação da Sra. Norris e os bocejos de Lady Bertram.

Os cavalheiros juntaram-se a elas, e logo depois começou a doce expectativa de uma carruagem, quando um espírito geral de conforto e alegria parecia difuso, e todos eles pararam e conversaram e riram, e cada momento teve seu prazer e sua esperança. Fanny sentiu que devia haver uma luta pela alegria de Edmund, mas era delicioso ver o esforço feito com tanto sucesso.

Ao ouvirem as carruagens quando os convidados começaram chegar, sua felicidade foi contida. A visão de tantos estranhos a fez cair na realidade, e além da formalidade do círculo principal, as quais nem Sir Thomas e nem Lady Bertram dispensavam, ela ocasionalmente se viu enfrentando algo pior. Ela foi apresentada aqui e ali por seu tio, e era forçada a conversar e a trocar mesuras. Essa era uma tarefa difícil, e sempre que era convocada olhava para William, que circulava tranquilamente em segundo plano, preferindo estar com ele.

A chegada dos Grant e dos Crawford foi num momento favorável. A rigidez da reunião logo cedeu ante seus costumes populares e intimidades mais difusas: formaram-se pequenos grupos e todos se acomodaram. Fanny sentiu a vantagem, e, afastando-se das labutas da civilidade, teria ficado novamente muito feliz, se ela tivesse evitado que seus olhos vagassem entre Edmund e Mary Crawford. Ela parecia toda encantadora – e o que não poderia ser o fim disso? Suas próprias reflexões chegaram ao fim ao perceber o Sr. Crawford diante dela, e seus pensamentos foram colocados em outro canal por ele envolvê-la quase que instantaneamente nas duas primeiras danças.

Sua felicidade nesta ocasião era muito mortal. Estar seguro de um parceiro no início era um bem essencial, pois o momento do início agora estava se aproximando seriamente, e ela entendia tão pouco suas próprias afirmações a ponto de pensar que, se o Sr. Crawford não a tivesse convidado, ela deveria ter sido a última a ser procurada e deveria ter recebido um parceiro apenas por meio de uma série de perguntas, agitação e interferência, o que teria sido terrível; mas, ao mesmo tempo, havia algo em sua maneira de perguntar a ela que ela não gostou, e ela viu seu olho observando por um momento para seu colar, com um sorriso – ela achou que era um sorriso – que a fez corar e se sentir miserável. E embora não houvesse um segundo olhar para perturbá-la, e ainda que seu objetivo parecesse ser apenas silenciosamente agradável, ela não conseguiu superar seu constrangimento, agravado como era pela ideia de ele percebê-lo, e não teve compostura até que ele se virou para outra pessoa. Então ela pôde gradualmente atingir a satisfação genuína de ter um parceiro, um parceiro voluntário para o início da dança.

Quando todos caminhavam para o salão de dança, ela ficou pela primeira vez próxima à Srta. Crawford, cujos olhares e sorrisos foram imediatos, e mais inequivocadamente voltados para o colar do que o havia feito seu irmão; e ela começava a tocar no assunto quando Fanny, ansiosa por terminar a história, apressou-se em justificar o segundo colar – a verdadeira corrente. A Srta. Crawford ouviu, e todos os seus elogios e insinuações para Fanny foram esquecidos; ela teve apenas um pensamento, e os seus olhos tornaram-se ainda mais brilhantes do que já estavam:

– Ele lhe deu? Edmund? É típico dele mesmo. Nenhum outro homem teria pensado nisso. Eu o honro além da expressão.

E ela olhou em volta como se quisesse dizer isso a ele. Ele não estava perto, pois dava atenção a um grupo de senhoras na outra sala; e a Sra. Grant vindo até as duas garotas, e pegando um braço de cada uma, conduziu-as para perto dos demais.

O coração de Fanny afundou, mas não havia tempo para pensar muito até mesmo nos sentimentos de Srta. Crawford. Elas estavam no salão do baile, os violinos tocavam e sua mente estava em uma vibração que a proibia de se fixar em qualquer coisa séria. Ela deveria observar os preparativos gerais e ver como tudo acontecia.

Pouco depois, Sir Thomas aproximou-se dela e perguntou-lhe se tinha par.

– Sim, senhor; o Sr. Crawford.

Era exatamente o que ele intencionava ouvir. O Sr. Crawford não estava muito longe, e Sir Thomas o levou até ela dizendo-lhe que ela deveria conduzir o caminho e inaugurar o baile, o que foi uma novidade para Fanny. Todas as vezes que tinha imaginado os detalhes da noite, tivera certeza que começaria com Edmund e a Srta. Crawford, e essa impressão era tão forte que, mesmo o tio tendo dito o contrário, ela não pôde evitar uma exclamação de surpresa, uma alusão à sua inaptidão e uma súplica para ser compreendida. Insistir contra a opinião de Sir Thomas era prova da gravidade daquele caso, mas tamanha foi sua aversão à primeira sugestão, que ela conseguiu olhar para o rosto dele e dizer que preferia que fosse decidido de outro jeito. No entanto, não surtiu efeitos. Sir Thomas sorriu, tentou encorajá-la, e disse, olhando-a seriamente:

– Deve ser assim, minha querida.

Ela não se arriscou a dizer outra palavra. A seguir ela se viu sendo conduzida pelo Sr. Crawford para o meio do salão, e foi acompanhada pelos demais dançarinos, casal após casal, conforme iam se formando. Ela mal podia acreditar. Estar à frente de tantas jovens elegantes! Era um grande momento; estava sendo tratada como as suas primas. E os seus pensamentos foram desviados para as primas ausentes, com genuíno afeto, lastimando o fato de elas não estarem em casa para assumir os seus lugares no salão e ter a sua parcela de prazer, e que seria encantador para elas. Muitas vezes as tinha ouvido mencionar o desejo de realizar um baile em casa, pois seria a maior das alegrias! E agora que estavam ausentes o baile ocorreu, e ela o estava inaugurando com o Sr. Crawford! Ela esperava que não viessem a invejar tamanha honraria; mas lembrou dos acontecimentos do outono anterior, e o evento atual era mais do que ela mesma poderia esperar.

O baile começou. Foi mais uma honra do que uma felicidade para Fanny, pelo menos para a primeira dança: seu parceiro estava de excelente humor e tentou transmiti-lo a ela; mas ela estava muito assustada para ter qualquer prazer enquanto era assistida. Jovem, bonita e gentil, entretanto, ela não tinha estranhezas que não fossem tão boas quanto graças, e havia poucas pessoas presentes que não estavam dispostas a elogiá-la. Ela era atraente, era modesta, era sobrinha de Sir Thomas e logo foi considerada admirada por Sr. Crawford. Foi o suficiente para lhe dar um destaque geral. O próprio Sir Thomas estava observando seu progresso na dança com muita complacência; ele estava orgulhoso de sua sobrinha; e sem atribuir toda a sua beleza pessoal, como Sra. Norris parecia fazer, a sua mudança para Mansfield. Ele ficou satisfeito consigo mesmo por ter fornecido tudo o mais: educação e maneiras; e ela era grata por isso.

Srta. Crawford percebeu muito dos pensamentos de Sir Thomas enquanto ele se levantava e, tendo, apesar de todas as suas injustiças, o desejo geral de se recomendar a ele, aproveitou a oportunidade para se afastar para dizer algo agradável de Fanny. O elogio dela foi caloroso, e ele o recebeu como ela poderia desejar, aderindo a ele tanto quanto a discrição, polidez e lentidão de fala permitiam, e certamente aparentando ser mais vantajoso no assunto do que sua senhora logo depois, quando Mary, percebendo-a em um sofá muito próximo, virou-se antes que ela começasse a dançar, para cumprimentá-la pela aparência de Srta. Price.

– Sim, ela está de fato muito bem – foi a resposta plácida de Lady Bertram. – Chapman a ajudou a se vestir. Mandei Chapman procurá-la.

Não que ela não estivesse realmente satisfeita por Fanny ser admirada, mas ela ficou muito mais impressionada com sua própria bondade em mandar Chapman buscá-la, e não conseguia tirar isso da cabeça.

Srta. Crawford conhecia Sra. Norris muito bem para pensar em gratificá-la elogiando Fanny. O assunto apropriado era outro:

– Ah! senhora, quanto gostaríamos que as queridas Sra. Rushworth e Julia estivessem aqui esta noite!

E a Sra. Norris pagou-lhe com tantos sorrisos e palavras corteses quanto ela teve tempo, em meio a tanta ocupação quanto ela encontrou para si mesma em fazer mesas de jogo, dando dicas a Sir Thomas, e tentando mover todos os pares para uma melhor parte da sala.

Srta. Crawford caminhou até Fanny em suas intenções de agradá-la também. Ela pretendia dar ao seu pequeno coração uma vibração feliz e enchê-la de boas sensações; e, interpretando mal o rubor de Fanny, ainda achava que devia estar fazendo isso quando foi até ela depois das duas primeiras danças e disse, com um olhar significativo:

– Talvez você possa me dizer por que meu irmão vai para a cidade amanhã? Ele diz ele tem negócios lá, mas não quer me dizer o quê. A primeira vez que ele me negou sua confiança! Mas é a isso que todos nós chegamos. Todos somos suplantados mais cedo ou mais tarde. Agora, devo solicitar informações a você. O que Henry está querendo?

Fanny protestou contra sua ignorância tão firmemente quanto seu constrangimento permitia.

– Bem, então – respondeu Srta. Crawford, rindo –, devo supor que seja puramente pelo prazer de transportar seu irmão, e de falar de você pelo caminho.

Fanny estava confusa, mas era a confusão do descontentamento, enquanto Srta. Crawford se perguntava se ela não sorria, e a achava ansiosa demais, ou estranha, ou pensava que ela era qualquer coisa mais do que insensível ao prazer nas atenções de Henry. Fanny divertiu-se bastante durante a noite; mas as atenções de Henry pouco tiveram a ver com isso. Ela preferia não ter sido questionada por ele de novo tão cedo, e ela gostaria de não ter sido obrigada a suspeitar que suas perguntas anteriores à Sra. Norris, sobre a hora do jantar, eram todas para garantir que ela ficasse naquela parte da noite. Mas não devia ser evitado: ele a fazia sentir que era o objetivo de tudo; embora ela não pudesse dizer que foi feito de maneira desagradável, que havia indelicadeza ou ostentação em suas maneiras; e às vezes, quando falava de William, ele não era realmente desagradável e demonstrava até mesmo um calor de coração que lhe dava crédito. Mas ainda assim suas atenções não faziam parte de sua satisfação.

Ela ficava feliz sempre que olhava para William e via como ele se divertia perfeitamente, a cada cinco minutos em que ela podia passear com ele e ouvir seu relato sobre seus parceiros; ela estava feliz em saber que era admirada; e ela estava feliz por ter as duas danças com Edmund ainda esperando ansiosamente, durante a maior parte da noite, sua mão sendo tão ansiosamente procurada que seu compromisso indefinido com ele estava em perspectiva contínua.

Ela ficou realmente feliz quando aconteceu, mas não por ele ter demonstrado grande alegria, ou quaisquer expressões de terna galanteria como fizera naquela manhã. A mente dele estava cansada, e a felicidade dela vinha de ser a amiga com quem poderia encontrar repouso.

– Estou cansado de civilidades – disse ele. – Tenho falado sem parar a noite toda, e sem nada a dizer. Mas com você, Fanny, pode haver paz. Não precisamos trocar palavra. Vamos nos dar ao luxo do silêncio.

Fanny mal respondeu, concordando. Um cansaço, decorrente provavelmente, dos mesmos sentimentos que ele havia reconhecido pela manhã, devia ser peculiarmente respeitado, e eles dançaram juntos com uma tranquilidade tão sóbria que poderia satisfazer qualquer observador que questionasse o fato de Sir Thomas não ter arrumado uma esposa para seu filho mais novo.

A noite proporcionou pouco prazer a Edmund. Srta. Crawford estava bastante alegre quando dançaram juntos pela primeira vez, mas não era a alegria dela que poderia fazer bem a ele: afundou em vez de aumentar seu conforto; e depois, pois ele se sentia ainda impelido a procurá-la novamente, ela o magoara profundamente com a maneira como falava da profissão a que ele estava prestes a pertencer. Eles conversaram e ficaram em silêncio; ele raciocinou, ela ridicularizou; e eles finalmente se separaram com vexame mútuo. Fanny, incapaz de se abster inteiramente de observá-los, vira o suficiente para ficar razoavelmente satisfeita. Era uma barbárie ser feliz quando Edmund estava sofrendo. No entanto, alguma felicidade surgiu da própria convicção de que ele sofreu.

Quando suas duas danças com ele terminaram, sua inclinação e força para mais estavam quase no fim; Sir Thomas, tendo-a visto caminhar em vez de dançar, sem fôlego e com a mão ao lado do corpo, deu ordens para que ela se sentasse. Naquele momento, o Sr. Crawford sentou-se da mesma forma.

– Pobre Fanny! – exclamou William, aparecendo em um momento para visitá-la e abanando o leque de sua parceira para reavivá-la. – Como ficou cansada rapidamente! Vamos, a festa mal começou. Espero que consigamos manter a disposição pelas próximas duas horas. Como pode sentir-se cansada tão cedo?

– Muito em breve! Meu bom amigo – disse Sir Thomas, mostrando seu relógio com toda a cautela necessária. – São três da manhã e sua irmã não está acostumada a esse tipo de hora.

– Bem, então, Fanny, você não deve se levantar amanhã antes de eu ir. Durma o quanto puder e não se importe comigo.

– Oh! William.

– O quê! Ela pensou em levantar antes de você partir?

– Oh, sim, senhor – exclamou Fanny, levantando-se ansiosamente de sua cadeira para ficar mais perto de seu tio. – Preciso me levantar e tomar café com ele. Será a última vez, você sabe, a última manhã.

– É melhor não. Ele deve tomar o café da manhã e partir às nove e meia. Sr. Crawford, pode chamá-lo às nove e meia?

Fanny insistiu, porém, e tinha muitas lágrimas nos olhos para ser negada; e terminou com um gracioso: "Bem, bem!", que significava permissão.

– Sim, nove e meia – disse Crawford a William quando este os estava deixando –, e serei pontual, pois não haverá nenhuma irmã gentil para se levantar por mim – e em um tom mais baixo para Fanny: – Terei apenas uma casa deserta quando me levantar. Seu irmão descobrirá que minhas ideias sobre o tempo e as dele serão muito diferentes amanhã.

Depois de breve reflexão, Sir Thomas convidou Crawford para se juntar a eles no café da manhã, em sua casa, em vez de comer sozinho; ele mesmo estaria presente. E a prontidão com que Crawford aceitou o convite convenceu-o de que as suas suspeitas, confirmadas no baile, eram fundamentadas. O Sr. Crawford estava apaixonado por Fanny, e ele previu os desdobramentos com prazer. A sobrinha, neste ínterim, não ficou grata ao tio pelo que tinha acabado de fazer. Ela esperava ter William exclusivamente para ela na última manhã; seria um presente indescritível. Mas mesmo tendo o seu desejo sido arruinado, não havia sobre o que se queixar. Pelo contrário, ela estava tão pouco acostumada a ter as suas opiniões consultadas, ou ter qualquer acontecimento realizado de acordo com o seu desejo, que estava mais disposta a admirar-se e alegrar-se por ter conseguido ser atendida do que a lamentar-se com a contrariedade que se seguiu.

Pouco depois, Sir Thomas estava novamente interferindo um pouco em sua inclinação, aconselhando-a a ir imediatamente para a cama. Aconselhar – foi a sua palavra, mas foi o conselho do poder absoluto, e ela só teve de se levantar e, com os "adeus" muito cordiais de Sr. Crawford, sair em silêncio; parando na porta de entrada, como a Senhora de Branxholm Hall – um momento e não mais – para ver a cena feliz e dar uma última olhada nos cinco ou seis casais determinados que ainda estavam dançando. Então, subindo lentamente a escadaria principal, seguida pela música incessante, febril de esperanças e medos, com os pés doloridos e fatigados, inquietos e agitados, mas sentindo, apesar de tudo, que o baile era de fato encantador.

Ao mandá-la embora, Sir Thomas talvez não estivesse pensando apenas em sua saúde. Ocorreu a ele que Sr. Crawford já estava sentado ao lado dela há tempo suficiente, ou ele poderia querer recomendá-la como esposa, mostrando-a por seu comportamento.

CAPÍTULO 29

O baile chegou ao fim e o café da manhã também acabou. O último beijo foi dado, e William se foi. O senhor Crawford tinha sido, como ele prometera, muito pontual, e a refeição foi curta e agradável.

Após acompanhar William até o último momento, Fanny voltou para a sala de desjejum com o coração muito entristecido, sofrendo com a mudança melancólica. O tio deixou-a sozinha para chorar em paz, imaginando que as cadeiras vazias dos rapazes evocariam seus sentimentos de afeto, que provavelmente iriam se dividir entre as sobras de carne de porco com mostarda no prato de William e as cascas de ovo quebradas no prato do Sr. Crawford. Ela sentou e chorou como o seu tio imaginava, mas era com amor fraternal e nenhum outro. William se foi, e ela agora se sentia como se tivesse perdido metade de sua visita com preocupações inúteis e solicitudes egoístas não relacionadas a ele.

O estado de espírito de Fanny era tal que ela nem conseguiu pensar em sua tia Norris no seu lar pequeno e melancólico sem se censurar por não lhe ter dispensado um pouco mais de atenção quando estiveram juntas pela última vez; muito menos ainda ser absolvida por não ter dado a William a atenção que ele merecia durante a quinzena.

Foi um dia pesado e melancólico. Logo após o segundo café da manhã, Edmund despediu-se deles e montou em seu cavalo para Peterborough, onde ficaria uma semana, e então todos se foram. Nada restou da noite anterior, a não ser lembranças, as quais não tinha com quem compartilhar.

Ela falou com a tia Bertram, pois queria falar com alguém do baile, mas sua tia tinha visto tão pouco do que havia acontecido, e teve tão pouco interesse, que acabou não sendo muito fácil. Lady Bertram não sabia dizer muita coisa sobre o vestido de ninguém ou o lugar que haviam ocupado no jantar, exceto o seu próprio. Ela não se lembrava do que ouvira a respeito de uma das Srtas. Maddoxe ou o que Lady Prescott percebera em Fanny; não estava certa se o coronel Harrison havia comentado a respeito do Sr. Crawford ou de William, referindo-se ao jovem mais refinado no aposento; alguém tinha sussurrado algo para ela, e se esqueceu de consultar o Sir Thomas sobre o assunto.

E essas foram suas comunicações mais longas e clara o resto foi apenas um lânguido: "Sim, sim, muito bem. E você? Ele disse o quê? Eu não vi isso; eu não saberia diferenciar um do outro."

Isso foi muito ruim. Foi apenas melhor do que teria sido as respostas afiadas da Sra. Norris, mas como ela foi para casa levando geleias para cuidar de uma empregada doente, havia paz e bom humor no pequeno grupo, embora não houvesse muita animação.

A noite foi tão melancólica quanto o dia.

– Eu não consigo imaginar o que há de errado comigo! – disse Lady Bertram quando os utensílios do chá foram retirados. – Eu me sinto bastante estranha. Deve ser por ter ficado acordada até tarde. Fanny, você deve fazer algo para me manter acordada. Não consigo trabalhar. Prepare as cartas, estou muito entediada.

As cartas foram trazidas e Fanny jogou cribbage com sua tia até hora de dormir, enquanto Sir Thomas lia em silêncio, nenhum som era ouvido na sala pelas próximas duas horas além da contagem do jogo.

– E isso faz com que some trinta e um. Quatro na mão e oito no baralho. Você deve dar as cartas, senhora; devo fazer por você?

Fanny pensou e pensou novamente na diferença que vinte e quatro horas haviam feito naquela sala, e toda aquela parte da casa. Na noite anterior havia sido esperança e sorrisos, alvoroço e movimento, barulho e esplendor na sala de estar, fora da sala de estar e em toda parte. Agora tudo era melancolia e solidão.

Um boa noite de sono melhorou seu ânimo. Ela poderia pensar em William no dia seguinte com mais alegria, e a manhã seguinte proporcionou a ela a oportunidade de conversar com a Sra. Grant e a Srta. Crawford, sobre a noite de quinta-feira, com muita imaginação, sorrisos e brincadeiras. Esses elementos foram essenciais para apagar as sombras deixadas por um baile que tinha chegado ao fim. Depois disso ela poderia conseguir se concentrar sem muito esforço nos assuntos cotidianos e se conformar facilmente com a tranquilidade da silenciosa semana.

O grupo deles nunca ficara tão pequeno ao longo de um dia inteiro, e ele tinha partido, justamente sobre quem todo o bem-estar e alegria familiar repousavam a cada refeição. Mas era preciso aprender a suportar essa situação. Em breve ele estaria permanentemente ausente; mas ela sentia-se grata por agora conseguir sentar-se no mesmo aposento que o tio, ouvir a sua voz e suas perguntas, e até mesmo respondê-las sem sentir o pavor de anteriormente.

– Sentimos falta de nossos dois jovens – foi a observação de Sir Thomas no primeiro e segundo dia, em seu círculo reduzido após o jantar, e em consideração aos olhos marejados de lágrimas de Fanny, nada mais foi dito no primeiro dia além de um brinde pela saúde deles, mas no segundo dia reiniciaram o assunto. William foi gentilmente elogiado e ansiavam por sua promoção. – E não há razão para supor – acrescentou Sir Thomas – que suas visitas a nós serão mais frequentes. Quanto a Edmund, devemos aprender a viver sem ele. Este será o último inverno aqui em nossa residência.

– Sim – disse Lady Bertram –, mas gostaria que ele não fosse embora. Acredito que todos estejam partindo. Eu preferiria que permanecessem em casa.

Este desejo foi dirigido principalmente a Julia, que tinha acabado de pedir permissão para ir à cidade com Maria, e como Sir Thomas achou melhor que a permissão deveria ser concedida para que as duas filhas permanecessem juntas, Lady Bertram, com a sua natureza generosa também não a teria impedido de ir, mas lamentava a mudança de planos do retorno de Julia, que ocorreria naquela ocasião. Foi necessário a Sir Thomas bastante bom-senso para convencer a sua esposa sobre o novo acordo. Tudo o que um pai atencioso deveria sentir e tudo o que uma mãe carinhosa deveria sentir para promover a felicidade de seus filhos foi argumentado e atribuído à sua natureza. Lady Bertram concordou com um calmo: "Sim", e após refletir por alguns minutos, comentou espontaneamente:

– Sir Thomas, estive pensando: estou muito feliz por termos acolhido Fanny, e agora, com a ausência dos demais, percebemos o benefício.

Sir Thomas imediatamente complementou esse elogio, acrescentando:

– Muito verdadeiro. Nós demonstramos a Fanny quanto reconhecemos por ela ser uma boa menina, elogiando-a em sua frente. Ela é uma companhia muito valiosa. Fomos bons e gentis com ela, e agora ela é muito necessária para nós.

– Sim – disse Lady Bertram prontamente. – E é um consolo saber que sempre teremos sua companhia.

Sir Thomas fez uma pausa, deu um sorriso, olhou para a sobrinha e, em seguida, respondeu seriamente:

– Ela nunca vai nos deixar, espero, até ser convidada para algum outro lado que possa prometer a ela maior felicidade do que tem aqui.

– E isso não é muito provável, Sir Thomas. Quem poderia convidá-la? Maria até poderá sentir-se contente por vê-la ocasionalmente em Sotherton, mas ela não a chamaria para viver lá. E estou certa de que estará melhor aqui; além do mais, não posso ficar sem ela.

A semana que passou tão tranquila e pacificamente na grande casa em Mansfield apresentava um caráter muito diferente no presbitério. Pelo menos para as jovens de cada família, os sentimentos eram muito diferentes. O que era tranquilidade e conforto para Fanny constituía tédio e aborrecimento para Mary. Algo foi suscitado no espírito de ambas pela diferença de disposição e hábito: um facilmente satisfeito e o outro, intolerante; todavia, havia mais diferença naquela circunstância. Em algumas questões, estavam em situações opostas. Na percepção de Fanny, a ausência de Edmund, tendo em vista o motivo que o fizera partir, era um alívio. Para Mary, era somente sofrimento; ela desejava sua companhia todos os dias, quase todas as horas e sentia muita falta dele para derivar qualquer coisa além de irritação ao considerar o motivo pelo qual ele havia partido. Ele não poderia ter planejado nada pior do que se ausentar naquela semana, justamente no momento em que seu irmão e William Price partiram, concluindo a separação de um grupo que estivera tão animado. Ela sentiu intensamente. Eles eram agora um trio desanimado, confinado dentro de casa pela chuva e neve, com nada para fazer e nenhuma variedade a esperar. Aborrecida como estava com Edmund por suas ideias, que se opunham às dela (e estava tão enfurecida que eles se despediram do baile de forma pouco afetuosa), não conseguia deixar de pensar nele continuamente durante a sua ausência, apoiando-se em seus méritos e em sua afeição, sentindo falta dos encontros quase diários que haviam tido nos últimos tempos. Sua ausência era desnecessariamente longa. Ele não deveria ter planejado tal ausência e saído de casa por uma semana, quando sua partida de Mansfield estava tão próxima. Então, ela começou a se sentir culpada. Ela desejava não ter falado de forma tão enfática em sua última conversa com ele. Temia ter usado algumas expressões fortes, algumas expressões de desprezo ao falar do clero, e isso não deveria ter acontecido. Não havia sido gentil; fora um erro. Ela desejava com todo o seu coração poder desdizer aquelas palavras.

Sua irritação não terminou com a semana. Tudo isso era ruim, mas ela ainda sentiria mais quando a sexta-feira chegou novamente e não trouxe Edmund, quando chegou o sábado e nada de Edmund ainda. Em uma breve conversa com a outra família no domingo, descobriu que ele tinha escrito e protelado a sua volta, pois tinha prometido ao amigo permanecer uns dias a mais com ele!

Se ela sentia impaciência e arrependimento antes, se estava arrependida por tudo que dissera e temia o seu efeito sobre ele, agora ela sentia e temia dez vezes mais. E ainda precisava rivalizar com uma emoção desagradável e inteiramente nova para ela: o ciúme. O amigo dele, Sr. Owen, tinha irmãs, e ele poderia achá-las atraentes. Mas de qualquer modo, a sua ausência em um momento no qual, de acordo com os planos anteriores, ela deveria mudar-se para Londres, tinha um significado que ela não podia suportar. Se Henry voltasse, como havia dito, ao cabo de três ou quatro dias, seria o momento da partida dela de Mansfield. Tornou-se absolutamente necessário encontrar Fanny e tentar saber mais. Ela não podia mais viver nessa solidão e infelicidade, caminhou até Park carregando dificuldades que considerava insuperáveis uma semana antes, buscando a chance de ter mais alguma informação, ou ao menos a oportunidade de ouvir falar o nome dele. A primeira meia hora foi perdida, pois Fanny e Lady Bertram estavam juntas, e caso não tivesse a oportunidade de ter Fanny exclusivamente para ela, não poderia esperar nada mais.

Mas, por fim, Lady Bertram deixou o aposento, e quase imediatamente a Srta. Crawford começou a perguntar, regulando sua voz tão bem quanto lhe era possível:

– O que acha do seu primo Edmund permanecer tanto tempo longe? Sendo a única jovem de casa, deve ser você quem mais sofre. Você deve sentir falta dele. A permanência dele por mais tempo te surpreende?

– Não sei – disse Fanny, hesitante. – Sim, eu particularmente não esperava por isso.

– Talvez ele fique ainda mais tempo longe do que tenha dito. É assim que ocorre, todos os jovens fazem isso.

– Ele não o fez na última vez que visitou o Sr. Owen.

– Ele se sente mais à vontade na casa agora. Ele é um jovem muito, muito encantador, e não posso deixar de me preocupar em não o ver antes de partir para Londres, como agora certamente acontecerá. Espero por Henry todos os dias, e assim que ele chegar nada mais irá me segurar em Mansfield. Confesso que gostaria de vê-lo uma vez mais. Você deverá transmitir-lhe os meus cumprimentos. Sim, acho que é isso, devem ser cumprimentos. Não há, Srta. Price, em nossa língua, algo entre os cumprimentos e o amor que seja mais apropriado à amizade que tivemos? Tantos meses que convivemos! Mas cumprimentos devem ser suficientes agora. A carta dele era longa? Ele revelou o que tem feito? É pelas festas de Natal que ele permanece lá?

– Eu só ouvi uma parte da carta, era para o meu tio, mas acredito que era muito curta, na verdade, tenho certeza de que foram apenas algumas linhas. Tudo o que ouvi é que o seu amigo insistiu para que ficasse mais tempo e que ele concordou em fazê-lo. Uns poucos dias a mais, ou muitos dias a mais, não estou certa.

– Oh! Se ele escreveu ao pai, mas eu pensei que poderia ter sido para Lady Bertram ou para você. Mas se escreveu ao pai, não é de se admirar que tenha sido conciso. Quem poderia escrever sobre assuntos rotineiros para o senhor Thomas? Se ele tivesse escrito para você, teria sido com mais detalhes. Você saberia sobre bailes e festas. Ele teria enviado a você uma descrição de tudo e de todos. Quantas são as Srtas. Owen?

– Três crescidas.

– Elas sabem tocar ou cantar?

– Não sei dizer. Nunca ouvi nada a respeito.

– Essa é a primeira pergunta, você sabe – disse Srta. Crawford, tentando parecer alegre e despreocupada –, que toda mulher que sabe tocar pergunta a outra. Mas é muito tolo fazer perguntas sobre quaisquer outras, sobre as três irmãs crescidas. Pois sabemos que, mesmo sem nos ter dito, sabemos exatamente o que são. Todas muito talentosas e agradáveis, e uma muito bonita. Existe alguma beleza em todas as famílias. É uma coisa normal. Duas tocam piano e uma harpa, e todas sabem cantar, ou saberiam se fossem ensinadas, ou cantam até melhor por nunca terem aprendido, ou algo do gênero.

– Eu não sei nada a respeito das Srtas. Owen – disse Fanny calmamente.

– Você não sabe nada e não se importa, como as pessoas costumam dizer. Nunca o seu tom tinha expressado uma indiferença mais evidente. Realmente, como alguém pode se importar com alguém que nunca viu? Bem, quando seu primo voltar, ele encontrará Mansfield muito quieta, todos os barulhentos terão partido, o seu irmão, o meu e eu mesma. Não gosto da ideia de deixar a Sra. Grant, agora que o momento se aproxima. Ela não queria que eu partisse.

Fanny sentiu-se obrigada a falar:

– Você não pode duvidar que muitos sentirão a sua ausência – disse ela. – Você fará muita falta.

A Srta. Crawford olhou-a como se quisesse ouvir mais, ou ver mais, e depois disse, sorrindo:

– Ah sim, sentirão a minha ausência como de qualquer mal barulhento que se afasta, isto é, sente-se uma grande diferença. Mas não estou insinuando nada, não me elogie. Se a minha ausência for sentida, acontecerá. Poderei ser achada por aqueles que quiserem me ver. Eu não estarei em nenhum lugar duvidoso, ou distante, ou uma região inatingível.

Agora Fanny não conseguia falar nada e a Srta. Crawford estava desapontada, pois esperava ouvir algo satisfatório de seu poder, de alguém que julgava conhecer. E o seu estado de espírito mais uma vez se fechou.

– As Srtas. Owen – disse ela logo depois –, imagine que tivesse uma das Srtas. Owen hospedada em Thornton Lacey. O que acharia disso? Situações mais estranhas já ocorreram. Ouso dizer que estão buscando isso. E estão certas, pois seria uma bela casa para elas. Não me surpreende, e eu não as critico. É o dever de cada um tentar fazer o melhor para si. O filho de Sir Bertram é uma pessoa importante, e é independente. O pai delas é um clérigo, e o irmão também, e são todos clérigos juntos. Ele é uma propriedade delas por direito. Ele pertence a elas de maneira justa. Você não fala nada, Fanny; Srta. Price, você não fala nada. Mas agora, honestamente, você não acha que ocorrerá dessa maneira?

– Não – disse Fanny com firmeza –, não espero por isso.

– De jeito nenhum! – exclamou a senhorita Crawford com entusiasmo. – Eu questiono tudo isso, mas ouso afirmar que você sabe exatamente... eu sempre imagino que você é... talvez você não acredite que ele esteja pronto para se casar, pelo menos não agora.

– Não, eu não acho – disse Fanny suavemente, esperando não ter afirmado uma coisa ou outra.

Sua amiga olhou para ela intensamente, e recuperando o seu estado de espírito mesmo ruborizada por esse olhar, afirmou somente:

– Ele está melhor assim. – E mudou o assunto.

CAPÍTULO 30

A inquietação da Srta. Crawford foi atenuada após esta conversa, e ela voltou para casa em tal estado de espírito que quase poderia resistir a mais outra semana, caso fosse necessário, com o mesmo grupo reduzido e o mesmo tempo desagradável. Mas como aquela mesma noite trouxe seu irmão de volta de Londres bastante alegre, como habitualmente, ou talvez ainda mais que o habitual. E assim ela não tinha mais do que se lamentar. Ele ainda se recusava a dizer o que tinha ido fazer lá apenas com a intenção de provocá-la e o que um dia antes poderia tê-la irritado, agora era uma brincadeira engraçada, mas ela suspeitava de que ele planejava alguma surpresa para ela.

O dia seguinte trouxe de fato uma surpresa para ela. Henry disse que iria aos Bertram apenas para perguntar como eles estavam, e voltaria em dez minutos, mas ele já estava fora há mais de uma hora, e quando sua irmã, que estava esperando para passear com ele no jardim, finalmente o encontrou e muito impaciente falou:

– Meu caro Henry, onde esteve por todo este tempo?

E tudo o que havia a dizer era que estivera conversando com Lady Bertram e Fanny.

– Conversando com elas há uma hora e meia! – exclamou Mary.

Mas isso era somente o início de sua surpresa.

– Sim, Mary – disse ele, juntando o seu braço ao dele e caminhando ao longo do jardim como se não soubesse onde estava. – Eu não pude deixá-las antes; Fanny estava tão linda e adorável! Estou muito determinado, Mary. Estou decidido. Isto vai surpreendê-la? Não, você deve saber que estou bastante determinado a me casar com Fanny Price.

A surpresa agora estava completa, pois, apesar do comportamento dele sugerir a suspeita de que ele pudesse acalentar esses pensamentos nunca tinha passado pela cabeça da irmã. E ela parecia tão verdadeiramente espantada e de tal forma que ele se sentiu obrigado a repetir o que acabara de dizer, mais completa e solenemente. Convencida da determinação do irmão, deu-lhe apoio. Até sentiu algum prazer com a surpresa. Mary estava em um estado de espírito favorável para exultar uma ligação com a família Bertram, e não ficou descontente com a ideia de casá-lo com alguém um pouco inferior a ele.

– Sim, Mary – afirmou Henry. – Estou completamente apaixonado. Você sabe quais foram minhas motivações fúteis, mas elas não existem mais. Eu fiz, e me orgulho disso, um progresso considerável na conquista da afeição dela, mas o que sinto por ela está totalmente definido.

– Menina de sorte! – falou Mary, assim que conseguiu falar. – Que casamento para ela! Meu querido Henry, esta é a minha primeira impressão, mas a segunda, que deve saber sinceramente, é que aprovo a sua escolha do fundo do meu coração, e tenho certeza que será muito feliz, é o que espero e desejo. Você terá uma esposa meiga, grata e devota; exatamente o que merece. Que bela união para ela! A Sra. Norris com frequência menciona a sorte que ela teve. O que dirá agora? Sem dúvida, será uma alegria para toda a família! E ela tem verdadeiros amigos nesta família. Como eles vão alegrar-se! Mas conte-me tudo sobre isso. Fale comigo sem parar. Quando começou a pensar seriamente nela?

Nada poderia ser mais impossível do que responder a tal pergunta, embora nada pudesse ser mais agradável do que ser perguntado a respeito. Como havia sido tão agradavelmente capturado ele não poderia dizer, e antes que tivesse expressado repetidamente o mesmo sentimento com pequenas variações, a irmã o interrompeu ansiosamente.

– Ah, meu querido Henry, então é isso que o levou a Londres! Este era o seu compromisso! Você achou melhor consultar o almirante antes de se decidir.

Mas isso ele negou veementemente. Ele conhecia seu tio muito bem para consultá-lo sobre qualquer esquema matrimonial. O almirante tinha aversão a casamento, e achava que isso era imperdoável para um jovem de fortuna e independente.

– Quando ele conhecer Fanny – continuou Henry –, vai gostar dela. Ela é exatamente a mulher para acabar com todo preconceito de um homem como o almirante, pois constitui exatamente o tipo de mulher que ele acredita não existir no mundo. Ela é precisamente a impossibilidade que ele descreveria, caso tenha agora sensibilidade suficiente que o permita incorporar as suas ideias. Mas até que tudo esteja absolutamente resolvido, e sem qualquer interferência, ele não deve saber nada sobre o assunto. Não, Mary, você está completamente enganada. Ainda não descobriu qual era o meu compromisso!

– Bem, bem, estou satisfeita. Agora sei sobre a quem se relaciona, e não estou com pressa em saber o restante. Fanny Price, maravilhoso, realmente maravilhoso! Mansfield foi tão importante... que você encontrou lá o seu destino! Mas você está certo, não poderia ter escolhido melhor. Não há uma jovem melhor no mundo, e você não a deseja por fortuna. E quanto a sua origem, não poderia ser melhor. Os Bertram são sem dúvida uma das melhores famílias neste país. Ela é sobrinha do senhor Thomas Bertram, e isso será suficiente para o mundo. Mas continue, continue. Fale-me tudo. Quais são os seus planos? Ela já sabe do seu maravilhoso destino?

– Não.

– O que está esperando?

– Por... por um pouco mais do que uma oportunidade. Mary, ela não é como as primas, mas acredito que não lhe perguntarei em vão.

– Ah, certamente não. Ainda que você fosse menos agradável, e supondo que ela não o ame agora, do que tenho razões para duvidar, você teria garantia de conquistá-la. A gentileza e o reconhecimento de seu caráter vão assegurá-la para você imediatamente. Pela minha alma, não acho que ela se casaria com você sem amor, isto é, se houver uma garota no mundo capaz de não ser influenciada pela ambição, posso supor que seja ela, peça a ela para te amar, e ela nunca terá coragem de recusar.

Assim que sua ansiedade foi passando, eles estavam igualmente felizes de contar e ouvir, e a conversa que se seguiu foi verdadeiramente interessante para ambos, embora ele não se referisse a nada mais do que as suas próprias sensações, ou os encantos de Fanny. A beleza do rosto de Fanny e de seu corpo, a graciosidade do seu jeito e a bondade de coração foram os temas inesgotáveis. A gentileza, modéstia e doçura de seu caráter foram calorosamente discutidos. Aquela doçura que constitui parte essencial do valor da mulher perante o julgamento de um homem, e embora muitas vezes apenas imaginada, que eles sempre acreditam existir. Ele tinha bons motivos para confiar em seu temperamento e para elogiá-lo. Ele o tinha visto ser testado com frequência. Havia alguém na família, com exceção de Edmund, que não houvesse, de uma forma ou de outra, continuamente exercitado a sua paciência e indulgência? Seus afetos eram evidentemente fortes. Vê-la com o irmão! O que mais poderia ser uma prova de que o ardor em seu coração era semelhante à sua gentileza? O que poderia ser mais encorajador para um homem que tinha o amor dela em vista? Assim, a compreensão dela estava além de qualquer suspeita, viva e transparente. Henry Crawford tinha muita percepção para não reconhecer o valor dos bons princípios em uma esposa, embora ele mesmo estivesse pouco acostumado a pensar seriamente sobre isso. Mas ao falar sobre a sua conduta estável e regular, sua grande noção de honra e compostura como uma espécie de garantia para qualquer homem confiante na fé e integridade dela, estava inspirado nos bons princípios e na religiosidade dela.

– Eu poderia total e absolutamente confiar nela – disse ele –, e isso é o que eu quero.

Bem poderia a irmã, acreditando como ela realmente acreditava que sua opinião sobre Fanny Price dificilmente estava além de seus méritos, alegrar-se com as suas perspectivas.

– Quanto mais eu penso no assunto – disse ela –, mas me convenço de que está fazendo o correto, e ainda que eu nunca escolhesse Fanny Price como a jovem mais provável para você, acredito que ela seja a mais indicada para fazê-lo feliz. Seu plano perverso de fazê-la se apaixonar por você sem dúvida foi uma boa ideia, e ambos serão beneficiados.

– Foi ruim, muito ruim atentar contra essa criatura, mas eu não a conhecia. E ela não deverá ter qualquer motivo para lamentar a minha decisão. Eu a farei muito feliz, Mary; mais feliz que jamais foi ou que tenha visto alguém ser. Eu não a tirarei de Northamptonshire. Eu deixarei Everingham e alugarei uma residência nas cercanias, talvez Stanwix Lodge. Alugarei Everigham por um contrato de sete anos. Estou certo de encontrar com facilidade um excelente inquilino. Eu poderia nomear três pessoas agora que aceitariam os meus termos e ainda me agradeceriam.

– Ah! – exclamou Mary. – Estabelecer-se em Northamptonshire. Que agradável! Assim ficaremos todos juntos

Em seguida, pensou no que havia acabado de dizer e arrependeu-se; mas não havia qualquer motivo para se constranger, pois o irmão a via como a possível ocupante do presbitério de Mansfield e respondeu gentilmente que a convidaria para a sua casa, e reivindicou seus direitos sobre ela.

– Você deve nos dar mais da metade do seu tempo – disse ele. – Não posso admitir que a Sra. Grant tenha um direito semelhante ao de Fanny e meu, pois ambos teremos direitos sobre você. Fanny será verdadeiramente a sua irmã!

Mary não disse mais nada além de lhe demonstrar a sua gratidão e dar-lhe garantias; mas estava totalmente decidida a não ser a visitante nem do irmão ou da irmã por muitos meses.

– Você vai dividir seu ano entre Londres e Northamptonshire?

– Sim.

– Você está certo; e em Londres, naturalmente, em sua própria casa, sem precisar hospedar-se na do almirante. Meu querido Henry, será de grande benefício para você distanciar-se do almirante antes que seu comportamento seja afetado pelo dele; antes que adote suas tolas opiniões ou aprenda a sentar-se à mesa como se fosse a maior bênção da vida! Você não percebe o seu benefício, já que a sua consideração por ele o deixou cego, mas em minha opinião, o seu casamento quando ainda jovem poderá ser a sua salvação. Ter visto você crescer como o almirante em palavras ou ação, olhar ou gestos, teria quebrado o meu coração.

– Bem, bem, nós não temos a mesma opinião. O almirante tem seus defeitos, mas é um ótimo homem e tem sido mais do que um pai para mim. Poucos pais teriam permitido tamanha liberdade. Você não deve influenciar Fanny negativamente a seu respeito. E farei com que se amem mutuamente.

Mary se absteve de dizer o que sentia, pois poderia haver duas pessoas existentes com personalidade e maneiras tão diferentes, o tempo faria com que ele percebesse. Mas ela não podia evitar ter tal ideia a respeito do almirante.

– Henry, tenho Fanny Price em alta conta, e se pudesse supor que a próxima Sra. Crawford teria metade dos motivos que a minha pobre mal casada tia possuía para abominar o próprio nome, eu tentaria impedir o casamento, se possível. Mas o conheço, sei que uma mulher que você ame será a mais feliz do mundo, e mesmo que deixe de amá-la, ainda assim ela verá em você a generosidade e a boa educação de um cavalheiro. A impossibilidade de não fazer tudo que estivesse ao seu alcance para deixar Fanny Price feliz, ou de deixar de amá-la, foi a base para a sua eloquente resposta.

– Se a tivesse visto esta manhã, Mary – ele continuou –, atendendo com inefável doçura e paciência todas as demandas absurdas da tia, trabalhando com ela e para ela, com seu brilho belamente ressaltado enquanto se empenhava no trabalho, a seguir finalizando uma anotação iniciada antes de se colocar a serviço daquela mulher estúpida, e tudo isso com gentileza despretensiosa, como uma obrigatoriedade, como se fosse natural não ter direito a único momento seu; seu cabelo perfeitamente arrumado, como sempre, com um pequeno cacho caído sobre o seu rosto enquanto escrevia, que de tempos em tempos jogava para trás. Em meio a tudo isso conversava em intervalos comigo, ou me ouvia, demonstrando gostar de prestar atenção ao que falo. Se a tivesse visto, Mary, você não teria vislumbrado a possibilidade de extinguir-se o seu poder sobre o meu coração.

– Meu querido Henry – falou Mary, parando bruscamente e sorrindo na cara dele –, como estou feliz em ver você tão apaixonado! Isso me encanta. Mas o que a Sra. Rushworth e Julia dirão?

– Não me importo nem com o que elas dizem nem com o que sentem. Elas agora vão ver que tipo de mulher é que pode me prender, que pode prender um homem de bom senso. Espero que a descoberta possa lhes fazer bem. E elas verão a prima ser tratada da maneira como deve, e espero que possam verdadeiramente se envergonhar de sua abominável negligência e indelicadeza. Elas ficarão furiosas – completou, e prosseguiu depois de um momento de silêncio e em um tom mais brando: – A Sra. Rushworth ficará muito aborrecida. Será uma pílula amarga para ela, ou seja, como outras pílulas amargas, terá dois momentos, primeiro de sabor ruim, e então será engolida e esquecida. Eu não sou pretensioso o suficiente para supor que os sentimentos dela seriam mais duradouros do que os de outra mulher, mesmo tendo sido objeto deles. Sim, Mary, a minha Fanny sentirá certamente uma diferença, a cada dia e a cada hora, no comportamento de todos os que se aproximarem dela, e será a completude da minha felicidade saber que sou o responsável por isso; saber que fui a pessoa responsável por aquilo que lhe é de direito. Agora ela é dependente, indefesa, destituída de amigos, negligenciada e esquecida.

– Não, Henry, não por todos; não esquecida por todos; nem sem amigos ou esquecida. Seu primo Edmund nunca se esquece dela.

– Edmund, é verdade; acredito que ele seja, de forma geral, gentil com ela, e Sir Thomas também, a sua maneira. Mas o tio se comporta como os ricos: superiores, prolixos e arbitrários. O que Sir Thomas e Edmund podem fazer juntos, o que eles fazem pela sua felicidade, bem-estar, honra e dignidade neste mundo em comparação ao que eu farei?

CAPÍTULO 31

Henry Crawford estava em Mansfield Park novamente na manhã seguinte, e mais cedo do que que costumavam ser suas visitas. Fanny e Sra. Bertram estavam juntas na sala de desjejum e, felizmente para ele, Lady Bertram estava prestes a sair quando ele entrou. Ela estava quase na porta, e não querendo de forma alguma ter tantos problemas em vão, ela ainda continuou, após uma recepção civil, uma curta frase sobre ser aguardada, e um: "Avise Sir Thomas", ao criado.

Henry, muito feliz por ela partir, curvou-se e, sem perder mais um momento, voltou-se instantaneamente para Fanny e, tirando algumas cartas, disse, com um olhar mais animado:

– Devo reconhecer que estou infinitamente grato a qualquer criatura que me dá a oportunidade de vê-la sozinha: tenho desejado isso mais do que você pode imaginar. Sabendo como eu sei quais são seus sentimentos como irmã, eu dificilmente suportaria que alguém na casa compartilhasse com você o primeiro conhecimento das notícias que agora trago. Está feito. Seu irmão agora é tenente. Tenho a infinita satisfação de parabenizá-la pela promoção de seu irmão. Aqui estão as cartas que a anunciam. Você vai, talvez, gostar de vê-las.

Fanny não conseguia falar, mas ele não queria que ela falasse. Ver a expressão de seus olhos, a mudança de sua pele, o progresso de seus sentimentos, sua dúvida, confusão e felicidade, era o suficiente. Ela pegou as cartas conforme ele as entregava. A primeira foi do almirante informando seu sobrinho, em poucas palavras, de ter conseguido o objetivo que havia empreendido, a promoção do jovem Price, e incluindo mais dois, um do Secretário do Primeiro Lorde a um amigo, a quem o almirante pusera para trabalhar no negócio, o outro amigo disse para ele, pelo que parecia, que sua senhoria teve a imensa felicidade de atender à recomendação de Sir Charles; que Sir Charles ficou muito satisfeito por ter a oportunidade de provar sua consideração pelo almirante Crawford, e que a circunstância de a promoção do Sr. William Price como segundo-tenente do navio HM Thrush havia espalhado alegria geral por um amplo círculo de grandes pessoas.

Enquanto sua mão tremia sob essas cartas, seus olhos correndo de uma para a outra e seu coração enchendo-se de emoção, Crawford continuou, com entusiasmo sincero, a expressar seu interesse pelo evento:

– Não vou falar da minha própria felicidade – disse ele –, por maior que seja, pois penso apenas na sua. Comparado a você, quem tem o direito de ser feliz? Quase lamentei meu próprio conhecimento prévio do que você deveria ter sabido antes de todo o mundo. Não perdi um minuto, no entanto. O correio chegou atrasado esta manhã, mas assim que chegou não houve demora. Não tentarei descrever quão impaciente e quão ansioso eu tenho estado sobre o assunto. Não tentarei descrever quão severamente mortificado, quão cruelmente desapontado, por não tê-lo terminado enquanto eu estava em Londres! Fui mantido lá dia a dia na esperança de que isso acontecesse, por nada menos caro para mim do que tal objeto teria me detido metade do tempo de Mansfield. Mas embora meu tio tenha feito meus desejos com todo o calor que pude desejar e se esforçado imediatamente, houve dificuldades devido à ausência de um amigo e aos compromissos de outro, que em último eu não aguentava mais a espera, e sabendo que a causa estava em boas mãos, saí na segunda-feira, confiando que o correio não passaria com cartas como essa antes que tivesse chegado. Meu tio, que é o melhor homem do mundo, se esforçou, como eu sabia que faria, depois de conhecer seu irmão. Ele ficou encantado com ele. Não me permitiria nem repetir metade do que o almirante disse em seu elogio. Adiei tudo até que seu elogio fosse provado como elogio de um amigo, como este dia o prova. Agora, posso dizer que nem mesmo eu poderia exigir que William Price despertasse um interesse maior, ou fosse seguido por desejos mais calorosos e elogios mais elevados, do que os que foram mais voluntariamente concedidos por meu tio depois da noite em que passaram juntos.

– Isso foi tudo feito por você, então? – exclamou Fanny. – Meu Deus! Que gentileza! Você realmente... Foi pelo seu desejo? Desculpe, mas estou perplexa. O almirante Crawford se candidatou? Como foi? Estou estupefata.

Henry ficou muito feliz em lhe contar a história, começando em um estágio anterior e explicando muito detalhadamente o que ele havia feito. Sua última viagem a Londres havia sido empreendida com nenhuma outra intenção senão a de apresentar o irmão dela em Hill Street e persuadir o almirante a exercer qualquer interesse que pudesse ter em levá-lo adiante. Este tinha sido o seu negócio. Ele não comunicou isso a nenhuma criatura: ele não tinha soprado uma sílaba disso mesmo para Mary; embora incerto sobre o assunto, ele não poderia ter suportado nenhuma participação de seus sentimentos, mas este era seu negócio; e ele falou com tal brilho do que tinha sido sua solicitude, e usou expressões tão fortes, era tão abundante no mais profundo interesse, em dois motivos, em pontos de vista e desejos mais do que poderia ser dito, que Fanny não poderia ter permanecido insensível a sua tendência, ela seria incapaz disso; mas seu coração estava tão cheio e seus sentidos ainda tão atônitos, que mesmo o que ele lhe contava sobre William, ela não entendia direito e dizendo apenas quando ele fez uma pausa:

– Que gentil! Que gentil! Oh, Sr. Crawford, nós somos infinitamente gratos a você! Querido, querido William!

Ela deu um pulo e correu para a porta, gritando:

– Vou falar com meu tio. Meu tio deve saber o mais rápido possível.

Mas ele não poderia perder aquela chance. A oportunidade era muito justa e seus sentimentos muito impacientes. Foi atrás dela imediatamente. "Ela não deve ir, ela deve me permitir mais cinco minutos", e ele pegou em sua mão e a conduziu de volta para sua cadeira, e estava no meio de sua explicação posterior, antes que ela suspeitasse do motivo da conversa. Quando ela entendeu, no entanto, enquanto ele acreditava que havia propiciado a ela sensações que seu coração nunca tinha conhecido antes, e que tudo o que ele havia feito por William deveria ser colocado na conta de seu apego excessivo e inigualável a ela, ela ficou extremamente aflita e por alguns momentos incapaz de falar. Ela considerava tudo um absurdo, uma mera brincadeira e galantaria, que significava apenas enganações. Ela não podia deixar de sentir que ele estava tratando-a de maneira imprópria e indigna, e de uma maneira que ela não merecia. Mas era inteiramente de acordo com o que ela tinha visto antes a respeito dele; e ela não se permitiria demonstrar a metade do desgosto que sentia, porque ele a havia conferido uma obrigação, que nenhuma falta de delicadeza de sua parte poderia tornar-lhe uma ninharia. Enquanto seu coração ainda batia forte de alegria e gratidão em nome de William, ela não podia ficar gravemente ressentida com qualquer coisa que ferisse apenas a si mesma. Depois de ter puxado a mão duas vezes, e duas vezes tentado em vão se afastar dele, ela se levantou e disse apenas, com muita agitação:

– Não, Sr. Crawford, por favor, não! Este é um tipo de conversa que é muito desagradável para mim. Devo ir embora. Não posso suportar.

Mas ele continuava falando, descrevendo sua afeição, solicitando uma retribuição e, finalmente, em palavras tão claras que só tinham um significado para ela, oferecendo-se, mão, fortuna, tudo, para sua aceitação. Era isso, ele tinha dito. Seu espanto e confusão aumentaram, e embora ainda não soubesse como supô-lo sério, ela mal conseguia ficar em pé. Ele pressionou por uma resposta.

– Não, não e não! – ela gritou, escondendo o rosto. – Isso tudo é um absurdo. Não me aflija. Não posso ouvir mais nenhuma palavra. Sua bondade para com William me torna mais grata a você do que palavras podem expressar, mas eu não quero. Não posso suportar, não devo ouvir! Não, não, não pense em mim. Mas você não está pensando em mim. Eu sei que não é nada.

Ela havia se afastado dele, e naquele momento Sir Thomas foi ouvido falando com um criado em seu caminho em direção à sala em que se encontravam. Não era hora para mais garantias ou súplicas, embora se separar dela em um momento em que sua modéstia só parecia, para sua mente otimista e segura, atrapalhar a felicidade que ele buscava, era uma necessidade cruel. Ela saiu correndo por uma porta oposta à que seu tio estava se aproximando, e estava andando para cima e para baixo na sala leste na maior confusão de sentimentos contrários, antes que a polidez ou as desculpas de Sir Thomas tivessem acabado, ou ele tivesse chegado ao início do alegre recado que seu visitante veio comunicar.

Ela estava sentindo, pensando, tremendo sobre tudo; agitada, feliz, miserável, infinitamente obrigada, absolutamente zangada. Foi tudo inacreditável! Ele era imperdoável, incompreensível! Mas tais eram seus hábitos que ela não conseguia enxergar maldade. Ele a havia feito se sentir o mais feliz dos seres humanos. Ela não sabia o que dizer, ou como encarar isso. Ela não queria que ele ficasse sério, mas o que poderia desculpar o uso de tais palavras e ofertas, se não fossem mais do que galanterias?

Mas William era um tenente. Isso era um fato sem dúvidas e sem amarguras. Ela pensaria nisso para sempre e esqueceria todo o resto. O Sr. Crawford certamente nunca mais se dirigiria a ela assim: ele deve ter percebido como isso era indesejável para ela; e, nesse caso, com que gratidão ela poderia estimá-lo por sua amizade com William!

Ela não se afastaria mais da sala leste do que o topo da grande escada, até que se certificasse de que Sr. Crawford havia saído de casa, mas quando se convenceu de que ele havia partido, ela estava ansiosa para descer e ficar com seu tio, e ter toda a felicidade de sua alegria, bem como a dela, e todos os benefícios de suas informações ou conjecturas sobre o que seria agora o destino de William. Sir Thomas estava tão alegre quanto ela poderia desejar, e muito gentil e comunicativo; e ela teve uma conversa tão confortável com ele sobre William que a fez sentir como se nada tivesse ocorrido para irritá-la, até que ela descobriu que Sr. Crawford tinha se comprometido a voltar e jantar lá naquele mesmo dia. Esta foi uma informação muito desagradável, pois embora o que havia ocorrido não significasse nada para ela, seria muito angustiante para ela vê-lo novamente tão cedo.

Ela tentou tirar o melhor disso. À medida que a hora do jantar se aproximava, tentou muito sentir e parecer como de costume, mas era impossível para ela não parecer muito tímida e desconfortável quando o visitante entrou na sala. Ela não poderia ter suposto que, pelo poder de qualquer concorrência de circunstâncias, ela tivesse tantas sensações dolorosas no primeiro dia em que soube da promoção de William.

O Sr. Crawford não estava apenas na sala, mas se apressou a se sentar perto dela. Ele tinha um bilhete para entregar de sua irmã. Fanny não conseguia olhar para ele, mas não havia nenhuma consciência da tolice que acontecera em sua voz. Ela abriu o bilhete imediatamente, feliz por ter algo para fazer e feliz, ao lê-lo, por sentir que as inquietações de sua tia Norris, que também iria jantar lá, a escondiam um pouco.

> *"Querida Fanny, assim deverei sempre chamá-la, após um grande alívio de ter que chamá-la de Srta. Price nas últimas semanas. Não posso deixar meu irmão se despedir sem te enviar algumas palavras de parabenização, e dar-lhe meu alegre consentimento e minha aprovação. Vá em frente, minha querida Fanny, e com coragem. Não há dificuldades que sejam dignas de se mencionar. Eu opto por supor que a garantia do meu consentimento irá servir. Então, pode sorrir para ele com o seu sorriso mais meigo nesta noite e enviá-lo de volta para mim ainda mais feliz do que sai daqui.*
>
> *Carinhosamente."*

Não eram expressões que fizessem bem a Fanny, pois embora ela lesse com muita pressa e confusão para formar o julgamento mais claro de o quê a Srta. Crawford quis dizer, era evidente que ela pretendia cumprimentá-la e até mesmo parecia acreditar que era sério. Ela não sabia o que fazer ou o que pensar. Havia miséria na ideia de ser sério; havia perplexidade e agitação em todos os sentidos. Ela ficava angustiada sempre que Sr. Crawford falava com ela, e ele falava com ela com muita frequência; e ela temia que houvesse algo em sua voz e em sua maneira de se dirigir a ela, muito diferente do que eram quando falava com os outros. Seu conforto no jantar daquele dia foi totalmente destruído: ela mal conseguia comer algo e quando Sir Thomas, com bom humor, observou que a alegria havia tirado seu apetite, ela estava prestes a afundar de vergonha, de medo da interpretação de Sr. Crawford, pois embora nada pudesse tê-la tentado a voltar seus olhos para a direita, onde ele estava sentado, ela sentiu que os dele estavam imediatamente voltados para ela.

Ela estava mais silenciosa do que nunca. Ela dificilmente entraria na conversa, mesmo quando William era o assunto, pois sua promoção veio toda da pessoa à sua direita também, e havia dor naquela constatação.

Ela achava que Lady Bertram prolongava o jantar por mais tempo do que nunca e começou a se desesperar para ir embora. Mas finalmente eles estavam na sala de estar, e ela pôde se entregar aos pensamentos, enquanto suas tias terminavam o assunto da nomeação de William à sua própria maneira.

Sra. Norris parecia tão satisfeita com a economia que isso representaria para Sir Thomas quanto qualquer outro.

Agora William seria capaz de se manter, o que faria uma grande diferença para seu tio, pois não se sabia quanto ele havia custado a seu tio; e, de fato, faria alguma diferença nos presentes dela também. Ela estava muito feliz com o que havia dado a William quando ele partiu. Muito feliz, de fato, que estava em seu poder, sem inconveniência material, apenas naquele momento dar a ele algo bastante considerável; isto é, para ela, com seus recursos limitados, por enquanto, tudo seria útil para ajudar a preparar sua cabine. Ela sabia que ele devia ter muitas despesas, que teria muitas coisas para comprar, embora tivesse certeza de que seu pai e sua mãe seriam capazes de colocá-lo no caminho de conseguir tudo muito barato. Ela estava muito feliz por ter contribuído para isso.

– Fico feliz que você tenha dado a ele algo considerável – disse Lady Bertram, com a mais insuspeita calma –, pois eu dei a ele apenas 10 libras.

– De fato! – exclamou a Sra. Norris, corando. – Devo dizer que ele partiu com os bolsos bem forrados e sem nenhum custo para a viagem a Londres!

– Sir Thomas me disse que 10 libras seriam suficientes.

Sra. Norris, não estando absolutamente inclinada a questionar sua suficiência, começou a levar o assunto a outro ponto.

– É surpreendente – disse ela –, o quanto os jovens custam aos amigos, que dirá a quem os coloca no mundo! Eles pensam pouco sobre isso, o quanto os seus pais, tios e tias gastam com eles no curso de um ano. Agora, aqui estão os filhos da minha irmã Price, se os reunirem, ouso afirmar que ninguém poderá acreditar no valor que custam ao Sir Thomas a cada ano, sem mencionar o que eu faço por eles.

– É verdade, irmã, é exatamente assim. Mas, pobres criaturas, eles não podem fazer nada a respeito, e você sabe que faz pouca diferença para Sir Thomas. Fanny, William não deve esquecer o meu xale se viajar para as Índias Ocidentais; e eu lhe darei uma comissão por qualquer outra encomenda que valha a pena. Espero que ele vá para as Índias Ocidentais e que eu receba meu xale. Acho que vou querer dois xales, Fanny.

Fanny, por sua vez, falando apenas quando não podia evitar, tentava seriamente entender em que o Sr. e a Srta. Crawford estavam querendo.

Tudo ia contra a possibilidade de eles estarem falando sério. Tudo o que era natural, provável, razoável, era contra essa ideia. Todos os seus hábitos e formas de pensar, e todos os seus próprios deméritos. Como ela poderia ter despertado uma ligação séria em um homem que tinha visto tantas, e sido admirado por tantas, e flertado com tantas, infinitamente superiores; que parecia tão pouco aberto a impressões sérias; que pensava tão levianamente, tão descuidadamente, tão insensivelmente em todos esses pontos; que era tudo para todos e parecia não encontrar ninguém essencial para ele? E, além disso, como poderia supor que sua irmã, com todas as suas noções elevadas e mundanas de matrimônio, estaria transmitindo algo de natureza tão séria? Nada poderia ser mais estranho. Fanny tinha vergonha de suas próprias dúvidas. Tudo pode ser possível, em vez de um apego sério ou uma aprovação séria em relação a ela. Ela já havia se convencido disso antes que Sir Thomas e o Sr. Crawford se juntassem a eles. A dificuldade consistia em manter a convicção de forma tão absoluta depois que Sr. Crawford estava na sala. Por uma ou duas vezes, um olhar pareceu forçado a ela, que ela não sabia como classificar entre o significado comum; em qualquer outro homem, ela teria dito que significava algo muito sério, muito direto. Mas ela ainda tentou acreditar não mais do que o que ele muitas vezes expressou para suas primas e cinquenta outras mulheres.

Ela pensou que ele estava querendo falar com ela sem ser ouvido pelos outros. Ela imaginava que ele tentava fazer isso a noite toda, em intervalos, sempre que Sir Thomas estava fora da sala, ou em algum compromisso com a Sra. Norris, e ela cuidadosamente recusava todas as oportunidades.

Por fim – parecia um fim para o nervosismo de Fanny –, ele começou a falar em ir embora; mas o conforto do som foi prejudicado por ele se voltar para ela no momento seguinte e dizer:

– Você não tem nada para enviar a Mary? Não respondeu ao bilhete dela? Ela ficará desapontada se não receber nada de você. Por favor, escreva para ela, mesmo que seja apenas uma linha.

– Ah, sim! Com certeza – exclamou Fanny, levantando-se apressada, a pressa do constrangimento e de querer ir embora. – Escreverei agora mesmo.

Ela foi até a mesa, onde costumava escrever para a tia, e preparou o material sem saber o que dizer. Ela tinha lido a nota de Srta. Crawford apenas uma vez, e responder a qualquer coisa tão mal compreendida era muito angustiante. Bastante inexperiente nesse tipo de escrita de notas, se houvesse tempo para escrúpulos e medos quanto ao estilo, ela os teria sentido em abundância: mas algo deveria ser escrito instantaneamente, e com um sentimento decidido, o de não desejar parecer pensar em algo realmente pretendido. Ela escreveu assim, com grande tremor, tanto de espírito quanto de mão:

> *"Estou muito grata a você, minha querida Srta. Crawford, por seus gentis parabéns, no que diz respeito ao meu querido William. Em relação ao restante do seu bilhete, sei que não quer dizer nada, mas estou tão à parte de qualquer referência desta natureza que espero que me desculpe em lhe pedir que não toque mais nesse assunto. Conheço bem o Sr. Crawford e não compreendo suas atitudes. Se ele me compreendesse tão bem, ouso afirmar que se comportaria diferentemente. Não estou certa sobre o que escrevo, mas seria um imenso favor nunca mais mencionar o assunto. Em agradecimento pela gentileza de seu bilhete,*
>
> *Agradeço, querida Srta. Crawford, etc., etc."*

A conclusão era dificilmente inteligível devido ao seu crescente nervosismo, pois ela descobriu que Sr. Crawford, sob o pretexto de receber o bilhete, vinha em sua direção.

– Não pense que eu pretendo apressá-la – disse ele, em voz baixa, percebendo a tremenda apreensão com que ela redigia a nota. – Não pense que tenho tal objetivo. Não se apresse, eu imploro.

– Oh! Agradeço-lhe; já terminei, acabei de fazer; ficará pronto em um momento; estou muito agradecida a você; se tiver a bondade de entregá-lo a Srta. Crawford.

O bilhete lhe foi estendido e estava pronto para ser levado. Fanny desviou o olhar e caminhou em direção à lareira onde os demais estavam sentados, e ele não tinha nada mais a fazer do que se despedir.

Fanny achava que nunca havia conhecido um dia de maior agitação, tanto de dor quanto de prazer; mas felizmente o prazer não era do tipo que morria com o dia, pois cada dia restauraria o conhecimento do avanço de William, ao passo que a dor, ela esperava, não voltaria mais. Ela não tinha dúvidas de que seu bilhete estava excessivamente mal escrito, que a linguagem parecia de uma criança, pois sua aflição não permitira nenhum arranjo; mas pelo menos isso garantiria a ambos que ela não era imposta nem gratificada pelas atenções de Sr. Crawford.

CAPÍTULO 32

Fanny de forma alguma havia esquecido o Sr. Crawford quando acordou na manhã seguinte; mas ela se lembrava do significado de seu bilhete e não estava menos otimista quanto ao seu efeito do que na noite anterior. Se o senhor Crawford simplesmente fosse embora! Isso era o que ela mais desejava: que ele fosse e levasse sua sua irmã com ele, como deveria fazer, e como voltou para Mansfield com o propósito de fazer. E por que ainda não havia sido feito, ela não conseguia imaginar, pois Srta. Crawford certamente não queria atrasos. Fanny esperava, durante a visita do dia anterior, ouvir a data de partida, mas ele só havia falado de sua jornada como algo que aconteceria em breve.

Tendo resolvido tão satisfatoriamente a convicção que sua nota transmitiria, ela não podia deixar de ficar surpresa ao ver o Sr. Crawford, como ela acidentalmente fez, vindo para a casa novamente, uma hora mais cedo do dia anterior.

A vinda dele pode não ter nada a ver com ela, mas ela deveria evitar vê-lo, se possível; e, estando então a caminho de cima, resolveu ali permanecer, durante toda a sua visita, a menos que fosse realmente chamada. Como Sra. Norris ainda estava na casa, parecia haver pouco perigo de ela ser procurada.

Ela sentou-se por algum tempo, bastante agitada, ouvindo, tremendo e temendo ser enviada a qualquer momento; mas como nenhum passo se aproximou da sala leste, ela foi se recompondo gradualmente, pôde sentar-se e ser capaz de trabalhar e esperar que Sr. Crawford tivesse vindo e ido sem que ela fosse obrigada a saber de nada.

Quase meia hora havia passado, e ela estava ficando muito confortável, quando de repente, o som de um passo em aproximação regular foi ouvido; um passo pesado, um passo incomum naquela parte da casa: era do tio; ela conhecia isso tão bem quanto sua voz; ela tinha tremido com isso tantas vezes, e começou a tremer de novo, com a ideia de ele vir falar com ela, qualquer que fosse o assunto. Na verdade, foi Sir Thomas quem abriu a porta e perguntou se ela estava lá, e se ele poderia entrar. O terror de suas visitas ocasionais anteriores àquela sala parecia todo renovado, e ela sentiu como se ele fosse examiná-la novamente em francês e inglês.

Ela deu toda a atenção, entretanto, ao colocar uma cadeira para ele e tentar parecer honrada; e, em sua agitação, havia esquecido completamente as deficiências de seu apartamento, até que ele, parando bruscamente ao entrar, disse, com grande surpresa:

– Por que você não acendeu a lareira hoje?

Havia neve no chão e ela estava sentada em um xale. Ela hesitou.

– Não estou com frio, senhor. Nunca fico muito tempo sentada aqui nesta época do ano.

– Mas você geralmente a acende?

– Não, senhor.

– Como é que isso acontece? Deve haver algum engano. Eu entendi que você tinha o uso deste quarto para deixá-la perfeitamente confortável. Em seu quarto, sei que você não pode ter fogo. Aqui está um grande equívoco que deve ser corrigido. É altamente impróprio para você sentar-se, mesmo que apenas meia hora por dia, sem uma lareira. Você não é forte. Você está com frio. Sua tia não pode estar ciente disso.

Fanny preferia ficar em silêncio; mas, sendo obrigada a falar, não pôde deixar de dizer, em justiça à tia que mais amava, algo em que se distinguiam as palavras "minha tia Norris".

– Eu entendo – exclamou seu tio, recobrando-se e não querendo ouvir mais. – Eu entendo. Sua tia Norris sempre defendeu, e com muito critério, que os jovens sejam criados sem indulgências desnecessárias; mas deve haver moderação em tudo. Ela também é muito resistente, o que certamente a influenciara em sua opinião sobre as necessidades dos outros. E, por outro lado, também posso compreender perfeitamente. Sei quais foram seus sentimentos. O princípio era bom em si mesmo, mas pode ter sido, e creio que foi, levado longe demais no seu caso. Estou ciente de que tem havido às vezes, em alguns pontos, uma distinção errada; mas penso muito bem de você, Fanny, para supor que você algum dia nutrirá ressentimento por causa disso. Você tem um entendimento que a impedirá de receber as coisas apenas em parte, e de julgar parcialmente pelo evento. Você verá o passado como um todo, e vai considerar momentos, pessoas e probabilidades, e perceberá que eles não terão sido seus amigos e que a estavam educando e preparando para a condição de mediocridade que parecia ser seu destino. Embora sua cautela possa acabar sendo desnecessária, foi gentilmente intencionada, e disso você pode estar certa de que toda vantagem de riqueza será duplicada pelas pequenas privações e restrições que possam ter sido impostas. Tenho certeza de que não decepcionará minha opinião a seu respeito, ao deixar de, a qualquer momento, tratar sua tia Norris com o respeito e a atenção que lhe são devidos. Mas chega disso. Sente-se, minha querida. Devo falar com você por alguns minutos, mas não vou detê-la por muito tempo.

Fanny obedeceu, com os olhos baixos e ruborizada. Após uma pausa momentânea, Sir Thomas, tentando reprimir um sorriso, continuou.

– Você não sabe, talvez, que recebi uma visita esta manhã. Não fiquei muito tempo em meu quarto, depois do café da manhã, quando o Sr. Crawford foi apresentado. Sua missão, você provavelmente pode conjecturar.

Fanny ficava cada vez mais vermelha, e seu tio, percebendo que ela estava envergonhada a ponto de tornar impossível falar ou levantar os olhos, desviou o olhar, e sem mais nenhuma pausa, prosseguiu em seu relato da visita de Sr. Crawford.

O objetivo do Sr. Crawford era declarar-se apaixonado por Fanny, fazer-lhe propostas definitivas e buscar a aprovação do tio, que havia assumido o papel dos pais dela. E ele o fez tão bem, tão aberta e tão adequadamente, que Sir Thomas, acreditando que as respostas e afirmações dele eram condizentes com a situação, estava excessivamente feliz em compartilhar com Fanny os detalhes de sua conversa, sem saber o que passava na mente da sobrinha, imaginando que ao transmitir-lhe tais detalhes a deixaria mais satisfeita do que ele mesmo ficara. Ele falou por alguns minutos sem que Fanny ousasse interrompê-lo; ela nem sequer pretendia fazê-lo. Sua mente estava muito confusa. Ela mudou de posição, e com os olhos fixos em uma das janelas, ouviu o tio completamente perturbada e desalentada. Ele fez uma breve pausa, que ela mal notou; e levantando-se da cadeira ele disse:

– E agora, Fanny, tendo executado uma parte de minha tarefa, e mostrado a você que tudo está colocado em uma base mais segura e satisfatória, poderei executar o restante persuadindo-a a me acompanhar até o andar de baixo, onde, embora eu não possa deixar de presumir que eu mesmo não fui um companheiro inaceitável, devo submeter-me ao fato de você encontrar um ainda mais digno de ser ouvido. Sr. Crawford, como você talvez tenha previsto, ainda está na casa. Ele está no meu quarto e espera vê-lo lá.

Houve um olhar, um sobressalto, uma exclamação ao ouvir isso, que espantou Sir Thomas.

– Oh! Não, senhor, não posso, na verdade não posso ir até ele. O Sr. Crawford deve saber, ele deve saber disso: eu disse a ele o suficiente ontem para convencê-lo; ele falou comigo sobre este assunto ontem, e eu disse a ele sem disfarce que era muito desagradável para mim, e totalmente fora de meu alcance retribuir suas estimas.

– Não entendi o que você quis dizer – disse Sir Thomas, sentando-se novamente. – Fora de seu alcance para retribuir suas estimas? O que é tudo isso? Sei que ele falou com você ontem e pelo que eu entendi recebeu tanto incentivo para prosseguir quanto uma jovem criteriosa poderia se permitir dar. Fiquei muito satisfeito com o que coletei como sendo o seu comportamento na ocasião; demonstrou uma discrição que merece ser elogiada. Mas agora, quando ele fez suas aberturas de maneira tão adequada e honrosa, quais são seus escrúpulos?

– Está enganado, senhor – exclamou Fanny, forçada pela ansiedade do momento até para dizer ao tio que ele estava errado –, você está muito enganado. Como o Sr. Crawford pôde dizer uma coisa dessas? Não dei a ele nenhum incentivo ontem. Pelo contrário, eu disse a ele, não consigo me lembrar de minhas palavras exatas, mas tenho certeza de que disse a ele que foi muito desagradável para mim em todos os aspectos, e que eu implorei a ele para nunca mais falar comigo dessa maneira novamente. Tenho certeza de que disse tanto quanto isso e mais; e deveria ter dito ainda mais, se eu tivesse certeza de que ele queria dizer alguma coisa a sério; mas não achei que era o caso, não suportaria que fosse; do contrário, teria me expressado ainda melhor. Achei que tudo poderia não significar nada para ele.

Ela não pôde dizer mais nada, sua respiração estava ofegante.

– Devo entender – disse Sir Thomas, após alguns momentos de silêncio – que você pretende recusar o Sr. Crawford?

– Sim, senhor.

– Recusá-lo?

– Sim, senhor.

– Recusar Sr. Crawford! Com que apelo? Por que razão?

– Eu... eu não gosto dele, senhor, o suficiente para me casar.

– Isto é muito estranho! – disse Sir Thomas, numa voz de calmo descontentamento. – Há algo nisso que minha compreensão não alcança. Aqui está um jovem desejando fazer seus discursos a você, com tudo para recomendá-lo: não apenas situação de vida, fortuna e caráter, mas com mais do que uma simpatia comum, com endereço e conversa que agradam a todos. E ele não é conhecido de hoje, você já o conhece há algum tempo. A irmã dele, aliás, é sua amiga íntima, e ele tem feito isso por seu irmão, o que eu deveria supor que teria sido uma recomendação quase suficiente para você, se não houvesse outra. É muito incerto o quanto minha influência teria feito por William. Ele já o fez.

– Sim – disse Fanny, em voz fraca, e olhando para baixo com vergonha; e ela se sentiu quase envergonhada de si mesma, depois de um quadro como o que seu tio havia desenhado, por não gostar de Sr. Crawford.

– Você deve ter compreendido – continuou Sir Thomas. – Você deve ter percebido há algum tempo uma particularidade nas maneiras de Sr. Crawford para com você. Isso não pode ter te pegado de surpresa. Você deve ter observado suas atenções, e embora você sempre as tenha recebido muito bem, não tenho nenhuma acusação a fazer quanto a isso, nunca os considerei desagradáveis. Estou meio inclinado a pensar, Fanny, que você não conhece bem os seus próprios sentimentos.

– Oh, sim, senhor! De fato, eu os conheço. Suas atenções sempre foram exatamente o que eu não gostava.

Sir Thomas olhou para ela com uma surpresa mais profunda.

– Isso está além de mim – disse ele. – Isso requer explicação. Jovem como você é, e tendo visto quase ninguém, dificilmente é possível que suas afeições...

Ele fez uma pausa e a olhou fixamente. Viu os lábios dela formarem um não, embora o som fosse inarticulado, mas seu rosto estava vermelho. Isso, entretanto, em uma garota tão modesta, pode ser muito compatível com a inocência; e desejando pelo menos parecer satisfeito, ele rapidamente acrescentou:

– Não, não, eu sei que está totalmente fora de questão, é totalmente impossível. Bem, não há mais nada a ser dito.

E por alguns minutos ele não disse nada. Estava perdido em pensamentos. Sua sobrinha estava imersa em pensamentos da mesma forma, tentando se endurecer e se preparar para questionamentos posteriores. Ela preferia morrer a saber a verdade; e ela esperava, por um pouco de reflexão, se fortalecer além de traí-lo.

– Independentemente do interesse que a escolha do Sr. Crawford parecia justificar – disse Sir Thomas, começando de novo, e com muita compostura –, seu desejo de se casar tão cedo é recomendado para mim. Sou um defensor dos casamentos prematuros, onde há significado, e faça com que cada jovem, com uma renda suficiente, se acomodasse tão logo depois dos vinte e quatro anos quanto pudesse. Esta é tanto a minha opinião, que lamento pensar quão pouco provável é o meu próprio filho mais velho, seu primo, Sr. Bertram, vá se casar cedo; mas no momento, pelo que posso julgar, o matrimônio não faz parte de seus planos ou pensamentos. Eu gostaria que ele tivesse mais disposto a se comprometer. – Olhou de relance para Fanny. – Edmund, eu considero, por suas disposições e hábitos, como muito mais provável de se casar cedo do que seu irmão. Ele, de fato, pensou recentemente, viu a mulher que poderia amar, o que, estou convencido, meu filho mais velho não viu. Estou certo? Você concorda comigo, minha querida?

– Sim, senhor.

Foi dito de maneira gentil com calma, e Sir Thomas falou com tranquilidade sobre os primos dela. Mas a remoção de seu alarme não ajudou sua sobrinha: como sua irresponsabilidade foi confirmada, seu descontentamento aumentou; e se levantando e andando pela sala com uma carranca, que Fanny poderia imaginar para si mesma, embora ela não ousasse levantar os olhos, ele logo depois, e com uma voz de autoridade, disse:

– Você tem algum motivo, criança, para pensar mal do temperamento do Sr. Crawford?

– Não, senhor.

Ela ansiava por acrescentar: "Mas de seus princípios eu tenho", mas seu coração afundou sob a perspectiva aterradora de discussão, explicação e provavelmente não convicção. Sua opinião negativa sobre ele baseava-se principalmente em observações, que, pelo bem de seus primos, ela mal ousava mencionar ao pai. Maria e Julia, e especialmente Maria, estavam tão intimamente implicadas na má conduta de Sr. Crawford, que ela não podia expor o caráter dele, como acreditava, sem traí-los. Ela esperava que, para um homem como seu tio, tão perspicaz, tão honrado e tão bom, o simples reconhecimento de antipatia por parte dela fosse suficiente. Para sua tristeza infinita, ela descobriu que não.

Sir Thomas aproximou-se da mesa onde ela se sentava, trêmula e infeliz, e com uma boa dose de fria severidade, disse:

– Não adianta, pelo que vejo, falar com você. É melhor encerrarmos esta conferência tão mortificante... O Sr. Crawford não deve ficar esperando por mais tempo. Portanto, acrescentarei apenas, como considero meu dever marcar minha opinião sobre sua conduta, que você desapontou todas as expectativas que eu havia formado e provou seu próprio caráter. Inverso do que eu supunha. Pois eu, Fanny, como eu acho que meu comportamento deve ter demonstrado, formei uma opinião muito favorável a seu respeito desde o período de meu retorno à Inglaterra. Pensei que você era peculiarmente livre de obstinação de temperamento, e toda tendência para aquela independência de espírito que prevalece tanto nos dias modernos, mesmo nas mulheres jovens, e que nas mulheres jovens é ofensivo e asqueroso do que qualquer outra coisa. Mas agora você me mostrou que pode ser obstinada e perversa; que você pode e irá decidir por si mesma, sem qualquer consideração ou deferência por aqueles que certamente têm algum direito de orientá-la, sem nem mesmo pedir seus conselhos. Você se mostrou muito, muito diferente de tudo que eu tinha imaginado. A vantagem ou a desvantagem de sua família, de seus pais, de seus irmãos e irmãs, parece nunca ter compartilhado seus pensamentos nesta ocasião.

"Como eles podem ser beneficiados, como eles devem se alegrar em tal estabelecimento para você, não é nada para você. Você pensa apenas em si mesma, e porque você não sente pelo Sr. Crawford exatamente o que uma jovem fantasia ser necessário para a felicidade, você resolve recusá-lo de uma vez, sem desejar nem mesmo por um pouco de tempo para pensar nisso, um pouco mais de tempo para consideração fria e para realmente examinar suas próprias inclinações; e estão, em um acesso de loucura, jogando fora essa oportunidade de se estabelecer na vida, de forma elegível, honrosa e nobremente assentada, como, provavelmente, nunca mais ocorrerá a você. Aqui está um jovem de bom senso, de caráter, de temperamento, de maneiras e de fortuna, extremamente apegado a você e buscando sua mão da maneira mais bela e desinteressada; e deixe-me dizer-lhe, Fanny, que você pode viver mais dezoito anos no mundo sem ser abordada por um homem que pertença à metade dos bens de Sr. Crawford ou à décima parte de seus méritos. Com prazer eu teria concedido qualquer uma de minhas próprias filhas a ele. Maria é nobremente casada; mas se o Sr. Crawford pedisse a mão de Julia, eu deveria ter dado a ele com uma satisfação superior e mais sincera do que a de Maria ao Sr. Rushworth. – Após meio momento de pausa: – E eu teria ficado muito surpreso se alguma das minhas filhas recusasse decididamente uma proposta de casamento que tivesse a metade da qualificação desta, imediata e peremptoriamente, sem consultar a minha opinião ou consideração. Eu ficaria muito surpreso e importunado com um comportamento como esse. Eu teria pensado que é uma violação grave do dever e do respeito. Você não deve ser julgada pela mesma regra. Você não me deve a obrigação de um filho. Mas, Fanny, se o seu coração pode absolvê-la de tal ingratidão..."

Ele parou. A essa altura Fanny estava chorando tão amargamente que, por mais zangado que estivesse, ele não quis insistir mais naquele assunto. Seu coração quase foi partido por essa imagem do que ela parecia para ele; por tais acusações, tão pesadas, tão multiplicadas, tão subindo em gradação terrível! Obstinada, egoísta e ingrata. Ele pensava que ela era tudo isso. Ela havia enganado suas expectativas; ela havia perdido suas boas estimas. O que seria dela?

– Lamento muito – disse ela inarticuladamente, em meio às lágrimas. – Lamento muito mesmo.

– Desculpe! Sim, espero que você se desculpe; e provavelmente você terá motivos para lamentar muito pelos acontecimentos deste dia.

– Se me fosse possível fazer o contrário – disse ela, com outro grande esforço –, mas estou perfeitamente convencida de que nunca poderia fazê-lo feliz e que eu mesma seria infeliz.

Fanny irrompeu novamente em lágrimas, mas a despeito disso e da terrível palavra infeliz, que acabou estimulando-as, Sir Thomas começou a abrandar o seu tom, que indicava uma mudança de disposição e que poderia favorecer a solicitação do rapaz. Ele sabia que ela era muito tímida e excessivamente nervosa, e talvez o seu estado de espírito, com um pouco de tempo, um pouco de pressão, um pouco de paciência e de impaciência e uma razoável mistura de tudo isso, poderia ter efeitos positivos. O cavalheiro deveria ser perseverante, se tivesse amor suficiente para tal; e Sir Thomas começou a ter esperanças. Com essas reflexões, ele se animou.

– Bem – disse ele, em um tom de gravidade, mas com menos raiva –, bem, criança, enxugue suas lágrimas. Não há motivo para essas lágrimas; elas não podem fazer bem. Agora você deve descer comigo. O Sr. Crawford já esperou por muito tempo. Você deve dar-lhe sua própria resposta: não podemos esperar que ele fique satisfeito com menos, e você só pode explicar a ele o fundamento desse equívoco de seus sentimentos, que, infelizmente, ele certamente absorverá. Eu sou totalmente contrário a isso.

Mas Fanny mostrou tanta relutância, tanta infelicidade, com a ideia de ir até ele, que Sir Thomas, depois de um pouco de consideração, julgou melhor ceder a ela. Suas esperanças em relação ao cavalheiro e a dama diminuíram, mas quando ele olhou para sua sobrinha e viu o estado de feições e pele que o choro dela a havia trazido, ele pensou que poderia haver tanto perda quanto ganho um encontro imediato. Com algumas palavras, portanto, sem nenhum significado particular, ele se afastou sozinho, deixando sua pobre sobrinha sentada e chorando sobre o que havia acontecido, com sentimentos muito miseráveis.

Sua mente estava toda desordenada. O passado, o presente, o futuro, tudo era terrível. Mas a raiva de seu tio causou-lhe a dor mais severa de todas. Egoísta e ingrata! Ter parecido assim para ele! Ela estava infeliz para sempre. Ela não tinha ninguém para tomar parte, aconselhar ou falar por ela. Sua única amiga estava ausente. Ela poderia ter suavizado seu pai; mas todos, talvez todos, pensariam que ela era egoísta e ingrata. Ela teria que suportar a reprovação repetidamente; ela poderia ouvi-la, ou vê-la, ou saber que existiria para sempre em todas as conexões a seu redor. Ela não podia deixar de sentir algum ressentimento contra o Sr. Crawford; no entanto, se ele realmente a amasse e fosse infeliz também, isso seria um grande infortúnio.

Em cerca de um quarto de hora, seu tio voltou; ela estava quase prestes a desmaiar ao vê-lo. Ele falou com calma, porém, sem austeridade, sem censura, e ela se reanimou um pouco. Havia conforto também em suas palavras, bem como em seus modos, pois ele começou com:

– O Sr. Crawford se foi, ele acabou de sair. Não preciso repetir o que aconteceu. Não quero acrescentar nada ao que você pode agora estar sentindo, por um relato do que ele sentiu. Basta dizer, que ele se comportou da maneira mais cavalheiresca e generosa e me confirmou em uma opinião mais favorável sobre sua compreensão, coração e temperamento. Ele imediatamente, e com a maior delicadeza, deixou de desejar vê-la por enquanto.

Fanny olhou para o tio e depois baixou novamente o olhar.

– Claro – continuou o tio – que não podemos supor que ele não vá solicitar uma conversa com você a sós, ainda que por apenas cinco minutos; um pedido natural e muito justo para ser negado. Mas não se combinou uma hora ou dia; possivelmente amanhã, ou quando o seu estado de espírito estiver suficientemente recomposto. Agora você só precisa se tranquilizar. Reavalie as suas lágrimas, pois só a deixarão exausta. Se, como suponho, você deseja fazer qualquer observação, não deverá se entregar a estas emoções, mas tentar esforçar-se para argumentar com um estado de espírito fortalecido. Eu a aconselho a sair; o ar lhe fará bem. Caminhe por uma hora pelo cascalho, pelos arbustos, para se recompor e exercitar. E, Fanny – disse ele, voltando-se por um momento –, eu não vou comentar lá embaixo sobre nada do que ocorreu, nem mesmo para a sua tia Bertram. Não há razão para se espalhar o contratempo; não diga nada você também a esse respeito.

Esta era uma ordem a ser obedecida com a maior alegria; foi um ato de bondade que Fanny sentiu em seu coração. Para ser poupada das censuras intermináveis de sua tia Norris! Ele a deixou com um brilho de gratidão. Qualquer coisa poderia ser suportável, em vez de tais reprovações. Até mesmo ver o Sr. Crawford seria menos opressor.

Ela saiu no mesmo instante, como seu tio recomendou, e seguiu seu conselho o tempo todo, tanto quanto podia; conteve suas lágrimas; sinceramente tentou recompor seu espírito e fortalecer sua mente. Ela desejava provar a ele que queria seu conforto e procurava reconquistar seu favor; e ele havia lhe dado outro forte motivo para se esforçar, mantendo todo o caso fora do conhecimento de suas tias. Não despertar suspeitas por sua aparência ou maneira era agora um objetivo que valia a pena alcançar, e ela se sentia igual a quase tudo que pudesse salvá-la de sua tia Norris.

Ela ficou impressionada, bastante impressionada, quando, ao retornar de sua caminhada e entrar novamente na sala do Leste, a primeira coisa que chamou sua atenção foi uma lareira acesa. Uma lareira! Parecia demais; justamente naquele momento, estar dando a ela tal indulgência era uma gratidão emocionante e até dolorosa. Ela se perguntou se Sir Thomas teria tempo para pensar em tal ninharia novamente; mas ela logo descobriu, pela informação voluntária da empregada doméstica, que veio comparecer, que assim deveria ser todos os dias. Sir Thomas dera ordens para isso.

– Devo ser uma bruta, de fato, se posso ser realmente ingrata! – disse ela, em solilóquio. – O céu me defenda de ser ingrata!

Ela não viu mais nada de seu tio, nem de sua tia Norris, até que se encontraram no jantar. O comportamento de seu tio com ela foi, então, o mais próximo possível do que era antes; ela tinha certeza de que ele não queria dizer que deveria haver qualquer mudança, e que apenas sua própria consciência poderia imaginar alguma. Mas sua tia logo estava brigando com ele, e quando descobriu o quão desagradável lhe estava sendo não ter comunicado à tia a sua caminhada solitária, sentiu o quanto fora abençoada pela bondade do tio, que a salvou de semelhante estado de repreensão em um assunto tão significativo.

– Se eu soubesse que você sairia, eu teria pedido para ir até minha casa com ordens para Nanny – disse ela –, e para a minha grande inconveniência, fui obrigada a ir pessoalmente. Eu poderia ter evitado o desperdício de tempo, e você poderia ter me poupado desse trabalho se tivesse sido gentil o suficiente para nos avisar que estava saindo. Não teria feito nenhuma diferença para você, se tivesse caminhado pelo jardim ou até a minha casa.

– Eu recomendei os arbustos para Fanny por ser o lugar mais seco – interveio Sir Thomas.

– Ah! – disse a Sra. Norris, parecendo analisar. – Foi muito gentil da sua parte, Sir Thomas; mas você não sabe como é seco o caminho até a minha casa. Fanny poderia ter feito uma caminhada igualmente boa até lá, posso assegurá-lo, com a vantagem de fazer algo útil e ajudar a tia: é tudo culpa dela. Ela deveria ter nos avisado que sairia; mas existe algo em relação a Fanny, e que tenho observado com frequência: ela gosta de seguir a sua própria maneira de trabalhar, ela não gosta que lhe deem ordens, e sai para suas caminhadas solitárias sempre que pode. Ela certamente tem um espírito de reserva, independência e contrassenso que eu lhe aconselharia a mudar.

Sir Thomas achou que nada poderia ser mais injusto a respeito de Fanny, embora ultimamente ele próprio tivesse expressado os mesmos sentimentos, e tentou mudar a conversa: tentou várias vezes antes que pudesse ter sucesso; pois a Sra. Norris não tinha discernimento suficiente para perceber, seja agora, ou em qualquer outro momento, até que ponto ele pensava bem de sua sobrinha, ou quão longe ele estava de desejar que os méritos de seus próprios filhos fossem compensados pela depreciação dela. Ela estava conversando com Fanny, e se ressentia desse passeio privado durante metade do jantar.

Estava tudo acabado, entretanto, finalmente.

A noite caiu com mais compostura para Fanny e com mais alegria de espírito do que ela poderia esperar depois de uma manhã tão tempestuosa, mas ela confiou, em primeiro lugar, que havia agido certo: que seu julgamento não a havia enganado. Pela pureza de suas intenções, ela poderia responder; e ela estava disposta a esperar, em segundo lugar, que o descontentamento de seu tio diminuísse e diminuísse ainda mais à medida que ele considerasse o assunto com mais imparcialidade e sentisse, como um bom homem deve se sentir, quão miserável e imperdoável, quão sem esperança e como era ruim casar sem afeto.

Quando o encontro com o qual foi ameaçada no dia seguinte terminou, ela não pôde deixar de se gabar de que o assunto estaria finalmente encerrado, e uma vez que Sr. Crawford tivesse partido de Mansfield, tudo seria em breve como se tal assunto não tivesse existido. Ela não queria, não conseguia acreditar, que a afeição de Sr. Crawford por ela o afligisse por muito tempo; sua mente não era desse tipo. Londres logo traria sua cura. Em Londres, ele logo aprenderia a se maravilhar com sua paixão e a ser grata pela razão que o salvou de consequências negativas.

Enquanto a mente de Fanny se concentrava nesse tipo de esperança, seu tio foi, logo depois do chá, chamado para fora da sala; uma ocorrência muito comum para atingi-la, e ela não pensou nada a respeito até que o mordomo reapareceu dez minutos depois, e avançando decididamente em sua direção, disse:

– Sir Thomas deseja falar com a senhora, em seu próprio quarto.

Então, ocorreu a ela o que poderia estar acontecendo; uma suspeita se apoderou de sua mente e tirou a cor de suas bochechas; mas, levantando-se instantaneamente, ela se preparava para obedecer, quando a Sra. Norris gritou:

– Fique, fique, Fanny! O que você vai fazer? Aonde vai? Não tenha tanta pressa. Pode ter certeza de que não é você que está sendo chamada; ele deve estar chamando a mim – disse ela olhando para o mordomo. – Mas você está tão determinada a se colocar à frente. Por que acha que Sir Thomas a chamaria? É a mim Baddeley, que deve chamar. Estou indo neste momento. Você deveria ter me chamado, Baddeley; estou certa de que Sir Thomas quer a mim, e não a Srta. Price.

Mas Baddeley foi firme.

– Não, senhora, é a Srta. Price; tenho certeza de que é a Srta. Price. – E havia um meio-sorriso com as palavras, que significavam: "Não acho que você responderia a esse propósito."

Sra. Norris, muito descontente, viu-se obrigada a recompor-se para voltar a trabalhar.

Fanny, afastando-se com a consciência agitada, descobriu-se, como previra, em mais um minuto a sós com Sr. Crawford.

CAPÍTULO 33

A conferência não foi tão curta nem tão conclusiva quanto a senhorita havia planejado. O cavalheiro não se satisfez tão facilmente. Ele tinha toda a disposição para perseverar que Sir Thomas poderia desejar. Tinha vaidade, o que o levou fortemente em primeiro lugar a pensar que ela o amava, embora ela mesma não soubesse disso; e que, em segundo lugar, quando finalmente forçado a admitir que ela desconhecia seus próprios sentimentos, se convenceu de que ele seria capaz de, com o tempo, tornar esses sentimentos os que desejasse.

Ele estava apaixonado, muito apaixonado; e foi um amor que, operando em um espírito ativo, sanguíneo, de mais calor que delicadeza, fez seu afeto parecer de maior porque foi retido, e determinou que ele tivesse a glória, bem como a felicidade, de forçá-la amá-lo.

Ele não se desesperaria, ele não desistiria. Ele tinha todos os motivos bem fundamentados para acreditar e sabia que ela tinha todo o valor que poderia justificar as mais calorosas esperanças de uma felicidade duradoura com ela. A conduta dela nessa época, ao falar do desinteresse e delicadeza de seu caráter (qualidades que ele acreditava mais raras na verdade), foi de uma espécie para exaltar todos os seus desejos e confirmar todas as suas resoluções. Ele não sabia que tinha um coração já comprometido para enfrentar. Disso ele não suspeitava. Ele a considerava como alguém que nunca havia pensado no assunto o suficiente para se sentir em perigo, que tinha sido protegido pela juventude, uma jovem de mente tão amável cuja modéstia a impedia de compreender suas atenções e que ainda se sentia dominada pela rapidez de discursos tão inesperados e pela novidade de uma situação que sua fantasia nunca levara em conta.

Não deve seguir-se, claro, que, quando fosse compreendido, ele deveria ter sucesso? Ele acreditava plenamente. Um amor como o dele, em um homem como ele, deve com perseverança garantir um retorno, e não demoraria tanto. Ele se deliciava tanto com a ideia de obrigá-la a amá-lo em tão pouco tempo, que ela não o amar agora quase não o afetava. Uma pequena dificuldade a ser superada não era um mal para Henry Crawford. Em vez disso, usou a situação como alimento para seu espírito. Ele costumava ganhar corações com muita facilidade, sua situação era nova e animadora.

Para Fanny, entretanto, que conhecera muita oposição durante toda a vida para encontrar algum encanto na situação, tudo isso era incompreensível. Ela descobriu que ele pretendia perseverar; mas como ele poderia, depois de tal linguagem que ela se sentira obrigada a usar, não dava para entender. Ela disse a ele que não o amava, não poderia amá-lo, tinha certeza de que nunca deveria amá-lo; que tal mudança era totalmente impossível; que o assunto era muito doloroso para ela; que ela deveria suplicar a ele para nunca mais mencionar o assunto, e que fosse considerado como concluído para sempre. E quando mais pressionado, acrescentara que, em sua opinião, suas disposições eram tão diferentes que tornavam o afeto mútuo incompatível; e que eles eram inadequados um para o outro por natureza, educação e hábito. Tudo isso ela havia dito, e com a seriedade da sinceridade; ainda assim, isso não foi o suficiente, pois ele imediatamente negou que houvesse algo incompatível em seus personagens, ou qualquer coisa hostil em suas situações; e declarou que ainda a amaria e teria esperança!

Fanny sabia o que ele queria dizer, mas não julgava seus próprios modos. Sua maneira era incuravelmente gentil, e ela não sabia o quanto isso ocultava a severidade de seu propósito. Sua timidez, gratidão e suavidade faziam com que cada expressão de indiferença parecesse quase um esforço de abnegação. Parecia, pelo menos, estar causando quase tanta dor a si mesma quanto a ele. O Sr. Crawford já não era o Sr. Crawford que, como clandestino, traiçoeiro e admirador de Maria Bertram, fora o seu repúdio, a quem odiava ver ou falar, em quem ela podia acreditar que não existisse nenhuma qualidade boa, e cujo poder, mesmo de ser agradável, ela mal havia reconhecido. Ele agora era o Sr. Crawford que se dirigia a si mesma com um amor ardente e desinteressado, cujos sentimentos aparentemente haviam se tornado tudo o que era honrado e correto, cujas visões de felicidade eram todas fixadas em um casamento de apego. Que estava extravasando seu senso de seus méritos, descrevendo e descrevendo novamente sua afeição, provando tanto quanto as palavras podiam provar, e na linguagem, tom e espírito de um homem talentoso, que ele a procurava por sua gentileza e sua bondade; e, para completar, ele agora era o Sr. Crawford que conseguira a promoção de William!

Aqui estava uma mudança, e aqui havia reivindicações que não podiam deixar de operar! Ela poderia tê-lo desdenhado com toda a dignidade da virtude pelo que havia ocorrido em Sotherton ou no teatro de Mansfield Park; mas ele a abordou agora com direitos que exigiam um tratamento diferente. Ela deveria ser cortês e compassiva. Ela deveria sentir-se honrada, e fosse por ela ou por seu irmão, deveria demonstrar forte sentimento de gratidão. O efeito do todo foi uma maneira tão compassiva e agitada, e palavras misturadas com sua recusa tão expressivas de obrigação e preocupação, que para um temperamento de vaidade e esperança como o de Crawford, a verdade, ou pelo menos a força de sua indiferença, poderia bem ser questionável. E ele não era tão irracional quanto Fanny o havia considerado na tarefa da perseverança, e terminou a conversa dizendo que não desistiria dela.

Foi com relutância que ele permitiu que ela partisse, mas não havia nenhuma expressão de desespero em se despedir para desmentir suas palavras, ou dar-lhe esperanças de que ele fosse menos irracional do que professava ser.

Agora ela estava com raiva. Algum ressentimento surgiu diante de uma perseverança tão egoísta e mesquinha. Aqui estava novamente a falta de delicadeza e consideração pelos outros que antes a haviam impressionado e enojado. Aqui estava novamente algo do mesmo Sr. Crawford a quem ela tanto reprovou antes. Quão evidentemente havia uma falta grosseira de sentimento e humanidade no que dizia respeito ao seu próprio prazer! Como sempre, não demonstrou nenhum princípio para suprir aquilo em que o coração era deficiente! Se seus próprios afetos tivessem sido tão livres quanto talvez devessem ser, ele nunca poderia tê-los comprometido.

Foi o que pensou Fanny, com uma tristeza sóbria, enquanto pensava na indulgência em frente a lareira que seu tio havia lhe dado;

maravilhar-se com o passado e o presente, imaginando o que ainda estava por vir, e em uma agitação nervosa que não deixava nada claro para ela, exceto a persuasão de que ela nunca poderia, em nenhuma circunstância, amar o Sr. Crawford, e a felicidade de ter uma fogueira para sentar e pensar a respeito.

Sir Thomas foi obrigado, ou obrigou a si mesmo, a esperar até o outro dia para saber o que se passara entre os jovens. Ele então viu o Sr. Crawford e recebeu seu relato. O primeiro sentimento foi de decepção: ele esperava coisas melhores, havia pensado que uma súplica de um jovem como Crawford não poderia ter causado tão pouca mudança em uma garota de temperamento gentil como Fanny; mas havia rápido conforto nas opiniões determinadas e na perseverança otimista do amante, e ao ver tanta confiança, Sir Thomas logo pôde contar com isso.

Nada foi omitido de sua parte, de civilidade, elogio ou gentileza que pudesse ajudar o plano. A firmeza de Sr. Crawford foi homenageada e Fanny elogiada, e a ligação ainda era a mais desejável do mundo. Em Mansfield Park, Sr. Crawford seria sempre bem-vindo; ele só precisava consultar seu próprio julgamento e sentimentos quanto à frequência de suas visitas, no presente ou no futuro. Em toda a família e amigos de sua sobrinha, só poderia haver uma opinião, um desejo sobre o assunto: a influência de todos que a amavam deve incliná-la para uma direção.

Tudo foi dito que poderia encorajar, cada encorajamento recebido com grata alegria, e os senhores se despediram como melhores amigos.

Satisfeito de que a causa estava agora em pé de uma maneira mais adequada e esperançosa, Sir Thomas resolveu abster-se de qualquer importunação posterior com sua sobrinha e não mostrar nenhuma interferência. À sua disposição, ele acreditava que a gentileza poderia ser a melhor maneira de trabalhar. As súplicas deveriam vir somente de um único lado. A paciência de sua família, sobre cujos anseios, ela não teria dúvidas, poderia ser o melhor recurso para que chegassem ao desfecho desejado. Assim, de acordo com esse princípio, Sir Thomas falou-lhe, na primeira oportunidade, e com gravidade branda, com a intenção de influenciá-la.

– Bem, Fanny, vi o Sr. Crawford novamente e descobri com ele exatamente como as coisas estão entre vocês. Ele é um jovem extraordinário e, seja qual for o acontecimento, você deve sentir que criou um apego sem caráter comum; embora, jovem como você é, e pouco familiarizada com a natureza transitória, variável e instável do amor, como geralmente existe, você não pode ser atingida como eu com tudo o que é maravilhoso em uma perseverança desse tipo contra o desânimo. Com ele, é inteiramente uma questão de sentimento: ele não reivindica nenhum mérito nisso; talvez não tenha direito a nenhum. Tendo escolhido tão bem, sua constância tem uma marca respeitável. Se sua escolha fosse menos irrepreensível, eu teria condenado sua perseverança.

– Na verdade, senhor – disse Fanny –, lamento muito que o Sr. Crawford continue a achar que está me fazendo um grande elogio e me sinto imerecidamente honrada; mas estou perfeitamente convencida de que já disse isso a ele, que nunca estará em meu poder...

– Minha querida – interrompeu Sir Thomas –, não há motivo para isso. Seus sentimentos são tão conhecidos por mim quanto meus desejos e arrependimentos devem ser por você. Não há mais nada a ser dito ou feito. A partir de agora o assunto nunca será revivido entre nós. Você não terá nada a temer ou para incomodá-la. Você não pode supor que eu seja capaz de tentar persuadi-la a se casar contra suas inclinações. Sua felicidade e vantagem são tudo o que tenho em vista, e nada é exigido de você a não ser ter paciência com os esforços do Sr. Crawford para convencê-la de que pode não ser incompatível com ele. Ele prossegue por sua própria conta e risco. Você está em terreno seguro. Prometi que vocês iriam se ver sempre que ele estivesse por aqui, teria feito se nada desse tipo tivesse acontecido. Você vai vê-lo com o resto de nós, da mesma maneira, e, tanto quanto pode, dispensando a lembrança de tudo que é desagradável. Ele deixa Northamptonshire tão cedo que nem mesmo esse pequeno sacrifício pode ser exigido. O futuro deve ser muito incerto. E agora, minha querida Fanny, este assunto está encerrado entre nós.

A partida prometida foi tudo em que Fanny conseguiu pensar com muita satisfação. As expressões amáveis de seu tio, porém, e os modos tolerantes, foram sentidos com sensatez; e quando ela considerou o quanto da verdade era desconhecido para ele, ela acreditou que não tinha o direito de se perguntar sobre a linha de conduta que ele seguia. Ele, que casou uma filha com o Sr. Rushworth: delicadeza romântica certamente não era de se esperar dele. Ela deveria cumprir seu dever e confiar que o tempo poderia tornar sua tarefa mais fácil do que era agora.

Ela não podia, embora tivesse apenas dezoito anos, supor que o apego de Sr. Crawford duraria para sempre; ela não podia deixar de imaginar que o desânimo constante e incessante de si mesma acabaria com isso com o tempo.

Quanto tempo ela poderia, em sua própria imaginação, destinar para seu domínio, era outra preocupação. Não seria justo inquirir sobre a estimativa exata de uma jovem de suas próprias qualidades.

Apesar do silêncio pretendido, Sir Thomas viu-se mais uma vez obrigado a mencionar o assunto à sobrinha, a fim de prepará-la brevemente para que fosse comunicado às tias; uma medida que ele ainda teria evitado, se possível, mas que se tornou necessária a partir dos sentimentos totalmente opostos de Sr. Crawford quanto a qualquer segredo de procedimento. Ele não tinha ideia de nada semelhante. Todos no presbitério sabiam da notícia, onde ele adorava conversar sobre o futuro com as duas irmãs, e seria muito gratificante para ele ter testemunhas iluminadas do progresso de seu sucesso. Quando Sir Thomas compreendeu isso, sentiu a necessidade de informar sem demora a própria esposa e cunhada sobre o negócio; embora, por conta de Fanny, ele quase temesse o efeito da comunicação com a Sra. Norris tanto quanto a própria Fanny. Ele reprovou seu zelo equivocado, mas bem-intencionado. Sir Thomas, na verdade, não estava, a essa altura, muito longe de classificar a Sra. Norris como uma dessas pessoas bem-intencionadas que estão sempre cometendo erros e coisas muito desagradáveis.

Sra. Norris, entretanto, o substituiu. Ele exigia a mais estrita tolerância e silêncio para com a sobrinha; ela não apenas prometeu, mas cumpriu. Ela apenas parecia sua maior má vontade. Estava com raiva: com muita raiva; mas ela estava mais zangada com Fanny por ter recebido tal oferta do que por recusá-la. Foi um ferimento e uma afronta para Julia, que deveria ter sido a escolha de Sr. Crawford; e, independentemente disso, ela não gostava de Fanny, porque ela a havia negligenciado; e ela teria ressentido tal elevação a alguém que ela sempre estivera tentando deprimir.

Sir Thomas deu-lhe mais crédito pela discrição na ocasião do que ela merecia, e Fanny poderia tê-la abençoado por permitir que ela apenas visse seu desagrado, e não o ouvisse.

Lady Bertram entendeu de forma diferente. Ela fora uma beleza e uma beleza próspera durante toda a vida; e beleza e riqueza eram tudo o que excitava seu respeito. Saber que Fanny foi procurada em casamento por um homem de fortuna a criou, portanto, muito em sua opinião. Ao convencê-la de que Fanny era muito bonita, do que ela já havia duvidado antes, e de que teria um casamento vantajoso, ela sentiu uma espécie de mérito em tê-la como sobrinha.

– Bem, Fanny – disse ela assim que se encontraram sozinhas. Lady Bertram havia estado particularmente impaciente para ficar sozinha com Fanny, e a sua fisionomia estava extraordinariamente animada ao falar –, eu tive uma surpresa muito agradável esta manhã. Devo falar sobre isso apenas uma vez, eu disse ao Sir Thomas que falaria uma vez, e depois estará encerrado. Eu lhe desejo toda a felicidade, minha querida sobrinha. – E olhando para ela com complacência, acrescentou: – Hum, certamente somos uma família bonita!

Fanny corou e a princípio duvidou do que dizer; quando, na esperança de atacá-la por seu lado vulnerável, ela respondeu imediatamente:

– Minha querida tia, você não pode desejar que eu faça diferente do que tenho feito, tenho certeza. Você não pode desejar que eu me case; pois você sentiria minha falta, não é? Sim, tenho certeza de que sentiria muito a minha falta por isso.

– Não, minha querida, eu não deveria pensar em sentir sua falta, quando uma oferta como essa entra em seu caminho. Eu poderia ficar muito bem sem você, se você fosse casada com um homem de tão boas propriedades como o Sr. Crawford. E você deve estar ciente, Fanny, que é dever de toda jovem aceitar uma oferta tão irrepreensível como esta.

Essa era quase a única regra de conduta, o único conselho que Fanny recebera da tia ao longo de oito anos e meio. Isso a silenciou. Ela sentiu como a contenção seria inútil. Se os sentimentos de sua tia fossem contra ela, nada poderia ser esperado de atacar seu entendimento. Lady Bertram era muito faladora.

– Vou lhe dizer uma coisa, Fanny – disse ela. – Tenho certeza de que ele se apaixonou por você no baile; tenho certeza de que aconteceu naquela noite. Você estava incrivelmente bem. Todo mundo disse isso. Sir Thomas disse e você sabe que teve Chapman para ajudá-la a se vestir. Estou muito feliz por ter enviado Chapman a você. Devo dizer a Sir Thomas que tenho certeza de que foi feito naquela noite. – E ainda com os mesmos pensamentos alegres, ela logo depois acrescentou: – E vou lhe dizer outra coisa, Fanny, o que é mais do que eu fiz por Maria: da próxima vez que o pug tiver uma ninhada, você terá um cachorrinho.

CAPÍTULO 34

Edmund tinha muitas coisas para ouvir em seu retorno. Muitas surpresas o aguardavam. O primeiro que ocorreu não foi de menor interesse: o aparecimento de Henry Crawford e sua irmã caminhando juntos pela aldeia enquanto ele cavalgava para dentro dela. Ele havia concluído – ele queria que eles estivessem muito distantes. Sua ausência se estendeu por mais de quinze dias propositalmente para evitar Srta. Crawford. Ele estava voltando para Mansfield com o espírito pronto para se alimentar de lembranças melancólicas e ternas associações, quando ela mesma estava diante dele, apoiada no braço de seu irmão, e ele se viu recebendo boas-vindas, inquestionavelmente amistosas, da mulher a quem, dois momentos antes, ele estava pensando em estar a setenta milhas de distância, e como mais longe, muito mais longe dele em inclinação do que qualquer distância poderia expressar.

Sua recepção foi de um tipo que ele não poderia esperar, se ele esperasse vê-la. Tendo em vista o propósito com que ficara ausente, ele teria esperado qualquer coisa, mas não um olhar de satisfação e palavras simples e agradáveis. Foi o suficiente para preencher seu coração de encantamento e permitir-lhe chegar em casa em um estado de espírito mais preparado para sentir o peso da outra grande surpresa que estava à sua espera.

A promoção de William, com todos os seus detalhes, logo chegou ao seu conhecimento; e com tal secreta provisão de conforto dentro de seu peito, ele encontrou nela uma fonte da mais gratificante sensação e invariável alegria durante todo o jantar.

Depois do jantar, quando ele e o pai ficaram sozinhos, ele contou a história de Fanny; e então todos os grandes eventos da última quinzena e a situação atual dos assuntos em Mansfield foram revelados para ele.

Fanny suspeitou do que estava acontecendo. Ficaram sentados por muito mais tempo do que era costume na sala de jantar, que ela teve certeza de que deviam estar falando dela, e quando o chá finalmente os trouxe embora, e ela foi vista por Edmund novamente, ela se sentiu terrivelmente culpada. Ele veio até ela, sentou-se ao seu lado, pegou sua mão e apertou-a gentilmente; e naquele momento ela pensou que, se não fosse pela ocupação e pela cena que as coisas do chá proporcionavam, ela teria traído sua emoção por um excesso imperdoável.

Ele não tinha a intenção, no entanto, de com esta atitude transmitir-lhe a aprovação e o encorajamento que ela esperava. Sua intenção era apenas demonstrar sua participação em tudo o que interessava a ela, e dizer-lhe tudo o que tinha ouvido e que envolvia o seu afeto. Ele estava, na verdade, inteiramente ao lado do pai. Ele não estava tão surpreso quanto o pai por sua rejeição a Crawford, pois longe de achar que ela o considerasse uma possibilidade, ele havia sempre acreditado ser exatamente o oposto, e imaginou mesmo que ela tivesse sido pega de surpresa. Mas Sir Thomas não poderia achar essa união mais bem-vinda do que ele mesmo achava; ele só via vantagens, e embora a honrasse pelo que tinha feito sob a influência de sua indiferença, e de forma mais intensa do que Sir Thomas poderia ter percebido, ele ansiava e confiava que, ao fim, haveria uma união. E, unidos por uma mútua afeição, pareceria que as inclinações de ambos eram perfeitamente adequadas, como agora ele mesmo passava seriamente a considerar. Crawford havia se precipitado. Ele não deu tempo para que ela se enamorasse. Ele havia começado erroneamente pelo fim. Com o poder que ele exercia, no entanto, e com uma disposição como a dela, Edmund acreditava que tudo chegaria a um final feliz. Nesse ínterim, ele notou o suficiente do embaraço de Fanny para ter o cuidado de evitar agitá-la mais uma vez com qualquer palavra, olhar ou atitude.

Crawford apareceu no dia seguinte e, por conta do retorno de Edmund, Sir Thomas sentiu-se mais do que autorizado a convidá-lo para jantar; foi realmente um convite necessário. Ele ficou sério, é claro, e Edmund teve então ampla oportunidade de observar como ele acelerava com Fanny e que grau de encorajamento imediato para ele poderia ser extraído de suas maneiras; e era tão pouco, muito,

muito pouco – todas as chances, todas as possibilidades disso, repousando sobre seu constrangimento apenas; se não havia esperança em sua confusão, não havia esperança em mais nada – que ele estava quase pronto para se surpreender com a perseverança do amigo. Fanny valia tudo, ele considerava que valeria a pena todo esforço de paciência, todo esforço mental, mas não achava que poderia ter continuado com qualquer mulher respirando, sem algo mais para aquecer sua coragem do que seus olhos podiam discernir nos dela. Ele estava muito disposto a esperar que Crawford visse com mais clareza, e essa foi a conclusão mais confortável para seu amigo que ele poderia tirar de tudo o que observou acontecer antes, durante e depois do jantar.

À noite, ocorreram algumas circunstâncias que ele considerou mais promissoras. Quando ele e Crawford entraram na sala de estar, sua mãe e Fanny estavam sentadas tão atenta e silenciosamente no trabalho como se não houvesse mais nada para cuidar. Edmund não pôde deixar de notar sua tranquilidade aparentemente profunda.

– Não estávamos tão quietas – respondeu sua mãe. – Fanny andou lendo para mim e só largou o livro ao ouvi-lo chegando. – E com certeza havia um livro sobre a mesa que parecia ter sido fechado recentemente: um volume de Shakespeare. – Ela costuma ler esses livros para mim; e estava no meio de uma bela fala daquele homem... qual é o nome dele, Fanny? Quando ouvimos seus passos.

Crawford pegou o volume.

– Permita-me ter o prazer de terminar esse discurso à Vossa Senhoria – disse ele. – Vou encontrá-lo imediatamente. – E, ao ceder cuidadosamente à inclinação das folhas, encontrou-o, ou dentro de uma ou duas páginas, suficientemente perto para satisfazer Lady Bertram, que confirmou o nome do Cardeal Wolsey, cujo discurso ele acabara de ler. Fanny não deu um olhar ou oferta de ajuda; nenhuma sílaba a favor ou contra. Toda a sua atenção estava voltada para o trabalho.

Ela parecia determinada a não se interessar por mais nada. Mas o verso era muito forte nela. Ela não conseguiu abstrair sua mente por cinco minutos: ela foi forçada a ouvir; a leitura dele era excelente, e seu prazer em uma boa leitura, extremo. À boa leitura, entretanto, ela havia sido acostumada por muito tempo: seu tio lia bem, seus primos todos, Edmund muito bem, mas nas leituras de Sr. Crawford havia uma variedade de excelência além daquilo que ela jamais conhecera. O Rei, a Rainha, Buckingham, Wolsey, Cromwell, todos foram dados por sua vez; pois com a habilidade mais feliz, o poder mais feliz de pular e adivinhar, ele sempre poderia pousar à vontade na melhor cena, ou nos melhores discursos de cada um; e quer fosse dignidade, ou orgulho, ou ternura, ou remorso, ou o que quer que fosse expresso, ele poderia fazê-lo com igual beleza. Foi realmente dramático. Sua atuação ensinou a Fanny o prazer que uma peça pode proporcionar, e sua leitura trouxe de novo toda a sua atuação para ela; não, talvez com maior prazer, pois veio de forma inesperada, e sem o inconveniente que ela estava acostumada a sofrer ao vê-lo no palco com a Srta. Bertram.

Edmund observou o progresso de sua atenção, e ficou divertido e satisfeito ao ver como ela gradualmente afrouxava no bordado, que no início parecia ocupá-la totalmente, como ele caiu de sua mão, e por fim, como os olhos que pareceram tão diligentemente evitá-lo ao longo do dia se voltaram e se fixaram em Crawford – fixos nele por minutos, fixos nele, em suma, até que a atração atraiu os de Crawford sobre ela, e o livro foi fechado, e o encanto foi quebrado. Então ela estava se encolhendo novamente dentro de si mesma, corando e trabalhando duro como sempre; mas foi o suficiente para Edmund encorajar a seu amigo e, ao agradecê-lo cordialmente, esperava estar expressando também os sentimentos secretos de Fanny.

– Essa peça deve ser sua favorita – disse ele –, você lê como se a conhecesse bem.

– Será minha favorita creio eu, a partir deste momento – respondeu Crawford –, mas acho que nunca tive um volume de Shakespeare nas mãos desde os quinze anos. Certa vez, vi Henrique VIII atuando, ou ouvi de alguém que o fez, não tenho certeza. Mas nos familiarizamos com Shakespeare sem saber como. Faz parte da constituição de um inglês. Seus pensamentos e belezas estão tão difundidos que os tocamos em todos os lugares; somos íntimos dele por instinto. Nenhum homem de qualquer cérebro pode abrir em boa parte de uma de suas peças sem cair no fluxo de seu significado imediatamente.

– Sem dúvida, todos conhecem Shakespeare em certo grau – disse Edmund –, desde a mais tenra idade. Suas passagens célebres são citadas por todos; estão na metade dos livros que abrimos, e todos nós falamos Shakespeare, usamos suas comparações e descrevemos com suas descrições; mas isso é totalmente distinto de dar o sentido que você deu. Conhecê-lo aos poucos é comum; conhecê-lo bem a fundo talvez não seja incomum; mas lê-lo bem em voz alta não é talento diário.

– Senhor, você me honra – foi a resposta de Crawford, com uma reverência de gravidade simulada.

Os dois cavalheiros deram uma olhada em Fanny, para ver se uma palavra de elogio correspondente poderia ser arrancada dela. No entanto, ambos sentindo que não poderia ser. Seu elogio foi dado em sua atenção; isso deveria satisfazê-los.

A admiração de Lady Bertram foi expressa, e fortemente:

– Foi realmente como estar em uma peça – disse ela. – Eu gostaria que Sir Thomas estivesse aqui.

Crawford estava excessivamente satisfeito. Se Lady Bertram, com toda a sua incompetência e langor, podia sentir isso, a inferência do que sua sobrinha, viva e iluminada como era, deveria sentir, era grande.

– Você tem uma ótima habilidade como ator, tenho certeza, Sr. Crawford – disse Lady Bertram logo depois – e vou te dizer uma coisa, eu acho que você vai ter um teatro, uma hora ou outra, em sua casa em Norfolk. Quero dizer, quando você estiver estabelecido lá. Eu tenho certeza. Acho que você vai montar um teatro em sua casa em Norfolk.

– Você acha, senhora? – exclamou ele, com rapidez. – Não, não, nunca acontecerá. Vossa Senhoria está muito enganada. Não há teatro em Everingham! Oh, não!

E olhou para Fanny com um sorriso expressivo, que evidentemente queria dizer: "Essa senhora nunca permitirá um teatro em Everingham."

Edmund viu tudo, e viu Fanny tão determinada a não ver, a ponto de deixar claro que a voz bastava para transmitir todo o significado do protesto; e uma consciência tão rápida de elogio, uma compreensão tão rápida de uma sugestão, ele pensou, era mais favorável do que não.

O assunto da leitura continuou. Os dois jovens eram os únicos a falar, mas eles, de pé junto ao fogo, falavam sobre a negligência muito comum da qualificação, a total desatenção a ela, no sistema escolar comum para meninos, o consequente natural, mas em alguns casos quase antinatural, grau de ignorância e grosseria dos homens, dos homens sensatos e bem informados, quando repentinamente chamados à necessidade de ler em voz alta, o que havia caído ao seu alcance, dando exemplos de erros e falhas com suas causas secundárias, a falta de controle da voz, de modulação e ênfase adequadas, de previsão e julgamento, tudo procedendo da causa primeira: falta de atenção e hábito precoce; e Fanny estava ouvindo novamente com grande diversão.

– Mesmo na minha profissão – disse Edmund com um sorriso –, como a arte da leitura é tão pouco estudada! Ou a necessidade de uma boa dicção! Falo mais sobre o passado, no entanto, do que o presente. Agora existe um espírito de melhoria no exterior; mas entre os que foram ordenados há vinte, trinta, quarenta anos, a grande maioria, a julgar pelos desempenhos, deve ter pensado que ler é ler, e pregar é pregar. Agora é diferente. O assunto tem sido visto mais adequadamente. A distinção e a energia parecem ter tido peso ao se considerarem as verdades mais sólidas; e, além do mais, há um cuidado geral e bom gosto, uma visão crítica mais difundida do que anteriormente. Em toda congregação, a maioria conhece um pouco sobre o assunto, e pode julgar e criticar.

Edmund já havia realizado uma cerimônia depois de sua ordenação. E ao saber disso, Crawford lhe fez uma variedade de perguntas sobre os seus sentimentos a respeito e sobre o sucesso do seu trabalho. Perguntas feitas com a vivacidade do interesse amistoso e perspicácia, sem qualquer traço daquele estado de espírito zombeteiro ou frívolo que Edmund sabia ser deveras ofensivo para Fanny, e Edmund teve real prazer em respondê-las. Crawford prosseguiu, e ao perguntar a opinião dele e compartilhar a sua própria sobre a maneira mais adequada de se conduzirem algumas passagens da cerimônia, demonstrou seu interesse no assunto, sem qualquer julgamento; e isso deixou Edmund ainda mais satisfeito. Esse seria o caminho para o coração de Fanny. Ela não seria conquistada com galanteios, perspicácia e humor; ou pelo menos não seria conquistada por tais qualidades em pouco tempo, sem a assistência de sensibilidade e afeição, assim como de seriedade em assuntos importantes.

– Nossa liturgia – observou Crawford – tem belezas que nem mesmo um estilo de leitura descuidado e desleixado pode destruir; mas também tem redundâncias e repetições que exigem uma boa leitura para não serem sentidas. Por mim, pelo menos, devo confessar nem sempre sendo tão atencioso quanto deveria – (aqui foi um olhar para Fanny) –, que dezenove em vinte vezes estou pensando como tal oração deveria ser lida, e desejando que eu mesmo a leia. Você falou algo? – Aproximando-se ansiosamente de Fanny e dirigindo-se a ela com voz suave; e quando ela disse "Não", acrescentou: – Tem certeza de que não falou? Eu vi seus lábios se moverem. Imaginei que você iria me dizer que eu deveria estar mais atento e não permitir que meus pensamentos vagassem. Você não vai me dizer isso?

– Não, de fato, você conhece seu dever muito bem...

Ela parou, sentiu que estava se metendo em um quebra-cabeça e não conseguiu convencê-la a acrescentar mais uma palavra, não por força de vários minutos de súplica e espera. Ele então retornou a seu antigo ouvinte e continuou como se não tivesse havido tal interrupção.

– Um sermão bem proferido é mais incomum até do que orações bem lidas. Um sermão, bom em si, não é raro. É mais difícil falar bem do que compor bem; isto é, as regras e truques de composição são frequentemente um objeto de estudo. Um sermão totalmente bom, totalmente bem proferido, é uma gratificação capital. Nunca posso ouvi-lo sem a maior admiração e respeito, e mais da metade de uma mente para receber ordens e pregar por mim mesmo. Há algo na eloquência do púlpito, quando é realmente eloquência, que tem direito ao mais alto louvor e honra. O pregador que pode tocar e afetar uma massa tão heterogênea de ouvintes, sobre assuntos limitados, e há muito desgastados em todas as mãos comuns; quem pode dizer qualquer coisa nova ou surpreendente, qualquer coisa que desperte a atenção sem ofender o paladar, ou desgastar os sentimentos de seus ouvintes, é um homem que não se poderia, em sua capacidade pública, honrar o suficiente. Eu gostaria de ser tal homem.

Edmund riu.

– Eu gostaria, certamente. Nunca ouvi um orador notável em toda a minha vida sem sentir alguma inveja. Mas eu precisaria ter uma audiência londrina; eu não poderia pregar se não fosse para os preparados para entender meu discurso. E não sei se gostaria de pregar com regularidade; uma ou outra vez é possível. Uma ou duas vezes na primavera, após ter sido ansiosamente esperado por uns seis domingos seguidos; mas não constantemente, isso não seria bom.

Fanny, que não podia deixar de ouvir, sacudiu a cabeça involuntariamente, e Crawford estava imediatamente ao seu lado, implorando para saber o que ela queria dizer; e como Edmund percebeu, puxando uma cadeira e sentando-se perto dela, que seria uma abordagem muito completa, que as aparências e os tons deviam ser bem experimentados, ele afundou o mais silenciosamente possível em um canto, e pegou um jornal, desejando muito sinceramente que a querida Fanny pudesse ser persuadida a explicar aquele meneio de cabeça para a satisfação de seu ardente amante; e tão seriamente tentando enterrar cada som do negócio de si mesmo em murmúrios próprios, sobre os vários anúncios de "A mais desejável propriedade em Gales do Sul"; "Aos Pais e Responsáveis" e um "Caçador experiente da Capital".

Fanny, por sua vez, irritada consigo mesma por não ter ficado tão imóvel quanto sem palavras, e profundamente triste ao ver os arranjos de Edmund, tentava por tudo ao alcance de sua natureza modesta e gentil, repelir Sr. Crawford e evitar seus olhares e indagações; e ele, irrecusável, persistia em ambos.

– O que significa esse balançar de cabeça? – disse ele. – O que pretendia expressar? Desaprovação, eu temo. Mas de quê? O que eu estava dizendo para desagradá-la? Você achou que eu estava falando indevidamente, levianamente e irreverentemente sobre o assunto? Só me diga se eu estava. Apenas me diga se eu estava errado. Quero ser corrigido. Não, não, eu lhe imploro; por um momento deixe de lado seu trabalho. O que aquele balançar de cabeça significava?

Em vão foi seu esforço.

– Suplico-lhe, Sr. Crawford, por favor. – E, sem sucesso, ela tentou se distanciar.

Com a mesma voz impaciente, e ainda próximo a ela, ele continuou repetindo as perguntas. A cada momento ela ficava mais insatisfeita e contrariada.

– Como pode, senhor? Você me deixa embaraçada. Eu me pergunto como pode...

– Eu a deixo embaraçada? – disse ele. – Você se pergunta? Existe algo em minha súplica que você não entende? Eu vou lhe explicar imediatamente tudo o que me faz insistir desta maneira, tudo o que me faz ter vontade de saber o que está olhando ou fazendo, e estimula a minha curiosidade neste momento. Eu não a deixarei conjecturando por muito tempo.

Apesar de si mesma, ela não pôde evitar um meio sorriso, mas não disse nada.

– Você balançou a cabeça quando revelei que não gostaria de me envolver frequentemente com as tarefas de um clérigo, como uma constância. Sim, esta foi a palavra: constância; eu não tenho receio quanto a esta palavra. Eu poderia soletrá-la, lê-la, escrevê-la para qualquer um. Não vejo nada de alarmante nesta palavra. Você acha que eu deveria?

– Talvez – disse Fanny, levada por fim a se pronunciar. – Talvez eu tenha considerado uma pena que você não se conhecesse sempre tão bem como parecia fazê-lo naquele momento.

Crawford, encantado por fazer com que ela falasse de qualquer maneira, estava determinado a continuar; e a pobre Fanny, que esperava silenciá-lo com tamanha reprovação, descobriu-se tristemente equivocada, e que era apenas uma mudança de um objeto de curiosidade e um conjunto de palavras para outro. Ele sempre tinha algo para implorar uma explicação. A oportunidade era muito justa. Nada disso havia ocorrido desde que ele a viu no quarto de seu tio, nada disso poderia ocorrer novamente antes de ele deixar Mansfield. Lady Bertram estar do outro lado da mesa era uma bagatela, pois ela sempre poderia ser considerada apenas meio acordada, e os anúncios de Edmund ainda eram de primeira utilidade.

– Bem – disse Crawford, após uma série de perguntas rápidas e respostas relutantes. – Estou mais feliz do que antes, porque agora entendo mais claramente sua opinião sobre mim. Você me acha instável: facilmente influenciado pelos caprichos do momento, facilmente tentado, facilmente posto de lado. Com tal opinião, não é de admirar. Mas veremos. Não é por meio de protestos que tentarei convencê-la de que estou injustiçado; não é por lhe dizer que minhas afeições estão firmes. Minha conduta falará por mim; a ausência, a distância, o tempo falarão por mim. Provarei que, na medida em que você pode ser merecida por qualquer pessoa, eu mereço você. Você é infinitamente minha superior em mérito; tudo o que eu sei. Você tem qualidades que eu antes não supunha existir em tal grau em qualquer ser humano. Você tem alguns toques de anjo em você além do que – não apenas além do que se vê, porque nunca se vê nada parecido –, mas além do que se imagina que possa ser. Mas ainda não estou com medo. Não é por igualdade de mérito de que você pode ser conquistada. Isso está fora de questão. É ele quem vê e adora você. Seu mérito é o mais forte, aquele que o ama com mais devoção, que tem o melhor direito a um retorno. Lá eu construo minha confiança. Por esse direito eu merecerei você, e quando uma vez convencido de que meu apego é o que eu declaro, eu o conheço muito bem para não alimentar as mais calorosas esperanças. Sim, minha querida e doce Fanny. Não – a viu recuar descontente –, perdoe-me. Talvez eu ainda não tenha o direito; mas por que outro nome posso chamá-lo? Você acha que está sempre presente na minha imaginação sob qualquer outro? Não, é em 'Fanny' que penso o dia todo e sonho a noite toda. Você deu o nome de tal realidade de doçura, que nada mais pode agora ser descritivo de você.

Fanny dificilmente poderia ter se mantido sentada por mais tempo, ou ter se abstido de pelo menos tentar fugir, apesar de toda a oposição pública que ela previu, não fosse pelo som do alívio se aproximando, o mesmo som que ela estava há muito tempo observando, e há muito tempo pensando estranhamente atrasada.

A procissão solene, encabeçada por Baddeley, com a bandeja de chá, bules e bolos, fez sua aparição, e a libertou de uma prisão dolorosa de corpo e mente. O Sr. Crawford foi obrigado a se mover. Ela estava em liberdade, ela estava protegida.

Edmund não lamentou ser admitido novamente entre o número daqueles que poderiam falar e ouvir. Mas, embora a conferência tivesse parecido longa para ele, e embora ao olhar para Fanny ele notasse uma onda de aborrecimento, ele esperava que tanto não pudesse ser dito e ouvido sem algum proveito para o orador.

CAPÍTULO 35

Edmund havia decidido que cabia inteiramente a Fanny decidir se sua situação em relação a Crawford deveria ser mencionada entre eles ou não, e que, se ela não tocasse no assunto, ele nuca haveria de fazê-lo. Mas depois de um ou dois dias de silêncio mútuo, ele foi induzido por seu pai a mudar de ideia e ver o que sua influência poderia fazer por seu amigo.

Um dia não muito tempo depois, foi marcado para a partida dos Crawford. Sir Thomas achou que seria bom fazer mais um esforço pelo jovem antes de deixar Mansfield, com esperança que todas as suas declarações e votos de apego inabalável pudessem sustentar o máximo uma união entre eles.

Sir Thomas cordialmente ansiava pela maturidade do caráter do Sr. Crawford nesse ponto. Desejava que ele fosse um modelo de estabilidade afetiva, e imaginou o melhor meio de realizar suas intenções sem testá-lo por muito tempo.

Edmund estava disposto a se envolver no negócio, ele queria saber os sentimentos de Fanny. Ela estava acostumada a consultá-lo em todas as dificuldades, e ele a amava demais para suportar que lhe negasse sua confiança agora, ele esperava ser útil para ela, afinal quem mais ela tinha para abrir seu coração? Se ela não precisava de conselho, precisaria pelo menos do conforto do diálogo. Fanny parecia distante, silenciosa e reservada, era um estado incomum. Um estado que ele precisava modificar, e cuja intervenção era de seu desejo, como ele logo saberia.

– Vou falar com ela, senhor. Vou aproveitar a primeira oportunidade de falar com ela a sós – disse ele ao pai. E após a informação de Sir Thomas de que ela estava naquele exato momento caminhando sozinha pelo jardim, ele imediatamente se juntou a ela.

– Vim caminhar com você, Fanny – disse ele. – Devo? – Entrelaçando o braço dela ao seu. – Faz muito tempo que não temos um passeio confortável juntos.

Ela concordou com isso, mais pelo olhar do que com palavras. Seu ânimo estava baixo.

– Mas, Fanny – acrescentou ele –, para ter uma caminhada confortável, é necessário algo mais do que simplesmente caminharmos juntos. Precisamos conversar sobre o que está acontecendo. Eu sei que você tem algo em mente, sei o que você está pensando. Você não pode supor que eu esteja desinformado. Devo ouvir de todos, menos da própria Fanny?

Fanny, ao mesmo tempo agitada e abatida, respondeu:

– Se você ouviu isso de todo mundo, não há nada para eu contar.

– Não com relação aos fatos, talvez, mas aos sentimentos, Fanny. Ninguém além de você pode me dizer. Entretanto, não quero pressioná-la. Se não é o que você deseja, não irei insistir. Eu pensei que pudesse ser um alívio.

– Receio que pensemos de maneira muito diferente para que eu encontre alívio em falar sobre o que sinto.

– Você acha que pensamos de forma diferente? Não tenho ideia disso. Ouso dizer que, em uma comparação de nossas opiniões, elas seriam consideradas tão semelhantes quanto costumavam ser. Direto ao ponto: considero a proposta de Crawford muito vantajosa, se pudesse retribuir o afeto dele. Considero muito natural que toda a família deseje que você possa retribuí-lo, mas como você não pode, você fez exatamente o que devia ao recusá-lo. Há algum desacordo entre nós nesse aspecto?

– Ah, não! Mas eu pensei que você me culpava. Pensei que você estava contra mim. Isso é um grande conforto.

– Este conforto você poderia ter tido antes, Fanny, se você o tivesse procurado. Mas como você poderia supor que eu estava contra você? Como você pôde me imaginar um defensor do casamento sem amor? E mesmo que eu fosse em geral descuidado com esses assuntos, como poderia me imaginar agindo assim onde sua felicidade está em jogo?

– Meu tio acha que eu estou errada, e eu sei que ele andou falando com você.

– No que diz respeito a você, Fanny, acho que está perfeitamente certa. Posso estar pesaroso, ou surpreso, embora dificilmente isto, pois você não teve tempo de se apegar. Acho que agiu corretamente. Isso pode permitir alguma dúvida? Seria uma vergonha para nós se isso acontecesse. Você não o ama, nada poderia ter justificado a sua aceitação.

Fanny não se sentia tão confortável há dias.

– Até agora sua conduta tem sido impecável, e estavam equivocados todos que gostariam que você fizesse o contrário. Mas o assunto não termina aqui. Crawford não a corteja de uma forma comum, ele persevera com a esperança de conquistar uma estima que não havia antes. Isso, sabemos, que só acontece com a tempo. Mas se ele por fim for bem sucedido, Fanny – disse com um sorriso afetuoso –, deixe que ele seja bem sucedido. Você provou ser justa e desinteressada, mostre-se grata e de coração terno, e então você será o modelo perfeito de mulher, para o qual sempre acreditei que havia nascido.

– Ah! Nunca, nunca, nunca! Ele nunca terá sucesso comigo. – Ela falou com uma convicção que deixou Edmund bastante atônito, e envergonhou-se, quando viu seu olhar e o ouviu responder:

– Nunca, Fanny! Tão determinada e positiva! Você não costuma ser assim, de natureza tão racional.

– Quero dizer – disse ela, corrigindo-se com tristeza –, eu acho que não corresponderei, até onde posso ver, nunca vou retribuir o afeto dele.

– Devo esperar coisas melhores. Estou ciente, mais ciente do que Crawford pode estar, que o homem que pretende fazer você amá-lo (tendo o devido conhecimento de suas intenções) deve ter um trabalho muito árduo, pois enfrentará toda sua bagagem afetiva, como um campo de batalha. E antes que ele possa obter seu coração, ele tem que desprendê-lo de todas as amarras animadas e inanimadas que se fortaleceram ao longo dos anos, e que estão consideravelmente sólidas no momento, com a própria ideia de separação. Eu sei que a apreensão de ser forçada a deixar Mansfield irá por um tempo armá-la contra ele. Gostaria que ele não tivesse se sentido obrigado a lhe dizer o que estava tentando. Gostaria que ele conhecesse você tão bem quanto eu conheço, Fanny. Entre nós, acho que teríamos convencido você. As minhas teorias e a experiência dele juntas não falhariam, ele agiria de acordo com meu plano. Devo esperar, no entanto, que o tempo o torne (como acredito firmemente que fará) merecedor de seu afeto, e ele será recompensado. Não posso supor que você não tenha o desejo de amá-lo, o desejo natural de gratidão. Você deve ter algum sentimento desse tipo. Você deve lamentar a sua própria indiferença.

– Somos tão diferentes – disse Fanny, evitando uma resposta direta. – Somos tão, tão diferentes em todas as nossas inclinações e maneiras, que considero totalmente impossível sermos toleravelmente felizes juntos, mesmo se eu conseguisse gostar dele. Nunca existiram duas pessoas tão diferentes. Não temos um gosto sequer em comum.

– Você está enganada, Fanny. A diferença não é tão forte. Vocês são bastante parecidos. Vocês têm gostos em comum, bem como inclinações morais e literárias em comum. Ambos têm um coração caloroso e sentimentos benevolentes; e Fanny, quem o ouviu ler e reparou como você prestou atenção a Shakespeare naquela noite não pensará que não são ideais um para outro? Você se esquece de si mesma: há uma nítida diferença em seus temperamentos, admito. Ele é animado e você é séria, mas é melhor assim, o estado de espírito de um compensará o do outro. Sua disposição é facilmente abatida e você vê as dificuldades maiores do que elas são. A alegria dele irá neutralizar isso. Ele não vê dificuldades em parte alguma, e sua simpatia e alegria serão um apoio constante para você. O fato de serem muito diferentes, Fanny, não se opõe nem um pouco à probabilidade da felicidade conjugal, nem imagine isso. Estou convencido de que é uma circunstância bastante favorável. Estou perfeitamente persuadido de que é melhor que os ânimos de vocês sejam diferentes; ao menos no estado de espírito, nas maneiras, na inclinação para muita ou pouca companhia, na propensão para falar ou se calar, ser sério ou ser alegre. Estou plenamente convencido de que alguma oposição aqui é favorável à felicidade matrimonial. Excluo os extremos, é claro, e a menor semelhança em qualquer um desses aspectos seria a maneira mais provável de produzir um extremo. Uma divergência, gentil e contínua, é a melhor salvaguarda de boas maneiras e conduta.

Fanny podia muito bem adivinhar onde estavam seus pensamentos nesse momento. O poder da Srta. Crawford estava voltando. Ele havia falava dela alegremente quando chegou de viagem, e a intenção de continuar a evitá-la estava por um triz. Ele havia jantado no presbitério apenas na noite anterior.

Depois de deixá-lo com seus pensamentos mais felizes por alguns minutos, Fanny, sentiu que era seu dever falar mais sobre o assunto do Sr. Crawford e disse:

– Não é apenas por temperamento que o considero totalmente inadequado para mim, embora, nesse aspecto penso que a diferença entre nós é grande demais, infinitamente grande; seu estado de espírito muitas vezes me oprime, mas há algo nele que me oponho ainda mais. Devo dizer, primo, que não posso aprovar o caráter dele. Não penso bem sobre ele desde a época da peça. Seu comportamento pareceu, ao meu ver, muito inadequado e insensível, e posso falar disso agora porque tudo acabou. Foi muito incorreto com o pobre Sr. Rushworth, não pareceu se preocupar com a maneira que o expôs e machucou, ao se insinuar para minha prima Maria, que... enfim, na hora da peça, tive uma impressão que jamais será superada.

– Minha querida Fanny – respondeu Edmund, mal ouvindo-a até o fim –, não devemos, nenhum de nós, ser julgados pelo que aparentamos naquele período de insensatez generalizada. O tempo da peça é um tempo que odeio me lembrar. Maria estava errada, Crawford estava errado, estávamos todos errados juntos; mas nenhum tão errado quanto eu. Comparado comigo, todos os outros eram inocentes. Eu estava bancando o idiota com os olhos bem abertos.

– Como uma espectadora – disse Fanny –, talvez eu tenha visto mais do que você, e acho que o Sr. Rushworth às vezes ficava com muito ciúme.

– Muito possivelmente. Não é de se admirar. Nada poderia ser mais impróprio em toda aquela situação. Fico chocado sempre que penso que Maria seria capaz daquilo; mas, se ela assumiu o papel, não devemos nos surpreender com o resto.

– Antes da peça, se não estou enganada, Julia achou que ele estava interessado nela.

– Julia! Eu já ouvi antes alguém mencionar que ele estava apaixonado por Julia, mas nunca consegui ver nada disso. E, Fanny, embora eu espere fazer justiça às qualidades de minhas irmãs, acho muito possível que uma delas, ou ambas, desejassem ser admiradas por Crawford, e possivelmente mostraram esse desejo de forma bem mais descuidada. Lembro-me de que elas evidentemente gostavam de sua companhia, e com algum incentivo, um homem como Crawford, animado e possivelmente um pouco irresponsável, se deixou levar. Não poderia haver nada muito surpreendente, porque é claro que ele não tinha pretensões. Seu coração estava reservado para você. E devo dizer, com isso, minha opinião sobre ele aumentou consideravelmente. Isso lhe torna muito honroso, mostra sua avaliação adequada pelas bênçãos da felicidade doméstica e do puro apego. Prova que ele não foi estragado por seu tio. Em suma, demostra tudo o que eu costumava acreditar sobre ele, embora temia que não fosse assim.

– Estou convencida de que ele não pensa, como deveria, sobre assuntos sérios.

– Eu direi que ele ainda não pensou em assuntos sérios, o que acredito ser muito bom. Como poderia ser de outra forma, com a educação e o conselheiro que teve? Sob as desvantagens na formação que ambos tiveram, não é maravilhoso que sejam o que são? Os sentimentos de Crawford, devo reconhecer, até agora têm sido seus guias. Felizmente, esses sentimentos em geral foram bons. Você poderá fornecer o resto; ele é muito afortunado por se apegar a alguém como você, uma mulher que é firme como uma rocha em seus próprios princípios, tem uma amabilidade de caráter apropriada. Ele escolheu sua parceira, e certamente terá uma sorte grande. Ele vai te fazer feliz, Fanny, eu sei que ele vai te fazer feliz; mas você o fará ainda mais.

– Eu não me envolveria nesta missão – disse Fanny, com um tom de voz mais baixo. – Seria uma missão de tamanha responsabilidade.

– Como sempre acreditando não estar pronta para nada. Imaginando que tudo é demais para você! Bem, embora eu possa não ser capaz de persuadi-la a ter sentimentos diferentes, você mesma será persuadida a mudar, confio eu. Confesso que estou sinceramente ansioso para que isso possa acontecer. Não tenho nenhum interesse no bem-estar de Crawford. Próxima de sua felicidade, Fanny, a dele tem a mesma prioridade. Você está ciente de que não tenho nenhum interesse comum com Crawford.

Fanny estava muito ciente disso para ter algo a dizer. E eles caminharam juntos cerca de quarenta metros em silêncio mútuo. Edmund começou novamente.

– Fiquei muito satisfeito com a maneira como ela falou sobre isso ontem, particularmente satisfeito, porque não imaginava que ela visse toda situação dessa maneira. Eu sabia que ela gostava muito de você, mas ainda assim tinha medo de que ela não a considerasse boa o suficiente para seu irmão, e que ela pudesse lastimar o fato de ele não ter escolhido alguma mulher de distinção ou fortuna. Eu temia o preconceito gerado por essas máximas às quais ela estava muito acostumada a ouvir. Mas foi muito diferente. Ela falou de você, Fanny, exatamente como deveria. Ela deseja a ligação tão calorosamente quanto seu tio ou eu. Tivemos uma longa conversa sobre isso. Eu não deveria ter mencionado o assunto, embora tivesse muito ansioso para saber seus sentimentos sobre o assunto, mas logo depois que cheguei ela começou a apresentá-lo com toda sinceridade, amabilidade e espirituosidade que lhe são características. A Sra. Grant achou graça de sua rapidez ao tocar no assunto.

– A Sra. Grant estava na sala, então?

– Sim, quando cheguei em casa encontrei as duas irmãs sozinhas, e quando ainda conversávamos sobre você, Fanny, Crawford e o Sr. Grant entraram.

– Passou mais de uma semana desde a última vez que vi a Srta. Crawford.

– Sim, ela lamenta, mas reconhece que assim tem sido melhor. Você a verá, no entanto, antes que ela vá embora. Ela está muito decepcionada com você, Fanny, você deve estar preparada para isso. Ela se diz muito zangada, e você pode imaginar o porquê. É a decepção de uma irmã, que pensa que seu irmão tem direito a tudo o que ele desejar, no primeiro momento. Ela está magoada, como você ficaria por William; mas ela a ama e a estima de todo o coração.

– Eu imaginei que ela ficaria muito brava comigo.

– Minha querida Fanny – disse Edmund, puxando o braço dela para mais perto do dele –, não deixe que a ideia da raiva dela te aflija. É uma raiva da qual se fala mais do que se sente. Seu coração foi feito para o amor e a bondade, não para ressentimento. Gostaria que você pudesse ter ouvido os elogios que ela fez, gostaria que você pudesse ter visto seu semblante, quando ela disse que você deveria ser a esposa de Henry. Observei que ela sempre se referia a você como 'Fanny', o que ela nunca costumava fazer; demonstrando um ar de cordialidade fraterna.

– E a Sra. Grant, ela disse... ela falou algo... ela estava lá o tempo todo?

– Sim, ela estava concordando inteiramente com a irmã. A surpresa de sua recusa, Fanny, parece ter sido ilimitada. O fato de você recusar um homem como Henry Crawford é de difícil compreensão para elas. Eu disse o que pude por você, mas você deve de alguma forma provar-lhes que está convicta de seus sentimentos. Nada mais irá satisfazê-las. Mas isso é um importuno para você. Eu não falarei mais nada. Não se afaste de mim.

– Eu pensei – disse Fanny depois de uma breve reflexão – que toda mulher tivesse a possibilidade de desaprovar um homem, que não precisasse lhe corresponder afetivamente, mesmo que ele seja considerado tão agradável para as outras pessoas. Mesmo que ele tenha todas as perfeições do mundo, acho que não deve ser obrigatoriamente aceito por qualquer mulher que ele venha a gostar. Mas, mesmo supondo que seja assim, tendo o Sr. Crawford todas as reivindicações que suas irmãs pensam que ele tem, como posso estar preparada para retribuir-lhe com qualquer sentimento à altura dos seus? Ele me pegou totalmente de surpresa. Eu não tinha ideia de que seu comportamento comigo antes tinha algum significado e, com certeza, eu não teria me esforçado para gostar dele apenas porque ele estava prestando atenção em mim para passar o tempo. Na minha situação, teria sido o extremo da vaidade formar expectativas sobre o Sr. Crawford. Tenho certeza de que suas irmãs, avaliando-o como o fazem, devem ter pensado o mesmo, supondo que não significava nada sério. Como, então, eu deveria estar apaixonada por ele no momento em que ele disse que estava por mim? Como poderia ter os meus sentimentos ao seu dispor tão logo fosse solicitado? Suas irmãs deveriam me considerar da mesma forma que ele. Quanto mais alto seu mérito, mais impróprio para mim seria pensar nele como uma possibilidade. E... nós pensamos muito diferente sobre a natureza da mulher, se elas pensam que uma mulher é capaz de retribuir tão rápido os sentimentos de alguém, como parecem pensar.

– Minha querida, querida Fanny, agora eu sei a verdade. Entendo agora o que se passa, e esses sentimentos são muito dignos de você. Eu os tinha atribuído a você antes. Achei que poderia entendê-la. Agora você deu exatamente a explicação que me aventurei a dar para a sua amiga e Sra. Grant. As duas ficaram muito satisfeitas, embora sua amiga emotiva tenha se esquivada um pouco, em relação a sua afeição por Henry. Eu disse a elas que você era, de todas as criaturas humanas, aquela sobre quem o hábito tem mais poder e a novidade menos; e que, portanto, a circunstância da inusitada aproximação de Crawford ia contra ele. O fato de ser um assunto tão novo e tão recente, o tornava totalmente desfavorável, que você não podia tolerar nada que não estivesse acostumada. Falei ainda mais com o mesmo propósito, para dar-lhes conhecimento de seu caráter. Srta. Crawford nos fez rir com seus planos de encorajamento para seu irmão. Ela pretendia exortá-lo a perseverar a esperança de ser amado com o tempo, e de ter seus discursos recebidos da maneira mais amável no final de cerca de dez anos de casamento feliz.

Fanny dificilmente conseguiu dar um sorriso. Seus sentimentos eram de revolta. Ela temia estar agindo errado, falando demais, superando a cautela que julgava necessária para se proteger contra um mal, expondo-se a outro; e ter a vivacidade da Srta. Crawford naquele momento, e sobre tal assunto, foi mais amargo ainda.

Edmund viu cansaço e angústia em seu rosto e imediatamente resolveu deixar de discutir, e nem mesmo mencionou o nome de Crawford novamente, exceto no que pudesse relacionar-se a algo agradável para ela. Com base neste princípio, ele logo observou:

– Eles partirão na segunda-feira. Na certa você irá encontrar sua amiga amanhã ou no domingo. Eles realmente vão na segunda, e eu estava um pouco persuadido a ficar em Lessingby até o mesmo dia! Quase prometi isso. Que diferença poderia ter feito! Aqueles cinco ou seis dias a mais em Lessingby poderiam ter feito grande diferença por toda a minha vida.

– Você estava perto de ficar lá?

– Muito. Fui muito gentilmente pressionado e quase consenti. Se tivesse recebido alguma carta de Mansfield, para me dizer como vocês estavam indo, creio que certamente teria ficado. Mas não sabia de nada do que tinha acontecido aqui por uns quinze dias, e senti que já tinha estado longe por tempo demais.

– Você passou seu tempo agradavelmente lá?

– Sim, isto é, seria minha própria culpa se não tivesse gostado. Eles foram todos muito agradáveis. Duvido que acharam o mesmo de mim. Fiquei inquieto e não conseguiria me livrar disso enquanto eu não estivesse em Mansfield novamente.

– Você gostou da Srtas. Owens, não é mesmo?

– Sim, muito. Garotas agradáveis, bem-humoradas e sem afetação. Mas eu estou mal acostumado, Fanny, com as companhias femininas da sociedade. Garotas bem-humoradas e não afetuosas não servem para um homem que está acostumado com mulheres sensíveis. São dois tipos distintos de ser. Você e Srta. Crawford me tornaram muito exigente.

Mesmo assim, Fanny estava oprimida e cansada. Ele viu em sua aparência, e ela não podia ser desmentida. Sem demora ele a conduziu diretamente para a casa, com a autoridade amável de um guardião privilegiado.

CAPÍTULO 36

Edmund agora acreditava estar perfeitamente familiarizado com tudo que Fanny poderia dizer, ou poderia ser conjecturado de seus sentimentos, e ele estava satisfeito. Crawford, como tinha presumido, tinha sido muito apressado, e deveria ter dado tempo para que a ideia fosse melhor recebida por Fanny. Ela deveria se acostumar com o fato de ele estar apaixonado, e então a retribuição ao seu afeto não estaria muito distante.

Ele deu esta opinião como o resultado da conversa com seu pai; e recomendou que nada mais fosse dito a ela: nenhuma tentativa posterior de influenciar ou persuadir; mas que tudo deveria ser deixado para Crawford e o natural funcionamento da mente de Fanny.

Sir Thomas prometeu que seria sim. Ele acreditou que o relato de Edmund sobre os sentimentos de Fanny estava correto, e entendeu que ela os compreendia, mas considerava isso um infortúnio. Ele estava menos disposto do que o filho a deixar tudo ao acaso, e temia que, se essas concessões de tempo e de hábito para ela eram necessárias, ela poderia não ser persuadida no tempo certo, antes que os sentimentos do rapaz esfriassem. Não havia nada a ser feito, no entanto, a não ser submeter-se silenciosamente e esperar pelo melhor.

A visita prometida de "sua amiga", como Edmund se referira a Srta. Crawford, constituía uma ameaça para Fanny, e deixou-a apavorada. No papel de irmã, era parcial, quase sem escrúpulos em seus comentários; e por outro lado, triunfante e segura, ela era de todas as maneiras um falso alarme. O seu descontentamento, sua perspicácia e sua alegria eram temerosas, e a possibilidade da presença de outras pessoas quando se encontrassem era o único consolo de Fanny. Ela se distanciou o mínimo possível de Lady Bertram, não frequentou o quarto na ala leste e não caminhou sozinha pelo jardim, como precaução contra qualquer investida inesperada.

Ela conseguiu. Estava segura na sala de café da manhã com a tia quando a Srta. Crawford finalmente apareceu. Tendo o medo inicial se desfeito, e como a Srta. Crawford olhava e falava sem nenhuma particularidade em sua expressão, como temera por antecipação, Fanny começou a acreditar que não precisaria enfrentar nenhum desafio a não ser meia hora de alvoroço emocional. Mas nesse caso ela se iludiu em demasia, pois a Srta. Crawford não era escrava da oportunidade. Ela estava determinada a ver Fanny sozinha e, portanto, disse-lhe razoavelmente em voz baixa:

– Devo falar com você por alguns minutos em algum lugar.

Palavras que Fanny sentiu percorrer por ela, em todos os seus pulsos e todos os seus nervos. Escapar parecia improvável; acostumada à submissão, ao contrário, ela quase que imediatamente se levantou e conduziu a amiga para fora.

Tinham acabado de chegar no saguão, todo o comedimento da Srta. Crawford se desfez. Ela imediatamente balançou a cabeça para Fanny com um ar malicioso e censura; pegou a sua mão e falou, não conseguindo dizer mais que poucas palavras.

– Lamentável! Eu não sei até quando terei de repreendê-la.

Ela teve a discrição de aguardar até que tivessem a garantia de poder conversar sozinhas. Fanny naturalmente seguiu para o andar de cima, e levou a convidada para o aposento que agora estava sempre confortável e adequado para uso. No entanto, abriu a porta com o coração aflito, sentindo que viveria uma cena extremamente angustiante. As iminentes repreensões foram pelo menos adiadas; houve uma mudança abrupta na expressão da Srta. Crawford, causada pela forte emoção que ela sentiu ao se encontrar novamente no quarto da ala leste.

– Somente uma vez. Você se lembra? Eu vim ensaiar. O seu primo também, e nós ensaiamos juntos. Você foi a nossa audiência e nossa memória de texto. Um ensaio encantador. Nunca poderei esquecê-lo. Aqui estávamos nós, exatamente neste lado do quarto. Seu primo estava aqui, eu estava aqui, e ali, as cadeiras. Tais momentos poderiam ser eternos...

Felizmente para sua companhia, ela não queria respostas. Sua mente estava totalmente absorvida. Ela estava em um devaneio de doces lembranças.

– A cena que estávamos ensaiando era excepcional! O assunto tão, tão... Ele estava para me pedir em casamento. Eu acho que posso vê-lo agora tentando ser modesto e sereno como Anhalt, ao longo de duas falas: "Quando dois corações complacentes se encontram em estado de matrimônio, o casamento pode ser feliz". Suponho que o tempo não conseguirá apagar a impressão que tenho de seu olhar e sua voz, enquanto ele dizia essas palavras. Foi curioso, muito curioso, termos tido esse diálogo para encenar! Se eu tivesse o poder de reviver qualquer semana da minha existência, seria essa, a dos nossos ensaios. Diga o que disser, Fanny, deveria ser essa, pois nunca conheci tamanha felicidade como naqueles dias. Ver o espírito resoluto dele ceder daquela maneira! Ah, foi uma felicidade além das palavras. Mas, que pena! Naquela noite tudo foi destruído. Aquela noite trouxe seu inoportuno tio. Pobre Sir Thomas, quem ficou feliz ao vê-lo? Mas, Fanny, não imagine que eu esteja me referindo desrespeitosamente a Sir Thomas, embora eu certamente o tenha odiado naquela semana. Não, faço justiça a ele. Ele é exatamente o que um chefe de família deve ser. E com a tristeza apaziguada, acredito que agora eu ame todos vocês.

Após dizer isso, e com uma ternura que Fanny nunca tinha visto e que muito lhe agradou, virou-se por um instante para se recompor.

– Fiquei um pouco impactada ao entrar neste cômodo, como pode perceber – disse ela bem-humorada. – Mas já acabou; vamos então nos sentar confortavelmente. Quanto ao ato de repreendê-la, Fanny, eu vim com essa intenção, mas não tenho coragem agora que chegou o momento. – Ela abraçou Fanny afetuosamente. – Boa e gentil Fanny! Quando penso que é a última vez que a verei por muito tempo, sinto que é impossível qualquer outra coisa a não ser amá-la.

Fanny estava comovida. Ela não havia imaginado nada disso, e mal pôde resistir à influência melancólica da palavra "última". Ela chorou como se amasse a Srta. Crawford mais do que conseguia, e a Srta. Crawford, ainda mais emocionada com tamanha afeição, a abraçou com ternura e disse:

– Detesto ter que deixá-la. Para onde vou, não encontrarei ninguém com metade da sua amabilidade. Quem sabe não seremos irmãs? Eu sei que seremos. Sinto que nascemos para estar ligadas uma à outra, e estas lágrimas me convencem de que você sente da mesma maneira, querida Fanny.

Fanny se levantou e respondeu parcialmente:

– Mas você só está deixando um grupo de amigos por outro. Você estará com uma verdadeira amiga.

– Sim, de fato. A Sra. Fraser é uma amiga de muitos anos. Mas não estou pensando tanto na aproximação com ela, na verdade só consigo pensar nos amigos que estou deixando: a minha excelente irmã, você e todos os Bertram. Há um calor entre vocês que não se encontra por aí. Todos vocês me fazem sentir que posso confiar e me abrir com vocês, e sabemos que nas relações corriqueiras isso não ocorre. Eu desejaria ter combinado com a Sra. Fraser para ir ao seu encontro somente após a Páscoa, uma época bem mais apropriada, mas agora tenho que cumprir minha palavra. E depois de vê-la visitarei a sua irmã, Lady Stornaway, porquê das duas ela era a minha melhor amiga, e eu não lhe dei muita atenção nestes últimos anos.

Em seguida, as jovens ficaram por alguns minutos em silêncio, ambas pensativas; Fanny refletia sobre os diferentes tipos de amizade no mundo, e Mary sobre assuntos menos filosóficos. Ela falou em primeiro lugar:

– Lembro-me de como foi perfeita a minha decisão de procurar você no andar de cima, e de ter encontrado o quarto da ala leste sem ter qualquer ideia de onde ficava! Como me lembro bem do que estava pensando antes de chegar aqui, assim como de tê-la encontrado sentada, trabalhando nesta mesa; e, depois a surpresa do seu primo quando abriu a porta e me viu. E o seu tio retornou naquela mesma noite... Nunca houve nada igual!

Após outro breve momento de reflexão, ela então voltou a falar:

– Fanny, você está totalmente presa em seus pensamentos! E espero que esteja pensando naquele que sempre pensa em você. Ah, se eu pudesse transportá-la por um breve período para o nosso círculo de amigos na cidade, para que você pudesse compreender como o seu poder sobre Henry é comentado por lá! Ah, a inveja e o sofrimento de dezenas e dezenas! Como haverá espanto e incredulidade quando souberem do que fez! Um segredo: Henry é praticamente o herói de um romance antigo, e tem boa reputação em seus relacionamentos. Você deveria ir a Londres para dar valor a essa conquista. Se você pudesse ver como ele é cortejado, e como eu sou cortejada em seu nome! Agora sei que não serei tão bem recebia pela Sra. Fraser em consequência dos sentimentos dele por você. Quando ela souber a verdade, vai desejar que eu volte para Northamptonshire, onde mora uma filha do primeiro casamento do Sr. Fraser, que não vê a hora de se casar, tinha esperança de que fosse com Henry. Ah! Ela sempre desejou tanto se casar com Henry! Inocente e quieta aqui, você não tem ideia da sensação que causará, e da curiosidade que terão para vê-la, e das perguntas que serei obrigada a responder! Pobre Margaret Fraser, não vai parar de me perguntar sobre os seus olhos e dentes, como penteia o cabelo, e quem faz os seus sapatos. Eu gostaria que Margaret estivesse casada, em nome da minha pobre amiga, pois acredito que os Frasers são tão infelizes quanto a maioria dos demais casais. Ainda assim, era uma união muito cobiçada para Janet naquela época. Todos nós estávamos muito felizes. Ela não poderia senão aceitá-lo, já que ele era rico e ela não tinha nada. Mas ele demonstrou ser mal-humorado e exigente, e deseja uma jovem mulher, uma bela jovem de vinte e cinco que seja tão estável quanto ele. A minha amiga não consegue lidar muito bem com ele, e não parece saber como tirar o melhor daquilo. Existe um clima de irritação que, para não dizer nada pior, é certamente muito frio. Na casa deles eu sempre me lembro do comportamento do presbitério de Mansfield com respeito. Até mesmo o Dr. Grant demonstra completa confiança em minha irmã, e certa consideração por suas opiniões, o que nos faz acreditar que existe um relacionamento; mas não vejo isso nos Fraser. Devo permanecer em Mansfield para sempre, Fanny. Minha irmã como esposa e o Sir Thomas Bertram como marido são os meus modelos de perfeição. Pobre Janet, foi tristemente enganada; ainda que não tenha havido nada inapropriado de sua parte. Ela não se jogou na relação sem considerar antes, não foi por falta de visão. Ela pensou em seu pedido por três dias, e durante esses três dias pediu o conselho de todos cuja opinião fosse digna de ser ouvida. Aconselhou-se especialmente com a minha querida falecida tia, cujo conhecimento sobre o mundo fazia com que seus conselhos tivessem, merecidamente, muita credibilidade entre todos os jovens que conhecia, e ela foi decididamente a favor do Sr. Fraser. Isso parece indicar que não há nada que garanta o sucesso matrimonial! Eu não tenho muito a dizer sobre a minha amiga Flora, que recusou um belo jovem no Blues por ter preferido o Lorde Stornaway, que muito me lembra o Sr. Rushworth, Fanny, mas muito mais esquisito e de caráter duvidoso. Tive as minhas dúvidas na época com relação à decisão dela, pois ele não tem nem mesmo ares de cavalheiro e agora estou certa de que ela realmente se equivocou. Aliás, Flora Ross apaixonou-se por Henry no primeiro inverno em que foi apresentada à sociedade. Se eu tentasse listar para você todas as mulheres que se apaixonaram por ele, não conseguiria. Somente você, insensível Fanny, consegue ser indiferente a ele. Mas será você tão insensível quanto demonstra? Sei que não é.

Fanny ficou muito vermelha naquele momento, o que poderia fazer entender que ela acreditava naquilo.

– Excelente! Não vou mais te importunar. Tudo tomará seu rumo natural. Mas, querida Fanny, você deve admitir que não estava tão despreparada para isso, quanto o seu primo alega. Não é possível que você nunca tenha pensado no assunto, ou feito algumas conjecturas sobre o que talvez acontecesse. Você deve ter percebido que ele estava tentando agradá-la, dedicando-lhe toda a atenção que podia. Ele não se mostrou dedicado a você no baile? E antes do baile, o colar! Ah, você o recebeu merecidamente. Você estava tão consciente quanto o coração poderia desejar. Eu me lembro muito bem disso.

– Você quer dizer que o seu irmão sabia antecipadamente sobre o colar? Oh, Srta. Crawford, não há honestidade nisso.

– Se ele sabia? Foi tudo obra dele, foi ele quem pensou em tudo. Tenho vergonha por revelar que nem mesmo passou pela minha cabeça, mas fiquei feliz em agir, pelo benefício de vocês.

– Não digo – respondeu Fanny – que tive um pouco de receio a respeito disso naquele momento, pois havia algo em seu olhar que me assustou; mas não a princípio. No início não suspeitei de nada, é verdade. É tão verdade quanto o fato de nós estarmos conversando. E se eu soubesse disso, não teria de maneira alguma aceitado o colar. Em relação ao comportamento do seu irmão, certamente tinha percebido algumas diferenças, pouco tempo antes, possivelmente duas ou três semanas; mas então não atribuí nenhum sentido a isso, acreditei ser somente o jeito dele, e estava tão longe de suspeitar quanto de desejar que ele pensasse em mim. Eu não fui, Srta. Crawford, uma observadora desatenta sobre o que estava acontecendo entre ele e uma parte desta família durante o verão e o outono. Eu estava quieta, mas não cega. Não pude deixar de observar que o Sr. Crawford se permitiu fazer galanteios sem intenções.

– Oh, disso não posso discordar. Ele sempre foi assim, e nunca se importou muito com os problemas que poderia causar nos sentimentos de jovens damas. Por vezes o repreendi por conta disso, mas a culpa é exclusivamente dele; mas também há que se dizer que poucas damas são merecedoras de seu afeto. E então, Fanny, a glória está em conseguir ser o alvo de desejo entre tantas outras, de ter para si o poder de ser melhor do que elas! Ah, estou certa de que não faz parte da natureza feminina recusar esse tipo de coisa.

Fanny balançava a cabeça.

– Não posso pensar bem a respeito de um homem que brinca com os sentimentos de outras mulheres; e certamente haverá ainda mais sofrimento do que qualquer observador possa encontrar.

– Não o defenderei. Eu o deixo inteiramente a seu julgamento. E quando ele a tiver levado para Everingham, não me importo o quanto irá censurá-lo. Mas tenho que dizer que esse hábito dele de fazer com que as meninas se apaixonem um pouco não é tão perigoso para a felicidade de uma esposa quanto a tendência de apaixonar-se, para o que ele nunca se mostrou disposto. Eu seriamente e firmemente acredito que ele esteja apaixonado por você de uma forma que nunca esteve por qualquer outra mulher, e que ele a ama com todo o coração e provavelmente a amará para sempre. Se algum homem já amou uma mulher para sempre, acho que Henry a amará de tal maneira.

Fanny não pôde evitar um sorriso, mas não conseguiu responder.

– Eu não imagino que Henry já tenha sido tão feliz – continuou Mary – como quando conseguiu a promoção para seu irmão.

Ela conseguiu causar grande impacto em Fanny nesse momento.

– Ah, sim. Ele foi muito gentil!

– Sei que ele se esforçou muito, pois conheço os obstáculos que precisou vencer. O almirante detesta ser incomodado, e abstém-se de pedir favores. E existem tantos pedidos semelhantes de jovens rapazes, que somente uma grande amizade e muito esforço são capazes de conseguir. Que criatura feliz deve ser William! Eu gostaria que pudéssemos encontrá-lo.

O estado de espírito da pobre Fanny foi lançado na maior de suas angústias. A lembrança do que havia sido feito por William era sempre a maior inquietação entre todos os seus sentimentos contrários ao Sr. Crawford. E ela permaneceu sentada pensando profundamente sobre isso até que Mary, que a estava observando com complacência, enquanto refletia sobre algo mais a dizer, de repente lembrou-a:

– Gostaria de passar o dia todo aqui conversando com você, mas não devemos nos esquecer das damas que estão lá embaixo. Adeus, minha querida, amável e excelente Fanny; pois embora iremos nos separar de fato somente na sala do café, devo me despedir de você já aqui. E me despeço ansiosa por um reencontro feliz, e confiante de que, quando nos virmos novamente, nossos corações estarão mutuamente abertos, sem qualquer traço de ressentimento.

Um abraço muito gentil e alguma agitação acompanharam essas palavras.

– Logo devo encontrar seu primo na cidade. Ele mencionou que estaria lá muito em breve. Encontrarei todos, exceto você. Tenho dois favores a pedir: um é sobre comunicação. Por favor, me escreva. E o outro, para visitar regularmente a Sra. Grant e compensá-la de minha ausência.

O primeiro dos favores Fanny preferiria não ter ouvido, mas foi impossível para ela negar. Foi impossível para ela não concordar prontamente. Não havia como resistir a tanta demonstração de afeto. Sua natureza era inclinada a valorizar gentilezas, e por ter conhecido pouco desse tipo de afeto, ficou ainda mais comovida pela consideração demonstrada pela Srta. Crawford.

Além do mais, havia o sentimento de gratidão a ela por ter feito essa conversa menos dolorosa do que ela havia imaginado. A conversa chegara ao fim, e ela havia escapado sem precisar fazer revelações. Seu segredo estava intacto, e enquanto fosse assim, ela pensou que poderia submeter-se a quase tudo. À noite houve nova despedida. Henry Crawford foi visitá-los. E sem resistência prévia em seu estado de espírito, ela estava com o coração afável, porque ele realmente parecia sincero. Muito diferentemente de sua atitude geral, ele pouco falou. Estava evidentemente deprimido e Fanny deveria sofrer por ele, embora esperasse que nunca mais o visse até que fosse o marido de outra mulher. Quando chegou o momento da despedida, ele pegou sua mão e não encontrou resistência. No entanto, ele não disse nada, ou nada que ela tivesse ouvido, e quando ele deixou o aposento, ela ficou satisfeita de ter acabado aquela situação.

No dia seguinte, os Crawford partiram.

CAPÍTULO 37

Com o Sr. Crawford indo embora, o próximo intuito de Sir Thomas era fazer com que sua ausência fosse notada, e alimentava esperanças de que a sobrinha sentisse falta daquelas atenções que antes achava incômodas. Ela vivenciara esse tipo de atenção da maneira mais lisonjeadora, e ele esperava que essa falta despertasse nela algum arrependimento. Ele a observava enquanto refletia, sem saber se poderia esperar sucesso. Não havia nenhum indício de qualquer mudança em seu humor. Ela era sempre tão gentil e reservada que suas emoções estavam além de seu discernimento. Ele não conseguia compreendê-la, ao menos sentia que não. Sendo assim, recorreu a Edmund para que ele lhe dissesse como ela estava, e se mais ou menos feliz do que estava antes.

Edmund não identificou arrependimento, e pensou que o pai estava sendo um pouco apressado em acreditar que os primeiros quatro dias pudessem produzir algum sinal. O que surpreendia especialmente Edmund era o fato de a irmã de Crawford, a amiga e companheira que tinha feito tanto por ela, não demonstrar nada. Ele se questionava porque Fanny falava tão pouco sobre ela, e tinha muito pouco a dizer espontaneamente sobre sua opinião quanto a essa separação. Mas era justamente essa irmã, amiga e companheira, o motivo do principal desconforto de Fanny. Se ela pudesse acreditar que o destino de Mary não estivesse ligado a Mansfield, como ela tinha certeza ser o caso do irmão, e se pudesse ter a esperança de que o seu retorno estivesse tão distante quanto o dele, seu coração certamente estaria leve. Mas quanto mais refletia, mais se convencia de que tudo caminhava, para o casamento da Srta. Crawford com Edmund. De sua parte, a inclinação parecia forte. As objeções e os escrúpulos dele, a sua integridade, tudo parecia ter se esvaído, e ninguém entendia como. As dúvidas e hesitações das ambições dela haviam igualmente terminado, e, da mesma maneira, sem razão aparente. Isso só poderia ser atribuído ao fortalecimento dos sentimentos. Os bons sentimentos dele e os maus dela cederam ao amor, e esse amor deveria uni-los.

Ele deveria ir logo para a cidade resolver alguns negócios relativos a Thornton Lacey, possivelmente nos próximos quinze dias. Ele conversava sobre a viagem, e amava falar sobre a mesma. Tão logo estivesse novamente com ela, Fanny não poderia duvidar dos desdobramentos. A aceitação dela deveria ser tão certa quanto o seu pedido. No entanto, ainda permaneciam alguns sentimentos, que tornavam a perspectiva desses acontecimentos bastante dolorosa para ela, independentemente de seu desejo.

Na última conversa entre elas, a respeito de ela ter sido amável e gentil, ainda assim era a Srta. Crawford, demonstrando um espírito um tanto quanto confuso, e sem ter noção disso. Estava fechada, e acreditava estar aberta. Ela poderia amar, mas não merecia Edmund por nenhum outro sentimento. Fanny acreditava que dificilmente houvesse um segundo sentimento em comum entre os dois. Ela poderia ser desculpada por considerar ser praticamente improvável o progresso da Srta. Crawford, pois mesmo na temporada de amor a influência de Edmund tinha feito muito pouco para clarear suas ideias. As qualidades dele seriam por fim desperdiçadas ao longo de anos de matrimônio.

A experiência esperaria mais de qualquer jovem nessas circunstâncias, e a imparcialidade não teria negado à natureza da Srta. Crawford aquela participação no perfil característico das mulheres que a levaria a adotar como suas as opiniões do homem que amava. Fanny estava convicta disso, e ela afligia-se muito, e nunca poderia pensar na Srta. Crawford sem tristeza. Enquanto isso, Sir Thomas seguia com as suas esperanças e continuava a analisar, ainda acreditando ter o direito, em função de todo o seu conhecimento, de esperar ver o efeito da perda e da consequente importância no estado da sobrinha, e das atenções agora ausentes do admirador produzirem uma espécie de saudade do mesmo. Em breve outra visita lhe tiraria as esperanças de tais sentimentos em Fanny, cuja proximidade apenas era suficiente para fortalecer o estado de espírito que era objeto de sua observação. William havia obtido uma licença para permanecer em Northamptonshire, e ele viria, o mais feliz dos tenentes, pois tinha acabado de ser promovido, para compartilhar a sua felicidade e mostrar a nova farda. Ele finalmente chegou, e teria grande prazer de mostrar a farda a todos não fosse pela proibição de usá-la fora de serviço.

Assim, esta permaneceu em Portsmouth. Edmund presumiu que antes que Fanny pudesse ter a chance de vê-la, toda a sua novidade e todos os sentimentos daquele que o usava teriam se esvaído. Pois o que poderia ser mais inconveniente do que o uniforme de um tenente que está no posto há um ou dois anos e vê os demais serem promovidos antes dele? Tais foram as considerações de Edmund, até que o pai lhe contou uma estratégia que daria a Fanny a chance de ver o segundo tenente em toda a sua glória. O plano era fazê-la acompanhar o irmão até Portsmouth e passar breve período com a sua própria família. Isso havia ocorrido ao Sir Thomas em uma de suas reflexões, como um direito dela. Mas antes de se decidir, ele consultou o filho. Edmund considerou a proposta em todos os seus aspectos e achou-a muito positiva. O plano era bom por si só, e não poderia ser executado em momento mais oportuno, e tinha certeza de que seria muito apreciado por Fanny. Isso foi o suficiente para a decisão de Sir Thomas, o que encerrou aquela etapa das negociações.

O assunto foi encerrado por Sir Thomas, satisfeito e com a sensação de que estava fazendo o melhor, com intenções que iam além do que havia comunicado ao filho. O real motivo do plano tinha muito pouco a ver com a visita aos pais, e muito menos estava relacionado com a ideia de fazê-la feliz. Ele certamente gostaria que a viagem fosse agradável para ela, mas adoraria que ela sentisse saudade de casa antes que a visita terminasse, e que um pouco de distanciamento da elegância e do luxo de Mansfield Park elevariam o estado de sua consciência, possibilitando-a perceber o valor daquele conforto que havia sido oferecido a ela.

Era uma espécie de tratamento para curar o estado da sobrinha, que ele considerava estar com algum problema.

O fato de ter residido por tantos anos em uma casa abundante e luxuosa tinham afetado a sua capacidade de compreender e julgar. A casa de seu pai iria, muito provavelmente, ensiná-la o valor de uma boa propriedade. Ele acreditava que ela seria uma mulher mais sábia pelo resto da vida por ter vivenciado a experiência que estava prestes a lhe ser dada. Se Fanny gostasse de arrebatamentos, ela teria tido forte reação ao tomar conhecimento da oferta do tio para visitar a casa de seus pais e irmãos, de quem tinha se separado por metade de sua vida. Para retornar por dois meses ao cenário da sua infância, tendo William como protetor de sua jornada, com a certeza de estar com ele até o último minuto de sua estada na terra. Se ela se permitisse arroubos de encantamento, este teria sido o momento, pois estava em deleite. Mas a sua felicidade era silenciosa, profunda, sentida apenas no coração. E, já não muito falante, ela tendia ao silêncio quando sentia fortes emoções.

Nesse momento a única coisa que ela fez foi aceitar e demonstrar gratidão. Mais tarde, já familiarizada com a perspectiva de felicidade tão inesperada, ela conseguiu falar mais abertamente com William e Edmund sobre seus sentimentos, mas ainda assim haviam emoções que não poderiam expressar em palavras. A lembrança de todos os seus prazeres, e o quanto havia sofrido quando fora arrancada deles, voltou a ela com força restituída. Parecia-lhe que estar em casa curaria todas as dores criadas por aquela separação. Estar novamente naquele ambiente, recebendo amor, e ainda mais do que jamais havia sido, sentir afeição sem medo ou constrangimento, sentir-se igual aos que estavam ao redor, ter a certeza de não ouvir o nome Crawford, e livre de qualquer olhar que revelasse uma censura em relação a eles! Essa era uma perspectiva que deveria ser vivida com entusiasmo.

Edmund também. Ficar longe dele, faria bem a ela. Distante e protegida de seus olhares e de sua gentileza, segura da irritação contínua de saber o que ia no coração dele e se esforçando para evitar suas confidências, ela poderia voltar à razão. Ela pensaria nele em Londres, organizando-se, sem tristezas. O que poderia ter sido difícil de suportar em Mansfield seria um mal menor em Portsmouth. O único inconveniente era a dúvida sobre o bem-estar da tia Bertram.

Ela não tinha utilidade para mais ninguém, mas naquele caso sua ausência seria sentida em um nível que ela preferia não pensar. Essa parte era de fato a mais complicada de ser entendida por Sir Thomas, e somente ele poderia convencer Lady Bertram. Ele era o senhor em Mansfield Park. Quando tomava uma decisão, ele ia até as últimas consequências para colocá-la em prática. E agora, após insistir bastante no assunto, explicando e exortando o dever de Fanny de ver a família em algum momento, ele conseguiu induzir a esposa a deixar que ela fosse. Sua aprovação foi mais por submissão, no entanto, do que por entendimento, pois Lady Bertram estava muito pouco convencida de que Sir Thomas acreditasse que Fanny deveria ir; mas teve que aceitar.

Na calmaria de seu closet, e no fluxo de suas próprias reflexões, não influenciada pelas afirmações desconexas que ele apresentou, ela não conseguiu identificar nenhuma necessidade para Fanny se aproximar de um pai ou de uma mãe que tinham permanecido tanto tempo sem ela, além do fato de ser a sobrinha tão útil para ela.

E quanto a não sentir a falta dela, que na discussão com a Sra. Norris era o que tencionava argumentar, foi firmemente contra admitir aquilo. Sir Thomas recorreu à sua razão e consciência. Ele chamava isso de sacrifício, e implorou por sua aceitação. Mas a Sra. Norris tentou persuadi-la de que Fanny poderia facilmente ser dispensada e, em suma, de que sua ausência não faria falta.

– Pode ser, irmã – foi a resposta. – Acredito que está correta, mas estou certa de que sentirei muito sua falta.

O passo seguinte era comunicar-se com Portsmouth. Fanny se ofereceu para escrever e a resposta de sua mãe, embora curta, foi muito afetuosa; em poucas linhas ela expressou a felicidade natural de uma mãe diante da perspectiva de ver sua filha novamente, confirmando toda previsão de felicidade da filha pelo encontro com ela, convencendo-se de que encontraria uma amiga calorosa e afetiva na mãe que certamente não tinha demonstrado seu carinho pela filha anteriormente. Mas isso ela supôs ter sido sua culpa, ou ela teria apenas imaginado isso.

Agora, que sabia como ser útil, e sem sua mãe ocupada pelas demandas de uma casa cheia de crianças, haveria uma mudança na relação entre elas, e em breve seriam o que mãe e filha devem ser uma para a outra. William estava quase tão feliz quanto a irmã. Seria um enorme prazer tê-la próximo nos últimos momentos antes de sua partida, e talvez encontrá-la ainda quando retornasse de sua primeira viagem.

Além do mais, ele queria muitíssimo que ela visse o Thrush antes que saísse do porto. Ele não hesitou em dizer-lhe que o fato de ela ficar em casa por algum tempo seria um grande benefício para todos.

– Eu não sei como vai ser – disse ele –, mas nós queremos um pouco do seu conhecimento e metodologia na casa de meu pai. A casa está muito bagunçada. Você conseguirá organizá-la, tenho certeza. Você poderá dizer a minha mãe como tudo deve ser feito, e será muito útil a Susan, e ensinará a Betsey, e fará com que os meninos a amem e respeitem. Tudo isso será ótimo!

Quando chegou a resposta de Sra. Price, sobravam apenas alguns poucos dias em Mansfield, e durante alguns desses dias os jovens viajantes estavam sobressaltados com relação à viagem, pois quando se trata da maneira como deveria ocorrer, a Sra. Norris percebeu que toda a sua ansiedade para guardar o dinheiro do cunhado não resultou em nada e, apesar das tentativas de um transporte menos dispendioso para Fanny, eles estavam para partir quando ela viu Sir Thomas dar a William algumas notas com esse propósito, e se deu conta da possibilidade de ter espaço para mais uma pessoa na carruagem, manifestando subitamente forte interesse de ir junto com eles e ver sua pobre e querida irmã Price.

Ela disse que já tinha se decidido a ir com os jovens, e que seria uma grande coisa para ela, pois não via a sua querida irmã Price havia mais de vinte anos. Seria também de grande ajuda para os mais jovens, em sua jornada, ter uma pessoa mais velha para cuidar das responsabilidades. Ela também não podia deixar de pensar que sua pobre e querida irmã Price consideraria uma falta de gentileza de sua parte não ir visitá-la em tal contexto.

William e Fanny ficaram apavorados diante dessa possibilidade. Todo o prazer da confortável da viagem teria acabado de uma só vez, e com semblantes aflitos os irmãos se olharam. O suspense se prolongou por uma ou duas horas. Ninguém interferiu, encorajando-a ou dissuadindo-a; a Sra. Norris teve a liberdade de decidir sobre o assunto, e para a felicidade infinita de seus sobrinhos, se lembrou de que não poderia de forma alguma deixar Mansfield Park naquele momento, pois era extremamente necessária a Sir Thomas e Lady Bertram, e não poderia deixá-los nem mesmo por uma semana e, sendo assim, deveria sacrificar qualquer outro prazer por aquele que seria ficar disponível a eles. Na realidade havia-lhe ocorrido que, embora fosse para Portsmouth sem despesas, era praticamente impossível evitar ela mesma custear o seu retorno. Então, a pobre e querida irmã Price teria que se desapontar por não poder usufruir dessa chance, e provavelmente mais vinte anos de afastamento acabavam de começar.

Os planos de Edmund foram afetados por essa viagem a Portsmouth, por essa ausência de Fanny. Ele também tinha um sacrifício a fazer por Mansfield Park, assim como a tia. Ele intencionava, por volta desse mesmo período, ir para Londres, mas ele não poderia deixar o pai e a mãe justamente quando todos os demais estivessem ausentes. E fazendo um grande esforço, adiou por uma ou duas semanas uma viagem que aguardava ansiosamente, durante a qual talvez estabelecesse para sempre sua felicidade.

Conversou com Fanny sobre isso. Esse foi o conteúdo de outra conversa confidencial sobre a Srta. Crawford, e Fanny ficou muito contente ao sentir que seria a última vez que o nome da Srta. Crawford seria mencionado de forma tão aberta entre eles.

Posteriormente, ela voltou a ser mencionada por ele. Lady Bertram tinha pedido nessa noite à sobrinha que lhe escrevesse em breve e que prometesse fazê-lo com regularidade. Edmund, em um momento conveniente, sussurrou a Fanny:

– Vou lhe escrever quando for oportuno, qualquer coisa que gostará de saber, e sobre o qual não saberá por ninguém mais.

Se ela tivesse qualquer dúvida sobre o significado dessas palavras, a vermelhidão no semblante dele teria sido decisiva.

Ela se preparava para receber aquela carta. Uma carta de Edmund seria motivo para muita agonia! Ela começou a sentir que ainda não tinha vivenciado todas as variações de sentimentos e opiniões que a passagem do tempo e a mudança de circunstâncias possibilitariam. Ela ainda não havia esgotado todas as possibilidades da alma humana. Embora quisesse tanto viajar, a última noite em Mansfield Park ainda era complicada. O seu coração estava completamente entristecido com a eminência da separação. Ela chorava por toda a casa, e mais ainda pensando em cada um que ali morava e que ela amava. Não se desgrudou da tia, porque iria sentir muito sua falta; beijou a mão de seu tio com soluços porque o tinha decepcionado; e quanto a Edmund, ela mal podia falar, olhar ou mesmo pensar nele, e foi somente quando tudo chegou ao fim que se deu conta de que ele se despedia dela com afeto de irmão. Tudo isso se passou durante a noite, pois a viagem se iniciaria de manhã bem cedo, e no café da manhã o pequeno grupo presente já não tinha a companhia de William e Fanny, que já haviam, àquela hora, iniciado a primeira parte da viagem.

CAPÍTULO 38

A viagem e a alegria por estar com William produziram efeitos positivos no estado de espírito de Fanny assim que deixaram Mansfield Park. No fim do primeiro estágio da viagem, quando deveriam deixar a carruagem de Sir Thomas, ela se despediu do velho cocheiro e pediu-lhe para transmitir suas saudações. Não havia fim para as conversas entre irmão e irmã. Tudo oferecia diversão para William, que fazia muitas brincadeiras nos intervalos dos assunto sérios, e todos giravam em torno da exaltação ao Thrush, em conjecturas sobre a sua utilização, os possíveis esquemas de ação contra uma força superior e – na hipótese de ausência do primeiro-tenente, e William não era muito indulgente com o primeiro tenente –, ele em breve teria a sua promoção; ou ainda, de especulações de prêmios em dinheiro, que seriam generosamente distribuídos em casa, com o cuidado de guardar o suficiente para poder construir uma confortável casa, onde ele e Fanny passariam o fim de suas vidas.

As preocupações de Fanny naquele momento, que envolviam o Sr. Crawford, não fez parte de suas conversas. William sabia o que aconteceu, e lamentava que os sentimentos de sua irmã fossem tão frios em relação a um homem que ele considerava de belíssimo caráter. Mas ele estava em uma idade propícia ao amor, e por isso impossibilitado de censurá-la.

Como sabia a respeito do pensamento dela sobre esse assunto, não queria incomodá-la com alusões ao fato. Ela tinha razões para acreditar ainda não ter sido esquecida pelo Sr. Crawford. Recebera muitas notícias da sua irmã nas últimas três semanas desde que eles haviam deixado Mansfield, e em todas as cartas havia algumas frases escritas por ele, determinadas como suas falas. Era uma correspondência que Fanny considerava tão desagradável quanto temia que seria. O estilo de carta da Srta. Crawford, alegre e afetuosa, era terrível, independentemente do que o irmão escrevia, pois Edmund nunca descansava até que ela tivesse lido a carta inteira para ele, em seguida tendo que ouvir seus elogios pela linguagem dela, e o ardor de seu afeto. Havia em todas as cartas muitas mensagens, alusões e lembranças sobre Mansfield, e Fanny não pôde deixar de supor que ela havia escrito para Edmund.

Era então levada a esse cruel propósito: uma correspondência que trazia as investidas de um homem a quem não amava, e que a obrigava a lidar com a paixão adversa do homem que amava. Nesse aspecto também o seu afastamento prometia trazer vantagens. Ela acreditava que o fato de não estar sob o mesmo teto que Edmund faria com que a Srta. Crawford não tivesse motivos fortes o suficiente para se dar o trabalho de escrever, e que em Portsmouth a correspondência entre elas iria diminuir até que acabasse.

Com esses e outros pensamentos, Fanny continuava sua jornada, segura, e tão rápida quanto se poderia esperar. Eles entraram em Oxford, mas ela só conseguiu ter uma rápida visão da universidade de Edmund quando passaram por lá, e não fizeram nenhuma parada até chegarem a Newbury, onde uma bela refeição, os refez das fadigas do dia. A manhã seguinte os viu partir novamente bem cedo, e sem qualquer acontecimento imprevisto, eles avançaram normalmente e chegaram aos arredores de Portsmouth enquanto ainda era dia. Fanny pôde olhar em volta e admirar as novas construções. Eles passaram pela ponte e entraram na cidade. A luz do sol começava a ficar mais fraca, e guiados pela forte voz de William, eles foram conduzidos até uma rua estreita, saindo de High Street, e alcançaram a porta de uma pequena casa, então habitada pelo Sr. Price.

Embora esperançosa, Fanny se sentia alvoroçada, agitada e apreensiva. No momento em que pararam, uma criada que parecia estar à espera deles na porta aproximou-se e, mais interessada em revelar as novidades do que oferecer-lhes ajuda, disse:

– O Thrush deixou o porto; por favor, senhor, um dos oficiais esteve aqui...

Ela foi interrompida por um belo menino de onze anos, que saiu correndo de dentro da casa, empurrou a criada para o lado, e enquanto William abria a porta da pequena carruagem, exclamou:

– Você chegou bem na hora certa! Estávamos te procurando. O Thrush deixou o porto esta manhã. Eu o vi. Foi uma bela visão. Eles acham que o navio receberá as ordens de partida em um ou dois dias. O Sr. Campbell esteve aqui às quatro horas da tarde perguntando por você; ele pegará um dos botes do Thrush rumo ao navio às seis horas, e esperava que você estivesse de volta a tempo de ir com ele.

Ele lançou olhares para Fanny enquanto William a ajudava a descer da carruagem, e foi toda a atenção dada voluntariamente por esse irmão, mas ele não fez nenhuma objeção em ser beijado por ela, embora estivesse ainda envolvido em dar mais detalhes sobre a saída do Thrush do porto.

Era muito interessado no assunto, já que em breve começaria a sua carreira como marinheiro.

Logo a seguir Fanny estava na estreita passagem na entrada da casa e nos braços de sua mãe, que a encontrou ali com genuína amabilidade, e Fanny gostou muito de ver como seu semblante lembrava o da tia Bertram. E ali estavam suas duas irmãs, Susan, uma bela jovem crescida de quatorze anos, e Betsey, a mais nova da família, com cerca de cinco anos, ambas felizes de vê-la chegar, mas sem manifestar muita alegria. No entanto, Fanny não se preocupou com isso; se elas simplesmente a amassem, isso seria o suficiente para deixá-la satisfeita. Ela então foi levada a uma pequena sala, tão pequena que a primeira impressão foi de que se tratava apenas de uma passagem para algum lugar maior, e ela ficou em pé, aguardando ser conduzida. Mas quando viu que não havia outra porta, e percebeu indícios de utilização daquele cômodo, ela afligiu-se com a possibilidade de terem suspeitado do que pensara.

A mãe não permaneceu ali tempo suficiente para suspeitar de nada. Ela voltou para a porta da casa para dar as boas-vindas a William.

– Ah, meu querido William, como estou feliz em vê-lo. Mas você já soube do Thrush? O navio já deixou o porto, três dias antes de termos nos dado conta; e não sei o que devo fazer em relação aos pertences de Sam, nunca ficarão prontos a tempo, pois é possível que o navio parta amanhã. Fui pega de surpresa. E você sabe que deve ir para Spithead também. Campbell esteve aqui, bastante preocupado com você; e agora, o que devemos fazer? Pensei que teria uma noite agradável a seu lado, e eis que tudo isso está acontecendo ao mesmo tempo.

O filho respondeu alegremente, dizendo que tudo acontecia para o melhor, e minimizando a inconveniência de ter que ir embora tão rapidamente.

– Pode estar certa de que eu preferiria que o navio tivesse permanecido no porto, e que eu pudesse ter algumas horas com você; mas já que tem um barco em terra firme, devo ir imediatamente, e não há nada que se possa fazer. Onde em Spithead o Thrush está ancorado? Próximo ao Canopus? Mas não importa; Fanny está na sala, e por que deveríamos permanecer na passagem? Venha, mãe; você mal olhou para sua querida Fanny.

Ambos entraram, e a Sra. Price, tendo carinhosamente beijado a filha novamente e feito breve comentário sobre o seu crescimento, começou a questionar com natural desvelo o cansaço e as necessidades dos viajantes.

– Pobrezinhos! Como devem estar cansados; o que desejam? Comecei a pensar que nunca viriam. Betsey e eu estávamos esperando por vocês havia meia hora. E quando comeram a última vez? E o que gostariam de comer agora? Eu não sabia se prefeririam carne, ou apenas um chá, após a viagem; do contrário teria preparado algo. E agora, mesmo que Campbell chegue antes que tenha tempo para preparar um bife, não temos um açougueiro por perto. É um inconveniente não termos um açougueiro na rua. Era melhor em nossa última casa. Talvez vocês queiram um chá, tão logo fique pronto.

Ambos declararam que prefeririam o chá a qualquer outra coisa.

– Betsey, querida, vá até a cozinha e veja se a Rebecca colocou a água para ferver, e diga para ela trazer o chá assim que estiver pronto. Eu gostaria de poder mandar consertar o sino, mas Betsey é uma mensageira muito útil.

Betsey foi com boa vontade, orgulhosa em mostrar suas habilidades para a nova e bela irmã.

– Poxa vida! – continuou a mãe –, que lareira fraca temos aqui, e ouso afirmar que os dois devem estar sentindo muito frio. Aproxime mais a sua cadeira, minha querida. Não sei ao certo o que Rebecca andou fazendo. Estou certa de que pedi a ela para trazer carvão já faz um tempo. Susan, você deveria ter cuidado da lareira.

– Eu estava na parte de cima, mamãe, organizando minhas coisas – disse Susan em um tom de autodefesa que surpreendeu Fanny. – Você tinha dito que minha irmã Fanny e eu ficaríamos com o outro quarto, e não consegui fazer com que Rebecca me ajudasse.

A discussão foi interrompida por outras necessidades. Em primeiro lugar, o condutor foi receber o pagamento, e em seguida houve uma discussão entre Sam e Rebecca sobre a forma como deveria ser carregada a mala da irmã, e que ele afirmou dar conta sem precisar de ajuda.

Por fim, o Sr. Price entrou, precedido por sua voz marcante. Praguejando, ele chutou a mala do filho e a bolsa da filha que estavam no corredor, e gritou pedindo por uma vela; no entanto, nenhuma vela lhe foi levada, e ele acabou por entrar no aposento. Fanny, com sentimentos conflitantes, levantou para cumprimentá-lo, mas recuou novamente ao perceber que não havia sido identificada no escuro.

Depois de um aperto de mão do filho, ele falou em voz alta:

– Ah! Bem-vindo de volta, meu menino. Fico feliz em te ver. Soube das notícias? O Thrush deixou o porto esta manhã. Pontualmente. Você chegou bem a tempo. O doutor esteve aqui perguntando por você; ele partirá para Spithead às seis horas em um dos barcos, então é melhor você ir com ele. Estive com Turner e tudo será resolvido. Eu não me surpreenderia se recebesse as suas ordens amanhã, mas não poderá velejar com este vento, se tiver que cruzar para o lado oeste. O capitão Walsh acredita que você vai para oeste com o Elephant. Por Deus, espero que sim. Mas Scholey estava dizendo agora pouco que talvez você seja enviado primeiro para o Texel. Bem, bem; nós estamos prontos, independentemente do que ocorrer. Mas, por Deus, você perdeu uma bela visão do Thrush deixando o porto. Eu não perderia isso por nada. O velho Scholey veio na hora do café da manhã para dizer que o navio havia soltado as amarras e estava prestes a sair. Eu me levantei rapidamente e logo cheguei ao cais. Se existe algo perfeito, é tal navio; e lá está ele em Spithead, e qualquer um na Inglaterra o daria vinte e oito anos. Eu o admirei da plataforma por duas horas nesta tarde; agora está próximo ao Endymion, e ao Cleopatra, a leste do belo casco do navio.

– Oh! – exclamou William. – É exatamente onde eu o colocaria. É o melhor ancoradouro de Spithead. Mas aqui está minha irmã, senhor; aqui está Fanny – disse ele conduzindo-a para a frente. – Está tão escuro que não consegue vê-la.

Percebendo que havia se esquecido completamente dela, o Sr. Price abraçou cordialmente a filha, observando que tinha se tornado uma mulher, e disse acreditar que ela desejaria um marido em breve, e ele teria que esquecê-la novamente. Fanny voltou a se sentar, sentida com a linguagem e a atitude do pai. Ele só se dirigia ao filho, e falava apenas sobre o Thrush, embora William, tão interessado nesse assunto quanto ele, mais de uma vez tivesse chamado a atenção do pai para Fanny, mencionando sua longa ausência e a longa viagem.

Depois de um tempo, fora trazida uma vela, mas como o chá ainda não havia aparecido, e de acordo com Betsey, ainda demoraria certo tempo, William desistiu de esperar e resolveu se retirar para mudar de roupa e cuidar dos preparativos necessários para o seu embarque, preferindo tomar o chá confortavelmente depois de pronto. Assim que ele deixou a sala, dois rostos jovens e sujos, em torno de oito anos de idade, entraram correndo, chegando da escola, ansiosos para ver a irmã e contar que o Thrush tinha deixado o porto.

Eram Tom e Charles. Charles havia nascido após a ida de Fanny, mas ela ajudou a cuidar de Tom, e agora sentia um grande prazer em vê-lo novamente. Ambos foram beijados carinhosamente, mas segurou Tom por um bom tempo, tentando identificar traços do bebê que tinha amado e contar-lhe de sua preferência por ela quando era menor. No entanto, Tom não se mostrou interessado na atenção da irmã; ele não viera para casa na intenção de conversar, mas para fazer bagunça. Os dois meninos logo foram para longe, e bateram a porta da sala a ponto de doer os ouvidos de Fanny. Ela agora tinha visto todos os que estavam em casa, com exceção de dois irmãos nascidos depois dela e antes de Susan; um deles era funcionário de um escritório em Londres, e o outro, cadete a bordo do Indiaman.

Embora tivesse visto todos os membros da família, ela ainda não tinha ouvido todo o barulho que faziam. Um quarto de hora depois, o barulho aumentou. William começou a gritar do segundo piso, chamando pela mãe e por Rebecca. Ele estava aflito com algo que não estava encontrando. Uma chave fora extraviada, Betsey foi acusada de mexer em seu novo chapéu, e o pedido para que fizessem um pequeno, mas essencial, conserto no colete de sua farda, que lhe haviam prometido cumprir, foi completamente ignorado.

A Sra. Price, Rebecca e Betsey foram se defender, e todos falavam ao mesmo tempo, mas Rebecca conseguia falar ainda mais alto. No entanto, o trabalho precisava ser feito rapidamente. William tentava em vão fazer com que Betsey descesse, ou tentava evitar que causasse tanto transtorno. Como quase todas as portas da casa estavam abertas, os sons eram claramente distinguidos da sala, exceto quando abafados de tempo em tempo pelo barulho ainda maior causado por Sam, Tom e Charles, que corriam um atrás do outro, para cima e para baixo, caindo e gritando por todos os lados.

Fanny ficou abalada. O pequeno tamanho da casa fazia parecer que tudo estava muito próximo, e com o agravante do cansaço da viagem e de toda a recente agitação, ela quase não conseguia suportar. Dentro da sala tudo estava mais tranquilo, pois tendo Susan desaparecido com os demais, sobraram somente ela e o pai. Ele pegou um jornal, emprestado regularmente por um vizinho, e pôs-se a lê-lo, parecendo ter se esquecido da sua existência. Ele segurava a vela solitária entre ele e o jornal, sem se preocupar com o bem-estar de sua filha; mas Fanny não tinha nada para fazer e ficou feliz por sua dolorida cabeça ser resguardada da luz enquanto sentada em contemplação confusa e pesarosa.

Ela estava em casa, mas não se sentia em casa. Aquilo não havia sido uma bela recepção. Mas... pensando bem, era injusto censurá-los. Que direito ela tinha de querer ter qualquer importância para a família? Depois de tanto tempo...

William, que sempre a procurava, tinha tal direito. E pouco fora dito ou perguntado sobre ela, e praticamente nenhuma pergunta sobre Mansfield! Causava-lhe sofrimento ver Mansfield esquecida. Os amigos que fizeram tanto por ela! Mas aqui um assunto era maior que todos os outros. É possível que fosse assim. A destinação do Thrush devia ser naquele momento o assunto mais importante. Dentro dos próximos dias tudo poderia mudar. A culpa era dela, somente dela.

Ainda assim, ela imaginou que em Mansfield não teria sido assim. Não; na casa do tio haveriam dado importância ao tempo e às estações, haveria uma ordem para cada assunto, decoro e atenção especial para todos os que houvessem se ausentado por algum tempo. Por meia hora, Fanny só teve seus pensamentos interrompidos por um súbito soluço involuntário do pai, sem qualquer intenção de conciliá-los. Devido a um arroubo maior do que o comum de gritaria no corredor, ele exclamou:

– Diabo leve estes cachorros! Como estão gritando! E a voz de Sam é a mais alta de todas! Ei, você, Sam, pare com o assobio, ou irei te pegar.

Tal ameaça foi ignorada por completo, e cinco minutos depois, quando os três meninos entraram correndo na sala e se sentaram, Fanny considerou isso apenas como evidência de muito cansaço, o que as respirações ofegantes pareciam mostrar, e porque ainda continuavam a se bater, e gritar mesmo sob o cuidado do pai. Nova abertura de porta trouxe algo mais bem-vindo: era o chá, o qual ela já havia desistido de esperar. Susan e uma ajudante, uma menina, cuja aparência humilde informava a Fanny, para a sua grande surpresa, que a outra criada vista anteriormente era a principal, trouxeram tudo que era necessário para a refeição.

Susan, enquanto colocava o bule no fogo, olhava para sua irmã, como se estivesse dividida entre o triunfo prazeroso de demonstrar sua atividade e habilidade e o temor de ser inferiorizada por estar realizando aquele ofício. Ela estava na cozinha, disse ela, para ajudar Sally fazer as torradas e espalhar a manteiga no pão, ou então o chá não ficaria pronto e estava certa de que a irmã provavelmente desejaria algo após tal viagem.

Fanny ficou muito grata. Ela ficaria realmente feliz com aquilo, e Susan começou a prepará-lo imediatamente, como se estivesse feliz por cuidar de tudo sozinha. E com um alvoroço desnecessário, e algumas tentativas de impor ordem aos irmãos, saiu-se muito bem. O estado de espírito de Fanny refez-se tanto quanto o seu corpo; ela se sentiu bem melhor pela gentileza naquele momento oportuno. Susan tinha um semblante tranquilo e sensível, parecido com o de William, e Fanny esperava que ela tivesse a mesma disposição e boa vontade com ela. Nessas circunstâncias mais calmas, William retornou, quase que junto com sua mãe e Betsey.

Com a farda completa de tenente, parecendo mais alto e elegante, caminhou sorridente em direção a Fanny; ela levantou-se e, sem palavras, olhou-o por um momento com admiração, e jogou os braços em torno de seu pescoço, externando com lágrimas as diferentes emoções que sentia. Ansiosa por não parecer infeliz, ela rapidamente se recuperou; enxugou as lágrimas, e conseguiu examinar e admirar todas as particularidades notáveis da roupa do irmão, ouvindo com alegria o desejo dele de poder sempre permanecer em terra firme por alguns dias antes de viajar, e de levá-la para Spithead para ver o navio.

O alvoroço seguinte foi a chegada do Dr. Campbell, médico do Thrush, um jovem muito bem comportado, que veio para chamar o amigo, a quem foram oferecidos uma cadeira para sentar-se e uma xícara e um pires, depois de lavados apressadamente pela jovem ajudante.

Após quinze minutos de conversa entre os cavalheiros, e com o barulho cada vez mais alto, alvoroço em cima de alvoroço, homens e meninos movimentando-se ao mesmo tempo, chegou por fim o momento da partida, e tudo estava preparado. William partiu, junto aos demais, já que os três meninos, apesar das súplicas da mãe para ficarem, estavam determinados a acompanhar o irmão e o Sr. Campbell até o porto. O Sr. Price saiu naquele momento para devolver o jornal que tinha pego emprestado do vizinho.

Tranquilidade poderia ser esperada naquele instante. Rebecca ficou responsável pela louça do chá e a Sra. Price andou pela sala atrás de um punhado de camisas, que Betsey havia tirado de uma gaveta da cozinha. O pequeno grupo de mulheres estava mais calmo, e a mãe, tendo lamentado novamente a impossibilidade de preparar os pertences de Sam a tempo, estava agora livre para conversar com a filha mais velha e saber sobre os amigos que havia deixado. Ela começava então a fazer algumas perguntas. Logo quis saber como a irmã Bertram administrava os criados, e se tinha muita dificuldade para achá-los, e tais preocupações desviaram seu foco de Northamptonshire para seus próprios infortúnios domésticos.

A natureza revoltante de todos os criados em Portsmouth, dos quais certamente as suas duas criadas eram as piores, a absorveu completamente. Os Bertram foram esquecidos quando ela se pôs a detalhar as falhas de Rebecca, contra quem Susan tinha muitas críticas, assim como a pequena Betsey.

Não tinham nenhum elogio a fazer-lhe, e Fanny então presumiu que a mãe deveria mandá-la embora quando o primeiro ano terminasse.

– Um ano! – exclamou a Sra. Price. – Estou certa de que conseguirei me livrar dela antes de um ano, que só se completará em novembro. Esse é o destino dos criados em Portsmouth, minha querida; é quase um milagre alguém conseguir mantê-los por mais de meio ano. Não tenho qualquer esperança de me acertar com alguém definitivamente, e se eu mandar a Rebecca embora, será para substituí-la por alguém pior. Mesmo assim não acho que eu seja uma patroa difícil de agradar, e estou certa de que esta casa é fácil de cuidar, pois sempre há uma menina para ajudá-la, e em geral eu mesma realizo metade do trabalho.

Fanny estava em silêncio, mas não por estar convencida de que não houvesse uma solução para esses males.

Ela olhava para Betsey, e não pôde deixar de lembrar da outra irmã, uma criança muito bonita, não muito mais jovem do que ela na época em que partiu para Northamptonshire, que falecera alguns anos depois.

Ela havia sido particularmente especial para Fanny, que naquele tempo era a preferida, e não Susan; e quando as notícias a respeito de sua morte chegaram a Mansfield, ela ficou muito aflita por algum tempo. Betsey trouxe-lhe de volta a imagem da pequena Mary, mas ela evitaria tocar no assunto para não causar dor à mãe.

Enquanto era analisada por Fanny, Betsey, não muito distante dali, estava segurando algo que tentava esconder.

– O que você tem aí, querida? – perguntou Fanny. – Venha aqui e me mostre.

Era uma faca de prata. Susan levantou sobressaltada, dizendo que era sua, e tentava escondê-la, mas a criança correu para a proteção da mãe e Susan pôde somente censurá-la. E o fez de maneira carinhosa, evidentemente tentando despertar uma boa imagem de si mesma para Fanny.

Era terrível ela não poder dispor da sua própria faca; afinal, era sua. A pequena irmã Mary deixou para ela em seu leito de morte, e ela deveria ter ficado com ela havia muito tempo. Mas mamãe a escondeu, e no fim das contas, estava sempre deixando Betsey pegá-la. Betsey iria estragá-la e ficar com ela, mesmo que a mamãe tivesse prometido a ela que Betsey não a tomaria. Fanny estava chocada.

Todo o sentimento de afeição foi comprometido pelo discurso da irmã e pela resposta da mãe.

– Susan! – exclamou a Sra. Price em tom de reclamação. – Como pode ficar contrariada dessa maneira? Você está sempre discutindo sobre essa faca. Eu gostaria que você não fosse assim. Pobre pequena Betsey, como Susan está brava contigo! Mas você não deveria tê-la pegado, minha querida, quando a pedi que fosse até a gaveta. Pedi para não mexer nela, porque Susan fica muito zangada com isso. Terei que escondê-la outra vez, Betsey. Pobre Mary, mal poderia acreditar que seria um motivo para tantas contendas quando pediu que eu a guardasse, somente duas horas antes de morrer. Pobre alma, mal podíamos entender suas palavras, e ela disse gentilmente: "Dê minha faca para Susan, mamãe, quando eu estiver morta e enterrada." Pobre querida! Ela gostava muito da faca, Fanny, que a manteve a seu lado na cama durante todo o período em que esteve doente. Foi o presente de sua madrinha, Sra. Maxwell. Uma pessoa muito amorosa! Foi poupada de um sofrimento futuro. Minha Betsey – disse acariciando-a –, você não teve a sorte de ter uma madrinha tão bondosa. A tia Norris vive muito longe para pensar em crianças como você.

Fanny de fato não tinha nada para dar-lhe da tia Norris, a não ser um recado, em que dizia esperar que a sobrinha fosse uma boa menina e estudasse.

Em um breve murmúrio na sala de estar em Mansfield Park ela comentara sobre a possibilidade de enviar um livro de orações, mas Fanny não ouviu mais nada sobre isso depois.

A Sra. Norris fora então até sua casa e escolhera dois livros de orações antigos de seu marido com esse propósito, mas ao examiná-los cuidadosamente, o ardor da generosidade passou. Um deles tinha as letras muito pequenas para os olhos de uma criança, e o outro era muito pesado para que ela pudesse carregar. Fanny sentia-se extremamente cansada, e aceitou imediatamente o convite para ir deitar-se, e retirou-se antes que Betsey tivesse terminado de chorar por ter sido permitido ficar somente uma hora a mais em honra da irmã. Permaneceram a confusão e o barulho; os meninos imploravam por torrada com queijo, o seu pai pedia rum e água e Rebecca nunca estava onde devia. Não havia nada para elevar seu espírito no quarto confinado e escassamente mobiliado que dividiria com a irmã Susan. O tamanho dos cômodos nos dois pavimentos, e a estreiteza das passagens e da escadaria a surpreendeu para além da sua imaginação.

Fanny logo começou a dar mais valor ao seu pequeno sótão em Mansfield Park.

CAPÍTULO 39

Se Sir Thomas tivesse percebido todos os sentimentos da sobrinha, quando ela escreveu a primeira carta à tia, não teria se desesperado; pois embora tenha tido boa noite de descanso, uma manhã agradável, a esperança de ver William novamente em breve, e o estado comparativamente tranquilo da casa, de Tom e Charles indo para a escola, Sam em algum projeto próprio, e seu pai em seus passeios corriqueiros, o que lhe permitiu se expressar de maneira positiva sobre a casa; ainda assim, muitos inconvenientes ainda estavam por vir. Se ele tivesse visto apenas metade do que ela sentia antes do final de uma semana, teria certeza dos seus planos para levá-la a aceitar Sr. Crawford e ficaria encantado com sua própria sagacidade.

Antes do fim da semana, tudo era decepção. Em primeiro lugar, William havia partido. O Thrush havia recebido suas ordens, o vento mudara e ele partiu quatro dias depois de chegar a Portsmouth; e durante esses dias ela o vira apenas duas vezes, de maneira curta e apressada, quando ele desembarcou em serviço. Não houve conversa, nenhuma caminhada nas muralhas, nenhuma visita ao estaleiro, nenhuma familiaridade com o tordo, nada de tudo o que eles haviam planejado e dependiam. Tudo naquele bairro falhou, exceto o afeto de William. Seu último pensamento ao sair de casa foi para ela. Ele recuou novamente para a porta para dizer:

– Cuide de Fanny, mãe. Ela é tenra e não está acostumada a ser áspera como o resto de nós. Eu te peço, cuide de Fanny.

William havia partido: e a casa em que ele a deixara era, Fanny não conseguia esconder de si mesma, em quase todos os aspectos exatamente o oposto do que ela poderia ter desejado. Era a morada do barulho, da desordem e da impropriedade. Ninguém estava no lugar certo, nada era feito como deveria ser. Ela não podia respeitar seus pais como esperava. Quanto ao pai, sua confiança não era otimista, mas ele era mais negligente com a família, seus hábitos eram piores e suas maneiras mais grosseiras do que ela estava preparada. Ele não queria desenvolver novas habilidades, não tinha curiosidade e nenhuma informação além de sua profissão; ele lia apenas o jornal e a lista da marinha; ele falava apenas do estaleiro, do porto, de Spithead e do Motherbank. Praguejava e bebia, ele era sujo e nojento. Ela nunca tinha sido capaz de se lembrar de nada que se aproximasse da ternura em seu tratamento anterior. Restava apenas uma impressão geral de aspereza e volume; e agora ele quase nunca a notava, a não ser para torná-la objeto de uma piada grosseira.

Sua decepção com a mãe foi maior: lá ela esperava muito e não encontrou quase nada. Todo plano lisonjeiro de ser importante para ela logo caiu por terra. A Sra. Price não foi cruel; mas, em vez de ganhar seu afeto e confiança, e tornar-se cada vez mais querida, sua filha nunca foi tão bem recebida por ela do que no primeiro dia de sua chegada. O instinto materno logo foi satisfeito, e o apego da Sra. Price não tinha outra origem. Seu coração e seu tempo já estavam cheios; ela não tinha lazer nem afeto para dar a Fanny. Suas filhas nunca foram muito para ela. Ela gostava de seus filhos, especialmente de William, mas Betsey foi a primeira de suas meninas por quem ela demonstrou maior consideração e com quem ela era extremamente indulgente. William era seu orgulho; Betsey, sua querida; e John, Richard, Sam, Tom e Charles ocuparam todo o resto de sua solicitude maternal, alternando suas preocupações e seus confortos. Estes compartilhavam seu coração e seu tempo era dividido entre a casa e aos seus servos. Seus dias eram passados em uma espécie de agitação lenta; estava sempre ocupada, mas sem seguir adiante, sempre atrasada e se lamentando, sem mudar seus hábitos. Desejava economizar, mas sem artifícios ou regularidade; insatisfeita com seus servos, sem habilidade para torná-los melhores, e seja ajudando, ou repreendendo, ou satisfazendo-os, sem qualquer poder de ganhar o respeito deles.

De suas duas irmãs, a Sra. Price se parecia muito mais com Lady Bertram do que com a Sra. Norris. Ela era uma gerente por necessidade, sem nenhuma inclinação da Sra. Norris para isso, ou qualquer de suas atividades. Sua disposição era naturalmente fácil e indolente, como a de Lady Bertram; e uma situação de afluência semelhante e inutilização teria sido muito mais adequada à sua capacidade do que os esforços e abnegação daquele em que seu casamento imprudente a havia colocado. Ela poderia ter sido uma mulher tão boa quanto Lady Bertram, mas a Sra. Norris teria sido uma mãe mais respeitável de nove filhos com uma pequena renda.

Fanny não podia se compadecer por nada mais além disso. Ela podia ter escrúpulos em fazer uso das palavras, mas sentiu que sua mãe era uma mãe parcial e malcriada, uma desleixada, que não ensinava nem continha seus filhos, cuja casa era palco de má administração e desconforto do começo ao fim, e que não tinha talento, nem conversa, nem carinho por si mesma; nenhuma curiosidade para conhecê-la melhor, nenhum desejo de sua amizade e nenhuma inclinação por sua companhia que pudesse diminuir sua sensação de tais sentimentos.

Fanny estava muito ansiosa para ser útil e não parecer acima de sua casa, ou de qualquer forma desqualificada ou relutante, por sua educação estrangeira, de contribuir com sua ajuda para o conforto dela e, portanto, começou a trabalhar para Sam imediatamente; e trabalhando cedo e tarde, com perseverança e grande rapidez, fez tanto que o menino foi finalmente despachado, com mais da metade de sua roupa pronta. Ela tinha grande prazer em sentir sua utilidade, mas não conseguia imaginar como eles teriam sobrevivido sem ela.

Ela sentiu a partida de Sam, apesar de o menino ser barulhento e arrogante; mas ele era talentoso e inteligente, e mostrava-se ansioso por realizar qualquer trabalho na cidade. Embora rejeitasse as imposições de Susan, da maneira como eram ditas, mesmo sendo bastante justas, mas com zelo inoportuno e sem autoridade, começou a ser influenciado pelas ideias de Fanny e por sua gentileza. Ela percebeu que ele não tinha as qualidades dos irmãos. Tom e Charles, sendo alguns anos mais novos, estavam distantes não só na idade como em maturidade, o que poderia sugerir mais capacidade de fazer amigos e de se esforçar em ser menos desagradável. A irmã deles logo mostrou-se preocupada em causar a melhor impressão possível a eles. Eles eram deveras indomáveis, a despeito do seu empenho nesse sentido. Todas as noites voltavam com seus jogos barulhentos por toda a casa, e ela rapidamente aprendeu a suspirar diante da chegada das folgas parciais aos sábados.

Betsey, também, era uma criança mimada, treinada para pensar que o alfabeto era seu maior inimigo, deixou-se ficar com os criados quando quisesse, e então encorajada a relatar qualquer mal deles. Fanny estava pronta para amá-la e ajudá-la. Quanto ao temperamento de Susan, ela tinha muitas dúvidas. Seus desentendimentos contínuos com a mãe, suas brigas precipitadas com Tom e Charles e a petulância com Betsey eram pelo menos tão angustiantes para Fanny que, embora admitisse que não eram isentos de provocação, ela temia que a disposição que a pressionava tanto estava longe de ser amável e de proporcionar qualquer repouso para si mesma.

Essa era a casa que tiraria Mansfield de sua cabeça e a ensinaria a pensar em seu primo Edmund com moderação. Ao contrário, ela não conseguia pensar em nada além de Mansfield, seus amados residentes e seus modos felizes. Tudo onde ela estava agora parecia em total contraste com isso. A elegância, propriedade, regularidade, harmonia e, talvez, acima de tudo, a paz e tranquilidade de Mansfield, eram trazidas à sua lembrança a cada hora do dia, pela prevalência de tudo o que é oposto a eles aqui.

Viver em incessante barulho era, para um corpo e temperamento delicado e nervoso como o de Fanny, um mal que nenhuma elegância ou harmonia poderia ter compensado inteiramente. Foi a maior miséria de todas. Em Mansfield, nenhum som de contenda, nenhuma voz elevada, nenhuma explosão abrupta, nenhum passo de violência eram ouvidos; tudo prosseguia em um curso regular de alegre ordem, todos tiveram a devida importância e os sentimentos de todos eram consultados. Se a ternura poderia ser considerada insuficiente, o bom senso e a boa educação ocupavam seu lugar; e quanto às pequenas irritações às vezes introduzidas por tia Norris, eram curtas, eram insignificantes, eram como uma gota d'água no oceano, comparadas com o tumulto incessante de sua residência atual. Aqui todo mundo era barulhento, todas as vozes eram altas exceto, talvez, a de sua mãe, que se assemelhava à monotonia suave de Lady Bertram, apenas desgastada pela irritação.

O que quer que se quisesse, era alardeado, e os criados gritavam suas desculpas na cozinha. As portas batiam constantemente, as escadas nunca paravam, nada era feito sem barulho, ninguém ficava quieto e ninguém conseguia ter atenção quando falava.

Em uma comparação das duas casas, como apareceram para ela antes do final de uma semana, Fanny foi tentada a aplicar a eles o célebre julgamento do Dr. Johnson quanto ao casamento e celibato, e dizer que, embora Mansfield Park pudesse ter algumas dores, Portsmouth não podia ter prazeres.

CAPÍTULO 40

Fanny estava certa ao não esperar notícias de Srta. Crawford naquele momento, com a rapidez com que sua correspondência havia começado; a carta seguinte de Mary foi depois de um intervalo mais longo do que a anterior, mas ela não estava certa ao supor que tal intervalo seria um grande alívio para ela. Aqui estava outra estranha revolução da mente! Ela ficou muito feliz em receber a carta quando ela chegou. Em seu exílio atual da boa sociedade e longe de tudo que costumava interessá-la, uma carta de alguém pertencente ao conjunto onde vivia seu coração, escrita com afeto e um certo grau de elegância, era perfeitamente aceitável. Eram desculpas por não ter escrito para ela antes:

> *"E agora que comecei"*, continuou ela, *"minha carta não valerá a pena sua leitura, pois não haverá pouca oferta de amor no final, nem três ou quatro versos apaixonados do mais devotado HC do mundo, pois Henry está em Norfolk; os negócios o chamaram para Everingham dez dias atrás, ou talvez ele apenas fingisse ter ligado, para estar viajando na mesma hora que você. Mas lá está ele, e, a propósito, sua ausência pode ser suficiente para explicar qualquer negligência da irmã na escrita, pois não houve nenhum 'Bem, Mary, quando você escreve para Fanny? Não é hora de você escrever para Fanny?' para me estimular. Por fim, após várias tentativas de encontro, vi seus primos, 'querida Julia e querida Sra. Rushworth'; eles me encontraram em casa ontem e ficamos felizes em nos vermos novamente. Parecíamos muito contentes por nos vermos, e realmente acho que éramos um pouco. Tínhamos muito a dizer. Devo dizer como a Sra. Rushworth ficou quando seu nome foi mencionado? Possessa, mas ela não tinha o suficiente para as exigências de ontem. No geral, Julia estava com a melhor aparência das duas, pelo menos depois que você foi comenta-*

da. Não houve como recuperar a tez desde o momento de que falei 'Fanny', e falava dela como uma irmã deveria. Mas o dia da boa aparência da Sra. Rushworth chegará; temos convites para sua primeira festa no dia 28. Então ela ficará linda, pois abrirá uma das melhores casas na Wimpole Street. Estive lá há dois anos, quando era de Lady Lascelle, e prefiro a quase qualquer outra que conheço em Londres, e com certeza então, ela sentirá, para usar uma frase vulgar, que vale cada centavo. Henry não poderia ter lhe dado uma casa assim. Espero que ela se lembre disso e fique satisfeita, o melhor que puder, em mover a rainha de um palácio, embora o rei possa parecer melhor em segundo plano; e como não tenho desejo de provocá-la, nunca mais irei impor seu nome a ela. Ela ficará sóbria aos poucos. Por tudo o que ouvi e suponho, as atenções do Barão Wildenheim para com Julia continuam, mas não sei se ele tem algum incentivo sério. Ela deveria fazer melhor. Um pobre honrado não é brincadeira, e não consigo imaginar nenhum agrado no caso, pois tire suas reclamações, e o pobre Barão não tem nada. Que diferença faz uma vogal! Se seus aluguéis fossem iguais aos seus! Seu primo Edmund se move devagar; detido, por acaso, por deveres paroquiais. Pode haver alguma velha em Thornton Lacey para ser convertida. Não estou disposta a me imaginar negligenciada por um jovem. Adeus! minha querida e doce Fanny, esta é uma longa carta de Londres: escreva-me uma bela em resposta para alegrar os olhos de Henry, quando ele voltar, e envie-me um relato de todos os jovens e arrojados capitães que você despreza por causa dele."

Havia muito alimento para meditação nesta carta, e principalmente para meditações desagradáveis; e ainda, com todo o desconforto que fornecia, ligava-a ao ausente, falava de pessoas e coisas sobre as quais ela nunca sentira tanta curiosidade como agora, e ela ficaria feliz em ter certeza de tal carta toda semana. Sua correspondência com a tia Bertram era sua única preocupação de maior interesse.

Quanto a qualquer sociedade em Portsmouth, que pudesse reparar as deficiências em casa, não havia ninguém dentro do círculo dos conhecidos de seu pai e sua mãe que lhe proporcionasse a menor satisfação: ela não via ninguém em cujo favor ela pudesse desejar superar a sua própria timidez e reserva. Os homens pareciam-lhe todos grosseiros, as mulheres todas atrevidas, todos malcriados; e ela deu tão pouco contentamento quanto ela recebeu de apresentações tanto para velhos ou novos conhecidos. As jovens que a princípio se aproximaram com certo respeito, por considerá-la pertencente à família de um baronete, logo se ofenderam com o que denominaram "ares"; pois, como ela não tocava piano nem usava peliças finas, eles não podiam, em uma observação mais distante, admitir o direito de superioridade.

O primeiro consolo sólido que Fanny recebeu pelos males do lar, o primeiro que seu julgamento poderia aprovar inteiramente e que dava qualquer promessa de durabilidade, foi um melhor conhecimento de Susan e a esperança de ser útil a ela. Susan sempre se comportou de maneira agradável consigo mesma, mas o caráter determinado de seus modos gerais a havia espantado e alarmado, e se passaram pelo menos quinze dias antes que ela começasse a compreender uma disposição tão totalmente diferente da dela. Susan percebeu que havia muita coisa errada em casa e quis consertar. Que uma garota de quatorze anos, agindo apenas por sua própria razão sem ajuda, errasse no método de reforma, não era maravilhoso; e Fanny logo ficou mais disposta a admirar a luz natural da mente, que tão cedo podia distinguir com justiça, do que a censurar severamente as faltas de conduta a que ela conduzia. Susan estava apenas agindo com base nas mesmas verdades e seguindo o mesmo sistema, que seu próprio julgamento reconhecia, mas que seu temperamento mais indiferente e dócil teria evitado afirmar. Susan tentou ser útil, onde ela só poderia ter ido embora e chorado; e que Susan era útil, ela podia perceber; que as coisas, por mais ruins que fossem, teriam sido piores se não fosse por tal interposição, e que tanto sua mãe quanto Betsey foram impedidas de alguns excessos de indulgência e vulgaridade muito ofensivas.

Em todas as discussões com a mãe, Susan tinha na razão a vantagem, e nunca houve qualquer ternura maternal para suborná-la. O carinho cego que sempre produzia o mal ao seu redor, ela nunca conheceu. Não havia gratidão pelo afeto passado ou presente para fazê-la suportar melhor seus excessos para com os outros.

Tudo isso se tornou gradualmente evidente e gradualmente colocou Susan diante de sua irmã como um objeto de compaixão e respeito mesclados. Fanny não conseguia deixar de sentir que seus modos eram errados, às vezes muito errados, suas medidas frequentemente mal escolhidas e inoportunas e sua aparência e linguagem muitas vezes indefensáveis; mas ela começou a esperar que eles pudessem ser corrigidos.

Susan, ela descobriu, olhava para ela e desejava sua opinião favorável; e por mais nova que qualquer coisa parecida com um cargo de autoridade fosse para Fanny, por mais nova que fosse imaginar-se capaz de guiar ou informar qualquer pessoa, ela resolveu dar dicas ocasionais a Susan, e se esforçou para exercer em seu benefício as noções justas do que era devido a todos, e o que seria mais sábio para ela, que sua própria educação mais favorecida havia fixado nela.

Sua influência, ou pelo menos a consciência e o uso dela, originou-se em um ato de gentileza de Susan, que, depois de muitas hesitações delicadas, ela finalmente se esforçou para cumprir. Muito cedo ocorreu a ela que uma pequena soma de dinheiro poderia, talvez, restaurar a paz para sempre sobre o assunto delicado da faca de prata, analisada como agora era continuamente, e as riquezas que ela possuía, tornou-a tão capaz quanto ela estava disposta a ser generosa. Mas ela estava tão desacostumada a conceder favores, exceto aos muito pobres, tão pouco prática em remover males, ou conceder gentilezas entre seus iguais, e com tanto medo de parecer elevar-se como uma grande dama em casa, que demorou algum tempo para determinar que não seria impróprio para ela fazer tal presente. Foi feito, no entanto, por fim: uma faca de prata foi comprada para Betsey e aceita com grande prazer, sua novidade dando-lhe todas as vantagens que se poderia desejar sobre as outras. Susan estava em plena posse de si mesma, Betsey belamente declarando que agora que ela mesma havia conseguido uma muito mais bonita, ela nunca mais desejaria isso; e nenhuma censura parecia dirigida à mãe igualmente satisfeita, o que Fanny quase temera ser impossível. A ação totalmente respondida: uma fonte de altercação doméstica foi inteiramente eliminada, e foi o meio de abrir o coração de Susan para ela e dar-lhe algo mais para amar e se interessar. Susan mostrou que tinha delicadeza: contente como estava para ser dona de uma propriedade pela qual ela vinha lutando por pelo menos dois anos, ela ainda temia que o julgamento de sua irmã fosse contra ela, e que uma reprovação foi projetada para ela por ter lutado tanto a ponto de fazer a compra necessária para a tranquilidade do lar.

Ela reconheceu seus medos, culpou-se por ter lutado tão calorosamente; e a partir daquela hora Fanny, compreendendo o valor de sua disposição e percebendo quão plenamente ela estava inclinada a buscar sua boa opinião e referir-se a seu julgamento, começou a sentir novamente a bênção da afeição e a nutrir a esperança de ser útil para uma mente tanto precisando de ajuda, e tanto a merecendo. Ela deu conselhos, conselhos muito sólidos para serem resistidos por um bom entendimento, e dados tão brandamente e atenciosamente que não irritaram um temperamento imperfeito, e ela teve a felicidade de observar seus bons efeitos com frequência. Mais não era esperado por alguém que, embora vendo todas as obrigações e conveniências da submissão e tolerância, também viu com simpática agudeza de sentimento tudo o que deve ser irritante de hora em hora para uma garota como Susan. Sua maior admiração sobre o assunto logo se tornou – não que Susan devesse ter sido provocada ao desrespeito e impaciência contra seu melhor conhecimento –, mas que tanto conhecimento melhor, tantas boas noções deveriam ter pertencido a ela; e que, criada em meio à negligência e ao erro, como formado opiniões adequadas sobre o que deveria ser. Ela, que não teve nenhum primo Edmund para dirigir seus pensamentos ou fixar seus princípios.

A intimidade assim iniciada era uma vantagem material para cada uma delas. Sentando-se juntas no andar de cima, elas evitaram muitos distúrbios na casa. Fanny tinha paz, e Susan aprendeu a achar que não era nenhuma desgraça ter um emprego discreto.

Elas se sentaram sem lareira; mas essa era uma privação familiar até mesmo para Fanny, e ela sofreu menos porque a lembrou da sala do leste. Era o único ponto de semelhança. Em espaço, luz, mobília e perspectiva, não havia nada parecido nos dois locais e ela frequentemente suspirava ao se lembrar de todos os seus livros e caixas, e vários confortos ali.

Ela se inscreveu, e ficou abismada em ter algo em própria persona, surpresa com as suas iniciativas em todos os aspectos; ela não só pegava emprestados os livros, mas também podia escolhê-los! E ainda conseguiria o aprimoramento de alguém com suas escolhas! Mas assim foi. Susan nunca tinha lido, e Fanny desejava compartilhar com ela os seus primeiros prazeres, e inspirar o gosto pela biografia e a poesia, que a fascinavam.

Nessa ocupação, ela esperava, além disso, enterrar algumas das lembranças de Mansfield, que eram muito aptas para prender sua mente se seus dedos estivessem ocupados; e, especialmente neste momento, esperava que pudesse ser útil para desviar seus pensamentos de perseguir Edmund até Londres, onde, com base na última carta de sua tia, ela sabia que ele havia partido.

Ela não tinha dúvidas do que aconteceria. A notificação prometida pairava sobre sua cabeça. A batida do carteiro na vizinhança estava começando a trazer seus terrores diários, e se a leitura pudesse banir a ideia por até meia hora, já era um ganho.

CAPÍTULO 41

Uma semana se passou desde que Edmund deveria estar na cidade, e Fanny não tinha ouvido falar dele. Haviam três conclusões diferentes a serem tiradas de seu silêncio, entre as quais sua mente estava em flutuação, cada uma deles às vezes sendo considerada a mais provável. Ou sua partida havia sido adiada novamente, ou ele ainda não tinha tido oportunidade de ver Srta. Crawford sozinha, ou ele estava feliz demais para escrever cartas!

Certa manhã, mais ou menos nessa hora, Fanny já estava há quase quatro semanas de Mansfield, um ponto que ela nunca deixava de pensar e calcular todos os dias, enquanto ela e Susan se preparavam para remover, como de costume, escada acima, foram detidas pela batida de um visitante, que sentiam não poder evitar, da prontidão de Rebecca em ir até a porta, dever que sempre a interessou mais do que qualquer outro.

Era a voz de um cavalheiro, era uma voz pela qual Fanny estava ficando pálida quando o Sr. Crawford entrou na sala.

O bom senso, como o dela, sempre agirá quando for realmente solicitado. Ela percebeu que conseguiu apresentá-lo à mãe como um "amigo de William", embora ela jamais tivesse se imaginado capaz de pronunciar uma sílaba em um momento como aquele. O fato de terem-no ali somente como amigo de William significava algum conforto para ela. No entanto, tendo-o apresentado aos demais, e após estarem todos acomodados, ela foi tomada de pavor ao imaginar o que estava por vir, e acreditou que estava a ponto de desmaiar.

Enquanto tentava se manter lúcido, o visitante, que a princípio se aproximou dela com o semblante mais animado do que nunca, foi sábio e gentilmente mantendo os olhos afastados e dando-lhe tempo para se recuperar, enquanto se dedicava inteiramente à mãe dela, dirigindo-se ela, e atendendo-a com a maior polidez e propriedade, ao mesmo tempo com um certo grau de amizade, de interesse pelo menos, que tornava seus modos perfeitos.

As maneiras da Sra. Price também eram as melhores. Acalorada pela visão de tal amigo para o filho, e regulada pelo desejo de parecer vantajosa diante dele, ela transbordava de gratidão – gratidão ingênua e maternal – que não podia ser desagradável. O Sr. Price estava fora, o que ela lamentou muito. Fanny estava recuperada o suficiente para sentir que não poderia se arrepender, pois a ela muitas outras fontes de inquietação foi acrescentada a severa fonte de vergonha pela casa em que ele a encontrou. Ela poderia se repreender pela fraqueza, mas não havia como reprimir isso. Ela estava envergonhada e teria ainda mais vergonha de seu pai do que de todos os outros.

Eles falaram de William, um assunto do qual a Sra. Price nunca se cansava; e Sr. Crawford foi tão caloroso em seus elogios quanto até o coração dela poderia desejar. Ela sentiu que nunca tinha visto um homem tão agradável em sua vida e ficou surpresa ao descobrir que, por mais grande e agradável que fosse, não deveria descer a Portsmouth nem para visitar o almirante do porto, nem para o comissário, nem ainda com a intenção de ir até a ilha, nem de ver o estaleiro. Nada do que ela costumava considerar como prova de importância ou emprego de riqueza o trouxera a Portsmouth. Ele havia chegado tarde na noite anterior, tinha vindo por um ou dois dias, estava hospedado no Crown, havia se encontrado acidentalmente com um ou dois oficiais da marinha conhecidos desde sua chegada, mas não tinha nenhum objetivo desse tipo na viagem.

No momento em que ele deu todas essas informações, era razoável supor que Fanny tenha sido observada e falada; e ela era razoavelmente capaz de suportá-lo e ouvir que ele passara meia hora com a irmã na noite anterior à partida de Londres; que ela havia enviado seu melhor e mais gentil amor, mas não teve tempo para escrever. Que se considerou sortudo em ver Mary mesmo por meia hora, tendo passado quase 24 horas em Londres, após seu retorno de Norfolk, antes de partir novamente; que seu primo Edmund estava na cidade, tinha estado na cidade, e até onde sabia, por alguns dias; que ele mesmo não o tinha visto, mas que estava bem, assim como todos em Mansfield e jantaria, como ontem, com os Fraser.

Fanny ouviu com atenção, até mesmo a última circunstância mencionada. Não, parecia um alívio para sua mente cansada ter alguma certeza, e as palavras "então, a esta altura está tudo resolvido", passaram internamente, sem mais evidência de emoção do que um leve rubor.

Depois de falar um pouco mais sobre Mansfield, um assunto no qual seu interesse era mais evidente, Crawford começou a sugerir a conveniência de uma caminhada matinal. "Foi uma bela manhã, e naquela estação do ano uma bela manhã tantas vezes se apagava, que era mais sensato para todos não atrasar seus exercícios"; e com tais insinuações nada produzindo, ele logo fez uma recomendação à Sra. Price e suas filhas para darem um passeio sem perda de tempo. Agora eles chegavam a um entendimento. A Sra. Price, ao que parecia, quase nunca saía de casa, exceto em um domingo; ela sabia que raramente conseguia, com sua grande família, encontrar tempo para um passeio. Ela não iria, então, persuadir suas filhas a aproveitarem esse clima, e permitir que ele tivesse o prazer de atendê-las? A Sra. Price ficou muito agradecida e muito obediente. Suas filhas estavam muito confinadas; Portsmouth era um lugar triste; elas não saíam com frequência; e ela sabia que tinham algumas tarefas na cidade, que teriam muito prazer em fazer. E a consequência foi que Fanny, por mais estranho que fosse – estranho, desajeitado e angustiante – se viu com Susan, em dez minutos, caminhando em direção à High Street com o Sr. Crawford.

Logo era dor sobre dor, confusão sobre confusão; pois mal haviam chegado à High Street quando encontraram seu pai, cuja aparência não era melhor por ser sábado. Ele parou; e, por menos cavalheiresco que parecesse, Fanny foi obrigada a apresentá-lo a Sr. Crawford. Ela não podia duvidar da maneira como Sr. Crawford devia ser golpeado. Ele deveria estar totalmente envergonhado e enojado. Ele logo deveria desistir dela e deixar de ter a menor inclinação para o casamento; e, no entanto, embora ela desejasse tanto que sua afeição fosse curada, essa era uma espécie de cura que seria quase tão ruim quanto a doença; e creio que dificilmente haja uma jovem dama no Reino Unido que não preferisse tolerar o infortúnio de ser procurada por um homem inteligente e agradável do que mandá-lo embora pela vulgaridade de seus parentes mais próximos.

O Sr. Crawford provavelmente não poderia considerar seu futuro sogro com a ideia de tomá-lo como modelo de aparência, mas (como Fanny instantaneamente, e para seu grande alívio, percebeu) seu pai era um homem muito diferente, um Sr. Price muito diferente em seu comportamento para com aquele estranho altamente respeitado, do que ele era em sua própria família em casa. Suas maneiras agora, embora não polidas, eram mais do que passáveis: eram gratas, animadas, viris; suas expressões eram as de um pai apegado e um homem sensível; seus tons altos funcionavam muito bem ao ar livre e não havia um único juramento a ser ouvido. Tal foi seu elogio instintivo às boas maneiras de Sr. Crawford; e, fosse o que fosse, os sentimentos imediatos de Fanny foram infinitamente acalmados.

A conclusão da polidez dos dois cavalheiros foi uma oferta do Sr. Price de levar o Sr. Crawford para o estaleiro, o que o Sr. Crawford, desejoso de aceitar como um favor o que se pretendia como tal, embora tivesse visto o estaleiro várias vezes, e na esperança de ficar por muito mais tempo com Fanny, estava muito grato disposto a aproveitar-se, se a Srta. Price não temesse o cansaço; e como foi de uma forma ou de outra averiguado, ou inferida, ou pelo menos posta em prática, que eles não estavam com medo, para o estaleiro todos deveriam ir; e se não fosse o Sr. Crawford, o Sr. Price teria se dirigido para lá diretamente, sem a menor consideração pelos recados de suas filhas na High Street. Tomou cuidado, porém, para que pudessem ir às lojas que saíram expressamente para visitar; e não demorou muito, pois Fanny não suportava tanto despertar a impaciência, ou ser esperada, que antes que os cavalheiros, enquanto estivessem na porta, pudessem fazer mais do que começar com os últimos regulamentos navais ou acertar o número de três conveses agora em comissão, seus companheiros estavam prontos para prosseguir.

Deviam então partir imediatamente para o estaleiro, e a caminhada teria sido conduzida – de acordo com a opinião do Sr. Crawford – de uma maneira singular, se o Sr. Price tivesse permitido toda a regulamentação, como as duas garotas, teriam sido deixadas para segui-los e acompanhá-los ou não, como podiam, enquanto caminhavam juntos em seu próprio passo apressado. Ele foi capaz de introduzir algumas melhorias ocasionalmente, embora de forma alguma na extensão que desejava; ele absolutamente não se afastaria deles; e em qualquer cruzamento ou multidão, quando o Sr. Price estava apenas gritando:

– Venham, meninas; venham, Fanny; venham, Sue, cuidem-se; fiquem atentas! – ele lhes daria seu atendimento particular.

Uma vez no estaleiro, ele começou a contar com alguma relação feliz com Fanny, pois logo se juntaram a eles um irmão do Sr. Price, que veio para fazer seu levantamento diário de como as coisas aconteciam, e quem deveria provar um companheiro muito mais digno do que ele mesmo; e depois de um tempo os dois oficiais pareciam muito satisfeitos andando juntos e discutindo assuntos de interesse igual e infalível, enquanto os jovens sentavam-se em algumas vigas no pátio ou encontravam assento a bordo de um navio nos estoques que todos eles foram olhar. Fanny estava convenientemente sem descanso. Crawford não poderia desejar que ela estivesse mais cansada ou mais pronta para se sentar; mas ele poderia ter desejado que sua irmã fosse embora. Totalmente diferente de Lady Bertram, toda olhos e ouvidos; e não houve introdução do ponto principal antes dela. Ele deveria se contentar em ser apenas geralmente agradável, e permitir que Susan tivesse sua parcela de diversão, com a indulgência, de vez em quando, de um olhar ou sugestão para a Fanny mais informada e consciente. Norfolk era o que ele mais tinha para falar: lá estava ele há algum tempo, e tudo lá estava ganhando importância em seus esquemas atuais. Tal homem não poderia vir de nenhum lugar, de nenhuma sociedade, sem importar algo para divertir; as viagens dele e o conhecimento dele eram muito úteis, e Susan era entretida de uma maneira totalmente nova para ela. Para Fanny, havia algo mais relacionado do que a simpatia acidental das festas em que participara. Para sua aprovação, foi fornecido o motivo particular de sua ida para Norfolk, nessa época incomum do ano. Tinha sido um verdadeiro negócio, relativo à renovação de um contrato de arrendamento em que o bem-estar de uma grande e – ele acreditava – laboriosa família estava em jogo. Ele suspeitava que seu agente estivesse praticando algum negócio secreto; de significado para enviesá-lo contra os merecedores; e ele havia determinado ir pessoalmente e investigar minuciosamente os méritos do caso. Ele tinha ido, tinha feito ainda mais bem do que previra, tinha sido útil para mais do que seu primeiro plano havia compreendido, e agora era capaz de se congratular por isso e sentir que, ao cumprir um dever, havia garantido agradáveis lembranças para sua própria mente. Ele se apresentou a alguns inquilinos que nunca tinha visto antes; ele havia começado a conhecer chalés cuja existência, embora em sua própria propriedade, até então era desconhecida para ele. Isso era dirigido, e bem dirigido, a Fanny. Foi agradável ouvi-lo falar tão apropriadamente; aqui ele estava agindo como deveria. Para ser amigo dos pobres e oprimidos! Nada poderia ser mais grato a ela; e ela estava a ponto de lançar um olhar de aprovação, quando tudo se assustou com a adição de algo muito acentuado de sua esperança em breve ter um assistente, um amigo, um guia em todos os planos de utilidade ou caridade para Everingham: alguém que faria de Everingham e tudo ao seu redor algo melhor do que nunca.

Ela se virou e desejou que ele não dissesse essas coisas. Ela estava disposta a permitir que ele pudesse ter mais qualidades boas do que ela costumava supor. Ela começou a sentir a possibilidade de ele finalmente ficar bem; mas ele era e sempre deveria ser completamente inadequado para ela, e não deveria pensar nela.

Ele percebeu que já havia sido dito o suficiente sobre Everingham e que seria bom falar de outra coisa e voltou-se para Mansfield. Ele não poderia ter escolhido melhor, esse era um assunto para trazer de volta sua atenção e sua aparência quase que instantaneamente. Foi uma verdadeira indulgência para ela ouvir ou falar de Mansfield. Agora há tanto tempo separada de todos que conheciam o lugar, ela o sentiu como a voz de um amigo quando ele o mencionou, e abriu caminho para suas exclamações afetuosas em louvor às suas belezas e confortos, e por sua honrosa homenagem aos seus habitantes, permitido para agradar a seu próprio coração no mais caloroso elogio, ao falar de seu tio como tudo o que era inteligente e bom, e de sua tia como tendo o mais doce de todos os temperamentos doces.

Ele tinha um grande apego a própria Mansfield e disse isso. Ele esperava com a esperança de passar muito, muito, de seu tempo lá; sempre lá, ou na vizinhança. Ele se baseou particularmente em um verão e outono muito felizes neste ano e sentiu que seria assim: ele dependia disso, um verão e um outono infinitamente superiores ao anterior.

Tão animado, tão diversificado, tão social, mas com circunstâncias de superioridade indescritíveis.

– Mansfield, Sotherton, Thornton Lacey – continuou ele – que sociedade será formada por essas casas! E em Michaelmas, talvez, um quarto possa ser acrescentado: alguma pequena cabana de caça nas proximidades de tudo tão caro; quanto a qualquer sociedade em Thornton Lacey, como Edmund Bertram outrora propôs com humor, espero antever duas objeções: duas justas, excelentes e irresistíveis objeções a esse plano.

Fanny foi duplamente silenciada aqui; embora, quando o momento passasse, pudesse lamentar que ela não tivesse se forçado a compreender a metade de seu significado e o encorajou a dizer algo mais sobre sua irmã e Edmund. Era um assunto sobre o qual ela deveria aprender a falar, e a fraqueza que dele fugia logo seria imperdoável.

Quando o Sr. Price e seu amigo viram tudo o que desejavam ou para o qual tiveram tempo, os outros estavam prontos para retornar; e, no caminho de volta, Sr. Crawford arranjou um minuto de privacidade para dizer a Fanny que seu único negócio em Portsmouth era vê-la; que ele ficou preso por alguns dias por causa dela, e apenas dela, e porque ele não poderia suportar uma separação mais longa. Ela sentia muito, muito mesmo; e, no entanto, apesar disso e das duas ou três outras coisas que ela gostaria que ele não tivesse dito, ela pensava que ele havia melhorado completamente desde que ela o vira; ele era muito mais gentil, prestativo e atencioso com os sentimentos das outras pessoas do que jamais fora em Mansfield; ela nunca o tinha visto tão agradável – tão perto de ser agradável; o comportamento dele para com o pai dela não o ofenderia, e havia algo de particularmente gentil e apropriado no aviso que ele prestou de Susan. Ele foi decididamente melhorado. Ela desejou que o dia seguinte acabasse, ela desejou que ele tivesse vindo apenas por um dia; mas não foi tão ruim quanto ela esperava: o prazer de falar de Mansfield foi tão grande!

Antes de se separarem, ela teve que agradecê-lo por outro prazer, e um de nenhum tipo trivial. Seu pai pediu-lhe que lhes desse a honra de levar seu carneiro com eles, e Fanny só teve tempo para um arrepio de horror, antes que ele se declarasse impedido por um compromisso anterior. Ele já estava compromissado de um jantar naquele dia e no seguinte; ele havia se encontrado com algum conhecido da Coroa que não seria negado; ele deveria ter a honra, entretanto, de atendê-los novamente no dia seguinte, etc., e então eles se separaram – Fanny em um estado de verdadeira felicidade por escapar de um mal tão horrível!

Ter ele participado do jantar de família e ver todas as suas deficiências teria sido terrível! A culinária e o serviço de Rebecca, e Betsey comendo à mesa sem restrições e puxando tudo como queria, eram coisas que Fanny ainda não estava acostumada o suficiente para que ela sempre fizesse uma refeição tolerável. Ela era boa apenas por delicadeza natural, mas ele fora criado em uma escola de luxo e epicurismo.

CAPÍTULO 42

Os Price estavam partindo para a igreja no dia seguinte quando o Sr. Crawford apareceu novamente. Ele veio, não para parar, mas para se juntar a eles; foi-lhe pedido que os acompanhasse à capela Garrison, que era exatamente o que pretendia, e todos caminharam para lá juntos.

A família agora estava muito elegante. A natureza não lhes deu nenhuma parte desprezível de beleza, e todos os domingos se vestiam com suas melhores roupas. O domingo sempre trouxe esse conforto para Fanny, e neste domingo ela o sentiu mais do que nunca. Sua pobre mãe agora não parecia tão indigna de ser irmã de Lady Bertram como era, mas muito apta a parecer. Muitas vezes lhe doía o coração pensar no contraste entre eles; pensar que onde a natureza fez tão pouca diferença, as circunstâncias deveriam ter feito tanto, e que sua mãe, tão bonita quanto Lady Bertram, e alguns anos mais jovem, deveria ter uma aparência muito mais desgastada e desbotada, tão desconfortável, tão desleixada. Mas o domingo tornou-a uma Sra. Price muito digna de crédito e de aparência razoavelmente alegre, vindo para o exterior com uma bela família de crianças, sentindo um pouco de descanso de suas preocupações semanais e apenas desconcertada se visse seus filhos correndo para o perigo, ou Rebecca passando com uma flor no chapéu.

Na capela, eles foram obrigados a se dividir, mas o Sr. Crawford teve o cuidado de não se separar do ramo feminino; e depois da capela ele ainda continuou com eles, e tornou-se mais um na reunião da família.

A Sra. Price fazia sua caminhada semanal nas muralhas todos os domingos, sempre indo logo após o serviço matinal e permanecendo até a hora do jantar. Era o seu lugar público: lá ela encontrava os conhecidos, ouvia algumas notícias, falava sobre a maldade dos criados de Portsmouth e recuperava o ânimo durante para os próximos seis dias.

Caminharam ainda para mais distante nesse dia. O Sr. Crawford estava feliz por ter as Srtas. Price sob sua responsabilidade, e Fanny percebeu subitamente, e não podia acreditar, que ele estava entre as duas, que tinham seus braços apoiados nos dele. Ela não sabia como pôr fim àquilo. Sentiu-se desconfortável por algum tempo, mas ainda assim ocorreram momentos de diversão durante o passeio, que deixou boas lembranças.

O dia estava extraordinariamente lindo. Era março, mas parecia abril em seu ar ameno, vento forte e suave e sol brilhante, ocasionalmente nublado por um minuto, e tudo parecia tão lindo sob a influência de tal céu, os efeitos das sombras se perseguindo nos navios em Spithead e na ilha além, com os tons sempre variáveis do mar, agora em mar alto, dançando em sua alegria e indo de encontro às plataformas com um som tão agradável, produziu em conjunto tal combinação de encantos para Fanny, que a tornou gradualmente quase descuidada das circunstâncias em que os sentia. Não, se ela estivesse sem o auxílio do braço dele, ela logo saberia que precisava, pois queria forças para um passeio de duas horas desse tipo, decorrente, como geralmente acontecia, de uma semana de inatividade anterior. Fanny estava começando a sentir o efeito de ser excluída de seus exercícios regulares habituais; ela havia perdido terreno quanto à saúde desde que estivera em Portsmouth; e, se não fosse o Sr. Crawford e a beleza do tempo, estaria extremamente cansada naquele ponto.

A beleza do dia e da vista, ele se sentia como ela mesma. Muitas vezes param com o mesmo sentimento e gosto, encostados na parede, alguns minutos, para olhar e admirar; e considerando que ele não era Edmund, Fanny não podia deixar de admitir que ele era suficientemente aberto aos encantos da natureza e muito bem capaz de expressar sua admiração. Ela tinha alguns devaneios ternos de vez em quando, dos quais ele às vezes podia aproveitar para olhar em seu rosto sem ser detectado; e o resultado desses olhares era que, embora tão fascinante como sempre, seu rosto estava menos florido do que deveria. Ela disse que estava muito bem e não gostava de ser suposta de outra forma; mas, considerando tudo, ele estava convencido de que sua residência atual não poderia ser confortável e, portanto, não poderia ser salutar para ela, e ele estava ficando ansioso por ela estar novamente em Mansfield, onde sua própria felicidade e a dele em vê-la, seria muito maior.

– Você está aqui há um mês, eu acho? – disse ele.

– Não; não exatamente um mês. Amanhã faz quatro semanas desde que deixei Mansfield.

– Você calcula com muita precisão. Considero isso um mês.

– Só cheguei aqui na terça à noite.

– E vai ser uma visita de dois meses, não é?

– Sim. Meu tio falou em dois meses. Suponho que não será menos.

– E como você será levada de volta? Quem virá buscá-la?

– Não sei. Ainda não ouvi nada sobre isso de minha tia. Talvez eu deva ficar mais tempo. Pode não ser conveniente que eu seja buscada exatamente no final dos dois meses.

Após um momento de reflexão, o Sr. Crawford respondeu:

– Eu conheço Mansfield, conheço seu caminho, conheço seus defeitos em relação a você. Sei o perigo de você ser tão esquecida, a ponto de seu conforto dar lugar à conveniência imaginária de qualquer ser da família. Estou ciente de que você pode ficar aqui semana após semana, se Sir Thomas não puder resolver tudo para vir ele mesmo, ou mandar a criada de sua tia para você, sem envolver a menor alteração dos arranjos que ele possa ter previsto para o próximo trimestre de um ano. Isso não vai funcionar. Dois meses é muito; eu acho seis semanas o suficiente. Estou considerando a saúde de sua irmã – disse ele, dirigindo-se a Susan – penso que o confinamento em Porstmouth é desfavorável para ela. Ela requer ar e exercícios constantes. Quando você a conhecer tão bem quanto eu, tenho certeza de que concordará que ela nunca deve ser banida por muito tempo do ar livre e da liberdade do campo. Se, portanto – voltando-se para Fanny – você se sentir mal e quaisquer dificuldades surgirem sobre o seu retorno a Mansfield, sem esperar que os dois meses terminem, isso não deve ser considerado como de qualquer consequência, se você se sentir menos forte ou confortável do que de costume, e só deixar minha irmã saber disso, dê-lhe apenas o mais leve indício, ela e eu desceremos imediatamente e levaremos você de volta a Mansfield. Você conhece a facilidade e o prazer com que isso seria feito. Você sabe tudo o que seria sentido na ocasião.

Fanny agradeceu, mas tentou desvencilhar-se rindo.

– Estou falando totalmente sério – respondeu ele –, como você sabe perfeitamente. E espero que não esconda cruelmente qualquer tendência para a indisposição. Na verdade, não o fará; não estará em seu poder; enquanto você diga, em cada carta a Mary: 'Estou bem', e eu sei que você não pode falar ou escrever uma mentira, o que você disser será considerado verdadeiro.

Fanny agradeceu de novo, mas estava afetada e angustiada a tal ponto que era impossível falar muito, ou mesmo ter certeza do que deveria dizer. Isso foi no final de sua caminhada. Ele as acompanhou até o fim, deixando-as apenas na porta de sua própria casa, quando sabia que iriam jantar e, portanto, fingiu ser esperado em outro lugar.

– Eu gostaria que não estivesse tão cansada – disse ele, detendo Fanny na porta de casa. – Eu preferiria deixá-la sentindo-se melhor. Existe algo que eu possa fazer por você na cidade? Estou quase decidido a ir novamente para Norfolk. Não estou satisfeito com Maddison. Estou certo que tentará insistir, se possível, para levar um de seus primos para residir no engenho que intenciono designar para outra pessoa. Eu devo chegar a um entendimento com ele, e o avisarei que não ficarei ao sul de Everingham, assim como não ficarei ao norte, e que serei senhor de minha propriedade. Não fui suficientemente claro da última vez. Os danos que um administrador pode causar em uma propriedade, tanto para o crédito do seu empregador quanto para o bem-estar dos pobres, é inconcebível. Estou quase decidido a ir diretamente para Norfolk, e organizar tudo de tal forma que não possa mais ser modificado. Maddison é um sujeito esperto; não desejo mandá-lo embora, contanto que ele não tente me dispensar; mas não seria difícil ser enganado por um homem que não tem legitimidade para tal, e mais ainda, deixá-lo me oferecer um sujeito aflitivo como inquilino, em vez de um homem honesto, com quem já praticamente me comprometi. Não seria tolice? Devo ir? Você me aconselha a fazê-lo?

– Sim! Você sabe muito bem o que é certo.

– Sim. Quando você me dá sua opinião, eu sempre sei o que é certo. Seu julgamento é minha regra para decidir o que é certo.

– Oh, não! Não diga isso. Todos nós temos um guia melhor em nós mesmos, se quisermos atendê-lo, do que qualquer outra pessoa pode ser. Adeus; desejo-lhe uma boa viagem amanhã.

– Não há nada que eu possa fazer por você na cidade?

– Nada; estou muito agradecida a você.

– Você não tem recados para ninguém?

– Minhas estimas para sua irmã, por favor; e quando você vir meu primo, meu primo Edmund, gostaria que tivesse a bondade de dizer que suponho que logo terei notícias dele.

– Certamente; e se ele for preguiçoso ou negligente, eu mesmo escreverei suas desculpas.

Ele não conseguiu dizer mais nada, pois Fanny não podia mais esperar. Ele pressionou a mão dela, olhou-a e foi embora. Ele se entreteve o quanto pôde pelas três horas seguintes com seus conhecidos, até que o melhor jantar que um hotel poderia oferecer estava pronto para o deleite deles; e ela foi para o seu jantar mais singelo.

Seus destinos em geral tinham um caráter muito diferente; e se ele tivesse suspeitado quantas privações, além da de exercício, ela suportou na casa de seu pai, ele teria se perguntado que sua aparência não estava muito mais afetada do que ele as encontrou. Ela era tão pouco igual aos pudins e picadinhos de Rebecca, trazidos para a mesa, como todos eram, com tais acompanhamentos de pratos lavados pela metade, e não facas e garfos lavados pela metade, que muitas vezes era obrigada a adiar sua refeição mais forte até que ela pudesse enviar seus irmãos à noite para biscoitos e pães. Depois de ser criada em Mansfield, era tarde demais para ser endurecida em Portsmouth.

Fanny ficou mal-humorada o resto do dia. Embora razoavelmente segura de não ver o Sr. Crawford novamente, ela não pôde evitar ficar deprimida. Era despedir-se de alguém com a natureza de um amigo; e embora, sob uma luz, feliz por tê-lo partido, parecia que agora ela estava abandonada por todos; foi uma espécie de separação renovada de Mansfield; e ela não conseguia pensar em ele voltar à cidade e estar frequentemente com Mary e Edmund, sem sentimentos tão próximos da inveja que a faziam se odiar por tê-los.

Seu desânimo não diminuía com nada que acontecia ao seu redor. Um ou dois amigos de seu pai, como sempre acontecia se ele não estivesse com eles, passaram a longa noite ali; Ela estava muito deprimida. A maravilhosa melhora que ela ainda imaginava em Sr. Crawford era a que mais se aproximava de administrar o conforto de qualquer coisa dentro do fluxo de seus pensamentos. Não considerando o quão diferente era o círculo que ela tinha acabado de vê-lo, nem o quanto poderia ser devido ao contraste, ela estava bastante persuadida de que ele era surpreendentemente mais gentil e atencioso com os outros do que antes. E, se em pequenas coisas, não deve sê-lo em grandes? Tão ansioso por sua saúde e conforto, tão sentimental como ele agora se expressava, e realmente parecia, não seria justo supor que ele não perseveraria muito mais em um terno tão angustiante para ela?

CAPÍTULO 43

Presumia-se que Sr. Crawford viajaria de volta a Londres no dia seguinte, pois não se viu mais nada dele na casa de Sr. Price; e dois dias depois, foi um fato averiguado a Fanny pela seguinte carta de sua irmã, aberta e lida por ela, com a mais ansiosa curiosidade:

"Devo informá-la, minha querida Fanny, de que Henry desceu a Portsmouth para vê-la; que fez um passeio encantador com você até o estaleiro no sábado passado, e ainda mais um para ser vivido no dia seguinte, nas muralhas, quando o ar ameno, o mar cintilante e seus doces olhares e conversas estavam juntos na mais deliciosa harmonia e proporcionaram sensações que devem elevar o êxtase, mesmo em retrospecto. Isso, tanto quanto eu entendo, deve ser a substância de minhas informações. Ele me obriga a escrever, mas não sei o que mais devo comunicar, exceto esta dita visita a Portsmouth, e esses dois ditos passeios, e sua apresentação à sua família, especialmente a uma bela irmã sua, uma bela garota de quinze anos, que estava nos momentos agradáveis nas muralhas, levando sua primeira lição, presumo, de amor. Não tenho muito tempo para escrever, mas estaria errado se não o fizesse, pois trata-se de uma mera carta comercial, redigida com o propósito de transmitir informações necessárias, que não poderiam ser adiadas sem risco de mal. Minha querida, querida Fanny, se eu tivesse você aqui, como falaria com você! Você deveria me ouvir até que estivesse cansada, e aconselhar-me até que estivesse mais cansada ainda; mas é impossível colocar a centésima parte de minha grande mente no papel, então vou me abster por completo e deixar que você adivinhe o que quiser. Não tenho novidades para você. Você tem políticas, é claro; e seria muito ruim atormentá-la com nomes de pessoas e festas que ocupam meu tempo. Deveria ter lhe enviado um relato da primeira festa de sua prima, mas fui preguiçosa e agora já faz muito tempo;

basta dizer que tudo estava como deveria estar, em um estilo que qualquer uma de suas conexões deve ter ficado satisfeita em testemunhar, e que seu próprio vestido e maneiras lhe deram o maior crédito. Minha amiga, a Sra. Fraser, está louca por uma casa assim, e isso não me faria infeliz. Vou para Lady Stornaway depois da Páscoa; ela parece animada e muito feliz. Imagino que Lord S. seja muito bem-humorado e agradável em sua própria família, e não o acho tão feio quanto eu – pelo menos, vemos muitos piores. Ele não vai ficar ao lado de seu primo Edmund. Do último herói mencionado, o que devo dizer? Se eu evitasse seu nome por completo, pareceria suspeito. Direi, então, que o vimos duas ou três vezes, e que meus amigos aqui estão muito impressionados com sua aparência de cavalheiro. A Sra. Fraser (nenhuma má juíza) declara que conhece apenas três homens na cidade que têm uma pessoa, altura e ar tão bons; e devo confessar, quando ele jantou aqui outro dia, não havia ninguém que se comparasse a ele, e éramos um grupo de dezesseis. Felizmente, não há distinção de roupas hoje em dia para contar histórias; mas... mas com seu carinho.

Eu quase tinha esquecido (a culpa foi de Edmund: ele entra na minha cabeça mais do que me faz bem) uma coisa muito material que eu tinha a dizer de Henry e de mim – quero dizer, sobre levar você de volta para Northamptonshire. Minha querida criaturinha, não fique em Portsmouth para perder sua bela aparência. Aquelas brisas do mar vis são a ruína da beleza e da saúde. Minha pobre tia sempre se sentiu afetada se estivesse a dezesseis quilômetros do mar, o que o almirante, é claro, nunca acreditou, mas eu sei que foi assim. Estou ao seu serviço e de Henry, com uma hora de antecedência. Gostaria do esquema, e faríamos uma pequena volta e mostrar-lhe Everingham em nosso caminho, e talvez você não se importasse de passar por Londres e ver dentro da Praça de São Jorge, Hanover Square. Apenas mantenha seu primo Edmund longe de mim nesses momentos: não gostaria de ser tentada. Que carta longa! Mais uma palavra. Henry, eu acho, tem alguma ideia de entrar em Norfolk novamente sobre algum negócio que você aprova; mas isso não pode ser permitido antes do meio da próxima semana; isto é, ele não pode ser poupado até depois do dia 14, pois temos uma festa naquela noite. O valor de um homem como Henry, em tal ocasião, é o que você não pode ter nenhuma concepção; portanto, você deve aceitar minha palavra de ser inestimável. Ele vai ver os Rushworth, que não lamento muito

– tendo um pouco de curiosidade, e acho que ele tem –, embora ele não vá reconhecê-lo."

Era uma carta a ser percorrida com ansiedade, a ser lida deliberadamente, a fornecer matéria para muita reflexão e a deixar tudo em maior suspense do que nunca. A única certeza a ser tirada disso era que nada decisivo ainda havia acontecido. Edmund ainda não havia falado como Srta. Crawford realmente se sentia, como pretendia agir ou poderia agir sem ou contra o que queria; se sua importância para ela era exatamente a mesma de antes da última separação; se, se diminuída, era provável que diminuísse mais, ou se recuperasse, eram assuntos para conjecturas intermináveis e para serem pensadas naquele dia e muitos dias por vir, sem produzir qualquer conclusão. A ideia que retornava com mais frequência era que Srta. Crawford, depois de provar que estava fria e abalada pelo retorno aos hábitos londrinos, no final se mostraria muito apegada a ele para desistir dele. Ela tentaria ser mais ambiciosa do que seu coração permitiria. Ela hesitaria, ela provocaria, ela condicionaria, ela exigiria muito, mas ela finalmente aceitaria.

Essa era a expectativa mais frequente de Fanny. Uma casa na cidade – isso, ela pensou, deve ser impossível. No entanto, não havia como dizer o que Srta. Crawford poderia deixar de perguntar. A perspectiva para seu primo foi piorando cada vez mais. A mulher que podia falar dele e falar apenas de sua aparência! Que apego indigno! Para obter apoio dos elogios da Sra. Fraser! Ela que o conhecia intimamente há meio ano! Fanny tinha vergonha dela. As partes da carta que se referiam apenas ao Sr. Crawford e a ela, tocaram-na, em comparação, ligeiramente. Se o Sr. Crawford foi para Norfolk antes ou depois do dia 14, certamente não era da conta dela, embora, considerando tudo, ela pensasse que ele iria sem demora. O fato de Srta. Crawford se esforçar para garantir um encontro entre ele e a Sra. Rushworth estava em sua pior linha de conduta e grosseiramente cruel e mal julgada; mas ela esperava que ele não fosse movido por qualquer curiosidade degradante. Ele não reconheceu tal incentivo, e sua irmã deveria ter dado crédito a ele por sentimentos melhores do que os dela.

Ela estava ainda mais impaciente por outra carta da cidade depois de recebê-la do que antes; e por alguns dias ficou tão perturbada com tudo isso, com o que havia acontecido e o que poderia vir, que suas leituras e conversas habituais com Susan foram suspensas. Ela não conseguia chamar sua atenção como desejava. Se Sr. Crawford se lembrasse de sua mensagem para o primo, ela pensava que muito provavelmente, muito provavelmente, ele escreveria para ela em todos os eventos; seria mais consistente com sua bondade usual; e até que ela se livrasse dessa ideia, até que gradualmente passasse, por nenhuma carta aparecer no curso de três ou quatro dias mais, ela estava em um estado muito inquieto e ansioso.

Por fim, algo como compostura teve sucesso. O suspense deveria ser submetido, e não deveria ser permitido que ela se desgastasse e tornasse-a inútil. O tempo fez alguma coisa, seus próprios esforços algo mais, e ela voltou a se preocupar com Susan, e novamente despertou o mesmo interesse por eles.

Susan estava começando a gostar muito dela e, embora sem nenhum dos primeiros prazeres dos livros que haviam sido tão fortes em Fanny, com uma disposição muito menos inclinada a atividades sedentárias, ou à disposição para obter informações, ela tinha um desejo tão forte de não parecer ignorante, pois, com um bom e claro entendimento, tornava-a uma aluna muito atenta, proveitosa e grata. Fanny era seu oráculo. As explicações e comentários de Fanny foram um acréscimo muito importante a cada ensaio ou capítulo da história. O que Fanny lhe contava sobre os tempos passava mais em sua mente do que nas páginas de Goldsmith; e ela fez à irmã o elogio de preferir seu estilo ao de qualquer autor impresso. O hábito precoce de leitura era insuficiente.

Suas conversas, no entanto, nem sempre eram sobre assuntos tão elevados como história ou moral. Outros tiveram sua hora; e de assuntos menores, nenhum voltou com tanta frequência, ou permaneceu tanto tempo entre elas, como Mansfield Park, uma descrição das pessoas, os modos, as diversões, os costumes de Mansfield Park. Susan, que tinha um gosto inato pelo refinado, estava ansiosa por ouvir, e Fanny não podia deixar de se dar ao luxo de insistir em um tema tão amado. Ela esperava que não estivesse errada; embora, depois de algum tempo, a grande admiração de Susan por tudo o que fosse dito ou feito na casa de seu tio e o desejo sincero de ir para Northamptonshire parecessem quase culpá-la por sentimentos excitantes que não podiam ser satisfeitos.

A pobre Susan não se adaptava melhor ao lar do que a irmã mais velha; e, à medida que Fanny passou a entender isso completamente, começou a sentir que, quando fosse libertada de Portsmouth, sua felicidade sofreria uma enorme perda em deixar Susan para trás.

Que uma garota tão capaz de se tornar tudo de bom fosse deixada em tais mãos, a angustiava cada vez mais.

Se ela tivesse uma casa para a qual ser convidada, que bênção seria! E se tivesse sido possível retribuir o respeito de Sr. Crawford, a probabilidade de ele estar muito longe de se opor a tal medida teria sido o maior aumento de todos os seus confortos. Ela o achava realmente bem-humorado e poderia imaginar que ele estava entrando em um plano daquele tipo da maneira mais agradável.

CAPÍTULO 44

Sete semanas dos dois meses da estada na casa dos pais estavam quase no fim, quando a única carta, a carta de Edmund, tão esperada, foi colocada nas mãos de Fanny. Quando ela abriu e viu sua extensão, ela se preparou para um instante de felicidade e uma profusão de amor e elogios para a criatura afortunada que agora era dona de seu destino. Esse era o conteúdo:

"Minha querida Fanny, me desculpe por não escrever antes. Crawford me disse que você gostaria de saber de mim, mas achei impossível escrever de Londres e me convenci de que você entenderia meu silêncio. Se eu pudesse ter enviado algumas palavras, elas não tardariam, mas nada dessa natureza estava em meu alcance. Retornei a Mansfield em um estado de maior incerteza de que quando a deixei. As minhas esperanças quase se esvaíram. Você provavelmente já deve saber disso. A Srta. Crawford a tem em grande estima, e é muito natural que ela tenha relatado a você os seus sentimentos, assim você pode deduzir também os meus. No entanto, não deixarei de te dar o meu próprio relato. Nossas confidências a você não devem ser conflitantes. Não farei perguntas. Há algo acalentador na ideia de que temos a mesma amiga, e independentemente das desafortunadas diferenças de opinião que possam existir entre nós, estamos unidos em nosso amor por você. Será um consolo relatar a presente situação, e revelar-lhe os meus planos, se é que posso dizer que os tenho. Retornei no sábado. Permaneci em Londres por três semanas, e encontrei-a lá com frequência. Recebi toda a atenção possível dos Fraser. Ouso dizer que não fui razoável ao carregar comigo a esperança de encontros como os de Mansfield. Era a maneira dela, no entanto, ao invés de qualquer reunião não frequente. Se ela estivesse diferente quando a vi, eu não teria feito nenhuma reclamação, mas desde o início ela se alterou: minha primeira recepção

foi tão diferente do que eu esperava, que eu quase decidi deixar Londres imediatamente. Não preciso particularizar. Você conhece o lado fraco de seu caráter e pode imaginar os sentimentos e expressões que estavam me torturando. Ela estava muito animada e cercada por aqueles que apoiavam, com seus julgamentos errôneos, a sua mente viva. Eu não gosto da Sra. Fraser. Ela é uma mulher de coração frio e vaidosa, que se casou inteiramente por conveniência e, embora evidentemente infeliz em seu casamento, coloca sua decepção não em falhas de julgamento, ou temperamento, ou desproporção de idade, mas em seu ser, afinal, menos abastada do que muitos de seus conhecidos, especialmente do que sua irmã, Lady Stornaway, e é a defensora determinada de tudo que é mercenário e ambicioso, desde que seja apenas mercenário e ambicioso o suficiente. Considero sua intimidade com aquelas duas irmãs o maior infortúnio de sua vida e da minha. Elas a conduzem para o mau caminho há anos. Seria bom se ela pudesse se separar delas, e muitas vezes acredito que isso seja possível, pois a afeição me parece ser maior do lado delas. Elas a estimam muito, mas estou certo de que ela não as ama como ama você. Quando penso na grande ligação que existe entre vocês, e no seu comportamento sensato como irmã, ela me parece uma criatura muito diferente, capaz de atos nobres, e estou preparado a me culpar por uma avaliação precipitada de seu jeito divertido. Não posso desistir dela, Fanny. Ela é a única mulher do mundo que eu poderia imaginar como minha esposa. Se eu acreditasse que ela não acalenta nenhuma estima por mim, é claro que não diria isso, mas acredito nisso. Estou convencido de que ela me escolheu. Não tenho ciúmes de ninguém, mas é a influência do mundo elegante que receio. Eu temo os hábitos da alta sociedade. As ideias dela não são tão elevadas quanto a sua fortuna pode justificar, mas, combinadas, estão acima do que os nossos proventos somados podem permitir. Até mesmo nisso, no entanto, existe consolo. Eu poderia suportar perdê-la mais por não ser rico o suficiente do que pela minha profissão. Isso somente provaria que a sua estima não incluiria sacrifícios, o que, na verdade, mal justificaria pedir-lhe. Se eu for recusado, acredito que esse será o motivo verdadeiro. Percebo que os seus preconceitos não são arraigados como antes. Você conhece os meus sentimentos como eles o são, minha querida Fanny; é possível que às vezes sejam contraditórios, mas não será um retrato menos fiel da minha mente. Tendo uma vez começado, é um prazer revelar a você como me sinto. Não posso desistir dela. Conectados como estamos, e espero que ainda seremos, desistir de Mary Crawford seria desistir da companhia dos que considero mais estimados; seria como me banir das casas e dos amigos a quem, sob qualquer infortúnio, devo me voltar por consolo. Devo considerar a perda de Mary como a perda de Crawford e de Fanny. Se assim for decidido, se eu for rejeitado, espero saber como suportar e como me empenhar para reduzir a sua presença em meu coração; e no curso de alguns anos, espero não estar escrevendo absurdos, eu devo suportar. E até que o seja, eu nunca deixarei de me empenhar por ela. Essa é a verdade. A única pergunta é: como? Quais devem ser os meios? Às vezes penso em retornar para Londres após a Páscoa, e em outros momentos resolvo aguardar o retorno dela a Mansfield. Mesmo agora, ela fala com prazer sobre estar em Mansfield em junho; mas junho ainda está muito distante, e acredito que escreverei para ela. Eu estou quase determinado a explicar tudo por carta. Saber com certeza é de suma importância. O estado atual é lastimosamente penoso. Levando tudo em consideração, acho que uma carta será o melhor método de explicação. Devo conseguir escrever muito do que não me foi possível dizer, e darei tempo a ela para refletir antes que se decida, e tenho menos receio do resultado da reflexão do que do impulso apressado. Acredito que é o melhor. Meu maior receio é que ela consulte a Sra. Fraser, e por estar distante não poderei dizer nada em meu favor. Uma carta expõe a todos os infortúnios de uma conversa, e uma mente destituída do poder da melhor decisão pode, em um momento inoportuno, ser influenciada de forma que mais tarde leve ao arrependimento. Eu devo pensar um pouco mais sobre isso. Esta longa carta, repleta de minhas próprias preocupações, será capaz de cansar até mesmo a amizade de Fanny. A última vez que vi Crawford foi na festa da Sra. Fraser. Eu estou cada vez mais satisfeito com tudo o que vejo e descubro sobre ele. Não há qualquer sombra de hesitação. Ele conhece profundamente a própria mente, e atua de acordo com as suas resoluções, uma qualidade inestimável. Não pude vê-lo com minha irmã mais velha na mesma sala sem me lembrar do que uma vez você me disse, e reconheço que eles não se conheceram como amigos. Havia uma frieza marcante da parte dela. Eles mal falaram. Eu o vi recuar surpreso, e lamentei que a Sra. Rushworth se ressentisse de qualquer suposta negligência anterior com a Srta. Bertram. Você vai querer ouvir minha opinião sobre o grau de conforto de Maria como esposa. Não há aparência de infelicidade. Espero que se deem muito bem juntos. Jantei duas vezes na Wimpole Street e poderia ter ido lá mais vezes, mas é mortificante ter Rushworth como irmão. Julia parece gostar muito de Londres. Tive pouca diversão lá, mas tenho menos aqui. Não somos um grupo animado. Sua ausência é muito sentida. Sinto sua falta mais do que posso expressar. Minha mãe deseja seu melhor e espera ouvir de você em breve. Ela fala de você quase todas as horas, e lamento saber quantas semanas mais ela provavelmente vai ficar sem te ver. Meu pai pretende ir buscá-la pessoalmente, mas só depois da Páscoa, quando ele tem negócios na cidade. Você está feliz em Portsmouth, espero, mas esta não deve ser uma visita anual. Quero você em casa, para que possa ter sua opinião sobre Thornton Lacey. Não tenho ânimo para grandes melhorias até saber que algum dia terei uma esposa. Certamente escreverei. Está bem estabelecido que os Grant vão para Bath; eles deixam Mansfield na segunda-feira. Estou feliz por isso. Não me sinto confortável o suficiente para ser adequado para alguém; mas sua tia parece estar sem sorte de que tal artigo das notícias de Mansfield caia na minha caneta em vez da dela.

Para sempre seu, minha querida Fanny."

– Nunca irei, não, certamente nunca irei desejar uma carta de novo – foi a declaração secreta de Fanny ao terminar esta. – O que elas trazem senão decepção e tristeza? Só depois da Páscoa! Como vou suportar? E minha pobre tia falando de mim constantemente!

Fanny controlou a tendência desses pensamentos o melhor que pôde, mas demorou meio minuto para começar a pensar que Sir Thomas era muito rude, tanto com sua tia quanto com ela. Quanto ao assunto principal da carta, não havia nada nisso para acalmar a irritação. Ela estava quase irritada com o desprazer e a raiva de Edmund.

– Não há nada de bom nesse atraso – disse ela. – Por que não está resolvido? Ele está cego, e nada abrirá seus olhos; nada pode, depois de ter tido verdades diante dele por tanto tempo em vão. Ele se casará com ela e será pobre e miserável. Deus conceda que a influência dela não o faça deixar de ser respeitável! – Ela examinou a carta novamente. – "Gosta tanto de mim!", isso tudo é um absurdo. Ela não ama ninguém além de si mesma e de seu irmão. Seus amigos a desviaram durante anos! É bem provável que ela os tenha desencaminhado. Todos eles, talvez, tenham se corrompido; mas se eles são tanto mais afeiçoados a ela do que ela a eles, é menos provável que ela se machuque, exceto por sua lisonja. "A única mulher no mundo que ele poderia pensar como uma esposa." Acredito firmemente nisso. É um apego para governar toda a sua vida. Aceito ou recusado, seu coração está casado com ela para sempre. "A perda de Mary devo considerar como uma compreensão da perda de Crawford e Fanny." Edmund, você não me conhece. As famílias nunca seriam conectadas se você não as conectasse! Oh! Escreva, escreva. Termine imediatamente. Que esse suspense termine. Conserte, comprometa-se, condene-se.

Essas sensações, entretanto, eram muito próximas do ressentimento para guiar os solilóquios de Fanny por muito tempo. Ela logo ficou mais amena e triste. Sua consideração calorosa, suas expressões amáveis, seu tratamento confidencial, a tocaram fortemente. Ele era bom demais para todos. Em suma, aquela era uma carta que ela não desejava por nada neste mundo, e que não poderia ser apreciada. Era o bastante daquilo.

Todo mundo viciado em escrever cartas, sem ter muito a dizer, o que incluíra uma grande proporção do mundo feminino, pelo menos, deveria sentir com Lady Bertram que ela estava sem sorte por ter uma notícia tão importante de Mansfield como a certeza de que as concessões iriam ocorrer em um momento em que ela não poderia tirar proveito disso, e admitiria que deveria ter sido muito mortificante para ela ver isso cair nas mãos de seu filho ingrato, e tratado tão concisamente quanto possível no final de uma longa carta, em vez de fazê-la se espalhar pela maior parte de uma página própria. Pois, embora Lady Bertram tenha brilhado na linha epistolar, tendo no início de seu casamento, pela falta de outro emprego e pela circunstância de Sir Thomas estar no Parlamento, entrou na maneira de fazer e manter correspondentes, e formou para si mesma uma estilo meritório, corriqueiro, amplificador, de modo que um pouco de assunto bastava para ela: ela não podia passar inteiramente sem nenhum; ela deveria ter algo sobre o que escrever, até mesmo para a sobrinha; e, estando prestes a perder todos os benefícios das conversas matinais da Sra. Grant, foi muito difícil para ela ser privada de um dos últimos usos epistolares que poderia fazer com eles.

Houve uma grande reparação, no entanto, preparando-se para

ela. A hora da boa sorte de Lady Bertram chegou. Poucos dias após o recebimento da carta de Edmund, Fanny recebeu uma de sua tia, começando assim:

> *"Minha querida Fanny,*
>
> *Pego minha caneta para comunicar algumas informações muito alarmantes, que, sem dúvida, vos preocuparão muito."*

Isso era muito melhor do que ter que pegar a caneta para familiarizá-la com todos os detalhes da viagem pretendida dos Grant, pois a informação presente era de natureza a prometer ocupação para a caneta por muitos dias, não sendo menos do que a perigosa doença de seu filho mais velho, da qual haviam sido notificados pelo expresso poucas horas antes.

Tom fora de Londres, com um grupo de jovens, para Newmarket, onde uma queda negligenciada e muita bebida haviam lhe causado febre; e quando a festa se desfez, não podendo se mover, foi deixado sozinho na casa de um desses jovens para o conforto da doença e da solidão, e ao atendimento apenas dos criados. Em vez de estar logo bem para seguir seus amigos, como ele esperava, seu mal-estar aumentou consideravelmente, e não demorou muito para que ele pensasse tão mal de si mesmo a ponto de estar tão pronto quanto seu médico para mandar uma carta a Mansfield.

> *"Esta informação angustiante, como você pode supor"*, observou sua tia, após relatar os detalhes dos acontecimentos, *"nos agitou muito, e não podemos evitar ficar muito alarmados e apreensivos pelo pobre inválido, cujo estado Sir Thomas teme ser muito crítico; e Edmund gentilmente propõe atender seu irmão imediatamente, mas estou feliz em acrescentar que Sir Thomas não vai me deixar nesta ocasião angustiante, pois seria muito difícil para mim. Sentiremos muita falta de Edmund em nosso pequeno círculo, mas espero que ele encontre o pobre inválido em um estado menos alarmante do que podemos supor, e que ele seja capaz de trazê-lo para Mansfield em breve, o que Sir Thomas propõe que seja feito, e pensa que será melhor em todos os aspectos. Eu me lisonjeio de que o pobre sofredor logo será capaz de suportar a remoção sem inconvenientes materiais ou ferimentos. Como tenho poucas dúvidas de seus sentimentos por nós, minha querida Fanny, nestas circunstân-*

cias angustiantes, escreverei novamente em breve."

Os sentimentos de Fanny naquele momento eram de fato mais calorosos e genuínos do que o estilo de escrita da tia. Ela sentia muito por todos. Tom gravemente doente, Edmund indo ao seu encontro e o pequeno e triste grupo que permaneceu em Mansfield eram preocupações que reduziriam todas as demais, ou quase todas. Sobrou apenas espaço para a indagação egoísta se Edmund teria escrito para a Srta. Crawford antes do ocorrido, mas nenhum sentimento que não os puramente afetivos e desinteressados permaneceu por muito tempo. A tia não a negligenciou, e escreveu de novo e de novo. Eles recebiam informações frequentes sobre Edmund, as quais eram regularmente transmitidas a Fanny, no mesmo estilo difuso e com as mesmas confusas crenças, esperanças e medos, ditos a esmo. Era como brincar de estar amedrontada. Os sofrimentos que Lady Bertram desconhecia tinham pouco poder sobre as suas fantasias, e ela escreveu confortavelmente sobre agitação e ansiedade e pobres inválidos até a transferência de Tom para Mansfield, e até os seus próprios olhos verem a mudança na aparência dele. Então, uma carta que preparara previamente para Fanny foi concluída em um estilo diferente, numa linguagem de sentimento verdadeiro e preocupações, a qual escreveu como se tivesse falando.

> *"Ele acabou de chegar e foi levado para o andar de cima. Estou muito chocada com sua aparência, e não sei o que fazer. Tenho certeza de que ele esteve doente. Pobre Tom, estou muito aflita com ele e muito temerosa, assim como Sir Thomas. E como ficaria contente se você estivesse aqui para me confortar. Mas Sir Thomas acredita que ele estará melhor amanhã e que devemos levar em conta a viagem, pois a fadiga deve tê-lo deixado ainda mais abatido."*

A preocupação legítima agora despertada no seio materno não terminaria logo. A impaciência extrema de Tom para ser levado para Mansfield e desfrutar do conforto da casa e da família, menos valorizado nos tempos de boa saúde, provavelmente induziu a sua transferência precoce, acarretando o retorno da febre, e por uma semana o seu estado foi mais preocupante do que nunca. Todos estavam muito amedrontados. Lady Bertram escrevia relatos diários de seu horror para a sobrinha, que agora vivia em função dessas cartas, passando o tempo entre o sofrimento das que lia e a esperança das que viriam. Sem qualquer estima especial pelo primo mais velho, seu coração terno fez com que sentisse que não poderia ficar sem ele, e a pureza dos seus princípios acrescentou ainda uma dolorosa preocupação, quando se deu conta de como a vida dele havia sido aparentemente pouco útil e abnegada. Susan era a única companheira e ouvinte, nesta e nas demais situações. Susan estava sempre disposta a ouvir e solidarizar-se. Ninguém mais poderia ficar interessado em um mal tão remoto de uma família a mais de cento e cinquenta quilômetros de distância, nem mesmo a Sra. Price, além de uma ou duas breves perguntas quando encontrava a filha com uma carta nas mãos, e ocasionalmente observava silenciosamente:

– Minha pobre irmã Bertram deve estar sofrendo muito.

Há muito separadas, e, vivendo em contextos diferentes, os elos familiares eram muito tênues. Uma relação originalmente tão tranquila quanto os temperamentos de ambas tinham se tornado meramente nominal. A Sra. Price havia feito por Lady Bertram tanto quanto Lady Bertram teria feito pela Sra. Price. Três ou quatro Price poderiam desaparecer, um deles ou todos eles, exceto Fanny e William, e Lady Bertram teria pensado pouco sobre o assunto. Ou talvez teria ouvido da Sra. Norris que era algo muito bom, e uma grande bênção para a pobre e querida irmã Price, que teria seus filhos em tão boas propriedades.

CAPÍTULO 45

Mais ou menos no final da semana de seu retorno a Mansfield, o perigo imediato de Tom havia acabado, e ele estava tão seguro que deixaria sua mãe perfeitamente tranquila; por estar agora acostumada a vê-lo em seu estado de sofrimento e desamparo, ela ouviu então a melhor notícia, sem analisar além do que ouviu, sem qualquer disposição para o alarme ou aptidão para os indícios, como de costume, e Lady Bertram era o alvo mais feliz para uma imposição médica. A febre tinha baixado, e era a febre a maior queixa de Tom então naturalmente em breve ele estaria bem. Lady Bertram não podia pensar de outra forma, e Fanny compartilhou a certeza da tia até que recebeu uma carta de Edmund, cujo intuito era dar-lhe uma ideia clara da situação do irmão e comunicar-lhe as apreensões dele e do pai depois de terem conversado com o médico. Julgaram melhor que Lady Bertram não fosse incomodada por alarmes que, era de se esperar, se revelariam infundados; mas não havia razão para que Fanny não soubesse a verdade. Eles estavam apreensivos por causa de seus pulmões.

Algumas poucas frases de Edmund mostraram-lhe a realidade do paciente e do quadro de forma mais precisa e acurada do que todas as páginas de carta de Lady Bertram. Não havia mais ninguém na casa que poderia ter descrito, a partir da observação pessoal, melhor que ela mesma; ninguém poderia ser mais útil ao filho em alguns momentos. Ela não poderia fazer nada a não ser passar discretamente para vê-lo; mas quando ele podia conversar ou ser ouvido, e ainda ter alguém para ler para ele, era a companhia de Edmund que preferia. A tia o preocupava com os seus cuidados, e Sir Thomas não sabia adaptar sua conversa e seu tom de voz ao grau da irritação e fraqueza do doente. Edmund fazia tudo. Fanny acreditava nele, e a sua estima por ele aumentou ainda mais quando ele assumiu a responsabilidade pelos cuidados do irmão, apoiando-o e ajudando-o em seu sofrimento. Não havia somente a debilidade ocasionada pela recente doença, mas havia também, como ela soube, alteração de temperamento, estados de espírito desanimados para serem tranquilizados e reerguidos, e ela deduziu que havia uma pessoa a ser devidamente guiada.

A família não era tuberculosa e ela estava mais inclinada a ter esperança do que medo por seu primo, exceto quando pensava em Srta. Crawford; mas Srta. Crawford dava-lhe a ideia de ser filha da boa sorte e, para o seu egoísmo e vaidade, seria boa sorte ter Edmund como único filho.

Mesmo no quarto do doente, a afortunada não foi esquecida. A carta de Edmund tinha este pós-escrito.

> *"Sobre o meu último assunto, na verdade comecei uma carta quando fui chamado pela doença de Tom, mas agora mudei de ideia e temo confiar na influência de amigos. Quando Tom estiver melhor, irei."*

Tal era o estado de Mansfield, e assim continuou, quase sem mudanças, até a Páscoa. Uma linha ocasionalmente acrescentada por Edmund à carta de sua mãe bastava para informar Fanny. A melhora de Tom foi alarmantemente lenta.

A Páscoa chegou particularmente tarde neste ano, como Fanny considerou com tristeza, ao saber pela primeira vez que não teria chance de deixar Portsmouth antes disso. Chegou, e ela ainda não tinha ouvido nada sobre seu retorno – nada mesmo sobre a ida para Londres, que viria antes de seu retorno. Sua tia frequentemente expressava um desejo por ela, mas não houve aviso, nenhuma mensagem do tio de quem tudo dependia. Ela supôs que ele ainda não poderia deixar o filho, mas foi uma demora cruel e terrível para ela. O final de abril estava chegando; logo se passariam quase três meses, em vez de dois, que ela se ausentara de todos eles, e que seus dias passavam em um estado de penitência, que ela os amava demais para esperar que entendessem perfeitamente; e quem ainda poderia dizer quando haveria tempo para pensar ou ir buscá-la?

Sua ânsia, sua impaciência, seus anseios de estar com eles eram tais que lhe traziam uma linha ou duas do Tirocinium de Cowper para sempre.

– Com que desejo intenso ela quer voltar para casa – dizia continuamente em sua língua, como a mais verdadeira descrição de um anseio que ela não podia supor que o peito de nenhum adolescente sentisse com mais intensidade.

Quando ela estava indo para Portsmouth, ela gostava de chamar de casa, gostava de dizer que estava indo para casa; a palavra tinha sido muito cara a ela, e ainda era, mas deveria ser aplicada a Mansfield. Essa era agora a casa. Portsmouth era Portsmouth.

Eles havia muito compreendiam as suas reflexões secretas, e nada poderia servir-lhe de mais consolo do que ver que a tia tinha o mesmo pensamento. "Eu não posso deixar de dizer que sinto muito que esteja longe de casa em um momento inoportuno como este, e que exige tamanha provação do meu estado de espírito. Eu acredito, espero e sinceramente desejo que nunca mais se ausente de casa por tanto tempo." Essas palavras foram encantadoras para ela. Porém, ela guardou esse prazer para si; por delicadeza com os pais, foi cautelosa e não demonstrou a preferência pela casa do tio. Ela apenas dizia: "Quando eu voltar para Northamptonshire, ou quando eu retornar para Mansfield, farei isso e aquilo."

Por longo período foi assim, mas, no fim, a saudade apertou e, sem perceber, ela encontrava-se falando sobre o que faria quando retornasse para casa. Ela se censurava, ruborizava e olhava temerosa para seu pai e sua mãe. Mas não precisava sentir-se desconfortável; não havia qualquer sinal de descontentamento, ou mesmo de que a tivessem ouvido. Eles estavam totalmente destituídos de quaisquer ciúmes de Mansfield. Para eles era indiferente onde ela desejava estar.

Foi triste para Fanny perder todos os prazeres da primavera. Ela não sabia antes quais prazeres ela teria que perder passando março e abril em uma cidade. Ela não sabia antes o quanto o início e o progresso da vegetação a haviam encantado. Que animação, tanto do corpo quanto da mente, ela obteve ao observar o avanço daquela estação que não pode, apesar de seus caprichos, ser desagradável, e ver suas belezas crescentes desde as primeiras flores nas divisões mais quentes do jardim de sua tia, até a abertura das folhas das plantações de seu tio e a glória de seus bosques. Perder tais prazeres não era nada; estar perdendo-os, porque ela estava no meio da proximidade e do barulho, ter confinamento, ar ruim, cheiros ruins, substituídos por liberdade, frescor, fragrância e verdura, era infinitamente pior: mas mesmo esses incitamentos ao arrependimento eram fracos, em comparação com o que surgiu da convicção de que suas melhores amigas sentiam saudades e do desejo de ser útil a quem a desejava!

Ela poderia estar em casa, ela poderia ter sido útil a todas as criaturas da casa. Ela sentiu que devia ser útil para todos. Para todos ela devia ter poupado algum problema de cabeça ou mão; e apenas em apoiar os espíritos de sua tia Bertram, mantendo-a do mal da solidão, ou ainda o mal pior de uma companhia inoportuna, a sua presença já teria sido útil. Ela adorava imaginar como poderia ter lido para a tia, conversado com ela, e tentado fazer com que sentisse a bênção das coisas como eram ou preparar o seu espírito para o que estava por vir. De quantas caminhadas para cima e para baixo ela poderia ter poupado a tia e quantas mensagens teria transmitido para ela.

Surpreendeu-a que as irmãs de Tom pudessem se contentar em permanecer em Londres naquela época, devido a uma doença que agora, sob diversos graus de perigo, durava várias semanas. Eles podiam retornar a Mansfield quando quisesseem; viajar não seria uma dificuldade para elas, e ela não conseguia compreender como as duas ainda podiam se manter distantes. Se senhora Rushworth podia imaginar quaisquer obrigações interferentes, Julia certamente era capaz de deixar Londres quando quisesse. De acordo com uma das cartas de sua tia, parecia que Julia se oferecera para voltar se quisesse, mas isso era tudo. Era evidente que ela preferia permanecer onde estava.

Fanny estava disposta a pensar que a influência de Londres estava muito em guerra com todos os apegos respeitáveis. Ela viu a prova disso em Srta. Crawford, bem como em seus primos; sua ligação com Edmund era respeitável, a parte mais respeitável de seu caráter; sua amizade por si mesma pelo menos não tinha culpa. Onde estava qualquer sentimento agora? Fazia tanto tempo que Fanny não recebia nenhuma carta dela, que ela tinha motivos para pensar levianamente na amizade que tanto persistia. Fazia semanas que ela não tinha ouvido nada sobre Srta. Crawford ou de suas outras ligações na cidade, exceto através de Mansfield, e ela estava começando a supor que nunca saberia se o Sr. Crawford tinha voltado para Norfolk ou não até que se encontrassem, e talvez nunca mais tivesse notícias de sua irmã nesta primavera, quando a seguinte carta foi recebida para reviver a antiga e criar algumas novas sensações:

"Perdoe-me, minha querida Fanny, o mais breve possível, pelo meu longo silêncio, e comporte-se como se pudesse me perdoar diretamente. Este é o meu modesto pedido e expectativa, pois você é tão boa, que dependo de ser melhor tratada do que eu mereço, e escrevo agora para implorar uma resposta imediata. Quero saber o estado das coisas em Mansfield Park, e você, sem dúvida, é perfeitamente capaz de dar. É preciso ser um bruto para não sentir tristeza em como eles estão lá; e pelo que ouvi, o pobre Sr. Bertram tem uma chance ruim de recuperação final. No início, pensei pouco em sua doença. Eu o via como o tipo de pessoa com quem se faz confusão e ele próprio se agitava em qualquer desordem insignificante e estava principalmente preocupado com aqueles que tinham que cuidar dele; mas agora é afirmado com segurança que ele está realmente em declínio, que os sintomas são mais alarmantes, e essa parte da família, pelo menos, estão cientes disso. Se for assim, tenho certeza de que você deve ser incluída nessa parte, nessa parte do discernimento e, portanto, trate você me dizer o quão longe fui corretamente informada. Não preciso dizer como ficarei feliz em saber que houve algum engano, mas o relato é tão comum que confesso que não posso deixar de tremer. Ter um jovem tão bom cortado na flor de seus dias é muitíssimo melancólico. O pobre Sir Thomas sentirá isso terrivelmente. Estou realmente muito agitada com o assunto. Com um rosto destemido e voz corajosa eu diria a qualquer um, que riqueza e importância não poderiam cair em mãos mais merecedoras. Foi uma precipitação tola no último Natal, mas o mal de alguns dias pode ter sido apagado em parte. O verniz e o dourado escondem muitas manchas. Será apenas a perda do Esquire após seu nome. Com verdadeiro carinho, Fanny, como a minha, mais pode ser esquecido. Escreva para mim no retorno do correio, julgue minha ansiedade, e não brinque com isso. Diga-me a verdade real, como você a aprendeu na nascente. E agora, não se preocupe em ter vergonha dos meus sentimentos ou dos seus próprios. Acredite em mim, eles não são apenas naturais, eles são filantrópicos e virtuosos. Eu coloquei em sua consciência se 'Sir Edmund' não faria mais bem com todas as

propriedades do Bertram do que qualquer outro 'Sir' possível. Se as concessões estivessem em casa, eu não teria incomodado você, mas agora você é a única pessoa a quem posso pedir a verdade, as irmãs dele não estão ao meu alcance. A Sra. R. tem passado a Páscoa com os Aylmers em Twickenham (como você deve saber), e ainda não voltou; e Julia está com os primos que moram perto de Bedford Square, mas esqueci o nome e a rua deles. Se eu pudesse me candidatar imediatamente a qualquer um deles, no entanto, ainda preferiria você, porque me parece que eles sempre estiveram tão indispostos a ter suas próprias diversões cortadas, a ponto de fecharem os olhos para a verdade. Suponho que as férias de Páscoa da Sra. R. não durarão muito mais; sem dúvida, são feriados perfeitos para ela. Os Aylmers são pessoas agradáveis; e seu marido fora, ela não pode ter nada além de diversão. Dou-lhe crédito por ter promovido sua ida obedientemente a Bath, para buscar sua mãe; mas como ela e a viúva vão concordar em uma casa? Henry não está por perto, então não tenho nada a dizer dele. Você não acha que Edmund teria voltado à cidade há muito tempo, se não fosse por causa dessa doença?

Na verdade, eu tinha começado a dobrar minha carta quando Henry entrou, mas ele não traz informações para impedir que eu a envie. A Sra. R. sabe que um declínio foi apreendido; ele a viu esta manhã: ela retorna a Wimpole Street hoje; a velha senhora chegou. Agora não se preocupe com fantasias estranhas, porque ele tem passado alguns dias em Richmond. Ele faz isso toda primavera. Tenha certeza de que ele não se preocupa com ninguém além de você. Neste exato momento, ele está louco para ver você, e ocupado apenas em inventar os meios para fazê-lo, e para fazer com que o prazer dele conduza ao seu. Como prova, ele repete, e com mais ansiedade, o que disse em Portsmouth sobre levarmos você para casa, e eu me junto a ele com toda a minha alma. Querida Fanny, escreva diretamente e diga-nos para vir. Vai fazer bem a todos nós. Ele e eu podemos ir para o presbitério, sabe, e não seremos problemas para os nossos amigos em Mansfield Park. Seria mesmo gratificante vê-los todos novamente, e um pequeno acréscimo da sociedade pode ser de uso infinito para eles; e quanto a você, deve sentir-se tão desejada ali, que não pode em consciência – conscienciosa como você é – se manter afastado, quando você tem os meios de voltar. Não tenho tempo nem paciência para dar metade das mensagens de Henry; fique satisfeita que o es-

pírito de cada um é de afeição inalterável."

O desgosto de Fanny com a maior parte desta carta, com sua extrema relutância em reunir a autora dela e seu primo Edmund, a teria tornado (como ela se sentia) incapaz de julgar imparcialmente se a oferta final seria aceita ou não. Para si mesma, individualmente, era muito tentador. Encontrar-se, talvez dentro de três dias, transportada para Mansfield, era uma imagem da maior felicidade, mas teria sido uma desvantagem material dever tal felicidade a pessoas em cujos sentimentos e conduta, no momento presente, ela viu tanto para condenar: os sentimentos da irmã, a conduta do irmão, sua ambição de coração frio, sua vaidade impensada. Para tê-lo ainda conhecido, talvez o flerte, da Sra. Rushworth! Ela estava mortificada. Felizmente, porém, ela não teve que pesar e decidir entre inclinações opostas e noções duvidosas de direito; não houve ocasião para determinar se ela deveria separar Edmund e Mary ou não. Ela tinha uma regra à qual se aplicar, que definia tudo. Sua admiração por seu tio e seu pavor de tomar a liberdade com ele tornaram imediatamente claro para ela o que deveria fazer. Ela devia absolutamente recusar a proposta. Se ele quisesse, ele mandaria chamá-la; e mesmo oferecer um retorno antecipado era uma presunção que quase nada parecia justificar. Ela agradeceu a Srta. Crawford, mas decidiu negativamente.

Seu tio, ela entendeu, pretendia buscá-la; e como a doença de seu primo tinha continuado tantas semanas sem que ela fosse considerada necessária, ela deveria supor que seu retorno seria indesejável no momento, e que ela deveria ser sentida um estorvo.

Sua representação do estado de seu primo nessa época era exatamente de acordo com sua própria convicção, e tal como ela supunha, transmitiria à mente otimista de seu correspondente a esperança de tudo o que ela desejava. Edmund seria perdoado por ser um clérigo, ao que parecia, sob certas condições de riqueza; e isso, ela suspeitava, era toda a conquista do preconceito pelo qual ele estava tão pronto para se congratular. Ela só aprendera a não pensar em nada mais do que dinheiro.

CAPÍTULO 46

Como Fanny não podia duvidar de que sua resposta estava transmitindo uma verdadeira decepção, ela esperava, por conhecer o temperamento de Srta. Crawford, ser instigada de novo; e embora nenhuma segunda carta tenha chegado no espaço de uma semana, ela ainda tinha a mesma sensação quando ela chegou.

Ao receber, ela poderia instantaneamente decidir sobre a sua pequena contendo escrito, e foi convencida de seu ter o ar de uma carta de pressa e de negócios. Seu objetivo era inquestionável; e dois momentos foram suficientes para iniciar a probabilidade de ser apenas para avisá-la de que estariam em Portsmouth naquele mesmo dia, e para lançá-la em toda a agitação de duvidar do que deveria fazer em tal caso. Se dois momentos, entretanto, podem envolver dificuldades, um terceiro pode dispersá-las; e antes que ela abrisse a carta, a possibilidade de o Sr. e a Srta. Crawford ter entrado em contato com o tio dela e obtido sua permissão a estava aliviando.

Esta foi a carta:

"Um boato muito escandaloso e mal-humorado acaba de chegar a mim, e escrevo, querida Fanny, para avisá-la contra dar o mínimo de crédito a ele, caso se espalhe pelo país. Pode acreditar, há algum engano, e que um ou dois dias esclarecerá; de qualquer modo, que Henry é inocente e, não pensa em ninguém além de você. Não diga uma palavra sobre isso; não ouça nada, não suponha nada, não sussurre nada até eu escrever de novo. Tenho certeza de que tudo será abafado e nada provado, exceto a loucura de Rushworth. Se eles se forem, eu arriscaria minha vida, eles apenas foram para Mansfield Park, e Julia com eles. Mas por que você não nos deixou ir por você? Gostaria que não se arrependesse.

Sua, etc."

Fanny ficou horrorizada. Como nenhum boato escandaloso e mal-humorado havia chegado até ela, era impossível para ela entender muito desta estranha carta. Ela só podia perceber que devia estar relacionado com Wimpole Street e Sr. Crawford, e apenas conjecturar que algo muito imprudente tinha acabado de acontecer naquele local para chamar a atenção do mundo, e para despertar seu ciúme, na apreensão de Srta. Crawford, se ela ouviu. Srta. Crawford não precisava ficar alarmada por ela. Ela só lamentava pelas partes envolvidas e por Mansfield, se o relatório se espalhou até lá; mas ela esperava que não. Se os Rushworth foram eles próprios para Mansfield, como se deduzia do que Srta. Crawford disse, não era provável que algo desagradável os precisasse ou, pelo menos, causasse alguma impressão.

Quanto ao Sr. Crawford, ela esperava que isso pudesse lhe dar um conhecimento de sua própria disposição, convencê-lo de que ele não era capaz de se apegar firmemente a nenhuma mulher no mundo e deixá-lo envergonhado de persistir por mais tempo em se dirigir a si mesma.

Foi muito estranho! Ela havia começado a pensar que ele realmente a amava e a imaginar sua afeição por ela algo mais do que comum; e sua irmã ainda dizia que ele não se importava com mais ninguém. No entanto, deve ter havido alguma demonstração marcante de atenção para com sua prima, deve ter havido alguma indiscrição forte, já que seu correspondente não era do tipo que olhava para uma pessoa desprezível.

Ela estava muito desconfortável, e deveria continuar, até que ela tivesse notícias de Srta. Crawford novamente. Era impossível banir a carta de seus pensamentos, e ela não conseguia se aliviar falando dela a qualquer ser humano.

Srta. Crawford não precisava ter insistido em segredo com tanto ardor; ela poderia ter confiado em seu senso do que era devido a seu primo.

O dia seguinte veio e não trouxe uma segunda carta. Fanny ficou desapontada. Ela ainda não conseguia pensar em outra coisa durante toda a manhã; mas, quando o pai voltou à tarde com o jornal diário, como de costume, ela estava tão longe de esperar qualquer elucidação por meio de tal canal que o assunto ficou por um momento fora de sua cabeça.

Ela estava imersa em outras reflexões. A lembrança de sua primeira noite naquela sala, de seu pai e seu jornal, veio a ela. Nenhuma vela era desejada agora. O sol ainda estava uma hora e meia acima do horizonte.

Ela sentiu que estava, de fato, três meses ali; e os raios do sol incidindo fortemente na sala tornavam-na ainda mais melancólica, pois o sol parecia-lhe algo totalmente diferente na cidade e no campo. Aqui, seu poder era apenas um clarão: um clarão sufocante e doentio, servindo apenas para trazer à tona manchas e sujeira que de outra forma poderiam ter adormecido. Não havia saúde nem alegria sob o sol de uma cidade. Ela se sentou em uma labareda de calor opressor, em uma nuvem de poeira em movimento, e seus olhos só podiam vagar das paredes, marcadas pela cabeça de seu pai, para a mesa cortada e entalhada por seus irmãos, onde a tábua de chá nunca estava completamente limpa, as xícaras e pires limpos em listras, o leite uma mistura de partículas flutuando em um azul fino, e o pão com manteiga crescendo a cada minuto mais gorduroso do que até mesmo as mãos de Rebecca o haviam produzido inicialmente. O pai lia o jornal e a mãe lamentava sobre o tapete esfarrapado, como sempre, enquanto o chá estava sendo preparado, e desejou que Rebecca o consertasse; e Fanny foi despertada pela primeira vez quando ele a chamou, depois de murmurar e refletir sobre um determinado parágrafo:

– Qual é o nome de seus parentes na cidade, Fanny?

A lembrança de um momento permitiu que ela dissesse:

– Rushworth, senhor.

– E eles não moram na Wimpole Street?

– Sim, senhor.

– Aí está o demônio a pagar entre eles, só isso! Aí! – Estendendo o papel para ela. – Muito bem que essas boas relações possam lhe fazer. Não sei o que Sir Thomas pode pensar sobre tais questões; ele pode ser cortesão e cavalheiro muito bom para gostar menos de sua filha. Mas, por Deus! Um pouco de açoite para homem e mulher também seria a melhor maneira de prevenir tais coisas.

Fanny leu para si mesma que: "*era com infinita preocupação que o jornal tinha de anunciar ao mundo uma contenda matrimonial na família do senhor.*

R. da Wimpole Street; a bela Sra. R., cujo nome não fazia muito tempo inscrito nas listas de Hymen, e que prometera se tornar uma líder tão brilhante no mundo da moda, tendo deixado o telhado do marido na companhia do conhecido e cativante Sr. C., o amigo íntimo e associado do Sr. R., e não era conhecido nem mesmo do editor do jornal para onde eles tinham ido."

– É um erro, senhor – disse Fanny instantaneamente. – Deve ser um engano, não pode ser verdade; deve ser alguma outra pessoa.

Ela falou com o desejo instintivo de retardar a vergonha; ela falava com uma resolução que brotava do desespero, pois falava o que não dizia, não conseguia acreditar em si mesma. Foi o choque da convicção enquanto ela lia.

A verdade se precipitou sobre ela; e como ela poderia ter falado afinal, como ela poderia até mesmo ter respirado, depois disso ficou maravilhada para si mesma.

O Sr. Price se importou muito pouco com o relatório para dar uma resposta adequada.

– Pode ser tudo mentira – reconheceu –, mas tantas belas damas estavam indo para o diabo hoje em dia dessa maneira, que não havia resposta de ninguém.

– De fato, espero que não seja verdade – disse a Sra. Price queixosamente. – Seria tão chocante! Se eu tivesse falado uma vez com Rebecca sobre aquele tapete, tenho certeza de que falei pelo menos uma dúzia de vezes; não falei, Betsey? E não seriam dez minutos de trabalho.

O horror de uma mente como a de Fanny, ao receber a convicção de tal culpa e começar a absorver parte da miséria que se seguiria, dificilmente poderia ser descrito. No início, foi uma espécie de estupefação; mas a cada momento estava acelerando sua percepção do terrível mal. Ela não podia duvidar, não ousava ter esperança de que o parágrafo fosse falso.

A carta de Srta. Crawford, que lera tantas vezes que tornava cada linha sua, estava em terrível conformidade com ela. Sua ávida defesa de seu irmão, sua esperança de que ele fosse abafado, sua evidente agitação, tudo combinava com algo muito ruim; e se existisse uma mulher de caráter que pudesse tratar como uma ninharia esse pecado de primeira magnitude, que tentasse encobri-lo e desejasse que não fosse punido, ela poderia acreditar que Srta. Crawford era a mulher! Agora ela podia ver seu próprio erro quanto a quem tinha morrido ou disse que tinha sumido. Não eram o Sr. e a Sra. Rushworth; eram a Sra. Rushworth e o Sr. Crawford.

Fanny parecia a si mesma nunca ter ficado chocada antes. Não havia possibilidade de descanso. A noite passou sem uma pausa de sofrimento, a noite estava totalmente sem sono. Ela passou apenas dos sentimentos de doença para estremecimentos de horror; e de acessos de calor a frio. O evento foi tão chocante, que houve momentos até em que seu coração se revoltou com isso como impossível: quando ela pensou que não poderia ser. Uma mulher que se casou há apenas seis meses; um homem que se declarava devotado, até mesmo noivo de outra; aquele outro parente próximo dela; a família inteira, ambas as famílias conectadas como estavam por laço após laço; todos amigos, todos íntimos! Era uma confusão de culpa muito horrível, uma complicação do mal muito grosseira, para a natureza humana, não em estado de barbárie total, ser capaz de fazer! O julgamento dela lhe disse que era assim. Suas afeições inquietas, vacilantes com sua vaidade, o apego decidido de Maria, e nenhum princípio suficiente de ambos os lados, davam-lhe possibilidade: a carta de Srta. Crawford registrava o fato.

Qual seria a consequência? A quem isso não prejudicaria? De quem são as opiniões que isso não pode afetar? Cuja paz não seria destruída para sempre? Srta. Crawford, ela mesma, Edmund; mas era perigoso, talvez, pisar em tal terreno. Ela se confinou, ou tentou se limitar, à simples e indubitável miséria familiar que envolveria a todos, se de fato se tratasse de culpa certificada e exposição pública. Os sofrimentos da mãe, do pai; lá ela fez uma pausa. Julia, Tom, Edmund; houve uma pausa ainda mais longa. Eles eram os dois sobre os quais tudo cairia horrivelmente. A solicitude paternal de Sir Thomas e o alto senso de honra e decoro, os princípios retos de Edmund, o temperamento nada suspeito e a genuína força de sentimento, fizeram-na pensar que dificilmente seria possível para eles sustentar a vida e a razão sob tamanha desgraça; e parecia-lhe que, no que dizia respeito apenas a este mundo, a maior bênção para todos os parentes da Sra. Rushworth seria a aniquilação instantânea.

Nada aconteceu no dia seguinte, ou no seguinte, para enfraquecer seus terrores. Duas mensagens chegaram e não trouxeram refutação, pública ou privada. Não houve uma segunda carta para explicar a primeira de Srta. Crawford; não havia informações de Mansfield, embora agora fosse tempo integral para ela ouvir novamente de sua tia. Este foi um mau presságio. Ela, de fato, mal tinha a sombra de uma esperança para acalmar sua mente, e foi reduzida a uma condição tão baixa, pálida e trêmula, como nenhuma mãe, nem cruel, exceto a Sra. Price poderia ter esquecido, quando o terceiro dia trouxe a batida nauseante e uma carta foi novamente colocada em suas mãos. Trazia o carimbo do correio de Londres e vinha de Edmund.

"Querida Fanny,

Você conhece nossa miséria atual. Que Deus a apoie com sua parte! Estamos aqui há dois dias, mas não há nada a fazer. Eles não podem ser rastreados. Você pode não ter ouvido falar do último golpe: a fuga de Julia; ela foi para a Escócia com Yates. Ela deixou Londres algumas horas antes de nós chegarmos. Em qualquer outro momento, isso teria sido terrível. Agora não parece nada; no entanto, é um grande agravamento. Meu pai não está dominado. Mais não se pode esperar. Ele ainda é capaz de pensar e agir; e escrevo, por seu desejo, para propor sua volta para casa. Ele está ansioso para levá-la lá por causa de minha mãe. Estarei em Portsmouth na manhã seguinte e espero encontrá-la pronta para partir para Mansfield. Meu pai deseja que você convide Susan para ir com você por alguns meses. Resolva como quiser; diga o que é adequado; tenho certeza de que você se sentirá assim, de sua bondade em tal momento! Faça justiça ao que ele quis dizer, embora eu possa confundi-lo. Você pode imaginar alguma pertubação do meu estado atual. Não há fim para o mal lançado sobre nós. Você me verá mais cedo pelo correio.

Seu, etc."

Nunca Fanny desejara tanto um cordial. Nunca se sentiu tal como esta carta continha. Amanhã! para deixar Portsmouth amanhã! Ela estava, ela sentia que estava, em maior perigo de ser extremamente feliz, enquanto tantos estavam infelizes. O mal que trouxe tanto bem para ela! Ela temia aprender a ser insensível a isso. Ir tão cedo, enviado com tanta gentileza, enviado como um conforto, e com permissão para levar Susan, era uma combinação de bênçãos que iluminava seu coração e, por um tempo, parecia distanciar cada dor, e torná-la incapaz de compartilhar adequadamente a angústia, mesmo daqueles em cuja angústia ela mais pensava. A fuga de Julia pôde afetá-la comparativamente, mas pouco; ela ficou pasma e chocada; mas isso não poderia ocupá-la, não poderia habitar em sua mente. Ela foi obrigada a chamar a si mesma para pensar nisso, e reconhecer que era terrível e doloroso, ou estava escapando dela, em meio a todos os agitados pressões alegres que atendiam a essa convocação para si mesma.

Não há nada como emprego, emprego ativo e indispensável, para aliviar o sofrimento. O emprego, mesmo a melancolia, pode dissipar a melancolia, e suas ocupações eram promissoras. Ela tinha tanto a fazer que nem mesmo a horrível história da Sra. Rushworth – agora fixada no último ponto de certeza, poderia afetá-la como antes. Ela não teve tempo para se sentir infeliz. Em vinte e quatro horas, ela esperava ter partido; era preciso falar com o pai e a mãe, preparar Susan, deixar tudo pronto. Negócios seguidos de negócios; o dia mal durou o suficiente. A felicidade que ela estava transmitindo, também, felicidade muito pouco misturada pela comunicação negra que deve precedê-la brevemente – o consentimento alegre de seu pai e sua mãe para que Susan fosse com ela –, a satisfação geral com a qual a ida de ambas parecia considerada, e o êxtase da própria Susan servia para sustentar seu espírito.

A aflição dos Bertram foi pouco sentida na família. A Sra. Price falou de sua pobre irmã por alguns minutos, mas como encontrar algo para segurar as roupas de Susan, porque Rebecca tirou todas as caixas e as estragou, estava muito mais em seus pensamentos: e quanto a Susan, agora inesperadamente gratificada em o primeiro desejo de seu coração, e nada sabendo pessoalmente daqueles que pecaram, ou daqueles que estavam tristes – se ela pudesse evitar o regozijo do começo ao fim, era o quanto se deveria esperar da virtude humana aos quatorze anos.

Como nada sobrou realmente para a decisão da Sra. Price, ou para os bons ofícios de Rebecca, tudo foi racional e devidamente realizado, e as meninas estavam prontas para o dia seguinte. A vantagem de dormir muito para prepará-las para a viagem era impossível. O primo que viajava em direção a elas dificilmente poderia ter visitado seus espíritos agitados – um cheio de felicidade, o outro todo perturbado e indescritível.

Às oito da manhã, Edmund estava em casa. As meninas ouviram sua entrada de cima e Fanny desceu. A ideia de vê-lo imediatamente, sabendo o que ele devia estar sofrendo, trouxe de volta todos os seus primeiros sentimentos. Ele estava tão perto dela, e na miséria. Ela estava pronta para entristecer quando entrou na sala. Ele estava sozinho e a conheceu instantaneamente; e ela se viu pressionada contra o coração dele apenas com essas palavras, apenas articuladas:

– Minha Fanny, minha única irmã; meu único consolo agora!

Ela não conseguiu dizer nada; nem por alguns minutos ele poderia dizer mais.

Ele se virou para se recuperar e, quando falou de novo, embora sua voz ainda vacilasse, seus modos demonstraram o desejo de autocontrole e a resolução de evitar qualquer alusão posterior.

– Você já tomou o café da manhã? Quando você estará pronta? Susan veio?

As perguntas se sucediam rapidamente. Seu grande objetivo era partir o mais rápido possível. Quando Mansfield era considerado, o tempo era precioso; e o estado de sua própria mente o fazia encontrar alívio apenas no movimento. Decidiu que ele deveria mandar a carruagem chegar à porta em meia hora. Fanny respondeu que elas haviam tomado o café da manhã e estariam prontas em meia hora. Ele já havia comido e recusou-se a ficar para a refeição. Ele iria contornar as muralhas, e elas deveriam se juntar a ele na carruagem. Ele partiu novamente, feliz por se afastar até mesmo de Fanny.

Ele parecia muito doente; evidentemente sofrendo sob emoções violentas, que ele estava determinado a suprimir. Ela sabia que devia ser assim, mas era terrível para ela.

A carruagem chegou; e ele voltou a entrar em casa no mesmo momento, bem a tempo de passar alguns minutos com a família e ser uma testemunha – mas que não viu nada – da maneira tranquila como as filhas se separaram, e bem a tempo para evitar que se sentassem à mesa do desjejum, que, por força de muita atividade incomum, estava bastante e completamente pronta quando a carruagem saiu pela porta. A última refeição de Fanny na casa de seu pai foi condizente com a primeira: ela foi dispensada com a mesma hospitalidade com que fora recebida.

Como seu coração se encheu de alegria e gratidão ao passar pelas barreiras de Portsmouth, e como o rosto de Susan exibia seus sorrisos mais largos, pode ser facilmente concebido. Sentada para a frente, no entanto, protegida por seu chapéu, aqueles sorrisos eram invisíveis.

A viagem provavelmente seria silenciosa. Os suspiros profundos de Edmund frequentemente atingiam Fanny. Se ele estivesse sozinho com ela, seu coração teria se aberto apesar de todas as resoluções; mas a presença de Susan o levou para dentro de si mesmo, e suas tentativas de falar sobre assuntos indiferentes nunca poderiam ser sustentadas por muito tempo.

Fanny o observava com uma solicitude infalível e, às vezes, chamando sua atenção, reavivava um sorriso afetuoso, que a consolava; mas o primeiro dia de viagem passou sem que ela ouvisse uma palavra dele sobre os assuntos que o estavam pesando. Na manhã seguinte, produziu um pouco mais. Pouco antes de partirem de Oxford, enquanto Susan estava parada em uma janela, observando ansiosamente a partida de uma grande família da pousada, as outras duas estavam perto do fogo; e Edmund, particularmente impressionado com a alteração na aparência de Fanny e de sua ignorância dos males diários da casa de seu pai, atribuindo uma parte indevida da mudança, atribuindo tudo ao evento recente, pegou sua mão e disse baixinho: mas em tom muito expressivo:

– Não é de admirar, você deve sentir sofrer. Como um homem que um dia amou.

A primeira parte de sua jornada ocupou um longo dia e os levou, quase inconscientes, a Oxford; mas a segunda acabou muito mais cedo. Estavam nos arredores de Mansfield muito antes do horário habitual do jantar e, ao se aproximarem do lugar amado, o coração de ambas as irmãs afundou um pouco. Fanny começou a temer o encontro com suas tias e Tom, sob tão terrível humilhação; e Susan sentir, com certa ansiedade, que todos os seus melhores modos, todo o seu conhecimento ultimamente adquirido do que se praticava aqui, estava a ponto de ser acionado. Visões de boa e má educação, de velhos vulgarismos e novas gentilezas, estavam diante dela; e ela estava meditando muito sobre garfos de prata, guardanapos e óculos. Fanny estivera em todos os lugares desperta para as diferenças do país desde fevereiro; mas quando eles entraram em Park suas percepções e seus prazeres foram do tipo mais aguçado. Passaram-se três meses, três meses inteiros, desde que ela partiu, e a mudança foi do inverno para o verão. Seus olhos caíram em todos os gramados e plantações do verde mais fresco; e as árvores, embora não totalmente cheia de folhas, estavam naquele estado encantador quando se sabe que mais beleza está próxima, e quando, embora muito seja realmente dado à vista, mais ainda resta para a imaginação. Sua diversão, no entanto, era apenas para ela.

Edmund não podia compartilhar. Ela olhou para ele, mas ele estava recostado, mergulhado em uma escuridão mais profunda do que nunca, e com os olhos fechados, como se a visão da alegria o oprimisse, e as belas cenas de sua casa devessem ser excluídas.

Isso a deixou melancólica novamente; e o conhecimento do que ali devia durar conferia até a casa, moderna, arejada e bem situada como era, de aspecto melancólico.

Por uma das partes sofredoras dentro, eles eram esperados com tanta impaciência como ela nunca havia conhecido antes. Fanny mal havia passado pelos criados de aparência solene, quando Lady Bertram saiu da sala para recebê-la; veio sem passo indolente; e caindo em seu pescoço, disse:

– Querida Fanny! Agora estarei confortável.

CAPÍTULO 47

Todos estavam se sentindo mal em razão dos últimos acontecimentos. As três estavam se sentindo péssimas. A Sra. Norris, no entanto, como mais apegada a Maria, era realmente quem mais estava sofrendo. Maria era a sua favorita, a mais querida de todos, o casamento tinha sido planejado por ela mesma, e como vinha acalentando tanto orgulho em seu coração, não podia dizer o que sentia, e esses acontecimentos a haviam subjugado. Ela se tornou uma pessoa alterada, quieta, estupefata e indiferente a tudo que ocorria. Ela havia desperdiçado inteiramente o benefício de ter sido deixada na casa com a irmã e o sobrinho sob os seus cuidados. Foi incapaz de dirigir, ditar regras, e até mesmo de se imaginar útil. Ao ser verdadeiramente afetada pela aflição, seus poderes haviam se entorpecido. Nem mesmo Lady Bertram ou Tom tinham recebido dela o menor apoio ou tentativa de ajuda. Ela não fez por eles mais do que eles fizeram entre si. Eles estavam igualmente solitários, desamparados e desesperançados; agora, a chegada dos demais somente reforçou o seu infortúnio. Seus companheiros ficaram aliviados, mas não havia nada de bom para ela. Edmund era tão bem vindo para o irmão quanto Fanny para a tia. A Sra. Norris, em vez de extrair consolo de qualquer um dos dois, era a mais irritada com a visão daquela a quem, sob cegueira da raiva, atribuía a responsabilidade do mal ocorrido. Se Fanny tivesse aceitado o Sr. Crawford, nada daquilo haveria acontecido.

Susan também era um problema. Ela não tinha qualquer inclinação para dirigir-lhe mais do que olhares repulsivos, pois a considerava uma espiã, uma intrusa, e uma sobrinha indigente, representando tudo o que havia de mais odioso. Por sua outra tia, Susan foi recebida apenas com gentileza, pois, Lady Bertram não podia dar-lhe muita atenção, ou muitas palavras, mas sabia que ela, como irmã de Fanny, também tinha direito à sua parcela de Mansfield, e prontificar-se a beijá-la e a gostar dela. Susan estava mais do que satisfeita, pois ela veio perfeitamente ciente de que nada além de mau humor seria esperado de tia Norris, e estava tão repleta de felicidade, em meio à maior de suas bênçãos, tendo escapado de tantos males, que ela poderia ter enfrentado muito mais indiferença do que recebeu em sua chegada. Ela foi deixada sozinha por algum tempo para familiarizar-se como podia com a casa e com os jardins, e assim passou dias agradáveis, enquanto os que poderiam ter conversado com ela ficaram em silêncio, ou totalmente ocupados com quem dependia de seus cuidados, e, sobretudo, de consolo. Edmund tentava esconder os sentimentos empenhando-se nos cuidados com o irmão, enquanto Fanny devotava-se à tia Bertram, respondendo a cada tarefa com grande zelo e pensando que nunca poderia fazer o suficiente por alguém que parecia lhe querer tão bem.

Falar sobre o desagradável assunto com Fanny era o único consolo de Lady Bertram. Ser ouvida e tolerada, e em troca ouvir a voz de gentileza e simpatia de Fanny, era tudo o que podia ser feito por ela. Ser consolada de outra forma estava fora de questão pois a situação não permitia. Lady Bertram não pensava profundamente sobre o assunto, mas, guiada por Sir Thomas, ela pensava com justiça em todos os pontos importantes e via, portanto, em toda a sua abrangência, o que tinha ocorrido, e não tentava ou solicitava a Fanny que a aconselhasse, ou a ajudasse a atenuar a culpa ou a infâmia. Sua sensibilidade não era aguçada, nem sua mente era tenaz. Depois de um tempo, Fanny descobriu que não era impossível direcionar seus pensamentos para outros assuntos, e reavivar algum interesse nas ocupações usuais; mas sempre que Lady Bertram insistia no assunto, ela podia vê-lo somente sob uma ótica: a ideia de que perdera uma filha e de uma desgraça que nunca poderia ser desfeita.

Fanny soube por intermédio dela todos os detalhes de que ainda não tomara conhecimento. A tia não era uma narradora metódica, mas com a ajuda de algumas cartas trocadas com Sir Thomas, acrescidas ao que já sabia, e ao que poderia inferir, ela em pouco tempo conseguiu entender o que ocorrera.

A Sra. Rushworth havia ido, para o feriado de férias da Páscoa, a Twickenham, com uma família com a qual ela tinha acabado de se tornar íntima: uma família animada e de bons costumes, e provavelmente de boa moral, pois o Sr. Crawford tinha acesso à casa deles constantemente. O fato de que ele havia estado na mesma vizinhança Fanny já conhecia. O Sr. Rushworth, nesse ínterim, havia viajado para Bath para passar alguns dias com a mãe e trazê-la para a cidade e Maria estava com esses amigos sem qualquer restrição, sem mesmo a companhia de Julia, que saíra de Wimpole Street duas ou três semanas antes para visitar uns amigos de Sir Thomas, uma mudança que agora o pai e a mãe preferiam atribuir a algum interesse pelo Sr. Yates. Pouco tempo depois do retorno dos Rushworth para Wimpole Street, Sir Thomas recebeu uma carta de um amigo antigo de Londres, que ao ouvir e presenciar situações de grande alarme naquela vizinhança, resolveu escrever-lhe aconselhando-o a ir pessoalmente para Londres e, com sua influência sobre a filha, pôr um fim à sua exposição a comentários desagradáveis, e certamente deixando o Sr. Rushworth numa situação incômoda.

Sir Thomas estava disposto a agir conforme o conselho do amigo, sem comunicar o seu conteúdo para qualquer pessoa de Mansfield, quando foi enviado pelo mesmo amigo mais um correio expresso para revelar-lhe a situação deveras desesperadora sobre o comportamento dos mais jovens. A Sra. Rushworth tinha deixado a casa do marido. O Sr. Rushworth estava enraivecido e mortificado com ele (Sr. Harding) por ter revelado o que aconteceu e o Sr. Harding temia, no mínimo, um escândalo. A criada idosa da Sra. Rushworth, ameaçou de forma alarmante. Ele estava fazendo tudo que estivesse ao seu alcance para acalmar tudo, com a esperança do retorno da Sra. Rushworth, mas suas ações foram neutralizadas em Wimpole Street pela mãe do Sr. Rushworth, e assim as piores consequências poderiam ser esperadas.

Esta terrível carta não poderia ser escondida do resto da família. Sir Thomas partiu, e Edmund foi com ele, e os outros ficaram em um estado de grande infelicidade, inferior apenas ao que se seguiu com o recebimento das próximas cartas de Londres. Naquele momento tudo já havia se tornado público. A criada da Sra. Rushworth, sabia de todos os eventos e, com o apoio da patroa, não poupou nenhum detalhe. As duas senhoras, mesmo no pouco tempo que estiveram juntas, discordavam em muitas coisas. E a amargura da mais velha em relação à nora poderia ser relacionada tanto ao desrespeito com que tinha sido tratada quanto às dores pelo filho. Independentemente do que aconteceu, ela estava incontrolável. Mas, ainda que ela tivesse sido menos obstinada, ou exercido menor influência sobre o filho, que era sempre guiado pela última pessoa a se pronunciar, por quem tomasse as rédeas da situação e o fizesse se calar, o caso parecia não inspirar qualquer esperança de ser corrigido, pois a Sra. Rushworth não reaparecera, e havia motivos suficientes para se concluir que estava escondida em algum lugar com o Sr. Crawford, que havia deixado a casa do tio para uma viagem no mesmo dia em que ela desapareceu.

Sir Thomas, no entanto, permaneceu um pouco mais na cidade, na esperança de impedi-la de incorrer em outros atos de libertinagem, ainda que tudo estivesse perdido no que se referia ao caráter dela.

Fanny estava sofrendo com o estado atual de espírito dele. Havia apenas um de seus filhos, que não era neste momento uma fonte de tristeza para ele. As reclamações de Tom aumentaram muito com o choque causado pela conduta da irmã, e a sua recuperação foi prejudicada devido a isso, que até mesmo Lady Bertram se surpreendeu, e as suas preocupações eram compartilhadas regularmente com o marido. O sumiço de Julia, o golpe adicional que o havia recebido em Londres, mesmo que a sua intensidade estivesse comprometida no momento, deveria ser profundamente sentido, como ela poderia imaginar, e isso foi confirmado. As cartas dele expressavam o quanto ele lamentava aquela situação. Sob quaisquer circunstâncias teria sido uma aliança indesejável, mas a sua clandestinidade, e em um momento como aquele, deixou os sentimentos de Julia em uma situação deveras desfavorável, mostrando-lhe o erro de sua escolha. Ele chamou de equívoco, feito da pior maneira e no pior momento. E embora o comportamento de Julia tivesse sido considerado mais uma insensatez do que uma imoralidade, como o de Maria, ele não poderia deixar de considerar que deixava as piores possibilidades de conclusão, assim como o de sua irmã. Essa era a opinião dele sobre a situação que ela mesma criara.

Fanny sentia muito por ele. Ele não poderia ter nenhum conforto, a não ser em Edmund. Todos os outros filhos estavam torturando o seu coração. O desprazer que sentia em relação a ela, ao avaliar diferentemente da Sra. Norris, agora teria se dissolvido. Ela poderia ser justificada. Sr. Crawford teria perdoado totalmente sua conduta ao recusá-lo, mas isso, embora fosse mais importante para ela, servia de pouco consolo para Sir Thomas. O desprezo do tio era muito difícil para ela, mas do que poderia servir para ele os seus sentimentos de gratidão e de estima? Somente Edmund poderia servir de esteio.

Ela estava enganada, no entanto, ao supor que Edmund não dera a seu pai nenhuma dor presente. Era de natureza menos pungente do que os demais, mas Sir Thomas avaliava a felicidade dele, que estava profundamente atingida pela atitude ofensiva da irmã e do amigo, e pelo distanciamento da mulher que indiscutivelmente o interessava e cujo relacionamento tinha grande probabilidade de sucesso, e que, apesar do desprezível irmão dela, seria uma união desejável. Ele estava ciente de que Edmund estava sofrendo, além de todo o resto, quando eles estavam juntos na cidade; ele havia notado os sentimentos dele, que levara a acreditar que Edmund havia se encontrado com a Srta. Crawford, e que esse encontro o havia deixado ainda mais angustiado. Ele se apressou em tirar Edmund da cidade, e o incumbiu de levar Fanny de volta para a casa da tia, tendo em vista o benefício que isso traria para ele e para todos os demais. Fanny não sabia quais eram as verdadeiras intenções de Sir Thomas, e nem o senhor Thomas estava verdadeiramente familiarizado com o caráter da Srta. Crawford. Se tivesse tido a oportunidade de participar de um encontro privado entre ela e o filho, ele não teria aprovado o relacionamento entre eles, mesmo que as vinte mil libras dela fossem quarenta mil. Fanny não tinha dúvidas de que Edmund deveria se separar para sempre da senhorita Crawford. Ainda assim, até saber que ele pensava da mesma forma, a sua própria convicção era insuficiente, e queria uma confirmação disso. Se ele agora falasse com ela sem reservas o que anteriormente às vezes teria sido demais para ela, seria muito consolador; mas isso ela descobriu que não aconteceria. Ela raramente o via sozinho, pois, provavelmente ele estava evitando que isso acontecesse. O que era para ser inferido? Parecia-lhe que as suas opiniões se submetiam à parcela dolorosa e singular das aflições familiares, que eram sentidas tão agudamente que nem sequer eram mencionadas. Esse deveria ser o estado de espírito dele. Em alguns momentos ele cedia, mas com tamanha agonia que ele não conseguia se expressar verbalmente. Iria demorar muito para que o nome da senhorita Crawford fosse pronunciado por ele novamente, ou até que ela pudesse ter esperança pela retomada do íntimo relacionamento. Demorou. Eles chegaram a Mansfield na quinta-feira, e somente no domingo à noite que Edmund começou a falar com ela sobre o assunto. Sentado com ela na noite chuvosa de domingo, em um momento propício para se abrir o coração, quando se tem um amigo pronto para ouvir, ele acabou falando. Não havia mais ninguém na sala além da mãe dele, que após ouvir um sermão comovente, chorou até dormir. Era impossível não falar, e assim, com a declaração usual de que se ela o ouvisse por alguns minutos, ele seria muito breve, e certamente nunca abusaria da bondade dela novamente voltando a tocar no assunto, que dali em diante seria inteiramente proibido. Ele começou o relato dando-lhe o prazer de ouvir a explicação das circunstâncias e sensações do seu interesse por aquela que ele acreditava sentir o mesmo por ele.

Pode se imaginar como Fanny ouvia, com tanta curiosidade e preocupação, com tanta dor, como a agitação de sua voz era observada, e como cuidadosamente seus próprios olhos estavam fixos em qualquer objeto, exceto ele. O início foi alarmante. Ele havia visto a Srta. Crawford, pois fora convidado para ir vê-la. Ele recebeu um bilhete de Lady Stornaway implorando-lhe para vê-la. E compreendia que deveria ser o último encontro entre os amigos, percebendo nela todos os sentimentos de vergonha e infortúnio que deveria sentir por ser a irmã de Crawford, e foi encontrá-lo em um estado de espírito tão atenuado e devotado, que por alguns instantes Fanny pensou que não seria o último. Mas, à medida que ele prosseguia em sua história, esses temores acabaram. Ela o encontrou, disse ele, com um ar sério, bastante sério, até mesmo agitado, e antes que fosse capaz de pronunciar uma frase inteligível, ela introduziu o assunto de uma maneira que o surpreendeu.

– "Eu soube que esteve na cidade", disse ela, "Eu queria vê-lo. Vamos conversar sobre este triste acontecimento. O que poderia igualar a tolice de nossos dois parentes?" Eu não consegui responder, mas acredito que a minha expressão tenha falado por mim. Ela percebeu meu ar de desaprovação. Como os sentimentos são às vezes percebidos tão rapidamente! Com um olhar e com a voz mais graves, ela acrescentou: "Eu não pretendo defender Henry, sabendo que isso poderá prejudicar sua irmã." Então, ela começou; a forma como falou, Fanny, não é adequado repetir para você. Não consigo me recordar de todas as suas palavras. Se me fosse possível, eu não me demoraria nelas. O conteúdo do que me disse era sobre a sua cólera frente à tolice dos dois. Ela reprovou a loucura do irmão em ser atraído por uma mulher com quem ele nunca se importou, e que o fez perder a mulher que ele adorava; mas ainda mais a loucura da pobre Maria, em sacrificar tal situação, mergulhando em tal dificuldades, sob a ideia de ser realmente amada por um homem que há muito tempo atrás deixou clara sua indiferença. Imagine o que eu estava sentindo. Ao ouvir a mulher a quem... nenhuma outra palavra pode ser mais adequada do que tolice! Tão voluntariamente, espontaneamente e friamente examinava o assunto! Não havia relutância ou horror; ou, devo dizer, nenhuma repugnância! É isso o que o mundo faz. Onde, Fanny, podemos encontrar uma mulher cuja natureza é valiosamente dotada? Mimada, mimada!

Após breve reflexão, ele continuou com uma espécie de calma desesperada.

– Contarei tudo para você, e então nunca mais falaremos sobre isso. Ela viu isso apenas como loucura, e uma tolice marcada apenas por sua exposição. O cuidado de ambos pela discrição, o fato de ele ter ido para Richmond durante todo o período em que ela estava em Twickenham e de ela ter dado a si mesma a posição de uma criada. Em resumo, o problema tinha sido o fato de serem pegos. Ah, Fanny, era a descoberta, e não a ofensa das atitudes deles que ela reprovava; a imprudência que trouxe os acontecimentos ao extremo, e obrigou o seu irmão a abrir mão de seus estimados planos para poder fugir com ela.

Ele fez uma pausa.

– E o que você disse? – perguntou Fanny, acreditando que precisava falar, "o que você poderia dizer?"

– Nada, nada que pudesse ser compreendido. Eu era um homem em choque. Ela continuou, e falou de você... Sim, ela falou de você, lamentando, como esperado, a perda de uma... Nesse momento ela falou racionalmente, mas sempre fazendo justiça a você. "Ele jogou fora", disse ela, "uma mulher como essa ele nunca mais encontrará. Ela o teria corrigido, e feito ele feliz para sempre". Minha querida Fanny, espero estar lhe proporcionando mais motivos para alegria do que para dor com essa retrospectiva do que poderia ter sido, mas que agora nunca mais será possível. Você não quer que eu fique em silêncio? Se preferir, dê-me apenas um olhar, uma palavra, e eu o farei.

Não houve nenhuma palavra ou olhar de Fanny.

– Graças a Deus! – disse ele. – Nós estávamos todos surpresos, mas me parece que foi um ato misericordioso da Providência não deixar sofrer um coração sem maldade. Ela falou de você com muitos elogios e afeto caloroso, mas ainda assim havia rancor, um ímpeto de maldade, pois no meio disso tudo ela exclamou: "Por que ela não o quis? É tudo culpa dela. Garota simples! Eu nunca vou perdoá-la. Se ela o tivesse aceitado como deveria, eles agora estariam prontos para se casar, e Henry estaria muito feliz e ocupado para se interessar por qualquer outro assunto. Ele não teria se dado ao trabalho de voltar a se relacionar com a Sra. Rushworth. Tudo teria terminado em um flerte em encontros anuais em Sotherton e Everingham." Você acha que teria sido possível? Mas agora o encanto se quebrou. Os meus olhos estão abertos.

– Cruel! – disse Fanny. – Bastante cruel. Em um momento como esse se dar o luxo das brincadeiras e de falar com leveza, em especial com você! Absolutamente, uma crueldade.

– Você chama isso de crueldade? Nesse ponto, nós temos opiniões diferentes. Não, ela não tem uma natureza cruel. Não acho que ela tem a intenção de ferir meus sentimentos. O mal está além; em sua total ignorância, falta de suspeita de haver tais sentimentos; em uma perversão mental que tornou natural para ela tratar o assunto como ela fez. Ela falou simplesmente da mesma forma como estava acostumada a ouvir; ela não tem falhas de temperamento. Ela não causaria voluntariamente sofrimento desnecessário a qualquer um, e embora eu possa estar enganado, penso o mesmo em relação a mim, pelos meus sentimentos, ela... O problema dela é falta de princípios, Fanny, uma delicadeza brusca e corrompida, uma mente corrompida. Talvez seja melhor para mim, uma vez que me deixa tão pouco para me arrepender. No entanto, não é assim. Eu me submeteria felizmente a toda dor de perdê-la do que pensar nela nesta forma. Eu disse isso a ela.

– Disse?

– Sim; quando nos despedimos, eu disse isso a ela.

– Vocês ficaram juntos por quanto tempo?

– Vinte e cinco minutos. Bem, ela continuou dizendo que o que restaria a fazer era organizar um casamento para os dois. Ela disse isso, Fanny, com uma voz mais segura do que jamais ouvi.

Ele continuou o relato, fazendo pausas uma vez ou outra.

– "Nós devemos convencer Henry a se casar com ela", disse Mary, "e com honra, e com a certeza de ter perdido Fanny para sempre, eu não me desespero. Ele terá que desistir de Fanny. Não acredito que nem mesmo ele possa acalentar qualquer esperança de ser bem-sucedido com um tipo de mulher como ela, então espero não termos nenhuma dificuldade insuperável. Minha influência, que não é pequena, seguirá toda nessa direção. Uma vez casada e devidamente mantida pela própria família, pessoas de respeito como são, ela poderá retomar o seu lugar na sociedade até certo nível. Em alguns círculos sabemos que ela nunca será aceita; mas com bons jantares e festas, sempre haverá aqueles que ficarão felizes por conhecê-la. O que eu aconselho é, que seu pai fique em silêncio. Não o deixe prejudicar sua própria causa ao interferir; tente persuadi-lo a deixar as coisas seguirem o seu curso. Se por uma súplica dele ela for induzida a deixar a proteção de Henry, haverá muito menos chance de ele se casar com ela, e de eles permanecerem juntos. Eu sei como ele provavelmente será influenciado. Deixe que Sir Thomas confie na honra e na compaixão dele, e a situação poderá terminar bem. Mas se ele levar a filha embora, tudo estará terminado."

Depois de finalizar o relato, Edmund ficou tão comovido que Fanny, observando-o com uma preocupação silenciosa, mas muito terna, quase lamentou que o assunto tivesse vindo à tona.

Demorou bastante tempo até que ele pudesse falar novamente, por fim.

– Agora, Fanny – disse ele –, logo terminarei. O que ela disse foi essencialmente isso. Tão logo tive chance de falar, respondi que não acreditava ser possível, ao me dirigir para a casa dela com o estado de espírito em que eu me encontrava, deparar-me com algo que pudesse me fazer sofrer ainda mais, pois ela estava abrindo ainda mais feridas com cada frase. E que embora, durante o nosso relacionamento, eu tivesse consciência de nossas diferenças de opinião sobre determinados assuntos, em nenhum momento achei que fossem tão divergentes como ela demonstrara. Essa é a maneira pela qual ela tratou o terrível crime cometido por seu irmão e minha irmã (a quem recaía a maior parcela de responsabilidade, não pretendo negar esse fato), e a maneira pela qual se referiu ao crime propriamente dito, fazendo todas as reprimendas, considerando todas as consequências negativas como se estas pudessem ser enfrentadas ou superadas pelo desafio da decência e imprudência. E por fim, o fato de ela nos recomendar complacência, compromisso, e aceitação da continuidade do pecado, com a possibilidade de um casamento que, pensando como eu agora o faço sobre o irmão dela, deveria ter sido evitado. Tudo isso junto me convenceu que eu nunca a tinha entendido antes, e que ela era um produto da minha própria imaginação. Não era a Srta. Crawford que estava em meus pensamentos ao longo de tantos meses. Isso, talvez, fosse o melhor para mim. Eu teria que me lamentar menos em sacrificar uma amizade do que sentimos e esperanças que seriam, em algum momento, arruinados. Mesmo assim, que eu deveria confessar, e confessei, que se eu pudesse restaurar a imagem que eu tinha dela anteriormente, eu preferiria infinitamente aumentar o meu sofrimento com a despedida, a fim de carregar comigo o direito ao afeto e à estima. Foi o que eu disse, ou os aspectos mais importantes; mas, como você deve imaginar, não de maneira tão refletida e metódica como eu repeti para você. Ela estava atônita, excessivamente surpresa, mais do que surpresa. Eu a vi mudar de semblante. Ela ficou extremamente vermelha. Eu imaginei ter visto uma mistura de muitos sentimentos, um grande esforço, embora breve, e em parte desejando ceder às verdades, e em parte sentindo vergonha, mas o hábito era o seu verdadeiro condutor.

"Ela teria rido se pudesse. A sua resposta foi uma espécie de risada:

"Um excelente sermão, devo afirmar. Foi parte do seu último

sermão? Nesse ritmo, você logo conseguirá reformar todos em Mansfield e Thornton Lacey. E na próxima vez que ouvir falar de você, será como um célebre orador em alguma importante sociedade metodista, ou um missionário no exterior." Ela tentou falar com segurança, mas não estava tão despreocupada quanto queria parecer. Eu apenas respondi, que do fundo do meu coração eu desejava que ela ficasse bem, e que em breve ela aprendesse a pensar com maior senso de justiça, e conhecesse os ensinamentos mais valiosos que todos nós devemos adquirir: o nosso autoconhecimento e o nosso dever, mesmo por meio das experiências aflitivas. Imediatamente deixei a sala. Havia dado alguns passos, Fanny, quando ouvi a porta abrir atrás de mim. "Sr. Bertram", disse ela. Eu olhei para trás. "Sr. Bertram", disse ela com um sorriso; mas era um sorriso inadequado para a conversa que havíamos tido, um sorriso atrevido e divertido, parecendo uma tentativa de me conquistar. Ao menos, foi o que me pareceu. Eu resisti. Foi o impulso do momento resistir, e continuei caminhando. Desde então, às vezes me arrependo de não ter voltado atrás, mas sei que eu estava agindo de maneira correta. E esse foi o fim de nosso relacionamento! E que relacionamento! Como fui enganado! Igualmente pelo irmão e pela irmã! Eu aprecio a sua paciência, Fanny. Foi um grande desabafo, e é tudo."

E assim Fanny repousou em suas palavras, e por cinco minutos pensou que o assunto estivesse terminado. No entanto, o tema foi retomado, ou algo próximo dele, e nada menos que a aparição de Lady Bertram encerrou a conversa definitivamente. Até então, eles continuaram a falar sobre a senhorita Crawford, e sobre como ele havia se afeiçoado a ela, como a natureza a tinha feito bela e como ela poderia ter sido perfeita caso tivesse caído em boas mãos mais cedo. Fanny, agora com liberdade para falar, sentiu que era mais do que justificado acrescentar sua opinião sobre o verdadeiro caráter dela, de forma indireta, mencionando indícios de que o estado de saúde do irmão dele tinha suscitado nela o desejo de uma completa reconciliação. Aquela não foi uma sugestão agradável. A natureza resistiu a isso por um tempo. Teria sido muito mais agradável se ela estivesse menos interessada na união, mas a vaidade dele não tinha força suficiente para combater a razão. Ele concordou que a doença de Tom a poderia tê-la influenciado, reservando apenas para si o pensamento consolador de que, considerando-se os efeitos de hábitos conflitantes, ela certamente tinha estado mais ligada a ele do que ele poderia ter esperado, e por amor a ele, estaria inclinada a fazer o certo. Fanny pensava exatamente o mesmo, e eles também concordavam em sua opinião sobre o efeito duradouro, e a impressão indelével que o desapontamento lhe causou. O tempo sem dúvida diminuiria um pouco do seu sofrimento, mas ainda assim ele nunca estaria completamente refeito, e quanto a conhecer uma mulher que poderia... era impossível pensar nisso sem indignação. A amizade de Fanny era tudo o que ele tinha.

CAPÍTULO 48

Deixe que outras canetas se concentrem na culpa e na miséria. Eu abandono esses assuntos odiosos o mais rapidamente possível, impaciente por devolver a todos que não incorreram em grandes falhas o consolo tolerável, e terminar com todo o resto.

Quanto a minha Fanny, de fato, neste exato momento, tenho a satisfação de afirmar que deve ter ficado feliz apesar de tudo. Ela devia ser uma pessoa feliz, apesar do que sentia, ou acreditava sentir, pelo infortúnio daqueles que estavam ao seu redor. Tinha recursos de positividade que os ajudavam a seguir o caminho. Ela retornou a Mansfield Park, era útil e amada, e estava a salvo do senhor Crawford. E quando o senhor Thomas a retornou tinha todas as provas que poderiam ser dadas a despeito do estado de espírito melancólico dele, de que a aprovava inteiramente e de que a afeição dele por ela era ainda maior. Tudo isso a deixava muito feliz, e ela estaria feliz mesmo se nada disso acontecesse, só pelo fato de que Edmund estava livre dos joguetes da senhorita Crawford.

É verdade que Edmund estava longe de ser feliz. Ele estava sofrendo de decepção e arrependimento, lamentando o que ocorreu, e desejando que tudo isso nunca tivesse acontecido. Ela se lamentava, mas com uma tristeza fundada na satisfação, tendendo a aliviar, e em harmonia com todas as sensações que lhe eram queridas. Poucos não trocariam os seus próprios prazeres por esse sentimento de satisfação.

Sir Thomas, pobre Sir Thomas, um pai cônscio de seus equívocos como pai, foi o que sofreu por mais tempo. Ele sentiu que não deveria ter permitido o casamento; que os sentimentos de sua filha tinham sido suficientemente conhecidos por ele para torná-lo culpado de autorizá-lo; sentindo-se culpado por tê-lo autorizado, e, ao fazê-lo, tinha sacrificado o direito à conveniência, tendo sido governado pelo egoísmo e pelos desejos mundanos. Essas eram reflexões que levariam algum tempo para serem amenizadas, mas o tempo resolveria quase tudo, e embora pouco consolo tenha surgido da parte da Sra. Rushworth pela tristeza que tinha causado, ele encontrou mais consolo do que esperava com os demais filhos. A união de Julia tornou-se um assunto menos desesperador do que ele havia considerado anteriormente. Ela estava humilde, e desejando ser perdoada; e o Sr. Yates, desejoso de ser realmente recebido na família, estava disposto a ser orientado por ele e seguir os seus conselhos.

Ele não era muito confiável; mas havia uma esperança de que ele se tornaria menos frívolo, e de ser ao menos aceito de volta ao lar e aquietar-se. De qualquer maneira, ficou consolado ao descobrir que a sua boa condição se sobrepunha aos seus débitos, ao contrário do que se imaginava, e o senhor Thomas era consultado e tratado como um amigo a quem devia seguir. Havia conforto também em Tom, que aos poucos recuperou sua saúde, sem, contudo, recuperar a negligência e egoísmo de seus hábitos anteriores. Ele estava completamente curado de sua doença. Havia sofrido e, com isso, aprendeu a refletir, dois benefícios que ele nunca conhecera antes. Ele se punia com relação ao evento deplorável em Wimpole Street, por cuja intimidade perigosa causada pelo injustificado teatro, ele se sentia pessoalmente responsável. E, aos vinte e seis anos, sem a falta de bom-senso e de boas companhias, ele sentia efeitos felizes e duradouros. Ele tornou-se o que deveria ser: útil para seu pai, estável e quieto, e não vivendo apenas para si mesmo.

Nisso certamente havia consolo! Tão logo Sir Thomas pôde confiar nessas mudanças positivas, Edmund contribuiu para a sua tranquilidade no único aspecto em que ele tinha gerado sofrimento, ou seja, com a melhoria do seu estado de espírito. Após caminhar e sentar embaixo das árvores com Fanny durante as noites de verão, sua mente havia sido conduzida novamente a uma boa disposição.

Estas foram as circunstâncias e as esperanças que gradualmente trouxeram alívio para o senhor Thomas, diminuindo a sensação de que tudo estava perdido, e em parte reconciliando-o consigo mesmo, embora a angústia gerada pela convicção de seus próprios erros na educação das filhas nunca fosse totalmente extinta.

Ele percebeu tarde demais como é desfavorável, ao caráter de qualquer jovem, o tratamento que Maria e Julia receberam em casa, onde a indulgência e a adulação excessiva da tia estavam sempre em contraste com a sua própria severidade. Percebeu como estivera errado em reagir aos erros da Sra. Norris com uma atitude contrária. Viu claramente que ele tinha apenas aumentado o mal, ensinando--as a reprimir seus espíritos em sua presença, fazendo com que os seus verdadeiros sentimentos fossem desconhecidos a ele, conduzindo-as às indulgências de uma pessoa que havia se afeiçoado a elas somente pela cegueira de seu afeto e pelo excesso de elogios.

Nesse aspecto ele havia incorrido em grave ingerência, mas mesmo assim, aos poucos percebeu que não havia sido o mais terrível dos equívocos no plano de educação que traçara. Algo devia estar faltando no interior delas, ou o tempo teria desgastado os efeitos negativos. Ele temia esse princípio, o princípio ativo que faltava, de que não tinham aprendido a governar devidamente as suas inclinações pessoais e temperamentos pelo satisfatório senso de dever.

Elas foram instruídas teoricamente em sua religião, mas nunca foi exigido colocá-la na prática diária. Ser distinguidas pela elegância e pelas realizações, o objetivo da juventude, não poderia ter qualquer influência e nenhum efeito moral no espírito. Ele queria que elas fossem pessoas boas, mas seus cuidados foram direcionados para o conhecimento e as boas maneiras, não para o caráter. Ele temia que elas nunca tivessem ouvido de ninguém sobre a necessidade do sacrifício e da humildade, o que as teria beneficiado.

Amargamente ele deplorava a deficiência que agora mal podia compreender como havia sido possível. Infelizmente ele sentia que, apesar de todo o custo e atenção de uma educação cuidadosa e dispendiosa, ele havia criado as filhas sem que elas compreendessem os principais deveres, e sem que ele conhecesse o caráter e o temperamento delas. O espírito vivaz e as paixões intensas da Sra. Rushworth, especialmente, só lhe chegaram ao conhecimento com o infortunado resultado. Não era esperado que ela deixasse o Sr. Crawford. Ela esperava se casar com ele, e eles continuaram juntos até que ela fosse obrigada a se convencer de que tal esperança era vã, e até que o desapontamento e a tristeza que surgiram com esta convicção demonstraram que o seu temperamento era deveras genioso, e os sentimentos por ele eram semelhantes ao ódio, fazendo com que cada um representasse uma punição para o outro, induzindo-os finalmente a uma separação voluntária.

Ela havia vivido com ele como condenada à responsabilidade pela ruína da felicidade dele com Fanny, e ao deixá-lo o seu melhor consolo foi saber que ela os havia separado. O que pode exceder o infortúnio de um espírito como esse nessa situação? O Sr. Rushworth não teve dificuldade em obter o divórcio; e assim terminou o casamento, e o melhor que ele poderia dizer era que o desfecho tinha sido positivo. Ela o desprezou, e amou outro; e ele estava muito ciente de que era assim. As indignidades da estupidez e as decepções da paixão egoísta podem despertar pouca piedade. A punição dele condizia com a sua conduta, e uma punição ainda maior foi a profunda culpa da esposa. Ele fora libertado da união que o humilhara e o deixara infeliz até que outra bela jovem pudesse atraí-lo novamente para o matrimônio. Ele então se lançaria ao segundo casamento, e esperamos que fosse mais próspero. Se fosse enganado, que o aceitasse de maneira bem-humorada e afortunada. Já ela deveria retirar-se da sociedade com mais sofrimento, isolando-se e repreendendo-se de tal maneira que não lhe seria permitida uma segunda primavera de esperança ou de caráter. O local em que ela deveria permanecer tornou-se um assunto de conversa triste e significativa.

A Sra. Norris, cujo apego parecia aumentar com os deméritos de sua sobrinha, propôs que ela fosse recebida em casa e respeitada por todos. Sir Thomas não concordou, e a raiva da Sra. Norris contra Fanny aumentou, pois considerou que a residência dela naquela casa era o principal motivo. Ela insistiu em culpar Fanny pelos escrúpulos dele, mas Sir Thomas assegurou solenemente à Sra. Norris que mesmo que não tivesse nenhum jovem em casa, homem ou mulher, sob os seus cuidados, que pudesse correr qualquer risco pela convivência, ou ser atingido pelo caráter da Sra. Rushworth, ele nunca ofereceria tamanho insulto à vizinhança com a presença dela. Como filha, ele esperava que ela se arrependesse, ela deveria ser protegida por ele e ter o seu bem-estar garantido; também deveria ser encorajada a fazer o certo, mas não poderia fazer além disso. Maria tinha destruído o seu próprio caráter, e ele não tentaria em vão restaurar o que nunca poderia ser restaurado, fosse sancionando o ato imoral, ou buscando diminuir a desgraça; ele estaria introduzindo grande infelicidade na família de algum outro homem. Terminou com a resolução da Sra. Norris em deixar Mansfield e se dedicar para sua infeliz Maria, tendo-lhe sido destinada uma casa em outro lugar, remoto e privado, onde, longe da sociedade, de um lado sem afeição e, de outro, sem discernimento, podemos supor que os temperamentos de cada uma tornaram-se uma punição mútua.

A saída da Sra. Norris de Mansfield foi o grande consolo adicional à vida de Sir Thomas. Sua opinião sobre ela tinha diminuído desde o seu retorno de Antígua; tanto no contato diário, quanto nos negócios e nas conversas, ela continuamente perdia espaço na estima dele, que se convencia de que o tempo havia feito um desserviço, ou de que ele havia superestimado consideravelmente o seu bom-senso, e de que tinha suportado maravilhosamente bem o comportamento dela. Ele a via como um mal a todo instante, e agravado pelo fato de parecer não haver chance de mudar aquela situação por toda a vida. Ela parecia mesmo fazer parte da vida dele, e ele teria de tolerá-la para sempre. Assim, ser desobrigado da presença dela constituía tal felicidade que, se não tivesse deixado lembranças amargas para trás, ele teria corrido o risco de aprovar o mal que produzia esse distanciamento como se fosse um bem.

Ninguém sentia falta dela em Mansfield. Ela nunca fora capaz de conquistar nem mesmo a estima daqueles a quem mais amava, e desde a fuga da Sra. Rushworth, o seu temperamento ficara irritadiço a ponto de atormentar a todos. Nem mesmo Fanny chorou por tia Norris, quando ela se foi para sempre.

O fato de Julia ter tido um destino melhor do que Maria devia-se, em alguma medida, a uma favorável diferença de tendência e circunstância, mas, sobretudo, por não ter sido tão querida aos olhos da tia, e, assim, não ter sido tão mimada e estragada. Sua beleza e habilidades ocupavam apenas um lugar secundário e sempre se acostumara a se considerar um pouco inferior a Maria. O seu temperamento era o melhor entre as duas, e os seus sentimentos, embora fugazes, eram mais fáceis de serem controlados. Além disso, a educação não lhe havia conferido tão doloroso nível de exigência.

Ela havia reagido melhor à decepção provocada por Henry Crawford. Depois que passou a primeira amargura causada pela convicção de ter sido menosprezada, logo havia deixado de pensar nele. E quando se reencontraram na cidade e a casa do Sr. Rushworth passou a ser frequentada por Crawford, ela se distanciou e preferiu visitar amigos, de forma a não correr o risco de sentir-se atraída. Esse havia sido o motivo de sua ida para a casa dos primos, e não o Sr. Yates. Estava se mostrando receptiva as atenções dele já fazia algum tempo, mas sem considerar a possibilidade de aceitá-lo algum dia. A atitude da irmã, aliada ao medo pela reação do pai e da família com relação a ela, como consequência inevitável, tratando-a com mais austeridade e controle, a fez pensar rapidamente em esquivar-se. Do contrário, é provável que o Sr. Yates nunca fosse bem-sucedido. Ela não havia fugido senão pelo egoísmo de não querer se expor. Pareceu-lhe a única coisa a ser feita. A culpa de Maria tinha induzido Julia à tolice. Henry Crawford, arruinado pela independência precoce e problemas domésticos, se entregou aos caprichos da vaidade por muito tempo. Uma vez, de maneira não planejada, foi-lhe aberto o caminho para a felicidade. Ele poderia ter encontrado exultação suficiente em superar a relutância dela, e conseguir aos poucos a estima e a ternura de Fanny Price. Ele poderia ter alcançado sucesso e felicidade. Seu afeto por ela já tinha produzido algum resultado. A influência dela sobre ele já havia sido recompensada. Se tivesse se dedicado mais, não havia dúvida de que teria obtido melhores resultados. Em especial, após o casamento, quando ele teria então os benefícios do julgamento consciencioso dela, unindo-os para sempre, com a superação da sua recusa inicial. Se ele tivesse persistido, Fanny teria sido sua recompensa, e uma recompensa voluntariamente concedida, depois de um período razoável do casamento de Edmund com Mary. Se ele tivesse feito como pretendia, ou seja, ter ido para Everingham após o retorno de Portsmouth, ele possivelmente teria decidido o seu feliz destino. Mas foi pressionado a permanecer para a festa da Sra. Fraser, e como consequência da adulação, acabou ficando, e encontrou a Sra. Rushworth. A curiosidade e a vaidade estavam juntas, e a tentação do prazer imediato era forte demais para uma mente desacostumada a fazer qualquer sacrifício pelo que é certo. Ele resolveu adiar a viagem para Norfolk, decidindo que uma carta resolveria a questão, ou de que o propósito da viagem não era importante, e então, decidiu ficar. Ele viu a Sra. Rushworth, foi recebido por ela com uma frieza repulsiva, e estabeleceu uma aparente indiferença entre eles para sempre, mas ele ficou mortificado, não suportava ser jogado fora pela mulher cujos sorrisos estavam totalmente sob seu comando. Deveria ter forçado a si mesmo a subjugar uma demonstração de ressentimento tão orgulhosa. Ela assim agia pelo rancor em relação a Fanny, e ele deveria extrair o melhor daquilo, fazendo com que a Sra. Rushworth, Maria Bertram, ficasse novamente interessada nele.

E com esse estado de espírito ele começou a investida. Após breve insistência, restabeleceu as trocas familiares de galanteios e flerte. Triunfou sobre a discrição; mas caso o sentimento de raiva tivesse persistido, ambos teriam sido salvos. Ele sucumbiu aos poderes dos sentimentos da parte dela, que se mostraram mais fortes do que supusera. Ela o amava, e não havia atenções declaradamente mais importantes. Ele foi enredado por sua própria vaidade, sem qualquer sentimento de amor, e sem a menor afeição em relação à prima dela. O primeiro objetivo dele era evitar que Fanny e os Bertram soubessem daquela situação. O segredo não seria mais desejável para a Sra. Rushworth do que para ele mesmo. Quando ele voltasse de Richmond, ficaria contente por não ver mais a Sra. Rushworth. Tudo o que se seguiu foi resultado da imprudência dela. Por fim, ele precisou fugir com ela porque não teve como evitar, e lamentou-se por Fanny, mas lamentou ainda mais depois de terminado todo o alvoroço da situação e alguns poucos meses lhe ensinaram, pela força do contraste, a valorizar ainda mais a doçura do seu temperamento, a pureza de espírito e a excelência de seus princípios.

Essa punição, a punição pública do erro, deveria justamente afetá-lo, mas como sabemos, a virtude não é uma barreira que a sociedade cerca. Nesse mundo, a punição não é justa como gostaríamos que fosse, mas mesmo sem a pretensão de um resultado mais justo futuramente, podemos considerar que mesmo a um homem com um temperamento como o de Henry Crawford foi conferida uma pequena parcela de vexação, arrependimento e embaraço, sentimentos que podem gerar repreensão e arrependimento por ter correspondido de tal forma à hospitalidade recebida, prejudicando a paz familiar que implicou a perda da sua estimada amizade, a perda da mulher a quem racional e passionalmente amava. Depois do que passou, que serviu para ferir e alienar as duas famílias, a proximidade dos Bertram e Grant tornara-se muito angustiante.

A mudança dos Grant, prolongada propositalmente por alguns

meses, finalmente aconteceu. Dr. Grant, por meio de um interesse sobre o qual ele quase havia deixado de ter esperanças, foi bem-sucedido em uma cátedra em Westminster, propiciando uma boa justificativa para deixar Mansfield e residir em Londres, e um aumento na renda foi muito bem-vindo para custear a mudança, que favoreceu os que foram e os que permaneceram. A Sra. Grant, com temperamento para amar e ser amada, deve ter ido com alguma lástima pelos cenários e pelas pessoas com as quais estava acostumada; mas a mesma felicidade poderia ser encontrada em qualquer lugar, e em qualquer sociedade, lhe assegurando muito para desfrutar dela. E, agora, novamente teria um lar para oferecer a Mary. Mary estava saturada de seus amigos: de sua vaidade, ambição, amor e desapontamento no curso dos últimos seis meses; precisava da verdadeira bondade da irmã e de sua tranquilidade racional.

Elas moravam na mesma residência, e quando o Dr. Grant foi levado à apoplexia e morte depois de três grandes jantares institucionais em uma semana, elas continuaram residindo juntas. Mary, resolvida a nunca se casar com o irmão mais novo dos Bertram, demorou a encontrar um entre os representantes encantadores ou herdeiros desocupados que viviam submetidos à sua beleza e ao seu dote de vinte mil libras; alguém que pudesse apreciar o bom gosto que havia adquirido em Mansfield, e cujo caráter e boas maneiras lhe permitissem acalentar a esperança da felicidade conjugal que lá havia aprendido a estimar; ou pelo menos que a ajudasse a esquecer Edmund Bertram.

Edmund estava em uma posição mais vantajosa do que ela nesse aspecto. Ele não precisava esperar para direcionar as suas afeições a alguém digno de sucedê-la. Ele mal deixara de se lamentar a respeito de Mary Crawford quando, ao comentar com Fanny a impossibilidade de encontrar mulher semelhante, surpreendeu-se ao imaginar que possivelmente era justamente ela a mulher que poderia lhe fazer bem, ou ainda melhor. Perguntou-se se Fanny não estaria tornando-se tão importante para ele com o seu sorriso e o seu jeito, como Mary Crawford sempre fora, e se não seria possível empreender a tarefa de convencê-la de que a sua estima fraternal seria o suficiente para o amor conjugal.

Eu propositalmente me abstenho de datas nesta ocasião, e que cada um tenha a liberdade para determiná-las cientes de que a cura para paixões inconquistáveis e a transferência de sentimentos deve variar de pessoa para pessoa. Somente rogo a todos que acreditem que, no momento oportuno, quando era natural que devesse ser assim, e nem mesmo uma semana antes, Edmund deixou de pensar na Srta. Crawford, tornando-se igualmente ansioso por se casar com Fanny, tanto quanto ela poderia desejar.

De fato, com o interesse que ele tinha por ela, havia muito tempo estabelecido, uma estima fundamentada nas reivindicações mais encantadoras da inocência e do desamparo, complementado por todas as qualidades cada vez mais dignas de mérito, o que mais poderia ser natural do que mudar? Amando, orientando, protegendo-a, como ele vinha fazendo desde que ela tinha dez anos de idade, tendo formado o seu caráter com o auxílio dele, cujo conforto também dependia de sua bondade e gentileza. Ela lhe era particularmente próxima e despertava-lhe interesse, e era mais estimada do que qualquer um em Mansfield. O que mais poderia ser acrescentado, a não ser que agora ele aprenderia a preferir olhos claros e suaves aos escuros e reluzentes? E estar sempre com ela, e sempre falando confidencialmente, e com o espírito exatamente naquele estado favorável em decorrência de um desapontamento recente, os olhos claros e suaves em pouco tempo obteriam a primazia.

Sentindo que havia iniciado a caminhada pela estrada da felicidade, não havia nada referente a prudência que pudesse impedi-lo ou diminuir o seu progresso. Ele não tinha dúvida quanto aos méritos dela, nem receio quanto a divergências de comportamento; tampouco necessidade de estabelecer novas esperanças de felicidade a partir das diferenças de temperamento. A consciência dela, assim como suas inclinações, opiniões e hábitos não precisavam de ocultação; não havia engano no presente, e nenhuma necessidade de esperar por aprimoramento futuro. Mesmo em meio a sua última paixão, ele tinha percebido a superioridade da consciência de Fanny. E como ele a veria agora? Com certeza ela era boa demais para ele, mas assim como todos se comportam diante daquilo que lhes parece muito bom, ele estava determinado a obter a benção, e não precisaria esperar pelo encorajamento dela. Tímida, ansiosa e insegura como ela era, não era impossível que tamanha ternura de coração não deveria, às vezes, recear a esperança do sucesso, já que ela levou algum tempo para dizer a ele a completa e surpreendente verdade. A felicidade dele ao saber que era o alvo de um coração como aquele já fazia muito tempo, não pôde fazê-lo evitar qualquer determinação em esconder os seus sentimentos para ela, e mesmo para ele. Deve ter sido uma felicidade e tanta! Mas também havia felicidade em outro lugar onde nenhuma descrição poderia alcançar. Ninguém deve presumir os sentimentos de uma jovem ao ter assegurada a afeição que ela mal tinha se permitido desejar.

Ao estarem certos dos seus sentimentos, não havia impedimento, nenhum inconveniente pela pobreza ou pela família. Era uma união que Sir Thomas havia proferido.

Cansado de relacionamentos ambiciosos e mercenários, valorizando cada vez mais o princípio e temperamentos genuínos, ansiosamente determinado a vincular à segurança tudo o que restava de felicidade doméstica, ele ponderou com verdadeira satisfação a possibilidade de dois jovens amigos encontrarem consolo para todas as desilusões sofridas. E, assim, consentiu com alegria a solicitação de Edmund, sentindo-se honrado com a promessa de ter Fanny como sua filha, o que contrastava com a sua opinião na época em que a vinda da pobre criança havia sido vislumbrada. O tempo sempre produz mudanças nos planos e nas decisões dos mortais, para o seu próprio ensinamento e para a alegria dos seus próximos. Fanny era de fato a filha que ele queria. Sua bondade caridosa vinha criando um conforto primordial para ele. Fanny era de fato a filha que ele sempre desejara. A sua terna caridade tinha criado o apogeu do bem-estar dele. A sua generosidade tinha tido uma grande recompensa, e ela merecia a bondade das intenções dele. Ele poderia ter feito da sua infância um período mais feliz, mas foi um erro de julgamento dele, que lhe tinha dado somente a aparência de severidade, privando-o do amor dela mais cedo. E quando finalmente se conheceram melhor, o afeto mútuo tornou-se muito forte. Após tê-la estabelecido em Thornton Lacey e providenciado gentilmente o seu bem-estar, o objetivo de todos os dias era vê-la, visitá-la ou levá-la para Mansfield. Egoísta como era a estima que tinha a Fanny, Lady Bertram não pôde vê-la partir de coração alegre. A felicidade do filho ou da sobrinha não conseguiria fazê-la desejar o casamento, mas foi possível separar-se dela porque Susan ficou em seu lugar. Susan transformou-se na sobrinha indispensável, e feliz por isso! Ela era talhada para isso pela inteligência e inclinação em ser útil, assim como Fanny fora pelo seu temperamento dócil e fortes sentimentos de gratidão. Susan nunca seria dispensada. Primeiro por servir de consolo para a ausência de Fanny, depois por auxiliá-la e, por fim, como sua substituta, ela estabeleceu-se em Mansfield com todas as indicações de que permaneceria lá por muito tempo. Seu caráter destemido e bom humor deixaram tudo mais fácil para ela. Por entender rapidamente o comportamento daqueles com quem precisava conviver, e sem aquela timidez natural que restringe qualquer desejo, ela em breve se tornou bem-vinda e útil para todos. Após a mudança de Fanny, sucedeu tão naturalmente o trabalho que garantia o bem-estar diário da tia que gradualmente se tornou, possivelmente, a mais amada entre as duas. Em razão da disponibilidade dela, das qualidades de Fanny, do fato de William continuar galgando novos espaços e elevada fama em sua carreira e o comprometimento de todos com o sucesso dos demais membros da família, em que todos se ajudavam mutuamente fazendo jus ao auxílio de Sir Thomas, ele viu, inúmeras vezes, razões para orgulhar-se com o que tinha feito por todos, e percebeu as vantagens que as privações, a disciplina e a consciência de ter nascido para o esforço ajudam a suportar as dificuldades com tanto mérito e amor verdadeiros, e sem carência de fortuna e amigos, a felicidade dos primos casados parecia tão segura quanto a felicidade terrena pode ser. Formado igualmente para a vida doméstica, igualmente talhados para a vida doméstica e ligados aos prazeres do campo, a casa deles era o lar do amor e do bem-estar. Para completar o cenário positivo, a aquisição da residência do Dr. Grant em Mansfield aconteceu pouco tempo depois do casamento deles, mas em tempo suficiente para planejarem um aumento da renda, e a percepção da distância da morada paterna como uma inconveniência.

Nesse meio tempo eles se mudaram para Mansfield; e o presbítero, que Fanny antes nunca conseguia se aproximar sem alguma sensação dolorosa de contenção ou alarme, logo tornou-se tão querido ao seu coração quanto perfeito aos seus olhos, como havia muito ocorria com tudo o que estava dentro dos domínios de Mansfield Park.

Pintura a óleo, de 1875, baseada em uma aquarela pintada por sua irmã Cassandra em 1810 – autor desconhecido

JANE AUSTEN (1775 - 1817)

SOBRE A AUTORA

Considerada por muitos como a mais importante escritora inglesa, Jane Austen é conhecida por ter dado aos romances o seu caráter moderno na forma como retrata as pessoas comuns no cotidiano. A autora publicou seis romances durante sua vida: Razão e Sensibilidade, Orgulho e Preconceito, Mansfield Park, Emma, Persuasão e Abadia de Northanger. Em todas essas publicações, Jane Austen retratou de maneira brilhante a sociedade inglesa do século XIX. Seus romances se tornaram clássicos atemporais de sucesso global.